根著我城

ROOTED IN MY CITY

戰後至2000年代的香港文學

Hong Kong Literature from the Postwar Years to the 2000s

陳智德

推薦序一

廢興成毀，相尋於無窮

——序陳智德《根著我城：戰後至二〇〇〇年代的香港文學》

陳國球

大概是一九六三年，中學時代的也斯，在北角街頭閒逛，於舊書攤的書堆之間，發現了一疊《文藝新潮》。他發現，原來香港也有馬朗、葉維廉、崑南這樣的詩人，寫過這樣的詩；他驚訝，之前香港有這麼高水準的文藝雜誌，他一直沒看過這份五〇年代出版的文學刊物。香港不斷熱鬧地向前發展，另一方面卻好像失憶地忘卻了在這城市住過的人做過的事。十多年過去，一九七七年，也斯重遊北角，好像兜了一個圈，又回到原來的地方。但又已經不是原來的地方了。他一遍又一遍在它的路上閒蕩，有種種不同的感想。「今天晚上，會不會有另一個中學生，又再走過北大菜館附近的報攤？他會不會在一份舊刊物裡，看到一個叫做馬朗的名字？」

也斯見證了香港的「遺忘」。他對「遺忘」的驚覺，記載在陳智德《根著我城：戰後至二〇〇〇年代的香港文學》第二十四章〈香港文學的遺忘史〉。陳智德以這香港文學的宿命作全書終卷。這一章的主要論述圍繞兩宗相關聯的事件：馬朗的「失蹤與復出」、梁秉鈞的「發現馬朗」。智德為我們細細說明：「遺忘」雖然是香港文學最平常不過的經驗，然而當「遺忘」進入主體的意識之中，當主體直面「遺忘」，就有「反遺忘」的衝動；這又成為書寫香港文學史的動力。智德推斷，透過直面「遺忘」，可以達致「反遺忘」。智德此書，就是「反遺忘」的行動。

智德為我們細訴香港戰後左翼思潮在國族政治影響下如何運轉浮沉；遺民南下帶來文化想像與感舊懷鄉情緒的流播與薰染；青年文人以詩語言再現殖民統治與商業文化壓制下的苦悶與掙扎；東西冷戰局面中的香港與台灣現代詩的表現等等。他重新檢視各種期刊如《七〇年代雙週刊》、《星期日雜誌》、《博益月刊》、《詩雙月刊》、《越界》、《香港文學》、《今天》等，以至劉以鬯、西西、也斯、鄧阿藍、董啟章、洛楓、潘國靈、謝曉虹等作家的書寫，以印證他自身親歷的經驗世界中，所謂「國籍」、「城籍」，所謂「去殖」、「回歸」，種種虛幻與荒唐，卻同時是逼臨的實況。

智德為我們復刻香港文學的過去，其深意更寄寓在全書終卷的兩章：〈香港文學的懷舊史〉與〈香港文學的遺忘史〉。「懷舊」與「遺忘」，如同本書不斷出現的「本土」與「外來」、「流動」與「根著」、「斷裂」與「延續」……，都是智德辯證式思維的表現。這些正反力量之間，不必是簡單的對立，而往往是互相作用，相剋也相生。正如馬朗的失蹤，既是文學史的一次「斷裂」，也帶來也斯以個人文學生命追尋的一種「延續」。這「延續」又緣起於少年也斯對香港文學之「遺忘」的驚訝。他對未來更多「遺忘」的戒懼與憂慮，又見於他在北角街頭的懸想；他想，會不會有另一個中學生，再次發現馬朗——香港文學原來有這樣精采的作家與作品！

也斯的懸想沒有落空。果真有一位後來以筆名陳滅寫詩的中學生，在街頭舊書攤遇上了如也斯一樣的驚訝。今天他為香港寫下《根著我城》。

陳國球，加拿大多倫多大學比較文學碩士，香港大學中文系博士。香港教育大學文學及文化學系講座教授、中國文學文化研究中心主任及前任人文學院院長。

推薦序二

香港韶光，尋找一部準文學史的純境

黃念欣

《根著我城：戰後至二〇〇〇年代的香港文學》與陳智德教授的許多學術著作一樣，都有一個單說一次肯定聽不清楚的書名——跟著我城？而「根著」又是什麼？——就如《愔齋書話》或《板蕩時代的抒情》，這些書名中稍稍冷僻的用字或典故，構成閱讀陳智德學術文論的一個開端：在既有的「我城」、「書話」和「抒情」框架以外，尋找一個相對陌生的「純境」——至於純境又是什麼，你得看看寫楊際光的那一章：「詩中的純境不是一個美境，而是一種理解事物的態度。」

我們憑什麼感官感應香港
香港也以同樣的燈光感應我們
我們無法感應的也許說不出的多

——〈香港韶光〉陳滅

一個詩人會不會是一個最合適的文學史作者？既以陳滅寫詩又對香港文學史資料瞭如指掌的陳智德常常為我們帶來如此盼望。陳滅詩中銳利的批判質感，也許正是支撐起未來一部香港文學史最需要的靈魂。《根著我城》不是一部文學史，作者已在自序指出，並謂撰寫文學史當有另一種史料的處理方法。然而書中的歷時編排、時代脈絡、資料臚列以至個人文學閱讀的觀照，在在顯示此書「準文學史」的風貌。

何不索性把此書看成是一部獨立的「文學史式評論」或主題編排得當的論文集，而要看成是一部彷彿「未完成」的「準文學史」呢？多年來我們對一部香港文學史呼喚太久，所欠的其實更是一種理解的態度，兩篇導論所言的〈本土及其背面〉與〈流動與根著〉終於提出一家之言。書中以豐富的文學資料，說明本土不是與生俱來又寸步不讓的一個實體，而是有著正與反、流動與路徑的迂迴生成，因此亦不能太潔癖地繞過長久以來中國大陸這一個「背面」。

其次，《地文誌：追憶香港地方與文學》裏成功地出入於個人回憶與集體記憶的經驗，在本書中進一步化成「根著」所需的一種互相依存與參照關係。如同上文所引〈香港韶光〉的詩句：「我們憑什麼感官感應香港／香港也以同樣的燈光感應我們」，我們感官所讀所想，也是整個城市以至整個文學環境的一部份。《根著我城》綴滿了香港文學韶光裏的顆粒與碎片，如詩中另一段：

情感如落花思念數不清的墮樓人
日暮，它把晚霞的責任留給家家戶戶
以亮燈代表一點僅餘的抵抗

讓資料說話的陳智德，透過無數作家、作品、雜誌、電影、文本解讀與歷史的轉折，寄托情感於如落花的湮沒者，把點亮夜空的責任留給閱讀文學史的人。《根著我城》的「準文學史」狀態，是有待讀者完成的，把香港文學的發展、規律、周期、超越性、共時性與歷時性，按自己的審美與記憶，組成一部足以讓人「根著」與心繫的文學史，就是今天作為香港人，一點僅餘的抵抗了。

黃念欣，香港中文大學中國語言及文學系文學士、哲學碩士及博士，現任該系副教授。

自序

香港文學的發展不是建立在對於「非本土」的否定之上，也不是簡單地由無到有的過程，實際上存在更多的矛盾、游離，正如本書在〈導論一：本土及其背面〉提出：「本土不等於與他者割離，亦不等於對自身的完全肯定」；〈導論二：流動與根著〉一再提出對「無根」的認清以及「根著」的無力，然而，「在種種負面因素以外，流動，某程度也作為根著不可能之時的出路，或流動本身也是根著所創造出的新可能：我們何妨自停留的一點上出發，承接香港文化既有的前衛、多元，自由往復，也許終可接近『根著』的真正可能」，本土與非本土共同構成香港文學本土意識的複雜性，結合流動與根著的辯證，作為本書回顧、論述戰後至二〇〇〇年代香港文學的核心。

結構上，本書以時代為序，分列全書導論兩篇及正文五部，即「四、五〇年代之交的文化轉折」、「五、六〇年代：懷鄉、離散與新語言」、「七〇至二〇〇〇年代（之一）：『我城』的呈現與解體」、「七〇至二〇〇〇年代（之二）：解殖與回歸」、「懷舊與遺忘」之二十四章，組成本書以文學史架構為綱的系統論述，分析對象從戰後初期黃雨、符公望的左翼詩歌、五〇年代趙滋蕃、阮朗、徐訏等人的小說，一九六一年舒巷城的《太陽下山了》、一九六三年劉以鬯的《過去的日子》、一九七五年西西的《我城》，一九七七年也斯的《剪紙》，一九八四年李碧華的《胭脂扣》，一九八六年西西的《浮城誌異》，一九九五年馬國明的〈荃灣的童年〉，一九九八年鄧阿藍的《一首低沉的民歌》，下迄二〇〇五年潘國靈〈我城〇五之版本〇一〉和謝曉虹〈我城〇五之版本〇二〉，以及二〇〇七年董啟章《時間繁史‧啞瓷之光》和陳冠中《事後：本土文化誌》等等不同年代作品，以本土與非本土、流動與根著的整體議題貫串，是筆者無間斷地從事香港文學研究二十年成果的階段性總匯。

本書二十四章連同兩篇導論共二十六篇文，主要論及的作家包括望雲（張吻冰）、趙滋蕃、張一帆、阮朗、曹聚仁、徐訏、力匡、舒巷城、楊際光、馬朗、蔡炎培、劉以鬯、西西、梁秉鈞（也斯）、鄧阿藍、洛楓、董啟章、潘國靈、謝曉虹；也旁及符公望、黃雨、沙鷗、葉靈鳳、陳君葆、何達、唐君毅、林以亮、夏侯無忌（齊桓）、司馬長風、吳煦斌、松木（蔡振興）、戴天、馬覺、崑南、盧因、陳冠中、葉輝、游靜、馬國明、李碧華、辛其氏、郭麗容、鍾玲玲等等；探討議題除了兩篇導論貫徹的本土與非本土、流動與根著以外，尚包括左翼詩歌、反共小說、寫實主義文學、現代主義文學以及有關方言詩歌、自我改造、新民主主義文藝等概念。又，討論劉以鬯時，提出南來文人角度的本土，一種「錯體」的本土思考，如何蘊含對本土的批評和異議；討論西西時，提出從七〇年代《我城》再切入到二〇〇〇年代《白髮阿娥及其他》的閱讀角度，如何作為一種「本土的自創與解體」；討論梁秉鈞（也斯）時，提出《剪紙》如何作為對香港現實的另一種「翻譯」以「再現」七〇年代的香港，而其「香港系列」詩作又如何作為一種「揭示幻象的本土詩學」，凡此皆本書試圖開拓的新議題。

研究個別作家和作品以外，本書亦有從報刊研究角度分析《華僑日報・學生週刊》、《七〇年代雙週刊》、《星期日雜誌》、《博益月刊》、《詩雙月刊》、《越界》、《香港文學（雙月刊）》、《香港文學（月刊）》、《今天・香港文化專輯》、《今天・香港十年》等刊物的時代意義和文學史位置，提出從「民間載體」角度作出論述。最後在「懷舊與遺忘」之部，以「懷舊」串聯一九五〇至二〇〇七年的相關作品，探討「懷舊」在不同時代的意義；復以「馬朗的失蹤與復出」作為由六〇年代延伸至二〇〇〇年代的文學史事件，結合與此相關的「梁秉鈞的『馬朗發現事件』」這另一文本，論及葉維廉、梁秉鈞等人的「反遺忘」論述，作為文學史論的另一種嘗試。

本書二十六篇文中，〈一段被遺忘的文藝青年「自我改造」史〉，[1]二〇一三年發表於《政大中文學報》；〈遺民空間與文化轉折——趙滋蕃《半下流社會》、張一帆《春到調景嶺》與阮朗《某公館散記》、曹聚仁《酒店》〉，[2]二〇一一年發表於《中國現代文學半年刊》；〈「回歸」的文化焦慮——一九九五年的《今天・香港文化專輯》與二〇〇七年的《今天・香港十年》〉，二〇一六年發表於《政大中文學報》；〈新民主主義文藝與戰後香港的文化轉折——從小說《人海淚痕》到電影《危樓春曉》〉，收入梁秉鈞等編，《香港文學與電影》（香港：香港公開大學出版社、香港大學出版社，二〇一二）；〈本土的自創與解體——從《我城》到《白髮阿娥及其他》〉，收入王德威、陳平

1 原題〈左翼共名與青年文藝：一九四七—一九五一年的《華僑日報》「學生週刊」〉。

2 原題〈一九五〇年代香港小說的遺民空間：趙滋蕃《半下流社會》、張一帆《春到調景嶺》與阮朗《某公館散記》、曹聚仁《酒店》〉。

原、陳國球主編，《香港：都市想像與文化記憶》（北京，北京大學出版社，二〇一五）；〈冷戰局勢下的臺、港現代詩——商禽、洛夫、瘂弦、白萩與戴天、馬覺、崑南、蔡炎培〉，[3]收入陳建忠編，《跨國的殖民記憶與冷戰經驗：臺灣文學的比較文學研究》（新竹：國立清華大學臺灣文學研究所，二〇一一）；〈「錯體」的本土思考——劉以鬯〈過去的日子〉、《對倒》與《島與半島》〉，收入梁秉鈞等編，《劉以鬯與香港現代主義》（香港：香港公開大學出版社，二〇一〇）；〈覺醒的肇端——《七〇年代雙週刊》初探〉，收入侯萬雲編，《1970s：不為懷舊的文化政治重訪》（香港：進一步，二〇〇九）；〈香港文學的懷舊史——一九五〇—二〇〇七〉[4]原於二〇〇七年一月香港中文大學中國語言及文學系舉辦的「歷史與記憶——中國現代文學國際研討會」上宣讀，連同〈失落的鳥語——徐訏來港初期小說〉、〈懷鄉與否定的依歸——徐訏和力匡的詩〉、〈「巷」與「城」的糾葛——論舒巷城及有關「香港的鄉土作家」之議〉、[5]〈純境的追求——論楊際光〉、〈虛實的超越——再論鄧阿藍〉等文收入陳智德，《解體我城：香港文學一九五〇—二〇〇五》（香港，花千樹出版公司，二〇〇九），〈導論二：流動與根著〉則未曾發表。

以上各文經大幅增補修訂，成為本書系統論述一部份，例如〈遺民空間與文化轉折——趙滋蕃《半下流社會》、張一帆《春到調景嶺》與阮朗《某公館散記》、曹聚仁《酒店》〉原稿一萬二千字，增訂後二萬字，大幅增補了齊邦媛、王德威、梅家玲、陳建忠等學者有關「反共文學」的觀點，以及有關趙滋蕃《半下流社會》「半下流」一詞的淵源。〈「巷」與「城」的糾葛——論舒巷城及有關「香港的鄉土作家」之議〉原稿五千三百字，增訂後一萬字，大幅增補了有關「香港的鄉土作家」之議，以及許翼心、艾曉明、陳建忠等學者的相關論述。〈香港文學的懷舊史——一九五〇—二〇〇七）原稿一萬三千字，增訂後二萬字，大幅增補了「『詩與情感』論戰——林以亮、夏侯無忌」一節，以及有關陳冠中《事後：本土文化誌》的論述。

此外，本書多篇論文初稿也在不同的研討會上，透過與不同學者的交流而衝擊出新觀點，其中印象最深刻且別具意義的，是二〇一〇年十一月參加國立清華大學臺灣文學研究所主辦的「跨國的殖民記憶與冷戰經驗：臺灣文學的比較文學研究國際學術研討會」，論文發表時的講評人李癸雲教授既是臺灣現代詩專家，也是筆者九〇年代初在臺灣東海大學中國文學系修讀時高兩屆的學姊，研討會上的講評意見筆者一一記下，成為修訂論文時的重要參考。

猶記二〇一〇年初，國立清華大學臺灣文學研究所的陳建忠教授邀筆者參加該次研討會，因應臺港文學研究和教學理念的共識，促成往後連串學術交流，二〇一一年三月二十四日，時任國立清華大學臺灣文學研究所所長的陳萬益教授，領陳建忠教授、李癸雲教授、王鈺婷教授、石婉舜教授等等多位到訪香港教育學院（該校於二〇一六年六月後改稱「香港教育大學」）的中國文學文化研究中心以及中文學系，就臺灣文學和香港文學研究及課程等議題進行了座談和交流討論，筆者當時覺得，一個臺港文學研究共同體已隱然成形；筆者因與建忠兄彼此就臺港文學的共同志業而惺惺相惜，二〇一〇年十一月的研討會後，再於二〇一〇年十二月在香港舉行的「香港：都市想像與文化

3　原題〈冷戰局勢下的臺、港現代詩運動：以商禽、洛夫、瘂弦、白萩與戴天、馬覺、崑南、蔡炎培為例〉。

4　原題〈香港文學的懷舊史——一九五〇—二〇〇五〉。

5　原題〈「巷」與「城」的糾葛：論舒巷城〉。

記憶國際學術研討會」、二〇一一年十月在首爾舉行的「第九屆東亞現代中文文學國際學術會議」，二〇一二年五月在香港舉行的「香港文學在臺灣」學術研討會，二〇一三年五月在臺南舉行的「媒介現代：冷戰中的臺港文藝」學術工作坊上砥礪學術，數次討論中初步擬出了一些合作計劃，特別對趙滋蕃、舒巷城有更多深入探研，建忠兄二〇一一年十月在首爾「第九屆東亞現代中文文學國際學術會議」上宣讀的〈冷戰迷霧中的鄉土：論舒巷城一九五〇、六〇年代的地誌書寫與本土意識〉，經修訂後發表於《政大中文學報》，筆者特別佩服他提出「舒巷城的本土意識是無政治性的政治」、「香港的鄉土文學傳統中，存在著一個非左翼、非右翼，同時又是殖民者缺席的鄉土空間」[6]這深具啟發性的論點，據知他尚有一系列有關當代香港詩人研究的構思，但很遺憾他於二〇一五年罹患重病，至今未能重返研究崗位，如果可以，筆者真期待再與他砥礪學術，那不只是學術，是共同志業。

在學院各種莫名工作的糾葛縫隙中，我始終思念那純粹的文學志業，仍有許多有待完成的研究等待著，彷彿那是我未完成的自己。本書討論香港文學的本土意識和根著感時，一再提出當中的無力和不可能，有時，我覺得個人的文學志業也隱約近似。我不知是什麼力量驅使我寫成本書，彷彿那是屬於另一個時空的聲音。二〇一六至一八這兩年間，我先後完成了《香港文學大系一九一九—一九四九．文學史料卷》、《香港當代作家作品選集．葉靈鳳卷》、《板蕩時代的抒情：抗戰時期的香港與文學》和《這時代的文學》四書，目下這本《根著我城：戰後至二〇〇〇年代的香港文學》也行將完結，我想感謝那始終隱約聯繫的臺港文學研究共同體，感謝聯經的胡金倫兄幾年來的支持和忍受我一再延誤交稿。

最後回到有關本書編撰上的說明，本書是以兩篇導論加上二十四篇文組成以文學史架構為綱的系統論述，編排上以所涉時代為次序，雖然包含從戰後至二〇〇〇年代若干重大議題和主要作品討論，但並非作為文學史來撰寫，撰寫真正嚴格意義文學史的話，需補充更多不同層面史料和另一種角度方法，而實際上，本書是建築在文學史料分析加上文學作品評論的一種研究，有別於從理論切入的文學研究，簡單地說可以稱為一種文學史論，但又不全然，或可說是再加上文本分析部份，一種強調歷史脈絡的文學論述。我對未來學界如何閱讀本書稍具期望，即學界讀者既能閱讀以至活用從理論切入的文學研究，而對於建築在史料加上作品分析的文學史論、一種強調歷史脈絡的文學論述，又是否願意消化呢？我仍抱持最後的一點期盼。

二〇一八年七月二十四日誌

6 陳建忠，〈冷戰迷霧中的鄉土：論舒巷城一九五〇、六〇年代的地誌書寫與本土意識〉，《政大中文學報》二二期（二〇一四年十二月），頁一七七。

目次

第一部　一九四、五〇年代之交的文化轉折

第五部　懷舊與遺忘

ROOTED IN MY CITY

根著我城

戰後至2000年代的香港文學

Hong Kong Literature
from the Postwar Years to the 2000s

導論一
本土及其背面

香港乃英人殖民之地，既非吾土，亦非吾民。吾與友生，皆神明華冑，夢魂雖在我神州，而肉軀竟不幸亦不得不求托庇於此。

——唐君毅，〈說中華民族之花果飄零〉[1]

你於是說，啊，啊，這個，這個，國籍嗎。你把身份證明書看了又看，你原來是一個只有城籍的人。

——西西，《我城》[2]

1　唐君毅，〈說中華民族之花果飄零〉，《中華人文與當今世界（上）》（臺北：臺灣學生書局，一九七五），頁二七。
2　西西，《我城》（臺北：洪範書店，一九九九），頁一五〇。

一、歷史淵源的對應

香港文學之所以為香港文學，除了它是由一群在香港定居、生活的作家所寫，更因為它有自己的主體性，或稱作本土性。但這主體性或本土性是怎樣產生的呢？又或者問，是怎樣變化成目前的情況呢？二十世紀四、五〇年代之交，中國大陸政權易轉，內地商人和企業家帶著資金、器材和技術南下，加以香港本身轉口貿易和自由貿易的便利，造就香港史上津津樂道的經濟奇蹟；與此同時，內地學者文人也帶著五四文學傳統、內地文史哲學術及教育模式南下，在兩岸對峙、意識形態對立的冷戰歷史時空，播下香港文學及文史哲學術發展的種子。

一九四九年，唐君毅、錢穆、張丕介、左舜生等學人南來香港興學、撰文、著書，錢穆

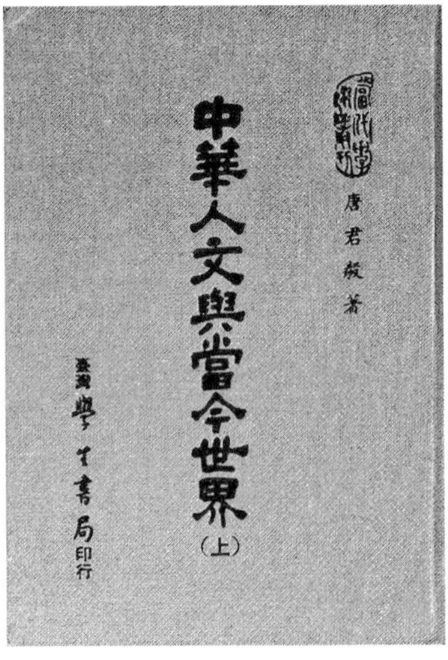

唐君毅，《中華人文與當今世界（上）》（臺北：臺灣學生書局，1975）。

唐君毅，《說中華民族之花果飄零》（臺北：三民書局，1974）。

一九五三年發表於《中國學生周報》的〈敬告流亡海外的中國青年們〉及唐君毅一九六一年發表於《祖國周刊》的〈說中華民族之花果飄零〉等文，強調文化傳承、家國之思，以此抗衡殖民地的無根，也以此抗衡五〇年代至文革期間中國大陸種種割斷傳統文化的「運動」；內地學人南下，延續民國學風於香港，其深遠影響正如李金強所指：「民國以來傳統史學及新史學之學風，由是得以移植本地」；[3]另一方面，徐訏、馬朗、徐速、劉以鬯等作家延續當時被中國大陸主流文論批評為「毒草」、「逆流」的新月派、現代派文學傳統，創辦《幽默》、《人人文學》、《文藝新潮》、《當代文藝》等雜誌，主編報刊的文藝版，延續以至更新五四文化；可以說，五〇年代的香港，特別在民間自發的層面上，與一般所理解或習以為常的稱號「文化沙漠」根本完全相反，內地來港學者文人的種種努力，在大斷裂的時代中，造就了一股延續文化的力量，透過教育和文學的傳承、民辦刊物的接續和流播，進而延至較後時代，這不能不說是香港在那特定時空下的文化貢獻。六、七〇年代，香港人逐漸拋卻視香港為「借來的地方，借來的時間」的過客心態，慢慢確立本土文化意識，這絕非憑空而至，實建基於五〇年代南來一輩的文化播植。職是之故，談論六、七〇年代的本土性，必須上溯五〇年代以至更早的歷史。這不單是一種歷史淵源問題，更在於透過五〇年代一輩南來者對香港的否定和批評，才能認清本土性的生成以及當中的不同面向。

獨門則無類，類別的產生，是由於有相對性。在「現當代中國文學」、「現代中文文學」、「現代華文文學」或「華語語系文學」的整體範疇當中，相對應於「中國現代文學」的「香港文學」和

3 李金強，〈民國史學南移——左舜生生平與香港史學〉，《香港中國近代史學會會刊》三期（一九八九年一月）。

「臺灣文學」這兩門學科的成立，不因其地域上的區別，而是基於近代中國政治歷史上，香港與臺灣相對另行發展的現實。基於此現實，認識香港文學和臺灣文學，特別是它們個別發展的獨特性，才能更了解稱為「現代華文文學」、「華語語系文學」或「現當代中國文學」的全局，而全面論述「香港文學」或「臺灣文學」，亦不能單從地方或地域而論。邱貴芬從「根」與「路徑」之辯證論述臺灣文學的「在地性」，她根據人類學者克里弗德（James Clifford）對「根」（roots）與「路徑」（route）的辯證思考，提出「以roots／routes的辯證證諸臺灣文學的形構」：

> 臺灣文學研究向來重視在地想像，但是其中「根」的形成過程當中已佈滿各種曲折流動的跨文化路徑。臺灣文學自古以來與漢文移民文學、日本殖民文學、戰後中國文學、西洋文學和當代文學文化理論的互動密切，有相當活躍、開放的跨國面向，卻又與種種跨國文化產生複雜的角力關係。換言之，臺灣文學的roots和routes並非對立，而是互相糾結。[4]

「根」與「路徑」看似不同取向，卻並不對立，尤其研究「香港文學」和「臺灣文學」的獨特性，更不能孤立或簡化地看當中的「在地性」或「本土性」。在香港文學而言，其獨特性也就是其本土性的弔詭和複雜之處，在於它與中國文學既相連又迥異的關係，同樣是一種「根」與「路徑」之辯證。本土不等於與他者割離，亦不等於對自身的完全肯定；一九五〇年代以還的香港文學，基於作家的自我反省、歷史文化的割裂、殖民主義的遺害及九七回歸後社會「去本土」的特殊趨勢，其本土性實也包括對「本地」的否定、懷疑和批評，以致對「本土」難以或無從延續的認清。

七、八〇年代以來，在文學範疇以外，社會學者和文化研究學者對香港本土意識的論述亦作了不少討論。普遍認為本土意識是由戰後成長一代自發形成，其中一個重要轉變是七〇年代香港市民開始接受香港是可以落地生根的地方，香港經濟起飛和香港政府的房屋政策是當中重要緣由；[5]而本土意識的主要載體見諸七〇年代的普及文化，尤其是電視。一九六七年無線電視啟播，電視機於五年內迅速普及於香港超過八成家庭，七〇年代的電視節目製作亦回頭參與塑造、強化「植根於本土」的意識，本地製作很快取代外國節目，黃金時間更是百分之百屬本地製作。七〇年代的電影、流行歌亦出現相同現象，本地製作的新粵語流行曲取代了五、六〇年代以來的國語時代曲和歐西流行曲市場，被認為是一種文化上的「非殖化」現象：「『非殖化』過程令文化本體化。香港有史以來第一次建立了一個與中原文化或平衡或抗衡的文化。」[6]

本土文化在市場上的成功所指向的「非殖化」，也許不單是一種本地聲音蓋過外來聲音的過程；七、八〇年代電視的本地製作節目勝過外地節目，正在其本土性引發共鳴，例如《抉擇》（無

4　邱貴芬，〈「在地性」的生產：從臺灣現代派小說談「根」與「路徑」的辯證〉，收入張錦忠、黃錦樹編，《重寫臺灣文學史》（臺北：麥田出版，二〇〇七），頁三三〇。

5　參考呂大樂，〈香港故事——「香港意識」的歷史發展〉，收入高承恕、陳介玄主編，《香港：文明的延續與斷裂？》（臺北：聯經出版事業公司，一九九七），頁一——一六。另可參呂大樂，《唔該，埋單！：一個社會學家的香港筆記》（香港：閒人行公司，一九九七）。

6　陳啟祥，〈香港本土文化的建立和電視的角色〉，收入冼玉儀編，《香港文化與社會》（香港：香港大學亞洲研究中心，一九九八），頁八五。

線電視，一九七九）、《浮生六劫》（麗的電視，一九八〇）、《人在江湖》（麗的電視，一九八〇）等劇集強調由中國內地或越南來港的主角在香港落地生根、奮鬥創業的故事，正切合當時的文化需要。因此七〇年代本土化的成功關鍵也許不在於以本土取代外來，本土化在本土語言或場景的使用以外，更內在的還是一種身份認同的文化需要。

進一步問題是，七〇年代香港人對本土的身份認同——一種新的文化需要是如何形成的？本土性不是獨立存在的觀念，而是連帶著另一對應面，即具有外來或他者的對應，才使「本土」成為可能。要釐清七〇年代的本土文化需要，首先須了解在其背後的另一對應面，即外來或他者的對應：一種本土的「背面」。香港文學的本土及其背面，在不同年代各有不同對應，文學作品對本土語言或場景的使用，除了作為生活現實的反映，更內在的同樣是一種身份認同的文化需要。正如社會學家提出理解本土意識須上溯至戰後的香港社會，至少追溯至六〇年代；[7]同樣，在談論香港文學的本土性時，亦有必要上溯歷史。

二、本土形式的催生

抗戰期間，隨著大量中國內地文人南下，亦把從內地展開的「民族形式論爭」延伸至香港，「民族形式論爭」將二、三〇年代文藝大眾化等涉及方言文學的討論推至高峰，本是抗戰期間的重要論爭，以延安做開始，廣及重慶、香港、桂林以至晉察冀邊區等地，香港部份大多由左翼南來文人參與，例如黃藥眠、林煥平、杜埃等人。順應內地論爭對大眾語的討論，在香港的論者亦提出本土既有的粵語方言文學作為一種民族形式的可能；然而地方形式最終被視為達至民族性的手段：「最有地方性的東西，在民族生活的深廣的意義上說，也就最有民族性」、「在這裡給我們昭示出一個真理：『有地方性就有世界性』，也就是有民族性」，[8]論爭的要點還是站在抗戰文藝統一戰線的立場，強調民族性的重要，但又無法完全抹煞地方形式的價值，故提出「有地方性就有世界性，也就是有民族性」的說法，指地方性並不從民族性分離；這本是一種策略性語言，但也可視作地方性本質的一種討論，即地方性本就含有一定的普遍性，不必在民族性中受到抹煞。

十九世紀中至二十世紀末的香港作為英國殖民地，本地與外來的對應一向存在，早期英人禁止華人在港島半山居住，統治手段包含多種華洋分隔的前設，抗戰爆發後大量中國內地人口南移，再凸顯「本土」與外來或地方性與民族性的分野。抗戰期間的香港報章當中，一方面固有抗戰文藝的論述，例如由內地延續至香港的民族形式論爭，又例如當時香港《大公報》和《星島日報》副刊亦以刊載內地知名作家（包括已來港者）的創作為主，包括蕭紅的中篇小說《呼蘭河傳》於一九四〇年九月至十二月香港的《星島日報・星座》連載一百一十三日，再如沈從文的《長河》和《湘西》

7　參考吳俊雄，〈尋找香港本土意識〉，收入吳俊雄、張志偉編，《閱讀香港普及文化，一九七〇—二〇〇〇》（香港：牛津大學出版社，二〇〇二），頁九〇—九二。

8　宗玨（盧豫冬），〈文藝之民族形式問題的展開〉，《大公報・文藝》，一九三九年十二月十三日。該文於一九三九年十二月十二日刊登第一至三節，至十二月十三日再刊登第四至七節完。盧豫冬（一九一四—二〇〇一）抗戰時期在香港任職國際新聞社，並任教於香港中國新聞學院。

亦分別在香港《星島日報・星座》和《大公報・文藝》連載；但另一方面也促使以香港本地讀者為主要市場的報刊，因應內地名家作品「不易博得典型香港市民的親切感」、「對典型的香港市民缺乏吸引力」，[9]而尋求符合本地口味的創作，作家平可（岑卓雲）正因此而開始在《工商日報》連載小說《山長水遠》而大受歡迎，其他成功者尚有望雲（張吻冰）的《黑俠》和《人海淚痕》、傑克（黃天石）的《紅巾誤》，以至更通俗的三及第小說：周白蘋（任護花）的《牛精良偷渡香港海》、《牛精良大亂中環》等「牛精良」系列小說。[10]這些本土通俗形式小說都於一九三九至四一年間的報紙連載，共同特色是地方故事、強調本地內容，由這些例子亦可見，除了七〇年代的電視劇和流行歌，早在戰前已由於本土與內地文化上的對應，使本土化成為一種市場需要。

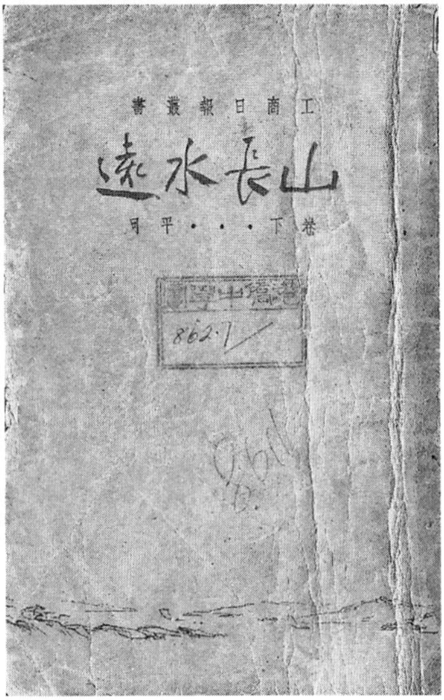

平可，《山長水遠》（香港：工商日報營業部，1941）。

從抗戰時期的「民族形式論爭」強調本土形式的世界性（民族性），亦可見本土的對應面在論爭的角色，一種外來的、要求更普遍性的民族統一戰線觀念和以內地生活題材為主的內地知名作家的創作，反而促成了「本土」在另一背面的成長。民族性的要求一直試圖把本土融合，在民族形式論爭中，對方言文學等地方形式的討論非為建立地方認同，而是全國性的民族認同，其間左翼文化人對文化建國的藍圖，以至建立新的現代民族國家的觀念才是真正議題，[11]卻在論爭中凸顯了本土

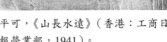

的普遍性而無法完全去除。另一方面，以香港本地讀者為主要市場的報刊對民族形式論爭和內地題材創作的反應不是直接參與，而是在文化市場上另行製造出對本土形式的需求，可以說，在三〇年代末至香港淪陷之前，對民族形式的要求反而催生了另一全新的「本土形式」。

望雲的《人海淚痕》等戰前香港小說的本土性，除了從語言和場景上凸顯以外，更重要是其故事和人物的出路亦指向本土，使它有別於戰後以返回中國大陸作為出路的地方故事。望雲的《人海淚痕》以一九三八年的香港為背景，提到由於日軍侵華後大量內地人民來港，使房屋短缺，故事從蘭桂坊至必列者士街的中上環「三十間」一帶（即今日所謂「蘇豪區」）開始，[12]結尾安排廣州中山大學畢業、來港後任職記者的男主角因揭發罪案而殉職後，同樣從廣州南來的女主角，在其他同屋租客返回內地時決定留港並繼承男主角的遺志，故事的出路是留在香港；[13]平可的長篇小說《山長水遠》亦近似，結尾寫男主角從香港的碼頭出發乘船遠遊，但心中決定必會重返香港。

9 平可，〈誤闖文壇憶述（六）〉，《香港文學》六期（一九八五年六月），頁九九。

10 參考陳智德，《板蕩時代的抒情：抗戰時期的香港與文學》，第三章，〈抗戰時期的香港報刊〉，見該書（香港：中華書局，二〇一八），頁五九—一〇七。

11 參考汪暉，《現代中國思想的興起・下卷第二部・科學話語共同體》（北京：生活・讀書・新知三聯書店，二〇〇四），頁一四九三—五三〇。

12 該小說特別提到必列者士街一帶通稱為「三十間」，保留了當地居民的舊稱。至今天，該區老居民仍有此稱，不接受「蘇豪區」這漠視地方傳統的外來說法。

13 可參本書第三章，〈新民主主義文藝與戰後香港的文化轉折——從小說《人海淚痕》到電影《危樓春曉》〉一文。

戰後即四〇年代中後期，黃谷柳的《蝦球傳》和侶倫的《窮巷》等小說仍以香港為背景，但主角的出路卻是返回內地。在《蝦球傳》的第一部「春風秋雨」裡，主角蝦球經歷香港不同地區之旅後，在各處都被驅趕，他找不到認同，找不到適合落腳的地方，香港始終不是安身之處，最後他前往心中的理想家園：中國內地。符公望〈勝保初到香港〉、黃雨〈蕭頓球場的黃昏〉等詩歌亦視香港為壓迫人民、環境腐朽的地方，引導讀者憧憬中國的解放，以至返回內地支持中共對抗國民政府的革命鬥爭。[14]這並非偶然巧合，以返回中國內地作人物出路的作品普遍見諸四〇年代末至五〇年代初的左翼或同情左翼的小說、詩歌以至電影，[15]實針對不同的文化需要，這和戰後國共內戰下的左翼文化思潮相關，亦見戰前的本土形式，在四〇年代中後期的斷裂性。[16]

黃谷柳，《蝦球傳　第一部「春風秋雨」》（香港：新民主出版社，1955）。

黃谷柳，《蝦球傳》（香港：宏文出版社，1979）。

三、對「失去的國土」的認同

五〇年代，舒巷城的〈鯉魚門的霧〉、《霧香港》及一九六二年的《太陽下山了》等小說，實質上繼承三、四〇年代的本土形式故事，但加添了濃厚的懷舊和感傷色彩，更透過強調都市中心外圍社區的淳樸和鄉土性，抵抗都市的負面，對城市有更立體的描繪。〈鯉魚門的霧〉中的故事主人翁梁大貴戰後回港，已感嘆本土（鄉土）的消逝，使認同變成不可能，結段「我是剛來的」一語兩度出現，而第二次即是小說的結尾正從地理上的陌生引申向觀念上的陌生，教主角重新認知本身的外來身份。《太陽下山了》中的本土是一種消逝的感情，也作為一種洗滌和啟導情志的力量而存在，並通過對消逝的感知而獲得，最終帶動思想覺醒再推動人們奮發向上。一九五六年的《霧香港》的場景是香港中區至灣仔一帶，敘事者由於生活所逼，從一名畫家轉為廣告插畫師，他的戀人「維維」已失散多時，雖然時常思念，卻因工作和生存問題的考慮而與自己不喜歡的老闆的女兒結

---

14 有關左翼詩歌問題可參本書第一章，〈左翼的任務和鬥爭——戰後香港左翼詩歌〉一文。

15 參考梁秉鈞，〈兩類型的殖民論述：黃谷柳與張愛玲筆下四〇年代的香港〉，收入黃淑嫻、宋子江等編，《也斯的五〇年代：香港文學與文化論集》（香港：中華書局，二〇一三），頁一六九—九八。

16 例如一九四〇年望雲的《人海淚痕》在五〇年代改編為電影《危樓春曉》時，原著的本土色彩及背景大大淡化，詳見本書第三章，〈新民主主義文藝與戰後香港的文化轉折——從小說《人海淚痕》到電影《危樓春曉》〉一文。

了婚。至小說後半段，敘事者終於探知維維的下落，在灣仔一家舞場見著了已改名為「路沉」的維維。維維原是淳樸的、喜愛藝術的姑娘，當敘事者重見維維，問她因何變得完全不一樣，維維口中說出駭人的城市中心價值：「算了吧，我們大家都是出來撈的囉——不變？不變怎樣生活？」[17]小說不單強調都市是磨滅理想的所在，更以都市中的霧，象徵記憶和經驗的斷裂：主角一再回憶戰前香港的淳樸，霧卻作為抹掉記憶和理想的力量，凸顯追溯的徒勞。

〈鯉魚門的霧〉、《太陽下山了》和《霧香港》都對本土消逝有強烈的危機感，經驗斷裂指向記憶和歷史意識的失落，主角極力保存的個人回憶，一次又一次被外在那抹掉記憶的反歷史的現實所衝擊，最後無法不從實地的本土離去，轉化或虛化為抽象的霧，〈鯉魚門的霧〉以首尾呼應、散了又來的霧景寫本土的追尋和失落，尤見本土與現實的距離，營造「地方感」的同時，卻也凸顯「根著」的無力。

為甚麼舒巷城會有這種失去本土的危機感？相信與戰後香港社會的轉變有關。舒巷城本人在香港土生土長，成長於西灣河、筲箕灣一帶，淪陷翌年即一九四二年離港，至四八年重回香港，這時的香港也在人口結構上出現重大變化，戰後人口急劇上升，特別於一九四九年後再有大量內地人民來港，在一九五〇年初，人口已從一九四六年底的一百六十萬，增至二百三十萬。[18]香港文學的本土性、也是其複雜處，就是人口流動使它不易延續，戰前人口流動性大，省籍認同使香港居民不易產生「香港認同」，香港式的生活或文化由於戰亂和人口流動亦具斷裂性，香港文化痕跡很快就被遺忘，例如三〇年代香港的《紅豆》和《南華日報》曾出現不少被視為具現代派風格的詩歌，但其後由於人口和時局的變化，不出數年就被詩歌界所遺忘。[19]戰後大批左翼文化人南來再於一九四九年陸續北返，五〇年代初另一批知識份子南來，又進一步改變香港的文化生態，三、四〇年代的經驗及本土聲音很少能延至戰後，並從戰後至五〇年代初一再被另一強調民族認同的文化需要掩蓋。香港文化的「沙漠性」實在不是香港文化的本質，而是由於流動性使經驗無法累積而造成的表面印象。文化和經驗的雙重斷裂，使舒巷城五〇年代的〈鯉魚門的霧〉和《霧香港》等作品具有強烈的失去本土之危機感。

一九四九年八月十七日，香港政府通過新訂《人口登記條例》，為居民發身份證，再於一九五一年實施邊境宵禁及封鎖邊界，[20]從此改變省港人民自由往來情況；自一九五〇年韓戰爆發，冷戰局勢促使香港左右翼政治意識形態並存而彼此對立，海峽兩岸爆發零星衝突但始終未有改變分治狀況；在此局面下，南來香港的居民從暫居漸成定居，但他們在心態上仍不以香港為家，正如唐君毅在〈說中華民族之花果飄零〉一文中所說：「香港乃英人殖民之地，既非吾土，亦非吾民。吾與友

---

17 秦西寧（舒巷城），《霧香港》，頁三五。

18 參考冼玉儀，〈社會組織與社會轉變〉，收入王賡武編，《香港史新編（上冊）》（香港：三聯書店，一九九七），頁一九六。另參John D. Young, "The Building Years: Maintaining a China-Hong Kong-Britain Equilibrium, 1950-71," *Precarious Balance: Hong Kong Between China and Britain, 1842-1992* (Hong Kong: Hong Kong University Press, 1994), p.131。

19 參考陳智德，〈導言：香港新詩的精神面貌〉，收入陳智德編，《三四〇年代香港新詩論集》（香港：嶺南大學人文學科研究中心，二〇〇四），頁一一—二四。另可參陳智德，《板蕩時代的抒情》。

20 參考余繩武、劉蜀永編，《二十世紀的香港》（香港：麒麟書業，一九九五），頁一八六—八七。

生，皆神明華冑，夢魂雖在我神州，而肉軀竟不幸亦不得不求托庇於此」，[21]來港知識份子是在不自願的情況下被迫滯留，他們的需要不是本土形式，也不是香港現實，而是怎樣延續斷裂的傳統，從事教育者強調如何在新一代「灌輸」民族認同，例如六〇至八〇年代的香港中學教育長期沿用四九年以前內地中華、商務、開明等課本所列教材，講授〈風雪中的北平〉、〈槳聲燈影裡的秦淮河〉、〈趵突泉的欣賞〉等篇章，強調故國文化、承傳五四文風，而從未提及香港四、五〇年代的經典作品如〈鯉魚門的霧〉和《窮巷》等等。[22]五〇年代南來學者強調「故國文化」的懷念和五四文學的繼承，部份源於國共內戰延伸下來的二元對立模式，也有較純粹的抗衡香港殖民地文化。

在這背景下，五〇年代從內地來港的詩人如徐訏、力匡、徐速、夏侯無忌、李素等諸位亦強調對五四文學傳統的繼承，特別在形式上沿用新月派的格律詩風，並強調浪漫情感，有延續五四文學傳統及藉此表達鄉愁之思的文化需要；林以亮針對他們相對保守的文學形式和過於感傷的語調而提出調整，卻遭反駁，引發一場小規模的「詩與情感」論戰，參與筆戰者夏侯無忌和長亭強調家國之痛引致情感哀傷是正常的，林以亮站在現代文學的角度提出制約情感，筆戰者卻站在民族情感即家國之痛的角度強調抒發愁思之必要，由此亦可見五〇年代的文學形式對民族認同的強調，甚且對民族認同的文化需要已蓋過純粹文學形式的討論。[23]

五〇年代詩人繼承五四文學形式、延續民族傳統，具有正面影響，但其保守的美學觀也引發林以亮的批評，而另一種負面因素也見諸對本土問題疏離、缺少關懷的「過客心態」，不以身處的地方為家，而視為暫居地，在五〇年代一輩的南來詩人當中的香港經驗多為負面，並以懷舊的感傷筆調來呈現。徐訏、力匡以至他們那一輩詩人都具濃厚的懷舊意識，徐訏在〈記憶裡的過去〉一詩說：「那裡老幼的人物，／有不變的年齡；／情侶有永生的愛，／山水有不移的風景」，[24]然而那強調「不變」的過去，即使在過去當中亦不存在，是一美化了的過去，一個在戰火和人民離散中失落的伊甸園和烏托邦。同樣，在力匡〈我不喜歡這個地方〉一詩中，「這裡的女人沒有眼淚，／這裡的男人不會思想」[25]的說法也是作者基於否定的主觀想像和情緒投射，而這否定實源於「此地已無原野的理想」，[26]即內地理想在香港的失落，故無法認同「此地」的一切。[27]徐訏和力匡對香港的否定，背後是一種對失去的國土的堅守認同，他們無法認同香港，是因為當時的香港，在他們眼中，正是處於「失去的國土」的反面，因而無法在充滿異質感覺的英國殖民地香港建立認同。那麼，七〇年代的香港本土意識是否就是這種「失去的國土」的認同之再反面呢？細讀五〇年代末至六〇年代本土青年作者的作品，看見並非簡單地從一面立即跳到另一反面，而是有更多矛盾和反思的過程。

21 唐君毅，〈說中華民族之花果飄零〉，《中華人文與當今世界（上）》，頁二七。有關唐君毅〈說中華民族之花果飄零〉的其他分析可參本書，〈導論二：流動與根著〉。

22 相關討論參見陳國球，〈感傷的教育——香港、現代文學，和我〉，《感傷的旅程：在香港讀文學》（臺北：臺灣學生書局，二〇〇三），頁i—vii。

23 參見本書第二十三章，〈香港文學的懷舊史——一九五〇—二〇〇七〉之「『詩與情感』論戰：林以亮、夏侯無忌」一節。

24 徐訏，〈記憶裡的過去〉，《時間的去處》（香港：亞洲出版社，一九五八），頁一九。

25 力匡，〈我不喜歡這個地方〉，《星島晚報》，一九五二年二月二十九日。

26 徐訏，〈原野的理想〉，《時間的去處》（香港：亞洲出版社，一九五八），頁一一九。

27 參見本書第六章，〈懷鄉與否定的依歸——徐訏和力匡〉一文。

四、否定的否定

香港一度被稱為「借來的地方，借來的時間」，[28]過客心態影響好幾代香港人，其實在六〇年代初，已出現一種可說是前所未有的、呼籲重新正視香港現實處境的聲音，發表於《星島日報》的王益肇〈論香港的文化〉一文說：

> 香港，作為一個很有希望的地方，隨著它的物質文明發展，它的文化自覺自然也是相當迫切的；至少，我們應該結束我們這裡不過是一隻大輪船上的旅客那種香港人傳統的心情，而不妨開始把香港視為我們的「國家」或「準國家」。這種自覺是建設香港文化的開始。[29]

〈論香港的文化〉發表於一九六〇年一月一日《星島日報》的「元旦增刊」，作者針對香港各個年代都有大批南來者及其共有的暫居處境，因應香港社會的發展及作者對當中的前瞻，呼籲「香港人」擺脫固有的過客心態，該文提出視香港為「我們的『國家』或『準國家』」，相信是作者針對殖民地那無根的政治現實，結合他對社會發展的前瞻而提出的先見，卻未能普遍見諸民間，實際上，當時香港人難以、亦未曾視香港為「國家」或「準國家」，六〇年代的青年仍有自覺是「自我放逐的華人」，[30]六〇年代文學作品仍瀰漫虛無情緒，例如盧因〈時間之歌〉、張愛倫（西西）〈異症〉、芷明〈掛角〉等詩。社會層面上，六〇年代民間普遍仍見危機和不安感，[31]青年的焦躁不安見諸大眾文化，例如龍剛執導的電影《飛女正傳》。

文藝方面，針對殖民地文化的無根、青年的苦悶無出路，六〇年代有許多文學瀰漫存在主義思潮，表現出虛無和反叛，而在另一層面，亦有頗多作者試圖擺脫虛無和形式困局，意識到殖民地文化的無根並嘗試在語言上另覓出路，例如馬朗（馬博良）於一九五六年創辦《文藝新潮》倡導現代主義文學，其間臺灣、香港現代詩風的交流造就六〇年代文藝青年創新語言和反叛傳統的傾向，崑南、葉維廉、王無邪、李英豪等人在《文藝新潮》停刊後先後創辦《新思潮》（一九五九）和《好望角》（一九六三），這時早在五〇年代中已投稿到南來文人主導的《中國學生周報》、《人人文學》等刊物的崑南、蔡炎培、王無邪、葉維廉、盧因、戴天等作者已寫出更成熟的作品，如崑南詩作〈大哉驊騮也〉、〈旗向〉和小說〈地的門〉、〈攜風的姑娘〉、蔡炎培詩作〈焦點問題〉、〈七星燈〉、王無邪的〈一九五七年春：香港〉、葉維廉的〈我們只期待月落的時分〉、〈賦格〉諸作，皆

28「借來的地方，借來的時間」一語因澳洲籍記者理查德・休斯（Richard Hughes）於一九六八年出版的《借來的地方、借來的時間：香港及其多個面孔》（*Borrowed Place, Borrowed Time: Hong Kong and Its Many Faces*）一書而廣為流傳，作者在該書鳴謝頁提出，Borrowed Place, Borrowed Time 一語出自韓素音（Han Suyin）一九五九年發表於《生活雜誌》上的一篇文章“Hong Kong's Ten-Year Miracle”所引述的一名從上海移居香港者的說話。

29 王益肇，〈論香港的文化〉，《星島日報・元旦增刊》，一九六〇年一月一日。

30 王敬羲在〈我們往哪裡去？〉一文中說：「今天我們是自我放逐的『華人』。我們是John，是維多，是桃樂賽。」，《中國學生周報》，一九六六年十一月四日。

31 吳俊雄，〈尋找香港本土意識〉，頁九〇—九二。

對文化中國和香港的殖民地處境有深切反省，其對香港身份的反思，正建基於對徐訏、力匡那一輩語言的調整（而非否定），從五〇年代式的二元對立中重新思考「香港身份」的內容及可能性。

相對於五〇年代南來香港的徐訏、力匡等一輩，較年輕的崑南、葉維廉、王無邪、戴天、蔡炎培及其同代作者，面對另一種不同的複雜局面，正因其嘗試尋求認同而落空，夾處文化中國和香港殖民地文化之間，王無邪的〈一九五七年春：香港〉寫出了當中的「雙重不可能」，[32]六〇年代的青年詩人部份回到虛無，部份如蔡炎培則以〈焦點問題〉試圖尋求第三出路。[33]崑南詩作〈大哉驊騮也〉在被描寫成凶暴、異化的空間之中，「吾等」「耕非吾土之土」，在難以找到認同的處境中，仍試圖透過種種語言和文化上的努力，超越虛無的處境，從「天地畢羅於眼前／吾等傲倪／獨曲全　獨往來」[34]中，重新肯定自我的位置和文化身份。他們同樣經過本土另一負面的思考，在沒有認同的虛無中思索出路，對語言的自覺特別敏感，例如葉維廉〈賦格〉的第三節以一連串的提問結束全詩，提出經驗、觀點、語言，三種固有的認知世界的方法，已不能有效地回應外界的變化，最後以「左顧右盼，等一隻的蝴蝶／等一個無上的先知，等一個英豪／騎馬走過——」而無視於「多少臉孔／多少名字／為群樹與建築所嘲弄」，[35]語言難懂的批評似為詩人所預見，作者正期待以創新的語言，帶動傳統文化的延續、古典美學的更生。六〇年代青年作者對身份認同危機和殖民地文化的無根，部份以虛無、疏離和否定回應，部份嘗試在語言上另覓出路，除了本身的時代意義，也可視為七〇年代香港文學本土化的前奏。

六〇年代中後期相信是本土意識加速發展的重要轉折時期，在一九九四年由香港藝術中心主辦的「香港六〇年代：身份、文化認同與設計」展覽中，田邁修（Matthew Turner）指經歷一九六七年的暴動（另一說法為「反英抗暴」）之後，香港政府有意為香港人設計一個有別於中國的西化身份，見諸當時的時裝及工業設計，而新一代青年也普遍接受由現代化生活、流行曲和時裝潮流等媒介所驅動的西化身份。[36]也斯一

32 Ping-Kwan Leung, "Modern Hong Kong Poetry: Negotiation of Cultures and the Search for Identity," *Modern Chinese Literature* 9 (1996): 240.

33 參見本書第十章，〈語言的再造——論蔡炎培〉一文。

34 崑南，〈大哉驊騮也〉，《中國學生周報》，一九六四年六月二十六日。

35 葉維廉，〈賦格〉，《愁渡》（臺北：晨鐘出版社，一九七六），頁一七—二四。

36 參考田邁修，〈六〇年代／九〇年代：將人民逐漸分解〉，收入田邁修等編，《香港六十年代：身份、文化認同與設計》（香港：香港藝術中心，一九九五），頁二一—二二。該展覽由田邁修和何慶基策畫，一九九四年十一月十二日至二十七日假香港藝術中心包氏畫廊展出。

葉維廉，《愁渡》（臺北：晨鐘出版社，1976）。

田邁修等編，《香港六十年代：身份、文化認同與設計》（香港：香港藝術中心，1995）。

九九八年編《香港短篇小說選（六〇年代）》一書時，特別提出田邁修的說法而有所補充，用綠騎士的〈禮物〉等六〇年代的小說為例子，指出當中的西化形象並非立即接受，六〇年代作者對中國實有更多來回曲折的思考。[37]從也斯的論點再引申出去，對六七暴動的回應，在田邁修所說的那種從官方角度有意倡導西化形象的設計文化以外，另一角度的「民間回應」，實具體地見諸當時的報刊政論性文字及文學創作，指向立足香港的認同，例如六七暴動後《中國學生周報》的「學壇」（性質有如一般大報的社論）提出「不要抱著『改朝換代』與庶民無關的想法，也不要抱著個人力量無補時艱的想法。要認識到我們都坐在同一條船上，船若沉了誰能倖免呢？」[38]遙遠地回應了一九六〇年的王益肇〈論香港的文化〉，亦見六七暴動後的文化需要，再次喚起「同舟共濟」式的地方社群意識。

六七暴動後一年，一九六八年的《中國學生周報》多次編出「香港風情」專輯，內容包括本土主題攝影、報導、特寫和文學創作，例如西西的散文〈港島・我愛〉，而編者也在專輯的〈編後記〉中表達了他的看法，談論西西的〈東城故事〉，指其引向「香港是一個怎樣的世界的思考」，又評論舒巷城的〈鯉魚門的霧〉，認同其結尾「我是剛來的」正寫出香港的無根，認同其代表性。編者又指出編「香港風情」專輯是為了把過去普遍的對香港否定轉向認同，而「香港風情」亦即「香港現實」之意。[39]從以上《中國學生周報》「學壇」的用語取態和「香港風情」的編輯意向，可見「六七暴動」後，若相對於田邁修所指官方有意為香港人設計一個有別於中國的西化身份，那麼民間便有意讓讀者的焦點從政治意識形態的矛盾對立：左派政治的階級鬥爭或右派政治的反共論述以外，引向香港本土的身份認同及文化建設。

值得留意的除了其建立同舟共濟的論調，更重要是這種民間回應的出發點是針對六七暴動當時有呼籲中國大陸政府「提早收回香港」的聲音，[40]它比香港官方的文化身份設計作轉移焦點方式的回應，來得更直接、有效：建立以身份認同為基礎的本土文化意識。[41]即使呼籲改變過客心態的呼聲在六〇年代初已出現，還是待六七暴動之後才因應當中的危機而加速

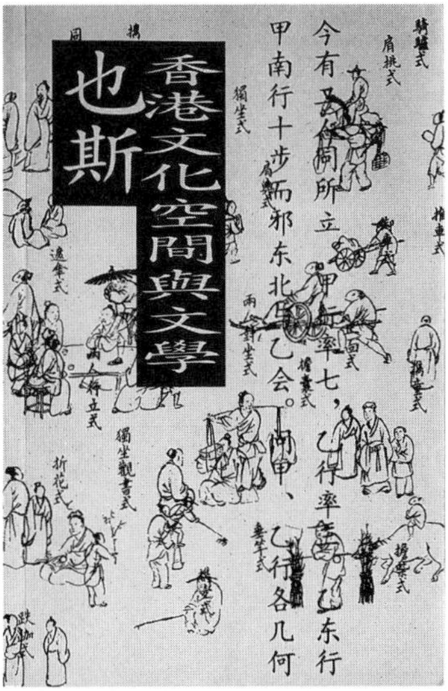

也斯，《香港文化空間與文學》（香港：青文書屋，1996）。

37 也斯，〈六〇年代的香港文化與香港小說〉，收入也斯編，《香港短篇小說選（六〇年代）》（香港：天地圖書公司，一九九八），頁四—五。

38 〈香港將往何處去？〉，《中國學生周報》「學壇」，一九六七年六月二十二日。

39 〈香港風情引——代編後〉，《中國學生周報》，一九六八年一月二十六日。

40 參考張家偉，《六七暴動：香港戰後歷史的分水嶺》之「引言」，及第十一章「中英官員與暴動參與者的回憶與反思」，見該書（香港：香港大學出版社，二〇一二），頁一—一七；頁二〇七—五三。

41 當然嚴格來說，《中國學生周報》創辦時本是美援文化體制一部份，五〇年代具明確的反共色彩，但正如也斯所分析，《中國學生周報》從一九五二年創辦至一九七四年停刊的二十二年期間，編輯人成員屢有更迭，愈到後期，距離原初的創辦宗旨愈遠，實不能簡化地以美援文化概括之。可參考也斯，〈解讀一個神話？——試談《中國學生周報》〉，《香港文化空間與文學》（香港：青文書屋，一九九六），頁一六一—一六八。

發展，六七暴動對香港的否定（呼籲中國政府「提早收回香港」），原也參與本土意識的建造，使用本文的觀點，亦可說是從另一個背面中轉到另一認同本土的一面。

五、從本土到他鄉

七〇年代，官方試圖為大眾製造歸屬感，例如分別於一九六九年、一九七一年及七三年舉辦的三屆「香港節」，透過連串包括選美和花車巡遊的活動倡導市民對香港產生歸屬感，但無多大成效，遠不及民辦的大眾媒體如電視臺的《七十三》、《歡樂今宵》等節目透過諷刺政府所製造的集體意識，如呂大樂指出：

> 那時候市民對香港社會及殖民地管治的看法，就像電視節目《七十三》、《歡樂今宵》之中〈多咀街〉的環節所表現出來的一種態度——對各種看不過眼的事情，冷嘲熱諷；對現有制度完全不信任。再加上股市狂潮、「石油危機」所帶來的經濟衰退和十萬計的工人階級因失業而轉為無牌小販以解決生活，連串事件更強化了民間流傳的犬儒主義。[42]

羅永生亦提出《歡樂今宵》等節目促進小市民對政治不滿又無奈的犬儒主義，某程度上成為一種集體意識：「這種犬儒主義一面嘲弄政治忠誠及道德文化上的嚴詞偉論，但又承載了很多對現狀的不滿」，他再分析電視工業塑造集體意識的作用及其限制：「電視工業快速地成為一九七〇年代形塑香港人意識的工具。一方面，以抒發民怨為目的『諷刺時弊』，塑造了某種香港社群的共同體想像，但政治上的集體意識又被節目中娛樂的形式及內容所迅速置換」，[43]大眾媒體有力地塑造集體意識，有助於本土性的建立，然而它的層次淺薄，過分偏重的娛樂性掩蓋了政治探討和反思；因此，當七〇年代的香港作家參與社會現實的思考，其對本土意識的呈現和反省顯得更重要。

七〇年代的香港文學在這層面的重要性，在於它的獨立角度：不迎合市民大眾趣味的諷刺，也不附和虛無的犬儒主義，這種對大眾既有觀點保持距離的角度，其實也正是一種現代文學的角度，在諷刺和犬儒主義兩者之間，思考歸屬的所由來，例如劉以鬯《島與半島》對香港節感到迷茫，在各種動盪不安的生活現實中，官方主催的認同成了難以理解的觀念，有如香港節中證券交易所的花車以燈飾祝願指數上升，卻使經歷股災的市民更感不安。[44]也斯的《剪紙》亦有相關描寫，花車巡遊一段顯示那官方意識試圖製造的歸屬與實際生活脫節，因而見出虛幻和荒謬；小說中的青年人各自追尋以至迷戀的西化形象或文化中國形象，亦各自顯出虛妄。《剪紙》正試圖調整、反思中與西、否定與認同等等二分觀念的困局，尋求第三種出路。[45]西西《我城》透過一段到寺廟求籤而得

42 呂大樂，《唔該，埋單！》，頁一〇三。
43 羅永生，〈香港本土意識的前世今生〉，收入思想編輯委員會，《香港：本土與左右（思想26）》（臺北：聯經出版事業公司，二〇一四），頁一二八。
44 參見本書第十二章，〈「錯體」的本土思考——劉以鬯〈過去的日子〉、《對倒》與《島與半島》〉一文。
45 參見本書第十四章，〈另一種「翻譯」與「寫實」——《剪紙》、《重慶森林》與《烈火青春》〉一文。

出「天佑我城」一籤的情節，巧妙地將殖民地宗主國國歌及其認同轉化為本土認同，又在「無國籍」的現實中另樹「城籍」觀念。[46]七〇年代的本土不是以本土描寫的「有」來替代五〇年代的「無」，而是認清了「無」之後，從「沒有」的既定現實中取材並建立出「有」，對「無」的認清作為反思和認同的關鍵，當中的思考正打破了簡單二分的肯定和否定關係。

七〇年代香港意識的重要性，在於它不單參與建立身份認同，更逐漸發展出對本土、以至本土意識和民族主義的反省。七〇年代的流行文化中較常見集體的身份認同，這對於七〇年代的香港成長一代固然重要，但對本土意識本身的反省和深化，則見諸文學。七〇年代香港作家筆下的香港，在認同以外，已意識到本土認同與粉飾現實、自我膨脹的分野，透過七〇年代作家的思考，可見本土並非簡單的認同或身份上的分類。[47]

八〇年代，本土認同因「九七回歸」及移民的去留問題結合而變得更複雜，一九八四年曾柱昭與袁立勳合編的話劇《逝海》[48]已嘗試處理，例如回到本土歷史尋找出路，故事以海和漁村象徵香港的本土，都市則指向香港的現代化和殖民地經驗，主角海生作為本地人（水上人）的第二代，在其間徘徊，二者同樣抗拒，發現二者的問題，因而找不到真正的認同。一九八八年首演的陳尹瑩劇作《花近高樓》探討香港人面對「九七

曾柱昭、袁立勳合編，《逝海》（香港：曾柱昭、袁立勳，1984）。

問題」時的掙扎，[49]包括去與留、身份認同等問題，這點與《逝海》相近，其實也是八〇年代許多香港文學作品的共同關注點。面對現實的衝擊和未來的不可知，《逝海》和《花近高樓》都共同向香港本土歷史尋找出路，一方面回應七〇年代以來本土化的思考，另一方面也多少反映現實的匱乏，正因現實無法提供答案，《逝海》和《花近高樓》以追溯歷史、思考本源的方式，回應現實的衝擊，它們有點類近舒巷城五〇年代的《鯉魚門的霧》，同樣在追溯本源及本源的消逝中，體現了本土性。

陳尹瑩，《花近高樓》（香港：陳尹瑩，1988）。

46　參見本書第十三章，〈本土的自創與解體——從《我城》到《白髮阿娥及其他》〉一文。

47　這點在洛楓和羅貴祥兩位學者的研究中已論及，參考洛楓，〈香港現代詩的殖民地主義與本土意識〉及羅貴祥，〈經驗與概念的矛盾——七〇年代香港詩的生活化與本土性問題〉，收入張美君、朱耀偉編，《香港文學@文化研究》一書。他們的論文挑戰簡化和狹隘的觀念，亦擴闊了討論本土意識的空間。

48　一九八四年，曾柱昭與袁立勳合編《逝海》一劇，以香港漁民的生活和相關歷史為景，曾由「生活劇團」於香港藝術中心公演。

49　陳尹瑩的《花近高樓》，一九八八年八月四日由香港話劇團於香港大會堂首演。

一九八二年，由許鞍華執導、邱戴安平（邱剛健）編劇的電影《投奔怒海》公映，適逢中英兩國就香港前途問題展開連串談判，被視為借越南暗喻香港之作，一九八三年，基督教文化團體突破機構製作的多媒體影音作品《根：獻給這一代香港的中國人》亦對回歸及移民的去留問題作不同回應。[50]八〇年代香港文學對「九七回歸」的回應，除了《花近高樓》和《逝海》的追溯歷史、思考本源的方式，亦有對民族主義的反思。八〇年代香港新詩中每多中國形象，相信與當時香港青年回國旅行，目睹中國改革開放初期現象有關。香港作者有的提出問題和思考角度，也有的帶有憂時傷國的情意，從香港的角度，寫出對中國的寄語，例如黃國彬的〈中國女排奪標之夜〉，陳錦昌（陳汗）的〈弄琴人〉諸作，與此同時，他們另有其他作品以香港現實取材，如黃國彬的〈見港督〉、陳錦昌的〈身份證〉等詩作。[51]在八〇年代香港作者當中，對中國和香港往往同時關注，當中的中國形象有時是某種民族認同的投射，也有時用以對應香港，以「文化中國」這概念補充當時「本土香港」這概念的匱乏和不足。

突破機構，《根：獻給這一代香港的中國人》（香港：突破，1983）。

在本土描寫方面，吳煦斌的小說《信》在八〇年代中期，中英聯合聲明後引發移民潮的主流聲音裡，安排主角留港，透過本地從事翻譯的主角和另一從事配音的內地新移民之相遇、衝突和包容，提出相對複雜的反思；末段透過港島舊樓和舊區斜巷、街市的描寫，將思考引向本地生活的具體關懷，不單提出本土認同、道德承擔，也指向當中問題的複雜性。在去與留、本地人和新移民的問題上，《信》在表面的景觀描寫及認同與否以外，真正寫出了本土議題的複雜性：本土並非簡單的認同或身份上的分類，更非單純學術上的討論，而是包含對本土環境的省思，以至更複雜的對人際倫理上如何在面臨兩難處境中的道德承擔。[52]

50 基督教文化團體突破機構由蘇恩佩、蔡元雲等人創辦，一九七四年創辦文化雜誌《突破》，一九八三年製作的多媒體影音作品《根：獻給這一代香港的中國人》曾在香港及北美巡迴放映。蘇恩佩本身也是作家，著有小說《仄徑》及散文集《巴士．渡輪．七四七》、《死亡，別狂傲》等。

51 陳錦昌另有筆名陳可汗、陳汗，香港中文大學中文系畢業，曾任記者、教師，後來加入電影界，擔任過編劇、導演。著有詩集《情是何物》、《佛釘十架》，散文集《斷弦琴》，小說集《滴水觀音》，劇本集《愛情Best before九七》等。有關陳錦昌（陳汗）的評論不多，可參陳智德，〈再出發：訪陳錦昌兼論其詩作〉，《呼吸詩刊》創刊號（一九九六年四月），頁三〇—三五；陳智德，〈文藝浪人陳汗〉，《愔齋讀書錄》（香港：Kubrick，二〇〇八），頁一四八—五五；劉偉成，〈久厭漂泊羈旅復整裝——論陳錦昌早期和近期詩風的遞變〉，《文學世紀》總第三二期（二〇〇三年十一月），頁六七—七七。

52 吳煦斌早年作品見於《中國學生周報》、《大拇指》、《象牙塔外》等，著有小說集《牛》、《吳煦斌小說集》及散文集《看牛集》，另有詩作收入《十人詩選》。因應論述框架，本書未能對吳煦斌作品展開討論，有興趣的讀者可參羅貴祥，〈變向自然：吳煦斌的作品〉，《今天》春季號．總第二八期（一九九五），頁一一七—二五；洛楓，〈你仍會駐足而歌嗎？——論吳煦斌的詩〉，《呼吸詩刊》創刊號（一九九六年四月），頁四〇—四五；以及陳麗芬，〈文學的香港——互文閱讀吳煦斌與董啟章〉，《現代文學與文化想像：從臺灣到香港》（臺北：書林出版公司，二〇〇〇），頁一三五—五三。

九〇年代作者對本土性的尋求是以溯源和懷舊為基點，見諸也斯的《記憶的城市・虛構的城市》、《游離的詩》、辛其氏的《紅格子酒舖》、西西的《飛氈》等等；黃碧雲的〈失城〉提出「消失」的危機感，郭麗容的〈城市慢慢的遠去〉以懷舊指向當下的缺欠，同樣對九七表示懷疑。面對「九七回歸」及可能引發的另一種歷史斷裂危機，董啟章在〈永盛街興衰史〉思考本源，同時感嘆、也發現殖民地教育教整整一代人對本土的認識完全空白：「我們這一輩對香港歷史的認識近乎零……世界上大概沒有比我們對自己長大的地方瞭解得更少的人了」，[53]結尾一段借用廣東南音名作《客途秋恨》，感嘆本土歷史的失落，也對歷史的殘缺和無法修補，表達了極沉痛的哀悼。許子東在《香港短篇小說選一九九四—一九九五》一書選入了〈永盛街興衰史〉，在序言中把小說歸入「此地他鄉」的主題類別：「並不一定要有漂流異國的『坐洋監』經驗才會有『此地他鄉』之感，很多土生土長的香港人或許從來沒有可能『漂流』，卻也突然發覺他們並不認識眼前的城市，因而抗拒大廈懷念舊街」，[54]〈永盛街興衰史〉中的主角雖然身在本土，但對本土的認識的空白、因認識上的匱乏，教本土成為了他鄉。〈永盛街興衰史〉的獨特處，在於作者提出歷史斷裂的關鍵主因並非外來力量的抹殺，卻是內在的遺忘、空白和匱乏。

六、「具香港特色」的本土性

本土性的出現並非突然，而是有一對應面，五〇年代初來港一代的「非本土」傾向、徐訏和力匡諸作者對「失去的國土」的認同，實建基於一種民族主義或國族認同，六〇年代青年在反思這認同時，也同時站在本土的位置，發現身份認同上的危機及「雙重不可能」。追溯五〇年代的發展，可見五、六〇年代的民族認同，正讓後來的本土意識在其醞釀下得以發展。香港文學本土意識的發展，不是簡單地由無到有或由弱轉強的過程，實際上存在更多的矛盾、游離以至否定，不同年代的香港文學，在本土認同之先，經歷更漫長的無根、否定以至身份認同上的「雙重不可能」，七〇年代西西《我城》、也斯《剪紙》對香港事物的關懷認同，固然呈現出本土意識，但五〇年代南來文人例如徐訏、力匡筆下對香港的貶抑、否定，實在不應置於本土意識的對立面。

七〇年代的本土性，至少在文學的層次，並非一個如同硬幣正反面對立的轉變。七〇年代的本土意識不是去除民族認同，當其在否定香港的反面進行時，也同時是在民族認同的基礎上進行，同樣面向一種社群意識的維護或建造；若只把注意力集中於七〇年代，很容易錯認也簡化了香港文學的本土意識，以為它是一種從中國文化中分離、獨立出的新興思潮而加以否定。

根據這種理解，或許普及文化的情況也適用，即七〇年代香港電視劇、電影、流行曲的本土化，並非突然或單單取決於電視臺等機構的取向或個別創作人的口味，而是那本土化的文化需要，早就在前一個年代的非本土傾向中植根。事實上，七〇年代在本地化的諸種聲音現象以外，亦見民間大量翻版重印五四文學作品，在文化上、寫作上強調繼承五四文學，大專刊物不時編輯五四專

53 董啟章，〈永盛街興衰史〉，收入許子東編，《香港短篇小說選一九九四—一九九五》（香港：三聯書店，二〇〇〇），頁九六。

54 許子東，〈序〉，收入許子東編，《香港短篇小說選一九九四—一九九五》，頁五。

題，從文化認同角度觀之，部份源於當時大專界的「關社認祖」風氣，而從文學論述觀之，對五四文學的社會寫實精神的繼承，部份以較激進的強調「批判的寫實主義」出現，[55]亦有部份化為較溫和的「文學應從生活出發」主張，後者從七〇年代中期延續至八〇年代由香港大學學生會、香港中文大學學生會合辦的「青年文學獎」活動當中。[56]

七、八〇年代香港文學的重要源頭——至少是透過大專界的結社、討論和出版（包括歷屆「青年文學獎」的活動）以及書店、出版社翻版重印五四文學作品所凝聚出來的文學風氣、閱讀角度、欣賞品味和創作潛能——很大程度源於民間對中國現代文學傳統特別是五四傳統的自發繼承，許多作家自五四文學的寫實精神轉化為本土社會關懷，亦正基於對中國三、四〇年代寫實主義和現代主義文學的認知，使我們更能理解侶倫《窮巷》、舒巷城《太陽下山了》、馬朗〈北角之夜〉、劉以鬯《酒徒》等作品的文學價值和本土意義，使它們經歷長期的冷待之後，在八〇年代逐漸重新受到重視，經評論界苦心評介，終於被廣泛認定為香港文學的經典。

九〇年代是價值混亂、理念動搖的時代，《紅格子酒舖》、〈城市慢慢的遠去〉、〈永盛街興衰史〉多種作品尋找本土歷史、從懷舊中尋求抗衡，正出於對當下的不滿及不足，然而比較七〇年代香港文學本土性那「天佑我城」式的信念，九〇年代的本土顯得無奈和無力。二〇〇〇年代的本土可以如何？二〇〇〇年代已結束，二〇一〇年代也過了大半，新的二十一世紀二〇年代已遙遙在望。在二〇〇六年出版的《白髮阿娥及其他》，收入西西寫於二〇〇〇年的〈照相館〉，故事中面臨居處清拆、老鋪結業的阿娥，其徘徊於真幻影像之間，瞻前顧後的複雜感情，或者更能代表西西在時代轉折裡的思考。〈照相館〉中的照片藏著主角阿娥的過去，那是她的本土淵源，然而照相館正位處廉租屋邨、橫街街尾的城市邊陲位置、行將「重建」的舊區，那建築及景觀的位置也象徵邊緣化了的本土觀念和價值，與社區人物關係相連結的情感留在照片中，卻已顯得虛幻，僅餘的本土將在社區重建中迅速消失，〈照相館〉作為西西始於八〇年代的「白髮阿娥系列」小說的終結，也是最悲觀的一篇。董啟章二〇〇五年的長篇小說《天工開物‧栩栩如真》以物為中介，帶出個人成長史、V城（香港）的大歷史，以至群眾和同代人的集體記憶，多種舊物例如舊收音機那原始聲音的消逝指向本土的失落，強調故物的消失，正因現在的新物，本土的新事物未見形成。

相對於七〇年代對新事物和本土文化的信念，二〇〇〇年代的本土顯得傷感和意興闌珊。尤有進者，正如王斑論臺灣朱天文小說時，指全球化的暴虐及種種盲目擁抱資本主義市場和消費的過程中，許多社群文化正面臨喪失原有文化遺產的危機；[57]也許西西也在〈照相館〉中預見了二〇〇〇年代香港的「有機社群解體」，二〇〇〇年代以還的本土所對應的不再是三、四〇年代的民族性、

55 參考溫健騮，〈還是批判的寫實主義的大旗〉，《中國學生周報》，一九七二年十月二十七日。

56 「青年文學獎」是具有一定歷史傳統的文學獎，自一九七二年起舉辦，至二〇一八年舉行至第四十五屆。七、八〇年代的「青年文學獎」尤具清晰的理念主張，其中「文學應從生活出發」主張見於第六屆青年文學獎修訂的宗旨，並在其〈籌委會總報告〉中，對「從生活出發」的意涵作出解析，見《第六屆青年文學獎文集》（香港：香港大學學生會、香港中文大學學生會，一九八〇），頁四—五。這主張延續至往後數屆青年文學獎中，例如至一九八四年舉辦的第十二屆青年文學獎，主題仍是「從生活出發」，相關研究可參陳智德，〈「運動」的藍圖：早期青年文學獎的發展〉，《呼吸詩刊》二期（一九九六年九月），頁一九—二四。

57 參考王斑，《歷史與記憶：全球現代性的質疑》（香港：牛津大學出版社，二〇〇四），頁二二四。

或五、六〇年代的故國山河或文化中國，而是帶著美好生活和消費包裝下的全球化市場暴力。

在今天普遍迎合全球化、大中華經濟等等的聲音中，本土意識彷彿變得沒有市場或不合時宜，但文學應有其獨立性，文學的本土性更不為任何政治或經濟市場、商業價值服務。本土意識不一定狹窄或與民族認同對立，相反地可以是一廣闊的概念，包含地方認同、公民意識、社區關懷等等；而建立一個城市的人文關懷、舊區和社區的可持續發展、環境保育等等觀念，往往須透過本土意識來建立，並非商業價值可以解決。本土意識重建土地和人的關係，批判短淺的經濟或市場利益，批判無根和無視人文環境的政策，文學的聲音更為本土的共同社群內容注入更多遠景、想像和情志的維繫。

本土意識是一種自我建立，它有助於一個社群建立共同語言、團結和社會關懷，但它的反面也容易催生自我膨脹、狹隘和排他性，表面化的本土書寫也很容易流於歌頌本地風土人情以致粉飾現實。一個有文化根基的社會，能於文化藝術中表現本土性的同時也反省本土的限制。香港的本土性一向同時具備文化中國認同和西方文化的參照，愈有省察力的作者，愈能意識並提防流於狹隘的本土和表面化的本土書寫。在香港談論本土性問題本具獨特性，因其本質上很難成為主流，最極端者，六、七〇年代曾有香港獨立之聲，八〇年代為針對「九七」問題，曾有在另一島上搬遷重建香港之說。香港文學的本土意識沒有如此極端，但也不是簡單地否定，西西寫於八〇年代的《浮城誌異》已寫出「浮城」離地飄浮的動機和限制，以奇特而痛切的「鳥草」意象，反思失根的苦楚，也追問殖民的緣由、以「明鏡」託喻歷史本源的認知，以「慧童」和「窗子」引導新的文化創造與對話的可能。

然而，對於香港不同年代的讀者來說，重視被忽略的歷史本源和本土價值，從來都不容易，香港學生長期受到殖民主義、考試導向教育以至「中環價值」的影響，對香港歷史和文化的認識長期薄弱，〈永盛街興衰史〉中的感嘆：「我們這一輩對香港歷史的認識近乎零……世界上大概沒有比我們對自己長大的地方瞭解得更少的人了」，竟然「跨越九七」，至今有效。

香港文學的本土及其背面，在不同年代各有不同的對應，當今在政治上有「國家認同」、經濟上有「全球化市場」，在兩者之間的香港本土意識可說沒有市場。唯亦正因如此，這難以實現而偶見的本土意識反而顯出其純粹性，甚至不是對抗而是補充、緩和了民族主義、漢族中心主義或全球化一體化的聲音：這相信正是一種「香港」的態度。她那有時出於無力抵抗的包容，有時出於放棄、求存的共融，使本土正在其不可能、沒市場時，實現了「具香港特色」的本土性。

二〇〇六年六月初稿，二〇〇九年七月修訂

二〇一八年七月二次修訂完稿

導論二

流動與根著

宋朝畫家思肖，畫蘭，連根帶葉，均飄於空中。人問其故，他說國土淪亡，根著何處？國就是土，沒有國的人，是沒有根的草，不待風雨折磨，即形枯萎了。

——陳之藩，〈失根的蘭花〉[1]

我是渴望回到一個「家鄉」那樣的東西？慢著，我知我回到香港也不會找到的。

——也斯，《記憶的城市‧虛構的城市》[2]

1 陳之藩，〈失根的蘭花〉，《旅美小簡》（臺北：遠東圖書公司，一九七五），頁三二—三四。按：陳之藩〈失根的蘭花〉一文原刊《自由中國》一三卷一期（一九五五年七月）。

2 也斯，《記憶的城市‧虛構的城市》（香港：牛津大學出版社，一九九三），頁二一六。

一、流動：流徙離散與承續轉化

由戰後至二〇〇〇年代，不同時代的南來文人對香港既有文化墾殖，也負載國族傳統以至若干政治意識的傳播使命或任務，四、五〇年代之交是中國現代文學的轉折，同樣也是香港文學的重大轉折，五〇年代的南來文人創辦《中國學生周報》、《人人文學》、《文藝新潮》等刊物，實踐其使命或任務之餘，也塑造以至革新香港既有的文化載體，進而促成新觀念的流佈、轉化；戰後成長一代作家承接此文化空間，接受薰陶之餘，亦進一步創新語言，結合七、八〇年代的社會發展而營建香港文學的本土意識，在這過程中，從未存在後來者否定前人的論調，即香港文學本土意識的發展，不是建立在對「非本土」的否定之上，當中那本土與非本土的各種思考和糾葛，已在本書〈導論一：本土及其背面〉詳加論

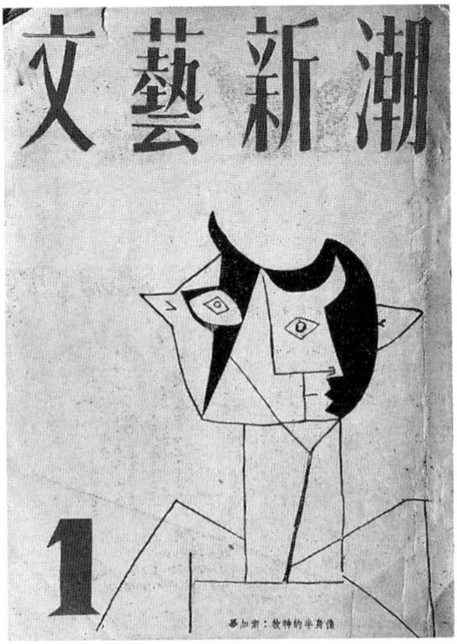

《文藝新潮》1卷1期（1956年2月）。

陳之藩，《旅美小簡》（臺北：遠東圖書公司，1975）。

述。

本土與非本土，並非一個如同硬幣正反面對立的轉變，實存在更複雜的辯證。香港文學的本土與非本土所聯繫的種種觀念已如前述，如果換另一個角度去尋找另一組同具辯證的關鍵詞，也許就是「流動」（flows）與「根著」（rootedness）。「流動」包括身體上的流徙、離散、移民、放逐，也包括思想和文化上的承續、交流、翻譯、轉化；二十世紀五〇年代以來，「流動」的力量衝擊好幾代香港作家，迫使他們徘徊在去與留、認同與否定，在無根與歸屬間掙扎，也促使他們思考承續、交流、翻譯和轉化的可能，催生新的創造。香港文學的「流動」，基於香港作為國際轉口貿易城市的都市特質，也基於香港在東西方冷戰意識形態角力中的特殊位置，關於前者，張美君曾引用阿帕度萊（Arjun Appadurai）的研究，指出流動與文化想像、國族認同之間的關係：

> 香港既是國際城市，各種經濟、貿易、學術、政治等原因所促成的人口、資金、思想、媒介等文化「景觀」（landscape）更使香港成為一個恆常流動的空間。遷徙的經驗因而成了大部份居港或旅港人士的實際生活體驗。當中更有不少人在流亡或逃難的生涯中，在變遷的歷史中，建構跨越邊界的文化（家國）想像，思考及追問國族認同的意義。[3]

城市的本質促成了「流動」，冷戰和意識形態對峙更增進時代的不安和焦躁，促使文化想像流

3 張美君，〈流徙與家國想像〉，收入張美君、朱耀偉編，《香港文學@文化研究》，頁三〇。

動、更新。張美君指出五〇年代作家的「難民文學」和「南來想像」，往往結合意識形態與若干情緒抒懷：「他們常透過書寫一個感傷、苦難和淪陷的故國來宣洩他們的『反共』意識。力匡、趙滋蕃、林適存、易君左、孫述憲等是當時十分活躍的作家。他們的作品瀰漫着感傷（傷）的情懷，道盡流徙之苦」[4]，力匡、趙滋蕃等作家從中國大陸來到陌生毫無歸屬感的香港，身軀的錯置迫使他們將「反共」與家國之思糾結一起，這樣的「流動」促使意識形態與想像、情結的糾葛，催生出力匡《燕語》、趙滋蕃《半下流社會》、林適存（南郭）《鴕鳥》、齊桓（孫述憲、夏侯無忌）《溝渠》等作。

另一方面，東西方冷戰意識形態角力，促使香港作家尋索新的轉化，馬朗（馬博良）有感五〇年代政治意識形態的二元對峙、反共、恐共氣氛使文學創作趨於保守，他在訪問中批評五〇年代的文壇：「其中雖偶有佳作，也是落伍脫節的居多，有時簡直是開倒車回到『新月』時代以前，既不『接棒』承繼優良的傳統，更不去尋覓世界文學的主流」，[5]在馬朗眼中，那是一種政治壓抑造成的停滯，他在《文藝新潮》創刊辭形容現代主義文學為禁果，並提出質問：「為甚麼這是禁果？為甚麼要遮住我們的眼睛？」[6]馬朗創辦《文藝新潮》不純粹為了辦刊物，而是以現代主義文學作為思考重新「流動」的力量，具體做法是譯介最新的歐美文學，也回顧三、四〇年代的師陀、沈從文等當時已被噤聲停筆的作家，同時刊發臺、港最新文學創作，既有臺灣的著名詩人紀弦和林亨泰，也刊登本地青年詩人崑南後來被視為香港新詩經典的〈布爾喬亞之歌〉、〈賣夢的人〉等作。《文藝新潮》辦至一九五九年的第十五期停刊，但其間對臺灣和香港文壇都有重要影響，當時《文藝新潮》未能在臺灣正式發行，卻以手抄本方式在讀者圈流傳，[7]《文藝新潮》停辦後，崑南與友人先後再辦《新思潮》和《好望角》，多少延續了《文藝新潮》的方向；馬朗透過《文藝新潮》的編輯理念，突破冷戰模式思維形成的封閉和保守，其影響延續至往後不同年代。

現代主義文學的理論和創作層面上的探討，除了《文藝新潮》中的李維陵、楊際光、馬朗等人的作品和譯作，也很快在六〇年代的香港文學中延續，包括劉以鬯《酒徒》、戴天《化石》、盧因《佩槍的基督》、羈魂《藍色獸》、崑南《地的門》等作；除了現代主義，七、八〇年代的《四季》、《素葉文學》等刊物對拉美魔幻現實主義作家如馬奎斯（Gabriel García Márquez）、尤薩（Mario Vargas Llosa）的譯介，也啟發了西西、也斯、吳煦斌在小說創作中借鏡於魔幻現實主義技巧的嘗試，包括西西《我城》、《浮城誌異》、《飛氈》，也斯《李大

《四季》1期（1972年11月）。

4　同前注，頁三三。
5　張默，〈風雨前夕訪馬朗〉，《文訊月刊》二〇期（一九八五年十月），頁七八。
6　新潮社，〈發刊詞：人類靈魂的工程師，到我們的旗下來！〉，《文藝新潮》一卷一期（一九五六年二月）。另見馬博良，《焚琴的浪子》（香港：素葉出版社，一九八二），頁三三—三六。
7　參考劉以鬯，〈三十年來香港與臺灣在文學上的相互聯繫〉，《劉以鬯卷》（香港：三聯書店，一九九一），頁三四七—五九。

嬸的袋錶》、《剪紙》，吳煦斌《木》、《石》等等，他們向魔幻現實主義借鑑的動機不純粹是趨新，更是針對六、七〇年代的現實主義文學教條化傾向，尋求另一種轉化的出路。

八、九〇年代，「流動」的衝擊和思考，許多源自「九七回歸」下的時局動盪，諸種文學包括對殖民時代的反思、對「回歸」的種種樂觀或悲觀的想像，香港作者也嘗試透過翻譯獲得借鑑。一九七九至一九九〇年出版了十二輯的《八方文藝叢刊》，透過多個專輯引進結構主義、後現代主義、後設小說和東歐文學的討論，何福仁、西西、王仁芸、羅貴祥等作家在八〇年代的《素葉文學》、《香港文學》和《星島晚報》等刊物翻譯或評介卡爾維諾（Italo Calvino）的作品，包括《看不見的城市》（*Le città invisibili*）和《如果在冬夜，一個旅人》（*Se una notte d'inverno un viaggiatore*）等小說；一九九一年，由陳耀成導演、黃耀明、顧美華主演的電影《浮世戀曲》在香港上映，其中有一節由一位演員在影片中向黃耀明等讀出《看不見的城市》的英文版小說片段，並談論該小說與當時香港現象的相似之處；一九九二年，城市當代舞蹈團演出由黎海寧編舞的劇場演出《隱形城市》，劇中直接使用了《看不見的城市》的文本演繹為舞劇，同樣暗喻當時香港的處境。八、九〇年代的香港文化界一再譯介、談論以至演繹卡爾維諾的《看不見的城市》，不是一種巧合或出於一時的興趣，而是由於人們共同地從該小說對不同城市的想像性描述，聯想到當時香港面對的九七回歸問題，在那人心迷茫的年代，透過該小說，人們獲得啟發，無論對九七回歸的樂觀或悲觀的想像都有所感悟。

尤有進者，是由此而深化對於大歷史論述的反思。董啟章於一九九八年由香港藝術中心出版的《V城繁勝錄》分為三卷，首二卷的敘述以「城」為單位，分為「城牆之城」、「城中之城」、「小食之城」、「傀儡之城」和「時裝之城」等共十四章，卷三以時令或節日為單位，分為「正月」、「清明」、「復活」、「端午」、「七夕」、「盂蘭」、「中秋」共七章，總合而構成以「面」為基礎的城貌和以「線」為基礎的時間作為「地與時」敘述上的兩大軸，董啟章由此表達他心目中把歷史與地方重置並觀的地方誌史觀，方法上借鑑於卡爾維諾的《看不見的城市》和《如果在冬夜，一個旅人》的後設小說筆法的同時，也透過八、九〇年代香港文化界潛在的共同語境，參與那共同語境中的討論，由此提出他對時代問題的回應。《V城繁勝錄》當中的複雜敘述層次，不是一種小說技藝的展示，而是一種必要的回應，特別是對九七回歸前簡化、割斷、單元二分的歷史觀之反撥。

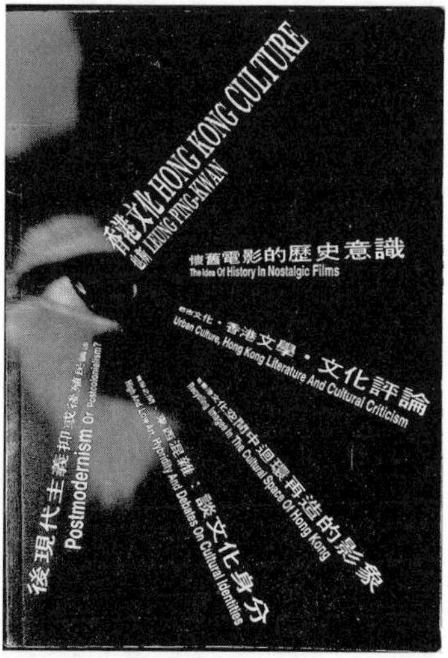

也斯，《香港文化》（香港：香港藝術中心，1995）。

香港文學的「流動」，本是她的城市本質，而不同年代的作家，也在種種身體與觀念的「流動」中，反思時代，同時尋求新的文化創造。在此過程中，身體上的去與留，或觀念上的承續與開新，都不單純以國族主義或本土思考為唯一考量，也斯（梁秉鈞）在一篇討論都市文化與香港文學的專文中，從都市的本質開始思考「遷移的界線、混雜的身份」如何作為香港文學的特質；[8]鄭樹森討

8 參考也斯，〈都市文化・香港文學・文化評論〉，《香港文化》（香港：香港藝術中心，一九九五），頁一四—二一。

論西西小說時提出「從傳統現實主義的臨摹寫真，到後設小說的戳破幻象；自魔幻現實主義的虛實雜陳，至歷史神話的重新詮釋，西西的小說始終堅守前衛的第一線」；[9]羅貴祥分析也斯寫於八〇年代中期的「游詩」系列詩作，討論「游詩」系列中的「我」如何同時作為都市主體，以流動、越界的視角書寫面臨歷史變局的香港；[10]陳冠中以晚清時期的旅港學人王韜為例子談論世界主義，強調觀念與文化身份的多元流動；[11]也斯、鄭樹森、羅貴祥、陳冠中分別論述出國族主義或本土思考以外的力量，如何推動香港文學尋求創新；從他們的說法再觀照香港文學的「流動」，既是一種回應時代的書寫策略，也是香港得以被呈現、轉化、更新的關鍵角度。

二、根著：失根與「靈根自植」

也斯、鄭樹森、羅貴祥、陳冠中早就塑造出香港的「流動論述」，而與之相關又近乎相反的「根著論述」，卻顯得更零散而落寞。有關「根著」的論述，最先針對無根、失根的流離狀態，試圖尋求出路或尋求有別於簡單逃離、否定的態度。一九五五至五六年間，旅美作家陳之藩在臺北出版的《自由中國》發表〈旅美小簡〉系列散文，其中〈失根的蘭花〉比對故鄉與異鄉風景，重新肯定故土風物的記憶，最後引宋末畫家鄭思肖（鄭所南）的故事而作出「國土淪亡，根著何處」的嘆喟。[12]一九六一年，唐君毅撰〈說中華民族之花果飄零〉，以「花果飄零」形容四九年後的華人離散，一九六四年再撰〈花果飄零及靈根自植〉，以「靈根自植」作為可能之出路。[13]

陳之藩寫〈失根的蘭花〉之時身在美國，該文針對「國土淪亡」的處境，在嘆喟以外，更多次強調故土風物的記憶，作為對於異化的抗衡。唐君毅〈說中華民族之花果飄零〉與〈花果飄零及靈根自植〉在「國土淪亡」的處境以外，更針對香港的殖民統治，特別後者以大篇幅談論殖民教育問題，〈說中華民族之花果飄零〉從文化、哲學等不同角度分析五〇年代華人的離散、移民等處境，最後指出「香港乃英人殖民之地，既非吾土，亦非吾民。吾與友生，皆神明華胄，夢魂雖在我神州，而肉軀竟不幸亦不得不求托庇於此」，[14]〈花果飄零及靈根自植〉文中更以第二節「學術文化教育中之價值標準之外在化與奴隸意識之開始」之全部篇幅，提出他自一九六三年香港中文大學成立以來在香港學術界，特別是「教育行政」範疇的見聞，痛斥種種殖民手段以至「奴隸意識」對教育文化的傷害。

唐君毅旅居香港十多年後，認清了無論是「國土淪亡」或「殖民之地」的處境都不會輕易改

9 鄭樹森，〈讀西西小說隨想〉，《八方文藝叢刊》一二輯（一九九〇年一月），頁九五。

10 參考羅貴祥，〈後現代主義與梁秉鈞《游詩》〉，《他地在地：訪尋文學的評論》（香港：天地圖書公司，二〇〇八），頁一三七—七〇。

11 參考陳冠中，〈雜種城市與世界主義〉，《我這一代香港人》（香港：牛津大學出版社，二〇〇五），頁五〇—七三。

12 參考陳之藩，〈失根的蘭花〉，《旅美小簡》，頁三二—三四。

13 唐君毅，〈說中華民族之花果飄零〉，原載《祖國周刊》三五卷一期（一九六一）；〈花果飄零及靈根自植〉，原載《祖國周刊》四四卷四期（一九六四）；二文都收入《中華人文與當今世界（上）》，頁一—二七、二八—五八。另見唐君毅，《說中華民族之花果飄零》（臺北：三民書局，一九七四）。

14 唐君毅，〈說中華民族之花果飄零〉，《中華人文與當今世界（上）》，頁二七。

變，〈說中華民族之花果飄零〉一文當中的「夢魂雖在我神州，而肉軀竟不幸亦不得不求托庇於此」是何等絕望之辭，雖然唐君毅後來指出該文「乃是我在一情感之激動下寫出的」，[15]但該文的關鍵不在於表達情緒，而是建基於對現實的認清，該文詳細分析也總結了一代人的離散處境，唐君毅再試圖於一九六四年的〈花果飄零及靈根自植〉思考超越困局之可能，目的是「再看我們應如何自此絕望之境中翻出來，以樹立我們的自信之心而免於沮喪」，[16]現實上無從「根著」，但未嘗不可用「靈根自植」的方式重建理念，由此而超越絕望、沉淪以至犬儒之思。

陳之藩與唐君毅所指的「根」都不僅針對外在實體世界，尤其二人都認清了身處異地那失根、無根的現實，因而把植根的方向轉移至內在，這思考有點近似我在〈導論一：本土及其背面〉提出六、七〇年代的香港作家從「沒有」的既定現實中取材並建立出「有」，其間對「無」的認清是作為反思和認同的關鍵。陳之藩與唐君毅所指的「根著」、「靈根自植」，是建基於文化意識的醒覺，而另一種參照，是人文地理學的角度，包括瑞爾夫（Edward Relph）、段義孚（Yi-fu Tuan）、提姆・克瑞斯威爾（Tim Cresswell）、王志弘等人對「地方」（place）和「地方感」（sense of place）的說法。

瑞爾夫指出地方可以根據親疏遠近的不同而被視為六種不同空間，而更關鍵是一種對待地方的真誠態度，一種與真實經驗緊密結合的地方認同，表現為真實而可靠的真誠地方感（authentic sense of place），[17]人與地方的緊密聯繫，關鍵在於人與環境之間的彼此熟悉感，使人獲得「根著」的感覺，包括精神和心理上的鏈接、依附（attachment），[18]然而當一個地方空間過度商業化時往往受到破壞，因種種交易或買賣活動使人與地方的關係變得疏離，淪為「無地方性」（placelessness）的空間。瑞爾夫早於六〇年代已提出全球化或現代化對地方特質的侵蝕，批評觀光業使地方「迪士尼化」，當無地方性在各地蔓延，「根著」變得愈來愈困難。

與瑞爾夫提出的真誠地方感近似的，是段義孚提出的「地方之愛」（Topophilia）這說法，他以新創的詞彙Topophilia闡釋人與地方之間的情感紐帶，強調環境、家園以及其所連帶產生的生活經驗。[19]瑞爾夫與段義孚皆強調對地方的真誠認同，嚮往根著而警惕於流動帶來的異化，而另一人文地理學者克瑞斯威爾則對流動與根著提出不同看法，他在《地方：記憶、想像與認同》（*Place: A Short Introduction*）一書提出三種關注地方的取向，一是「地方的描述取向」，二是「地方的社會建構取向」，三則是「地方的現象學取向」，再而於〈解讀「全球地方感」〉一章大篇幅地引用朵琳・瑪西（Doreen Massey）的文章，特別提到她對於根著的反思，即強調根著——對土地的認同，會否助長「反動的」地方觀，尤其這觀念容易為保守而排外的國族主義所挪用。克瑞斯威爾反思朵琳・瑪西對根著的警惕，但另一方面他也重申「人類確實需要某種地方感以便堅持下去——即便是

---

15 唐君毅，〈自序〉，《中華人文與當今世界（上）》，頁三。

16 唐君毅，〈花果飄零及靈根自植〉，《中華人文與當今世界（上）》，頁三〇。

17 Edward Relph, *Place and Placelessness* (London: Pion, 1976), p. 64.

18 Ibid, p 37.

19 Yi-fu Tuan, *Topophilia: A Study of Environmental Perception, Attitudes, and Values* (New York: Columbia University Press, 1990), p. 93.

對『根著性』的需求——但這種需要不見得總是反動的」。[20]

綜觀瑞爾夫、段義孚、克瑞斯威爾等人的說法，根著往往相對於流動，而《地方：記憶、想像與認同》一書的譯者王志弘，在其個人著作〈流動─根著的辯證〉更提出兩者之間的辯證：「沒有根著做對照，流動就失去意義」，王志弘提出在不可逆轉的全球化文化流轉當中，在人的意志以外，權力與資金發揮操縱力量，流動與根著對無資本者而言往往是不由自主：「社會弱勢的處境不僅彰顯缺乏移動能力，也在於經常不得不遷徙移動，無法掌控屬於自己的固著領域」，王志弘因而提出「流動─根著模式」，貫串於經濟、政治、技術、社會和文化各領域。[21]

由此再觀香港文學的「根著」，也許必須與聯繫「地方」的意義一併思考，特別是香港文學本土性的本質既是「流動」也是「根著」。葉靈鳳於一九五八年在香港出版的《香港方物志》的〈前記〉曾清楚明示其寫作動機：「這不是純粹的科學小品文，也不是文藝散文。這是我的一種嘗試，我將當地的鳥獸蟲魚和若干掌故風俗，運用著自己的一點貧弱的自然科學知識和民俗學知識，將它們與祖國方面和這有關的種種配合起來」，[22]透過香港地方風物的記錄，葉靈鳳期望把香港與中國的固有文化結合，最重要是在其流徙、失根的殖民地生活中，以聯繫祖國的方式得到慰藉。

葉林豐（葉靈鳳），《香港方物誌》（香港：中華書局，1958）。

葉靈鳳《香港方物志》全書各篇文章包括〈英雄樹和木棉〉、〈一月的野花〉、〈呢喃雙燕〉、〈香港的老虎〉等文，都曾於一九五三年間的香港《大公報》，以專欄形式連載發表，其中〈香港的老虎〉一文提到戰前在新界多處以至大嶼山和港島赤柱都曾有老虎出沒，更有西人上山打獵而獵得老虎；在地方風物書寫的層面上，該文固然可說是趣味盎然，文筆更是清雅流麗，但其意義未止於此，葉靈鳳在文章起首，強調香港所見的老虎都是從中國南下的：

> 香港本地並不出產老虎，凡是在香港出現的老虎必是來自外地的。牠們多數來自江西和福建，因為這兩處正是中國出產老虎最多的地方。牠們攀山越嶺而來，目的乃是冬季旅行，因此在香港不會停留很久，大都在新界的粉嶺上水以至沙田之間停留三五日，然後又飄然遠引了。[23]

葉靈鳳很自覺地以知性散文的風格書寫地方風物，亦從文藝角度擴展了地方風物描述本身的知識意義，再者，正如他在《香港方物志》的〈前記〉透露，他有意把地方風物書寫與家國想像結

---

20 Tim Cresswell著、王志弘譯，《地方：記憶、想像與認同》（臺北：群學出版公司，二〇〇六），頁一一八。

21 參考王志弘，〈流動—根著的辯證〉，收入黃秀如主編，《移動在瘟疫蔓延時》，《網絡與書》六期（二〇〇三），頁三〇—三六。

22 葉林豐（葉靈鳳），《香港方物志》（香港：中華書局，一九五八），頁一。按：該書封面及書脊上的書名是《香港方物志》，而扉頁、目錄及版權頁上的書名為《香港方物誌》。

23 同前注，頁一五三。

連，如果我們把〈香港的老虎〉一文連同《香港方物志》一書的〈前記〉，放回一九五三年間香港《大公報》連載發表的脈絡上閱讀，可更知葉靈鳳這位自抗戰時期來港後一直長居香港的作家，透過書寫香港地方風物的寄意，不僅以此為個人的「言志」，更為五〇年代眾多離散、失根的一代人，賦予有如從內地南來的老虎「在香港不會停留很久」而「飄然遠引」的想像，某程度上以地方風物意義的關懷以至昇華，達致對於無從「根著」的超越。

香港文學中的地方風物書寫不僅作為一種紀錄，對時代變幻敏感者而言，往往透見地方變遷在轉折中的象徵意義。本土猶如地方意義在於流動的過程，地方感的塑造、「根著」的本土意識，正由於「流動」而有所創造。「根著」的來回掙扎，包括流動帶來的疏離以至否定，既是現實使然，也是本土超越和重新造就本土價值的歷程，戰後至二〇〇〇年代的香港文學，也許正在這過程中真正甦生復更生。

三、流動中的「根著」

香港文學的「根著」源自五、六〇年代文化人對失根、無根的認清，相關觀念的演化某程度上也對應著時局變遷，唐君毅寫於一九六一年的〈說中華民族之花果飄零〉可說總結了一九五〇年以還的離散經驗及無根之現實，一九六四年再撰〈花果飄零及靈根自植〉則試圖超越種種無根之思，「靈根自植」的重要性在於擺脫現實政治上的不自主，以內在的重建作為出路，這種觀念其實也呼應著五〇年代末、六〇年代初逐漸萌生的調整過客心態之呼喚。〈導論一〉評述過的王益肇〈論香港的文化〉，以及王無邪〈一九五七年春：香港〉、崑南〈大哉肆騮也〉、葉維廉〈賦格〉皆有相關反思，可以補充的是，無論「失根」、「根著」或「靈根自植」所指的「根」，其源起都是針對五〇年代的離散以及殖民地處境，六、七〇年代特別是「六七暴動」（另一說法稱其為「反英抗暴」事件）後，以香港為家的根著感逐漸普及成形，其間有電臺、電影和電視等大眾媒介參與其中，而文學從靜態的理念創造和反思中，參與「地方感」的發現，並在發現的過程中，以「地方」為媒介，把上一代既有的家國意義上的「根」，與香港地方的重新認同這兩者隱約地聯繫，過程漫長、曲折而矛盾處處。

「六七暴動」後，香港政府有意為香港人設計一個有別於中國的西化身份，又透過官方舉辦的香港節活動倡導本土認同，但正如也斯的分析，香港人對西化形象或官方倡導的本土身份沒有簡單地完全接受，也斯據以分析的文本是綠騎士的〈禮物〉等六〇年代小說，[24]再證諸七〇年代的文學作品，劉以鬯《島與半島》描述香港節的虛妄感，因為在各種動盪不安的生活現實中，「認同」成了難以理解的觀念。劉以鬯七〇年代初的《對倒》與《島與半島》，都是從當時中年南來者的角度，提出南來一代人對於本土的對倒式之重新思考，或可稱為一種「錯體的本土思考」。[25]

「六七暴動」後一年，一九六八年的《中國學生周報》多次編出「香港風情」專輯，內容包括

24　參考也斯，〈六〇年代的香港文化與香港小說〉，收入也斯編，《香港短篇小說選（六〇年代）》，頁四—五。這一點及其他相關參考，在本書〈導論一：本土及其背面〉一文已有所說明。

25　參考本書第十二章，〈「錯體」的本土思考——劉以鬯〈過去的日子〉、《對倒》與《島與半島》〉一文。

地方主題攝影、報導、特寫和文學創作，司馬長風〈公園裡的世界〉、西西〈港島・我愛〉等文皆以「地方」的主線，思考香港的地方特質和意義，司馬長風〈公園裡的世界〉首先回顧個人對香港銅鑼灣維多利亞公園的感覺：「我第一次去維多利亞公園時，嫌她太俗陋，無可賞心處」，他描寫出許多負面觀感，再而提出「去的次數多了，心境就不斷發生變化」，[26]慢慢發現她的「妙處」、「風味」，作者似乎愈來愈認同這地方，但在文章的結束，卻以一種危機感的焦慮作結：「我記得維多利亞公園發現過兩次炸彈，雖沒有傷人，可是好久提不起興致帶娃娃去玩了」，司馬長風〈公園裡的世界〉一文原本著力描述對維多利亞公園各種優點的發現，使作者印象由負面轉為欣賞，然而全文仍結束在「六七暴動」的陰影中（文中「發現過兩次炸彈」指的是六七暴動期間，在維多利亞公園以至其他地區都曾發生的或真或假的炸彈發現事件），暗示那新生的本土認同觀念與現實世界之間的矛盾。

西西〈港島・我愛〉則把對香港的認同聯繫到作者先父的回憶，以及與香港地方經驗結合的個人成長往事，暗示著一種新的地方認同；然而地方的急速變化，教作者難以把握住得來不易的成長：「因為有過你的園已經不再有一點痕跡」「有一間你愛在窗櫥外蹓躂的伊利，它們也逐漸隱去，而一切就升起來，城市建在城市上，臉蓋著臉」，[27]城市的急速發展，最終蓋過了作者對父親回憶的聯繫，但作者卻仍肯定對港島的認同，該認同仍始終與作者懷念父親的感受並存：「我開始穿一雙紅色的鞋，穿過馬路，和一個你坐在電影院裡。這是一個十分美麗的城，你說。是的，是的，我愛港島，讓我好在明天把你一點一點地忘記。」西西〈港島・我愛〉標示出複雜的地方感，既是對「根著」於個人與父親回憶的發現，也是城市如何催生「根著」也同時抹殺「根著」的發現。

六〇年代青年作者受殖民地主義異化環境所困，作品虛無而迷茫，西西〈異症〉、〈東城故事〉、崑南《地的門》、范明〈掛角〉可作為例子，差不多同時，蔡炎培〈焦點問題〉、王無邪〈一九五七年春：香港〉、崑南〈大哉驊騮也〉、葉維廉〈賦格〉、戴天〈石頭記〉等作品反思殖民主義，也著力尋求新語言和新視角，七〇年代，劉以鬯《對倒》、西西《我城》、也斯《剪紙》及「香港系列」詩作十首思考認同地方的可能，更自覺地思考城市文化現象，具批評亦有認同，參與營造複雜的「地方感」，當中從失根、無根到「根著」的過程，如上文所論，絕非由正面轉為反面的硬幣般簡單。

八、九〇年代，因中國及英國就香港前途問題的連串談判、角力，整整兩三代香港人民在移民與留港、認同與疏離的兩難處境中徘徊、掙扎，也在「根著」的矛盾中來回苦思，黃碧雲《失城》、舒巷城《倫敦的八月》、也斯《使頭髮變黑的湯》寫移民的處境，吳煦斌的〈信〉寫一個在香港從事翻譯的知識份子從移民的臨界點上掙扎，最後未有離去，關鍵是地方感所暗示的倫理承擔，另一方面，〈信〉也寫八〇年代新一輩的南來者面對都市文化的吸引和衝擊，顏純鈎〈紅綠燈〉則集中寫新移民的困惑、認同的困難，細寫新移民的文化衝擊來自城市本身，更以交通燈號的顏色喻示「根著」的錯亂和矛盾：「紅的是血，綠的是嘔出來的膽汁。十字路口好些沒有面目的人，鬼

26　司馬長風，〈公園裡的世界〉，《中國學生周報》，一九六八年一月二十六日。
27　張愛倫（西西），〈港島・我愛〉，《中國學生周報》，一九六八年二月二日。

一般彳亍著」；[28]以上多種描述移民或新移民處境的作品對城市的複雜感受，有點近似於西西寫於一九六八年的〈港島・我愛〉，早就意識到城市催生「根著」的同時，也抹殺著「根著」。

二〇〇〇年代，由於全球化經濟的衝擊、市區重建和土地問題促使本土景觀流失，香港趨於無地方性（placelessness），地方感的失落，同時也是認同和歸屬感的失落，西西〈照相館〉、馬國明〈荃灣的童年〉、董啟章《時間繁史・啞瓷之光》，都聚焦於全球化衝擊引致王斑所提出的「有機社群解體」。西西〈照相館〉、馬國明〈荃灣的童年〉以回憶重塑已逝景觀，包含當下作出的想像，回憶力量的關鍵仍在於當下，有沒有足夠的想像，由此而使想像得到具有抗衡自我以至地方被解體的力量。董啟章《時間繁史・啞瓷之光》思考個人與群體的互動與創造，最後思考一切創造的可能性，以上幾篇寫於九〇年代末、二〇〇〇年代中的作品，在呈現和批評「解體」的現實中，尋求的是流動中的根著。

四、「根著」的無力、「流動」的可能

二〇〇七年九月，麥海珊《唱盤上的單行道》在香港亞洲電影節期間首次公映，那是一部思考「根著」的錄像作品，從班雅明（Walter Benjamin）的《單行道》（*Einbahnstraße*）出發，思考城市經驗以及香港的意義，影片人物遊走於城市，思考在城市的成長經驗，透過歷史回溯，以流動作「根著」的辯證。據此觀察，我在影片首次公映之時，撰寫影評〈認同與超越的覺醒〉，提出「根著」的無力感：

> 電影中，「移動」（moving）與「根著」（rootedness）二詞反覆交替出現，成了影片敘事的模式，也忠實地道出香港成長者的城市經驗，就是「紮根」總帶著巨大的無力感，不是不想認同，而是香港抗拒人們認同的力量大於吸引認同，城市經驗和本土文化的割裂也一再摧毀難得的累積。由是香港成長者也用「移動」作另一方向的尋索、擴展自我和對抗斷裂，但在某一時刻又再因移動的疏離而回頭認識到「根著」的意義及其苦楚。[29]

香港成長者對「根著」的無力，其實貫串於許多文學、電影與視藝作品，它們都共同地意識到香港城市發展對於「本源」的遮蔽，甚至對於「根著」的摧折。一九五〇年舒巷城〈鯉魚門的霧〉講述小說主人公連串尋根、追懷過去的努力落空之後，以個人覺醒到「我是剛來的」結合霧景的消散復又結聚，反覆點染出城市對一個「歸來者」的拒絕。九〇年代董啟章〈永盛街興衰史〉亦從一個「歸來者」的角度，經過連串尋根、訪查家族史的努力，最後卻由歸來者的父親否定歷史的真確，使「根著」的追尋又歸於虛無，小說結尾時以「文本互涉」方式並置引用的廣東南音《客途秋恨》唱詞，尤其襯托出本土歷史的殘缺，作者由此暗示了一種對於無力「根著」的哀懷。

另一種對於「本源」的遮蔽，是宏大歷史敘述對於地方意識和庶民角度歷史的遮蔽。馬國明的

---

28 顏純鈎，〈紅綠燈〉，《紅綠燈》（香港：博益出版集團，一九八四），頁一六。

29 陳智德，〈認同與超越的覺醒〉，《信報・文化版》，二〇〇七年十月十九日。麥海珊後來出版《唱盤上的單行道》影碟時，在影片簡介中節錄了該文。

散文〈荃灣的童年〉以平白、淡澹的文筆記錄個人成長、家族變化與社區經濟的變遷，當寫及荃灣昔日多家包括香粉廠、中國染廠、華南鐵工廠、搪瓷廠等早已關閉的舊式工業，強調筆下記述是一段被遺忘的、在官方紀錄以外的歷史：「可以肯定的是香粉廠的面貌，博物館裡找不到，眾多的歷史圖片找不到，它是埋在垃圾堆的香港史前史」，[30]馬國明有意識地標示出一種不同於宏大歷史敘述的態度，更一再質疑宏大敘述的必然合理性：「我們的回憶已愈來愈單調了，香港的過去，如果不是不光榮的殖民地歷史，就是富豪白手興家的發跡史」，[31]在全文結束處，他一再提出「我在何方？」的嘆喟，即使他孜孜於憶述個人成長角度的地區史，卻無法不感到「根著」的無力。

「根著」的無力感，驅使人們向外尋求，造就各式各樣的流動；董啟章《天工開物・栩栩如真》認清懷舊的徒勞，透過「真實世界」、「想像世界」和「可能世界」的重疊，反覆思考現象世界與人物世界的關係，尋求另一種創造的可能。陳冠中《事後：本土文化誌》以略帶幽默和輕鬆的懷舊語調，以七〇年代的前衛文化作為一種對應於二〇〇〇年代的文化資源，呼求關注並維繫本土文化的多元和承接；也許，在種種負面因素以外，流動，某程度也作為根著不可能之時的出路，或流動本身也是根著所創造出的新可能：我們何妨自停留的一點上出發，承接香港文化既有的前衛、多元，自由往復，也許終可接近「根著」的真正可能。

經過連番對於「根著」的回顧後，可再看香港文學如何在「流動」中塑造新的可能，除了前文提及五〇年代南來文人延續抗戰以還的流離書寫、馬朗創辦《文藝新潮》倡導現代主義文學，以及七、八〇年代借鏡於魔幻現實主義技巧的嘗試；還有也斯、鄭樹森、羅貴祥、陳冠中等人針對香港文學引進西方文學的論述，分析香港文學在本土特質以外的世界性的一面，從陳冠中〈雜種城市與世界主義〉一文，見出香港不單透過翻譯引進外國文學與文化思潮，也一再從觀念上、美學上尋求與世界接軌。[32]香港文藝本來就具有尋求超越單一國族本源的傳統，尋求與世界接軌的美學，呼喚同命的共同感，在五〇年代末，已有何達〈難道我的血裡有非洲的血統〉一詩：

難道我的血裡有非洲的血統？
為甚麼我的心，
終日地響著鼕鼕的敲聲？

難道我愛上了一個埃及的女人？
為甚麼我的夢，
老徘徊在遙遠的尼羅河岸？

難道我曾經到過肯尼亞的村莊？
為甚麼我的耳，

30 馬國明，〈荃灣的童年〉，《今天》春季號・總第二八期（一九九五），頁二一五。
31 同前注，頁二一九。
32 參考陳冠中，〈雜種城市與世界主義〉，《我這一代香港人》（香港：牛津大學出版社，二〇〇五），頁五〇—七三。

不時地響著牢獄裡的呻吟？（節錄）[33]

何達這位自抗戰時代在昆明西南聯大已投身左翼文學運動的詩人，一九四九年來港定居，一九五八年為聲援非洲人民的民族獨立運動，寫下〈難道我的血裡有非洲的血統〉一詩，表達與普世的弱勢社群同一呼吸，追求與普世共通的美學。

西西寫於一九八六年的《浮城誌異》以十三組故事與比利時畫家雷內・馬格利特（René François Ghislain Magritte）的畫作對照，以不同主題描述一個浮上天空的、無根的城市「浮城」，作為九七回歸前香港命運的寓言。在題為「奇蹟」一節的首句：「沒有根而生活，是需要勇氣的，一本小說的扉頁上寫著這麼的一句話」，[34] 敘事者沒有再解釋，但具有一定閱讀經驗的讀者會知道，「沒有根而生活，是需要勇氣的」一語出自德國作家雷馬克（Erich Maria Remarque, 1898-1970）於一九三九年的小說 *Flotsam*，一九四八年由朱雯中譯為《流亡曲：一名浮荷》[35]，在該書第一部的扉頁就只印上「沒有根而生活，是需要勇氣的」作為卷首語，也是故事主人翁寇恩連串流亡生活的寫照。西西在《浮城誌異》「奇蹟」一節引用該語，是要凸顯在「浮城」生活之別無憑藉：認清根著之不可能，但人們卻「憑著意志和信心，努力建設適合居住的家園」，最後把浮城建成一個可以安居且具有自由文化的地方，成就了一種奇蹟：「人們幾乎不能相信，浮城建造的房子可以浮在空中，浮城栽植出來的花朵巨大得可以充滿一個房間，他們說，浮城的存在，實在是一項奇蹟」[36]，《浮城誌異》「奇蹟」一節提出無根的局限，更重要是人們認清根著之不可能後，沒有停留於哀嘆，而是以意志和信心，從「沒有」的現實重建出種種的「有」，正凸顯「流動」作為創建新事的可能。

《浮城誌異》以十三組故事串聯全篇小說，各提出不同意象，當中，最獨特的意象是「鳥草」：「那時候，浮城的天空中滿是飛翔的鳥草，沒有人知道它們究竟是鳥還是草，是動物還是植物」，[37]「鳥草」一節呼應「奇蹟」提出的流動視角，為浮城人民認清無根之後的生存意志，賦予更具文學性的想像：也許，「沒有根而生活」不單需要勇氣，也需要對駁雜不純的身份、處境，抱持更寬敞的想像。在那人心浮躁不安、前景未明的八〇年代，西西透過《浮城誌異》思索「根著」的困局，最後以喻示承續的「慧童」和喻示轉化的「窗子」，尋求對於「根著」的超越。

九〇年代，也斯《越界書簡》、《游離的詩》、《記憶的城市・虛構的城市》諸作以「越界」、

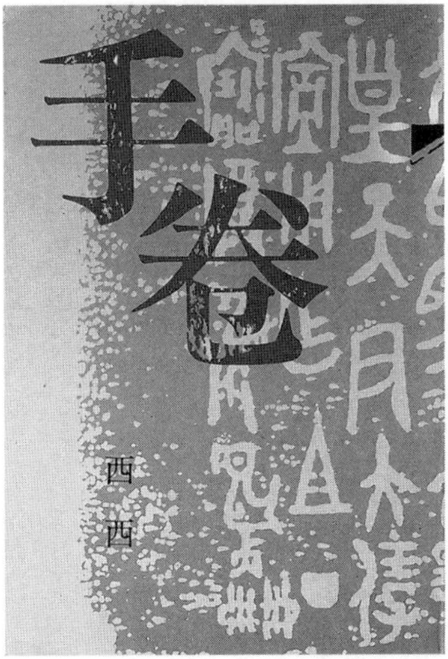

西西，《手卷》（臺北：洪範書店，1988）。

33 紹美（何達），〈難道我的血裡有非洲的血統〉，《文匯報・文藝》，一九五八年十二月二十七日。

34 西西，《手卷》（臺北：洪範書店，一九八八），頁三。

35 雷馬克（Erich Maria Remarque）著，朱雯中譯，《流亡曲：一名浮荷》（*Flotsam*）（上海：文化生活出版社，一九四八）。

36 西西，《手卷》，頁三。

37 同前注，頁一六。

「游離」的角度，一再從外國回望香港，從本土的限制和不滿開始，省思根著的可能：「我是渴望回到一個『家鄉』那樣的東西？慢著，我知我回到香港也不會找到的」，[38]「如果我覺得家園變成陌生地，那並不表示所有陌生的異鄉都可以輕易變成家園」，[39]對香港感到陌生的不滿，更促使也斯尋求越界的視野，不囿於既定的國族中心思考，也不自限於香港本土，思考東西方各自的文化，描繪不同的城市精神，思考世界性，又以之作為香港本土的參照，也斯在〈比利時的明信片〉提出在中港臺的文化交流活動中，擔憂香港文化總是被誤解、忽視的一環，也從外國文化的思考回到香港中文寫作的特殊處境：「Kristien Hemmerectits用比利時的荷文寫作，朋友提醒我說，這跟荷蘭文學作品還是有微妙的分別。我當然想到香港用中文寫作跟大陸文學作品的微妙分別」，[40]也斯《越界書簡》、《游離的詩》、《記憶的城市．虛構的城市》諸作的出發點基於一種「根著」的無力感以至對本土的失望，因而往流動尋求，流動的視角未必確實消除「根著」的無力感，但至少作為一種參照。

五、根與路徑

〈導論一〉引用過邱貴芬〈「在地性」的生產：從臺灣現代派小說談「根」與「路徑」的辯證〉一文，她根據人類學者克里弗德（James Clifford）對「根」（roots）與「路徑」（route）的辯證思考，強調文化旅行的流動性，以及文化認同本身的流動，指出「根」與「路徑」看似不同取向，卻並不對立。[41]蘇偉貞亦從克里弗德的觀念中，強調文化認同的流動性，她以「路徑」的角度重讀趙滋蕃與《半下流社會》，指出「趙滋蕃的流浪漢哲學注定了他筆下人物的流亡宿命，所以角色總是糾結、踟躕、彳亍，無法回到『原鄉』起點」。[42]這說法點出了趙滋蕃《半下流社會》的文字特質，小說人物以憧憬未來寄託他們一代人的「反共」想像，並不是返回原鄉，卻以流浪、大火和死亡，嚮往新路徑的開拓。香港文學本土性的弔詭和複雜之處，在於它與中國文學既相連又迥異的關係，同樣是一種「根」與「路徑」之辯證，當中的理解是以歷史意識的掌握作為關鍵。

華語現代文學的根，源自二十世紀初、五四運動前後時期，中國現代文藝的根，一種新的文藝觀，也在香港形成不同的路徑。由現代報刊的傳播作為主要媒介，二十世紀初之香港，由於港口轉運貿易發達，便利內地報刊傳播，特別來自上海、廣州的刊物，傳播現代文藝與左翼思潮，加以人員往返，造就二、三〇年代香港現代派文藝和左翼文藝的先聲；另一因素是政治衝突和戰亂，二十世紀初的香港先後有改革派、革命派以至辛亥革命後的滿清遺民，二、三〇年代有逃避軍閥政府、國民政府追緝的左翼作家，抗戰時期有抗戰文學延續內地各淪陷區的未竟事業，戰後因國共內戰再有逃避國民政府追緝的左翼作家；時代更迭，形勢逆轉，四、五〇年代之交又有另一批不見容於新

38 也斯，《記憶的城市・虛構的城市》，頁二一六。
39 也斯，《游離的詩》（香港：牛津大學出版社，一九九五），頁一三一。
40 也斯，《越界書簡》（香港：青文書屋，一九九六），頁一六二。
41 參考邱貴芬，〈「在地性」的生產〉，頁三一五—六六。
42 蘇偉貞，〈在路上：趙滋蕃《半下流社會》與電影改編的取徑之道〉，《成大中文學報》四五期（二〇一四年六月），頁三九八。

中國政府的作家，使香港文壇既有反共聲音，也有在港延續自由文藝作風，延續當時在中國內地被禁絕（視為「毒草」、「逆流」）的新月派、現代派文風。

其間，根與路徑各自發揮動力，各自留下不同方向的印記，早在二十世紀初，港口轉運貿易便利內地報刊傳播到港，促成本地青年仿效上海、廣州的刊物，創辦自己的刊物，包括《島上》、《激流》、《鐵馬》等等；內地文人來港引進最先進的上海摩登文風，亦有部份與香港本地源自廣州的嶺南文風、市民文化傳統結合，創新香港風格、都市文風。抗戰時期文藝團體，例如文協香港分會屬下的「文通」培育出一群本地青年作家，戰後仍有部份留港，五〇年代的青年從南來文人創辦的《中國學生周報》、《人人文學》、《文藝新潮》中獲得重大啟蒙，超越了殖民地教育體制的保守、功利，六、七〇年代，新一代青年作家在國族認同與殖民主義之間，一方面反殖，痛感殖民政治造成的文化斷層和無根，深受錢穆、唐君毅等新儒家學人薰陶的青年，有志在港發揚傳統文化精神，另一方面受西式教育傳統（例如教會學校較開放的學風）洗禮，接觸更多外國書刊和西方文藝，七〇年代大批從外國回港青年進一步引進西方現代文化，透過電視、電影、流行歌，也透過報紙、雜誌，推動新觀念、新思想下的本土文化。

香港本土的聲音已成為一種態度和觀念傾向，不僅是一種地域、地方之別。語言上，長久以來以粵音唸誦現代書面語的實踐，使「香港中文」既有別於中國大陸以「普通話」為主流，亦有別於臺灣以「國語」為主流，加以長久以來的中文教育，形成一種「言文分途」的書寫和誦讀傳統，這本是一種嶺南教育傳統，嶺南地域學子一向都以粵音朗讀古文辭賦或吟哦古典詩詞，在香港接受教育的人從小以粵音唸誦古文、古詩和現代散文，課堂上以粵音朗讀〈出師表〉，也以粵音朗讀〈背影〉，用粵音朗讀現代中文「的、了、呢、麼」等日常口語中不使用的語彙，也用粵音朗讀古典文獻中的「之、乎、者、也」，口語中不使用，卻能轉化在書面語之中運用。遙望近百年來中國大地先後推行的「國語統一運動」和「普通話運動」，香港這塊「化外之地」，卻意外地得以延續自明清至今的嶺南傳統，幾乎成為廣義的中華地域中唯一保留且廣泛流通「言文分途」書面語的地方。

靈巧、古雅而務實的香港中文，崇尚現代都市風格，抗拒過於「文謅謅」的文藝腔，也抗拒過於激昂的朗誦腔或連篇四字成語與恭維語的演說腔。流動的語言力量，造就香港中文的入世與規範，香港中文既得力於教育者文言與白話兼備的教誨，也得力於好幾代香港學生長期忍受冰心〈寄小讀者〉、徐志摩〈再別康橋〉等等五四早期文藝腔並歇力與之分割，因對文藝腔負面陰影太重而傾向寫作更踏實的語言。[43]

許多年來，香港作家都把上一代既有的家國意義上的「根」，與香港地方的重新認同這二者隱約地聯繫而不是互相排斥，更痛切地細寫當中的矛盾、掙扎而不是冷漠地或激昂地簡化二分；香港文學和語言的根與路徑，尤其夾雜糾纏，實難絕對分出是以根為主或以徑為主，由此凸顯兩者的差距，單單強調根——國族傳統，或單單強調徑——本土意識，既徒然引起無休止的爭辯對立，亦根

43 有關香港語言文化的問題，可參考也斯，〈香港的故事：為什麼這麼難說？〉，《香港文化》，頁四——一二；文潔華編，《粵語的政治：香港語言文化的異質與多元》（香港：香港中文大學出版社，二〇一四）；彭志銘、鄭政恆編，《香港粵語頂硬上》（香港：次文化堂，二〇一四），以及陳智德，〈香港語言和文學的憂思〉、〈七、八〇年代的中文運動〉、〈香港中文的斷想〉等文，《這時代的文學》（香港：中華書局，二〇一八）。

本不是香港文學的真象。無論根源於何處，路徑有多曲折，文化情懷與藝文腳步都總有一個立足點，一個安身立命之所。溯洄從之，道阻且長，「根著」是認清溯源的險阻、路徑的迂迴；溯游從之，宛在水中央，根著我城不是擁抱自己，不是自戀或自我中心，而是認清我城的種種局限之後，仍不願足下與土地的冷暖分割。

二〇一八年七月

第一部

一九四、五〇年代之交的文化轉折

第一章
左翼的任務和鬥爭
——戰後香港左翼詩歌

引言

一九四五年八月，抗戰勝利，香港重光；同年下旬起，淪陷之後停刊的《星島日報》和《國民日報》先後復刊，再有《新生日報》和《正報》的創辦，副刊重新得以自由刊載文藝作品，開啟了香港戰後的文學時期。一九四五年八月至一九四九年底，無論對中國或香港文藝而言，都是特殊的轉折時期。戰後三篇關鍵性的左翼文論，郭沫若〈斥反動文藝〉、邵荃麟〈對於當前文藝運動的意見——檢討・批判・和今後的方向〉以及茅盾〈在反動派壓迫下鬥爭和發展的革命文藝——十年來國統區革命文藝運動報告提綱〉，[1]對知識份子提出嚴厲要求，透過對被指斥為「右傾」或「自由資產階級」作家的批判和強調文藝大眾化，使文學為政治服務的意識，主導了五〇年代以還中國內地的文學論述，由此而建立的標準成了一體化的文學規範，論者以此為現代文學過渡到當代文學的「轉折」。[2]

另一值得注意之處是，三篇文章中，前兩篇都是在香港發表的，郭沫若〈斥反動文藝〉和邵荃麟〈對於當前文藝運動的意見〉所批判的「反動文藝」是針對身在中國內地的沈從文、朱光潛等作家，然而該文章的發表卻是戰後香港文壇對當時內地左翼文藝政策的配合和支援的一部份。一九四七、四八年間由於國共內戰愈轉激烈，大批左翼作家為逃避國民政府的緝捕而南下，發表大量具鮮明鬥爭性的作品和理論，部份配合內地左翼文藝針對國統區情況、爭取城市工人支持的方針，持續至一九四九年底。這時期的作品大部份於日後隱沒無聞，但它們的確在那段「轉折」時期發揮重要的歷史意義。

「左翼」或「左派」本來是範圍很廣的概念，中國左翼文化在香港的傳播和相關工作，原本有長遠的歷史淵源，而在不同階段亦具不同目標和策略，未應固定視之。[3]中共於一九二〇年代已在香港海員和工人之間建立組織，推動不同的工人運動，一九三六年，中共南方臨時工作委員會（南臨委）在香港成立，提出「爭取公開，利用合法」的方針，推動群眾工作，又成立香港工作委員會（香港工委），下設文化、學生、婦女、工人四個支部；[4]一九三七年五月，吳華胥、李育中等創設香港中華藝術協進會（藝協），透過邀請香港文化界名人參與，使藝協能在港合法註冊，落實了中共南臨委提出「爭取公開，利用合法」的方針。一九三九年由南來左翼文人主導的中華全國文藝界抗敵協會香港分會（簡稱「文協香港分會」）成立，貫徹抗戰時期中共的抗日民族統一戰線主張，一九四一年一月的「皖南事變」（或稱「新四軍事件」）發生後，國民政府加緊言論控制與新聞檢查，中共則組織、部署作家、報人南下香港繼續文化工作，創辦《華商報》、《筆談》等報刊，左派人士與不同黨派人士在港抗衡國民政府的鎮壓，以香港為突破言論禁制的窗口。同時，文協香港分會透過成立「文藝通訊部」培育本地青年作家，其間在港中共組織派員參與或滲透文通內部，著意培育、吸收香港文藝青年，他們有部份於一九四一年底香港被日軍佔領之前或之後，潛回新界或

1 郭沫若〈斥反動文藝〉與邵荃麟〈對於當前文藝運動的意見——檢討·批判·和今後的方向〉均發表於香港《大眾文藝叢刊》一期（一九四八年三月）；茅盾〈在反動派壓迫下鬥爭和發展的革命文藝——十年來國統區革命文藝運動報告提綱〉於一九四九年舉辦的「中華全國文學藝術工作者代表大會」中宣讀，見《中華全國文學藝術工作者代表大會紀念文集》（北京：新華書店，一九五〇），另收入李何林等著，《中國新文學史研究》（北京：新建設雜誌社，一九五一），頁一三二—五一。

2 參考洪子誠，〈關於五十至七十年代的中國文學〉，收入王曉明編，《二十世紀中國文學史論》（上海：東方出版中心，一九九七），頁一二三—四六；賀桂梅，《轉折的時代：四〇—五〇年代作家研究》（濟南：山東教育出版社，二〇〇三），頁一—二五。

3 有關「左翼」、「左派」這兩個詞彙，本書大多使用「左翼」一詞，因當中的語境大多與文藝、理念、思想觀念相關，唯當提及特定黨派、機構、組織、陣營，則使用「左派」一詞。在一般大眾媒體中，當個別文章提及「左翼」或「左派」，有時或會帶有褒貶之意；本書屬學術討論，無論使用「左翼」或「左派」，對於該詞彙本身都不帶褒貶之意。

4 參考袁小倫，《粵港抗戰文化史論稿》（廣州：廣東人民出版社，二〇〇五），頁三一—三三。

廣東地區加入了東江游擊隊。[5]

抗戰時期的香港左派以貫徹「抗日民族統一戰線」、利用香港作為突破內地言論禁制的窗口為主要工作目標，戰後形勢改變，在港中共組織為配合國共內戰的需要，積極爭取城市工人及知識份子的支持，同時也防止陣營內部異化，進一步強調知識份子的自我改造，而文藝則作為重要的宣傳工具和媒體，強調文藝必須服務於政治，例如黃藥眠提出「文藝必須為實現民主而奮鬥」，[6]當中的「實現民主」即是針對國共內戰的形勢而言，而文藝則被要求配合特定的政治目標。

左翼影人司徒慧敏曾指出：「當時我們是為政治而藝術的。當時的政治是抗日救亡，在上海能待下去，我們就在上海搞抗日救亡，日本人把我們趕出上海，我們就躲到香港，繼續抗日救亡，始終沒放棄過左翼電影運動的精神」，[7]司徒慧敏所指的「當時的政治」，凸顯了左翼文化的目標是具階段性，即在不同階段、不同時空，有著若干不同內容和策略，正如他指出「當時我們是為政治而藝術的」，其間，文藝的藝術性、獨立性不是考慮重點，夏衍於一九七九年回顧左翼電影運動時亦提出：「總之，我們當時就是想通過藝術形式進行共產主義宣傳。說實話，那時首先想到的是政治，藝術是談不上的」，[8]夏衍的說法更明確地反映左翼文化工作以實現政治任務為主導的傾向。

本文所要討論的戰後香港左翼詩歌，正在國共內戰的歷史脈絡中，配合左翼文藝的階段性目標，使用內地既有的形式「翻身詩歌」、「政治諷刺詩」和「方言詩歌」，分別以工農和城市工人為目標讀者，透過對香港城市景觀和生活的寫實描述，貫徹左翼文藝鬥爭的主題，也呼應當時中國內地的左翼文藝路線；由此進一步可以再想的，是戰後香港左翼詩歌的文藝價值，以及中國大陸文藝的「轉折」與香港戰後文藝的「轉折」之異同：戰後的香港左翼詩歌似乎不太強調批判制度的不公，也不太強調批判政府弊政，本文將探討戰後的香港左翼詩歌如何配合「共名」而趨向集體寫作的目標：引導讀者憧憬著中國的解放，以至返回內地支持中共對抗國民政府的革命鬥爭。[9]

一、戰後新形勢

香港淪陷期間人口銳減，二次大戰結束時，人口已從抗戰初期的一百八十萬減至五、六十萬。戰後大量居民回港，也有部份從大後方準備經香港返內地的人，因內地經濟、政治不穩而滯留，使香港人口再度回升，在一九四六年底已增至一百六十萬。[10] 抗戰勝利後，國共有過短暫的和談，至

5 參考陳智德，《板蕩時代的抒情》，第二章〈香港的「據點」位置〉，頁三五—五八。

6 黃藥眠，〈文藝工作者當前的幾個課題〉，《華商報・熱風》，一九四六年一月四日。

7 這是司徒慧敏於一九八五年有關左翼電影運動的談話，轉引自譚春發，〈上海影人入港與香港電影〉，《香港上海：電影雙城》（香港：市政局，一九九四），頁六八。

8 夏衍，《劫後影談》（北京：中國電影出版社，一九八〇），頁一一二。

9 「共名」的說法由陳思和提出，所謂「共名」，是指涵蓋一時代重大而統一的主題，參考陳思和，《中國當代文學史教程》（上海：復旦大學出版社，一九九九）。由於論述上不同輕重的安排，本書在第二章〈一段被遺忘的文藝青年「自我改造」史〉一文將對「共名」一詞作比較詳細說明。

10 參考冼玉儀，〈社會組織與社會轉變〉，頁一九五—九六。余繩武、劉蜀永編，《二十世紀的香港》（香港：麒麟書業，一九九五），頁一三五—三六。

四六年中重新開始內戰，國民政府鎮壓反內戰運動及緝捕左翼人士，上海《新詩歌》、廣州《文藝生活》、《中國詩壇》等刊物先後遭禁，主辦者遭通緝，許多都逃至香港，因而於一九四六年中，除了戰後復員的人，香港再次聚集大量作家，特別是因國共內戰而來港的左翼人士，他們當中，部份更屬共產黨組織派出的人員，目標是要在香港建立新的文化傳播據點，一九四六年一月復辦《華商報》即為他們其中一項重要工作。[11]

《華商報》是戰後香港刊登左翼文藝的重要刊物，[12]在創刊的第一天便刊出黃藥眠〈文藝工作者當前的幾個課題〉一文，提出以「加強文藝的肅奸工作」、「攻擊色情文學，讓進步文學藝術佔領陣地」、「文藝必須為實現民主而奮鬥」為工作目標。[13]黃藥眠在文中重提文學的政治任務，其中「讓進步文學藝術佔領陣地」，所指的「進步文學」即是指左翼文藝。四六至四九年間，聚集在香港的左翼詩人有黃藥眠、鄒荻帆、樓棲、薛汕、戈陽、黃雨、陳殘雲、黃寧嬰、呂劍等等，他們一方面在遷港出版的《中國詩壇》、《文藝生活》、《新詩歌》等刊物上發表詩論和詩創作，另一方面亦經常在《華商報》副刊發表作品，四六年以遷港活動的中國詩壇社和新詩歌社成員為基礎，組成了「中國新詩歌工作者協會」和「中國詩歌藝術工作社」。[14]詩集和詩論集的出版方面，有新民主出版社、智源書局、人間書屋等機構，共同促成四〇年

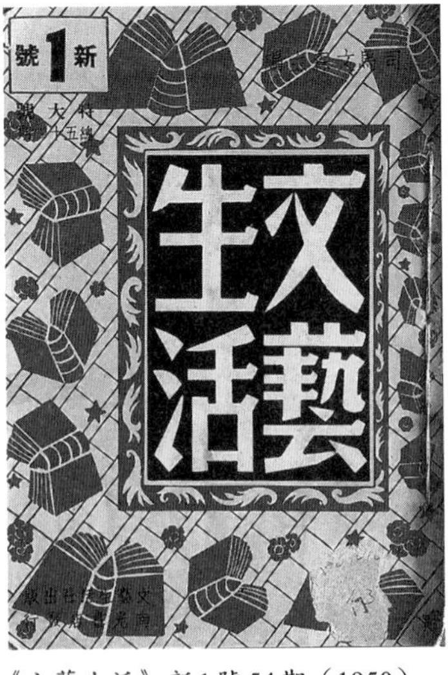

《文藝生活》新1號54期（1950）。

代香港左翼詩歌的勃興，其中一個例子可見諸一九四七年黃藥眠等二十一人在《華商報》連署發表〈詩人節宣言〉，[15]至四八年連署文章紀念詩人節者已增至三十九人。

戰後香港左翼詩歌，延續了抗戰以來的政治性取向，並在整體上與內地的左翼詩歌密切相關。茅盾在一篇回顧左翼文藝的文章中，亦把香港納入國統區的範圍討論，認為當時香港的文藝取向與國統區左翼文藝一致地以「打破五四傳統為模範」，一方面追求「民族形式與大眾化」，另一方面接受解放區作品影響，創作方言詩，打破「小資產階級知識份子的趣味」。[16]

戰後左翼文人來港、延續在內地被禁的刊物和文藝取向，戰後香港左翼詩歌的範式，無疑來自

---

11 參考夏衍，《懶尋舊夢錄》（北京：生活・讀書・新知三聯書店，一九八五），頁五六八。

12 《華商報》早於一九四一年四月八日創刊，是「皖南事變」（或稱「新四軍事件」）後撤退到香港的左翼文化人以「灰皮紅心」的形式所創辦，一九四一年十二月底香港被日軍佔領後停刊，至一九四六年一月復刊，參考陳智德，《板蕩時代的抒情》，第三章〈抗戰時期的香港報刊〉，頁五九—一〇七。

13 黃藥眠，〈文藝工作者當前的幾個課題〉。

14 「中國詩歌藝術工作社」於一九四六年成立，參考鄭樹森、黃繼持、盧瑋鑾編，〈香港文學年表（一九四五—一九四九）〉，《國共內戰時期香港文學資料選（一九四五—一九四九年）》（香港：天地圖書公司，一九九九），頁三〇五。有關「中國新詩歌工作者協會」另參犁青，〈四〇年代後期的香港詩歌（一九四六—一九四九）〉，《香江文壇》一三期（二〇〇三年一月），頁五五—五七。

15 參考黃藥眠等，〈詩人節宣言〉，《華商報・熱風》，一九四七年六月二十三日。

16 茅盾，〈在反動派壓迫下鬥爭和發展的革命文藝——十年來國統區革命文藝運動報告提綱〉，收入李何林等著，《中國新文學史研究》，頁一三七。

內地，然而其影響也返回內地：「一部份到了香港的文藝工作者在反帝、反封建、反官僚資本主義的總目標下進行工作，所起的影響不僅限於海外各地的華僑，而且還滲透了國民黨反動派封鎖而到達國統區的人民大眾中間」。[17]香港左翼詩歌其實不限於對國統區的影響，也同時接受解放區的影響，要評論這時期香港的左翼詩歌，須先回顧四〇年代的左翼詩歌的基本取向。

二、左翼詩歌的任務

四〇年代的左翼詩歌，無論是國統區或解放區，均以一九四二年毛澤東〈在延安文藝座談會上的講話〉為最終綱領。〈講話〉確立左翼文藝為工農兵服務的路線，並重新解釋文藝大眾化和文學不能脫離政治的觀點，強調文藝的階級性和政治性。[18]在此綱領下，在國統區或解放區，因應不同群眾的特點，而有不同側重方向。解放區詩歌以「表現人民翻身鬥爭」為主，形式上包括工農兵群眾詩歌、長篇敘事詩，以及內容以歌頌工農兵及毛澤東為主的「新民歌」，例如李季〈王貴與李香香〉，以及田間、艾青等人的詩作。國統區則以政治諷刺詩為主要形式，以揭露國民黨弊政、爭取城市工人支持為主要目標，並配合街頭朗誦、演劇等活動，最終達到「引起群眾對反動統治的強烈的憎恨」，「因而引起了鬥爭和革命的行動」，[19]主要作者有臧克家、馬凡陀（袁水拍）等。

戰後香港左翼詩歌的獨特之處，是它同時具有國統區和解放區詩歌的特點，既有來自解放區的「翻身詩歌」和以農民大眾為目標讀者的方言詩，也有源自國統區的城市諷刺詩。戰後香港的「翻身詩歌」以農村現實為題材，方言詩則吸收龍舟詞等廣東民間曲詞，方向與解放區的新民歌取向類近。黃雨、馬凡陀、符公望同樣都寫過國統區流行的城市諷刺詩，其中馬凡陀的諷刺詩同時在香港與上海受歡迎，廣泛傳播於群眾運動當中。然而左翼詩歌特別是戰後的左翼詩歌，並不僅是一種形式，正如〈講話〉所標舉的文學為工農兵服務的綱領，戰後香港左翼詩歌具有強烈的政治色彩，與戰前香港的寫實主義詩歌比較，如劉火子〈都市的午景〉、袁水拍〈梯形的石屎山街〉、何涅江〈在某機器鋸木廠裏〉等詩作，是以反映現實為基本目的；戰後香港左翼詩歌同樣重視寫實主義的淑世精神，卻不以寫實為滿足。呂劍指戰後詩歌的主題，在諷刺和抒情以外，提出以「鬥爭」為新的主題，[20]這「鬥爭」就是一種政治性的目標，也是這時期左翼詩歌的最終目標。如果寫實、諷刺和抒情還具有一點文學性的要求，「鬥爭」則離文學更遠，正由於此，戰後香港左翼詩歌比三〇年代的寫實主義詩和抗戰詩更不重視文學性的表達，而是以「鬥爭」為最終指向。

在劉火子、袁水拍、何涅江寫於戰前的寫實主義詩作當中，由於反映現實的對象包括香港的工人、基層市民和城市現象，雖然作者在意識形態上未必認同香港，以致表達負面批判居多，但其詩作還可略見一些本土特色描述。在這方面，即地方性的本土關懷上，戰後香港左翼詩歌的表現又如

17　同前注，頁一三五。
18　參考毛澤東，中共中央毛澤東選集出版委員會編，《毛澤東選集》卷三（北京：人民出版社，一九六八），頁八〇四—八三五。
19　參考王瑤，《中國新文學史稿・下冊》（上海：新文藝出版社，一九五四），頁二六八—三一〇。
20　呂劍，《詩與鬥爭》（香港：新民主出版社，一九四七），頁五七—六一。

何？在形式和題材上，香港左翼詩歌有不少本土風貌特色，如方言詩歌在形式上即運用大量廣東方言、俚語入詩，但其題材是以廣東農村為主，在恪守〈講話〉的綱領下，「方言文藝首先是為工農兵而作」，「一方面是寫給農民看，為農民寫，一方面是寫給城市的讀者，反映農村的鬥爭」，[21]真正描寫香港的不多，而且以政治掛帥、功能性為主要取向，方言僅作為手段，並未真正關注地方文化。城市諷刺詩為爭取工人認同，在「鬥爭」為最終指向中，香港城市作為批判對象，作者本人及其引導群眾目光所指向的，是內地的即將解放的時空，而視香港為臨時和過渡性質的地方。

以上是戰後香港左翼詩歌的基本特色，歸結是一種具有強烈政治取向的詩歌，正如茅盾所說，它的影響力不限於香港本土，並且「滲透了國民黨反動派封鎖而到達國統區的人民大眾中間」，這可能也正是它的真正目標。

《方言文學》輯1（1949）。

三、「自我改造」與戰後香港方言詩歌

戰後的香港方言詩歌是戰後華南地區方言文藝運動的其中一支，「是居留香港的南方文藝工作

者在自我改造和執行戰鬥的迫切要求之中發動起來的」，[22]所謂「自我改造」，也就是呼應、配合毛澤東〈在延安文藝座談會上的講話〉一文所提出的要求知識份子自我改造以為工農兵服務的路線：「這時，拿未曾改造的知識份子和工人農民比較，就覺得知識份子不乾淨了……我們知識份子出身的文藝工作者，要使自己的作品為群眾所歡迎，就得把自己的思想感情來一個變化，來一番改造」，[23]毛澤東對改造知識份子的要求，成為一種左翼陣營集體一致遵行的綱領，普遍地見諸四、五〇年代之交的左翼陣營文藝理論當中，邵荃麟〈對於當前文藝運動的意見〉是其中一篇關鍵文章，他警惕於文藝思想的右傾以至左翼文藝陣營固有理念的動搖，一再強調對知識份子提出嚴厲要求：「堅決進行自身意識的改造，加強羣眾的觀點，發揚自我批評的精神，放棄智識份子的優越感，克服宗派主義的傾向」，[24]當中有關「自身意識的改造」的論點，在喬木〈文藝創作與主觀〉一文中再用「自我改造」、「自我鬥爭」等詞彙加以發揮，[25]其後，黃藥眠〈論詩歌工作上的幾個問題〉、史篤〈文藝運動的現狀和趨勢〉、陳殘雲〈「風砂的城」的自我檢討〉、林煥平〈拋棄包袱，穩步前進〉等文都一致地使用「自我改造」一詞來指涉知識份子向工農兵學習的趨向。

21 黃繩，〈方言文藝運動幾個論點的回顧〉，收入中華全國文藝協會香港分會方言文學研究會編，《方言文學》輯一（香港：新民主出版社，一九四九），頁三〇。
22 同前注，頁一二。
23 毛澤東，〈在延安文藝座談會上的講話〉（一九四二年五月），頁八〇八。
24 邵荃麟，〈對於當前文藝運動的意見——檢討・批判・和今後的方向〉，《大眾文藝叢刊》輯一（一九四八年三月）。
25 喬木，〈文藝創作與主觀〉，《大眾文藝叢刊》輯二（一九四八年五月）。

左翼論述對知識份子自我改造的要求非常嚴厲，不單要「放棄智識份子的優越感」，為工農階級寫作，更要在心態上以至生活上徹底改換（改造），如史篤所說：「但是我們還有更高的要求，這就是毛澤東所指出的學習馬列主義，和工農兵結合，進行自我改造」，[26]林煥平指出當中的「結合」的要求：「必須是文藝與工農結合，這就是說，要生活和創作一致與工農結合。這是知識份子作家脫胎換骨，即階級轉換的問題，並非單純是寫作品給工農看的問題」，[27]戰後的香港方言詩歌使用方言寫作不是語文上的考慮，更不是地方認同或本土意識的考慮，而是為了迎合工農大眾的水平和趣味，而且不單要求用工農的語言寫作符合工農趣味的作品，更要在心態上，從思想和眼界上轉換為工農的角度，戰後方言詩歌作為「居留香港的南方文藝工作者在自我改造和執行戰鬥的迫切要求之中發動起來的」[28]一種運動，一方面是利用方言詩歌形式容易接近工農大眾的特質，更重要是作家透過方言詩歌形式，幫助他們改變五四以來現代文學語言慣常使用的由上而下引導讀者啟蒙的趨向，達致「自我改造」和「執行戰鬥」的目的，所以方言詩歌可說是戰後左翼作家「自我改造」的其中一種載體。

在歷史發展上，戰後香港方言詩歌由一九四六年下半年開始發展，主要作者包括符公望、黃寧嬰、薛汕、戈陽、樓棲、丹木、犁青等等，組織上由「通俗文藝研究會」開始，發展出一個隸屬於中華全國文藝協會香港分會研究部之下的「廣東方言文藝研究組」，再改組為「方言文藝研究會」，內分研究、創作、資料和出版等組，方言類別以廣州話為主，包括部份潮州和客家語，形式有詩、山歌、民謠、龍舟、木魚、說書等。相關的理論和作品發表於《大眾文藝叢刊》、《方言文學》、《新詩歌》、《中國詩壇》、《文藝生活》、《正報》、《大公報》、《華商報》等等。

在藝術取向上，正如前文論及，戰後左翼作家在〈講話〉綱領下，恪守為工農兵服務的宗旨，首要的對象是農民，「一方面是寫給農民看，為農民寫，一方面是寫給城市的讀者，反映農村的鬥爭」，[29]而使用不少農村民間藝術形式如山歌、民謠、龍舟、木魚等，題材以農村的「鬥爭」為主，例如陳殘雲〈喺我地鄉下〉：

我地鄉下有個大劣紳
開口埋口孔夫子
鄉民餓得面黑黑
老先生假仁又假義
……
瞌埋雙眼發大夢
唔知到呢個係乜世界
二十年來稱神襟

26 史篤，〈文藝運動的現狀和趨勢〉，《大眾文藝叢刊》輯六（一九四九年三月）。
27 林煥平，〈拋棄包袱，穩步前進〉，《文藝生活》新一號，五四期（一九五〇年二月一日）。
28 黃繩，〈方言文藝運動幾個論點的回顧〉，頁一二。
29 同前注，頁三〇。

實則係冥頑不靈嘅斯文大土匪[30]

全詩共十二節，基本上是將既有的描寫農民的「翻身詩歌」加入一些粵語詞彙，內容仍以批判農村地主士紳為目標，其表達方式直接明朗，使用方言是為了讓農民更易明白。類似的寫法還有黃河流〈榕樹上〉：

有條死屍吊喺榕樹上，
重有個牌仔寫明「王保長」，
人人行過都睇下，
睇完依開個口笑洋洋。[31]

這類方言詩使用的是自由詩的句式，有時也使用隔句押韻的句式，內容則較少詩的素質，或根本不重視。此外，另有使用廣東龍舟詞、木魚歌的形式，增加了音樂性，其中最常用的是龍舟詞的形式，例如李門〈祥林嫂〉：

臘月底，大雪紛飛。
家家戶戶拜神祇。
迎接財神百無禁忌，

明年要順境好時機。
獨有一個女人佢棲身無地，
形單影隻骨肉分離。
……
天愁慘，慘愁天，
祥林嫂佢淚漣漣。
自從喪夫心不變，
點知被人改嫁受熬煎。[32]

李門〈祥林嫂〉根據魯迅的〈祝福〉改編為可說唱的龍舟詞，為方言詩加入了音樂和敘事的成份，也彌補了一般方言詩在詩意上的不足，內容仍以農村為依歸，類似的例子還有符公望寫農村土地改革的〈咪上當〉，也使用龍舟詞。

香港的方言詩歌大部份在報刊發表，它的實際讀者其實是一般居住城市的市民，即使方言詩歌

30 陳殘雲，〈喺我地鄉下〉，《中國詩壇》輯三「生產四季花」（一九四九年五月）。
31 黃河流，〈榕樹上〉，《華商報》，一九四七年十二月十五日。
32 李門，〈祥林嫂〉，《方言文學》輯一，頁九八—九九。

以廣東話寫作，但內容多涉及農民的鬥爭，未必對城市讀者有共鳴，方言詩歌要求以方言更接近群眾，卻在題材上與真正香港讀者的實際經驗分歧，這點在方言詩歌作者的內部討論中亦有反省，例如陳殘雲指「但不可否認，這運動還存在著許多缺點，如不照顧實際環境和具體對象，不廣不深，沒有在廣大群眾裡面生根」，[33]薛汕〈方言詩的新起點〉亦提出方言詩歌的方向須由爭取農民認同的「鹹水歌、龍舟歌」等形式，轉而迎合城市工人和普羅市民的趣味；[34]由此，戰後的香港方言詩也出現部份以城市工人為對象的作品，其中文學水準較高的是符公望的方言詩。

符公望（一九一一——一九七七）可說是戰後香港方言詩中創作量較高、題材較寬，水準也較佳的一位，除了農村題材，也寫過〈勝保初到香港〉、〈跟實毛澤東〉、〈工人大佬冇衰仔〉等描寫城市工人的方言詩，其中〈勝保初到香港〉採用龍舟詞形式，描寫農民勝保因戰後農村經濟蕭條及強徵壯丁的問題，從內地來到香港謀生，成為一名工人的故事：

火車駛入九龍站
一鑽鑽入一座大錢棚
唔知邊度有個鈴鈴響
好似鄉下夜晚打明更
呼彭一聲車入站
佢檢齊行李落車行[35]

以上是首節唱詞中的一段，全詩以唱詞和說白交替進行，敘述勝保初到香港的不如意遭遇，後來找到居住在灣仔的親戚，卻被騙去錢財，再轉任工廠苦力，被開除後自殺不成，到路邊「告地狀」寫字行乞，後遇見同鄉轉做小販，最後以返回家鄉加入游擊隊作結。符公望的方言詩優勝之處是他不只是套用方言詞彙，而是能夠活用方言的語感，營造明快、生動的效果，如〈勝保初到香港〉首節唱詞中「一鑽鑽入一座大錢棚」，在粵語方言口語中，「鑽」字經常形容小孩子頑皮和快速的走動動作，這裡用以形容火車入站，比書面語中的「駛入」、「開進」更生動，且多了一層形象性的想像。此外，全詩除了隔句押韻，更在每句音節上力求對稱，增加了音樂和節奏感。

〈勝保初到香港〉是少數以香港為背景的方言詩，但作者的用意不是關懷本土，而是突出香港的陰暗面，突出內地人民來到香港所遭遇的挫敗，其間思想覺醒，最後以返回家鄉加入游擊隊（參與國共內戰）為出路。這安排絕非偶然或單一的構思，而是普遍見於四〇年代中後期的戰後左翼詩歌以至小說和電影中，在戰後香港詩歌的意義上，〈勝保初到香港〉可以引申討論的，還包括左翼詩歌對香港的態度及其「迎向解放」的時間觀，本文以下嘗試再舉引其他詩例加以探討。

33　陳殘雲，〈推進方言詩運動〉，《新詩歌・今年新年大不同》，一九四九年一月）。
34　薛汕，〈方言詩的新起點〉，《新詩歌・今年新年大不同》，一九四九年一月）。
35　符公望，〈勝保初到香港〉，《方言文學》輯一，頁一一九—一二〇。

四、左翼詩歌中的香港

正如前文所論，左翼詩歌不以寫實為滿足，其寫實本身是有所指的，就是以「鬥爭」為最終指向。戰後初期，即一九四六、四七年間，香港左翼詩歌為配合〈講話〉為工農兵服務及共產黨的農村政策，總體上以描寫農村為主，即其內部所稱的「翻身詩歌」。及至一九四八、四九年間，這時國共內戰已白熱化，戰線由內地大片農村轉移至城郊市鎮以至大城市，中共文藝政策的關注點亦由農村走向城市，為爭取城市工人支持，更高調地提倡工人文藝，香港的左翼詩歌亦配合此種改變，有較多描寫城市的詩歌出現。

除了符公望的方言詩〈勝保初到香港〉，沙鷗、黃雨也寫過一批可稱為左翼都市詩的作品，在詩本身的藝術特色以外，更值得探討的是左翼詩歌對香港的態度。沙鷗（一九二二—一九九四）寫過一首較短的〈菜場〉，[36]可以作為這裡討論的開始：

太陽也不過剛剛翻身，
菜場就這樣鬧吼吼不清靜，
長辮子女人穿過來又走過去，
開檔的忙著收錢忙著提秤。

雞鴨鵝的區域實在臭氣沖天，
鮮魚的腥味也令人嘔心，
木屐的聲音夸夸地四面響，
污水裡菜屑與口痰在打滾。

買菜的人在這裡分成幾等，
有好多是把雞肉檔看為禁城，
「點解又起價」痛苦的問問，
幾毫子吃一天已算在硬撐！[37]

在這三節詩中，第一節是比較接近客觀寫實的筆法，但從選材上，暗示了作者的態度：強調一個「不清靜」的空間，並非正面地寫它的熱鬧，而是負面地寫它的嘈雜，最終突出了作者負面的觀感。承接這觀感，第二節寫菜場污濁的環境，以臭氣、腥味、污水、口痰等加以渲染，突出強烈的負面感官經驗，第三節寫這菜場除了環境污濁，更在意識上將人分出不同階級。這首詩沒有指出菜

36 一九四七年沙鷗到香港，參與《新詩歌》在港的復刊工作，並任文協屬下青年組織「文通」的顧問，在香港《文藝生活》、《中國詩壇》、《新詩歌》等刊物發表詩作及評論，四八年出版詩集《百醜圖》。

37 沙鷗，〈菜場〉，《文藝生活》海外版六期（一九四八年九月十五日）。

場的位置處於香港，但透過「長辮子女人」（當時常見的住家女傭，俗稱「媽姐」）及「買菜的人在這裡分成幾等」，至少可知它是一個都市中的菜場。從〈菜場〉對都市的描寫語調看來，不單是一種反映現實的筆法，更強調了都市的負面印象，實際上也就是強調了作者自己對都市的負面觀感。

黃雨〈蕭頓球場的黃昏〉一詩則更明確地指向對香港的批評：

在這彩色的燦爛的都市裡
蕭頓球場是慘淡的沙場
鐵柵和煙霧的朦朧
圍困著破布似的兵士
各各佔據一個小據點
進行著生活的慘鬥

打架的、爭奪的、偷盜的
叫喊的、叱喝的、詈罵的、啼哭的
是那一個悲哀的藝術家
塑下了這痛苦的群像
看哪，那個賣金山橙的小伙子
拿著刀，拚命的叫著

彷彿要殺死經過他攤前的人們
彷彿迫害者在喊救命
……

聚集在這裡的是熟食攤
賣螺的，賣蜆的
賣牛腩狗肉的
賣不知什麼動物的臟腑
賣酒樓倒來的殘羹
（殘羹裡混和著紳士們含有梅素菌的口水嗎？）
看哪，賣牛腩的
把汗水、鼻涕、圍巾上的油污
一起拌在牛腩裡
又把那個麻瘋吃過的碗子
洗也沒有洗
就裝了一碗牛腩
送到那孩子的面前
那孩子是吃得這樣津津有味呀

……

啊，是那一種殘酷的風
把你們從天南地北捲在一起
天地是如此廣闊
為何偏偏選擇這片土地
這片如此灰暗、什沓、喧囂的土地

今晚，走在你們的身邊
我彷彿在讀本破爛的舊小說
我們不是曾在那小說裡
多次地相遇傾談嗎
我知道你們為何叫喊
為何流淚和發愁
我正要找尋那帶大竹笠的流浪漢
他在那裡，朋友，告訴我
我要告訴
別去投奔柴大官人了

朋友們都在梁山上等他哩
然而，舊小說早就破爛了
你們還要在這裡逗留多久呢[38]

全詩很長，以上節錄了第一、二、五、七節，第七節也是結束一節。這詩也是少數對香港現實作詳細描寫的左翼詩歌，當中相信頗為真實地記錄了一段從戰前延續至五、六〇年代，但至今已消失的香港都市現象。[39]除了客觀寫實，本文特別想探討的是詩中呈現一個怎樣的香港。

相較沙鷗的〈菜場〉，黃雨〈蕭頓球場的黃昏〉對低下層人民有比較投入的同情，但同樣強調負面的感官經驗。在第二節中，寫賣金山橙的小伙子在叫賣，卻形容他的叫賣聲和拿著水果刀的動作「彷彿要殺死經過他攤前的人們／彷彿迫害者在喊救命」，非單純呈現事實，更見作者的目光和感官反應。在描寫熟食攤一節，作者也著力以殘羹、汗水、鼻涕、油污等加以渲染，突出負面感官經驗，但蕭頓球場作為一處聚集市民的夜市，在作者的描述中，看不到市民之間的交流或生活經驗的呈現，而是充滿割裂的、互不相涉的各自為單位的區域，沒有任何環境上的歸屬或人際關係上的

38 黃雨，〈蕭頓球場的黃昏〉，《文匯報》，一九四八年十月七日。
39 蕭頓球場即現在所稱的修頓球場（Southorn Playground），位於灣仔市中心位置，從一九三〇年代起已是灣仔著名地標，日間是足球場，晚間是供平民消閒的墟市，有各種小販攤子，目前只保留足球場功能。

認同，與沙鷗的〈菜場〉一樣，這種強調負面觀感的描寫，可說是一種作者主觀投射的寫實。

在黃雨〈蕭頓球場的黃昏〉的結束前一段至結尾處，作者暗示留在香港是沒有出路的，而人們聚集在香港本身已是一種偶然：「為何偏偏選擇這片土地／這片如此灰暗、什沓、喧囂的土地」。最後他借用蕭頓球場「講故佬」（說書人）常用的《水滸傳》，以書中武松、宋江等人投奔柴進的典故，暗示人們應離開這片土地，尋求另一種發展：「我要告訴他／別去投奔柴大官人了／朋友們都在梁山上等他哩」，離開香港，回內地打游擊，是這詩最終的呼籲。有如符公望的〈勝保初到香港〉，黃雨的〈蕭頓球場的黃昏〉同樣把人們的出路指向內地的鬥爭。

在戰後香港左翼詩歌當中，詩中的香港除了形象負面以外，詩人的眼光更不放於當下，他們視未來為目前的唯一希望，憧憬著中國的解放，期待中共推翻當時執政的國民政府，成立新中國，讓他們可以離開香港，返回祖國、建設祖國是他們最終也是最理想的出路。在這時間觀之下，戰後香港左翼詩歌的內容指向是一種架空了當下的模式，左翼詩人雖然批判目前所見的香港，有不少現實場景和人物的描寫，但由於他們只放眼未來，詩中的批判不存在改變此時此地的期望；有別於同時期的內地左翼詩歌對當時中國社會和國民政府弊政的批判，戰後香港左翼詩人批判香港社會腐敗和都市的罪惡，卻不在乎當下香港社會是否可以改變，他們不期望也不鼓吹香港有革命行動，只是將這批判作為一種情緒不滿和壓抑的抒洩，其真正目光仍舊指向內地。

因此，〈蕭頓球場的黃昏〉這首詩的左翼理念指向，顯得有點曖昧至少是含糊，本來左翼文學精神在於提出階級矛盾，引導人們覺醒，強調思想和行動的革命，但這詩對所寫的人民，沒有針對人民身處社會的不公不義，而是鼓動其對於地方環境的不滿，著意勸導人們離去，目標是返回中國大陸，所以這詩實際上是一種貫徹當時左派政治陣營組織集體綱領的寫實，卻沒有發揮左翼文學透過寫實作出階級批判的基要精神。

戰後左翼詩歌突出內地人民來到香港所遭遇的挫敗，最後以返回內地為出路。這安排絕非偶然或單一的構思，閱讀〈勝保初到香港〉和〈蕭頓球場的黃昏〉，很容易聯想起戰後的香港小說《蝦球傳》和電影《珠江淚》，它們都有著類似的結局，就是主人公都無法或不願留在香港，最後選擇返回內地，投身「革命的鬥爭」當中。這種視內地為理想象徵的處理，普遍存在於戰後的左翼文藝，包括詩歌、小說、電影和戲劇當中，可說是一種憧憬烏托邦式的集體想像，並從戰後一直延伸至五、六〇年代的左翼文藝當中。

結語：左翼的時代

正如本文起首所言，「左翼」本是範圍很廣的概念，中國左翼文化在香港的傳播和相關工作，不同階段具不同目標和策略，不應固定視之，更不能單純以今日的視角去閱讀。一九三〇年代的中國左翼作家提出文藝大眾化，原基於針對保守作風，從而帶出新思維及挑戰；至如今，文藝大眾化的要求距原初已甚遠，今天順從大眾化的走向，已無批判可言，更與挑戰主流的初衷背道而馳，只教人走向對商業宰制順從、失去省察力的路。

本來，左翼文藝重視寫實主義的淑世精神，強調反映現實，但該種寫實不單純是一種文學技巧，該種「反映」也不僅是作家個人眼界的角度，正如茅盾在《夜讀偶記》所強調，正確的世界觀才是寫實的關鍵，因為左翼立場的寫實不只是在內容上反映現實，更須認清世界之本質、批判不公義的社會階級現象；[40]以今日的角度來說，也應批判制度的不公、為弱勢階層「發聲」。此外，左翼文藝也重視集體意識而貶抑「個人主義」，要求個體配合集體的策略，在其「政治標準第一，藝術標準第二」的綱領下，作家被要求在「反映」的角度上配合集體政治意識，例如藉著有意識的美化大眾、強調階級對立，來策略性地突出原屬弱勢階層的形象及其問題。左翼文藝本具淑世的使命，但由於集體和政治標準往往蓋過作家個人意志，使左翼文藝最終不免為配合革命運動理念「共名」的推行和宣傳而存在。

總而言之，左翼文藝本具淑世精神理想，但個別作家也常受集體意識驅使，同時也出於對左翼理念的信仰和對集體的忠誠，自發及自願地配合總體策略要求，使其作品成為集體「共名」的反映。戰後至一九五〇年的香港左翼詩歌，似乎不太強調批判制度的不公、為弱勢階層「發聲」，實由於處於國共內戰的時代大局中，作家為了配合共名而趨向集體寫作的目標，即引導讀者憧憬著中國的解放，以至返回內地支持中共對抗國民政府的革命鬥爭，以符公望〈勝保初到香港〉、沙鷗〈菜場〉、黃雨〈蕭頓球場的黃昏〉諸作觀之，可說都完成其政治功能上的「任務」，它們的文學可讀性或許不高，但放諸戰後整個中國新詩的發展中，仍具特殊的歷史意義。

40 相關討論可參本書〈虛實的超越：再論鄧阿藍〉一文。

第二章
一段被遺忘的文藝青年「自我改造」史

離開這沒有眼淚的城市，
□棄這荒淫無恥的地獄！

——陳瑩，〈去了！去得更久更遠〉1

親愛的朋友，祖國的人民向我們招手了，我們並駕齊驅的同一步伐，向新生底祖國邁進吧！

——旭華，〈致同學的一封信——關於參加祖國革命工作的問題〉2

1 陳瑩，〈去了！去得更久更遠〉，《華僑日報・學生週刊》，一九五〇年一月十三日。
2 旭華，〈致同學的一封信——關於參加祖國革命工作的問題〉，《華僑日報・學生週刊》，一九五〇年二月二十四日。

引言

由戰後至五〇年代初期，中共及左翼人士在香港進行左翼文藝及教育活動，視香港為文化戰線，是有待「佔領」的「陣地」，黃藥眠一九四六年一月在香港《華商報》發表〈文藝工作者當前的幾個課題〉，可視為戰後初期左翼文藝界在香港的行動綱領，黃藥眠在該文提出以「加強文藝的肅奸工作」、「攻擊色情文學，讓進步文學藝術佔領陣地」、「文藝必須為實現民主而奮鬥」[3]為他們的工作目標，「進步文學」亦即左翼文藝，而「實現民主」即指推翻當時的國民政府並建立新中國政府。戰後香港的左翼文藝以毛澤東〈在延安文藝座談會上的講話〉一文為最終綱領，強調文藝為工農兵服務的路線，要求知識份子向工農學習，向人民學習，為達此目的，知識份子必須「自我改造」，「加強羣眾的觀點，發揚自我批評的精神，放棄智識份子的優越感，克服宗派主義的傾向」，[4]正如黃繩指出：「新形勢引起了文藝工作者自我改造的熱潮」，[5]這自我改造的熱潮不單針對左翼文藝陣營內部，更透過中性文化媒體擴展到一般青年學生當中。

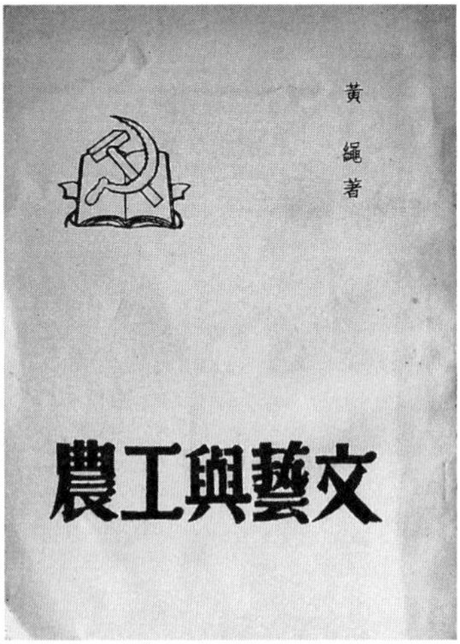

黃繩，《文藝與工農》（香港：求實出版社，1951）。

茅盾在一篇回顧國統區左翼文藝工作的文章

中，特別提到在香港的工作在於突破國民黨的封鎖：「一部份到了香港的文藝工作者在反帝、反封建、反官僚資本主義的總目標下進行工作，所起的影響不僅限於海外各地的華僑，而且還滲透了國民黨反動派封鎖而到達國統區的人民大眾中間」，[6]茅盾所指的「反帝、反封建、反官僚資本主義」沒有針對香港，而是指向當時的國民政府，戰後左翼文藝工作的目標還貫徹到青年文藝工作及青年文藝作品中，茅盾在該文特別提出「各大都市」中的「文藝青年們在這些偉大的鬥爭中所起的作用」：

> 這些非職業的文藝工作者，——有些甚至是臨時的文藝工作者，——在群眾運動中為了適應鬥爭的要求，和群眾的要求，臨時編寫了短篇報告、活報、街頭劇、漫畫、歌曲等等，既反映了群眾的熱烈的鬥爭情緒，又鼓動和組織更多的群眾加入鬥爭；而因為他們是參加鬥爭的成員，他們生活在群眾中，在鬥爭中，所以他們的臨時急就的一般地都是有血有肉，立場明確而堅定。這些非職業的「文藝青年」在群眾運動中所產生的小型作品，是可以和前述群眾運動中群眾自發編寫的小型作品對照媲美的。[7]

3 黃藥眠，〈文藝工作者當前的幾個課題〉。
4 邵荃麟，〈對於當前文藝運動的意見——檢討．批判．和今後的方向〉。
5 黃繩，《文藝與工農》（香港：求實出版社，一九五一），頁一。
6 茅盾，〈在反動派壓迫下鬥爭和發展的革命文藝〉，頁一三五。
7 茅盾，〈在反動派壓迫下鬥爭和發展的革命文藝〉，頁一三八。

茅盾在文中多次提及的「鬥爭」，是與戰後左翼文藝對青年的想像結合，即青年透過文藝參與鬥爭當中，其間的文藝不純粹是一種寫作，而是結合群體活動，強調與群眾的聯合，由此而配合左翼理念發展的需要。左翼文化對戰後香港青年文藝發揮的影響，見於當時左翼報刊文章以至陣營以外的中性報刊文章，如一九五〇年間香港《華僑日報．學生週刊》發表南方學院學生陽照的文章〈我們班是怎樣攪好的〉提到：

> 我們班兩個月來確得到很大的進步了，如勞軍，慰問XX（按：原文如此），攪活報、舞踊、歌詠，攪學習小組，討論中國革命問題，和現在兄弟姊妹組進行聯合溫習功課的熱潮……這許多工作的完成過程，都明顯的可以證明我們這班一步步趨向進步了。[8]

文中所說的「我們班」是指香港南方學院的文藝班，作者陽照與前文引述過的茅盾〈在反動派壓迫下鬥爭和發展的革命文藝〉一文都提到的「活報」，又稱「活報劇」，是一種時事題材戲劇，常於街頭、廣場等公眾場所演出，源於俄國革命後的蘇聯，抗戰時期流行於中國，在香港戰後至一九五〇年間，有大批「進步」青年參與活報劇、歌詠、學習小組（或稱讀書會）以至參與北上勞軍團和慰問團（包括演劇、表演等活動），學生創作的活報劇本亦曾在《華僑日報．學生週刊》刊出，[9]其間，透過不同的報刊、學校、團體的引介和推動，形成茅盾所說「非職業的『文藝青年』」社群，他們既「參加鬥爭」，也「生活在群眾中」，協助左翼陣營完成政治需要——這政治需要在戰後而言是中共對於國民政府的鬥爭和建國的所需，而不同時期針對不同形勢是有不同的對應點的。

中共在香港的青年文藝工作，至少可追溯至抗戰時期的文藝通訊部（簡稱「文通」）。「文通」是一九三九年在香港成立的中華全國文藝界抗敵協會香港分會（文協香港分會）的屬下組織，據文通學社所撰的〈文通簡史〉，「文通」是由中共主催並領導：

文通從一九三九年八月成立到一九四一年十二月太平洋戰爭爆發為止，在組織發動香港的文藝青年，宣傳黨的抗戰主張和方針、政策，培養年輕的文藝工作者等方面，起到應有的作用，成為黨的文藝工作有力助手。[10]

「文通」旨在吸納香港文藝青年「宣傳黨的抗戰主張和方針、政策」，具體活動透過發起「文藝通訊競賽」和「文藝講習班」等活動，吸納香港青年為「文藝通訊員」，早期核心成員包括彭耀芬、陳善文、李炳焜、葉楓、王遠威等人，他們於一九四〇年創辦文通機關刊物《文藝青年》；此外文通成員也在香港的《星島日報》、《大公報》、《中國晚報》、《立報》、《華商報》等刊物發表作品。第一期文藝講習班成員於一九四〇年下旬成立「香港青年文藝研究社」，並在《華僑日報》「學生園地」、《星島日報》「星座」、《大公報》「學生界」等刊物發表作品，另以油印方式出版

8 南方學院・陽照，〈我們班是怎樣攪好的〉，《華僑日報・學生週刊》，一九五〇年二月四日。
9 例如夏草，〈迫害〉，《華僑日報・學生週刊》，一九五〇年一月二十日。
10 文通學社編，《歷史的軌跡》（廣州：廣東人民出版社，一九八七），頁三。

《文研》。[11]

一九三九年八月成立的「文通」，至一九四一年十二月因日軍佔領香港而停止了活動，直至戰後在香港復會，一九四七年於九龍港雅中學召開了文通復會第一次全體大會，討論其在「新的革命歷史時期的活動宗旨」，包括「通過組織學習討論有關文學藝術方面的問題，宣傳進步的文藝思想，出版青年文藝刊物，團結港九地區愛好文學藝術的青年」。[12]一九四七年秋天，中共華南分局在香港以「新民主主義青年同志會」（簡稱「新青」）名義吸收成員，在復會後的「文通」成立第一個「新青支部」，成員包括許戈陽、許南明、高建民等。「一九四八年八、九月間，黨在文通發展了第一批黨員，成立了黨小組」，[13]復會後的「文通」實際上以「秋風歌詠團」的合法名義，在香港公開活動，發展為四百多人的組織，具體活動包括文藝講座、讀書小組、郊遊活動、支援工會運動，以至「輸送大批青年回內地直接參加解放華南和祖國建設」。[14]由此可見文通與中共的關係，及其在戰後有別於抗戰時期的政治需要。

戰後香港的左翼青年文藝工作不只見於文通，在教育方面還見於達德學院、南方學院、持恆函授學校等機構；以上不論文通或達德學院、南方學院，都屬於左翼陣營內部組織，然而戰後的香港左翼青年文藝工作不但反映在陣營內部的刊物，還滲透到一向被視為中立以至偏右的報刊，包括《星島日報》、《華僑日報》等，透過配合左翼理念「共名」而發揮影響力。

所謂「共名」，是指涵蓋一時代重大而統一的主題，如五四時期談論的反封建、個性解放，抗戰時期的民族救亡，四、五〇年代之交左翼文化的階級鬥爭等；[15]陳思和指出：「這些重大而統一的時代主題深刻地涵蓋了一個時代的精神走向，同時也是對知識份子思考和探索問題的制約。這樣的文化狀態稱之為『共名』」；[16]四〇年代末至五〇年代初的香港左翼電影透過美化群眾形象而貶抑知識份子來承接左翼共名，特別強調知識份子的軟弱並須接受改造，要求知識份子認清階級矛盾，在鬥爭中覺醒而回到與群眾一致的立場。[17]在戰後香港青年文藝而言，主要見於鼓勵、描寫青年回新中國升學、強調青年的覺醒與思想改造等內容，貫徹於不同刊物的青年文藝作品中，由理念共同或思想接近的作者共同配合而成，因此稱為「共名」。

有論者曾以《華僑日報・兒童週刊》為例指出「南來左翼文人的滲透力量，凸顯報刊的包容性」，[18]本文擬聚焦於一九四七至一九五一年間的《華僑日報・學生週刊》，追溯一段早被遺忘的文藝青年「自我改造」史，探討戰後左翼文藝在陣營以外報刊，如何發揮左翼共名的滲透和影響力。

11　文通學社編，《歷史的軌跡》，頁三九。
12　同前注，頁一二。
13　同前注，頁一二。
14　同前注，頁二一。
15　「共名」的說法由陳思和提出，他在《中國新文學整體觀》（上海：上海文藝出版社，一九八七）、《中國當代文學史教程》和《中國現當代文學名篇十五講》（北京：北京大學出版社，二〇〇三）等著作中都有提及。
16　陳思和，《中國當代文學史教程》，頁一四。
17　有關戰後香港電影與左翼共名的關係，可參陳智德，〈左翼共名與倫理覺醒〉，收入黃愛玲編，《故園春夢：朱石麟的電影人生》（香港：香港電影資料館，二〇〇八），頁七〇—七七。
18　霍玉英，〈知識的搖籃：香港兒童週刊讀者會〉，《中國文學學報》二期（二〇一一年十二月），頁二九六。

一、《華僑日報．學生週刊》的編者和內容

《華僑日報》於一九二五年六月五日創刊，至一九九五年一月十二日停刊。《華僑日報》前身為旅港華商總會所辦的《華商總會報》，其後由岑維休、陳楷等承購，改名《華僑日報》。[19]《華僑日報》基本上反映香港華人工商界的利益和立場，並無強調特定政治立場，創辦人岑維休之子岑才生曾在一次訪問中說：「《華僑》沒有明顯的政治立場，主要以香港的利益為出發點。《華僑》編輯和記者可能立場不同，有左派有右派，《華僑》並不會干涉。」[20]岑才生所說的「有左派有右派」，特別見於戰後至一九五〇年間，《華僑日報》副刊中的「文藝」、「讀書」、「學生週刊」以至「兒童週刊」，內容都帶不少左翼色彩，「文藝」和「讀書」刊登許多左翼作家包括司馬文森、林煥平、黃藥眠、林林、胡明樹、周鋼鳴、馬蔭隱的作品，「學生週刊」亦刊登不少青年作家具左翼進步思想的作品，如旭華〈致同學的一封信——關於參加祖國革命工作的問題〉、鄧棪華〈香港青年學生再睡下去嗎？〉、李瀚〈搞好功課．認清時代——給一群留港就學的同學〉等，戰後至一九五〇年間的《華僑日報．學生週刊》針對青年學生讀者，集中展現了鼓勵、描寫青年回新中國升學、強調青年的覺醒與思想改造的「左翼共名」，反映特定的時代氣氛。

《華僑日報．學生週刊》於一九四七年四月二十八日出版第一期，至一九五一年一月八日結束，共刊出一六七期。「學生週刊」的編者經常發表「編者的話」或其他署名「編者」的文章，由於沒有具名而未知其身份，但翻閱二〇〇四年出版的《陳君葆日記全集．卷二：一九四一——一九四

九》，可見陳君葆自該刊籌備伊始即參與其事，他在日記中多次記述，如一九四七年四月四日記述：「依何建章約，午間到華僑報訪岑維休，他留我午飯，說要我主編他們的『學生週刊』，我說這到有實際上的需要，但不能說生意經了。他也同意這一點。」[21]四月九日及十一日陳君葆再記述與其他人討論「學生週刊」的計畫，四月二十八日，「學生週刊」第一期刊出之日，陳君葆記述：「《華僑日報》『學生週刊』第一期卒延至今日才出版。」[22]至一九四九年十二月二十七日陳君葆記述：「為學生週刊寫了一篇〈送一九四九年〉。」[23]比對同時的《華僑日報・學生週刊》，署名「編者」的〈送一九四九年〉一文於一九四九年十二月三十日刊出，至此可以確定，《華僑日報・學生週刊》的主編就是陳君葆，而該刊署名「編者」的文章亦出自陳君葆之手。

陳君葆曾任香港大學馮平山圖書館館長兼文學院教授，一九四七年加入由侯外廬、林煥平、郭沫若等成立的「中國學術工作者協會華南分會」，並任理事，同年與林煥平、馬鑑、章乃器、葉啟

---

19 張詠梅，〈《華僑日報》副刊研究計劃——訪問《華僑日報》社長岑才生先生及編輯甘豐穗先生〉，《香港文學》總第二六〇期（二〇〇六年八月），頁八〇—八三。

20 同前注，頁八二。

21 謝榮滾主編，《陳君葆日記全集・卷二：一九四一—一九四九》（香港：商務印書館，二〇〇四），頁五〇三。按：日記中「這到」一詞或是「知到（道）」一詞的植字之誤，三、四〇年代文獻中有不少使用「知到」一詞的例子。又或，「到」是「倒」的誤字。

22 同前注，頁五〇五。

23 同前注，頁六六六。

芳等創辦南方學院，並任董事。陳君葆亦以本名在《華僑日報‧學生週刊》發表文章，此外，林煥平（南方學院院長）、黃華節（南方學院教授）、鄧初民（達德學校教授）、司馬文森（達德學校教授）、葉啟芳（南方學院董事）等都在該刊以導師的身份撰文，[24]其他作者大多是青年學生，「學生週刊」每期刊登四至六篇文章，以散文和評論為主，也有書信、新詩、戲劇等體裁，第一年即一九四七年約每期發表一篇導師或知名作家文章，第二年起逐漸減少，以更多篇幅刊登學生作品。

《華僑日報》在四〇年代末新設的幾個副刊如「學生週刊」、「文藝週刊」、「兒童週刊」和「讀書」都具左翼傾向，它們的設立，除了上文提及《華僑日報》社長岑維休和總編輯何建章約見陳君葆，請他主編「學生週刊」；據戰後擔任《華僑日報》副刊編輯的江河（紫莉）的憶述：

> 在國共內戰期間，國民黨大士兵團被「吃掉」次數增加，南京政府選擇臺灣做根據地之前，上海文化人大量來到香港，於是《華僑》老總何建章先生便向報社提議創立幾個週刊。其中一個是侶倫主編的「文藝週刊」，另一個是黃慶雲（雲姐姐）主編的「兒童週刊」，另一個是我主編的「電影週刊」。[25]

「文藝週刊」等副刊是當時《華僑日報》的決策者有感局勢的變化而設立，「文藝週刊」刊登左翼知名作家的作品，「學生週刊」面向青年學生，「兒童週刊」除了作為小讀者的「知識搖籃」，也透過讀者會向青少年宣傳左翼訊息。[26]

《華僑日報》的左傾時期大概維持至五〇年代初，另一份中性媒體《星島日報》同樣在一九四九至一九五〇年間經歷了一段左傾時期，其「學生園地」同樣以青少年為對象傳播左翼訊息，據樊善標指出，《星島日報》「學生園地」於一九四九年三月十一日更換編輯後增設「學生講座」欄，具左派色彩或不滿英國管治的文章接連刊出，直至一九五〇年四月七日該欄被取消為止。[27]

香港政府注意到左派陣營的文化滲透，為制止日益活躍的左派活動，一九四九至一九五一年間，香港政府透過連串政策，包括修訂教育條例、社團條例及電影檢查條例，收緊對左派活動的控制。一九四九年二月二十二日，作為中共在港的「青年幹部培訓機構」達德學院，被香港政府下令取消註冊資格而被迫關閉，[28]一九四九年十二月，香港政府再宣佈三十八個社團為非法團體，勒令

24 以上作者身份據南方學院第三屆學生自治會編，《香港南方學院師生紀念手冊》（香港：南方學院第三屆學生自治會，一九四九），頁三八，及劉智鵬，《香港達德學院：中國知識份子的追求與命運》（香港：中華書局，二〇一一），頁六八—九四。

25 張詠梅，〈訪問江河先生〉，《香港文學》總二九三期（二〇〇九年五月），頁八九。按：有關《華僑日報．學生週刊》，江河在該訪問中再補充說，因黃慶雲本身有另一本雜誌《新兒童》的工作，故她先後請許彥常（許稺人）及胡明樹主編「兒童週刊」。另據霍玉英指出，《華僑日報．兒童週刊》於一九四七年九月二十一日成立「兒童週刊讀者會」，負責人是許稺人，見霍玉英，〈知識的搖籃〉，頁二九六。

26 有關《華僑日報》「兒童週刊」的詳情可參考霍玉英，〈知識的搖籃〉，頁二九五—三〇九。

27 參考樊善標，〈學生的園地還是園地的學生——香港：《星島日報．學生園地》初探〉，《現代中國》一一輯（二〇〇八年九月），頁二四四—四七。

28 參考盧瑋鑾，《香港故事：個人回憶與文學思考》（香港：牛津大學出版社，一九九六），頁八一—九七。

禁止活動，[29]《華僑日報・兒童週刊》讀者會也因此而結束活動，編者許稈人亦遭遞解出境；[30]一九五一年後，《華僑日報》原有的「學生週刊」、「文藝週刊」、「兒童週刊」和「讀書」，或結束，或更換編輯，再不復之前的左翼姿態。

二、左翼共名的承接

一九四七至一九五一年間一百六十七期的《華僑日報・學生週刊》共刊登八百多篇作品，內容雖然龐雜，但總體上都與左翼思潮或教育有關，經梳理後可歸納為以下六類：一、倡導思想覺醒與自我改造；二、憧憬解放或革命前夕的暗喻描述（一九四九年十月前）；三、鼓勵、描寫青年回新中國升學（一九四九年十月後）；四、香港教育風氣和體制的批評；五、讀書會組織及討論情況的報導；六、左翼思潮的評介、討論。

《華僑日報・學生週刊》前期即一九四七至一九四八年間，作品內容較多圍繞在一般的教育與學習問題，批評香港的教育風氣，有時談及中國內地的學生運動，以及香港南方學院創辦後帶來的新風氣，也有對於中國左翼革命和局勢轉變作暗喻描述的詩作，但沒有很明顯的左翼言論。至一九四九年初，隨者國共內戰形勢的轉變，《華僑日報・學生週刊》開始出現較明顯的左翼言論，先有作者以導師位置，從「新民主主義思想」的角度，倡導香港青年學生的思想覺醒與自我改造，如鍾廷明〈新的開始，新的躍進！——給一羣同學〉提到：

> 當前形勢及今後發展的思想是什麼思想呢？無疑的，是新民主主義思想。今天中國革命是新民主主義的革命，今後中國的建設也是新民主主義的建設，因此，如何認識新民主主義，如何理解新民主主義，應該是我們思想學習一個主要的課題。[31]

自此，「新民主主義」和「人民」、「群眾」等左翼觀念在「學生週刊」逐漸普遍出現，又如中華中學・宗家源〈建設新社會與青年的任務〉提到「人民解放軍很快就將全中國解放了」，新中國有待新的建設，勸勉青年別因讀過進步書刊而生了「左傾幼稚病」，須向群眾學習才是正途，並依照新中國成立後的新民主主義方針去進行建設。[32]藍橋〈改造思想與改造生活〉提出「確立為人民服務的人生觀」[33]，以群眾為師。鍾廷明等都強調在新民主主義基礎下，接近群眾，以至向群眾學習，這些論點其實都是四〇年代末的左翼共名，廣泛地見於不同報刊。經過導師撰文倡導，而學生也在前一階段透過學習小組、文藝班等組織醞釀和討論，愈來愈多學生撰文回應以上論點，承接共名。

---

29 參考文通學社編，《歷史的軌跡》，頁二〇。

30 參考何杏楓、張詠梅，〈訪問《青年生活》編輯何天樵先生〉，收入《華僑日報副刊研究計劃資料冊》（香港：香港中文大學中國語言及文學系「華僑日報副刊研究」計劃，二〇〇六），頁八八。

31 鍾廷明，〈新的開始，新的躍進！——給一羣同學〉，《華僑日報・學生週刊》，一九四九年二月二十五日。

32 中華中學・宗家源，〈建設新社會與青年的任務〉，《華僑日報・學生週刊》，一九四九年五月二十日。

33 藍橋，〈改造思想與改造生活〉，《華僑日報・學生週刊》，一九四九年五月二十七日。

學生角度文章有夏草〈我打算這樣給自己改造〉：「看看同學們大都是進步了，……時代的轉變，再也不容許任何人再有保守了，我決定，自己從今天起給自己一個大大的清算。」[34]夏草從學生角度提出自我改造，另有郭彥汪〈閉門讀書的時代過去了——謹此獻給『咪』家們〉承接左翼共名中的群眾觀點，反覆強調群眾的重要性：「青年學生……必須認識時代，認識群眾和了解群眾，與群眾共同呼吸。而這個『群眾』，換句話說，就是人民。」[35]更重要的是作者引用毛澤東對「人民」的解釋：

假如你真不了解什麼是今天的人民，那麼，也不用我給你解答，問問你喜於參加集體生活，集體學習的同學吧，他們定會毫不思索地告訴你：「人民是什麼？在中國，在現階段，是工人階級，農民階級，小資產階級和民族資產階級。」……一個人生長在人民的時代而不了解人民，是如何可恥和吃虧。[36]

作者所說的同學們毫不思索地對於什麼是人民的解答，沒有直接說明出處，實際上是引用自毛澤東〈論人民民主專政〉一文：「人民是什麼？在中國，在現階段，是工人階級，農民階級，城市小資產階級和民族資產階級。這些階級在工人階級和共產黨的領導之下，團結起來，組成自己的國家，選舉自己的政府……」[37]字句基本相同，只是「小資產階級」一詞在〈論人民民主專政〉一文中原作「城市小資產階級」。據郭彥汪文章所述，中共的世界觀和術語，左翼共名的核心理念，例如對於「人民是什麼」的固定闡釋，透過學生之間的「集體學習」，包括讀書會或學習小組，已成為進步學生之間的共同及基本理念，並要求其他學生跟隨，否則就是「可恥和吃虧」的。

種種左翼術語、關鍵詞和常用語彙，包括「新民主主義」、「人民」、「群眾」、「集體」、「思想改造」等等，本來常見於左翼報刊，而在一九四九至一九五〇年間，也見於中性報刊《華僑日報》的「學生週刊」，配合倡導香港青年學生的思想覺醒與自我改造的議題；又如鄧棪華〈香港青年學生再睡下去嗎？〉呼籲青年學生「聯合起來」「走向群眾」，[38]該文刊出後一個月，有雄國〈在轉動中的香港青年學生——讀「香港青年學生再睡下去嗎？」後〉作回應，承接鄧棪華提出的「聯合起來」和「走向群眾」論點，雄國的文章提出四十多家學校的學生已組織起來，除了在學生之間搞學習小組，也聯合其他青年團體、婦女會、工會等，「成為一條為爭取殖民地人民民主，自由，而奮鬥的偉大戰線」，[39]該文亦提到青年學生參與了「勞軍運動」，作者提出香港學生並不如鄧棪華〈香港青年學生再睡下去嗎？〉一文所批評的都在昏睡，而是有很多都已覺醒並組織起來。稍後，再有

34 夏草，〈我打算這樣給自己改造〉，《華僑日報・學生週刊》，一九四九年七月二十二日。
35 郭彥汪，〈閉門讀書的時代過去了——謹此獻給『咪』家們〉，《華僑日報・學生週刊》，一九四九年一月十一日。
36 同前注。
37 毛澤東，〈論人民民主專政〉（一九四九年六月三十日），收入中共中央毛澤東選集出版委員會編，《毛澤東選集》卷四（北京：人民出版社，一九六八），頁一三六四。
38 鄧棪華，〈香港青年學生再睡下去嗎？〉，《華僑日報・學生週刊》，一九四九年十二月二十三日。
39 雄國，〈在轉動中的香港青年學生——讀「香港青年學生再睡下去嗎？」後〉，《華僑日報・學生週刊》，一九五〇年一月二十日。

海衛、少萍、望群、陽照、辛雄合撰的〈我們的意見——讀『在轉動中的香港青年學生』後〉，同樣提到青年學生參與勞軍運動，認同雄國所稱的香港學生已覺醒團結，但也批評雄國的文章有誇大不實成份，指出雄國所稱四十多家學校只是初步動員起來，並未真正具有組織和展開學習。[40]

《華僑日報．學生週刊》中有關香港青年學生思想覺醒與自我改造的文章，還有別談〈我要做一個不脫卡的火車頭——思想總結之一〉、南方學院文學系維凡〈「結合」——智識份子的改造問題〉、琳清〈向香港的同學們建議：總結一下我們的思想〉等多篇，這些文章的發表時間集中於一九四九至一九五〇年，它們的產生與新中國的成立有密切關係，這段時期的香港青年導師和學生一方面配合左翼共名：透過左翼術語和關鍵詞的運用、闡釋，承接源自中國內地政治革命的觀念，進而在行動上，以聯合組織、籌募、演出、北上勞軍，實踐其思想覺醒與自我改造；另一方面也見證這段時期，香港青年學生界對新中國建國的回應態度，記錄了一段歷史。

三、從自我改造到革命實踐

《華僑日報》作為一份「在商言商」的報紙，到底不同於左翼同路陣營刊物，不便於刊載過於明顯的左翼意識形態或政治性言論，「學生週刊」編者陳君葆注意到這事，他頗為在意，並在日記中多次記述，其中一次是一九四九年八月三十日，他在日記中記述如下：

夏草的〈關於報告文的意義與價值〉本想給本期學週用了，但仍覺不便，其中有一段：「目前中國的政治鬥爭，反帝，反封建，反官僚，由於要求文藝服務於政治，要求擔負起時代的重責，和使文藝提高一般人對反帝，反封建，反官僚的認識，所以今天就強調文藝的戰鬥性。假如今天的文藝仍是描寫一些風花雪月，和描寫一些落後不長進的人物的性格，那末就會落在政治之後，落在時代之後……」這段話我很懷疑何建章能否給通過。[41]

夏草即前文提過的〈我打算這樣給自己改造〉的作者，而何建章是當時《華僑日報》的總編輯，陳君葆恐怕該文無法讓何建章通過而不能發稿，陳君葆本想刊登該文但似乎自行抽檢了，夏草〈關於報告文的意義與價值〉一文始終沒有在《華僑日報・學生週刊》刊出，不過從陳君葆在日記中抄錄大段文字可見，他很重視該文。

《華僑日報・學生週刊》可能未便刊登「強調文藝的戰鬥性」的文章，但在一九四八至一九五〇年間，也刊登許多憧憬解放或革命前夕的暗喻描述（一九四九年十月前）；以及鼓勵、描寫青年回新中國升學或「建設祖國」（一九四九年十月後）的詩文，這兩類文字是《華僑日報・學生週刊》在一九四八至一九五〇年間的主要內容之一，尤其是前者的暗示性，也使其成為「學生週刊」中最具有文學性的內容。

40 海衛、少萍、望群、陽照、辛雄，〈我們的意見——讀『在轉動中的香港青年學生』後〉，《華僑日報・學生週刊》，一九五〇年二月四日。

41 謝榮滾主編，《陳君葆日記全集・卷二》，頁六四九。

一九四八至一九五〇年間《華僑日報・學生週刊》對於憧憬解放或革命前夕的暗喻描述包括張寶明〈寄故鄉〉、陳新〈遙寄〉、戈里〈暴吼〉、戈里〈太陽，出來吧！〉、戈里〈人民的日子〉、珊珊〈給夜行者！〉、沉塵〈『向自由！向太陽！』〉、戈里〈空望〉、沉塵〈破曉〉、伊凡〈海濤〉等，大都是短詩，作者多以春天、太陽、暴風、暴雨、黑夜、破曉作為暗喻，沒有直接道出「解放」或「革命」，但意思仍然很明顯。例如在戈里〈太陽，出來吧！〉和沉塵〈『向自由！向太陽！』〉兩詩中的「太陽」是指中共的革命，戈里〈暴吼〉和珊珊〈給夜行者！〉詩中的「暴風」、「暴雨」則指向當時國民政府對中共革命的鎮壓和對抗，沉塵〈破曉〉一詩中狼的「嘷叫」、貓頭鷹的「狂笑」，對比著雞鳴的「激昂」，使用二元對立的意象，作正反判分，作者的取意和態度都很明顯。

鼓勵、描寫青年回新中國升學或「建設祖國」的詩文，則主要見於一九四九年十月以後，文體包括詩歌和書信，詩歌有珊珊〈朋友，你去吧！〉、飄〈遙寄〉、章明〈建設新中國〉、鄭辛雄〈致最虔誠的敬禮！——給彼岸老師〉、陳瑩〈去了！去得更久更遠〉、實甫〈別╳╳同學〉；書信有李瀚〈搞好功課・認清時代——給一群留港就學的同學〉、王復〈準備回國學習——給同學們的一封公開信〉、白瑜〈回國前的思想準備——給表弟的信〉、旭華〈致同學的一封信——關於參加祖國革命工作的問題〉等。

這些作品都是用簡單明朗的語言，描述回國者的熱誠，例如珊珊〈朋友，你去吧！〉：「朋友，你去吧！／以你愛慕祖國的赤誠／獻給廣大善良底群眾！／你要跟他們共同學習，／你要跟他們互相研究！」[42]詩中也強調上文提及的共同術語「群眾」，強調北上者是與群眾一起。另一方面，香港則被描述為「地獄」，如陳瑩〈去了！去得更久更遠〉提到：

沒有留戀，
沒有珍惜。
也不值得留戀，
也不值得珍惜！
離開這沒有眼淚的城市，
□棄這荒淫無恥的地獄！[43]

作者重複強調無必要留戀和珍惜這準備離開的城市，而且是冷漠的「沒有眼淚」的城市，最後更以「地獄」作為香港的借代，進一步抹殺任何與香港有關的感情，因為「留戀」和「珍惜」都是「不值得」，更強化北上中國的合理性。書信則提到青年學生回國的希望，如王復〈準備回國學習——給同學們的一封公開信〉：「我們總希望有這麼的一天——回國學習，現在，我們希望終於實現了，祖國已向我們招手，歡迎我們回去學習，回去參加建設。」[44]信中最主要的部份是提醒準備

42　珊珊，〈朋友，你去吧！〉，《華僑日報・學生週刊》，一九四九年十月二十八日。
43　陳瑩，〈去了！去得更久更遠〉，《華僑日報・學生週刊》，一九五〇年一月十三日。
44　王復，〈準備回國學習——給同學們的一封公開信〉，《華僑日報・學生週刊》，一九四九年一月十八日。

回國學習的學生，要做好思想準備，包括「搞通思想，自我檢討，自我改造」，因為香港過去的生活使學生「少不免沾染上一些腐化的成份，這種壞成份——非民族性和半封建性是不會為新中國所歡迎的。」白瑜〈回國前的思想準備——給表弟的信〉亦有類似觀點，提出回中國學習不是為了個人前途，而是「服務祖國」。旭華〈致同學的一封信——關於參加祖國革命工作的問題〉也提出自我改造的問題，呼籲學生「確立為人民服務的思想，下決心去做人民的服務員」，有一點不同之處是，該文主張學生為了實現回國「為人民服務」，應脫離家庭：

家長是不同意我們參加革命大業的，但是，我們決不能屈服於家庭而障礙了自己的前程，我們祇有極盡和緩說服家長的能事，要是還得不到理想的效果，那麼就祇有採取堅強的態度而達成自己的願望了。[45]

作者最後重申鼓勵青年回新中國升學的呼籲：「親愛的朋友，祖國的人民向我們招手了，我們並駕齊驅的同一步伐，向新生底祖國邁進吧！」[46]以上這批憧憬解放或革命前夕的暗喻描述（一九四九年十月前）；以及鼓勵、描寫青年回新中國升學或「建設祖國」（一九四九年十月後）的詩文，是《華僑日報・學生週刊》後期即一九四九至一九五〇年間最明確的訊息，當中的思維方式也承接四〇年代末的左翼共名，以二元對立的意象，建立中國內地是光明進步而香港是黑暗落後的印象，「群眾」、「自我改造」、「為人民服務」等關鍵詞再次標示出，承接前一部份的思想覺醒與自我改造主題，即確立了對新民主主義、群眾、集體、人民、思想改造等新觀念的認識之後，進一步實踐的行動就是回到祖國，甚至不惜脫離家庭，這種呼籲不單純是一種學習上的呼喚，而是革命行動的呼喚。

其中一個《華僑日報・學生週刊》的作者夏草或可作為例子，夏草在《華僑日報・學生週刊》發表不少文章，除了上文已引用過的〈我打算這樣給自己改造〉，一九四九年四月及五月曾署名「香島中學・夏草」發表文章〈莫先生〉和〈課外活動特寫：談心會〉，可知夏草本是香島中學的學生，他在一九四九年七月的〈我打算這樣給自己改造〉一文的結束處這樣寫道：「我抱著信心要趕隨進步的同學，要和同學們靠攏在一起，改造著自己使能成為新中國的好青年」；[47]不久，他真的北上廣州參加了青年文工團，一九五〇年在《華僑日報・學生週刊》發表多篇文章記錄在廣州學習的見聞，包括〈廣州通訊：熔爐中的生活片段〉、〈廣州西村的犯人勞動改造所〉、〈簽名記〉及〈談談檢討會〉等。從〈我打算這樣給自己改造〉到〈廣州通訊：熔爐中的生活片段〉，記錄了一個香港學生從自我改造到革命實踐的過程。

由「思想覺醒」、「自我改造」到「走向群眾」，實際上也是由思想覺醒到革命實踐的過程，對當時的香港青年來說，回中國學習就是一種革命實踐。一九五一年一月八日，出版了一百六十七期的《華僑日報・學生週刊》宣告停刊，隨著一批一批的青年學生離開香港到中國大陸學習，該刊承

45 旭華，〈致同學的一封信——關於參加祖國革命工作的問題〉，《華僑日報・學生週刊》，一九五〇年二月二十四日。
46 同前注。
47 夏草，〈我打算這樣給自己改造〉。

接和呼應過一個一個左翼左名，也完成了它的階段性革命任務。

結語：文藝青年的「工具化」

四、五〇年代之交作為時代轉折，對香港也有重大影響，左翼文化不僅見於其陣營內部媒體，也廣泛滲透到其他中性媒體，《華僑日報‧學生週刊》只是其中一個面向青年學生讀者的例子。四〇年代末的左翼文化共見於其陣營內部刊物及其所滲透到的中性媒體，透過沿用共同術語，傳播一致的意識形態訊息，建構左翼共名。一九四七至一九五一年間的《華僑日報‧學生週刊》多篇文章所使用的「新民主主義」、「群眾」、「集體」、「人民」等名詞及「自我改造」、「走向群眾」等觀念，都可以在左翼理論著作或毛澤東的文章中找到源頭，同時也為其他作者共同使用。除了上文提及的郭彥汪〈閉門讀書的時代過去了——謹此獻給『咪』家們〉一文間接引用毛澤東〈論人民民主專政〉對「人民」的定義，鄧棪華〈香港青年學生再睡下去嗎？〉一文中「走向群眾」以及其他作者強調「向群眾學習」的說法，也源於毛澤東〈在延安文藝座談會上的講話〉中的「有出息的文學家藝術家，必須到群眾中去」[48]及〈關於領導方法的若干問題〉中的「從群眾中來，到群眾中去」；[49]正如陳建華論述現代中國的「群眾話語」時指出「毛澤東是『群眾』話語的集大成者」，[50]《華僑日報‧學生週刊》的作者也透過承接毛澤東的「群眾話語」，強化左翼共名的傳播力量。

在文藝作品方面，《華僑日報‧學生週刊》憧憬解放或革命前夕的暗喻描述，以及鼓勵、描寫青年回新中國升學或「建設祖國」的詩文，共同地以太陽等正面意象代表新中國，以地獄等負面意象代表香港，褒中國而貶香港的二元對立思維模式，實際上廣泛見於四〇年代末的香港左翼文藝，[51]《華僑日報・學生週刊》作者只是沿用當中的思維模式，從文藝角度承接左翼共名。四〇年代末的新民主主義文藝雖然提倡以較通俗形式吸引城市工人和大眾讀者，但也強調城市思想腐化和封建一面；香港作為殖民地城市尤其被負面形象渲染，但其鬥爭的著眼點不在於改變香港的腐化和封建，而是呼籲人們離開香港，北上中國參與建設，《華僑日報・學生週刊》眾作者對此論調也是一致的。

一九四七至一九五一年間的《華僑日報・學生週刊》作為中性媒體的其中一支，該刊物的載體本質尤其凸顯其參與左翼理念共名的意義：《華僑日報》本身並非左翼陣營內部刊物，與《大公報》、《文匯報》和《華商報》不同，《華僑日報・學生週刊》面向非左翼陣營的青年讀者，在陣營以外配合左翼共名，向他們發出由「思想覺醒」、「自我改造」到「走向群眾」的呼喚，學生由思想覺醒，最終回中國學習作為革命實踐，該時期的《華僑日報・學生週刊》亦可說完成了它的「革命任務」。

由抗戰時期的文通，到戰後復會的文通以及《華僑日報・學生週刊》，左翼文化的青年文藝工

48　毛澤東，〈在延安文藝座談會上的講話〉，頁八一七。
49　毛澤東，〈關於領導方法的若干問題〉（一九四三年六月一日），《毛澤東選集》卷三，頁八五四。
50　陳建華，《「革命」的現代性：中國革命話語考論》（上海：上海古籍出版社，二〇〇〇），頁二六九。
51　可參考本書第一章，〈左翼的任務和鬥爭——戰後香港左翼詩歌〉一文。

作由陣營內部延伸至陣營以外，其針對點基於不同時代形勢所需而變改，抗戰時期針對民族救亡，戰後則針對國共內戰的情勢及新中國建國所需，文藝青年的作用正如茅盾所指，「非職業的『文藝青年』」社群既「參加鬥爭」，也「生活在群眾中」，他們配合也傳播左翼共名，最後也身體力行，作自我的「思想改造」，由此，這群文藝青年協助左翼陣營完成政治需要，也完成了中共對文藝青年的預設想像：青年投入「群眾」當中，成為鬥爭的一員；但其間也頗有把文藝青年「工具化」的意味，透過《華僑日報．學生週刊》多篇談及思想覺醒、自我改造和返回中國升學的文章可見，文藝青年被鼓勵去融入集體，以至離開家庭，成為「群眾」的一員，青年的自我身份被抹煞，透過諸如「地獄」等等的負面描述，香港的殖民性更被突出，由此而強化「返回中國」作為文藝青年的出路。

四〇年代末至五〇年代，香港有不少青年接受「建設祖國」的呼喚而到中國大陸升學，一去多年以至二、三十年，許多人在不同的政治運動中飽受猜疑、整肅和批鬥的煎熬，部份人在一九五七年的「反右運動」後回港，部份直至改革開放後的八〇年代初才能回港。這批進步的文藝青年在五〇年代之後的遭遇很少被記錄，其歷史近乎湮沒無聞，唯有在戰後的《華僑日報．學生週刊》以及其他青年刊物，留下這群文藝青年「自我改造」史的一些輪廓。

在五〇年代初，針對左派輿論的「返回中國」宣傳，特別有關青年學生「回學升國」的問題，右派輿論也作出另一種針對性的論述，當中有個別作者基於不認同左派理念之思，也有報刊從社論層次加以批評，前者例如《中國學生周報》接受學生投稿的「拓墾」版上，一九五二年九月十二日有署名「嶺英中學．野驢」的〈送一個受騙回國的同學〉一文，提到曾向一位打算回中國大陸升學的同學作出忠告，但對方「中毒已深」，「你不但不肯接受，反而罵我們『落伍』、『腐化』」，[52]當該同學決定「回到偉大的人民祖國升學」，作者的反應是「目瞪口呆，不知所措。你變了，你的思想陡然的變得多厲害呀」[53]，凸顯五〇年代「回學升國」的問題引起青年學生之間的爭論、分化。

報刊社論的層次有一九五二年的《中國學生周報》「學壇」（地位有如大報的「社論」）〈回國升學有前途嗎？〉一文指出：「中共現在正在香港展開了『學生回國升學』的運動，有的同學已經去了，有的正抱著一腔熱望準備踏上歸程，有的則還在徬徨未決。這關係我們自己的切身利害，實有詳加考慮的必要」，[54]作者批評中共「一切學術都必須服從政治，是政治的工具」而向學生作出警惕；該刊稍後再有「拓墾」版的華僑中學．春陽〈也談「回國升學」〉作出呼應；至一九五三年的《中國學生周報》「學壇」再有〈我們升學的目的是甚麼？——初論「回國升學」問題〉、〈共同打開一條升學的出路——再論「回國升學」問題〉、〈看看中共教育的真象——三論「回國升學」問題〉連續三篇剖析「回學升國」問題的評論，可見右派輿論對此問題的重視，差不多同時，臺灣教育當局也頒訂「僑生回國升學」辦法，由五〇年代延展至往後不同時期，國、共兩邊陣營，互相爭取香港學生「回國」升學，而不同傾向、不同際遇的學生，也各自作出他們自覺或不自覺的選擇。

52　嶺英中學．野驢，〈送一個受騙回國的同學〉，《中國學生周報》，一九五二年九月十二日。
53　同前注。
54　無署名，〈回國升學有前途嗎？〉，《中國學生周報》，一九五二年八月八日。

第三章

新民主主義文藝與戰後香港的文化轉折

——從小說《人海淚痕》到電影《危樓春曉》

一、《人海淚痕》、《危樓春曉》與「新民主主義思想啟蒙運動」

一九五三年，中聯影業公司出品的《危樓春曉》在香港公映，吳楚帆在片中飾演計程車司機梁威，提出「人人為我，我為人人」的口號，成為日後廣受傳頌的名句。《危樓春曉》由李鐵執導，余幹之編劇，「余幹之」實為盧敦與陳雲合用的筆名，盧敦後來在訪問中提出《危樓春曉》的劇本是他所寫，[1]陳雲也在另一次訪問中提出該劇本是他與盧敦合寫，訪問整理者提及《危樓春曉》

1　參郭靜寧，〈盧敦：我那時代的影戲〉，《南來香港》（香港：香港電影資料館，二〇〇〇），頁一三二。

「原故事結構出自望雲的小說《人海淚痕》，此小說戰前曾改拍成電影一次，導演是李鐵」。[2]《危樓春曉》劇本初稿由陳雲撰寫，盧敦「事前囑咐盡量把原著改動」，陳雲提出《危樓春曉》改編《人海淚痕》的故事而在片頭沒有說明或標示望雲的名字，是基於版權費的考慮。[3]電影《人海淚痕》今天已無法看到，只留下一些上映時的報紙宣傳廣告，幸好小說《人海淚痕》尚存。[4]電影《人海淚痕》相信與原著小說的內容接近，而《危樓春曉》則有較大改動。

小說《人海淚痕》原刊於一九四〇年香港《大眾報》，同年由李鐵執導、作者望雲擔任編劇，改編為同名電影《人海淚痕》在港上映。電影《人海淚痕》與《危樓春曉》不僅導演為同一人，演員也接近，一九四〇年的《人海淚痕》由張瑛、黃曼梨擔任男女主角，一九五三年的《危樓春曉》同由張瑛任男主角，女主角轉為紫羅蓮，黃曼梨則轉任另一角色。一九四〇年的《人海淚痕》描述合居於狹窄樓房的各式人物故事，包括失業知識份子、失業工人、舞女、貧病小家庭、刻薄的房東等，可說是五〇年代粵語片「同屋共住」型影片的濫觴。《危樓春曉》同樣講述一眾同屋共住者的生活，兩齣影片的部份情節也相近，除了男女主角同樣分別是知識份子和舞女，《危樓春曉》中由吳楚帆飾演的梁威一角，也來自《人海淚痕》的相應角色，同樣由一名計程車司機轉為失業者。

《人海淚痕》的故事是以從廣州來港的知識份子為重心，講述主角周平在失意中仍不忘社會改革的理想，後來當上記者，因揭露社會黑暗而遭遇不幸。《人海淚痕》的描述也具明顯的地方色彩，對香港中上環一帶街道地方有頗詳細的描述，而描述地方背景最終是為了刻劃主角的社會改革理念，突出其知識份子形象。

《危樓春曉》的故事，在電影開始時即表示發生在一處現實上並不存在的虛構地名「快富巷」，故事的重心仍是一名失業知識份子，但不再強調其社會改革理念，卻寫出他軟弱和不切實際的一面，最後當上一名收租人更是一種異化，因而眾叛親離，最後透過別人點化和個人行動上的改變：包括辭工、捐出薪金和捐血才得回眾人的接納。

戰前的《人海淚痕》強調知識份子改造社會的理想，並具濃厚地方色彩，戰後的《危樓春曉》則承續四〇年代末左翼文藝美化大眾、批判知識份子的思想取向並淡化地方色彩；二者的分別除了小說與電影改編的關係，更重要是涉及四、五〇年代之交因應左翼文藝思想的文化轉折。

林年同在〈戰後香港電影發展的幾條線索〉一文指出，戰後香港電影的發展，是受到一九四八至五〇年代初左翼影人在香港展開的「聯合運動」、「電影清潔運動」、「電影事業合作制運動」和「新民主主義思想啟蒙運動」的影響；當中最重要的是「新民主主義思想啟蒙運動」，其實也就是在四〇年代末對香港文化人有很大影響的左翼文化思潮，其影響也遍及電影界。林年同認為一九四九年的「粵語電影清潔運動，實際上是一種新民主主義思想的運動。它是在排斥南來電影思想中半殖

2　參陳樹貞、羅卡，〈陳雲暢談六〇年代粵語片界〉，《躁動的一代：六〇年代粵片新星》（第二十屆香港國際電影節特刊）（香港：市政局，一九九六），頁一一〇。

3　同前注，頁一一〇。

4　電影《人海淚痕》由大觀聲片有限公司出品，一九四〇年十一月在香港上映。該片電影拷貝已不存，香港電影資料館藏有劇照及報紙宣傳廣告資料。小說《人海淚痕》原刊一九四〇年香港《大眾報》，香港大學馮平山圖書館藏有該報紙之微縮膠卷，但日期不全；香港中文大學圖書館香港文學特藏存有《人海淚痕》祥記書局單行本，出版年份不詳，本文資料據此。

民半封建的意識形態，繼承南來電影思想中新民主主義思想形態的對立鬥爭中發展起來的」[5]，他再解釋香港新民主主義思想啟蒙運動的內容如下：

> 新民主主義思想啟蒙運動，實際上就是生活作風，工作作風方面的思想改造運動，又有人管它造向上運動。它是在一九四九年底和一九五零年初發生的。主要內容有兩個方面。先有「四不主張」然後有「生活運動公約」。所謂「四不主張」是指不請客、不送禮、不狂飲、不賭；「生活運動公約」是指：一、不做無聊的應酬，二、不做不正當的娛樂，三、不拍無聊的、有毒素的影片，四、不做反人民的工作，五、守時間、守信用，六、實行簡單樸素的生活，七、建立批評討論制度，八、發揚團結互助精神。[6]

林年同認為這運動提高了香港粵語片的生產力和從業員的思想水平，提出了關鍵性的論點，但在新民主主義的影響方面未及細論，這裡或可以稍作補充。香港的「新民主主義思想啟蒙運動」，實際上來自一九四八至一九五二年間一群南來文人和左翼電影工作者的推動，包括夏衍、吳其敏，司馬文森、黃繩、洪遒等人。盧敦就曾指出：「他們在香港的活動，的確給香港影壇很重大的影響，反對外來殖民地意識，也反對封建迷信，提出和推動了新民主主義的思想，給予傾向進步，要求提高影片藝術質量的編導和演員們很大的鼓舞和幫助。」[7]

有關「新民主主義思想啟蒙運動」在香港的影響和相關活動，還可以參考顧也魯的回憶。據他的記述，南來影人和左翼電影工作者在香港的具體活動包括成立讀書會和「香港電影工作者學會」，讀書會是一九四八年間由「香港的黨組織」「為了引導、教育和團結廣大電影工作者」而成立，據不同電影公司和影人所居的地區，分成不同小組，後來各小組又再分為國語片和粵語片兩大學習組，粵語片學習組方面，吳楚帆、盧敦、李清、容小意、張活游、秦劍等都有參加，讀書會學習的具體篇目則包括毛澤東《新民主主義論》、一九四九年的《共同綱領》和《社會發展史》等。[8]在這薰陶下，不少香港影人學習馬列毛著作，盧敦在回憶錄中曾記述高魯泉在一九四九年前後，經常閱讀馬列毛著作的情況。[9]一九五〇年一月，讀書會成員包括國語片和粵語片兩大學習組，由司馬文森和洪遒等帶隊北上廣州勞軍，演出多齣話劇，其中《香港屋簷下》由秦劍編劇，盧敦、洪叔雲及李鐵導演，參演的粵語片演員包括吳楚帆、李清和黎萱等。[10]此外盧敦曾於一九五〇年九月到廣州出席「華南文學藝術工作者第一屆代表會議」，並與李清、黃慶雲等十五人一同獲選

5　林年同，《中國電影美學》（臺北：允晨文化，一九九一），頁一六五—六六。

6　同前注，頁一六八—六九。

7　參考盧敦，《瘋子生涯半世紀》（香港：香江出版公司，一九九二），頁一一六。

8　參考顧也魯，《藝海滄桑五十年》（上海：學林出版社，一九八九），頁九九—一〇一。有關南來影人和左翼電影工作者在電影公司組織讀書會的情況，以顧也魯的記述最詳細，此外可參沈鑑治，〈舊影話〉，一九九七年九月曾於《信報》連載，後收入朱順慈等，《理想年代：長城、鳳凰的日子》（香港：香港電影資料館，二〇〇一），頁二五六。

9　參考盧敦，《瘋子生涯半世紀》，頁一四〇。高魯泉是粵語片著名演員，經常飾演包租公，以至在六〇年代一再飾演老夫子這角色而奠定他的諧趣演員地位。

10　參考顧也魯，《藝海滄桑五十年》，頁一〇四。

為華南文聯候補委員。[11]

「香港電影工作者學會」簡稱影學，約一九五〇年由讀書會同人成立，以團結左翼電影人為目的，由司馬文森和洪遒為領導人，在一九五〇至一九五二年間組織過多次活動，其中第四次活動即上文林年同曾提及的四不主張，據顧也魯的回憶為「五不」和「三要」，[12]而「五不」進一步發展為「勞動生活公約」，提出了八項條目，[13]同意參加者包括盧敦、吳楚帆、秦劍及費穆、岳楓等八十一人。[14]

左翼影人又積極推動電影評論，最著名的有「七人影評」（後來擴大為「九人影評」）一九四八至一九四九年間活躍於《華商報》、《文匯報》、《大公報》等報刊，作者包括夏衍、洪遒、周鋼鳴、翟白音、吳其敏等，影評發表時由七人連署，採集體評論而輪流執筆的制度，[15]後來再有「粵片集評」，作者包括吳其敏、陳殘雲、李門、盧敦等，他們的論點受到電影業界的重視，以至內部討論劇本時，更會邀請左翼影評人參與，[16]一九四九年四月八日發表的〈粵語電影清潔運動宣言〉，即由影評人吳其敏執筆。[17]

當時的左翼影評大多抱持嚴厲論點，盧敦和余慕雲都曾談及影評的要求偏高，認為過於嚴苛。[18]從黃繩對《戀愛之道》（一九四九）的批判或可見，左翼影評嚴厲的著眼點其實並非針對藝術問題，而是政治意識。《戀愛之道》由歐陽予倩執導，即使其結局有知識份子站到工人階級立場的意味，但在當時的左翼影評中仍被批評為「依然站在小資產階級立場來寫知識份子」，[19]指電影對主角周家浩過份同情而忽略了對知識份子的批判。黃繩在文章中只針對「劇作家」歐陽予倩，但在實際上，《戀愛之道》的編劇是左翼影人夏衍，歐陽予倩則為導演，但文中未有提及夏衍。《戀愛之道》即使屬於左翼同路人的製作，仍由於其對知識份子的態度寬容而受到批評。戰後左翼影評實際上承襲左翼文藝理論中強調群眾立場以至美化群眾而貶抑知識份子的觀點，並提出很高的標準，《危樓春曉》對知識份子的貶抑也可從中見出淵源。

《危樓春曉》基本上是低下層市民同舟共濟的故事，但也可說是一個知識份子「異化」之後再接受勸導而進行「自我改造」的故事，而從一九四〇年《人海淚痕》至一九五三年的《危樓春曉》同一故事的不同演化，實與四、五〇年代之交文藝風氣的轉折相關，問題的探尋還須回到《人海淚痕》的原作者望雲再展開討論。

---

11 〈華南文學藝術工作者第一屆代表會議日誌〉，《華南文藝》一卷二期（一九五〇年十一月）。

12 「五不」內容前四項與「四不」相同，多出的一項為「不拍黃色反動影片」。參考顧也魯，《藝海滄桑五十年》，頁一〇七。

13 「勞動生活公約」即上文林年同提及的「生活運動公約」，內容大致相同。

14 據余慕雲引述香港《文匯報》一九五〇年三月十八日的報導，見余慕雲，《香港電影史話》卷四（香港：次文化堂，二〇〇〇），頁二七—二八。

15 有關「七人影評」的運作，可參吳羊璧，〈四、五〇年代影評的一段歷程〉，《第三屆香港文學節研討會講稿彙編》（香港：市政局圖書館，一九九九），頁八—一八。吳羊璧本身為「粵片集評」後期作者之一。

16 參考盧敦，《瘋子生涯半世紀》，頁一一三。

17 同前注，頁一一七。

18 參考余慕雲，《香港電影史話》卷四，頁二六—二七。

19 黃繩，《文藝與工農》，頁七六。

二、《人海淚痕》的地方色彩與社會批評

小說《人海淚痕》的作者望雲（一九一〇？—一九五九），不只是一位小說家，也是一位被遺忘的粵語片導演。望雲原名張文炳，另有筆名張吻冰，這名字對香港文學的研究者來說絕不陌生，他可說是早期香港新文學的拓荒者之一，早年就讀於香港聖約瑟書院，一九二八年前後與侶倫、岑卓雲（平可）、謝晨光等成立「島上社」，曾主編《大同日報》副刊「島上」，一九二九年參與創辦文藝雜誌《鐵馬》並擔任主編，一九三〇年參與創辦《島上》，一九三四年與侶倫、劉火子、李育中等參加「文藝茶話會」，三〇年代以張吻冰或吻冰為筆名，於《伴侶》、《鐵馬》、《島上》、《小齒輪》、《南華日報》等刊物發表多篇小說及譯作，活躍於早期香港文藝界。

在文學以外，望雲也很早參與香港電影工作，一九三七年與關右章合作導演《委曲娥眉》，一九三八年執導抗戰電影《氣壯山河》，一九四〇年與余寄萍、彭硯農、馮鳳歌、林擒等在《藝林》雜誌連署發表〈香港中國電影筆會宣言〉。[20]戰後繼續在香港從事編劇和導演工作，執導的作品包括有《小夫妻》（一九四七）、《黑俠與李青薇》（一九四

望雲，《人海淚痕》（香港：祥記書局，無出版日期）。

八）和《情賊》（一九五八）等。吳其敏曾在〈導演過剩〉一文，提出當時（一九四八）電影業界的生存問題，而他所列出的導演人名五十四人當中，也包括望雲之名。[21]

望雲最初用筆名張吻冰發表散文和小說，早期的小說如〈費勒斯神父〉、〈粉臉上的黑痣〉和〈重逢〉等具早期五四文藝小說的筆調，及後往電影界發展，仍沿用張吻冰之名，不過他在一九三七和一九三八年拍攝《委曲娥眉》和《氣壯山河》兩齣電影時，仍然藉藉無名，直至一九三九年轉用「望雲」為筆名，在《天光報》以通俗小說形式發表長篇連載小說《黑俠》，卻因而聲名大噪，一九四〇年在《大眾報》再連載《人海淚痕》，那時他已和傑克及平可並列香港三大最受歡迎的小說作家。

可能由於望雲小說家之名氣始終大於其電影導演之名，根據他的原著小說改編的電影比他所執導的作品更多，包括有《人海淚痕》（李鐵導演、望雲編劇，一九四〇）、《黑俠》（陳鏗然導演、望雲編劇，一九四一）、《青衫紅淚》（高梨痕導演，一九四八）、《迷姬》（莫康時導演，一九五二）、《鮮花殘淚》（秦劍導演，一九五八）、《黑俠擒兇》（左几導演，一九五八）等。

戰後望雲發表更多以男女愛情為主題的通俗小說，如《翠袖啼痕》、《落花如夢》、《愛與恨》、《天若有情》等，單看書名已可想知其內容。相較之下，《人海淚痕》涉及更廣泛的題材，而且在通俗小說的外觀下，蘊含社會批評以及知識份子改造社會的理想。

---

20 參考余慕雲，《香港電影史話》卷三（香港：次文化堂，二〇〇〇），頁二六。

21 參考吳其敏，〈導演過剩〉，《吳其敏文集．電影戲劇編》（香港：文壇出版社，二〇〇一），頁三二一—三二。

《人海淚痕》是大約九萬字的長篇小說，故事有濃厚的地方色彩，在小說的開首，從一個全景的敘述觀點開始，先用俯瞰的角度介紹故事發生的所在：

> 在中國之南，珠江流域盡頭附近，那兒沖積了一個小島。一百年前尚是山石嶙峋，荊棘荒蕪，為一般海洋大盜的出沒所在。後來經外人努力經營，這小島以天時地利之勝，竟逐漸發達起來，成了遠東數一數二的重要商埠，該島面積雖小，移山填海，一時倒住上了八九十萬人口。近這一二年來，受了中日戰事影響，避居到這小島上來的真不少，人口乃驟增至百萬過外，街頭巷尾是人，海邊山頂是人，樓上是人。[22]

接著寫到從廣州避戰火而來到香港的主角，廣州中山大學畢業生周平，先暫居於中環必列者士街，後來被迫遷出，轉為租住於蘭桂坊。小說透過他遷居的過程及其後的記者工作，對必列者士街、閣麟街等三十間（「卅間」）一帶至中環蘭桂坊的景觀頗仔細地描寫，[23]凸顯故事的地方性，地方描述在小說中不只作為一種景觀，而是為主角周平日後的社會批評提供背景。

周平到處找工作不遂，後來憑他曾在廣州當記者（書中稱為「訪員」）的經驗，覓得一份撰寫特寫稿的工作，他在找工作的過程中，眼見當時香港的難童生活沒有保障，於是在特寫稿中以難童生活為題材，批評「難童生活社」等慈善機構的虛偽。特寫稿原本由報館的編輯安排刊登，但到總編閱後表示不便刊出，周平與編輯交涉時說：「這是社會的黑幕，全港幾千萬受難兒童的呼籲，一張報紙假如認為這樣的稿不便刊登，那它說道怎麼做人民的喉舌呢？」該編輯只無奈地說：「這個社會簡直是漆黑一團，我看你的文章病在寫的太坦白。」[24]

除了難童生活，周平也留意到當時蘭桂坊一帶的連環圖租書攤檔，許多兒童流連於該處，周平特別提出「那些連環圖大部份由上海來的」，他頗嚴厲地批評從上海來的連環圖毒害香港兒童，再論到香港電影時說：「還有電影界，你看今日的粵語片成個甚麼樣子？」[25]後來周平終於找到一份正式的記者工作，他一直關注香港報業問題，向戀人方瑪利提出自己的理想是要「在一個作為文化中心地點的香港」成立一家通訊社。[26]

小說的高潮是周平當上記者後，為報導和揭發毒品的販賣，請得本來任職計程車司機而後來失業的趙輝混進販毒機關並提供消息，事件揭發後毒販與警察發生槍戰，周平為救趙輝而被流彈所傷，但仍不忘拍攝現場，再返回報館向眾人口述事件經過後終告不支，送院後傷重死亡，翌日全港大小報紙都在顯著版位刊登周平殉職一事，並「譽為模範記者報界的英雄」。[27]

小說還有不少香港地方景觀的描述，部份是作為周平提出社會批評的基礎，他的批評有異於

22　望雲，《人海淚痕》（香港：祥記書局，無出版日期），頁一。

23　小說特別提到必列者士街一帶通稱為「三十間」，保留了當地居民的舊稱。該區一帶在九〇年代末至二〇〇〇年代以後被改稱為「蘇豪區」，但該區老居民仍保持「卅間」這原稱，不接受「蘇豪區」這外來說法。

24　望雲，《人海淚痕》，頁三七—三八。文中「幾千萬」的意思不是實數，而是指幾近成千上萬的意思。

25　同前注，頁四三。

26　同前注，頁五七。

27　同前注，頁九三。

三、四〇年代內地文人對香港疏離的嘲諷，而代之以比較投入的關注，角色的身份雖為南來者，而他的觀點卻是一種本土的角度，而且最終成為一種感召的力量。在小說中段，周平與同樣來自廣州的方瑪利談話時，方瑪利表示自己對廣州的感情：「但我終有一天要回去，廣州始終是我們的廣州。」[28]當周平死後，與他同屋的工人趙輝打算返回內地，並勸方瑪利另找地方搬遷，但方瑪利決意留下來承繼周平的遺志，由周平的死改變了返回廣州的初衷，由此也呼應了小說開頭及中段周平所提出的社會批評，指向對地方的感情和承擔。

小說的地方色彩是為了塑造周平的知識份子改革社會的形象，凸顯其理念以及所引起的精神感召，主角周平因廣州戰事而南來，其以南來者的身份，卻站在香港本土的角度批評來自上海的連環圖毒害本地兒童，還有他對粵語片的批評、對香港社會事件的投入，也見出在這角色的描述上，表面是南來者而實際上是本土的角度，《人海淚痕》由此而成為在當時而言非常罕見的香港本位批評文本。

一九五三年的電影《危樓春曉》中的本土色彩已大大減少，在電影開始即把故事發生的地點，設定為一處在現實中並不存在的「快富巷」，取代了小說中原有實際所指的蘭桂坊，因而刪除了原有的社會批評；然而《人海淚痕》與《危樓春曉》的改編或改寫問題，絕不只是情節上的異同問題，只比較二者的故事情節可能意義不大，也不單純是地方色彩上的顯與隱，因為當中的問題牽涉四、五〇年代的文化轉折，而解釋這轉折的關鍵在於《人海淚痕》與《危樓春曉》兩者對知識份子形象的不同塑造方式，也由此衍生兩者更重要的對話。

三、《人海淚痕》與《危樓春曉》的知識份子形象

五四新文化運動被稱為啟蒙運動，由知識份子對新思想的追求和對舊社會的批評為主導，至少在較早期的一個傳統，就是強調知識份子對社會的啟蒙，相信文化可以改良社會。望雲的小說《人海淚痕》也以知識份子改造社會的理想，承接五四思想的啟蒙意義，無論是小說主角對香港社會的觀察或批評，其視點都帶著五四文化想像的理想主義，所以小說中的報紙編輯認同周平的社會批評論點，但又同時批評他的文章「病在寫的太坦白」。

《人海淚痕》著力塑造主角周平耿直的知識份子形象，更對周平的死作英雄式描寫，而在他死前更多著墨的是他的失意、不滿和感觸，他的英雄形象因此有基礎，具改良社會的理想，同時正視現實的限制。望雲以知識份子為英雄的寫法，其所表現的文藝理念繼承的是五四文學的啟蒙思想，而迥異於三〇年代已開始流行的左翼文藝調子，望雲對此似有一點自覺，在小說中表示同情左翼運動，如提到方瑪利的廣州愛人「信仰共產主義」，並因此而被擄走，一去不返。[29]《人海淚痕》並非沒有意識到左翼文化，卻仍保持較接近五四傳統的不同傾向。

至於當時南來文化人最關注的重點，即抗戰文藝，望雲也曾提出過不同的主張。一九三七年抗戰爆發，上海、武漢等地相繼淪陷，至一九三八年十月廣州失守，這時香港已聚集了大批南來作

28 同前注，頁一七一一八。
29 同前注，頁三〇。

家，在香港延續抗戰文藝的創作及相關論爭，如孫毓棠在香港《大公報》發表〈論抗戰詩〉一文後，引起廣泛論爭，[30]但在抗戰宣傳的需要下，「國防文藝」及文學大眾化的要求提出政治功能必須掩蓋文藝性，最終大眾化的訴求掩蓋了藝術語言的反思。抗日救國的呼聲也影響香港電影界，提出國防電影的口號，拍攝大量抗戰電影，包括一九三七年的《最後關頭》、《邊防血淚》、《焦土抗戰》等等。[31]

望雲在一九三八年拍攝抗戰電影《氣壯山河》時，已反省到「國防電影」的僵化模式，有意在自己的影片中注入不同的拍攝手法，他在〈我的氣壯山河〉一文中說：

> 自九一八以後，抗戰影片甚囂塵上，在民族精神的立場說，這現象是好的，但可惜有些影片不免有過大的誇張，把我們的戰士寫成神話中的騎士一樣，把日本兵殺個片甲不留，這種阿Q式的精神的迅速普遍化，對於抗戰中的民眾只會有害。
>
> 《氣壯山河》值得誇張的地方就是它避免了戰利的誇耀，而集中於抗敵的前仆後繼的鼓勵，在一個虛構的故事之中，它只非常忠實地寫出了這個民族的厄運，在這個最後關頭內我們該怎樣掙扎求存，為什麼掙扎而圖存，片中的雷孟臨再上前線時，撫摸著他孩兒的臉說：「我們去，我們的犧牲完全為了這更年青的一代的。」[32]

大概由於這種抗衡主流口味的取向，望雲的電影事業未見理想，近乎要放棄，為生計轉為撰寫通俗小說，並因此棄用文藝創作時期的筆名張吻冰而轉用另一筆名「望雲」，大有放棄自己和孤注一擲的意思，[33]他也想不到自己出於放棄理想而撰寫的通俗小說《黑俠》竟然大受歡迎，小說《人海淚痕》正是他成名之後，把較早前寫下而未能拍攝的電影劇本修訂為小說。

《人海淚痕》的故事本是望雲早前電影時期的構想，相比他的《黑俠》和稍後的《翠袖啼痕》、《落花如夢》和《愛與恨》等通俗小說，《人海淚痕》顯然是比較認真而具思想主題的作品，也注入了更多作者的文藝抱負和理念；作者抗衡主流口味的取向，仍使這部小說缺少當時作為文藝主流的左翼立場和抗戰內容，反而寫知識份子的社會改革理想，強調五四啟蒙傳統的繼承。

30 孫毓棠，〈論抗戰詩〉一文發表於一九三九年六月十四日至十五日的香港《大公報》，其後引發錫金、穆木天、拉特等作者的論爭，可參鄭樹森、黃繼持、盧瑋鑾編，《早期香港新文學資料選（一九二七—一九四一年）》（香港：天地圖書公司，一九九八），及陳智德編，《三四〇年代香港新詩論集》（香港：嶺南大學人文學科研究中心，二〇〇四）。

31 據余慕雲的統計，一九三七年出產的愛國片有二十五齣，數量佔當時各類型影片之首。參見余慕雲，《香港電影史話》卷二（香港：次文化堂，二〇〇〇），頁一三七—一三八。

32 張吻冰，〈我的氣壯山河〉，《華字晚報・新藝壇》，一九三八年一月八日。余慕雲在《香港電影史話》卷二有引用該文，但有刪節。

33 據四〇年代時與張吻冰並列為三大最受歡迎小說作家的平可的回憶：「我有一位朋友跟張吻冰也很熟，他說張吻冰因搞電影搞不出名堂，非常灰心，情緒激動時往往幻覺自己已到了窮途末路。他決意暫別電影圈而從事寫作，還說如果連這條路也不通，他只有『睇天』。他用『望雲』做筆名就是這個原因。『睇天』是當時很流行的俗語，意義是『死』。」參平可，〈誤闖文壇憶述（七）〉，《香港文學》七期（一九八五年七月），頁九、一八。

當一九五三年李鐵沿用《人海淚痕》的故事再拍成《危樓春曉》時，很明顯地改寫了《人海淚痕》中的知識份子形象，把主角寫成一個不切實際的幻想者。本業為教師的主角羅明失業之後，遭假冒報紙編輯者所騙，以為自己的小說將刊於報紙，徹夜夢想成為作家甚至取得諾貝爾獎而無法成眠，他以為當了作家便可名成利就，可以與戀人環遊世界，因而叫喚鄰房的戀人白瑩（紫羅蓮飾），以英文向她說了一連串外國名字：「我地去America、Canada、England、France、Czechoslovakia、Greece……」白瑩則回以：「俾你笑死我，好心你唔好發埋啲咁嘅夢啦。」後來羅明始終無法入睡，再自言自語以英文重複剛才連串外國名字，繼而大笑，同屋者也被吵醒而作出斥責。

羅明的作家夢被呈現為既滋擾又滑稽的模樣，配合張瑛既狂熱又誇張的演繹，「成為作家」被呈現為一種不切實際的空想，與《人海淚痕》的主角以文章批判社會，相信文章可改良社會的具體理想大相逕庭。《危樓春曉》安排羅明說出連串英文，非顯示其學識，而是要加以貶抑，如電影較早段有黃大班（盧敦飾）責罵包租婆三姑（李月清飾），也是用英文說："You know, it is criminal." 聽不懂的三姑回說：「你話乜野冇厘紋路話？」另一處黃大班問："What is the matter?"三姑反問：「乜野壞摩打呀」，三姑的反應不僅使黃大班的英語發問滑稽化和荒謬化，也凸顯了英語作為殖民地既得利益者壓迫普羅大眾的語言；羅明的作家夢和英語幻想並對西方的憧憬，一方面用作貶抑其知識份子的身份，更以此預示其異化的開始。

羅明的小說始終沒有刊出，他得悉被騙後，一度意志消沉，及後憑藉親戚裙帶關係而當上一名收租人，包括負責向原本同屋共住者收租，這時羅明與同屋者本來良好的關係也開始扭轉，時因羅明的催租而發生口角。這時他的身份不僅由住客轉為收租者，而在左翼文化的立場上，羅明由知識份子淪為被視為「階級敵人」的收租者，絕對是一種「墮落」，也由此扭轉了小說《人海淚痕》中男女主角的啟蒙與被啟蒙關係。

在《人海淚痕》中，方瑪利原意有一天要返回廣州，結局時趙輝勸他搬遷，但他受周平之死及其社會承擔所啟發，決定留港。電影中這關係剛好逆轉，男女主角轉為男主角受女主角啟發，羅明最初順從老闆指示進行收租工作，後來經白瑩點出利害，加上因危樓一事上門與老闆爭論不果，羅明才決定請辭。此外，小說中的知識份子與工人階級之間是啟蒙與被教化者的關係，同樣在電影中逆轉，在《人海淚痕》當中，周平為救趙輝而受傷，卻仍不忘採訪工作，趙輝為其工作熱誠所感動；在《危樓春曉》所對應的角色梁威（吳楚帆飾）也是計程車司機，羅明在全劇結束時指出他是受到梁威「人人為我，我為人人」的影響而捐血予威嫂。

《危樓春曉》中那軟弱的知識份子形象，或許也與五〇年代電影中一般戲曲片和倫理片中的軟弱書生形象一脈相承，不過《危樓春曉》還更強調知識份子的易於動搖、理念的脆弱以至後來服務於資本家的形象，用以對照於工人階級的剛強堅定，電影滿足一般觀眾的預期之餘，也讓他們認同梁威背後以「人人為我，我為人人」為象徵的集體理念，多於羅明追求個人安逸的態度。

電影的結局是，眾人所居房屋因颱風吹襲搖搖欲墜，幸眾人及時逃生，而貪財的黃大班則葬身於倒塌的危樓裡。辭去收租工作的羅明得悉威嫂（葉萍飾）到醫院生產不順，因而到醫院捐出薪金，更捐血予威嫂。羅明的捐血在此時有與眾人融合的寓意，他因此重新被眾人接納，正如梁威說：「所謂日久見人心，而家講起上嚟，羅老師真係相處得過嘅」，羅明也向眾人道歉：「呢次希望大家原諒我」，電影最後的啟示很清楚：知識份子的出路還是要認清對立關係，回到群眾一邊，而買辦階級兼殖民者在危樓中被掩埋，則滿足了大眾不能實現的想像。

四、新民主主義文藝與文化轉折

如本書上文〈左翼的任務和鬥爭〉所述，戰後左翼文論對知識份子提出嚴厲的要求，郭沫若〈斥反動文藝〉（一九四八）、邵荃麟〈對於當前文藝運動的意見〉（一九四八）以及茅盾〈在反動派壓迫下鬥爭和發展的革命文藝〉（一九五〇）這三篇文章，代表當中的主要觀點。在四、五〇年代之交，政治和文化論述轉變的關鍵，如賀桂梅所指出，「不僅是改朝換代的政權更替，同時也是一次意識形態話語的全面更迭。」[34]五四文學傳統突出知識份子的啟蒙者形象，作家既是文學創作者，也是啟蒙者；日本學者竹內好在其重要的魯迅研究論著《魯迅》中提出，魯迅一生在啟蒙者與文學家的身份矛盾中徘徊，而這矛盾「同時也就是中國現代文學的矛盾」。[35]因應左翼文藝及抗戰的呼聲，啟蒙者與文學家的身份矛盾也許在抗戰時期已開始消退；賀桂梅指當中的矛盾和掙扎到了四〇年代後期「不僅被左翼文學家所放棄（信奉『文藝為政治服務』），同時也被非左翼的作家所否定」。[36]在四、五〇年代之交的「大轉折」期間，左翼知識份子完成了從啟蒙者與文學家的矛盾掙扎中脫離，意識形態話語的轉折以「新民主主義文藝」為依歸，因應國共內戰的形勢需要，香港正是這種文藝論述的主要舞臺之一。林年同指五〇年代粵語片的寫實風格，可追溯至一九四八至一九五二年間的「新民主主義思想啟蒙運動」的影響，[37]其實亦即是新民主主義文藝的影響。

「新民主主義文藝」由四〇年代的左翼文藝理論家延續和貫徹了一九四二年毛澤東〈在延安文

藝座談會上的講話〉的主要取向，但側重點稍有不同，主要是針對國統區的形勢而提出。〈講話〉提出文藝為工農兵服務的綱領，以大眾化的普羅主義為依歸，以大眾路線為號召；而新民主主義則考慮抗戰結束後國共內戰的形勢，左翼陣營為爭取城市工人支持，針對國統區的新民主主義文藝理論是以城市工人和知識份子為對象而提出，正如黃繩指出國統區進步文藝要照顧城市大眾的趣味，同時從工農兵文藝的標準提高大眾的層次，但不是針對大眾，不是要群眾學習知識份子，而是強調知識份子須走向大眾可以接受的標準。[38]

新民主主義強調知識份子必須向群眾學習，才能提高群眾層次，知識份子不處於啟蒙者的位置，反而大眾化的趣味和群眾的形象，成為知識份子追求的目標和理想形象。在四、五〇年代之交的新民主主義文藝理論當中，一種新的大眾觀念在知識份子之間正重新再形成，四、五〇年代的大眾不代表庸俗，相反，是知識份子所應該追求的美化和烏托邦化的理想形象，美化大眾成為新的文藝風尚，而在左翼論述中，「脫離群眾」不僅是語言或藝術取向的偏差，更成了道德問題，知識份子的最終出路是與群眾結合。

34 賀桂梅，《轉折的時代：四〇—五〇年代作家研究》（濟南：山東教育出版社，二〇〇三），頁三。
35 竹內好著，李冬木、趙京華、孫歌譯，《近代的超克》（北京：生活・讀書・新知三聯書店，二〇〇五），頁一四。
36 賀桂梅，《轉折的時代》，頁一〇。
37 林年同，《中國電影美學》，頁一六三—七九。
38 參考黃繩，《文藝與工農》，頁九九。

《危樓春曉》以吳楚帆提出「人人為我，我為人人」的口號而被廣泛稱頌，然而電影更重要的訊息還是美化群眾而貶抑知識份子的作用，不再強調知識份子教化與批評社會，反而指出知識份子異化的可能，而透過使知識份子轉為「收租者」即階級敵人，再寫他與業主（地主階級）劃清界線而回到人民的一邊，最終指出知識份子的出路還是回到與群眾立場一致的路線。《危樓春曉》對小說《人海淚痕》的改編或改寫，也等於提出小說所強調的知識份子作為啟蒙者形象，在五〇年代已不合時宜，一種新的文化需要，已在四〇年代末形成，《危樓春曉》對小說《人海淚痕》的改編或改寫，正是這種文化需要的結果。

比較小說《人海淚痕》和電影《危樓春曉》，結合一九四八至一九五二年間「新民主主義啟蒙運動」的背景，相信可以提出，《危樓春曉》的思想主題實際上也建基於戰後香港影人對新民主主義文藝的承接。當然相對於長城、鳳凰和新聯等具更鮮明政治立場的電影公司，中聯電影沒有強調政治，他們始終是製作面向香港市民大眾的電影，強調倫理教化而少作政治處理，不過，《危樓春曉》以一種比較溫和、經過轉化且近於實際大眾生活的演繹，仍表達了具一定傾向的訊息，透過《危樓春曉》中的知識份子形象處理，或可見五〇年代風尚的改變痕跡，即美化大眾而貶抑知識份子，提出知識份子的軟弱和異化的可能，其政治意識其實頗自覺，並非偶然，一九四八至一九五二年間的新民主主義啟蒙運動即左翼文藝思潮的活動，或可為其自覺提供背景。

從《人海淚痕》的本地景觀描寫和本地角度社會批評而言，《人海淚痕》可說是一個具有本土性的文本，而香港的本土意識創作也可見於戰前香港電影，以至更早期的二、三〇年代的文學創作中，因此香港文藝的本土性問題並非延至六、七〇年代才浮現，但這說法的重點不是爭論本土性出現的先後，因為更值得討論的不是香港文藝的本土性在早期而言「有沒有」的問題，而是因何及如何「斷裂」的問題，本書在〈導論一：本土及其背面〉一文已嘗試提出相關討論。

《危樓春曉》淡化《人海淚痕》故事的本土色彩，因為《危樓春曉》不須製造本地認同來取悅觀眾，卻把大眾的生存環境設定在一處危樓之上，以大眾如何互相守望來建立人倫上的認同，正取代了被認為不可靠的「地方」認同，或也由於當時「地方」認同根本尚未在大眾心目中成形。此外，因應加入了黃大班（買辦階級）、收租人及業主（地主階級）的角色，一方面為大眾製造共同的「階級敵人」，另一方面也將「地方」賦予了被殖民的色彩，因而強化其「不可靠」的毋須認同感，電影末段描述眾人從危樓撤出，危樓崩塌的同時也活埋了黃大班，這影像特別震撼，在《危樓春曉》對前文本的改寫當中，去本土竟與去殖民相連。危樓終於崩塌，四〇年代的本土形式沒有過渡至五〇年代，戰亂、內地政局及人口流動當然是「斷裂」的重要外因，而由《人海淚痕》到《危樓春曉》的改編或可見出四、五〇年代之交的文化轉折，《危樓春曉》以去本土和去殖民把這文化轉折與本土的轉折結合，更是那「斷裂」的核心意義。

《人海淚痕》與《危樓春曉》之別不單是小說和電影，更非原著或改作的分別，而是兩種不同文學傳統的認同和轉化。《人海淚痕》所代表的是新文化運動強調啟蒙、以知識份子改革社會的五四文學傳統；《危樓春曉》則接續四〇年代左翼文藝美化大眾、批判知識份子，要求知識份子站到群眾一邊的取向，接近中國當代文學的「轉折」意識。五〇年代的中聯電影正透過這轉化，以比較溫和的方式，表達了一種新的文化需要。

第四章

遺民空間與文化轉折

——趙滋蕃《半下流社會》、張一帆《春到調景嶺》與阮朗《某公館散記》、曹聚仁《酒店》

引言

四、五〇年代之交，留港左翼作家、理論家邵荃麟、馮乃超、胡繩、夏衍、郭沫若、茅盾、林默涵等在香港出版的《大眾文藝叢刊》、《野草叢刊》等刊物發表多篇左翼文論，其論點對當時香港文壇特別有關「新民主主義文藝」和「方言文學」的討論以及香港電影界都有重要影響，其作用甚至反向「滲透」回中國內地，如茅盾所說：「一部份到了香港的文藝工作者在反帝、反封建、反官僚資本主義的總目標下進行工作，所起的影響不僅限於海外各地的華僑，而且還滲透了國民黨反動派封鎖而到達國統區的人民大眾中間」。[1]他們的工作和任務本因應中國內地國共鬥爭形勢的需要，一九四九年前後，這批留港左翼文人大部份北返參與新中國的建設。

同樣由於政治局勢的轉變，一九四九至五〇年間，再有另一批內地文人南下香港，相對於戰後左翼文人暫居香港數年而北返，作品多向內地喊話，五〇年代的南來文人留港時間更長，也有更多個人角度的感懷。因應意識形態和個人理念，部份作家的創作也配合政治形勢的需要，例如南郭（林適存，一九一四—一九九七）提出他五〇年代初在《香港時報》發表的《紅朝魔影》，是為了和當時《新晚報》發表唐人所著的《金陵春夢》「對陣作戰」。[2]南郭在香港另著有小說《駝鳥》，他曾自我歸類為一種「難民文學」，他所稱的難民文學還包括趙滋蕃的《半下流社會》和杜若的《同是天涯淪落人》等作，「難民文學」是寫一九四九

趙滋蕃，《半下流社會》（香港：亞洲出版社，1953）。

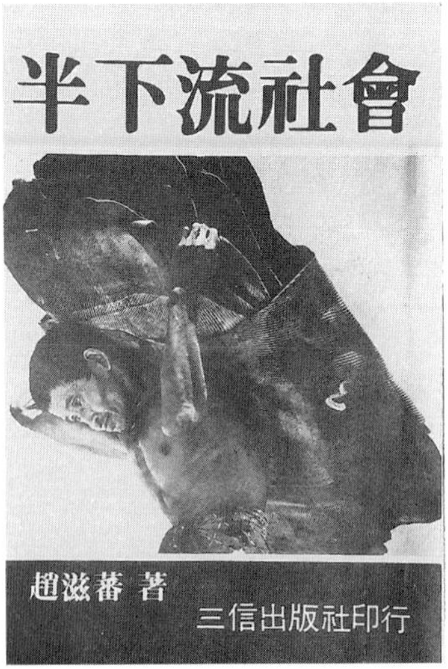

趙滋蕃，《半下流社會》（高雄：三信出版社，1978）。

至五〇年間南來者的生活處境，多具鮮明的反共鬥爭理念，或可說也是一種「反共文學」，同類之作還有張一帆《春到調景嶺》、趙滋蕃（一九二四—一九八六）《旋風交響曲》、余乃玉《憤怒的羅崗村》等作品，除了「難民文學」、「反共文學」等說法，因反共陣營作家、刊物有不少曾接受美國政府資助，而被稱為「美援（元）文學」、「綠背小說」。[3]

雖然反共文學具特定的政治集體意識形態立場，不過香港的「反共文學」作者不太強調「反共復國」或「反攻大陸」的政治共名，他們透過反共文學更多表達鄉愁以及南來香港的生活和文化衝擊，作品中的「反共」較純粹地表現為作者的個人理念和精神壓抑；而另一方面在更多不標榜政治意識形態對立的作品中，例如徐訏《鳥語》、曹聚仁《酒店》、百木（力匡）《長夜》、李輝英《鄉村牧歌》、徐速《星星・月亮・太陽》等小

南郭，《鴕鳥》（香港：亞洲出版社，1953）。

1 茅盾，〈在反動派壓迫下鬥爭和發展的革命文藝〉，頁一三五。

2 南郭（林適存），〈香港的難民文學〉，《文訊月刊》二〇期（一九八五年十月），頁三五。

3 例如趙稀方指趙滋蕃為「香港『綠背文學』的代表人物」，參見趙稀方，〈五〇年代的與香港難民小說〉，收入游勝冠、熊秉真主編，《流離與歸屬：二戰後港臺文學與其他》（臺北：國立臺灣大學出版中心，二〇一五），頁七五。

說，懷鄉、文化衝擊和精神壓抑更是明顯的主題。

「反共文學」曾被批評為「公式化」、「口號化」以至流於「反共八股」，[4]一般藝術評價不高，但一九九〇年代以來，學者對「反共文學」的歷史背景和創作特質有更深入研究，例如齊邦媛〈千年之淚——反共懷鄉文學是傷痕文學的序曲〉從反共文學中的「懷鄉」取材傾向，視之為另一種「傷痕文學」，[5]王德威〈五〇年代反共小說新論〉提出「反共小說不是簡單的歷史小說」，「反共小說同時經營了一線性及循環性史觀：迎向未來也正是回到過去」；[6]梅家玲〈五〇年代國家論述／文藝創作中的「家國想像」：以陳紀瀅反共小說為例的探討〉一文以身兼反共文藝政策推動者與作家這雙重身份的陳紀瀅為例子，質疑反共小說與國家論述合流的必然性：「究竟，『國家論述』將如何藉『文藝創作』而完成（或消解）？因之而成的小說，會是政治理念的表態宣示？是血淚傷痕的見證反思？抑是尚有可供玩味的其他面向？」[7]陳建忠〈流亡者的歷史見證與自我救贖：由「歷史文學」與「流亡文學」的角度重讀臺灣反共小說〉將反共文學重新定位為「反共歷史小說」，特別在「黨國反共文藝政策」的關係以外，提出「反共文學的書寫原因其實未必皆出於服膺黨國政策，其間個人性的戰亂創傷與流亡經驗，實無法視而不見」，[8]由此而深入論證反共文學於刻板印象以外的人性關懷，更是該文特別之洞見所在，即反共文學在政治共名、政治任務的配合以外，許

徐速，《星星・月亮・太陽》（香港：高原出版社，1978）。

多作家仍盡力以個人意志實踐文學的獨立性，超越政治文學的框框。

與「反共文學」對立或相對照的，是被稱為「反蔣小說」的作品，而同樣地，五〇年代香港與「反共文學」相抗的「反蔣小說」或其他接近左派陣營立場的作品，仔細閱讀後也未能單以政治支配作論斷。前文提及南郭《紅朝魔影》抗衡的目標是唐人所著的《金陵春夢》，唐人原名嚴慶澍（一九一九—一九八一），另有筆名阮朗、

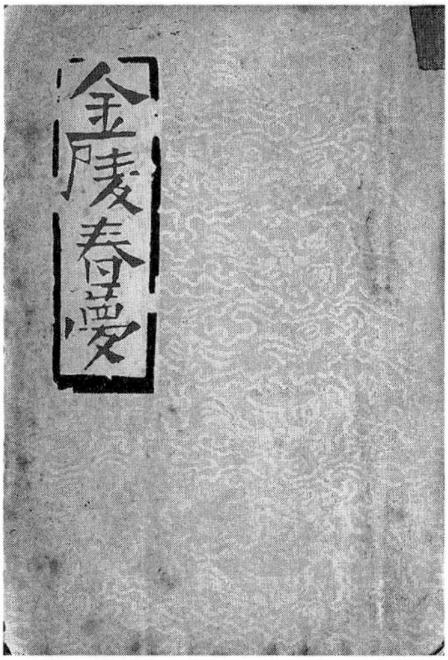

唐人（阮朗），《金陵春夢》（香港：楊鏞，1970）。

4 可參考葉石濤，《臺灣文學史綱》（高雄：文學界雜誌社，一九八七）。

5 參考齊邦媛，〈千年之淚——反共懷鄉文學是傷痕文學的序曲〉，《千年之淚》（臺北：爾雅出版社，一九九〇），頁二九—四八。

6 參考王德威，〈五〇年代反共小說新論〉，收入齊邦媛編，《四十年來中國文學》（臺北：聯合文學出版社，一九九五），頁七二。相關討論參見本書第六章，〈懷鄉與否定的依歸——徐訏和力匡〉一文。

7 梅家玲，〈五〇年代國家論述／文藝創作中的「家國想像」：以陳紀瀅反共小說為例的探討〉，收入彭小妍編，《文藝理論與通俗文化（上）》（臺北：中央研究院中國文哲研究所籌備處，一九九九），頁三五。

8 陳建忠，〈流亡者的歷史見證與自我救贖：由「歷史文學」與「流亡文學」的角度重讀臺灣反共小說〉，《文史臺灣學報》二期（二〇一〇年十二月），頁一三。

洛風、江杏雨、顏開，發表《金陵春夢》之前，他亦以「本宅管事」為筆名發表《某公館散記》（另稱《人渣》），[9]《金陵春夢》和《某公館散記》兩部小說都被中國內地的香港文學研究者袁良駿歸類為「反蔣小說」，[10]「反蔣」相對於「反共」，兩者是建基於一套二元對立的思維，例如許翼心指：「最能表明當時反共與反蔣兩種文化意識對立的，是趙滋蕃的《半下流社會》與洛風（唐人）的《某公館散記》」，「這兩種根本對立的文化營壘的鬥爭，貫穿了整個五〇年代的香港文壇。」[11]《金陵春夢》站在左派陣營立場而對蔣介石多番貶抑，透過舊式章回小說特別是清末、民國以還的「黑幕小說」模式，對蔣介石的出身、參軍、從政等經歷相關的「內幕」以諷刺筆法詳加渲染，可說突出了「反蔣」主題，[12]然而一九五一年的《某公館散記》針對的不是個人，而是針對一種刻板、僵化的政治意識以至一種群體，阮朗透過特定空間：一個「流亡」狀態中的公館，凸顯既有的政治意識形態語言如何失去時效，《某公館散記》可能具一定的「反蔣」效果，卻未可簡單地概括為「反蔣小說」，它實際上針對五〇年代初的「反共」教條，批評當時南來者的心態，揭穿另一種政治幻象。

在「難民文學」、「反共文學」或「綠背小說」、「反蔣小說」的概念以外，我們不妨回到作家真正面對的處境去重讀五〇年代香港小說。以趙滋蕃《半下流社會》（一九五三）、張一帆《春到調景嶺》（一九五四）、阮朗《某公館散記》（一九五一）、曹聚仁《酒店》（一九五二）四部描述南來者及其生活空間的小說為例，趙滋蕃《半下流社會》和張一帆《春到調景嶺》都是以五〇年代初期大批原國民政府「軍公教」人員聚居的調景嶺為主要場景，集中講述南來知識份子的處境；阮朗《某公館散記》以原國民政府官員在港寓所（小說中的「公館」）為主要場景，以諷刺和批判的角度講述上層階級南來者的生活，曹聚仁《酒店》則以香港的上海式娛樂場所——夜總會和舞場為主要場景，聚焦於一群舞女從中上流階層向下流動的經歷，講述另一種被忽略的南來者故事；四部小說對於不同南來者的「遺民」意識，有的褒揚，有的批判，有的同情，或在肯定中表現其掙扎，在批判中反思其矛盾，賦予香港特殊的「遺民空間」政治隱喻，當中可以趙滋蕃《半下流社會》和張一帆《春到調景嶺》為一組，都是以「反共」為基調，以調景嶺作為南來者持守源自內地的固有理念、抗衡異化的象徵，強調南來者的歷史意識。阮朗《某公館散記》和曹聚仁《酒店》則屬另一組，以公館和酒店喻示南來者所處空間的不穩及其理念失落，對南來者原有階級的下墜予以嘲諷或同情。兩組小說描述了兩種遺民空間，指向五〇年代南來者思想理念和生活現實的兩面，也由此對意識形態對壘下的政治話語作出反思、深化以至審視和批評。

9 阮朗為嚴慶澍較通行之筆名，《某公館散記》在香港《新晚報》發表時原以「本宅管事」為筆名發表，一九五一年出版單行本時，封面仍標示「某公館散記」，「本宅管事」字樣，但正式書名改為《人渣》，作者署名為「洛風」。為方便論述，本文一律稱該書為《某公館散記》，阮朗著。

10 參考袁良駿，《香港小說史》（深圳：海天出版社，一九九九），頁一四一—一四四。

11 許翼心，《香港文學觀察》（廣州：花城出版社，一九九三），頁八四。

12 《金陵春夢》單行本由費彝民寫的〈序〉中，一再強調該書對蔣介石的刻劃有「極其真實的敘述」、有「豐富而真實的『內幕』」，是「一部難得的歷史小說」，參見唐人，《金陵春夢》（香港：楊鏞，一九七〇），頁一（原無頁碼）。該書於一九五五年初版，至一九七〇年八月出版至第二十一版。

一、《半下流社會》的歷史意識與「半」的定位

一九五三及五四年，趙滋蕃《半下流社會》與張一帆《春到調景嶺》兩部長篇小說先後由香港亞洲出版社出版，二書均以香港調景嶺為主要故事舞臺，敘述一群從內地來港者掙扎求存的故事。調景嶺在當時不單純是一處安置流離失所者的新建社區，它的形成與其後的發展更具有特殊的政治含義。該兩篇小說在五〇年代左右翼意識形態對壘的背景下，亦不單純把調景嶺作為故事舞臺，兩篇小說的作者深知調景嶺的政治意義，在作品中著意標示調景嶺如何作為反共南來者的精神堡壘，強調持守社群理念來抗衡異化，具集體意識形態意義，並因應故事人物的歷史處境：被迫離開家鄉、面對不可知的未來，故鄉未能返、心目中另一理想空間——臺灣亦未能前赴，理想失落，目標空懸，而現實生活困苦，因而面對歷史、理念、政治、現實等多重的夾縫困局，故事人物有如時代變換之際的「遺民」，失落在異域一般的殖民地香港，而調景嶺正作為他們據以盡力持守理念的「遺民空間」。

遺民關乎身份定位、認同危機和現實政治的矛盾，強調故國之思和民族情感。基於歷史時間的轉折，遺民夾處在新舊時代之間，這是外在力量使然，但遺民更指向一種內在素質：「是一品位上的語匯，指稱的是人的內在質地。」[13]不同論者對明遺民和清遺民各有不同的界定，但都不脫其文化內涵。王德威在《後遺民寫作》一書以清末至五〇年代以還的臺灣文學為論述對象，針對不同時代的遺民意識的呈現或錯置而提出「後遺民寫作」（Post-loyalist writing）這觀念，有別於純粹政治

處境下的政治（忠於某政權）遺民，「後遺民寫作」強調倫理承擔、飄泊、異見、散離論述，呼求逝者，追溯記憶以及懷舊，它關乎政治又超越政治，並從五〇年代一直延伸至當今的時代。[14]

四、五〇年代之交為歷史轉折時代，一九四九年十月一日，中華人民共和國中央人民政府宣告成立，前此原在中國大陸執政的國民政府遷往臺灣；政局大變動之際的中國內地，一方面有熱切迎接解放軍進城的人民和自香港及海外返回中國大陸參與「建設祖國」的文化人，另一方面也有大量人民被迫離開家園，前赴臺灣或香港，其中到達香港的一批，包括許多原屬國民政府的「軍公教」人員，滯留在港等待轉赴臺灣，臺灣當局一時未能收容，其時香港社會難民眾多，該批人員先聚居於港島摩星嶺，再由港府以臨時政策調遷於調景嶺。調景嶺社區的形成，出於當時香港政府的政治考慮，其政治手段是在華人左右派政治陣營間中立，更防止二者串聯。經過一九五〇年六月十八日的「秧歌舞事件」，香港政府恐防國共衝突進一步在港蔓延而不利統治，決定把摩星嶺難民遷往位於更偏僻郊野的調景嶺，[15]據載當時遷到該地的人數多至六千九百二十一人。[16]由此而衍生的調景嶺社區，對於港府是一種「隔離」手段，而對於反共南來者則逐漸演變為一處遺民空間，居民在無

13　孔定芳，《清初遺民社會：滿漢異質文化整合視野下的歷史考察》（武漢：湖北人民出版社，二〇〇九），頁七。

14　參考王德威，《後遺民寫作》（臺北：麥田出版，二〇〇七），頁二三—六二。

15　調景嶺原名吊頸嶺，因含意負面又須安置難民而改。調景嶺遠離市區，位處偏僻，調遷初期，所有房屋皆無水無電，社區外圍亦無道路可達市區。

16　有關調景嶺的歷史可參胡春惠等著，《香港調景嶺營的誕生與消失：張寒松等先生訪談錄》（臺北：國史館，一九九七），頁一一一—二〇。

水無電的郊野自行開山築路、搭建葵棚和木屋，成立糾察隊、同鄉會，又經由不同教會協助成立醫務所和學校，形成自治社區。五〇年代，透過文學和電影的演化，調景嶺社區以持守和抗衡的特質，被強調它是作為文化上的精神堡壘而存在。

與此同時，五〇年代的香港還有更大範圍下的「遺民文化事業」，例如內地學人唐君毅、錢穆、張丕介、左舜生等來港後繼續撰文、著書、興學，錢穆等人創辦新亞書院，立意在「無根」的殖民地香港傳承中國文化；五〇年代初，《人人文學》、《中國學生周報》等刊物創刊，亦以發揚五四精神、延續五四文學傳統為呼召，[17] 一九五六年馬朗創辦《文藝新潮》則提出延續受政局影響而斷裂的三〇年代現代主義文學傳統，凡此皆可見出南來文化人在港抗衡無根、接續斷裂的文化意向。

出版張一帆《春到調景嶺》與趙滋蕃《半下流社會》的亞洲出版社，本身也是上述「遺民文化事業」的一支，但具較明顯的政治立場，在其出版書目所列「報告文學」類當中的《鬥爭十八年》、《毛澤東殺了我的丈夫》等書、「專題研究」類當中的《中共文藝總批判》、《中共統戰戲劇》、《「新民主主義」的隕滅》、《當代中國自由文藝》等書、「文藝創作」類當中的《春到調景嶺》、《半下流社會》、《鴕鳥》、《旋風交響曲》等書都標示或多或少的「反共」意識。[18]

趙滋蕃的《半下流社會》在五〇年代亞洲出版社的多種「反共小說」當中，是很有代表性的一部，文學成就也較高，小說的浪漫寫實風格，在趙滋蕃的文學生命中也堪稱為代表作。五〇年代「反共文學」的口號和創作在臺灣和香港同時高舉，但兩地的「反共文學」並不一樣。從一九五〇至六四年，趙滋蕃在香港居留了十四年，一九六四年赴臺灣定居至一九八四年在臺灣逝世為止，在臺居住了二十年，如果把趙滋蕃歸屬於一名「香港作家」實在不無爭議，但《半下流社會》一書卻不啻為一部很具「香港性」的作品，這樣說不是著眼於它具有香港的「本土」特色，當然書中的調景嶺是香港的特殊歷史產物，但使這本書有別一般「反共小說」、在共同類型中標示出香港性的關鍵，是趙滋蕃在書中取意和眼光之所在：一種「半」的、夾縫中的處境，即書中所強調的「半下流」社會。

「半下流」社會成員是暫居於調景嶺的內地文化人，包括曾任大學教授或軍人、教師、作家的酸秀才、王亮、張弓、麥浪、李曼等人，滯留香港以各種低下層工作餬口，後來他們組織投稿合作社，以集體方式向不同刊物撰文投稿（由李曼代表），所得稿費由集體共用，在調景嶺過著如同公社般的生活；他們試圖突破在香港淪為低下層的處境，因而自稱為「半下流社會」，這稱謂首先出於酸秀才因見天臺木屋被迫遷的感嘆：「我們生活的是一個甚麼社會！它既沒有上流社會的自私，冰冷，也不如下流社會的喪失理想。我們的社會，遠離上流社會，而又與下流社會這麼接近，乃是一個半下流社會！」[19]緊接是張弓、麥浪、王亮等人的一番和應、補充：「半下流社會是窒息的黎

17《中國學生周報》於一九五二年七月二十五日創刊，在翌年五月即該刊創刊後的首個五四週年紀念，即於第一版的「學壇」（地位相類於報紙的社論）刊出〈要把「五四」復活〉一文，文末呼籲「再掀起一個新文化運動，慢慢從頭作起」；一九五四年的五四週年紀念同於「學壇」再有〈五四與當代青年〉一文，文末提出「繼承五四精神，堅持民主理念」等口號。

18 參考〈亞洲出版社出版書籍簡目〉、〈亞洲出版社出版書籍及連環圖畫簡目〉，附於多種亞洲出版社出版書籍的版權頁之前。

19 趙滋蕃，《半下流社會》（香港：亞洲出版社，一九五三），頁一八。

明前的陣黑，半下流社會是和諧的社會的試驗室」，似乎在困境中重新得到力量，其後他們終於由天臺木屋遷到調景嶺而稍得安定，為應付生活問題而合組以集體力量向外投稿的文章公司，正如周芬伶所論，是一種「重新命名，重新改組，找尋新秩序」的努力，藉以突破流亡的困局而獲得自由；[20]蘇偉貞則認為半下流社會「此一新詞在充滿不確定性和流動性的處境裡，擠壓出創造幻想的『異質空間』」。[21]周芬伶和蘇偉貞皆指出了「半下流社會」此一新詞的突破困局而有所創造的意義；而換另一角度，蘇偉貞所指半下流社會作為「異質空間」的關鍵，實建基於小說人物王亮等人的「半」的自我定位：既身處香港，又試圖從中分割出。

趙滋蕃在該小說提出的「半下流社會」一詞，本是源於十九世紀的法國作家小仲馬（Alexandre Dumas, Fils, 1824-1895）的戲劇作品*Le Demi-Monde*，講述上層貴族與資產階級人物的故事，在一九三一年的中文譯本中，譯者王力把劇名*Le Demi-Monde*譯為《半上流社會》，王力在書中自撰的〈著者小傳與本劇略評〉提到「半上流社會」一詞：「半上流社會乃是天堂地獄的交界，下流社會的婦人到了這社會，便好似出了地獄；上流社會的婦人到了這社會，便好似降自天堂。」[22]「半上流社會」（demi-monde）一詞在小仲馬另一作品《茶花女》亦有出現（demi-monde一詞或譯「半社交界」），用來指稱在上層貴族與資產階級這兩個階層夾縫中生存的交際花女性的處境，或可稱高級名妓的半社交界，有別於真正屬於上層社會的上流社交界，小仲馬對故事中的茶花女語帶同情，但對《半上流社會》一劇中的上層貴族與資產階級人物所圍繞的「半上流社會」則出以譏諷、批評，而趙滋蕃相信自小仲馬作品中得到靈感而使用的「半下流社會」一詞，既不是同情也不是譏諷，是用以凸顯人物流落香港而不忘本身理想的處境。[23]

在趙滋蕃的小說《半下流社會》中，酸秀才所自稱的「半下流社會」，原指介乎上流社會（有錢人、資產階級）與下流社會（窮苦大眾、市井流氓）的窮困知識份子，但在小說中的真正含意不是指一種身份階級，而是指向其理念：南來知識份子困處於無根、無理想的香港低下層社會，卻未喪失原有的源自內地的文化理想，「半下流社會」強調夾縫中的處境，由此而與內地文化人被迫滯留香港的處境契合。

小說《半下流社會》中的「半下流」社群拒絕遺忘過去，也拒絕被香港的上流和下流所同化，換一種說法，「半下流」社群所批評和拒絕的上流和下流，實際上喻示著香港，趙滋蕃巧妙地把小仲馬作品中原本針對階級夾縫語境的demi-monde一詞的「半」，轉化為針對香港的混雜處境，「半」的駁雜不純，對於持守理念者來說是個挑戰，卻又未嘗沒有另一番轉化理念的新可能。《半下流社

---

20 周芬伶，〈顫慄之歌——趙滋蕃小說《半下流社會》與《重生島》的流放主題與離散書寫〉，《東海中文學報》一八期（二〇〇六年七月），頁二〇四。

21 蘇偉貞，〈在路上：趙滋蕃《半下流社會》與電影改編的取徑之道〉，《成大中文學報》四五期（二〇一四年六月），頁三九一。

22 小仲馬（Alexandre Dumas, Fils）著，王力譯，《半上流社會》（*Le Demi-Monde*）（上海：商務印書館，一九三一），頁二。

23 趙滋蕃繼《半下流社會》之後，一九六九年再出版《半上流社會》，相對於前作《半下流社會》寫流落香港有識之士的堅守理想，《半上流社會》的「半上流」則沿用小仲馬式的譏諷、貶抑語境，寫「名男人、名女人和學者」如何作為「攪風攪雨的三大成員」。

會》中的「半下流」社群所採用的「半」的自我定位，正企圖把自身從香港的處境抽離出，再尋求理想的更新。南來者在香港的疏離感本是很普遍也很容易理解，猶如唐君毅〈說中華民族之花果飄零〉一文所說：「香港乃英人殖民之地，既非吾土，亦非吾民。吾與友生，皆神明華胄，夢魂雖在我神州，而肉軀竟不幸亦不得不求托庇於此。」[24]這說法帶著無可奈何的哀傷，而趙滋蕃則把南來者的消極哀傷轉化為積極的自我定位，在沒有身份的空間另行建立同人性質的社群，維繫他們的除了共同的意識形態之外，他們所聚居的地方——調景嶺也發揮重要作用。

他們所居的調景嶺原是一處暫時性居所，是香港政府為隔離「政治難民」的權宜之計，卻因其社群特徵和背後的政治原因而負載回溯歷史的意義，「半下流」社群以之為反共的精神堡壘，形成負載持守和抗衡意義的遺民空間。《半下流社會》以社群意識改換國家意識，認清離散的空間後，社群相互共勉，將不可能復現的家國，轉化為實現當下的社群意識，以激進的浪漫情懷強調社群共名，另一方面卻壓抑個性，亦要求其他社群成員如此。

由此可以解釋代表半下流社群的文章公司向外投稿的李曼，因嫉妒而離開半下流社群，離開調景嶺，以作家身份進入香港的上流社會，在小說中是如何象徵著個人理念的脆弱，而李曼後來的自殺悲劇亦象徵著脫離集體理念之後，個體無所適從的命運。在小說的最後幾章，半下流社群所居的調景嶺發生大火，趙滋蕃以平行敘述筆法，描寫李曼在豪宅自殺身亡的差不多同時，王亮的愛人潘令嫻也在調景嶺大火後傷重不治，由此而進一步凸顯個人主義的無出路，卻又同時以犧牲社群中的女性來強調社群團結的必要，在那共時發生的自殺和火災場景，作者以李曼的自殺映襯出潘令嫻的犧牲，甚至以犧牲共同陣營中的女性來激化男性集體的昂揚，蘊含著一種貶抑個人意志和個性、歌頌集體情懷的激進政治浪漫。

在小說的結尾，王亮與一眾男性在墓園作出宣言式的總結：「一代人倒下，另一代人跟上來，我們的希望還在前面！為愛，我應當活在生與死之間。活下去，以堅強的毅力，支持起我們的社會；活下去，以更猛烈的工作，來銷蝕我的生命，來填補她的悲哀」，[25]歸途上，王亮領眾人昂揚高歌，結束了全篇小說，最後作者寫道：「半下流社會中的流浪漢們，慢慢離開了這荒漠的原野，但猛烈戰鬥的序幕，卻在緩緩拉開……」，[26]半下流社會最後剩下的是「流浪漢們」，兩名女主人公雙雙身亡後，小說的結尾（在今天看來）竟帶點滑稽地，留下一眾男性在廢墟中想像新生，或昂揚地自我感覺良好。

王斑指五四知識份子以進化歷史觀喚醒社會和民眾的歷史意識，[27]趙滋蕃則以遺民空間的構建、消滅以及蘊含當中的激進政治浪漫來喚醒歷史意識。半下流社會的三件重大挫折事件——酸秀才的逝世、李曼的脫離、自殺和調景嶺大火，象徵著家國論述的式微，《半下流社會》最終以一眾男性在廢墟中的宣言和想像，強調延續社群意識的必要。五四文學以個體的自主抒發作為浪漫的表徵，《半下流社會》卻以社群意識的追尋和實踐為浪漫，李曼的個人自主追求被壓抑下來，社區

24 唐君毅，〈說中華民族之花果飄零〉，頁二一七。
25 趙滋蕃，《半下流社會》，頁二六七。
26 同前注，頁二六八。
27 參考王斑，《歷史與記憶：全球現代性的質疑》（香港：牛津大學出版社，二〇〇四），頁三一。

（調景嶺）理念以及個人對於集體的忠誠融合卻被浪漫化，《半下流社會》作為五〇年代臺灣、香港兩地「反共文學」之一支，實質上卻承續三、四〇年代左翼文藝對個人主義的批判，小說當中遺民空間的歷史意識，正以激進的政治浪漫所形成的悖論來實現。

二、《春到調景嶺》：烏托邦的追尋與失落

張一帆《春到調景嶺》與趙滋蕃《半下流社會》有共同的場景，當中的人物同樣把希望寄託於未來，不同的是，《半下流社會》的人物想像有朝一日重返家鄉，而《春到調景嶺》則有著對當時南來香港者來說更實際的心願：到臺灣定居。《半下流社會》對現實處境的改變懷著浪漫激情的烏托邦想像，《春到調景嶺》則自覺到烏托邦想像的局限，對理想主義抱持懷疑。

《春到調景嶺》故事的開端是寫主人公李志良來港後，一再寫信給在臺親友申請代辦入臺而不果，繼而輾轉暫居於調景嶺。李志良在調景嶺遇到「忠貞之士」卓文彬，「烏托邦的理想主義者」老韋、中央日報社舊同事向明中，以及曾於雙十節時冒險把一面「中國的國旗」掛到香港中環中國銀行大廈六樓窗外的胡雨時和陳方等

張一帆，《春到調景嶺》（香港：亞洲出版社，1954）。

人。[28]李志良初到調景嶺之時感覺良好、親切，居民都善良，但敘事者很快就寫到調景嶺區內的暗湧、矛盾，包括營內居民領茶領飯時的爭執打架、共黨潛伏的猜疑和恐慌，破卻了李志良初到調景嶺的烏托邦描寫。

敘事者細意敘述的是更寫實的調景嶺居住實況，除了爭執打架等事，也仔細描述調景嶺難民向臺灣呈《上總統血書》和爭取赴臺之事，對申請入臺資格和限制等等有很詳細的描述。在小說中段第十六節，李志良的難友，「忠貞之士」卓文彬終於成功獲得入臺證，成為第一批赴臺的調景嶺難民；然而大部份難民仍然赴臺無期，在十月三十一日「總統壽誕」的這一天，曾到中國銀行大廈掛旗的胡雨時遺下一封寫給總統的絕筆書後自殺身亡，信內寫道：「以我的死，請求您把聚集在調景嶺的同胞，儘速的收納到臺灣去，賦予他們反共的工作崗位。」[29]李志良傷心之餘，只想到他的死「根本不會發生什麼影響」，把容易被激情化的壯烈請求，還原為無意義。最後，小說的結局是李志良接受前往中國內地的任務，準備成為「民主世界中最前線最深入的戰士」[30]，然而小說最後的結尾不是寫李志良慷慨上路，而是不理上級同志邱瓊的冷然反對，堅持臨行前與女友話別。

《春到調景嶺》不乏明確的反共語言，卻一再喻示政治想像的虛幻，弔詭的是，政治想像虛幻

28 中國銀行大廈（Bank of China Building）位於香港中環德輔道中，一九五〇年落成啟用，樓高十七層，五〇年代初期曾作為香港最高建築物，而自一九四九年中華人民共和國成立以後，中國銀行香港分行便作為主要的中資銀行之一。

29 張一帆，《春到調景嶺》（香港：亞洲出版社，一九五四），頁一七九。

30 同前注，頁二二八。

但政治現實卻使每一個體都不由自主。在小說中段的第十五節，寫及李志良的中央日報社舊同事向明中，為生活所迫當上色情浴室的「總經理」，實際上就是當「替死鬼」，出獄後，他苦悶下憑著當替死鬼所得的薪金找妓女冰兒過夜，但二人談到向明中無處為家和離鄉背井的苦況之後，向明中熱情冷卻，結果到了明晨，冰兒問他昨天晚上「為什麼一次也不來」，向明中回答：「反攻大陸以後再『來』吧！」[31]電影學者吳昊曾引用這一段之後，提出：「作者明顯地將性（人性一部份）與政治拉在一起，精神上我們給政治毀容，肉體上我們給政治閹割，一切都變得沒有意義了。」[32]這「給政治閹割」的說法，正適當地說出《春到調景嶺》在反共語言背後的反政治意味。張一帆客觀的敘事筆調，在帶點幽默可笑的情節中，真正提出的不是嘲笑而是在政治陰影下對失去個體自主的人物的同情。

與《半下流社會》相比，《春到調景嶺》同樣以調景嶺為負載持守和抗衡意義的遺民空間，調景嶺居民的政治熱誠，包括向臺灣呈《上總統血書》的行動、嚮往和爭取前赴臺灣、到中國銀行大廈掛旗以至給總統的絕筆書等，都出於調景嶺作為遺民空間的地方本質，在更抽象的層面而言，它更帶一點烏托邦想像的意義，敘事者透過「烏托邦的理想主義者」老韋，對調景嶺曾作出烏托邦式的描述，但該特質最終被敘事者懷疑而否定。敘事者始終站在李志良較務實，也較遠離理想主義的想法，因經歷離亂，李志良尋求的是安定和認同，此所以他孜孜尋求前往臺灣，視臺為可以獲得安定和認同的所在，他的想法一方面較為務實，但其實也有他本身未預期或自覺不到的理想主義成份——認為到臺灣後就可以獲得安定和認同，其實是他的一種理想投射和烏托邦想像。

李志良尋求安定但在小說的結局，他仍無法前赴理想目的地臺灣，卻不自主地被投入另一重的政治洪流中：準備成為「民主世界中最前線最深入的戰士」；[33]李志良不自覺地流失的烏托邦想像，與眾多調景嶺居民的政治熱情，形成兩組源自調景嶺作為遺民空間的理念表徵。然而李志良始終象徵著一種較務實的位置和態度，有別於純粹的政治熱情，他的取態實是整部小說的關鍵，夾處遺民式的政治熱情與侵蝕個體自主的政治現實之間，他認同前者也曾投入前者理想的追求但也認清當中的無義和虛幻，他尋求個體的安定和認同，卻無法逃離政治現實的侵蝕，那務實而困處夾縫的處境，亦可與前文所論《半下流社會》的「半」的自我定位作為對照，《半下流社會》當中的「半下流」社群以上流和下流喻示著香港，為半下流社群所批評和拒絕，由此把自身從香港的處境抽離出；《春到調景嶺》的調景嶺作為介乎香港與臺灣之間的遺民空間，給予李志良一種烏托邦式的集體想像和氣氛，期望實現個人的安定和認同，但當期望落空之後，他那認清政治熱情和理想「根本不會發生什麼影響」的取態，或可說是一種香港式的態度：認清了政治和理想的虛幻，嘗試換以另一種較務實的取態，使他夾處遺民式的政治熱情與侵蝕個體自主的政治現實之間而無法真正抽離。《半下流社會》浪漫而激情的描寫為了強調集體意識，而《春到調景嶺》的寫實而破卻幻象的描寫則強調個人抽離於集體意識的位置，並使家國離亂帶來的痛苦和矛盾，與個人自由的追求作出對比。

31　同前注，頁一一八—一一九。
32　吳昊，〈愛恨中國：論香港的流亡文藝與電影〉，收入《香港電影的中國脈絡》（香港：市政局，一九九〇），頁二五。
33　張一帆，《春到調景嶺》，頁二二八。

三、「反反共小說」《某公館散記》

阮朗的《某公館散記》和曹聚仁的《酒店》講述另一種南來者的故事。阮朗（嚴慶澍）抗戰期間從事抗日宣傳工作，戰後曾任職於上海《大公報》，一九四七年到臺北《大公報》臺灣分館擔任業務工作，一九四九年《大公報》臺灣分館被封，阮朗自臺輾轉到達香港，任職《大公報》業務部，一九五〇年調任《新晚報》編輯。[34]

阮朗來港後，一九四九年在《大公報》連載《伏牛山恩仇記》，[35]一九五〇年十月《新晚報》創刊後，他以「本宅管事」為筆名，在《新晚報》副刊連載《某公館散記》，小說全文約八萬字，一九五一年完稿，同年由求實出版社出版單行本，書名改為《人渣》，作者署「洛風」。[36]《某公館散記》連載時已是很受注目的作品，一九五一年單行本初版出版後，五二年再版，五三年再有改名為《香港斜陽物語》的日譯本（牧浩平譯，東京：ハト書房，一九五三）面世。

《某公館散記》連載完畢後，阮朗以唐人為筆名在《新晚報》連載長篇章回體的政治歷史小說《金陵春夢》，引起更大回響，被視為五〇年

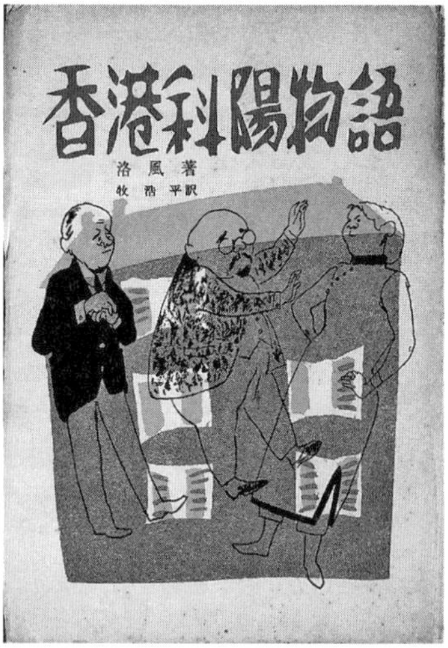

洛風著，牧浩平譯，《香港斜陽物語》（東京：ハト書房，1953）。

代「反蔣小說」的代表作，[37]其後再寫出多種類近主題的作品，包括《草山殘夢》、《蔣後主秘錄》（以今屋奎一為筆名）等。六、七〇年代，阮朗在政治歷史小說以外，以「江杏雨」、「顏開」、「陶奔」、「阮朗」等筆名發表更多反映、批判香港社會的小說，包括《海角春回》、《香港屋檐下》、《我是一棵搖錢樹》、《女大女世界》等等，此外還著有電影劇本《姊妹曲》、《華燈初上》、《血染黃金》等等。

五〇年代與阮朗同於《新晚報》擔任編輯工作的羅孚，在《某公館散記》（《人渣》）單行本的〈寫在前面〉一文介紹該書是「描寫香港部份『白華』生活的作品」，「沙皇的時代把白俄留了下

阮朗，《海角春回》（香港：上海書局，1978）。

34 阮朗生平資料參見劉以鬯，《香港文學作家傳略》（香港：市政局公共圖書館，一九九六），頁四三；另可參柳蘇，〈唐人和他的夢〉，《博益月刊》九期（一九八八年五月），頁八二—八八；呂辰，〈唐人＋阮朗＋顏開＋……＝嚴慶澍〉，《開卷月刊》總一三期（一九八〇年一月），頁一八—二一。

35 阮朗在訪問中指《伏牛山恩仇記》是他在香港發表的第一個長篇，參考呂辰，〈唐人＋阮朗＋顏開＋……＝嚴慶澍〉，頁一八。

36 洛風是阮朗在五〇年代初使用的其中一個筆名，如一九五一年二月在《大公報》連載的《在海的那邊》，署名「洛風」。

37 參考袁良駿，《香港小說史》，頁一四一—一四四。

來，蔣介石的時代留下的就是白華」。[38]理解「白華」一詞的歷史語境，是理解《某公館散記》一書的關鍵，「白華」一詞源自「白俄」，一九一七年蘇聯革命後，大批沙皇時代的俄羅斯貴族、地主、知識份子不容於蘇共，逃亡到中國特別是上海聚居，被時人稱為「白俄」。在國共內戰末期的中國大陸，已使用「白華」一詞指稱逃難中的國民政府軍公教人員和眷屬，語帶貶抑；[39]五〇年代初，自中國大陸南來香港的文人，被稱為「白華」，也有使用「白華」一詞表示自嘲，如夏濟安在〈香港——一九五〇〉一詩中的「白蟻」、「白棋」等語，據夏濟安在該詩後記透露都有暗示「白華」之自嘲意味，[40]而在羅孚〈寫在前面〉一文的語境中，也是貶抑之意；張詠梅指出，五、六〇年代香港左翼小說的反蔣宣傳，集中在對於「白華」的批判，除了阮朗《某公館散記》，還有方生〈祝捷〉、漁何〈漁村謠涛〉等。[41]

阮朗《某公館散記》即從貶抑角度，寫一名流落香港的「白華」及其家眷的故事，小說主人公是一個曾經「升到戰區司令兼省主席」的南來者（在小說中該角色來港後仍被稱為「主席」），作者以一名管家的視角為全篇小說的敘述角度，借用一個小人物（管家）的視角和口吻，著意冷冷嘲諷國民政府前官吏在港生活風氣的敗壞、荒謬以至其理念的失落。

除了「主席」本人及其家眷，阮朗在小說中段特別加插了一名從內地來港的白俄女子作故事的襯托，加強對「主席」作為「白華」的貶抑和嘲諷效果。《某公館散記》在內文用語上沒有直接使用「白華」一詞，但透過講述一名白俄女子的遭遇及「主席」的反應，暗示白俄與「白華」的共通境遇。在小說中段的「生客」一節，作者安排一個流落街頭的白俄女子，被「主席」及其親友、下屬請進室內談話，她懂中文，在「身世」一節，當問及她的丈夫，白俄女子回答：

「他到荒島墾荒去了。」

「是斯大林送去的吧？」何總經理問。

「不是，是美國人辦的國際難民救濟委員會，抗戰以後在上海有個辦事處，說是救濟國際難民，分送荒島開荒，那個機構在上海辦了兩年多，送走好幾千，百分之九十是我們白俄，我的丈夫也在裡面，但到今天沒一點兒消息。」[42]

透過白俄女子的上海生活憶述和當下流落香港街頭的處境，作者既描繪出昔日白俄的貴族階級下墜，亦預示「主席」高等遺民身份的下墜，同時表達小說的階級觀：「白俄」、「白華」作為「封建階層」的沒落。

38　史復（羅孚），〈寫在前面〉，收入洛風，《人渣》（香港：求實出版社，一九五一），頁一。

39　可參考夏君璐回憶國共內戰末期的局勢時說：「一九四九年初，我從武昌乘火車到了湖南湘潭。湘潭是毛澤東的家鄉，因而湘潭人神氣十足，瞧不起我們這些逃亡者，稱我們為『白華』（與『白俄』同比）。不久，國軍兵敗如山倒，解放軍隨時會到，我們又準備逃命。」殷夏君璐，〈序言〉，收入殷文麗編錄，《殷海光　夏君璐書信錄》（臺北：國立臺灣大學出版中心，二〇一一），頁二〇。

40　參考夏濟安，〈香港——一九五〇（附後記）〉，《文學雜誌》四卷六期（一九五八年八月）。

41　參考張詠梅，《邊緣與中心：論香港左翼小說中的「香港」（一九五〇—一九六七）》（香港：天地圖書公司，二〇〇三），頁一一一—一一三。

42　洛風（阮朗），《人渣》，頁四一。

阮朗對「白華」的貶抑自有其政治立場，而在嘲諷效果以外，小說更可觀的其實是一種反預期的敘述語言，在上述引文中，何總經理預期一個充滿驚險逃亡的情節和政治控訴的回答，卻為白俄女子否定：其丈夫下落不明不是因為蘇共迫害，而是由於「美國人辦的國際難民救濟委員會」在「救濟國際難民」的名目下被送到荒島開荒，小說針對的主要不是難民救濟的虛實，而是何總經理所預期的反共論述的理念和套式，在上述對話中被凸顯為失效、脫節。

《某公館散記》對既有的反共語言有另一番幽默的嘲諷，在「召見」一節，主人公「主席」很滿意給女兒聘請的家庭教師薛老師的教學成果，遂「召見」她，作者先寫他們「讓坐達十分鐘」，了解過她的教育方法後，主席問她南來香港的時間和住處，她都答以預期以外的答案，主席再問：

「薛小姐在北平，就在共產黨打進以後便出來了麼？」

「不是，躲過一陣子，天天啃絲糕。共產黨是要共妻的，我不敢出來，我的同學們都做了共產黨，她們說我什麼頑固啦，封建啦，拉我去開會我準不去，後來她們也不來了，我悶得慌，便到香港來了。」

「是逃出來的吧？」

「沒有逃，買車票到廣州，在羅湖過橋便到了香港。」

「在香港有什麼計劃呢？」

「等我的哥哥。」

「好吧，」主席打個呵欠站起來：「以後有什麼事情可以找我，不用客氣。」[43]

以上對話必須直接引用才能顯出作者的用意，按照當時的反共論述套路，解放軍攻佔內地城市後，人民急遽逃亡，歷經千辛萬苦抵達自由地區香港或臺灣，心中仍堅守反共復國的大計等等。小說中的「主席」本期待薛老師的反共話語，然而沉悶保守的薛老師只一再報以反預期也「反『反共』」的回答，沒有驚險的逃亡、沒有政治控訴和反共口號，失去興趣的主席最後「打個呵欠」結束對話，由此凸顯想當然式的某種反共論述的滑稽荒謬，作者的處理不同於對峙對罵式或針鋒相對的思維，而是使用調侃的語調，旨在破卻陳舊的反共論述，揭破幻象。

作者揭破幻象的取態也見於對「主席」之子（即故事中的「二少爺」）的描述，「二少爺」作為反共理念持守者的第二代，某程度上也是一種源自內地的文化在香港承傳的象徵，但該種承傳竟也包括對四九年以前敗壞風氣的延續，而主席在香港辦報及家人參與的諸種行為，在「二少爺」法眼底下，表面動聽的原因被一一揭穿：辦報並非為文化事業或反共，真正目的原只是為了炒賣黃金、當明星、出風頭等等不純粹的私念。遺民的文化理想，由是也被還原為實際生活現實的糾葛——當然這並非所有南來者的現象，這小說呈現的是一種「公館式」的遺民，凸顯其間可能的偽假、異化和敗壞，也是這小說「反『反共』」之所在。

如果將阮朗《某公館散記》與趙滋蕃《半下流社會》、張一帆《春到調景嶺》並讀，《某公館散記》在嘲諷的敘述角度以外，更特別地方在於提供不一樣的「遺民」故事。「遺民」在這小說中不再象徵家國意識理念的堅持和忠貞，卻是生活的瑣碎和敗壞，由此帶出真正的遺民的失落，暗暗

43　洛風（阮朗），《人渣》，頁二二二—二二三。

提出政局的變化非源於外力，而是一種源自本身、內部的理念異化和失落。

本文前面提及，「反共文學」曾被批評為「公式化」、「口號化」以至流於「反共八股」，主題取向以至創作手法上離不開固定、公式化的套路，主要原因是「反共文學」本因應國民黨的反共文藝政策而受到倡導，內容因配合政策所需而離不開固定套路。[44] 觀乎阮朗《某公館散記》，特別把它置於香港五〇年代初期，左右派政治陣營對壘以及冷戰模式意識形態對立的脈絡中，在左派報紙發表的《某公館散記》，固然有與當時反共文學「對陣作戰」的意圖，以至後來的中國內地學者視為「反蔣」小說代表之一，但它的關鍵特質並不在於「反蔣」，而是針對既有的反共語言、論述、思維本身的陳腐，阮朗早就意識到「反共八股」的套路，在「反共文學」被批評為「反共八股」之先，已從創作上，透過另一種小說筆法凸顯反共語言的公式化套路，達到諷刺和批評的效果，可稱為一種「反『反共』小說」。

《某公館散記》論述另一種遺民書寫，或另一種對遺民意識作批判的後遺民書寫，作者所聚焦的空間：「公館」某方面延續了內地的生活模式，也可說是另一種遺民空間，然而一種反預期的語言，也就是一種在「主席」預期以外的語言，使前空間的意義被取消，有點類近於前述《春到調景嶺》中李志良那「根本不會發生什麼影響」的取態，《某公館散記》的反預期故事安排也可說是一種香港式的態度：認清政治語言的虛幻，嘗試換以另一種取態，由此或也可以說，作者實際上是以一種香港式的態度，消解固有的反共語言。

四、《酒店》的烏托邦想像

曹聚仁在抗戰時期當過戰地記者，一九五〇年從上海來到香港，雖然名義上是為了新聞採訪工作，但他談及自己的南來香港是「一種不可解消的矛盾」，又說：「我對於中共政權，一半是留戀，一半是旁觀」、「我也如屈原一樣，睠懷反顧，依依而不忍去，然而我終於成行了，這也是我心理上的矛盾」，[45]他一再強調矛盾，也呈現矛盾，曹聚仁對政治意識形態的游離和矛盾心態，貫徹於他離開中國內地以後的生活，也反映在他的作品當中。他到港後的言論不時涉及現實政治的觀察和評論，試圖在左右翼兩種陣營之間保持中立，卻兩面不討好，例如一九五〇年在香港《星島日報》連載的文章〈南來篇〉，就引起

曹聚仁，《採訪新記》（香港：創墾出版社，1956）。

44 可參陳芳明，《臺灣新文學史》（上冊）第十一章，〈反共文學的形成及其發展〉，見該書（臺北：聯經出版事業公司，二〇一一），頁二六四—八五。

45 曹聚仁，《採訪新記》（香港：創墾出版社，一九五六），頁三—四。

兩方陣營同時向他抨擊，使文化界留下深刻印象。[46]

也許正基於曹聚仁對政治意識形態的中立、游離和矛盾，使他於現實政治以外，寄託理想於烏托邦想像。一九五二年，曹聚仁在《星島日報》發表連載小說《酒店》，既不反共，也不「反反共」；寫南來者，卻把目光從《半下流社會》、《春到調景嶺》和《某公館散記》所注視的知識份子、忠貞之士、前官員，移到一眾舞小姐當中，特別細寫一名前官員之女，流落香港當上舞小姐的故事，由此而表達了本文所論四部小說中最正面而具體的政治想像和消弭對立的願望或烏托邦想像。

《酒店》敘事者在〈前記〉把故事聚焦的空間——舞場、夜總會的興旺與時代轉折因素聯繫：「自從大陸舊政權崩潰，游資百川匯海，造成了香港的畸形繁榮；這其間，玩意兒很多，舞業也是獨秀的一枝」，[47]而故事的主要人物黃明中、白璐珊都是從內地流落到香港，黃明中原是南京中央銀行會計長的千金，其父在「解放前夕，國民政府南遷，奉命押卷赴穗工作」，[48]卻不幸死於空難，黃明中與母親於離亂之際逃到香港，住進貧民區，母親貧病交迫下，黃明中被迫當上舞小姐。

小說的前半部就在這帶點「老套」的故事基礎上展開，黃明中其後由純潔的受害人變質成害人者，作者由此也透過其他由中國內地逃難來港的舞小姐，描寫另一階層南來者的命運以至心目中的烏托邦。在小說中段，另一位年輕舞小姐白璐珊想像天花板打開後，她與愛人志傑飛到天邊的小島上，她說：

「那兒，誰也沒聽過『戰爭』、『鬥爭』、『矛盾』、『仇恨』，這一類字眼，男男女女，親親愛愛，從來不會你殺我，我殺你，搶來奪去。那兒呀，大家說真話，用不著宣傳，沒有口號，也不貼標語！嗳，那個島上，沒有警察，大家都是老百姓，沒有什麼官員！大家不知道錢是什麼東西！」

他看著她，嘻嘻地笑了，「我的天使呀，那是烏托邦呀！」

「不，我的爸爸說，蓬萊仙島上就是過這樣快樂的日子的，我的爸爸說，世界上的事，就是給政治野心家搞壞了的！」[49]

作者寫作本段時，也自覺白璐珊的想像在現實上不可能實現，故以志傑的口提出這是一種「烏托邦」，然而白璐珊堅持她的理想主義，甚至近乎無政府主義者的理想，作者其實頗站在白璐珊的立場，「世界上的事，就是給政治野心家搞壞了的！」一語，某程度上可說是曹聚仁本人不滿於現實政治的反映，而一個超越政治現實糾葛的烏托邦，正是作者心目中的理想追求。相對於《春到調景嶺》初段對調景嶺作出的烏托邦描述，困處不理想的環境中，白璐珊的烏托邦想像反而更為具體，具明確的圖景和主張：「那兒呀，大家說真話，用不著宣傳，沒有口號，也不貼標語」，當中實在也是曹聚仁本人的烏托邦政治思想的反映。

46　參考羅孚，〈曹聚仁在香港的日子〉，收入絲韋編，《絲韋卷》（香港：三聯書店，一九九二），頁二二〇—二二一。

47　曹聚仁，《酒店》（香港：現代書店，一九五二），無頁碼（〈前記〉頁五）。

48　同前注，頁二九。

49　同前注，頁一二七—一二八。

白璐珊的烏托邦美好圖景，正好與她來港後的實際經歷相反；在整部《酒店》的故事中，現實和想像有更巨大的矛盾，部份源自遺民眼中的空間差異，正如另一個從中國內地逃到香港再到了澳門的家庭對異地的觀感：「這是中國的地方，卻又不是中國的地方；眼前滿是中國人，可又不十分像是中國人；這是什麼都有的地方，這是什麼都沒有的地方」，[50]曹聚仁在該段借用狄更斯（Charles Dickens, 1812-1870）名著《雙城記》（*A Tale of Two Cities*）的筆法，描述南來者對殖民地的印象是「這是中國的地方，卻又不是中國的地方」，提出了身份認同的矛盾，特別透過「這是什麼都有的地方，這是什麼都沒有的地方」一語，建基於對香港混雜性的觀察，認清了殖民地人民（包括香港和澳門）的夾縫處境，徘徊在種種包括國族認同、本土歸屬和安穩生活的「有」和「沒有」之間：「這是什麼都有的地方，這是什麼都沒有的地方」，正是這種對「有」和「沒有」的矛盾呈現，使《酒店》不屬於反共小說，也抽離了左右派政治意識形態對立的立場，似乎提供了一種較為純粹的文藝觀，但其政治態度恰好在於其抽離政治意識形態對立的空間，作者透過具體明確的烏托邦想像和對殖民地人民夾縫處境的認清，仍然表達了一種政治態度。

在小說的結尾，黃明中進了瘋人院，曾被她所害的白璐珊卻無私照顧黃明中的母親，使恩怨撫平，消弭了人倫的對立，既喻示了作者破卻左右派對立的政治理想，也為那一整代被邊緣化的、流落於殖民地香港的「遺民」還以更人性化的位置。《酒店》中的一位一位因飽歷磨難而變質或更堅忍的女性：黃明中、白璐珊，就好像一整代流落香港的「遺民」，在異質和矛盾的夾縫空間中，忍受個人苦難，認清矛盾之所在，思考身份，消弭對立，寄託願望於烏托邦，可說是曹聚仁本人的政治想像。在本文所論的四部小說中，「非政治化」的《酒店》，反而提出了最樂觀也最具體的政治想像，卻又在五〇年代冷戰局面下的殖民地香港諸種文學聲音當中，格外顯得虛幻。

結語：另一種文化轉折

一九五〇年代，大量內地文人移居香港，因應政治局勢和個人理念，創作具政治意識形態取向的小說，包括被後來的文學史論述稱為「反共小說」或「難民文學」的趙滋蕃《半下流社會》、張一帆《春到調景嶺》等作品，以及被稱為「反蔣小說」的阮朗《某公館散記》和取態調和的曹聚仁《酒店》。這四部講述南來者生活空間的小說，前兩部以調景嶺作為南來者持守源自內地的固有理念、抗衡異化的象徵，後兩部以公館和酒店喻示南來者所處空間的不穩及其理念的失落。兩組小說描述了兩種遺民空間，指向五〇年代南來者思想理念和生活現實的兩面，四部小說透過南來者的夾縫處境和遺民意識，賦予香港特殊的「遺民空間」政治隱喻，更在政治意識形態鬥爭的配合和呈現以外，進而反思、深化以至對政治話語作出審視和批評。

對五〇年代懷抱反共意識形態的南來者來說，香港是一個斷裂的、暫時的空間，他們把希望寄託於將來某天終可返回家鄉，重建昔日美好家園，南來者的時間觀其實把將來的希望等同於過去的復現，以「返回」作為前景，復以「返回」喚醒歷史意識，在「反共」的前提下，對現實處境和國族命運作出反思，提出他們一代人的社群理念（包括珍視五四傳統，即使五四傳統在《半下流社會》

50 同前注，頁一五七。

中是以潦倒的「酸秀才」形象出現，但他仍受到社群的尊重）；那既現實又虛幻的理想烏托邦，把他們擺蕩於過去與未來之間，當中的時間斷裂，正是王德威所提出後遺民寫作的現代性矛盾。

《春到調景嶺》也是一個有關時間斷裂的故事：一眾人物都有特定的回歸目標——到臺灣定居，卻一再被拒。調景嶺作為理想凝聚——也同時是停止——的遺民空間，這凝聚又停止的空間也就是香港：一個滯留的空間，一整代人的時間意義被停止、被取消。即使暫時遺忘政治，個人情慾因回想公共政治而自我取消：「反攻大陸以後再『來』吧！」但由於「反攻大陸」之近乎不可能，個人情慾的挫敗再回頭引申向政治的挫敗。《春到調景嶺》在表面美好的標題背後，真正的意旨卻是四部小說中最消沉的：《春到調景嶺》是一個有關時間斷裂的故事，也是一種理想幻滅的敘事、反烏托邦的敘事。

《半下流社會》與《春到調景嶺》講述同一空間下的故事，同樣是一種反共小說，但二書的實際情調幾乎完全相反。《春到調景嶺》中李志良那「根本不會發生什麼影響」的取態，是一種對現實政治的認清，但也不無犬儒的成份，相對之下，《半下流社會》的態度明確得多，而其取自香港南來者夾縫處境的「半」的取態，反而成為拒絕被香港同化的定位。

《酒店》抽離了左右派政治意識形態對立的立場，卻以人倫關係喻示政治的鬥爭和作者對消弭恩怨的期望；透過「非政治」的烏托邦想像，表達更具體的政治願望。作者的理想主義和人道精神，近似於立場明顯的《半下流社會》而比之更形深刻。《某公館散記》以反預期的手法作「反反共」的論述，要比對峙式或針鋒相對的思維高明得多，其揭破幻象的取態也使它超越了「反蔣小說」的概念。

阮朗《某公館散記》對遺民的既定政治話語和預期予以嘲諷，凸顯其虛妄和落空；有別於作者另一小說《金陵春夢》針對特定人物，《某公館散記》針對的不是「主席」或個別人物，而是針對「主席」作為一種「遺民」背後的反共政治話語和預期，凸顯遺民所依存的空間和理念之不可靠，表達另一方向的政治訊息，此所以本文在既有的「反蔣小說」概念以外，稱《某公館散記》為「反『反共』」小說。《某公館散記》在阮朗諸作中的獨特性，在於把具國民黨背景人物置於香港現實處境，以諷刺、負面筆法描寫，因而與差不多同時代（五〇年代初期）的《半下流社會》、《春到調景嶺》、《酒店》幾篇作品以及五〇年代香港難民或遺民處境作對話，而《某公館散記》的「反反共」傾向，在其特定的諷刺、批判「反共文學」既定語言和思維以外，其實也在某程度上，與《半下流社會》、《春到調景嶺》、《酒店》諸作，共同地呈現五〇年代香港在左右派政治意識形態二元對立層面以外的矛盾。

典型的政治話語強調二元對立，五〇年代尤其受冷戰思維影響，不同的政治陣營總以己方為正義，彼方為邪惡，處身其間的作家難免也參與、配合種種二元對立語言；但具省察力的作家也試圖作出個人角度的反思，呈現種種既定思維本身的矛盾，其間，他們所處身、所深思觀察的現實空間也許正作為關鍵——在歷史時刻的轉折中，夾處新舊時代之間，引致階級身份向下流動、政治理念備受衝擊的「遺民空間」，源自上層政治體制的二元對立意識形態，在劍拔弩張的詞彙背後顯得有點虛弱。

五〇年代的香港作家自發地尋求對於典型論調的反思，《某公館散記》自「遺民」陣營之外旁觀批判，《半下流社會》與《春到調景嶺》則在陣營內對既有觀念提出異見，《春到調景嶺》不忘呈現理想空間中的異質一面，有針對外在「敵對」陣營的反共論調，卻亦有針對反共陣營內部的血書式控訴，甚至指出該控訴的徒勞，《春到調景嶺》在表面昂揚的政治圖景背後，卻拒絕美化、浪漫化遺民空間，可說是一種耐人尋味的、甚具異質性的「反共小說」，大大超出了反共文藝體制對反共論述的預期；《酒店》有意較抽離地在第三種立場的位置寄託政治理想，作者不站在左右派政治對壘中的任何一方，卻批評「政治野心家」為世界帶來「戰爭、鬥爭、矛盾、仇恨」；以上種種不同角度、取向的反思，對典型論調質疑，一再挑戰二元對立語言的必然性和權威性，指出其無效，期待新的觀察，由此而在五〇年代促成了另一種文化轉折。

如果將五〇年代的香港小說與四〇年代末的左翼論述結合來看，五〇年代香港小說其實也是前一階段的「轉折」的替代和延伸，如果前一階段「轉折」的特徵是對政治意識形態鬥爭的配合和呈現，那麼後一階段的「轉折」則是在配合和呈現以外，也進而反思、深化以至對政治話語作出審視和批評，並從個人角度引申與懷鄉和精神壓抑相關的抒情。相對於四〇年代末左翼文論透過文學為政治服務和美化大眾的思想作為當代文學的轉折，五〇年代的香港小說則透過南來者的夾縫處境以及「遺民空間」的政治隱喻，以至一再超出典型論調的預期，而促成戰後香港文學的另一種文化轉折。

從香港文學史的發展來看，五〇年代的「轉折」也對後來的本土性發展有更深遠影響；四〇年代末左翼論述的影響因作者北返、刊物停辦以及香港政府著意打壓而減退，五〇年代的南來者帶來另一種創作意識，當中固然包括因應冷戰局勢而勃興的反共小說，但當中也包括對香港本土現象——其實就是南來者在港的經歷和矛盾、文化衝擊和作者個人思想上的壓抑和鄉愁，有著充足發揮，並且更針對定型論調作出反思，對日後的香港文學，有更具延續性的影響。

第二部

一九五、六〇年代：懷鄉、離散與新語言

第五章
失落的鳥語
——徐訏來港初期小說

引言

四、五〇年代之交，是大變動的時代，也是意識形態分歧的時代，有歌頌新生，也有哀痛斷裂；有北上和留守的人民迎接解放，也有大量人民告別家園和親人，流徙往臺灣或香港。五〇年代從內地到香港的作家，部份抱持對新時代的熱情，例如何達在〈學詩四十五年〉所說：「五〇年代，是令人振奮的年代。在那個年代裡，一個人真是覺得混身是勁。從早晨到早晨，都洋溢著新生的熱情。」[1]何達一九四九年來港，他的詩作〈我的感情激動了〉反映出對新時代的熱情：

1　何達，〈學詩四十五年〉，收入尹肇池編，《何達詩選》（香港：文學與美術出版社，一九七六），頁一五八。按：「從早

像工廠一樣
我冒煙了
我發電了
我創作了
我快樂了
我的力量被解放了
我是一個自由的公民了[2]

何達以工廠的冒煙、發電來形容自己在新時代的創作，原因是新中國即將成立使他感到被解放而得以自由。何達的熱情當然具一定代表性，但同時亦有另一種意識傾向的寫作，強調經驗和文化的斷裂，如徐訏寫於一九五三年的〈原野的理想〉一詩，以黯淡、消沉的語言，視香港為磨滅理想的所在：

但如今我流落在污穢的鬧市，
陽光裡飛揚著灰塵，
垃圾混合著純潔的泥土，
花不再鮮豔，草不再青。

尹肇池編，《何達詩選》（香港：文學與美術出版社，1976）。

海水裡漂浮著死屍，
山谷中蕩漾著酒肉的臭腥，
潺潺的溪流都是怨艾，
多少的鳥語也不帶歡欣。

茶座上是庸俗的笑語，
市上傳聞著漲落的黃金，
戲院裡都是低級的影片，
街頭擁擠著廉價的愛情。

此地已無原野的理想，
醉城裡我為何獨醒，
三更後萬家的燈火已滅，
何人在留意月兒的光明。[3]

徐訏，《時間的去處》（香港：亞洲出版社，1958）。

晨到早晨」是何達一九五〇年在香港《大公報・文藝》發表的一首詩的題目。

2　何達，〈我的感情激動了〉，《文匯報・文藝周刊》，一九四九年三月十日。

3　徐訏，〈原野的理想〉，《時間的去處》（香港：亞洲出版社，一九五八），頁一一八。

作者筆下的「此地」即香港，而此地在現實上並非沒有花草和鳥語，卻遠非作者所能認同的模樣，故重點不在於現實景觀，而是作者在觀念上的疏離，使他無法認同「此地」，因而茶座上只見「庸俗」的笑語，戲院裡的影片都「低級」，甚至他人的愛情盡皆「廉價」，把心目中充滿異質的都市「再異質化」。[4]

作為五〇年代一輩的南來作家，不認同香港實屬正常而普遍，值得思考的是，在徐訏的詩和小說裡，香港不單作為否定的符號，也在其漫長的香港創作過程中，作為一種文化轉折的符號，一種堅守而不願割棄的上海文化氣質，與香港性的衝撞，是其香港時期作品在傳奇式的故事以外，最可堪思索的觀念。

〈原野的理想〉有「多少的鳥語也不帶歡欣」一語，鳥語的變異和失落的意象，也一再見於徐訏香港時期的詩歌和小說中，徐訏以此象徵文化的斷裂和失效，在其作品中，流落香港的上海人有如患上失語症，在觀念和現實上都難以和香港的本土溝通，更談不上認同。然而徐訏的小說不是一種文化差異或移民者無法適應新生活的故事，真正的意義在於拒絕認同、拒絕被香港化、拒絕馴化，凸顯其堅守上海文化的孤高。

正如本書〈導論一：本土及其背面〉所言，本土性不只是對本土的認同，也包括對本土的批評和否定；徐訏以其堅守和拒絕，道出五〇年代的純粹觀念世界的失落、磨損和斷裂，對應出另一種本土的回應。以下擬回頭追溯徐訏從上海來港前後的時空，以其來港初期的小說《爐火》、《鳥語》、《癡心井》和《過客》，談論其拒絕認同也拒絕被香港化的意義。

一、從上海到香港的轉折

一九四六年八月，徐訏結束接近兩年間《掃蕩報》駐美特派員的工作，從美國返回中國，直至一九五〇年中離開上海奔赴香港，在這接近四年的歲月中，他雖然沒有寫出像《鬼戀》和《風蕭蕭》這樣轟動一時的作品，卻是他整理和再版個人著作的豐收期，他首先把《風蕭蕭》交給由劉以鬯及其兄長新近創辦起來的懷正文化社出版，據劉以鬯回憶，該書出版後，「相當暢銷，不足一年（從一九四六年十月一日至一九四七年九月一日），印了三版」，[5]其後再由懷正文化社或夜窗書屋初版或再版了《阿刺伯海的女神》（一九四六年初版）、《烟圈》（一九四六年初版）、《蛇衣集》（一九四八年初版）、《幻覺》（一九四八年初版）、《四十詩綜》（一九四八年初版）、《兄

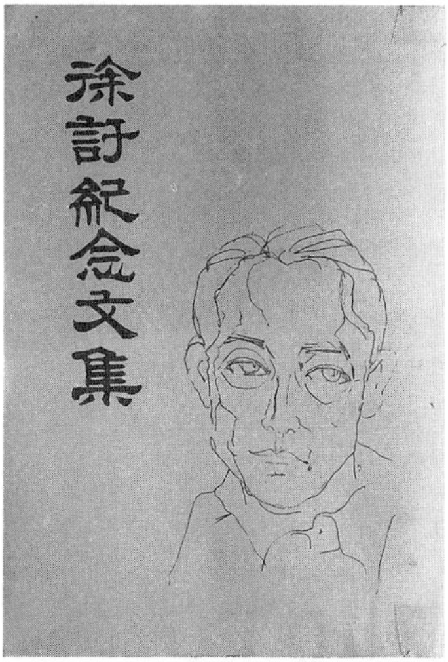

徐訏紀念文集籌委會編，《徐訏紀念文集》（香港：香港浸會學院中國語文學會，1981）。

4 參見本書第六章，〈懷鄉與否定的依歸——徐訏和力匡〉一文。

5 劉以鬯，〈憶徐訏〉，收入《徐訏紀念文集》（香港：香港浸會學院中國語文學會，一九八一），頁三〇。

弟》（一九四七年再版）、《母親的肖像》（一九四七年再版）、《生與死》（一九四七年再版）、《春韮集》（一九四七年再版）、《一家》（一九四七年再版）、《海外的鱗爪》（一九四七年再版）、《舊神》（一九四七年再版）、《成人的童話》（一九四七年再版）、《西流集》（一九四七年再版）、《潮來的時候》（一九四八年再版）、《黃浦江頭的夜月》（一九四八年再版）、《吉布賽的誘惑》（一九四九年再版）、《婚事》（一九四九年再版），[6]粗略統計從一九四六至一九四九年這三年間，徐訏在上海出版和再版的著作達三十多種，成果可算豐盛。

《風蕭蕭》早於一九四三年在重慶《掃蕩報》連載時已深受讀者歡迎，一九四四年首次結集成單行本出版，一九四六年再由懷正文化社出版，沈寂的回憶提及當時讀者對這書的期待：「這部長篇在內地早已是暢銷一時的名著，可是淪陷區的讀者還是難得一見，也是早已企盼的文學作品」，[7]當劉以鬯及其兄長創辦懷正文化社，就以《風蕭蕭》為首部出版物，十分重視這書，該社創辦時發給同業的信上，即頗為詳細地介紹《風蕭蕭》，作為重點出版物。徐訏有一段時期寄住在懷正文化社的宿舍，與社內職員及其他作家過從甚密，直至一九四八年間，國共內戰愈轉劇烈，幣值急跌，金融陷於崩潰，不單懷正文化社結束業務，其他出版社也無法生存，徐訏這階段整理和再版個人著作的工作，無法避免遭遇現實上的挫折。

然而更內在的打擊是一九四八至四九年間，主流左翼文論對被視為「自由主義作家」或「小資產階級作家」的批判，一九四八年三月，郭沫若在香港出版的《大眾文藝叢刊》第一輯發表〈斥反動文藝〉，把他心目中的「反動作家」分為「紅黃藍白黑」五種逐一批判，點名批評了沈從文、蕭乾和朱光潛。該刊同期另有邵荃麟〈對於當前文藝運動的意見──檢討．批判．和今後的方向〉一文重中對知識份子更嚴厲的要求，包括「思想改造」。雖然徐訏不像沈從文般受到即時的打擊，但也逐漸意識到主流文壇已難以容納他，如沈寂所言：「自後，上海一些左傾的報紙開始對他批評。他無動於衷，直至解放，輿論對他公開指責。稱《風蕭蕭》歌頌特務。他也不辯論，知道自己不可能再在上海逗留，上海也不會再允許他曾從事一輩子的寫作，就捨別妻女，離開上海到香港。」[8]一九四九年五月二十七日，解放軍開入上海，中共成立新的上海市人民政府，徐訏仍留在上海，差不多一年後，終於不得不結束這階段的工作，在不自願的情況下離開，從此一去不返。

一九四九年十月一日，中華人民共和國在北京宣告成立，前此數月，同年的五月二十七日，上海已解放，開始其「新民主主義建設」的時期。上海的解放被陣營內部視為半封建半殖民時代的告終，「是馬列主義與中國實際相結合的偉大勝利，是毛澤東思想的偉大勝利。它宣告了帝國主義、封建主義、官僚資本主義的『冒險家樂園』的滅亡」。[9]陣營內部當然視上海的解放為勝利，但在陣營以外則被視為一種陷落，原有的租界式生活被徹底清洗，賽馬場變作營房，到處掛上毛澤東和

6　以上各書之初版及再版年份資料是據賈植芳、俞元桂主編，《中國現代文學總書目》（福州：福建教育出版社，一九九三）、北京圖書館編，《民國時期總書目一九一一—一九四九》（北京：書目文獻出版社，一九八六）。

7　沈寂，〈百年人生風雨路——記徐訏〉，收入《徐訏先生誕辰一百週年紀念文選》（上海：上海社會科學院出版社，二〇〇八），頁二一。

8　同前注，頁三。

9　中國人民政治協商會議上海市委員會文史資料工作委員會編，《上海解放三十五週年：文史資料紀念專輯》（上海：上海人民出版社，一九八四），頁一。

周恩來的巨幅畫像，「幾乎所有舞場都被封，城裡的女子被集中起來，送到罐頭廠或紡織廠裡工作……這看來不可能，但上海確已變得幽暗乏味」，[10]解放陣營內部視他們所解放的是一個落後而有待改造的城市：「我們當時從反動派手中接管的是一個生產落後、畸型發展的舊上海，改造的任務十分艱鉅。」[11]陣營以外的觀點則指出，缺乏管理大城市經驗的中共官員最後促使外資大量撤走，人員離散，使上海由先進走向落後。[12]上海文壇亦出現大變動，原居上海的作家，部份在一九四九年七月的中華全國文學藝術工作者代表大會（首屆文代會）之後，即使按其本人意願為返回上海，卻被留在北京或被派往其他省市工作，包括茅盾、郭沫若、鄭振鐸、葉聖陶、阿英、洪深、田漢等人；[13]而另一部份，則於上海解放前後離開，東渡臺灣或南下香港，許多人從此一去不回。

這時期從上海來港的作家有劉以鬯（一九四八年來港）、姚克（一九四八年來港）、徐訏（一九五〇年來港）、曹聚仁（一九五〇年來港）、易文（楊彥歧，一九五〇年來港）、易君左（易家鉞，一九四九年底從上海赴臺灣，次年到香港）、馬朗（馬博良，一九五一年來港）等；其他從內地來港的作家尚有司馬長風（一九四九年來港）、徐速（一九五〇年來港）、南郭（林適存，一九五〇年來港）、趙滋蕃（一九五〇年來港）、李輝英（一九五〇年來港）等。他們大部份繼續從事新聞、教育、出版和電影等文化領域的工作，也因應冷戰局勢促成香港五、六〇年代報刊興盛的局面，在一段時期裡成為一名賣文者，大量生產自己願意或不願意寫的作品。他們徘徊在商業化生產和純文學創作之間，也由於環境突變、生活困境和現實與理想的衝突，一如劉以鬯所指，「這批新來的文化人多數不能將克服險阻的力量集中起來，空虛，失落，精神苦悶到極點」。[14]

徐訏在新中國政府管治下的上海居住了一年，約於一九五〇年的五、六月間從上海來到香港，據說他是從陸路，經廣州乘九廣鐵路來港的。[15]當徐訏步出九龍火車總站的一刻，他大概未能想像到，他會在這土地終老，這其實也是無數時代轉折中的流離者之共同命運，然而在這集體的共同當中，徐訏未能預想的更特殊命運，是他將會在香港寫出比內地時期數量更多、內容也更深沉的詩和小說。

二、開筆於上海而在香港完成的《爐火》

徐訏一九五〇年來港之初一度寄住在朋友家中，這段時期他未有正式的工作，主要靠稿費維持生活，一九五〇至五一年這短短一年間，已先後在《星島晚報》及《星島日報》發表〈期待曲〉、〈鳥語〉、〈筆名〉、〈爐火〉、〈結局〉、〈有后〉、〈百靈樹〉、〈星期日〉、〈秘密〉、〈癡心井〉、〈一九四零級〉、〈彼岸〉、〈劫賊〉、〈私奔〉、〈爸爸〉、〈殺妻者〉、〈傳統〉、〈舞女〉、〈壞事〉、〈無

---

10 Noël Barber, *The Fall of Shanghai* (New York: Coward, McCann & Geoghegan, 1979), pp. 173-74.

11 中國人民政治協商會議上海市委員會文史資料工作委員會編，《上海解放三十五週年》，頁二二一。

12 Noël Barber. *The Fall of Shanghai*, pp. 174-75.

13 參考王文英編，《上海現代文學史》（上海：上海人民出版社，一九九九），頁四二二。

14 劉以鬯，〈五〇年代初期的香港文學〉，《劉以鬯卷》（香港：三聯書店，一九九一），頁三六一。

15 一說坐火車往深圳再轉赴香港。見王一心，〈徐訏的上海夫人及其女兒〉，《香港筆薈》八期（一九九六年六月），頁一七九—八三。

題〉、〈凶訊〉等二十多篇小說，一方面未有固定工作，以寫作賺取稿費，另一方面也好好整理動盪的生活和思緒，透過他來港初期的小說，特別可見他著意處理從上海到香港的這段經驗，當中絕不單純是地理和景觀上的變化，更多的是觀念和文化上的差異、矛盾和衝突。

這些作品大部份是在香港所寫，也有部份開筆於內地而在香港完篇，故事的場景也有共同性，許多都是首先也主要發生在內地，而最終結束在香港。主題大都圍繞愛情的失落、理想的幻滅，而把故事結束在香港，也暗含視香港的流離為理想斷裂的象徵。如〈期待曲〉和〈爐火〉的故事場景都是內地，其後徐訏在香港所寫的作品中，香港場景也很快進入了作品，而且香港不單作為景觀，也附帶更多由經驗斷裂而引發的感傷，在〈鳥語〉和〈過客〉等篇的南來者角色眼中，香港不單是一塊異質的土地，也是一片理想的墓場、一切失意的觸媒。

徐訏，《爐火》（香港：亞洲出版社，1957）。

徐訏曾提及一九四七、四八年在上海時，星島報社已託人向他約稿，但他因事忙未有供稿。[16]直至五〇年中來港後，徐訏開始於《星島日報》和《星島晚報》上發表多篇作品，六月起在《星島晚報》連載的〈期待曲〉，相信是最早一篇，本是徐訏在內地寫成的作品；而緊接發表的〈爐火〉則具過渡意義，稿件開筆於上海，最後在香港完成。〈爐火〉在《星島晚報》連載時，至結尾，徐訏署寫作日期為「一九五〇・六・七，夜三時於香港」，及後，〈爐火〉於一九五二年出版單行本時，篇末寫作日期刪去，增入一篇〈後記〉，談及〈爐火〉由上海開筆至香港脫稿的過程：「大概先在上海，後來因為一直患目疾，生活得不安，就擱了下來。此後在轟炸中的寧波，在騷動中的鄉村，最後在香港，直到一九五〇年六月八日晨三時方才脫稿。」[17]

從開筆至終篇，《爐火》的寫作本身就是一個離亂的故事：「在騷動中的鄉村，最後在香港」，而離亂更始於重慶時期，徐訏在〈後記〉篇末提及《爐火》的故事輪廓，在重慶時已有腹稿，當時曾向一位朋友講述過：「我還把這輪廓同E. T.在重慶的心心茶座上講過，現在想起來，E. T.當是第一個聽我講這個故事輪廓的人，所以我謹以這本書紀念E. T.。」[18]《爐火》講述一位畫家追尋純境和愛的故事，這篇構思腹稿於重慶、開筆於上海、終篇於香港的故事，是如何結束的？畫家最終把愛人的畫像投進火爐，然後把其他畫作投進火中，再把已燃著的畫幅拋到屋內其他畫堆上：「他癡望著火蔓延著，煙捲著，一跳一跳的都變成了火光，變成光明。光明在他的前面，光明蔓延到他的身後；光明蔓延到他的腳下，光明蔓延到他的頭上，世界浴在光明裡。」[19]那自毀、憤怒，幻作美麗、超越，離亂摧毀了純境，《爐火》那近乎絕望、自棄而又意境高絕的終筆，它的悲劇性和內在的感

16　徐訏，〈無題〉，《星島晚報》，一九五一年八月一日。
17　徐訏，〈後記〉，《爐火》（香港：亞洲出版社，一九五七），頁一九一。
18　同前注，頁一九一。
19　徐訏，《爐火》，頁一八九。

傷，也許仍不及徐訏在〈後記〉中的一語：「我還把這輪廓同E. T.在重慶的心心茶座上講過……」

三、雙重失落：《鳥語》和《癡心井》

在徐訏來港初期的作品中，常見他流露理想幻滅和失落的感傷，而值得細讀的更是那表現感傷失落的方式：將香港對比於上海，當中暗含對香港磨滅理想的批評，強調滬港兩地在觀念和文化上的差異、矛盾和衝突，一九五〇年的《鳥語》以「失語」道出一個流落香港的上海文化人的「雙重失落」，而在《癡心井》的終末則提出香港作為上海的重像，形似卻已毫無意義。

《鳥語》的主角是一位患上精神衰弱的詩人，也是小說的敘事者，故事開篇講述他到鄉村養病，遇上似懂鳥語的少女。少女的行事被詩人外祖母稱為「白癡」（從今天看應只是自閉症或輕度弱智），敘事者一度想向她講授書本知識，但不成功，少女的溝通、感悟和智慧來自大自然，敘事者最終放棄既定的啟蒙模式，也等於接受也轉換另一種溝通語言，由是詩人與少女開始接近，而與外界益發疏離。

小說中段寫少女與林中雀鳥溝通時，寫得最為流麗動人，那「鳥語」也寄託著一種失落的感

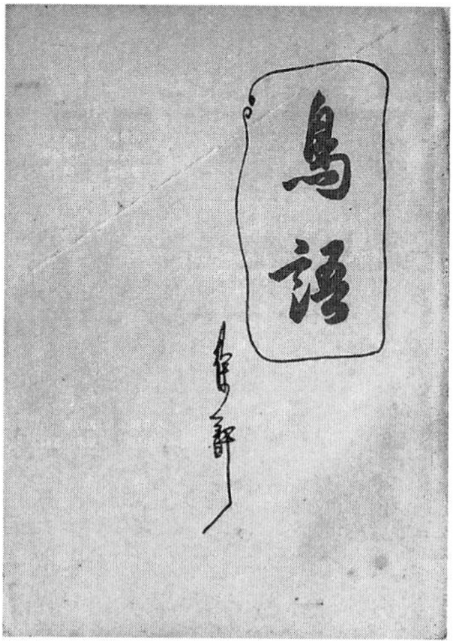

徐訏，《鳥語》（香港：亞洲出版社，1958）。

知、失落的語言、文化素質和理想，而本為創造語言的詩人敘事者反而患上「失語」，敘事者在向少女試圖啟蒙的過程中，透過那「鳥語」而得以自我開悟，而真正接近了詩。在這部份，《鳥語》引申出有關詩歌、語言和溝通的思考，但小說在臨近結束時還有更深沉的指向，與香港有關，敘事者最終再次失語，原因卻是「流落在香港」：

以後，我一直在都市裡流落，我迷戀在酒綠燈紅的交際社會中，我困頓於貧病無依的斗室裡，我談過庸俗的戀愛，我講著盲目的是非，我從一個職業換另一個職業，我流浪各地，我結了婚，離了婚，養了孩子；我到了美洲歐洲與非洲，我一個人賣唱，賣文，賣我的衣履與勞力……！如今我流落在香港。[20]

敘事者流落香港後與故鄉音訊斷絕，少女失去聯絡，小說的結尾以詩人收到由內地郵寄而來的《金剛經》，呼應開篇的敘述，凸顯那從當下角度開展的回憶，小說的意義在當下戛然而止，敘事者帶著罪咎感和懺悔回望那失落了的感知，以流落香港作為永久的失語徵狀，當下的一切對敘事者來說，特別是香港的現實，再無法賦予任何意義，除了流落、斷裂和以賣文的形式販賣自己，那絕望的悲劇感，已甚於一切個人離合。

《癡心井》寫杭州鄉郊舊宅抗戰時遭破壞，其中一處院落漪光樓破壞尤甚，敘事者探訪故友，

20　徐訏，《鳥語》（香港：亞洲出版社，一九五八），頁一二八。

只見戰後的斷井頹垣，一片殘破景象，喻示純粹觀念世界的失落、磨損和斷裂。敘事者一再指出漪光樓的恐怖史和破壞史：戰前已有女子投井自盡，抗戰時更遭日軍佔據，家具當柴燒、醫書遭變賣，一片「殘牆斷垣」的亭園只讓人感到恐怖，傳說那裡曾是日軍殺人的地方，和平後仍鬧鬼，夜裡傳出女子的哭聲……敘事者寄住於朋友的舊宅，結識了他的族妹銀妮。敘事者後來與辦電影公司的友人，在舊宅擬出以漪光樓傳說為藍本的劇本故事《癡心井》。尾段，敘事者打算與銀妮結婚，但到上海辦完事再回杭州時，銀妮已墮井而亡。銀妮亡後，癡心井被填，銀妮葬於園中，敘事者離開杭州往北京、南京、重慶、上海等地，最後到了香港。末段敘事者追記在上海時已看到電影《癡心井》上演，雖然是自己編的劇，但由於被加諸了商業性的偽假，他全然否定該電影的價值，認為是「庸俗醜惡的作品」，演員亦「沒有心靈」。[21]透過此段把現實的癡心井事件引入電影《癡心井》的情節，徐訏突出真實經驗成為幻象的過程以及當中的荒謬和悲涼，內地的淳樸生活尤其幻作癡心井般的空間，癡心井象徵著那失落了的、充滿期待與情感的空間，最後且被填平了。它的空洞和傷痕彷彿了無痕跡，反而在另一商業的空間——上海，以電影形式重現，卻因商業性和偽假，使那「重像」變得毫無意義。

由此而看，《癡心井》在表面的愛情故事以外，更是一個關於理想空間失落的故事，它的悲劇性不僅在於女主角的自殺和愛情的落空，更在於井的填平——癡情的憑藉和痕跡完全抹去，而以商業電影形式留下的「癡」只成了一種創作者自己也厭惡的偽假。理想的幻滅，情的完全落空，營造出小說終篇無言而揮之不去的傷痛。

四、拒絕香港化：《過客》

徐訏早年在北大哲學系畢業後再研讀心理學，他的小說也善於刻劃心理，在其五〇年代的小說中，香港更作為人物心理轉變的場所。一九五八年的《過客》以周企正與王逸心的友誼為主軸，二人在上海時因修習音樂而結為好友，後來局勢變化，周企正於一九四九年舉家到港，王逸心仍留上海，經歷「三反五反」，終於成功申請來港，先寄住在周企正家中，然而昔日那健談、才情橫溢的王逸心，無論在容顏和心理方面都已判若兩人，失去對音樂和人情的感應，整天留在周企正家中，被形容為「幽靈」，使周企正夫婦特別是周的妻子難以理解。

周企正對昔日好友的期望完全落空，對他的幽閉慢慢感到厭煩，直至小說結束前幾段，逸心突然回復正常，突然認清自己是從上海來港，而上海的一切，包括昔日美好的婚姻亦已終結，他的表現猶如一種再突變，因認清一切而回復「正常」：「我是王逸心，你認識我麼？我到了香港，我不會回去了……」[22]他拿起小提琴，重新回復琴技，周企正與王逸心回復真正友誼的交談，但在音樂聲中，小說筆鋒一轉，王逸心掉下酒杯，突然猝死：「第二天，逸心就火葬了，沒有人知道他是怎

21 徐訏，《癡心井》（臺北：長風出版社，一九五五），頁一一一—一一二。

22 徐訏，〈過客〉，《徐訏全集（十五）》（臺北：正中書局，一九七〇），頁三七一。

麼來與怎麼去的。」[23]

《過客》中的香港作為過渡的時空，身處其間的「上海人」也處於過渡的狀態，王逸心來港後的表現，表面上似乎是難以適應新生活和新文化，因拒絕溝通和接受外界而被視為不正常，然而在適應與否這一般「新移民」常見的問題以外，整篇小說更核心的思考還是以王逸心到香港後在企正家的「反常」表現，突出一個「畸零者」的形象，不被眾人接納，卻有更深沉的內在，由此再凸顯那未香港化的上海性的孤高和境界。從這世界的正常角度看，也許王逸心仍必須認清斷裂的處境，接受新的改變，就像周企正一樣；然而作者安排他回復「正常」後突然猝死，他的上海性及其孤高和境界也因而得以保存。接受和適應沒錯是世界的主流，但不是生命的必然，《過客》正述說一個拒絕接受和適應而得以保存理念的故事。

結語

《爐火》以畫家自焚其畫——徐訏在香港完成的小說終局，喻示純美幻境的失落，而自焚的姿態和對「光明」的描述，又表示著堅執和對純美的保存。《鳥語》談論超語言的真正詩境的開悟，而當敘事者「流落在香港」，這開悟不但未能延續，反而以「賣文」的方式走向覺醒的反面，徐訏以內地理想對比於香港現實的思路由此成形並不斷演化。《癡心井》細意講述昔日內地城郊孤清而純美的空間並與孤清園景一致的純粹愛情和堅執，故事時間的推移以來到香港為一切轉折的終結，從敘事者南下香港後的回顧角度再看，小說不單哀悼真情的失落；內地經驗、情志和生活方式更已如同一個被填平的井，空間的轉換，強化了其間的失落，尤其敘事者批評那商業化、也是「香港化」了的內地影像——電影《癡心井》為「庸俗醜惡的作品」，既打破固有的記憶對當下、理想對現實的對比，又強化當中的批判。徐訏拒絕被「香港化」的心志更具體見於一九五八年的《過客》，自我關閉的王逸心以選擇性的「失語」保存他的上海性，一種不見容於當世的孤高，既使他與現實格格不入，卻是他保存自我不失的唯一途徑。

徐訏這批小說不是一種拒絕適應的故事，不僅是徐訏個人的選擇，而是出於對乖悖時代的敏感和批評。作為二十世紀最後一批經歷「半封建半殖民」時期的上海與香港「文化雙城」的作家，徐訏以追認前事和源自內地的啟悟，作為拒絕香港化、同化或異化的力量；現實上五〇年代的香港，亦實在無法與上海——那盛極一時的東方大都會相比，香港的上海重現於徐訏眼中，只有如小說《癡心井》故事中的同名電影《癡心井》，無論於情、於景、於人，俱是一種過於虛幻的，一眼就能望穿的偽假。

過去的經驗可以反思或追憶，但不可以消費，此所以《癡心井》的敘事者全然否定他參與編劇的電影《癡心井》。《過客》中的王逸心以自我幽閉來抵抗香港性的入侵，小說人物的拒絕都是非常徐訏式的，拒絕同化、拒絕被消費、看穿且拒絕順應俗世的虛幻，顯出徐訏的孤高，無可避免地也成為一種失落的鳥語。香港時期的徐訏，以畫家自焚其畫、被填平的象徵癡情的井、開啟復又關閉的溝通、不獲理解的畸零者，寫成一個一個南來香港的上海人，失去了鳥語的故事。

23 同前注，頁三七五。

第六章

懷鄉與否定的依歸

——徐訏和力匡

五〇年代初期，大批作家從中國內地來到香港，部份在內地已是著名作家，部份來港後開始寫作，他們包括徐訏、力匡、趙滋蕃、徐速、燕歸來、李輝英、夏侯無忌（齊桓）、李素等作者，在《人人文學》、《海瀾》、《祖國週刊》、《人生》、《文壇》、《大學生活》等刊物持續發表了大量作品，包括詩、散文和小說，題材不少與「懷鄉」有關，當中又以新詩作品尤其集中表現這題材。「懷鄉」表面上是回到過去的經驗和個人的情感，實也聯繫著未來和集體。懷鄉的創作每每借肯定過去而否定現在，五〇年代來港作者所否定的「現在」，每每指向香港的現實。五〇年代的香港文學，在一片充滿著否定現實的氣氛中，蘊含著怎樣的現實意義？

一、既線性又循環的時間觀

五〇年代來港作者身處集體離散和經驗斷裂的局面中，作品中的懷鄉不單指向過去的回憶，也包括了作者對變化的敏感。宇文所安（Stephen Owen）指中國古典詩歌往往從記憶中汲取養份，記憶的力量在於塑造文本與言說的距離，而詩的意義並不在於文本所描述的場景或事件，而是文本與言說的距離，這正是記憶所賦予的。宇文所安以杜甫的〈江南逢李龜年〉為例，指出「記憶的文學」不單關乎個人，而記憶所指向的也不是過去的重複，卻是賦予過去以新的價值。在變化的局面中，過去的事物不斷流逝，無法復現，「只有通過回憶，復現才有可能」。[1]除了杜甫，宇文所安在《追憶：中國文學中的往事再現》一書談論的作品尚包括有杜牧和孟浩然的詩、沈復〈閑情記趣〉、張岱〈陶庵夢憶〉等，在談論李清照〈金石錄後序〉的一章中，宇文所安指出記憶也有負面的意義，容易成為「活人的陷阱」，「回憶過多就會排擠現實」。[2]

宇文所安提出了記憶在文學上的意義，也提出了另一個解讀古典文學的角度，參考宇文所安對記憶的講法或有助於我們理解五〇年代的香港文學，懷鄉作品作為一種「記憶的文學」，它的意義也不單純是個人情感的宣洩，而是包含了五〇年代族群集體放逐的命運，懷鄉的負面意義在本文後半部會再加以討論，然而五〇年代香港作者對懷鄉的正面肯定，正是由於它具有集體的價值，例如路易士（李雨生[3]）一九五二年發表於《人人文學》的〈隨想錄〉談論作家的懷鄉時說：

Nostalgia我們大概譯作「懷鄉病」。我以為有點欠妥。此病不同那病。所謂病，應該是指反常的徵候，而「懷鄉」則屬於正常的心理。譬如今天，我們背井離鄉，漂流在「這個不列顛的殖民地」上，誰會不惦記故鄉呢？[4]

司馬長風[5]也在一篇文章中解釋他心目中的鄉愁：

> 什麼是鄉愁？蘇東坡詞中有「故國神遊」四字，足以形容。我們些〔這〕些黃帝的子孫，都

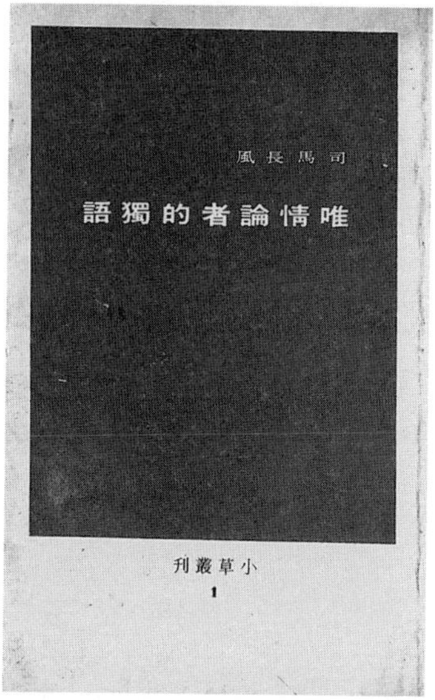

司馬長風，《唯情論者的獨語》（香港：小草出版社，1972）。

1 宇文所安（Stephen Owen）著，鄭學勤譯，《追憶：中國文學中的往事再現》（*Remembrances*）（北京：生活・讀書・新知三聯書店，二〇〇四），頁一一三。

2 同前注，頁九四。

3 李雨生筆名路易士，著有小說集《火花》、《恩仇之間》，五〇年代在港參與《幽默》、《文藝新地》等刊物的編輯工作，一九六四年創辦《水星》。

4 路易士，〈隨想錄〉，《人人文學》二期（一九五二年七月），頁一三。

5 司馬長風（胡欣平）五〇年代參與創辦友聯出版社，著有小說和散文集多種，論著有《中國新文學史》。

來自海棠葉形的母土。我們的腦海裡、心裡和血裡，都充滿著黃河流域的泥土氣味……[6]

路易士和司馬長風都正面肯定懷鄉的價值，因為懷鄉包含了「我們背井離鄉」集體的命運，懷鄉是他們對已逝的集體經驗和記憶的追尋。五〇年代香港作家有一大部份從中國內地離開家園，來到文化上、政治上截然不同的異地，對他們而言，懷鄉是正常而合理的情感。由於過去的經驗無法延續，故以文字尋找歸宿。懷鄉的文字往往連帶著對現實的不滿，又因現實無可戀，而過去不能返，唯有把希望寄託在未來，這未來不是現在的延伸，卻是過去的延續，懷鄉為了美化過去，而迎向未來則為了修復和重現那已不存在的過去，在懷鄉者的視角裡，常見出獨特的時間觀，這時間觀也是徐訏〈記憶裡的過去〉的時間觀：

埋在我記憶裡的過去，
常受我想像的灌溉，
它有新鮮的色澤與內容
以及那永恆的存在。

那裡老幼的人物，
有不變的年齡；
情侶有永生的愛，

山水有不移的風景。7

這兩節詩中「記憶裡的過去」，受到「想像的灌溉」，現實上，無論時間中的過去或地域上的故鄉已無復舊貌，但透過作者想像中的修復，過去在觀念上依然完整美好，觀念上、想像中的過去，人事不變，風景依舊，這正是懷鄉者日夕想像、幻想要去保存的過去。但作者自覺到觀念與現實的距離，詩中緊接的是對於目前客觀現實的覺察，又同時在主觀上加以否定：

然而這只是過去！
倘它可化作我的將來，
那我就有燦爛的希望
可在無依的現在期待。

期待綠的重綠，紅的重紅，
期待黑暗的重新光明，
期待已失的美，復回的愛，

6　司馬長風，〈不求甚解的鄉愁〉，《唯情論者的獨語》（香港：小草出版社，一九七二），頁一四九。
7　徐訏，〈記憶裡的過去〉，《時間的去處》（香港：亞洲出版社，一九五八），頁一九。

期待我再生的青春。[8]

作者明白到自我只能活在充滿否定的現在，故以「期待」指向未來，然而這未來不是現在的延伸，而是「綠的重綠，紅的重紅」、「黑暗的重新光明」，未來是已失的美、愛和青春都一一「再生」，未來希望寄託在過去的重現，未來的意義只是過去的重現。這兩節詩對「未來」的處理，回應了詩第一、二節對過去的美化，二者同時營造了既線性又循環的時間觀：迎向未來也就是回到過去。

詩中的未來，與記憶中的過去重疊，而過去卻又受到「想像的灌溉」，在作者的視角裡，時間上的過去、未來與觀念上的記憶、想像，四者之間往往交互重疊，等同了過去的未來實存在於記憶之中，過去又藉著想像去完成，過去與未來同帶著虛幻。在這時間觀裡，時間不再是斷裂的，但也不是逐步推移，而是指向過去與未來的合一。

這時間觀不是孤立地或偶然地出現的，在新詩以外，五〇年代的港臺小說也有類似的情況。王德威分析五〇年代在臺灣興盛的「反共小說」的特點時，把這時間觀稱為「線性及循環性史觀」：「反共小說之多有光明的尾巴，除了回應現實政治宣傳的需要外，也點出一代流亡作家汲汲於將歷史合理化的欲望。反共小說同時經營了一線性及循環性史觀：迎向未來也正是回到過去。」[9]王德威指出反共小說把未來的玄機埋藏在過去，未來與過去其實等同：「擺盪於已失去的以及尚未得到的，歷史的回顧及神話的憧憬間，反共小說裡的現在，成為一尷尬的環節。」[10]五〇年代的港臺作家實以此時間觀對抗時空的斷裂和離散。

在徐訏這一輩從內地來港作者的作品中，「現在」不單處境尷尬，更是不堪提起，即使要說，也是作為今不如昔的對比。但實際上他們過去在內地的生活真是那麼璀璨嗎？〈記憶裡的過去〉第三節寫出一連串的「期待」之後，緊接是該期待的延續和幻滅，作為全詩的終結：

於是我疏忽的可重新謹慎，
我辜負的可重新珍貴，
還有我過去的愚笨和自信，
我可以重新補贖懺悔。

然而這也只是想像！
它使我過去更形嬌美
高貴，使我在我暗淡的現在，
看到了將來的陰森憔悴。[11]

8　同前注，頁二〇。

9　王德威，〈五〇年代反共小說新論〉，頁七二。

10　同前注，頁七一—七三。王德威在文中論及的小說，除了臺灣作者鄧克保的《異域》、王藍《藍與黑》外，尚包括寫作時身在香港的趙滋蕃《半下流社會》及張愛玲《赤地之戀》等。

11　徐訏，〈記憶裡的過去〉，頁二〇—二一。

詩中對過去的修復，固然只存在於記憶中，而整首詩所描繪的過去，也並非一個寫實的過去。「那裡老幼的人物，／有不變的年齡；／情侶有永生的愛，／山水有不移的風景」這想像出來的場景，顯示出來的不單是現在的欠缺，也是過去從未存在的假想。〈記憶裡的過去〉實際上是想像中的過去，是站在當下目前，對過去作想像式的創造，以想像使過去「更形嬌美」。透過詩中過去與未來合一的時間觀，似乎可見出一個訊息：未來有如過去的想像，同是當下的創造，那璀璨的、不存在的過去和未來，聯繫著今日的離散、欠缺和挫折。

二、被否定的「現在」和「此地」

徐訏在內地時已是知名作家，抗戰時期以長篇小說《風蕭蕭》風靡讀者。一九五〇年來港，主要從事教學，亦曾創辦出版社和主編文藝期刊，期間繼續創作，發表大量作品，包括詩、小說、雜文和評論等，五〇年以後出版的詩集有《輪迴》、《時間的去處》和《原野的呼聲》。來港後的徐訏，日常操上海語或寧波口音國語，曾表示不懂也不喜歡粵語，亦對香港每多否定。[12]徐訏對香港的否定不難理解，也是許多五〇年代來港作家的共同態度。徐訏在〈自由主義與文藝的自由〉一文中指出他們那一代人的處境：「個人的苦悶不安，徬徨無依之感，正如在大海狂濤中的小舟。」[13]徐訏在該書反對以政治干預文學，提出以自由主義作為文藝的出路。他另外在《現代中國文學過眼錄》中重申文藝應獨立於政治的觀點，強調文藝的獨立性，卻多次借著討論文學史問題，直接指向對當前政治的批評，[14]正如王宏志所指出，徐訏表面上是「非政治」的文藝觀，實質上包含了強烈的政治含義。[15]徐訏詩作中的懷鄉、否定現在和否定香港，也不單純只是一種題材，而是對目前現實處境無法逆轉的離散、欠缺和挫折的回應。

徐訏有一些詩作，把尷尬的、漂泊的、不在場的現在，進一步推向完全的否定，而對現在的否定也就是對香港的否定。徐訏的詩很少直寫現實，而是以過去與現在兩個時空的對立，表達他對現實的否定，如〈已逝的青春〉中的一節：

徐訏，《個人的覺醒與民主自由》（臺北：傳記文學，1979）。

念巍峨的山嶺廣闊的平原，
過去都留過我輕快的腳印，

12 參考布海歌，〈我所認識的徐訏〉，收入徐訏紀念文集籌委會編，《徐訏紀念文集》（香港：香港浸會學院中國語文學會，一九八一），頁一二一—一二四。

13 徐訏，〈自由主義與文藝的自由〉，《個人的覺醒與民主自由》（臺北：傳記文學出版社，一九七九），頁一四〇。

14 例如在〈革命文學的論戰〉一節中，徐訏藉著討論三〇年代創造社和文學研究會的論爭中，論及劉少奇、林彪、四人幫等事件，表達了他對文革的觀察。參考徐訏，《現代中國文學過眼錄》（臺北：時報文化，一九九一），頁五九—六〇。

15 參考王宏志，〈心造的幻影——談徐訏的《現代中國文學的課題》〉，《歷史的偶然：從香港看中國現代文學史》（香港：牛津大學出版社，一九九七），頁一六六—一六八。

如今僅在擁擠的鬧市中，
茶座飯館裡有我疲倦的身影。[16]

詩中前兩句是回憶，後兩句是現實，二者並置，但地位並非對等，作者顯然將二者對立並否定後者：以廣闊對擁擠、平原對鬧市、輕快對疲倦，前者是作者的回憶，是追憶、歌頌和追求的對象，後者則是香港的現實，是不滿的對象和沒有希望的地方。

〈原野的理想〉中，同樣藉回憶否定現實，背後也是一種意識形態上的二元對立：

多年來我各處漂泊，
唯願把血汗化為愛情，
遍灑在貧瘠的大地，
孕育出燦爛的生命。

但如今我流落在污穢的鬧市，
陽光裡飛揚著灰塵，
垃圾混合著純潔的泥土，
花不再鮮豔，草不再青。[17]

詩中用前後對比的手法，表達從前的理想如今在「污穢的鬧市」中落空，過去是「燦爛的生命」，目前卻是一種不純粹的狀態：陽光含著灰塵，純潔的泥土混和著垃圾，而灰塵和垃圾都是來自鬧市的，即目前的不純粹是由於原本純粹的「我」「流落在污穢的鬧市」。作者在詩的後面繼續描寫鬧市怎樣污穢：

海水裡漂浮著死屍，
山谷中蕩漾著酒肉的臭腥，
潺潺的溪流都是怨艾，
多少的鳥語也不帶歡欣。

茶座上是庸俗的笑語，
市上傳聞著漲落的黃金，
戲院裡都是低級的影片，
街頭擁擠著廉價的愛情。

16 徐訏，〈已逝的青春〉，《時間的去處》，頁一。
17 徐訏，〈原野的理想〉，《時間的去處》，頁一一八。

此地已無原野的理想，
醉城裡我為何獨醒，
三更後萬家的燈火已滅，
何人在留意月兒的光明。[18]

詩中的「此地」完全是一個沒有人性的地方，茶座、戲院、街頭以至自然景物都被完全否定，最後「此地已無原野的理想」一節更以宣佈的語氣，把現實環境中的否定推展至觀念上和價值上的否定。「原野的理想」代表過去在內地的文化價值，在作者如今流落的「污穢的鬧市」中完全落空，面對的不單是現實上的困局，更是觀念上的困局。作者對此採取一個消極抵抗的態度，以「獨醒」對抗「醉城」，以無人留意的月光對抗已滅的燈火，當中固然充滿作者對此地（香港）無法認同的不滿，「海水裡漂浮著死屍」一語也有具體現實所指，[19]但「花不再鮮豔，草不再青」只出現於作者的視角，庸俗、低級的都市，廉價的愛情也只是作者對一個被視為不純粹的、異質空間的再異質化。

三、「再異質化」的空間和「不在場」的現在

徐訏對香港的態度並不罕見，完全可以理解，事實上，中國內地文化人對香港一直存在鄙夷態度，尤其不承認香港在文化上的工作。早在一九二七年魯迅來港演說時，便對當時港督金文泰在香

港大學提出「整理國故」的呼籲甚不以為然，在〈略談香港〉一文中以大篇幅加以嘲諷。[20]二、三〇年代大批內地文人學者南下，他們同樣對香港沒有好感，時加譏諷。[21]五〇年代香港文學對香港的否定，可說是承繼了二〇年代以來的看法，只是五〇年代香港文學對香港的否定當中，嘲諷的意味大大減少，代之以一種感傷、無望的氣氛。五〇年代在青年作者之間頗具影響力的力匡，他的詩作即常見對香港的感傷式否定，與徐訏的詩作比較，力匡對香港同樣有「再異質化」的處理，而對於所寄望的將來，力匡詩作有更飄泊的想像。

力匡在一九五〇年來港後，任中學教師，曾主編《人人文學》，一九五五年任《海瀾》主編，五八年離港赴新加坡。其間在《星島晚報》、《人人文學》、《中國學生周報》和《祖國週刊》等刊物發表大量作品，包括詩、散文和小說。詩集有《燕語》和《高原的牧鈴》。力匡是五〇年代廣受青年讀者喜愛的詩人，詩作成為模仿對象，在當時就有「力匡派」[22]和「力匡式的十四行詩

18 同前注，頁二一九。

19 「海水裡漂浮著死屍」一詞應是源於五〇年代初，香港水域不時發現中國內地難民循水路（游泳或乘小艇）來港但不幸中途遇溺身亡，當時香港報紙亦不時有相關報導。

20 參考魯迅，〈略談香港〉，《魯迅全集》卷三（北京：人民文學出版社，二〇〇五），頁四四六—五六。

21 例如楊彥歧〈香港半年〉提到：「從上海到香港的人都會有兩種感覺，一是地太小，二是人太笨。」轉引自盧瑋鑾編，《香港的憂鬱：文人筆下的香港（一九二五—一九四一）》（香港：華風出版社，一九八三），頁二〇七。

22 參考小羊，〈詩境泛談〉，《香港時報・詩圃》，一九五五年一月十七日。該文提到詩集《╳語》和「力╳派」，但相信是《燕語》和「力匡派」的代稱，相關問題詳見本書第二十三章，〈香港文學的懷舊史——一九五〇—二〇〇七〉之

力匡，《燕語》（香港：人人出版社，1952）。

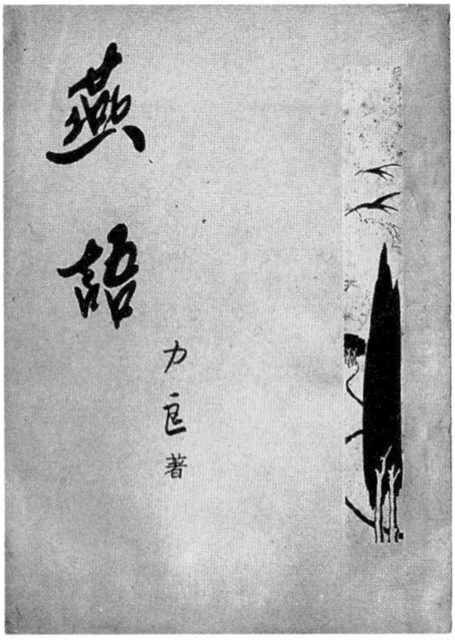

力匡，《燕語》（香港：人人出版社，1961）。

體」[23]等稱。

相較於徐訏〈原野的理想〉，力匡在以下〈我不喜歡這個地方〉一詩中，更明顯地以一種感傷、無望的語氣，否定香港的一切，並把原來被視為異域的地方，更明顯地「再異質化」：

這裡的樹上不會結果，
這裡的花朵沒有芳香，
這裡的女人沒有眼淚，
這裡的男人不會思想。

除了空氣和海水，
這裡的一切都可賣錢，
櫥窗裡陳列著奇怪的商品，
包括有美麗的女人的笑臉，
廉價的只有人格與信仰，
也沒有人珍惜已失去的昨天。

誰都不喜歡工作，
填不滿的時間就用來消遣，
這裡缺少真正的友誼，
偽裝的笑臉裡沒有溫暖。

這裡不容易找到真正的「人」，
如同漆黑的晚上沒有陽光，
看這一切如同噩夢，

「『詩與情感』論戰：林以亮、夏侯無忌」一節。

23 參考方蘆荻，〈談《文藝新潮》對我的影響〉，《星島晚報》，一九八九年三月七日。

我不喜歡這奇怪的地方。24

力匡〈我不喜歡這個地方〉一詩有如徐訏〈原野的理想〉，詩中表現出的香港，客觀上是否「奇怪」不重要，重要的是眼中視香港為「奇怪」的作者怎樣把一個異質的空間「再異質化」：詩中的香港呈現另一種既真實又虛幻的景觀，「女人沒有眼淚」、「男人不會思想」，甚至缺乏「真正的『人』」，那是作者眼中的香港，與真正現實的香港有一定距離。對作者來說，香港的一切都迥異於中國內地，是一個異質的空間，但在作者的筆下，香港卻又再次被加深主觀和現實的距離，以至多少帶有扭曲，故可稱之為再異質化。

在種種對現實的不滿當中，作者面對無法逆轉的「噩夢」，透露出感傷和無望。比較魯迅和其他二、三〇年代來港的作家，徐訏和力匡詩中對香港的否定當中都沒有嘲諷，而是在無奈和沉重的心情下，藉著寫現實中的一切無法與過去相比，和對異質空間的再異質化，對抗經驗斷裂和認同危機所帶來的不安。

現實中寄居地的時間本是斷裂的時間，即過去的經驗全失聯繫，無法延續。寄居地的空間則是異質的空間，即是一個陌生的，在景觀、文化、社會上完全迥異於故國家園的地方。五〇年代香港文學亦常見南來者否定當下的時空，把希望寄託於想像中的他方。例如力匡〈燕語〉一詩以燕子南來自況，寫自己來自「畫棟縷金」的過去，因「北國此刻已有冷酷的嚴霜」而離鄉，在異方的梁上暫時棲身：

我也聽過有一隻感情豐富的燕子，
為了留戀於快樂王子的雕像，
一天又一天留在日漸寒冷的地方，
終於在冰雪的冬天裡死亡。
但我決不願如此愚昧地葬送了自己，
我對自己仍有高遠的希望。[25]

詩中引用童話故事〈快樂王子〉，把原來故事中燕子作為犧牲小我而奉獻愛心和生命的象徵，說成是留戀安逸的「愚昧」行為。作者用意不是「反童話」，卻是為了強調寄居地不足以久留和強化對於寄居地的不滿。詩中的快樂王子被轉化為寄居地本身對於放逐者的一種吸引力，但對於作者來說，快樂王子並無吸引，作者另有「高遠的希望」，意謂作者的目光不在於寄居地，所以詩的最後說：

我喜愛這裡陽光如此溫暖，
我酣醉於這島上海風如此和暢，

24　力匡，〈我不喜歡這個地方〉，《星島晚報》，一九五二年二月二十九日。
25　力匡，《燕語》（香港：人人出版社，一九五二），頁二一。

但當那一天這裡也開始了寒冷的季節，
當那一天我又恢復了強健的翅膀
我會再追逐於那花香日暖的理想，
飛向更南的地方。[26]

詩中表達了「這裡」的好處僅止於風景宜人、陽光溫暖等得以暫時寄居的因素，所有希望和理想都必須往他方追尋，作者對寄居地的感情也迥異於「感情豐富的燕子」。問題不在於探究作者對寄居地為何態度冷漠，而是作者從根本上否定了寄居地作為追求和實現理想地方的可能，作者注目的是「畫棟縷金」的過去和沒有明確所指「更南的地方」，而對於現實中、具體的、生活中的地方不予感情和期望，對於寄居地的意義，無論在感情上或價值上都完全否定。

〈燕語〉中的過去和未來的空間都顯得虛幻，沒有明確所指。在以下〈桅燈〉和〈路燈〉兩首詩中，力匡進一步把過去和未來的空間抽離於現實。兩首詩都出現一組望見海上有船的意象，一動一靜，同時指向過去與未來的空間：

我再次由喧囂的人群裡離開，
我再次自熱鬧的街道上歸來，
我再次回到我狹小的房裡，
我再次把向北的窗戶打開。

明亮的星星閃爍在夜空，
遠來的航船停息在海港。
寧靜的海上沒有波浪，
桅燈又引起我遠行的夢想，
我覺得自己留下已經太久，
而且我已厭倦了這畸形的地方。[27]

在〈桅燈〉這詩中，作者自「向北的窗戶」看見海，對作者來說，海同時引起懷鄉和漂泊的聯想，這聯想是要離開現實中的外在世界，回到屬於自己的房間也是內在私人的內心世界，才得以獲得。詩中第一節的四句全以「我再次」開始，發展至最後一句，「把向北的窗戶打開」實把文字裡一個現實中向北的窗戶，抽象化並提升為記憶中的、作者內在世界裡所探求的方向；透過窗戶所呈現的不單是具體的海和船，也包括看不見的離散、放逐和懷鄉的方向。

第二節前三句全是靜態描寫，海上的船來自遠方，如今暫時避開港外洶湧的波浪而得以停息，作者強調「遠來的」航船，用以比喻自己放逐的境遇。後三句轉為動態：由桅燈興起「遠行的夢

26　同前注，頁三。
27　同前注，頁六二—六三。

想」，離開的原因是「厭倦了這畸形的地方」。在〈桅燈〉這詩中，作者撇除了現實中的「畸形的地方」，再從北窗看到抽象的、現實以外的、記憶中風景。再看〈路燈〉中的一節：

海上有移動的亮光，
該是夜裡開行的航船，
船上是有一群旅客來自他方，
還是正把另一群帶向遙遠？[28]

這節詩寫開行的航船，作者的視角游離在過去和未來，目光不在於船目前的位置和狀況，而是船的過去和未來。作者其實只看到一點移動的亮光，因而推斷為船，最後兩句指船不是來自遠方就是航向遠方，實際上否定了作者站立的「此地」作為終站的可能：船承載著放逐者，只能永遠地漂泊。

〈桅燈〉和〈路燈〉，兩首詩都呈現相同的空間推移：由遠而近，再由近而遠，把過去和未來的空間抽離於現實，指向記憶中和想像中的空間。兩首詩中的「船」永遠意謂漂泊，而兩首詩和〈燕語〉中的「此地」和「現在」永遠沒有地位，作者對現實中的「此地」和「現在」不重視，也不予承認，離開了創造過去和未來的「此地」，一個現實時間中的「現在」沒有著落，只能永遠地漂泊。力匡捨近取遠的空間觀念，亦類近於徐訏〈記憶裡的過去〉的時間觀，從兩人對時空的處理，可以看見五〇年代來港作者，如何透過對時間和空間在記憶和想像的重新塑造，來對抗現實中對他們來說是斷裂的時間和異質的空間。因著集體離散、政局動盪、文化差異和身份認同的斷裂，五〇年代南來者所處身的空間永遠在漂泊當中，他們把目光回望過去或寄望於將來，作品中對現在的態度可說是一種「不在場」的現在。

結語

徐訏、力匡等五〇年代一輩南來香港的作者，有點類近錢理群在〈「流亡者文學」的心理指歸〉一文所指出的四〇年代流亡者文學，以文字尋找歸宿，並透過「想像」將歸宿的象徵：民族、土地、家園、傳統等作浪漫化描寫，筆調低沉而傷感，作為自我及同時代大量陷入共同處境者的安慰；[29]不同的是，徐訏、力匡他們則始終沒有如錢理群所指，流亡者文學最後找到的一個新的歸宿：戰時到達延安的知識份子，以到達延安為「回到了久別的家中一樣」，視為流亡的結束，錢理群指出「幾乎所有的詩人（作家）寫到『延安』時，都要聯想到『母親』、『土地』、『家』」，[30]正是抗戰時所要呼喚的歸宿；另一說法則指抵達延安的東北流亡作家變成「宣傳工具和戰鬥武器」，

28 力匡，《高原的牧鈴》（香港：高原出版社，一九五五），頁七三。
29 參考錢理群，〈流亡者文學的心理指歸〉，《文學史》輯三（北京：北京大學出版社，一九九四），頁九二—一〇〇。
30 同前注，頁一〇二—一〇三。

流亡者文學已轉化為「戰地紀實文學」；[31]五〇年代後，昔日的流亡作家轉向了「改造」文學和「頌歌」文學，四〇年代流亡者文學則被斥為「小資產階級情調」而被否定。[32]

在某程度而言，五〇年代的香港文學或可說在另一個邊陲——作為異域的香港，延續了四〇年代流亡者文學的某種特質，特別是以文字尋找歸宿，透過「想像」將歸宿的象徵作浪漫化描寫，實普遍見於五〇年代來港的徐訏、力匡以至趙滋蕃、徐速、燕歸來、李輝英、夏侯無忌（齊桓）等作者；然而部份四〇年代流亡者文學最後找到的中心和歸宿，在徐訏、力匡他們而言是不存在的，他們終其一生在自己所否定或至少無法完全認同的異鄉寫作，沒有歸向一個中心。[33]他們詩中的「此地」永遠在漂泊，徐訏〈記憶裡的過去〉實際上是想像中的過去，五〇年代香港新詩經常出現的懷鄉，有如力匡的〈設想〉：

海燕不會在暴風中震慄，
松柏不會在大冰雪中死亡，
溫暖的季節燕子終會再來，
失去了家的孤獨的孩子，
會回到他生長的地方。[34]

這詩以回鄉及昔日美好的重現作為「設想」，真正指向的是烏托邦的追尋，多於具體的故土。司馬長風在《中國新文學史》中指徐訏的詩「與新月派極為接近」，並以此而得到司馬長風的正面評價，[35]徐訏和力匡延續新月派的格律化形式，使他們與過去多一份聯繫，該形式與他們所懷念的故鄉，同樣作為記憶的一部份。對變化的敏感，驅使他們在過去和現在之間作出深思。從回憶指向另一種時間觀，懷鄉的價值不在於作者讓過去重現，而是站在當代指向新的創造。

正如前文所引，宇文所安提出記憶的文學具有力量，但也有負面的意義；葉維廉亦指出記憶既是一種囚禁，也是一種「持護生存意義的力量，當發揮到極致時，還可成為一種解放」，[36]囚禁和解放本是記憶相剋相生的兩面，葉維廉以記憶的囚禁和解放來評論瘂弦的詩作，這種分析或許也適用於五〇年代的香港文學。徐訏和力匡對香港的再異質化可能是記憶負面的作用，但也未嘗不可視作一種否定中的肯定：他們透過否定現實，而得以重新在「現在」重建精神家園。在「庸俗」、「低級」的都市，在「女人沒有眼淚」、「男人不會思想」的「奇怪的地方」中，他們的故鄉得以更清晰地呈現。

---

31 沈衛威，《東北流亡文學史論》（鄭州：河南人民出版社，一九九二），頁四七—四九。

32 參考錢理群，〈流亡者文學的心理指歸〉，頁一〇七。

33 五〇年代來港作家大部份沒有再返回中國內地，而是經過香港轉赴外國或最終定居香港。力匡於一九五八年離港赴新加坡，一九九一年十二月病逝於新加坡。一九八〇年徐訏病逝於香港。

34 力匡，〈設想〉，《燕語》，頁二九。

35 司馬長風，《中國新文學史（下卷）》（香港：昭明出版社，一九七八），頁二一八。

36 葉維廉，〈在記憶離散的文化空間裡歌唱〉，《晶石般的火焰：兩岸三地現代詩論（下冊）》（臺北：國立臺灣大學出版中心，二〇一六），頁七四三—四四。

今天重讀徐訏和力匡的詩作，不僅可看到遭逢經驗斷裂和集體離散的一代人，如何在五〇年代回望過去的歷史，也看到五〇年代的香港詩人，如何以懷鄉和獨特的時間觀，作為對個人無法逆轉的命運的對抗。那種對於變化的敏感和深思，那藉時空的否定而獲得的時間觀，正是五〇年代香港文學的重要標記。

第七章

「巷」與「城」的糾葛

——論舒巷城及有關「香港的鄉土作家」之議

引言

中國現代文學早見城與鄉的對立，五四文學中也有批評鄉土的封建和落後，但對城市的批判更為激烈而且持久，不僅見於三、四〇年代的左翼文藝和電影，如茅盾的小說《子夜》和袁牧之的電影《馬路天使》，也見於四〇年代的「中國新詩派」袁可嘉、杜運燮、杭約赫等人的詩作，[1]他們

1　袁可嘉、杜運燮、杭約赫、陳敬容、鄭敏等因活躍於一九四八年間的《中國新詩》和《詩創造》而被稱為「中國新詩派」；八〇年代初，因《九葉集》的出版，他們又被稱為「九葉派」或「九葉詩人」，而最早以《中國新詩》而得名的

的城市批判不純粹出於左翼文藝批判資產階級的觀點，而更多是出於一種被論者稱為「城市仇視」的情結：「其共同特點是用充滿敵意的目光審視城市的墮落，以印象派的畫風點染大都市的繽紛和蒼白，用預言家的姿態宣告都市寄生者的沉淪」。[2]

現代文學評論也不乏城鄉對立和城市批判的分析，但對城市內部不同觀念的對立和批判的分析並不多見。也許現代文學發生的三、四〇年代，中國新式都市勃興不久，其資產階級的剝削、工人的受壓迫等負面現象太具典型而成為文學描述、反映的重心；然而城市並非單一面向，它的地理特徵和人文面貌更非單純的資產階級剝削或工人受壓迫可以概括。

由於發展的延後和時局的變異，五〇年代以後的香港文學對城市有更多更複雜的檢視。從五〇至九〇年代，劉以鬯的《酒徒》、舒巷城的《太陽下山了》、西西的《我城》、也斯的《剪紙》、黃碧雲的《失城》、董啟章的《地圖集》同樣有城市批判，他們與三、四〇年代中國現代文學的城鄉對立和城市批判的分別，除了技巧或意識取向的不同，更主要是由於對城市內部有更多非單一的檢視，他們各自的城市批判或描寫也有不同的針對點；其中，舒巷城以「巷」與「城」為城市一體之兩面，提出城市不同面向的問題，也引向本土價值及其超越性的思考。

舒巷城出生於戰前的香港，在西灣河一帶長大，早年曾以筆名「王烙」投稿《立報》，發表新詩、小說、散文等作，抗戰期間離港多年，戰後重返，寫於一九五〇年的小說〈鯉魚門的霧〉描述本土經驗的斷裂，一九五六年的《霧香港》哀悼地方原質的美的淪亡，一九六一年的《太陽下山了》寫里巷人情和人文景觀引申的超越，一九七三年《都市詩鈔》的城市觀察時而諷刺、時而憤怒。讓舒巷城珍視的本土經驗是一種地方文化、里巷人情和人文思考景觀的組合，它的優點有時隱而不彰、被遮蔽甚至被扭曲，原因有時由於歷史變異、時局改變，有時由於城市中心主義和對本土地方文化價值的輕蔑和無知。舒巷城的作品不是狹義的本土主義，他沒有「本地」與「外來」的二元對立，作品中的本土失落非外力侵入，卻源於本土自身的另一方向。舒巷城對「本土」的複雜處理，使他被稱為「香港的鄉土作家」，卻又超出了「鄉土」的既有意涵。

舒巷城，《都市詩鈔》（香港：七十年代月刊社，1973）。

一、有關「香港的鄉土作家」之議

在幾種由中國內地學者撰寫的香港文學研究中，稱舒巷城為「鄉土作家」，例如許翼心指舒巷

稱號「中國新詩派」，反而被「九葉派」之名掩蓋了。

2 許霆、魯德俊，《十四行體在中國》（蘇州：蘇州大學出版社，一九九五），頁三二一。

城「可以當之無愧地被稱為最具特色的『香港的鄉土作家』」，[3]袁良駿形容舒巷城為「港島鄉土派的第二梯隊」，[4]潘亞暾、汪義生的《香港文學史》有關舒巷城的部份亦大致沿用許翼心的觀點。許翼心提出「香港的鄉土文學」這說法並有以下界定：

> 香港的鄉土作家所描畫的，不是農村的田園風光，而是繁華都市背面的陰影；不是貧窮辛勞的淳樸農民，而是掙扎於工商業城市低層和市井小民。因此，香港的鄉土文學，從本質上來說應該是一種都市文學，或者可以稱之為「市民文學」。[5]

許翼心提出的「香港的鄉土文學」概念似乎包括了「都市文學」和「市民文學」，他在文中再指出「香港的鄉土文學」的特色是「都市化的市民文學，開放型的寫實主義和海洋風格的地方特色，這三者構成了香港的鄉土文學的特質，從而明顯地區別於其他地區的鄉土文學」。「香港的鄉土文學」這概念值得另文再探討，而許翼心提出「香港的鄉土作家所描畫的，不是農村的田園風光，而是繁華都市背面的陰影」，著眼於「鄉土」的題材問題，許翼心引用臺灣鄉土文學論戰期間王拓〈是「現實主義」文學，不是「鄉土文學」〉和齊益壽〈鄉土文學之我見〉二文中有關「廣義的鄉土文學」的說法，強調一種寫實的、「不僅局限於農村題材，而且也包括都市題材的本土文學」。

許翼心的文章強調舒巷城作品不具農村題材但有鄉土文學意義；然而在題材問題以外，舒巷城被視為「鄉土作家」，實有觀念層次上的意義，而王拓〈是「現實主義」文學，不是「鄉土文學」〉

一文的論述重心，亦不是鄉土文學的題材問題，而是其現實主義的觀念意義。八、九〇年代以來，舒巷城被不少論者稱為「香港的鄉土作家」，主要針對舒巷城的本土題材和寫實手法而言，這種論述引起不少討論，以至例如也斯提出對此論述的顧慮：「不少論者把他稱為香港的寫實派與鄉土派。但如果細讀，就會發覺與同類作品相比，舒巷城的視野和寫法都不囿於狹義的鄉土寫實」；[6]但如果再追溯舒巷城被視為「香港的鄉土作家」的背景，也許可見出「鄉土」之於舒巷城在本土題材和寫實手法以外的意義。

許翼心在〈香港「鄉土文學」芻論〉指舒巷城為「香港的鄉土作家」這說法，是沿襲自松木（蔡振興）寫於一九七九年的〈香港的鄉土作家——舒巷城〉一文的觀點，以下追溯松木該文的論點、發表緣起和發表媒介，或有助釐清舒巷城作品的「鄉土」意義。松木〈香港的鄉土作家——舒巷城〉一文強調舒巷城的寫實精神，並在文中以臺灣的「鄉土文學論戰」作為一種參照：

> 他本身在辦公室工作，卻主動描繪了低下階層的眾生相，把一個香港讀者在文學中陌生的，

3 許翼心，〈香港「鄉土文學」芻論〉，《香港文學》五六期（一九八九年八月），頁七。該文後來收入許翼心，《香港文學觀察》（廣州：花城出版社，一九九三），頁三四—四四。

4 袁良駿，《香港小說史》，頁二一五。

5 許翼心，〈香港「鄉土文學」芻論〉，一九八九年八月，頁七。

6 也斯，〈「我是剛來的……」——記舒巷城〉，收入思然編，《舒巷城紀念集》（香港：花千樹出版公司，二〇〇九），頁二〇八—二〇九。

> 卻又生活其間的世界，重新呈現出來，他寫了賣歌人、水手、說書人、工人、文員、貧民區裡的孩子、到異國幹活的青年。舒巷城並不是表面地描述他們的形貌、起居生活，而是極之描劃這群卑賤、受屈辱、受創傷的人，如何相濡以沫，建立刻骨銘心的感情，如何在貧窮中，捨己為人（「賣歌人」），如何在捱罵捱打中，相互諒解（「太陽下山了」），如何滿懷愁苦，仍然面對茫茫前路（「雪」），這些感情，貌似渺小，卻支撐了中華綿綿五千載不滅的文化，這些刻劃，在六、七〇年代的臺灣，曾經引起了「鄉土文學」的爭論，而舒巷城已經在香港的鄉土上，默默耕耘了三十多年。[7]

文中主要提出舒巷城的寫實精神，而相對於許翼心的說法，松木提出舒巷城的「鄉土」意義，強調觀念意義多於題材範圍，即強調舒巷城的寫實角度如何站在低下階層的對等關懷中，而不僅是以低下階層為描寫對象。

松木在文中著眼於舒巷城的「鄉土」意義，更關鍵的問題在於該文的發表背景。七〇年代中期，松木就讀香港中文大學哲學系三年級期間，加入《時代青年》月刊工作，[8]自該刊第八十四期起擔任文藝版編輯，是期開始也斯亦加入《時代青年》擔任總編輯。[9]松木在《時代青年》參與多個專輯的工作，包

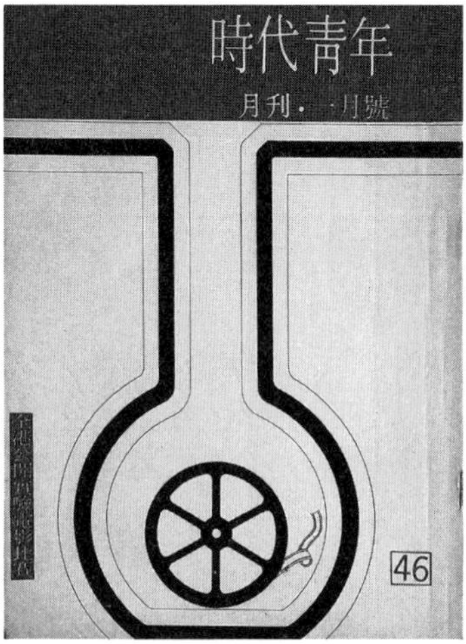

《時代青年》46期（1973年1月）。

括八十七期的「新詩專輯」、八十九期的「中國現代小說選介」、第一〇〇期的「十年來的香港文壇」專輯等等。《時代青年》出版至一九七八年四月的一〇二期後停刊，這時松木自中大畢業後任教中學，再與《時代青年》的文藝版編輯鄭佩芸、姜耀明、黃玉堂等創辦《香港文學（雙月刊）》；[10]除了一般創作和評論，《香港文學（雙月刊）》每期以香港作家為專題，創刊號是「劉以鬯專輯」，第二期是「香港青年作者選介」，第三期是「舒巷城專輯」，第四期是「司馬長風專輯」。

7　松木，〈香港的鄉土作家——舒巷城〉，《香港文學（雙月刊）》三期（一九七九年十一月），頁九。按：該文是《香港文學（雙月刊）》第三期「舒巷城專輯」中的一篇評論，該專輯的緣起，是基於七〇年代末，由梅子主編的一套「中國現代文選叢書」中，在《丁玲選集》、《巴金選集》、《沈從文選集》、《梁宗岱選集》、《俞平伯選集》等等數十種以五四時期為主的作家選集當中，也包括了《舒巷城選集》和《劉以鬯選集》，由此而重新引起香港文壇對舒巷城的注意。有關「中國現代文選叢書」與《舒巷城選集》，可參考馬輝洪編，《回憶舒巷城》（香港：花千樹出版公司，二〇一二），頁二〇三—二〇四。

8　《時代青年》月刊由曾任《公教報》總編輯的尹雅白神父創辦，屬綜合文化刊物，一九七〇年一月創刊，一九七八年四月停刊。

9　參考蔡振興，〈回憶《時代青年》〉，《香港文學》一三期（一九八六年一月），頁九二—九五。也斯擔任《時代青年》總編輯至一九七七年一月十五日出版的第八七期為止。

10　同前注，頁九二—九五。另參蔡振興所撰自傳，見劉以鬯主編，《香港文學作家傳略》（香港：市政局公共圖書館，一九九六），頁八一八—一九。又，一九七九年創刊的《香港文學（雙月刊）》，與一九八五年創刊的《香港文學（月刊）》是兩本不同的刊物。另有《香港文學（雙月刊）》和《香港文學（月刊）》的相關論述，可參考本書第十九章，〈解殖之路——後過渡期的民間載體與香港文化〉一文。

松木擔任《時代青年》文藝版編輯期間，有感於香港文學長期受忽略：「回顧過往的文藝版，介紹了不少新文學時期的作家，當代的也包括了國內和臺灣的作家，偏偏沒有香港的作家，一方面固然我們認識不足，另一方面我們接觸的圈子和資料，甚少發現有關香港文學」，[11]就是這種「甚少發現有關香港文學」的覺醒，一種對於香港文學匱乏的認知，驅使他推動《時代青年》第一〇〇期「十年來的香港文壇」專輯的組成，以至當《時代青年》於一〇二期停刊後，另行創辦開宗明義以「香港文學」為主題的《香港文學（雙月刊）》。因此，松木〈香港的鄉土作家——舒巷城〉一文是從一個文學雜誌編輯者的角度，在一九七〇年代中後期慢慢成形的引介香港文學的氣氛下，以臺灣的「鄉土文學論戰」作為參照下提出，他提出以舒巷城作為「香港的鄉土作家」的意義，實際上改寫、重新定義了「鄉土」在香港文化上的意義。

「鄉土」在香港的意義，如本書前文所述，徐訏、力匡等詩人，視鄉土為不能復返的、失落了的理想家園，以至藉肯定過去而否定現在，其所否定的「現在」，每每指向香港的現實。新詩以外，南來作家筆下的「鄉土」，還可以李輝英的散文集《鄉土集》和司馬長風散文集《鄉愁集》作為代表，李輝英《鄉土集》收入南來香港後在報刊發表的三十三篇散文，李輝英序文中解釋題作《鄉土集》是因為內容都與「鄉土氣」有關，以此相對於「當地的洋場氣」，[12]即是以「鄉土」作為香港「洋場氣」的抗衡，作者拒絕去迎合，其散文作品中的鄉土題材和文字氣氛的「鄉土氣」，不僅作為懷舊或鄉愁的抒發，更作為抗拒被異化的力量。

司馬長風《鄉愁集》以抒情筆法結合種種中國大陸風物的回憶，有時，他會提及那回憶的起點與結束，在〈吹過鄉土的秋風〉一文中，從現實生活中的秋風引入大段回憶，作為該文的主體，從東北、北平而至西北，細述作者曾觀察、感受過的中國大地風物，最後在文章結束處提到：「秋風是從北國吹來的。它從西伯利亞往南吹，吹過藏著億萬年秘密的興安嶺大森林，吹過平流千里的松花江，吹過肥沃的遼河平原，吹過華山和秦嶺，也吹過黃河和長江，吹到了這北望國門的南天海角！」[13]文章結束在「北望國門的南天海角」，以香港作為北望中國的起點，也是種種回憶的終結，在該文中，「鄉土」在香港的意義，正作為「鄉土」的終結。

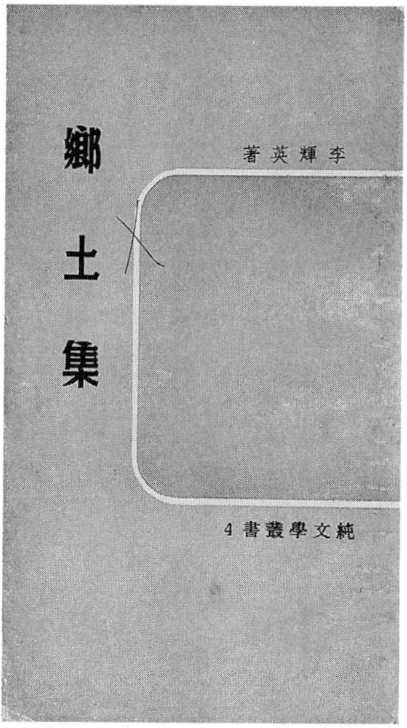

李輝英，《鄉土集》（香港：純文學月刊社，1967）。

當松木於一九七九年提出舒巷城為「香港的鄉土作家」這樣的論述，主要的意義在於賦予香港作為「鄉土」的可能，以舒巷城作為「香港的鄉土作家」，也肯定了香港的各種現實也可以讓作家投以認同式的關懷，當松木提出「他本身在辦公室工作，卻主動描繪了低下階層的眾生相，把一個

11　蔡振興，〈回憶《時代青年》〉，頁九四。

12　李輝英，〈「鄉土集」序〉，《鄉土集》（香港：純文學月刊社，一九六七），頁一—五。

13　司馬長風，《鄉愁集》（香港：文藝書屋，一九七一），頁五五。

香港讀者在文學中陌生的，卻又生活其間的世界，重新呈現出來，他寫了賣歌人、水手、說書人、工人、文員、貧民區裡的孩子、到異國幹活的青年」，是出於對舒巷城寬闊視野的認同，肯定舒巷城描繪不同階層人物的意義，由此亦凸顯香港的種種現實社會面貌，也可以是一種「鄉土」，更重要是該種呈現不僅是一種題材上的寫實，也是對香港不同階層人物投以認同式的關懷以至對等視角的描述，由此而凸顯出香港的「鄉土」意義。

松木沒有從城鄉之別或城鄉的對立去論述舒巷城作品的鄉土意義，事實上，觀乎舒巷城〈鯉魚門的霧〉、《霧香港》、《太陽下山了》、《都市詩鈔》以至《巴黎兩岸》、《白蘭花》諸作，其作品中的「鄉土」特質，重心不是地方上的城市或鄉村之別，而是作者投放的眼光，既關乎卻又超越了「鄉土文學」本身預設的寫實方式，不囿於左翼的方法和世界觀，卻始終帶有注目於群眾的傾向。也許，無論「鄉土文學」或「寫實主義文學」都無法概括舒巷城作品的文學特質，因為舒巷城所呈現的「鄉土」並不建基於任何前設，他眾多作品所呈現的香港也不是宏大歷史觀之下的香港，卻是更易被忽略的香港城市本真：一種「巷」與「城」的糾葛。

二、本土自身的遮蔽：〈鯉魚門的霧〉與《霧香港》

舒巷城作品的香港本土意義，不在於對「鄉土」或「本土」的標示，而是其對城市內部不同面向的檢視、反省、批判和經反思後的重新認同，他許多作品都反映在城市不同面向之間的反思和認同的掙扎，批判城市急速發展而引致土地本質和人性異化的一面，但對城市既有的市民文化、里巷的淳樸而靈活寬厚的人情，予以肯定。舒巷城關注的不是純然的「鄉土」，而是具不同面向的香港城市本質，可說是一種「巷」與「城」的糾葛。

從作品的故事舞臺和描述的地方來看，表面上，舒巷城幾乎是以他的成長地西灣河一帶為本土價值的核心，而以灣仔、中環、尖沙咀等地理上的都市中心區為他者；實質上作品中的西灣河為香港城市的人文價值的代表，以至舒巷城的內在世界、他所認同的價值，而對於地理層面的都市中心區，舒巷城的批判不是否定地方本身，而是針對城市中心主義：順從主流、市場和生存利益，教人失去自主以至省察，不僅被殖民主義和市場價值蒙蔽，也成為殖民者扭曲和貶抑本土文化的共謀卻不自知。舒巷城的文學語言大多時候是溫婉的，然而面對城市中心主義和殖民主義對人性的扭曲，他在《都市詩鈔》裡也無法不發出較激烈的聲音。舒巷城文學價值最高的作品不作概念和地方的二分對立，但明白批判的所在，仍具立場和態度，視香港的「巷」與「城」為一體之兩面，他希望肯定、歌頌本土文化，也對城市的異化貫徹批判和省思。

舒巷城對「巷」與「城」之連串省思，始於一九五〇年的短篇〈鯉魚門的霧〉，這小說最容易讀出作者對昔日香港里巷人情的認同和緬懷，小說風格和行文傾向也表現多種地方文化，如水上人的生活風俗、民謠和漁港大街的市民文化，呈現戰前香港的民俗文化圖；然而更值得思考或更耐人尋味的，是舒在肯定和認同的同時，也提出本土文化的脆弱一面：它容易斷裂和遺忘。

〈鯉魚門的霧〉中的主角梁大貴原是土生土長的香港漁民子弟，淪陷期間離港戰後數年再回港，小說分別憶述昔日的筲箕灣碼頭和內街風物，強調舊區仍在，但人面全非，海港多了電船，他想追認昔日，最終發現自己本來的土生土長身份，反而讓他成了陌生人。他重返筲箕灣不單為了懷舊，更想追認前事，尋訪前人，也重新尋回自己因飄泊外地而失去的地方本質和身份，他滿以為重返原鄉可以獲得認同，卻一次又一次的被擊潰。

小說中有三段聯繫過去的媒介，包括內街之行、碼頭上客家人問路和末段的水上姑娘，他先在內街之行發現昔日人面全非，懷著戰前香港的記憶回來，最終發現記憶的失效，碼頭上客家婦人的問路使他從回憶中返回現實，才發現地理上的陌生，使自己與外來者已無異。

末段他徘徊於碼頭邊，一個酷似昔日戀人的水上姑娘以為他是遊客，問他是否要坐船，他喃喃道，「我也是水上人」，姑娘沒有理他，又把船開走了，梁大貴望著海上的大霧，感覺失落，喃喃自語「我是剛來的」，這一語再度出現，並由此結束全篇，正從地理上的陌生引申向觀念上的陌生，教主角重新認知本身的外來身份。〈鯉魚門的霧〉的悲劇性除了主角的情感失落，更由於本土鄉土原質的同時美好而脆弱；小說中更以「霧」來象徵遮蔽的力量，一種源於自身的遮蔽，本土的認同美好卻又脆弱，對一個土生土長的人來說已如此，她的文化斷裂似難以填補。

與「巷」成為對比的自然是「城」，在舒巷城的作品中，西灣河、筲箕灣與中環、尖沙咀往往是對立的，前者代表著社區民眾的生活和情誼，後者卻代表商業世界的異化。這對立表面有點相類於現代文學中的城鄉對立，但又存在很大差別。相較於元朗和大埔，舒巷城筆下的西灣河和筲箕灣還是比較接近於城市，他並不棄絕一切的城市文化，西灣河與中環的對立也不是一種城鄉對立，他所針對的，其實是一種城市中心主義，用今天的術語即是「中環價值」。

一九五六年的《霧香港》，以香港中區至灣仔一帶為故事場景，也把〈鯉魚門的霧〉當中的「霧」的象徵性，即對本土的認同及其遮蔽性的思考，從「巷」延伸至「城」。《霧香港》的「霧」

同樣指向一種自身的遮蔽，稍稍不同的是，「城」的遮蔽有著自身和外來的因素，那不由自主的意味更重。《霧香港》的敘事者「我」是無名畫家，日間在廣告公司任職，晚上到夜校兼美術課，他由於生活所逼，從一名畫家轉為廣告插畫師，後與友人合組廣告公司，心愛的人「維維」已失散多時，卻因工作和生存問題的考慮而與自己不喜歡的老闆的女兒一起。

至小說後半段，敘事者終於探知維維的下落，在灣仔一家舞場見著了已改名為「路沉」的維維。從她舞小姐式樣的化妝中，見出了「她的憂鬱，她的對這世界的憎恨……」。[14]但當敘事者問她因何變得完全不一樣，維維口中說出駭人的城市中心價值：「算了吧，我們大家都是出來撈的囉——不變？不變怎樣生活？」[15]敘事者在舞場重見維維感到「她對這世界的憎恨」，可能只是敘事者一廂情願的投射和想像，維維向敘事者吐露的想法卻是與世界一致的。

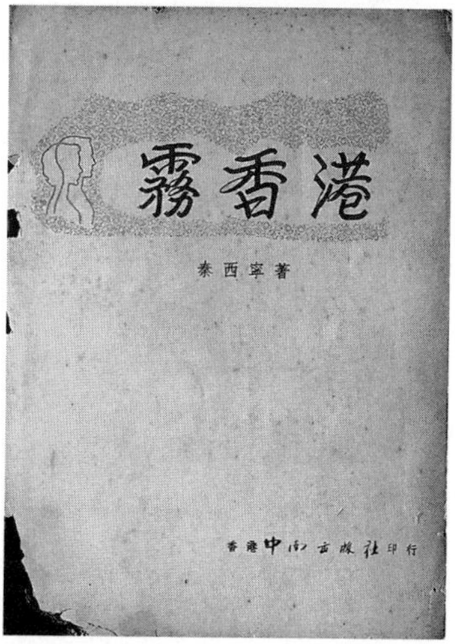

秦西寧（舒巷城），《霧香港》（香港：中南出版社，1956）。

變，以及導致不能不變的力量，來自城市中心主義，使主角無言。一切理念追求、堅守以至最

14 秦西寧（舒巷城），《霧香港》（香港：中南出版社，一九五六），頁三三一。
15 同前注，頁三三五。

後的一點哀悼和痛惜，都在此中心價值前面無言。維維原是一個喜愛藝術的姑娘，男主角原是個畫家，他們就代表、象徵著城市的原質，有文化追求和理想主義的一面。敘述者回憶從前由雪廠街往上走經花園道，憶起兒時即戰前的香港，兄弟二人的文化生活：「他記得十五年前，他十三歲，他哥哥十八歲，他們常常挽著個書籃……興緻勃勃的從灣仔的堅尼地道一直寫『風景』寫到這上頭的堅尼地道的。」[16]即是城市中心區也有它淳樸的一面，價值的扭曲本不由於一地方是城市中心與否，而是對新興價值的順從、個體自身的甘於順從大潮而變，使尋索和追認完全落空。

小說以城市的「霧」來象徵城市的遮蔽理想和價值的力量，更甚的是，這種遮蔽教人失去自主：「他自己的路是應該怎樣走去的，他似乎已無法知道了。」[17]一個霧中的香港同時也是個被新興價值、市場主流價值遮蔽了的香港。小說不單強調都市是磨滅理想的所在，更以都市中的霧，象徵記憶和經驗的斷裂：主角一再回憶戰前香港的淳樸，霧卻作為抹掉記憶和理想的力量，凸顯追溯的徒勞。《霧香港》的失落是另一種本土的失落，它的悲劇性繼承〈鯉魚門的霧〉而來，對本土自身的遮蔽卻有更深沉的預示：香港本土價值的失落的源頭，來自本土自身。

三、「城」對「巷」的扭曲：《都市詩鈔》

七〇年代初，舒巷城以「石流金」為筆名，在李怡主編的《七十年代》月刊發表一系列批判都市現象的詩歌，後來結集為《都市詩鈔》。這系列詩歌集中以諷刺和批評角度，呈現香港都市化的負面事物，諸如罪案、污染、交通擠塞、人情冷漠、文化低俗、商業偽假等現象，在這批詩作中，舒巷城以香港為近乎「人物」的描述對象，更集中地批判「城」的種種，包括她的扭曲和帶來的異化。《都市詩鈔》的寫法有時是諷刺，〈廣告〉嘲諷都市現象如廣告的一眼即露的偽假的可笑；有時出以憤怒，如〈尖沙嘴〉批評都市不惜作偽扭曲來取悅遊客。相較於舒巷城的小說，《都市詩鈔》不免寫得二分粗略，但值得再思的還是把都市作人物化的處理，例如〈尖沙嘴〉一詩的都市批判：

獵奇的金髮太太亮著獵奇的藍眼
買一件生平罕見的「紀念物」——
是一輩子胼手胝足的客家婦女
在烈日下做苦工常戴的
那種寬邊垂布的大涼帽。
她的頸繫新花款領帶的高鼻子丈夫
頭頂漁民竹笠
是從一家四壁「東方情調」的餐廳
得來的靈感。[18]

16　同前注，頁二九。
17　同前注，頁二八。
18　舒巷城，《都市詩鈔》（香港：七十年代月刊社，一九七三），頁一〇六—一〇七。

〈尖沙嘴〉批判為滿足遊客的獵奇而扭曲本土價值，使客家婦女的涼帽、漁民的竹笠和作業用的帆船，一一成了觀光的玩物。最後，〈尖沙嘴〉一詩如此結束說：「尖沙嘴，是加工的贗品／白天敷金鍍銀，夜裡熠熠生光；／它是拿來賣給遊客的／一個特製的香港。」[19]舒巷城其實並不單純批評地方層面上的尖沙咀，即作偽扭曲的不是尖沙咀這地方本身，而是背後的政策、作風和態度，以地方特質為可以販賣的政策。真實的斑駁生活被壓榨，造出光潔的人造本土景觀，「城」對「巷」的扭曲，不但是對地方文化的侵害，也是「城」自身的矮化。

其實世界上許多地方的遊客區都將本土文化媚俗化為遊客眼中的獵物，這並不僅是香港尖沙咀的問題。舒巷城對城市急速異化、扭曲、媚外的新興作風感到憤怒，但這憤怒也使他在《都市詩鈔》的詩作二分對立，削弱了可讀性。在詩而論，他的抒發個人感情的詩集《我的抒情詩》和抒寫地方人情的《長街短笛》才是可讀之作，當中的高下非關題材或憤怒與否，而是語言的問題。《長街短笛》的作品，如〈昨夜的夢〉、〈涼茶舖〉、〈蘭桂坊〉、〈百葉窗〉、〈故事〉和〈雁語〉等，都較多來回的沉思、從容的呈現和縱深的情志，延展〈鯉魚門的霧〉、《太陽下山了》和《再來的時候》等作的本色風格。

本土特色不是一種景物，更不是可供觀光的、透過拆除本土既有特色而建造的所謂「景

舒巷城，《太陽下山了》（香港：香港文學研究社，1979）。

點」。舒巷城在《霧香港》和《都市詩鈔》對香港的自我矮化、順從主流、城市中心主義等問題的批評，在當今的時代而言，仍是有效的批評。但舒巷城作品的價值還不止於此，因為其作品對本土價值和身份認同的思考，同樣具有穿透時代的意義。經歷重重的斷裂、遮蔽、扭曲和矮化，本土還有什麼可供認同的事物？在一九六一年的長篇小說《太陽下山了》中，本土正於景物以外，作為一種洗滌和啟導情志的力量而存在。

舒巷城，《太陽下山了》(紀念版)》(香港：花千樹出版公司，2008)。

四、《太陽下山了》的香港處境

《太陽下山了》故事以戰後初期，一九四七年的西灣河為主要場景，講述家境複雜的少年人林江如何在賣藝人的情義、生活的暗礁、自身的孤零和文化的啟迪中成長。另有從灣仔遷到西灣河，與林江成為鄰居的作家張凡的故事。舒巷城一向留心借鏡中國新文學和外國現代文學的寫實主義傳統，《太陽下山了》中的作家張凡介紹少年人林江讀巴金、老舍、契可夫、巴爾札克、高爾基等寫

19 同前注，頁一〇九—一一〇。

實主義作家的經典作品（這段情節由舒巷城戰前居住西灣河時，青年寫作人向少年舒巷城介紹文學名著的真實經歷而變化出），《太陽下山了》的小說語言亦以寫實主義為宗，但舒巷城也在寫實以外加入虛筆作為補充，以達虛實相生的效果。

張凡經歷情感創傷，離開春園街傷心地及意志消沉的生活，遷到西灣河潛心寫作，卻常因前事浮現而無法集中，直至一次到小飯館遇見賣藝老人，在其粵曲中徹底醒悟一切情感。他的醒悟不以取消前事，反而以浮現更多往事的方式，包括故鄉的童年、抗戰流離的回憶一一急速閃過，這都由粵曲而來，激起前事以外，老藝人的歌聲亦讓他感到生活的實在。小說中的地方文化作為一種洗滌情志的力量，不單毫不狹窄，其普遍性更將個人推向廣泛的生活世界，了悟生活的意義：「那是生活！生活裡面有那樣多失意的人和事。老人從前可能是舞臺上一個薄有名氣的伶人；可能的，一切也可能。」[20]

張凡的情感幻滅本與都市價值的扭曲相關，來到淳樸的西灣河社區，對情感創傷的張凡來說，原具逃避作用，但隨後由於他對社區人事的介入、觀察和感受，終於在一種社區原質的文化中，感受到人性超越的力量。作為外來者的角色，他也把這種超越蔓延開去，他介紹林江讀巴金、老舍、契可夫、巴爾札克、高爾基，一個一個的寫實主義文學經典，作者由此提出真實呈現和探視民間社會的理念，而在小說情節上也作為一種文化的啟迪，透過寫實主義文學得到的超越，林江也對生活有新的體悟和更實在的追求。

在第十四章，就在林江閱讀張凡送給他的小說當中，把閱讀得到的感悟與生活現況結合，並呼應「太陽下山了」的題旨：

他讀的那本小說是翻譯小說，是張凡送給他的一本少年讀物。小說裏面那個孩子給一個走江湖的賣藝人帶着到處流浪。現在他正看到那個無家可歸的孩子跟那賣藝人來到一個陌生的地方。太陽下山了……天漸漸黑下來。他們錯過了宿頭，前面又沒有村莊——怎麼辦呢？怎麼辦呢？林江尋思著，驀地裡聽到一聲吆喝：「喂！你在做什麼？」[21]

林江投入於翻譯小說中那孩子的處境，一個無家可歸的、在陌生之地不知何去何從的處境，似乎正是林江內心的寫照，現實生活中的林江遭養父打罵，及後再有好友莫基仔病逝事件，都在林江心裡留下成長陰影。在小說結束的第二十三章，林江養父遇車禍喪生後，經歷二次喪夫之痛的林江養母首次表明林江身世，坦言自己非生母，面對林江可能離開的現實亦要說出，克服原本的自私設想，由此其養母亦超越了平庸。最後，林江向母親說出自己的志向，二人一起從碼頭走向熱鬧的沙地，在叫賣聲、講古聲和歌聲之間，「太陽下山了」的題旨再度出現：

這時太陽早已下山了。月亮從鯉魚門海峽上昇起。檔口上的火油燈、大光燈和月亮的光融成一片。不遠處，泰南街街尾那根街燈下有幾個孩子在「跨背跳」。一個搧著葵扇的婦人坐在矮凳子上跟他的男人吵架。男人站起來，忽然轉身走了，很快地就消失在沙地上黑壓壓的人叢裡

20 舒巷城，《太陽下山了（紀念版）》（香港：花千樹出版公司，二〇〇八），頁九四。
21 同前注，頁一五一—一五二。

面。熱鬧的沙地，由於穿著木屐的孩子們在檔口和檔口之間穿來插去，時而響起一陣踢躂踢躂的聲音。[22]

整部小說結束於此，將這段與上文引用過的第十四章林江閱讀翻譯小說一段並讀，那小說中的小說情景，正呼應《太陽下山了》的結尾，暗示林江的成長。艾曉明曾引用第十四章林江閱讀翻譯小說一段後認為：

這個在太陽下山時分獨自摸索的孩子正是林江的處境，也許，它還可以看作是香港的處境。……我認為這個小說最寶貴的地方是作者對這種獨自摸索的認可，是作者的寫作態度，這不是對別處的遠眺和投奔，不是放逐情懷和鄉愁，而是面對香港的生活經驗，描寫這經驗，珍視這經驗。[23]

艾曉明把林江的處境與香港的處境結合理解，很值得參考，陳建忠引用艾曉明的說法，再結合東橙認為「舒巷城小說中鄉土的含義就是家園的概念」[24]這論點，最後指出：

就是這個以香港為「家園」的意念，使得舒巷城的本土意識找到了不需以任何意識型態話語來強加其上的存在意義。可以說，舒巷城的本土意識是無政治性的政治，但依然煥發著濃厚的自我認同意味，一種本土港人的矜持。[25]

陳建忠指舒巷城的本土意識是「無政治性的政治」，再於文中第四部份「結語：鄉土之愛與鄉土之思」進一步指出：「香港的鄉土文學傳統中，存在著一個非左翼、非右翼，同時又是殖民者缺席的鄉土空間」，[26]可說切中要理，因舒巷城所呈現的本土意識實在並不建基於任何前設，無論那是一個寫實主義的、左翼文學的，或鄉土文學的前設，舒巷城無意排拒它們，但這些預設都無法有效對應於舒巷城所體驗到的香港現實生活中的里巷人情，他嘗試用自己的方法表達一種更自然的本土，也是一種超越了政治意識形態的純粹本土情志，當中的關鍵在於對「太陽下山了」的置換。

舒巷城把林江所讀的翻譯小說那「太陽下山了」的題旨：一個無家可歸的、在陌生之地不知何去何從的處境，置換為另一種「太陽下山了」：香港西灣河現實生活里巷人情的縮影；它絕不是一種簡單地由暗淡走向光明的呈現，在那現實生活的里巷人情中，有謀生的人群、吵架的男女，最後是歷經種種幻變的母子，生活中的種種現實仍在，但正是一種從限制中尋求超越的視角，使林江及小說中的一眾人物，從陌生之地不知何去何從的處境中，返回一處可以「根著」的「地方」，正如

22 同前注，頁二三〇。
23 艾曉明，〈非鄉村的「鄉土」小說：關於舒巷城小說的「鄉土」含義〉，《香港作家》一一五期（一九九八年五月），頁一一。
24 東橙，〈那人在燈火闌珊處：舒巷城和他的文學創作〉，《香江文壇》七期（二〇〇二年七月），頁五四。
25 陳建忠，〈冷戰迷霧中的鄉土：論舒巷城一九五〇、六〇年代的地誌書寫與本土意識〉，《政大中文學報》二二期（二〇一四年十二月），頁一七七。
26 同前注。

艾曉明所說：「這個在太陽下山時分獨自摸索的孩子正是林江的處境，也許，它還可以看作是香港的處境」；[27]林江在不知何去何從的處境中獨自摸索，這種認清了「無」的處境正是香港的處境。《太陽下山了》的本土思索正由此展開，它不是一種城與鄉，或本地人與外來者的二分對立，而是從不知何去何從的「沒有」的處境中，嘗試自創出一個建基於地方認同的「有」，重新正視香港里巷人情中的種種可能和限制，當中一個一個平凡的小人物，也可有自己的超越平庸的方式；更重要的是，超越的力量來源不是外加的，而是源自本土價值的發現和感悟，在種種哀與樂、聚與散、消逝與尋求的人物故事間，本土社區仍作為洗滌人心的力量。

舒巷城的文學徘徊在「巷」與「城」之間，有批判也有認同，透過思考城市的「巷」與「城」各自的問題，提出對城市的批判或認同皆不是一個固定的中心點，城市有它的遮蔽性和異化一面，但並不本然如此或必然如此。其作品的超越性來自人物的實在、縱深的情志和對城市事物穿透性的觀察和沉思，溫婉、沉實的寫作技巧使作品耐讀，「巷」與「城」的觀察和沉思也超越時代，與今天的思考相接。〈鯉魚門的霧〉、《霧香港》和《太陽下山了》藉種種人物與社區的失落與尋求，提出了真正值得珍惜的本土價值，它不在於景觀或舊物，而是一個社群的關係、其所創造的文化及由此所催生的洗滌、啟導和超越。

---

27 艾曉明，〈非鄉村的「鄉土」小說〉，頁一一一。

第八章
純境的追求
——論楊際光

引言

五〇年代南來香港的一代人，因為戰爭和戰後的動盪，飽受放逐和離散的痛苦，時局變遷衝擊思想理念也衝擊實際生活，他們當中，許多終其一生都未能再踏足故園，思想上亦飽受衝擊，楊際光〈尋根何處——一個四代家庭的聚散〉一文正道出他們那一輩南來者的痛苦。[1]發表該文之前，楊際光在《香港文學》發表〈歸依〉，那是他離港三十多年後首次在港發表的詩作，以一貫低沉的

1　楊際光，〈尋根何處——一個四代家庭的聚散〉，《香港文學》一八四期（二〇〇〇年四月），頁七四—七八。

語調、節約的情感、表達其源自五〇年代的對「純境」的探尋：

一切都歸你，
秋林中顯現的神。
讓每一顆燦如黃金的心，
受庇於你白色的衣裙。

搜遍迷茫的穹冥
找不到初失的、無邪的畫。
鏡子破了，你說還會重圓，
於是照見隔世的美境。

厄難從你蓮瓣中化解，
魔障在你柳枝下消隱。
至慈至悲的，
划一葉輕舟，載盡兩岸的孤魂。
極樂屬你多恕的胸襟。

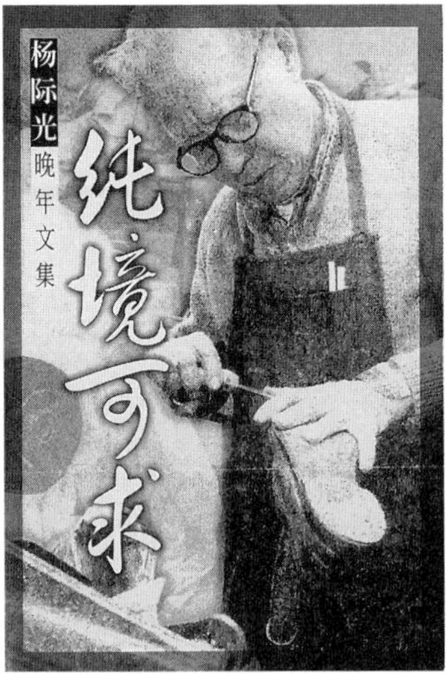

楊際光，《純境可求：楊際光晚年文集》（吉隆坡：燧人氏事業有限公司，2003）。

不再哀號，不再沉默；
也沒有恐懼，終止逃遁。
回來，回向你祥和的招引。[2]

觀念世界的「美境」，潛背景卻是現實的傾軋、追尋和幻滅。經歷長久的動盪，〈歸依〉沒有忘記現實的衝擊，但詩的語調是引領讀者去理解而不是批判，以輕省的速度，對幻滅、受難的歷史和孤魂予以肯定和慰藉。「沒有恐懼，終止逃遁」，以抽離的視角，超越放逐和離散的淒酸，洞悉整個局面。

一九二六年楊際光出生於中國內地，五〇年代初來港。楊際光來港前在內地從事翻譯，來港後在《香港時報》任職翻譯工作，並先後擔任過《幽默》（徐訏主編）半月刊和《文藝新地》（李輝英、林適存等主編）的編輯工作。

一九五六年，當馬朗為推動現代主義文藝，創辦《文藝新潮》不久，楊際光便加入了「新潮社」，為《文藝新潮》譯介西方現代文學作品，也發表創作。在此之前，楊際光使用「貝娜苔」、「麥陽」為筆名，已在《香港時報》、《文藝新地》、《海瀾》等刊物上發表過大量詩作，翻譯作品則

2 楊際光，〈歸依〉，《香港文學》一四一期（一九九六年九月），頁五二。二〇〇三年出版的《純境可求：楊際光晚年文集》中，收入〈歸依〉一首，楊際光在注釋中指出該詩是為紀念他已故兒子而作。參見楊際光，《純境可求：楊際光晚年文集》（吉隆坡：燧人氏事業公司，二〇〇三），頁五〇。

使用「羅繆」、「明明」或本名發表。楊際光是新潮社的主力，幾乎每期都有他的翻譯；一九五七年，參與匈牙利革命運動而流亡國外的詩人保羅‧伊格諾托斯（Paul Lgnotus）路過香港時，楊際光曾訪問他，寫下了〈匈牙利革命詩人會見記〉。[3]

曾有一段時期，楊際光的詩與李維陵的畫並列在《香港時報》副刊上每日刊出。[4]在一九六八年出版的詩集《雨天集》收入楊際光詩作八十餘首，大部份在五〇年代發表，但仍有許多楊際光詩作未收進詩集中。可以說，楊際光是活躍於五〇年代的詩人和文學翻譯家，可是自他在五九年離開香港後，已絕少在港發表作品。

一九七六年，香港《大拇指周報》曾刊出一篇由楊際光介紹馬朗的文章，一九八一年，《大拇指》刊登兩篇楊際光與李維陵互相懷念的文章，直至一九九六年，楊際光再次在港發表詩作和文章。但是自《雨天集》中鍾文苓的〈評〉和李維陵的〈跋〉之後，幾乎再沒有對於楊際光詩作的評論。

一九九五年，筆者透過閱讀李維陵小說集《荊棘集》，讀到有關楊際光詩作的評論，後來找到他的詩集《雨天集》，再到圖書館逐日查閱五〇年代的《香港時報》，找到為數不少未結集在《雨天集》的詩作，驚訝於五〇年代的香港，已有如此成熟、豐富又內斂的詩。

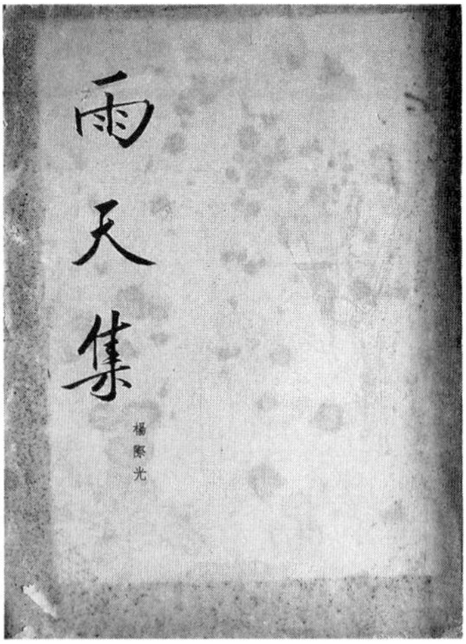

楊際光，《雨天集》（華英出版社，無出版日期）。

一九九六至二〇〇〇年間，楊際光斷斷續續地在《香港文學》發表文章，憶述赴美後的生活、家人和朋友，也談及《文藝新潮》、馬朗和李維陵；讓我們知道，這位久違了的前輩、一位跡近被遺忘的香港詩人，並未真正消失。

一九九九年筆者在香港嶺南大學修讀碩士學位期間，得悉劉紹銘教授是楊際光故交，並有通信；遂求問於劉教授，獲知楊際光在美國地址，因慕其詩，加以筆者的碩士論文研究五、六〇年代香港新詩，其中一節專論楊際光，二〇〇〇年筆者把該節增訂後，於嶺南大學舉辦的研討會上發表，[5]其後本擬把論文寄給楊際光，可惜自己耽擱時日，至二〇〇一年初，傳來楊際光病逝美國的消息，使筆者懊悔哀痛不已。

作為一個香港文學的研究者和創作者，深感楊際光的詩作在香港文學上的意義，同時，他的詩作亦真正使我觸動，在創作上得到啟發和激勵，楊際光的作品，予筆者實有雙重意義，謹願以此文，紀念楊際光先生。

---

3 參考貝娜苔（楊際光），〈匈牙利革命詩人會見記〉，《文藝新潮》一三期（一九五七年十月），頁二六—二九。

4 楊際光與李維陵曾計劃出版合集，但因負責籌劃的劉同縝與楊際光先後離港而擱置。參楊際光，〈香港憶舊：靈魂的工程師〉，《香港文學》一六七期（一九九八年十一月），頁五〇—五二。

5 該論文修訂後以〈五〇年代的純境與新視角——論楊際光〉為題，發表於《作家》七期（二〇〇〇年十月），頁一一六—一二六。

一、精神藏匿的「純境」

楊際光是來港後才開始寫詩的，據他在《雨天集》前記所說，是希望用詩建構一個可供精神藏匿的「純境」：

我並不是在正常的環境裡長大的。等到長大，已經被投入一個十分混亂的世界，一切都與我所習慣的感受那麼隔膜，互不相容，過去戰爭留下的重疊疤痕，未來衝突的漸近的爆發，帶來生活的動盪，精神的緊張，也造成了傳統與秩序的崩敗，我侷處於外來和內在因素的夾擊中，無法獲得解救。在極度的心理矛盾下，我企圖建砌一座小小的堡壘，只容我精神藏匿。我要闢出一個純境，捕取一些不知名的美麗得令我震顫，熾熱得灼心的東西，可將現實的世界緊閉門外，完全隔絕。[6]

楊際光在《雨天集》前記中形容外在環境為「混亂的世界」，戰爭、經驗斷裂帶來生活的動盪。除了外在環境的混亂，楊際光的不安還包括與現實社會格格不入帶來內在的、精神上的衝擊。於是他以詩歌作為精神放逐，透過詩作另闢在現實中不存在的「純境」、建構自我放逐的精神堡壘。

楊際光要用詩將現實隔絕，但不表示他的詩與現實無關。事實上，楊際光的苦悶，在五〇年代並非單一偶然的事。一九四九年，中國大陸政權易手，大批難民來港，當中包括不少文人作家，視香港為流亡寄居之地，無論在現實或精神層面上都苦無出路。劉以鬯回顧五〇年代的香港文學時，指當時的作家「多數不能將克復險阻的力量集中起來，空虛、失落，精神苦悶到極點」。[7]馬朗在〈「文藝新潮」雜誌的回顧〉則指出作家所感受到的苦悶不單來自政治現實的動盪不安，也來自文化環境的保守倒退，無法回應現實的衝擊。[8]

以上可作為《雨天集》前記的注腳，由此理解，即使楊際光未直接「反映」現實，他的詩也可看為對五〇年代香港現實環境的回應。當時不同作家對現實環境有不同的回應方式，如徐訏和……三傾向於一方面藉抒情的懷鄉筆調喚起昔日的……方面實寫外界時否定外在現實的一切……的方法是自我精神的藏匿。……批判現實，而是另行

《文藝雜誌季刊》創刊號（1982年3月）。

本文以楊際光詩為討論對象，不僅只因為楊際光……少，也因為從他五〇年代留下的大量……鄉的作者，怎樣從……

……頁一。楊際光《雨天集》與李維陵的《荊棘集》同……為此年出版。

……，頁二五—二六。

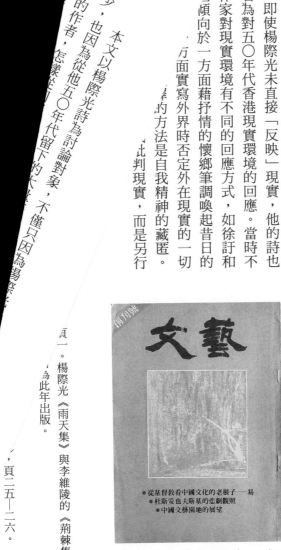

[illegible]楊際光是一個跡近被遺忘的香港詩人，相關評論稀[illegible]的大量詩作中，可見出楊際光作為一個從中國內地南來、視香港為異[illegible]樣從回應外在現實環境開始，建立另一種觀察現實的方法。以下擬看這「純境」是怎樣建立，而楊際光對於外在現實的回應方式，對於我們理解和研究五〇年代的香港新詩又有甚麼意義和啟示？

二、「純境」的潛背景：〈長夢〉、〈橫巷〉

楊際光希望建構的純境，是「捕取一些不知名的美麗得令我震顫，熾熱得灼心的東西，可將現實的世界緊閉門外，完全隔絕」。楊際光在〈長夢〉一詩中以平和而低沉的語調、情感的節約，超現實和象徵手法，暗示「純境」的潛背景是一個經歷矛盾和掙扎的處境：

不盡的淚珠凝固為含血的晶石
被抖動的手點綴於不識寒熱的枯枝
燕雀隨著節候，知道故巢在伸臂，
不是有孤魂每在中夜憑弔週期的月缺？

海角有我豐滿的寶藏和人魚之歌，

舊畫裡卻深深埋伏無以淹沒的溫存。
手中有難斷的箭，但何處是可落的鮮果？
我將緊緊封閉，長伴染有陳厚唇印的殘杯。[9]

詩中「不盡的淚珠」顯示一種情感的抒發，卻被「凝固」，好像「不識寒熱的枯枝」對季節的更替、時間失去敏感。作者把淚珠的凝固與不識寒熱的枯枝牽連，指出情感的凝固即是時間的凝固。第一、二句顯示出情感的落空、時間的停止，到第三、四句接著由燕雀承續這情感。這節詩描寫出兩種力量的同時存在：流動與凝固、抒發與冷漠、過去與現在，使詩人徘徊其間。

到第二節再把外在的矛盾引申至內在，「豐滿的寶藏和人魚之歌」作為過去的記憶已在現實中被淹沒，卻又在舊畫中重現。「難斷的箭」是詩人手中的力量、代表理想和抱負，卻無從發揮。外在與內在的矛盾，使詩人兩度發問，最後在矛盾與掙扎當中「緊緊封閉」。〈長夢〉描寫兩種力量、兩種狀態的交纏，使詩人來往其間。

在短短八行詩中，楊際光大量運用超現實和象徵手法，一方面暗示現實的牽連而不明說，另

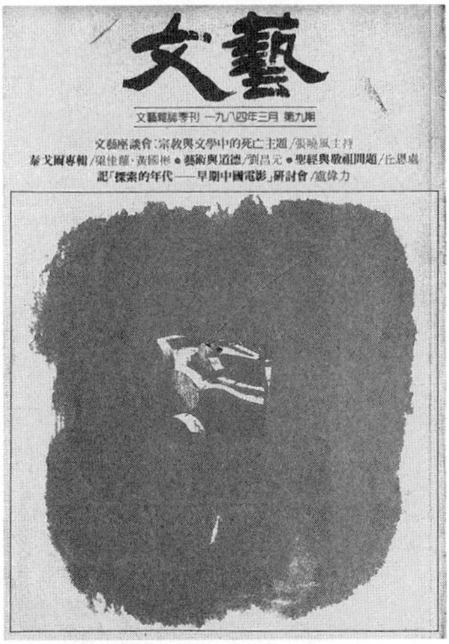

《文藝雜誌季刊》9期（1984年3月）。

9 楊際光，《雨天集》，頁八。

一方面也在塑造另一種表達方式。這種表達正視現實的矛盾，既不逃避掩飾也不作批判。相較於五〇年代的臺灣現代詩，楊際光的情況不是因為政治氣氛的壓抑導致不能明說，[10]而是不滿足於固有的表達方法。同時代不少作者所強調的個人內在情感、過去的故鄉、歲月、記憶以至未來的抱負等元素，在楊際光〈長夢〉一詩中都各自存在矛盾，無法單一地解決自己的問題。

楊際光以詩作建構「純境」，〈長夢〉顯示了過程的矛盾，另一些描繪了「純境」的存在，另一些則表達對「純境」的懷疑。例如〈橫巷〉透過對現實世界的重新安排，表達純境的存在是由於有另類的觀察：

斜坡載著升降的步伐，
沉重的聲響，映在暗藏的枷鎖，
透進熟悉的呻吟和呼號，
寂寞中獲得溫暖的應和，
靜巷中現出更深空洞。

一朵牆剖開兩個相同的世界，
燈盞明亮又復熄滅，
祇渺茫的一星光，
在靈智中閃耀，

《文藝雜誌季刊》10期（1984年6月）。

穿出重重檻柵，遠遠射向希望。[11]

〈橫巷〉描繪「兩個相同的世界」，一個有暗藏的枷鎖、呻吟和呼號，另一個在「寂寞中獲得溫暖的應和」，詩人剖開這「兩個相同的世界」，越過現實中的檻柵而通向希望，而純境就存在於對現實世界的另一視角。

再如〈晚霧〉、〈沙影〉、〈早寒〉等篇章，詩人從現實世界中的海濱、夕陽、街巷中注入自己的思想，改變眼前的景觀，塑造「純境」。作者對眼前的現實世界不應和也不輕易否定，而是透過重新安排現實世界再現作者的另一視角。這純境除了指向一種美麗的境界，更重要是提出另一類觀察現實世界的方式、一種創造性的視角。

三、「純境」的內省：〈無思夜〉、〈水邊〉

楊際光所建構的「純境」作為另一個相對於現實的內在世界，亦未必可以長久自足，作者在建構「純境」的同時，也讓它作自我的內省。例如〈無思夜〉所描寫的南方漁港，即使是眼前現實中

---

10 有關五〇年代臺灣現代詩的問題，參見奚密，〈邊緣、前衛、超現實——對臺灣五、六〇年代現代主義的反思〉，《現當代詩文錄》（臺北：聯合文學出版社，一九九八），頁一五五—七九。

11 貝娜苔〈楊際光〉，〈橫巷〉，《文藝新潮》六期（一九五六年十月）。

的寧靜的世界，在溫馨中亦有暗泣與哀怨：

披下長長銀髮的艇家燈火，
輕拂微波，吻到安眠的魚蝦，
又訴說難見的勸慰，
伸入堤柳老去的暗泣。
無思之夜輾過負載過重的手車，
涼滑的聲息加深了昏黑，
挑撥莫名的哀怨，掩埋於灰白的遠煙。

誰的淡笑，誰的蜜語，
這片刻溫馨悄悄侵入，
又輕輕逸過這轉瞬的領域。
茫茫中仙源已不可追尋，
聽生命的骰子被擲出，
命運作出殘暴的扭滾。[12]

詩中描繪的南方漁港，在表面的溫馨中暗藏暗泣與哀怨，眼前現實即使寧靜亦不是詩人追尋的仙源，前面努力建構的純境，到最後以「命運作出殘暴的扭滾」表示懷疑，未忘記外在現實巨大的破壞力。即使是內在的精神堡壘，亦並非可以完全掌握，〈水邊〉表達了另一種懷疑：

向空茫伸出絕望的手，
無可掌握自我的真實，
猶如未熟的綠葉，
超越時間，過早腐爛。

熱情的泡沫曾連綿舞騰，
伴著心跳的韻律，
朝寒天盲飛，
撒下悵恨的柔網。

水面映出怪形的臉，
唇上綴起兩瓣嬌豔的花，
微波仍將花影載去，

12 楊際光，《雨天集》，頁二〇。

送入沒有定處的墓穴。[13]

水面上「怪形的臉」是詩人內在世界的倒影，「向空茫伸出絕望的手／無可掌握自我的真實」指向內在世界的難以掌握，自我放逐的「純境」與精神堡壘的建造，可以是釋放，也可以是囚禁的墓穴。如果〈無思夜〉是對重新安排現實的懷疑，〈水邊〉則是對內在精神建構的懷疑：內在精神世界是否只是一種鏡象，無法肯定真幻？詩人在〈鏡子〉中再面對純境的鏡象，讓內在世界作自我觀照式的思考：

園林裡處處有你的跡印，
你又是甚麼？我抱有
最遠最完滿的希望，
望著一堆堆青灰的形體，
頑固的、呆笨的、古老的
不會在風雨裡酥化。
你可是一塊醒覺的石頭，
守在最後平原的隘口？

我認識腦子裡的花樣，

還有已往日月裡的熱情，
現在的不著邊際的平隱。
初築的碉堡向我走來，
落進清晨白壁上的影子，
沒有再混合我的恐怖。

優美的國土還在飄忽，
未倦的雙足，揚起，揚起。14

詩人建構自我內在世界的努力，化成園林裡的跡印，過去的自我成為「青灰的形體」、「醒覺的石頭」，詩人放棄刻意營造，而讓「初築的碉堡」逐漸成形，結合記憶與價值於內在的延續，重新肯定「純境」的建造，透過這純境將經驗上的放逐轉化成精神上、觀念上的放逐，超越了放逐的陰暗面。

當中的關鍵不是個人創造出超脫現實的純境，因為一個僅僅純粹美麗的內在世界可能只是幻象，作者顯然不滿足於此；而是讓純境本身作內在的觀照和反省，了解當中的局限，回頭幫助

13 貝娜苔（楊際光），〈水邊〉，《文藝新潮》二期（一九五六年四月）。
14 貝娜苔（楊際光），〈鏡子〉，《海瀾》一期（一九五五年十一月），頁三〇。

「我」認清今日現實的處境。

結語：「純境」的超越意義

楊際光和《文藝新潮》諸作者無疑為五〇年代的香港文學留下重要的作品，而《文藝新潮》引介現代主義文學的意義尤其深遠。楊際光在〈香港憶舊：靈魂的工程師〉一文中慨嘆五〇年代《文藝新潮》的努力，似不被現今的評論者所肯定，甚至對其提倡現代主義文學的做法，以至李維陵和馬朗的作品，都有所非議。[15]《文藝新潮》的努力表面看似中斷，其實後來者的發展，包括崑南、王無邪、李英豪等人創辦的《新思潮》（一九五九）和《好望角》（一九六三）的取向，與《文藝新潮》正一脈相承，並未因停刊而中斷。

現代主義文學在五、六〇年代的香港和臺灣同時掀起浪潮，都不純粹視之為一種藝術技巧的引進，而是為針對或回應現實政治和社會環境的問題。現代主義文學有它的長處，當然也有局限，但對五、六〇年代的作者來說，口號式批判或浪漫的感傷筆調都再無法回應複雜又充滿矛盾的局面，而現代主義文學正提供另一種觀察世界的方法，有助於新語言的建立。

西西在一次訪問中談及五〇年代的香港新詩，她說早年先接觸力匡講究形式格律的詩，後來覺得力匡的詩太簡單，再看到楊際光和馬朗的詩，「覺得那些詩相當艱深」。[16]她所感到的艱深不只是技巧上的複雜，而是由於楊際光和馬朗詩中放棄舊有的表達，提出另一類觀察現實世界的方式，顯出在思維上的複雜性。

崑南在一篇回應新詩被指為難懂的文章中，表達他對創新語言的決心和自覺：

> 「難懂」的形成，我個人認為是由於詩人的創新，使部份讀者在不習慣中產生出來的。所謂「不習慣」，因為當代詩人已不滿足昔日「詩化」的語言來表達個人的情感思想，遂決心創新的語言——非傳統的、非理性的、非邏輯的語言。這是很自然的。他們的新語言的實質不外乎反映這個時代的面目。[17]

「難懂」是因為昔日「詩化」的語言，無法回應現代的新局面。楊際光詩的複雜性，正來自內在觀念的曲折和新視角。如果楊際光詩中的感情內斂、自我抽離的語調、內省的態度，是現代主義文學的特質，則現代主義對於楊際光不只是技巧上的挪用，而是有語言上的需要：需要那樣的寫法，才能真正表達種種複雜的觀念和對現實的另類觀察。

綜觀楊際光的詩，始終選擇內在的自我探尋、建構自足的內在世界，而不選擇具體反映或批判外在現實。他是以自我建構的方式來回應外在現實的問題，以象徵和暗示作呈現，建造可供精神藏匿的純境，亦同時自覺到自我建構的局限。

---

15 楊際光，〈香港憶舊〉，頁五〇—五二。

16 參考康夫整理，〈西西訪問記〉，《羅盤》詩雙月刊一期（一九七六年十二月），頁四。

17 崑南，〈端午節談中國新詩三大問題（上）〉，《香港時報‧淺水灣》，一九六〇年五月二十八日。

楊際光詩中的純境不是一個美境，而是一種理解事物的態度，存在於對現實世界的另一視角，那純境不只是楊際光個人的。楊際光的詩未直寫現實，好像只專注於個人，其實處處可見對現實的呼應：從側面回應現實，提出新的語言，嘗試對眼前的現實重新安排，以純境洞悉整個局面，超越外在的衝擊與放逐的愁苦，為離散和放逐的時代賦予比情感上的消沉傷感更廣大的意義。

第九章

超越放逐

——論馬朗

一、馬朗與《文藝新潮》

五〇年代中，臺灣和香港文壇各自出現倡議或介紹現代主義文學的刊物，在臺灣是現代詩社、藍星詩社的成立和《現代詩》、《創世紀》、《筆匯》、《文學雜誌》的出版，在香港亦有《文藝新潮》、《新思潮》、《好望角》和《香港時報》「淺水灣」副刊等，並出現互動或影響的關係，[1]臺港

1　參考張默，〈中國現代詩壇卅年大事記〉，《中外文學》一一卷三期（一九八二年五月），頁二〇六—六一；劉以鬯，〈三十年來香港與臺灣在文學上的相互聯繫〉，《劉以鬯卷》，頁三四七—五九。

兩地對於現代主義的引介實有相近，兩者都並非單純在文學藝術上的追求，而是有現實原因，為針對或回應現實政治和社會環境的問題。正如奚密在〈臺灣五、六〇年代現代主義的反思〉一文中解釋臺灣現代詩超現實主義的傾向，是由於政治力量及教育與保守力量對現代詩的貶斥，促使臺灣五、六〇年代現代詩的邊緣化；[2]《文藝新潮》對現代主義的提倡亦有所針對。

一九五六年二月，從上海來港的馬朗（馬博良）創辦《文藝新潮》，各期均以大篇幅譯介西方現代文學，被視為「五〇年代第一份介紹西方現代文學的雜誌」。[3]馬朗後來回顧《文藝新潮》的創辦目的時說：「我們出版這本雜誌，從頭就是要在革命的狂流中開始一個新的革命，一個新的潮流——這個新的潮流就是現代主義。我認為，通過現代主義才可以破舊立新。」[4]

馬朗在《文藝新潮》創刊辭中把現代主義文學形容為禁果，在過去不能自由採摘：「為甚麼這是禁果？為甚麼要遮住我們的眼睛？」[5]馬朗在八〇年代回顧《文藝新潮》進一步解釋他的不滿：

> 許多從大陸逃亡出來的文化人和知識青年，都執筆賣文……其中雖偶有佳作，也是落伍脫節的居多，有時簡直是開倒車回到「新月」時代以前，既不「接棒」承繼優良的傳統，更不去尋覓世界文學的主流，完全是坐井觀天。
> 受到政治勢力的影響，我們的視聽都被矇蔽多時。回到我們破除矇蔽的屏障，重新觀察裡外的世界，我們覺得處身在一個史無前例的悲劇階段，面臨新的黑暗時代，於是感到需要一個中心思想……這個新的潮流就是現代主義。當時，我認為，通過現代主義才可以破舊立新。[6]

馬朗所稱的「優良的傳統、世界文學的主流」，指的是西方現代主義文學和三、四〇年代中國文壇對現代主義的引介。在《文藝新潮》創刊辭中，馬朗呼籲人們在廢墟間重新建設：「理性和良知是我們的旌旗和主流，緬懷、追尋、創造是我們新的使命，」[7]其中「緬懷、追尋、創造」包括了繼承三、四〇年代引介現代主義的努力，並以此作為出路。

對馬朗來說，過去的經驗和三、四〇年代現代主義的傳統已為時代斷裂，面對五〇年代初期被他稱為「開倒車回到『新月』時代以前」的保守氣氛，更是一種雙重的經驗斷裂和雙重放逐。馬朗不滿五〇年代初的保守氣氛，提倡現代主義一方面為破除保守，另一方面針對政治勢力做成的蒙蔽，亦為同時代精神苦悶的放逐者，提出以現代主義作為放逐的出路。

2　參考奚密，〈邊緣、前衛、超現實〉，頁一五五—七九。
3　梁秉鈞，〈香港小說與西方現代文學的關係〉，收入陳炳良編，《香港文學探賞》（香港：三聯書店，一九九一），頁七三。
4　馬博良，〈「文藝新潮」雜誌的回顧〉，頁二五。
5　新潮社，〈發刊詞：人類靈魂的工程師，到我們的旗下來！〉，《文藝新潮》一卷一期（一九五六年二月）。另見馬博良，《焚琴的浪子》，頁三三—三六。
6　張默，〈風雨前夕訪馬朗〉，頁七八、八四。
7　新潮社，〈發刊詞：人類靈魂的工程師，到我們的旗下來！〉。

二、重疊的視角：〈北角之夜〉

馬朗，原名馬博良，原籍廣東中山，在澳門出生，成長於美國華僑家庭，曾居美國、香港及上海，曾在上海發表小說和新詩，主編《文潮》、《前鋒》、《小說》等雜誌，先後擔任過《正言報》、《自由論壇報》編輯，著有詩集《海誓》、小說集《第一理想樹》，一九五一年從上海移居香港。[8]對於經驗和觀念上的雙重斷裂局面，除了創辦《文藝新潮》，馬朗在創作上亦有所回應，然而他的方法有別於徐訏和力匡等作者全面否定當下的做法，馬朗的回應是重建一個觀念上延續的世界。他在〈北角之夜〉一詩中，把中國經驗和故鄉記憶，重疊在寄居地的景觀當中，透過記憶與現實的融合，超越了放逐的愁苦。詩中過去和現在兩種時空的關係是並置的矛盾多於二元對立：

最後一列的電車落寞地駛過後
遠遠交叉路口的小紅燈熄了
但是一絮一絮濡濕了的凝固的霓虹
沾染了眼和眼之間朦朧的視覺
於是陷入一種紫水晶裡的沉醉
彷彿滿街飄盪著薄荷酒的溪流

而春野上一群小銀駒似地
散開了，零落急遽的舞孃們的纖足
登登聲踏破了那邊捲舌的夜歌

玄色在燈影裡慢慢成熟
每到這裡就像由咖啡座出來醺然徜徉
也一直像有她又斜垂下遮風的傘
素蓮似的手上傳來的餘溫

永遠是一切年輕時的夢重歸的角落
也永遠是追星逐月的春夜
所以疲倦卻又往復留連
已經萬籟俱寂了

8 馬朗生平資料參考〈作者小傳〉，收入馬博良，《江山夢雨》（香港：麥穗出版公司，二〇〇七），頁一五八—五九；馬朗、鄭政恆，〈上海、香港、天涯——馬朗、鄭政恆對談〉，《香港文學》總三二二期（二〇一一年十月），頁八四—九三；也斯，〈一九五〇年代香港新詩的傳承與轉化——論宋淇與吳興華、馬博良與何其芳的關係〉，收入黃淑嫻等編，《也斯的五〇年代：香港文學與文化論集》（香港：中華書局，二〇一三），頁五七—七九。

營營地是誰在說著連綿的話呀[9]

第一句中的「落寞地」同時指向擬人的情感與緩慢的速度，在下一句「小紅燈熄了」讓讀者知道慢速的電車已逐漸停下，「最後一列」的形容是抒情的描寫，也是一種時空斷裂的暗喻。第一、二句寫緩慢的動態最後停下，緊接著第三、四句寫另一種動態開始，而這另一種動態是由於個人感官帶動霓虹光影的濕濡和凝固，這前二句與後二句一終一始的安排，從側面表達了作者對於過去和現在兩種時空的觀感。

在第二節，作者寫另一種超現實的感官，因著這時空斷裂而得以開展：「於是陷入一種紫水晶裡的沉醉／彷彿滿街飄盪著薄荷酒的溪流」，這不是寫實的街景，而是混合了作者主觀的想像，但在接著的三至五節中又可見這主觀的想像是建基於過去的中原經驗，顯示這超現實的感官並非真正虛幻。「春野上一群小銀駒」指向一幅遼闊的景象，象徵作者過去的中原經驗，又同時用以指向現實北角的深夜景觀：「零落急遽的舞孃們的纖足」描述一眾深夜下班的夜總會舞小姐，「登登聲」可以推斷為春野銀駒發出的聲音，「捲舌的夜歌」或就是舞孃們的歌聲，在兩者之間，作者用形象化的「踏破了」來連接，強化了記憶的真實性，也消除了過去和現在、記憶與現實的界線。

第三節延續上一節超現實的感官，「一直像有」指向一些不即時存在的事物，「她」在這句子

馬博良，《焚琴的浪子》（香港：素葉出版社，1982）。

裡已是客觀上具體消逝了的事物，但「斜垂下遮風的傘」與「素蓮似的手」作為記憶中的主觀觸覺，好像「餘溫」般稍微消褪但未曾真正消失。第四節從比較抽離的記憶和現實連合的具體呈現，來到比較抒情的結論，藉重複使用的「永遠是」，再肯定記憶的延續。詩中「往復留連」和「連綿的話」的主體是隱藏的，但從相對的「萬籟俱寂」和對第一節象徵時間停駐的「最後一列的電車」的回應，顯示記憶的聲音不具體存在但仍真實地延續。

〈北角之夜〉署寫作日期為一九五七年五月二十四日，正是《文藝新潮》第十一期出版的前一日，[10]距離《文藝新潮》創刊已一年多。如果把馬朗創辦《文藝新潮》視為對過去被時代遏止的理想的延續、對三、四〇年代中國現代主義文藝的承繼，標示「緬懷、追尋、創造」為使命的《文藝新潮》發刊詞，未嘗不可以和〈北角之夜〉並讀，以馬朗創辦《文藝新潮》作為〈北角之夜〉的背景，更可見出〈北角之夜〉詩中對過去和現在兩種時空的並置不是偶然的，而「永遠是一切年輕時的夢重歸的角落／也永遠是追星逐月的春夜」這樣的句子在抒情以外更有實際所指；正如也斯在《焚琴的浪子》序中所說：

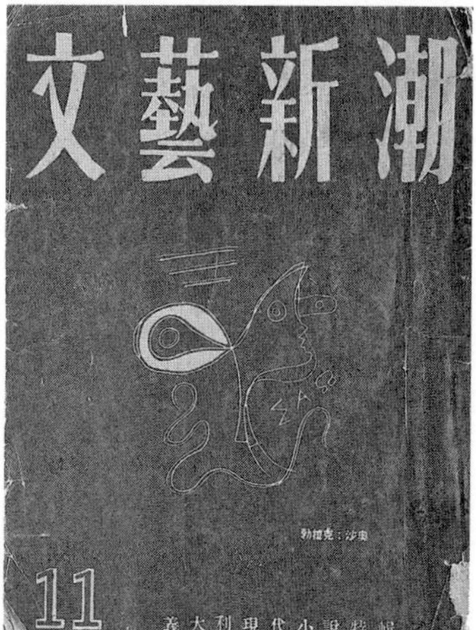

《文藝新潮》11期（1957年5月）。

9　馬博良，〈北角之夜〉，《焚琴的浪子》，頁六七—六八。

10　據《文藝新潮》第十一期版權頁所載，該期於一九五七年五月二十五日出版。

對馬朗那一輩作者來說，過去中國大陸春野上的經驗，與香港現實的經驗是互相重疊的；從緬懷抒情的聲音裡，逐漸響現了現代都市的聲音，正是他們那一輩作品裡的一個特色。他們那一代，作為編者與作者，開闊了我們的眼界，從北角開始，讓我們看到西方的新思潮，回顧中國的好作品。北角，或者香港，實在不是一個孤立的地方，在時間上，在空間上，是與其他地方互相連結的。[11]

〈北角之夜〉中「春野上一群小銀駒」和「零落急遽的舞孃們的纖足」比喻和重疊的關係，也是作者眼中的中國經驗與現實香港的關係。其間的意義可以是多方面的，一方面可見作者怎樣將記憶和現實互換，另一方面中國經驗與現實香港的重疊，顯示了記憶和現實、過去和現在並非各自孤立或互相對立。一方面可見作者在懷鄉的同時，另一方面對於香港並未否定，北角，在作者的視角中，是時間的停駐，也是記憶和現實的連合。

三、靜止和斷裂：〈霧港〉

在馬朗詩作中，以電車的行駛象徵時間，〈北角之夜〉不是唯一的一首。另一首寫於一九四五年的早期詩作〈車中懷遠人〉亦有類似的手法：

電車：淒迷地搖落

遠遠伸張出去的燈火路
岩石一樣寂靜的車廂
仰視著夜半平靜的天
從一個時間鐺鐺然駛入了又一個時間[12]

〈車中懷遠人〉中的電車是從不同時間的空間中行駛，〈北角之夜〉的電車則在緩慢中駛向終點，與「遠遠交叉路口的小紅燈熄了」一同指向時間的靜止和斷裂，而時間的靜止和斷裂在現實上也是個人經驗的靜止和斷裂。馬朗另外於一九五六年的〈霧港〉描寫這靜止和斷裂。〈霧港〉是一首只有四行的詩：

出沒在白色和白色之間
濛濛的一條乳帶圍繞著的
寂寞的船呵
嗚嗚地呼喚著消失了的道伴[13]

---

11 也斯，〈從緬懷的聲音裡逐漸響現了現代的聲音〉，收入馬博良，《焚琴的浪子》，頁二〇。
12 馬博良，《焚琴的浪子》，頁一一三。
13 同前注，頁四二。

船被大霧圍繞的處境，在詩中是「出沒在白色和白色之間」，被「濛濛的一條乳帶圍繞著」，船在「白色和白色之間」失去了方向，沒有之前和之後。空間的迷失也就是時間的迷失，「濛濛的一條乳帶圍繞著」形象化地描寫出濃霧如何作為一種外在的力量把船圍困，做成了時空、經驗和記憶上的離散、靜止和斷裂，加強了時空的迷失感。就在這處境當中，船「嗚嗚地」發出對過去已消逝時空的呼喚。〈霧港〉強調迷失、與同伴離散、呼喚認同而徒然的處境，也可說就是五〇年代離散放逐者的處境，當中「船」的象徵意義不難理解，並可與本書〈懷鄉與否定的依歸：徐訏和力匡〉一文分析過的力匡〈桅燈〉和〈路燈〉二詩並讀。

〈霧港〉和〈北角之夜〉都表達出作者對於過去的懷戀，前者的語調比較傷感，後者則比較內斂。〈北角之夜〉對過去和現在的感受表達得比較複雜，而當中的關鍵在於記憶與現實的轉化，帶著距離的目光審視過去與現在的關係，透過記憶與現實的融合，消磨了過去和現在時空的孤立或對抗，正如葉維廉在一篇討論瘂弦詩作的文中曾詳細探討記憶如何在放逐的處境中發揮作用，[14]馬朗在〈北角之夜〉以延續的記憶抗衡時間的靜止和斷裂、透過記憶與現實的融合，超越了放逐者二元對立的思維。

14　參考葉維廉，〈在記憶離散的文化空間裡歌唱〉，頁七二七—七三一。

第十章

語言的再造

——論蔡炎培

引言

蔡炎培早於一九五五年已和崑南、葉維廉、王無邪、盧因等創辦《詩朵》，那時他們雖然只是高中生，但那年代的學生早熟，在創辦《詩朵》之前，他們已在《星島日報・學生園地》、《人人文學》和《中國學生周報・詩之頁》發表過不少詩作，他們在詩學上的認真和勤奮，亦見諸在《詩朵》和稍後在《香港時報・詩圃》所創出的「蜻蜓體」新格律詩。當馬朗於一九五六年創辦《文藝新潮》，他們積極供稿，蔡炎培以「杜紅」為筆名發表詩作，崑南以「葉冬」為筆名發表散文和譯作，另以「崑南」發表小說和〈布爾喬亞之歌〉、〈賣夢的人〉等長詩，王無邪以「伍希雅」、「無邪」發表小說、詩歌和譯作，葉維廉、盧因亦分別發表多篇作品，盧因更獲「《文藝新潮》小說獎」第二名（獲第一名的是臺灣作家高陽）。

六〇年代，他們各有不同發展，葉維廉和蔡炎培先後赴臺灣升學，崑南投身社會，稍後創辦《香港青年周報》，王無邪選擇藝術之路，繼而赴美進修，回港後一直專注藝術創作和教學；然而翻閱當時的刊物，可見整個六〇年代差不多十年間，即使他們選擇走上不同的路，依然可在《香港時報·淺水灣》、《中國學生周報·詩之頁》和崑南、王無邪、李英豪等先後創辦的《新思潮》和《好望角》，以至一些臺灣出版的刊物如《創世紀》和詩選集如《六十年代詩選》，持續讀到他們的詩作。

《香港青年周報》419期（1975年1月15日）。

他們的詩作當然各有不同特色，但都共同關注身份認同和語言的問題，崑南〈大哉驊騮也〉、葉維廉〈賦格〉、王無邪〈筵：燃燒〉、蔡炎培〈七星燈〉都氣格龐大，從個人引申到時代和語言的思考，他們在詩學上的成長也和六〇年代港臺現代詩的交流密切相關，在談論六〇年代香港新詩的發展時，他們幾位的努力相信絕不可忽略。崑南、葉維廉、王無邪分別都有不少學者評論過，唯蔡炎培較少見評論，其詩亦實在不易評說。蔡炎培的詩歌語言特殊，語言性格突出，亦最能討論香港詩的語言問題。以下嘗試從六〇年代的詩語言和歷史承傳談起，最後歸結於詩語言的分析和省察。

一、蔡炎培、徐速與「密碼詩」論戰

一九六七年，蔡炎培曾以「林筑」為筆名在《當代文藝》發表〈曉鏡——寄商隱〉一詩，[1] 引起著名的「密碼詩」論戰，參與者主要包括徐速、宋逸民、萬人傑等人，首先是宋逸民一九六九年在《萬人雜誌》發表〈「密碼派」詩文今昔觀〉，將現代派挖苦地稱為「密碼派」，並嘲諷〈曉鏡——寄商隱〉一詩為「標準密碼派的新詩」，理由是：「這首詩雖然是用中國字寫的，每個字我們都認識，但組成句子之後卻每一句都看不懂。」[2] 徐速則在《當代文藝》發表〈為「密碼」辯誣——並泛論現代詩的特性及前途〉，雖然他也不認同現代詩的語言，但放下了嘲諷和全面否定的態度，較認真地檢視現代派詩歌的語言問題，只可惜該論戰無可避免地以意氣之爭的罵戰告終。

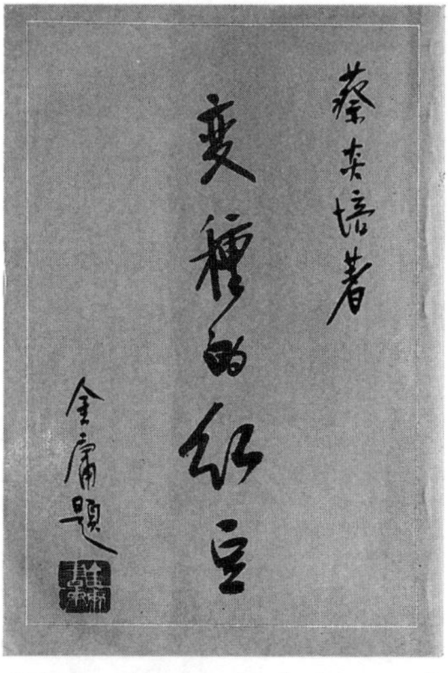

蔡炎培，《變種的紅豆》(臺北：遠景出版事業公司，1984)。

1　見《當代文藝》三卷二一期(一九六七年八月)，頁八〇。
2　宋逸民，〈「密碼派」詩文今昔觀〉，《萬人雜誌》八四期(一九六九)。

一九六九年的「密碼詩」論戰，在意氣和刊物立場（涉及《當代文藝》與《萬人雜誌》之爭）的維護以外，更核心的問題是徐速與萬人傑一輩對臺港現代詩和青年語言的態度。談起這論戰，蔡炎培他們一輩亦可說和徐速有一點緣，早在《詩朵》時期，年輕的崑南就曾以「狄斯艾」為筆名，發表針對性的〈免徐速的詩籍〉一文，批評徐速在詩觀上的保守；在六〇年代的「密碼詩」論戰中，徐速卻為蔡炎培的詩被指難懂辯護，雖然徐速的出發點主要是維護《當代文藝》的聲譽，也比起單單以難懂而全面否定、嘲諷現代詩語言的宋逸民、萬人傑等人，來得比較開明。

六〇年代，「現代詩」在港臺兩地青年間迅速傳播，引發不少討論，就其語言的晦澀，有批評也有辯解，在「密碼詩」論戰之前，崑南也在一篇文章，為現代詩被指為「難懂」辯解：

> 「難懂」的形成，我個人認為是由於詩人的創新，使部份讀者在不習慣中產生出來的。所謂「不習慣」，因為當代詩人已不滿足昔日「詩化」的語言來表達個人的情感思想，遂決心創新的語言——非傳統的、非理性的、非邏輯的語言。這是很自然的。他們的新語言的實質不外乎反映這個時代的面目。[3]

我在論楊際光的文中亦引用過上述崑南的文章，指出六〇年代現代詩中的「難懂」並非語文問題，不是在語意上故弄玄虛的文字遊戲，而是一種語言上的需要。現代主義文學在五、六〇年代的香港和臺灣同時掀起浪潮，都不純粹視之為一種藝術技巧的引進，而是為針對或回應現實政治和社會環境的問題。對五、六〇年代的作者來說，口號式批判或浪漫的感傷筆調都再無法回應複雜又充滿矛盾的局面，而現代主義文學正提供另一種觀察世界的方法，有助於新語言的建立。

在肯定或否定之餘，六〇年代末另一趨勢卻是對語言的反省、調整和轉化。例如一九六八年《盤古》雜誌「近年港臺現代詩的回顧」座談會的反省、古蒼梧對臺灣出版的《七十年代詩選》的批評、戴天和古蒼梧在創建學會詩作坊提出對三、四〇年代詩的研讀、張曼儀等編選《現代中國詩選》、七〇年代初溫健騮提出「批判的寫實主義」等，及七四年也斯在《中國學生周報》後期譯介美國民歌和在「詩之頁」編「香港專題」，又是另一種調整。

蔡炎培未強調主張，較少理論闡發，但七〇年代以另一筆名「蔡雨眠」在《星島日報》專欄「碎影集」，明確地提出自己對三〇年代新詩的承傳，從何其芳開始，至吳興華（梁文星），特別在於後者，他多次在文中提及，並尊稱為「文星師」，可見出他的選擇，也沒有完全接受六〇年代以來的現代詩語言，反而在三〇年代新詩的承傳當中，對現代詩語言有所調整。

二、〈焦點問題〉的言說方式

蔡炎培一九六五年發表於《中國學生周報》的〈焦點問題〉是一首關於詩語言的詩，作者以此表達他的詩觀，這相信是本詩的基本意思。由這理解出發，或者可引申出其他思考，即使這未必是作者寫作時的本意。現在讀之，把這詩放在六〇年代的青年文化當中，有助我們思考六〇年代香港

3　崑南，〈端午節談中國新詩三大問題（上）〉，《香港時報·淺水灣》，一九六〇年五月二十八日。

詩人的處境和現代詩的語言問題。

六〇年代的香港文藝青年，從投稿到五〇年代南來文人主導的《人人文學》、《海瀾》、《文藝伴侶》、《文壇》等刊物開始，也紛紛組織不同的文社，自辦刊物，六〇年代文藝風氣的形成，有其文學傳承上的內在因素，亦與西方思潮衝擊、流行文化的再造、政治上的醒覺等外圍發展相關，六〇年代的現代詩不單純是文藝的問題，而是整體青年文化的一部份，正如也斯所論：

> 六〇年代是一個複雜的年代，香港本身經歷了由難民心態為主導的五〇年代，來到這個階段，戰後在香港出生的一代逐漸成長。在六〇年代的民生中，傳統的價值觀念仍佔主導的地位，但西方的影響也逐漸加強，帶來了顯著的衝擊。外緣的政治變化對香港帶來了影響，中國在六〇年代中展開了文化大革命，六〇年代的歐美爆發了學生運動和人權運動，非洲國家經歷了獨立和解放運動，連香港本身亦因種種民生問題與累積的不滿情緒而在六七年爆發了動亂。處在六〇年代的香港，既放眼世界的新變化，亦關懷國家民族的命運，種種態度彼此既相輔又矛盾。而在原來偏向保守與嚴肅的文化體制內也開始更分明地感到了青年文化的形成、商品文化的衝擊。這種種政經、社會和文化現象形成了六〇年代的文化生態，也當然影響及改變了文學的創作、流傳、接收與評價。[4]

六〇年代的香港青年夾處新舊文化、內地和香港的現實之間，迫使他們同時思考兩者。從五〇年代末至六〇年代初，王無邪〈一九五七年春香港〉、〈筵：燃燒〉、葉維廉〈賦格〉等詩已嘗試回應問題、思索出路；蔡炎培一九六五年的〈焦點問題〉也面向類近的問題和思考，不同的是，〈焦點問題〉沒有處理現實環境的問題，而是集中談論詩或觀念的問題，以內在世界的探詢，作建立語言的基調，向六〇年代香港青年以及作者們喊話。

正如它所要回應的語言問題，〈焦點問題〉一詩首先要讀者面對它那獨特的言說方式。全詩四節，先看首三節：

心象決定了形式。如果說
中國還是一個衣冠的民族
同樣從喃喃到語言的階段
凡寫下的必成為書

但有關西長甲感知粗與細
神祇守護皆因貼錯了門神
這裡明明並沒有甚麼蠱惑
神荼鬱壘無非是你破落的門楣

4 也斯，〈六〇年代的香港文化與香港小說〉，收入也斯編，《香港短篇小說選：六〇年代》，頁二—三。

一首能讀的詩每每是心靈的探險
長空萬里實則寓困獸於自由
也許這裡可容納一個微妙的界說
言之未必有物。有物未必言之

詩的意義，也是其障礙，正來自它獨特的言說方式，這詩顯然不滿足於一般正規的語言，而是尋求一種「微妙的界說」，一種觀察和解釋世界的新角度，藉以面對外在世界的種種問題。在第一、二節，探討語言的本質、形式及其假象：「這裡明明並沒有甚麼蠱惑」，華麗或晦澀的文字的背後，可能只是「破落的門楣」，但這詩不是要否定語言，而是思考詩怎樣為破敗而虛飾的語言，重新塑造新的可能性。在第三節，這詩提出自由的真意，未必在於環境的自由：「一首能讀的詩每每是心靈的探險／長空萬里實則寓困獸於自由」，真正的自由是觀念上的自由，然而這牽涉言說的問題，這「微妙的界說」在第三節提出，但在第三節的結句「言之未必有物。有物未必言之」仍只是一個幌子，真正處理這問題的是全詩的末段：

一個獨腳少年留下三個足印
向海都是死水，向山都是囚牆
唯有囚牆近山脈。唯有死水遠波瀾
然而這僅是那人的把戲

一個憂鬱藝術神祇的偶然
偶然把你投入一面鏡子。鏡已裂
鏡中依然有你。你要破鏡重圓[5]

「一個獨腳少年留下三個足印／向海都是死水，向山都是囚牆」，詩中那受限制、殘缺的困境，或可視為六〇年代青年的處境，個體受制在諸多客觀環境的規限中，現實是死水和囚牆，但是「唯有囚牆近山脈。唯有死水遠波瀾」，在限制中未嘗不可另找可能。正視原有的限制之後，從另一面視之，限制也指向另一種可能，關鍵是破除常規和框架，「鏡已裂」代表認清既定語言的破敗，而重新尋找、創造自己的言說方式，透過「破鏡重圓」式的詩的言說，重建對語言的信念。

結語

吳興華和何其芳，相信是蔡炎培詩藝的源頭，但蔡炎培還是創造出更多自己的語言。細讀一九七八年出版的《小詩三卷》，在蔡炎培自言

蔡炎培，《小詩三卷》（香港：明窗出版社，1978）。

5　蔡炎培，〈焦點問題〉，《中國學生周報》，一九六五年二月五日。

的三、四〇年代新詩傳統以外，還可見另一文化的結合，如香港的市民文學、文言白話混合粵語的「三及第」語言的吸收和一點戲謔生出的反叛，如〈老K〉、〈風鈴〉等詩作，當中的反殖非出以左翼的政治語言，而是採用三及第式的民間語言，以不正規語言達到反建制效果，因此其詩中的廣東語言非為娛樂，而具政治性指向，當然蔡炎培的詩作，特別是六、七〇年代詩中的政治並非指向革命和批判，而是指向虛無。

六、七〇年代的蔡炎培詩作，在戲謔、反叛和玄思當中，更明顯可見的是憤怒和批評，他對香港和中國同時關注，自足的語言使他能來回於時代而不為所限。〈老K〉、〈風鈴〉、〈我們的節日〉等詩既保留了某種時代氣氛，亦以特出的個人語言和角度，作外在世界的回應，實可與崑南〈大哉驊騮也〉、葉維廉〈賦格〉、王無邪〈筵：燃燒〉等詩作等量齊觀，以見六〇年代的青年文化，一種有別於左翼取向但同具反叛和反抗的反殖、獨立的精神，當中包括對三、四〇年代詩歌傳統的繼承，調節六〇年代的現代詩語言，創造出他們一代人的文學語言，在今日仍值得我們借鑑、反思。

第十一章
冷戰局勢下的臺、港現代詩
——商禽、洛夫、瘂弦、白萩與戴天、馬覺、崑南、蔡炎培

引言

因應「現代派」的重組成立，[1]紀弦在一九五六年二月出版的《現代詩》第十三期發表〈現代

1 據張默指出：「（一九五六年一月十五日）由紀弦創導的『現代派』於臺北成立，加盟者八十三人（以後增至一一五人）」，參見張默，〈臺灣現代詩四十年大事簡編（一九五一—一九九一）〉，《臺灣現代詩編目一九四九—一九九五（修訂篇）》（臺北：爾雅出版社，一九九六），頁一八七。

派信條釋義〉，提出包括「我們認為新詩乃是橫的移植，而非縱的繼承」的六大信條；[2]與此同時，從上海移居香港的詩人馬朗（馬博良）創辦《文藝新潮》，一九五六年二月出版創刊號，提倡現代主義文藝，譯介外國現代文學作品和理論，也刊登香港和臺灣作家的創作。一九五七年二月，《文藝新潮》第九期推出「臺灣現代派新銳詩人作品輯」，刊出林泠、黃荷生、薛柏谷、羅行、羅馬（商禽）五人的詩作，並在〈編後記〉加以簡介。一九五七年八月，《文藝新潮》第十二期再推出「臺灣現代派詩人作品第二輯」，刊登林亨泰、秀陶、于而、季紅、流沙五人詩作多首，而一九五七年八月出版的《現代詩》第十九期，亦推出「香港現代派詩人作品一輯」，標示臺、港現代詩的彼此認可，其間的交流工作是馬朗有意識地推動，他在《文藝新潮》第十二期的〈編輯後記〉介紹五位臺灣現代派詩人之後說：「作為答謝和交流，本刊亦以『香港現代派詩人作品一輯』之名，推薦了馬朗、貝娜苔、李維陵、崑南和盧因五位先生的作品，交由臺灣『現代詩』雙月刊第十九期發表。」[3]

《文藝新潮》與《現代詩》的現代詩專輯，標誌著臺、港兩地現代詩的交流，也標示兩地對現代詩背後文學理念的彼此認可，並正如紀弦在回憶錄所說：「同時，在香港，有以馬朗為首的《文藝新潮》的一群朋友，也正在努力於現代主義文藝作品之創造與譯介，跟在臺灣這邊的我們遙相呼應，形成了以臺港兩地為中心的東方現代主義文藝運動之一不

《文藝新潮》12期（1957年8月）。

可阻遏的激流」，[4]是一種有意識的交流、推動。香港現代詩雖沒有提出如同現代派六大信條的綱領式宣言，但也有馬朗揭示現代主義文藝承傳的《文藝新潮》發刊詞〈人類靈魂的工程師，到我們的旗下來！〉。馬朗、貝娜苔（楊際光）、李維陵三人可說是香港現代詩運動的先導人物，《文藝新潮》結束後，三人於五〇年代末先後離開香港，淡出於香港文藝界，差不多同時，崑南、盧因、葉維廉、王無邪（伍希雅）等接續《文藝新潮》的理念，於一九五九年創辦《新思潮》，至一九六三年崑南與李英豪再辦《好望角》，可說是香港現代詩運動的接棒者，影響延及六、七〇年代。

一九六一年由張默、瘂弦主編的《六十年代詩選》出版，該書主要收入一九五〇年代中後期的

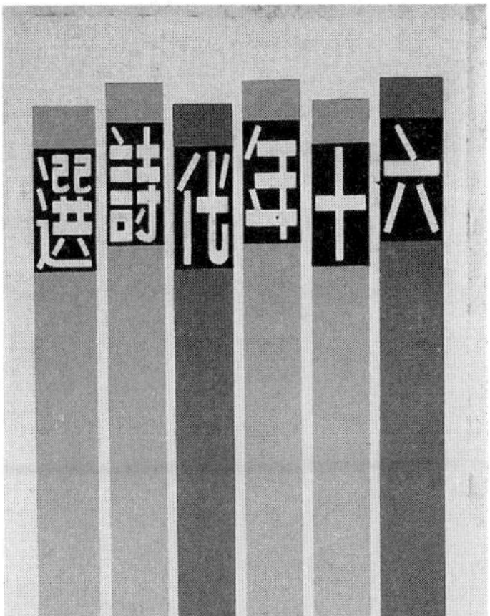

張默、瘂弦主編，《六十年代詩選》（高雄：大業書店，1961）。

2 參考紀弦，《紀弦回憶錄（第二部）》，第五章〈組織現代派〉（臺北：聯合文學出版社，二〇〇一），頁六九—七九。另參考陳芳明，《臺灣新文學史・上》，第十三章〈橫的移植與現代主義之濫觴〉（臺北：聯經出版事業公司，二〇一一），頁三一八—四四。

3 無署名，〈編輯後記〉，《文藝新潮》一二期（一九五七年八月）。

4 紀弦，《紀弦回憶錄（第二部）》（臺北：聯合文學出版社，二〇〇一），頁八三。

臺灣詩人，[5]包括林泠、瘂弦、洛夫、商禽等人的詩作，但也收入了香港詩人馬朗、葉維廉和崑南的作品。一九六七年，張默、洛夫和瘂弦再主編出版《七十年代詩選》，[6]體例及編選方向與《六十年代詩選》大略相近，香港部份則收入更多，包括葉維廉、蔡炎培、馬覺、翱翱（張錯）、戴天的詩。這兩部詩選多少可以反映五、六〇年代臺灣、香港新詩界的交流，特別在各個作者的簡介和簡評文字，透過臺灣編者視野中所見之香港作者在現代詩整體中之位置。

《七十年代詩選》出版後，在臺、港文壇都引來反響，臺灣方面有紀弦〈詩壇一年——兩部詩選的出版〉、尉天驄〈青澀的果實——評「七十年代詩選」〉、高準〈《七十年代詩選》批判〉等文；香港方面，最主要是古蒼梧〈請走出文字的迷宮——評「七十年代詩選」〉及盤古社主辦的「近年港臺現代詩的回顧」座談會，古蒼梧的評論文章及座談會紀錄同時刊於一九六八年二月出版的《盤古》第十一期，該期另闢「詩論專訪」，訪問了徐訏、程兆熊、潘重規及蕭輝楷四位在大專任教的作家、學者談論對新詩發展的意見。[7]該期《盤古》的現代詩討論雖由《七十年代詩選》的出版而起，但整體上，實是回應六〇年代以來現代詩運動在香港文藝界掀起的波瀾。

《六十年代詩選》及《七十年代詩選》二書只是臺灣、香港兩地現代詩交流的其中一端，其他交流現象還可見於六〇年代臺灣的《現代文學》、《創世紀》、《文學季刊》；香港的《盤古》、《純文學》、《文藝季刊》、《香港時報・淺水灣》、《中國學生周報・詩之頁》、《明報月刊》等刊物，他們都共同刊登臺、港兩地的現代詩作品及相關評論。

臺灣、香港兩地現代詩運動的文學史意義及雙方的交流互動，前人學者已有所評介，如鄭樹森〈一九九七前香港在海峽兩岸間的文化中介〉一文的「臺港的新詩互動」一節，從香港《文藝新潮》

的專題「臺灣現代派新銳詩人作品輯」及「臺灣現代派詩人作品第二輯」開始，談及瘂弦、余光中對香港詩人的影響。[8]也斯〈臺灣與香港現代詩的關係——從個人的體驗談起〉一文從作者個人五、六〇年代讀到的《六十年代詩選》及《文藝新潮》等書刊談及臺、港現代詩所共同承傳的中國三〇年代現代派新詩的淵源，以及七、八〇年代鄭樹森、戴天及也斯本人在臺、港兩地現代詩交流的中介角色，再及臺灣的《龍族》、《文訊》等刊物和香港的《大拇指》、《素葉文學》等刊物對兩地新詩的引介等。[9]其他學者的相關論說還有劉以鬯〈三十年來香港與臺灣在文學上的相互聯繫〉談論五〇至八〇年代臺、港文學透過《文藝新潮》、《純文學》、《香港時報・淺水灣》等刊物作出的交流、[10]王光明〈冷戰時代兩地呼應的現代主義詩潮〉並列評介五、六〇年代臺、港兩地現代詩及李奭學〈剪不斷・理還亂——港臺文學關係之我見〉從個人經驗提出補充。[11]

5　該書的「六十年代」算法是按中國傳統方法，即指一九五一至一九六〇年，與今天一般理解的一九六〇年代算法不同。

6　張默、洛夫和瘂弦主編的《七十年代詩選》一九六七年初版後，一九七一年修訂再版。

7　古蒼梧，〈請走出文字的迷宮——評「七十年代詩選」〉，原刊《盤古》一一期（一九六八年二月）；後來收入古蒼梧，《一木一石》（香港：三聯書店，一九八八），頁八五—九八。盤古社主辦的「近年港臺現代詩的回顧」座談會由陸離記錄，分兩次連載於《盤古》。

8　參見鄭樹森，《從諾貝爾到張愛玲》（臺北縣中和市：ＩＮＫ印刻，二〇〇七），頁一九二—九四。

9　參見也斯，《香港文化空間與文學》，頁二一—三三。

10　參見劉以鬯編，《劉以鬯卷》（香港：三聯書店，一九九一），頁三四七—五九。

11　王光明的專文見《香港文學》總三〇五期（二〇一〇年五月），頁三一—三七；李奭學的專文見《現代中文文學學報》

以上種種史實及作家、學者的回顧、評介，均涉臺、港現代詩運動的整全意義，本文嘗試在此基礎上，以五、六〇年代臺灣的商禽、洛夫、瘂弦、白萩；香港的戴天、馬覺、崑南、蔡炎培等人的作品為討論例子，將臺港現代詩放諸兩地共同面對的冷戰時代背景中，分析、論述兩地現代詩人如何以現代主義文藝策略回應冷戰局面並創建出新的詩歌語言和理念。

白萩，《香頌》（臺北：笠詩社，1972）。

一、「禁錮」和「孤絕」

現代詩及其更大範圍的現代主義文學，本非單純一種文學潮流、技巧的引進，而是有現實原因，為針對或回應現實政治和社會環境的問題。其中，冷戰局勢下政治現實和意識形態的對峙，造成現實及人心的隔絕、鄉愁以至文化斷裂和身份矛盾的問題，可說是臺、港現代詩作者都共同面對的處境，兩地現代詩提倡者對此實各有相近的對應。他們的詩藝、理念和立場當然各有歧異，然而從宏觀性的整體意義觀察五、六〇年代的臺、港現代詩，放諸同時代的華語寫作當中，其文學的時代價值正於現代詩的抗衡精神：臺、港現代詩作者都不單純視詩歌為純粹的語言技藝，而是一種反抗，對冷戰局勢、威權統治、殖民主義做成的禁錮、閉塞和隔絕以及由此所引申的種種不義的反抗。

五、六〇年代的臺、港現代詩共同被批評為晦澀難懂，引發多番論戰，[12]事實上他們的詩歌語言絕不明朗易懂，也不停留於一般所理解的抒情詩歌層面，但他們並非以「難懂」為目的，而是有語言上的需要：需要那樣的寫法，才能真正表達種種複雜的觀念和對現實的另類觀察，透過舊語言之破卻，凸顯出舊有語言之無效，提出以詩語言形式存在的反抗，成就他們一代人的語言信念。

本文嘗試比較臺、港兩地作品，特別有感當中的整體面貌和反思，還須透過並讀、比較才能得出。五〇年代中葉，現代詩運動在臺灣興起之時，紀弦、洛夫、瘂弦那一輩詩人面對的是在反共文學主流以外，有形和無形的政治陰影、限制和禁忌，正如瘂弦的回顧：

> 五〇年代的言論沒有今天開放，想表示一點特別的意見，很難直截了當地說出來；超現實主義的朦朧，象徵式的高度意象的語言，正好適合我們，把一些社會意見、抗議，隱藏在象徵的枝葉後面。[13]

瘂弦在另一篇文章也提到：

八卷二期—九卷一期（二〇〇八年），頁一八二—二〇〇。

12 例如一九五九至一九六〇年間覃子豪和蘇雪林就新詩難懂問題的論戰，參與者尚包括有言曦、孺洪、余光中。七〇年代初再有唐文標〈詩的沒落——臺港新詩的歷史批判〉、關傑明〈中國現代詩的困境〉等文。

13 瘂弦，〈現代詩三十年的回顧〉，《中外文學》一〇卷一期（一九八一年六月）。

那時候的詩人不能把話說得太明白，才把真正想說的話隱藏在意象的枝葉背後。像商禽的「逢單日的夜歌」、洛夫的「石室之死亡」，社會的現實性很強，但是能不能像今天這樣用明朗的語言把它寫出來？不能。必須用象徵的手法，把自己對社會的抗議、人生的批判帶出來。[14]

由此，現代主義文學在技巧以外，更出於一種針對政治禁忌的掩飾和防備。又如奚密在〈臺灣五、六〇年代現代主義的反思〉一文中解釋臺灣現代詩超現實主義的傾向，是由於政治力量——來自反共文藝的主流意識隔絕了五四至四〇年代的中國新詩承傳，以及教育與保守力量對現代詩的貶斥，促使臺灣五、六〇年代現代詩的邊緣化。[15]在具體作品中，五、六〇年代臺灣現代詩頗多「禁錮」和「孤絕」的意象，如洛夫〈煙囪〉一詩：

矗立於漠漠的斜陽裏，
風撩起黑髮，而瘦長的投影靜止，
那城牆下便有點寂寞，有點愴涼。
我是一隻想飛的煙囪。

俯首望著那條長長的護城河，
河水盈盈，流不盡千古的胭脂殘粉，
誰使我禁錮，使我溯不到夢的源頭？

宮宇傾圮，那騎樓上敲鐘的老人依舊，
鐘聲清越依舊。

我想遠遊，哦，那長長的河，那青青的山，
如能化為一隻凌雲的野鶴，
甚至一粒微塵，一片輕煙……

而今，我只是一片瘦長的投影，
——讓人寂寞。16

〈煙囪〉思考「禁錮」的源頭，在於夢的隔絕，「夢的源頭」與「漠漠的斜陽」、「胭脂殘粉」、「宮宇傾圮」等連串古典中國文學文化意象相連，「禁錮」源於外力的阻隔，也包括文化自身的傾頹，由此「禁錮」源頭的理解，使詩中的主體趨於悲觀，想化為「野鶴」、「微塵」以至「輕煙」都不能，而只能是「一片瘦長的投影」，以虛無回應「禁錮」。葉維廉曾評論洛夫詩作中的「禁錮」

14 瘂弦，〈現代詩之省思〉，《中國新詩研究》（臺北：洪範書店，一九八七），頁二九。
15 參考奚密，〈邊緣、前衛、超現實〉，頁一五五—七九。
16 洛夫，〈煙囪〉，收入奚密編，《二十世紀臺灣詩選》（北京：中國社會科學出版社，二〇〇三），頁七二—七三。

意象，提出洛夫的「禁錮」感受「不只是個人的，而且是全社會的」，「禁錮」的虛無是由冷戰局勢所做成：「與家園隔絕、懷鄉、渴求突圍而去，或打破沉悶與焦躁，卻又時時沉入絕望之中，一種強烈的深淵似的低氣壓呼應著冷戰初期的氣象。」[17]

臺、港現代詩人同處於冷戰的局勢中，臺灣詩人面對威權統治下無形的政治陰影、限制和禁忌，香港詩人則面對殖民主義造成的身份矛盾、失根和異化，詩人找不到出路而歸於虛無。正如羅永生所論，香港所面對的冷戰局面不單涉及美蘇角力及國共意識形態對峙，也包括港英政府的殖民策略及中共政府默許香港的情況，使冷戰反而鞏固了殖民；中共由於政治現實考慮而默許英國對香港的殖民統治，由此中英雙方共同做成了香港人所面對的殖民主義強勢，也促成香港人的身份矛盾。[18]一九六七年的「六七暴動」，在左派立場論述中是一場「反英抗暴運動」，具反殖政治色彩及意圖，卻由於中共未作實際行動及默許香港維持殖民統治的現狀，而香港政府也在事件後汲取經驗和教訓，推行改善民生及舒緩青年不滿的種種政策，由此反而使港英的殖民統治更形鞏固。冷戰局面使香港殖民主義威權持續不衰，可說是冷戰對香港的最負面而長久的影響。

在香港，作家的處境或相對上較自由，但並非因為香港政府較開明，更大程度是由於香港政府在國共意識形態對峙中求取平衡或制衡的位置。因永華影業工潮等事件，一九五二年一月十日及十五日，香港政府拘捕了司馬文森等多名左翼電影工作者，列作不受歡迎人物驅逐出境，事件實際背景還涉及一九四八至一九五二年間南來影人和左翼電影工作者在香港成立的讀書會和「香港電影工作者學會」的左翼思想宣傳和文化活動；該年由朱石麟拍攝的電影《一板之隔》因主角被驅逐出境而被迫換角，影片在結束處以南來知識份子返回中國大陸一節，微妙地對現實情況有所回應。[19]另一方面，一九六四年趙滋蕃因在臺灣發表小說《重生島》得罪港府，同年被列作「不受歡迎人物」，驅逐出境。趙滋蕃在港時任職亞洲出版社總編輯，五、六〇年代，該出版社出版不下數百種意識形態鮮明的反共文學作品以及「專題研究」叢書等書籍，趙滋蕃被驅逐事件的背景相信還牽涉他在香港亞洲出版社的工作。香港政府在國共意識形態對峙中求取平衡，為香港文化界帶來不少實質的制約。

馬朗在《文藝新潮》的發刊辭說：「我們處身在一個史無前例的悲劇階段，新的黑暗時代正在降臨。」[20]馬朗於一九八五年一次訪談中回顧《文藝新潮》時進一步闡析創辦《文藝新潮》的動機，在於針對冷戰政局以及香港文壇的保守氣氛：「許多從大陸逃亡出來的文化人和知識青年，都執筆賣文……其中雖偶有佳作，也是落伍脫節的居多，有時簡直是開倒車回到『新月』時代以前，既不『接棒』承繼優良的傳統，更不去尋覓世界文學的主流，完全是坐井觀天。受到政治勢力的影響，我們的視聽都被矇蔽多時。回到我們破除矇蔽的屏障，重新觀察裡外的世界，我們覺得處身在一個史無前例的悲劇階段，面臨新的黑暗時代，於是感到需要一個中心思想……這個新的潮流就是

17 葉維廉，《晶石般的火焰（下冊）》，頁六六八—六六九。

18 參考羅永生，〈香港的殖民主義（去）政治與文化冷戰〉，《殖民無間道》（香港：牛津大學出版社，二〇〇七），頁六九—九二。

19 可參考陳智德，〈左翼共名與倫理覺醒——朱石麟電影《一板之隔》、《水火之間》與《中秋月》〉，收入黃愛玲編，《故園春夢》，頁七〇—七八。

20 新潮社，〈發刊詞：人類靈魂的工程師，到我們的旗下來！〉。另見馬博良，《焚琴的浪子》，頁三三—三六。

現代主義。當時，我認為，通過現代主義才可以破舊立新。」[21]

崑南、王無邪、葉維廉等一九五九年創辦《新思潮》和「現代文學美術協會」，[22]同樣針對保守的文化：「在香港，文壇荒蕪了一個相當長久的時期。刊物的數量很蓬勃，但刊物是些怎麼樣的刊物呢？它們能夠暢銷的，不外屬於趣味、色情、娛樂性那類。能夠站得穩的，不外有政治背景之支持，它們不在乎讀者的多少，願意自我陶醉地唱獨腳戲。嚴肅的純文藝刊物，（具有思想啟示性的，更是鳳毛麟角。）能夠出現於群眾面前的，許多是經不起時間與環境的考驗，倒了下來。」[23]

《新思潮》在針對文化危機以外，亦感到政治上、認同上的危機：「因為『兩個中國』事實，也使香港居民（尤其年輕的一輩）躑躅在十字街頭，採取了觀望的苟安態度」、[24]「從整體的流離到個人信仰的崩潰　從現實的無聊到理想的破碎……我們生活在殖民地上　我們是受著縛束」、[25]「我們處於一個多難的時代　為了我們中華民族目前整體的流離」，[26]《新思潮》的創辦，正是對這些「危機」的回應，針對失根的殖民地社會、充滿壓抑、忌諱和二元對立的政治形勢、文化價值的失落，造成文學藝術的邊緣化、青年人無所適從的苦悶。

六〇年代香港詩人面對價值失落以後的虛無、對現實社會有所不滿的抗衡，盧因〈時間之歌〉即以尼采的名句「上帝已經死去」作為引言，道出舊有價值之再不適用及隨之而來的虛無：

只剩下陽光
星星沒有說話
或者彈琴　或

偷窺見底的海水
……
只剩下昨夜的風
它們捲走我的眼睛
——屬招紙的年代
屬嘆息的痙癬
屬鞭打的病態
冷戰以及自殺以及主義
以及自己黃坭水的臉孔
剛舉步　我便想起
剩下的陽光

《香港文學》13期（1986年1月）。

21 張默，〈風雨前夕訪馬朗〉，頁七八。
22 現代文學美術協會於一九五八年十二月十二日在港註冊成立。參考盧因，〈從《詩朵》看《新思潮》——五、六〇年代香港文學的一鱗半爪〉，《香港文學》一三期（一九八六年一月），頁五八—六一。
23 無署名，《現代文學美術協會宣言》（香港：現代文學美術協會，一九五九），頁二。
24 無署名，〈建立文化的真正力量〉，《新思潮》一期（一九五九年五月）。
25 無署名，〈號角〉，《新思潮》一期（一九五九年五月）。
26 無署名，《現代文學美術協會宣言》，封一。

剩下的風[27]

盧因〈時間之歌〉以舊有文化價值的逝去引發時間觀的改變，以重複使用的「只剩下」和「剩下的」顯示舊有事物的逝去以及當下現實處境的不完整，而詩人的虛無正來自這不完整的處境和價值的失落。西西以張愛倫為筆名發表的〈異症〉亦傾向當時流行的存在主義思潮，思考現實處境的荒謬，語調同樣虛無。王無邪的〈一九五七年春：香港〉深思夾處文化中國和香港殖民地文化之間的夾縫處境，嘗試尋求認同而感到矛盾、落空，寫出了當中的「雙重不可能」：[28]無法認同殖民地香港，亦不認同現實中國，對一整代「香港人」的滯留局面漸成無可改變的現實感到無奈。

政治意識形態鬥爭的暗湧，使港人處於夾縫，尤其對青年一輩而言尤感到身份認同的矛盾。現代詩轉化孤立和矛盾，提供創造的可能，為一代人提供另一種可能性。在冷戰、港英與中共的關係以外，透過民間文化的自發、自創，現代詩作者從中國三〇年代現代主義文學以及西方現代文學轉化成本地抗衡文化宰制的聲音。戴天、馬覺、崑南、蔡炎培、王無邪等人的創新語言和形式創建，既調節現有的詩歌語言，也針對殖民主義的無根，建立更具自主性的文化認同。

臺灣現代詩人如商禽、洛夫、瘂弦和白萩則在隔絕、鄉愁、禁制、禁忌和審查的各種現實限制中，藉著現代主義語言策略表達反抗，同樣以創新的語言、純粹詩的真聲，在藝術上達至更高層次高度，使華語新詩（五四以來的中文新體詩歌）踏上新的臺階。

二、抗衡的聲音

臺、港現代詩在冷戰局勢下除了禁錮、鄉愁和虛無，也提出共同的抗衡：以暗示、象徵的語言內化反抗，從個體的內心挖掘出自我發聲和自省的力量來抗衡外在趨於噤聲的世界。商禽的〈滅火機〉、〈冷藏的火把〉，可與香港詩人馬覺的〈小孩〉、戴天的〈擺龍門〉、〈石頭記〉等詩並讀，特別是當中那共同的「小孩」、「滅火」意象所指向的抵抗、抗衡的意義。商禽的〈滅火機〉是這樣：

> 憤怒昇起來的日午，我凝視著牆上的滅火機。一個小孩走來對我說：「看哪！你的眼睛裡有兩個滅火機。」為了這無邪的告白；捧著他的雙頰，我不禁哭了。
>
> 我看見有兩個我分別在他眼中流淚；他沒有再告訴我，在我那些淚珠的鑑照中，有多少個他自己。[29]

詩的主體被憤怒所燃燒，「滅火機」作為外在的撲滅力量，使主體既困惑又猶豫，直至「小孩」

---

27 盧因，〈時間之歌〉，《香港時報》，一九六一年六月二十六日。

28 參考Ping-Kwan Leung, "Modern Hong Kong Poetry," p. 240。

29 商禽，〈滅火機〉，《商禽詩全集》（臺北縣中和市：INK印刻，二〇〇九），頁六一。

作為內在壓抑的真實自我，向主體喊話，由於小孩「無邪的告白」，才使主體從凝視中覺悟到內在憤怒的無力，因而釋出壓抑的創傷。商禽的〈滅火機〉出於個人的壓抑，但也是時代的壓抑，一如陳芳明所指：「透過小孩誠實的告白，更加凸顯出詩人內心自我壓抑的考驗。小孩在詩中的出現，是為了說出詩人真實的感覺。在一個甚至是憤怒都無法稀釋的年代，生命的悲哀是多麼深沉。」30 商禽的〈滅火機〉既自我壓抑，又透過小孩的告白釋出壓抑，從陳芳明的觀點引申而論，小孩實作為主體內心的「重像」，讓主體反映出另一真實的內在，因而重新得到發聲的位置。

在馬覺的〈小孩〉一詩中，小孩同樣作為主體壓抑下的重像，對應著外在世界的主流價值：

午夜四時
我靜坐
清晨六時
我沉思
我是小孩夢中的困擾
敲響黑暗
熄滅雲端的綿綿殘酷
我是淡淡的星光

他的窗敞開

我們便混化為點點流螢
清晨鄉村的溪水旁
遺留著
最猙獰的恬靜

雞啼了
那個夢中的小孩匆匆起床
而學校裡的老師卻將要罰他
唱城市日益興盛之歌[31]

詩中的「我」從靜坐、沉思到敲響黑暗，逐漸從現實世界中離開，到達抽象的、現實以外的世界。星光、流螢都作為詩人追求的精神世界，但到最後世俗的價值把精神禁錮、無法自由。詩中的主體視外在世界為思想的桎梏，「老師」作為權威的語言，使主體被迫順應城市的主流。商禽〈滅火機〉的主體因壓抑而趨於噤聲，馬覺〈小孩〉的主體被迫從精神逃遁的境界返回現實，屈從於主流語言，二詩的結局同樣深沉。

---

30 陳芳明，〈快樂貧乏症患者——《商禽詩全集》序〉，收入商禽，《商禽詩全集》，頁三四—三五。

31 馬覺，〈小孩〉，《中國學生周報》，一九六八年九月二十七日。

臺、港現代詩共同貫徹著反抗精神，卻總帶著無力以至哀悼，如商禽〈冷藏的火把〉一詩以「火把」作為主體內在被遺忘的反抗，由於「停電」和「飢餓」促使「我」打開冰箱，才發現被凍結的火把，作者強調燭火、火焰都已經凍結，再進一步引申當中所指：「正如你揭開你的心胸，發現一支冷藏的火把」。[32]〈冷藏的火把〉一詩透過「發現」的徒然，表達抗衡的無力感，戴天的〈擺龍門〉同樣表達反抗的徒勞，詩的起首指向對政治現實的檢視，一開始是對左、右派政治的並觀和失望：

當我們剛剛要把
右手的文化揪平
在左手
又誕生了野蠻[33]

詩中的敘述主體處於左右中間的位置，看穿二者的問題，不應和任何一方，反卻嘲諷和批判之；由此看穿和失望而誕生了虛無，因對左右的認同皆成了虛妄和無義，甚至連革命化的抗爭都失去了意義：

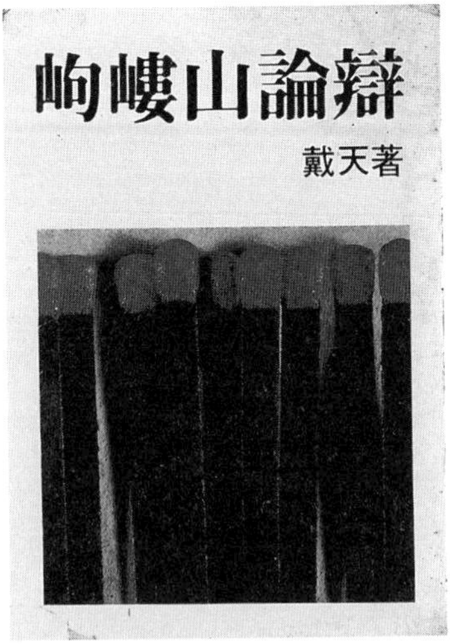

戴天，《岣嶁山論辯》（臺北：遠景出版事業公司，1980）。

我們的口哨
便像救火車那樣
要去鎮壓革命的火花
即使沒有造反
不過眼睛瞪了一下[34]

詩的最後，以憂鬱語調哀悼這樣虛無的後果，再引入一種抒情體的敘述，把反思的意向由外在政治引回內在本身的情感，提出「革命的火花」被鎮壓，不由於外在政治，卻基於內在的矛盾。

戴天的反抗在虛無感以外，更多地指向內在的警醒，如〈石頭記〉一詩以身處殖民地的主體內心生長出一塊石頭開始，提出異化的危機，尤其對被殖民所導致的身份的迷糊、文化意識的扭曲、家國觀念的淡化，充滿憂患感：

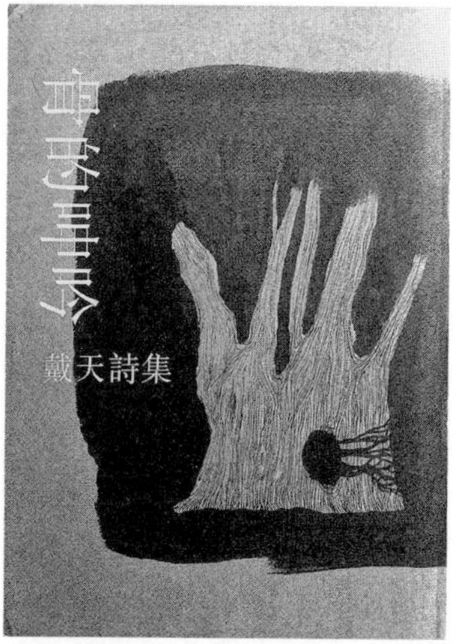

戴天，《骨的呻吟：戴天詩集》（香港：風雅出版社，2009）。

32 商禽，〈冷藏的火把〉，《商禽詩全集》，頁一六六。
33 戴天，〈擺龍門〉，《骨的呻吟：戴天詩集》（香港：風雅出版社，二〇〇九），頁四二。
34 同前注，頁四三。

時間是一九六九年
地點是殖民地
人物是我
事件是
突然
我的心中
生長著
一塊石頭[35]

詩中的石頭象徵一種可以自我生長的阻隔物，是源於殖民地的一種異化，阻止、消弭主體的家國反思和文化認同；另一方面，主體在此被阻隔的同時，也意識到另一種認同的接近和它所帶來的認同的改變，主體因應本身固有的家國認同的反思和掙扎，而一再拒絕新的認同。這首詩的掙扎在於，這新的認同具誘惑性，而使主體無法不提出家國認同消失的危機：

啊，黃河鯉長江鯽
都停止了
遨遊
都凍在

那裡[36]

由是對殖民的反抗也可能變得陌生、脆弱：「於是聲音／陌生得／像隔著河流的／吶喊」。因著家國認同的停止、反抗變得徒勞，生長自內心的石頭使主體變得麻木不仁，而麻木、失去家國認同和反殖意識的後果是「醜陋」的，因此到詩中結尾，有一個小孩走來向主體敘述者的臉上吐一口痰並說：「我從沒見過／這麼醜的石像」，由此結束全詩。當中的小孩猶如商禽的〈滅火機〉、馬覺的〈小孩〉，象徵主體內在未異化前的狀態、主體另一反思的「重像」，因而提出唾罵，同時也是一種警告。

戴天詩作〈石頭記〉深具反殖意涵，但其方法不是一種向外的抗爭，而是內在的反省。該詩提出「殖民性」也生自個體的內心，殖民性不一定是外在強迫外加，也可以生自內心，而既有文化認同的消失正是一種內化的殖民。由此反省，戴天〈石頭記〉提出殖民性生自個體本身的選擇之後，經過反省、掙扎，最後提出失去認同的後果而作強烈的警惕：拒絕被殖民，更警惕自我殖民化，由此而稍稍超越了反抗的無力和虛無。

---

35 戴天，〈石頭記〉，《骨的呻吟》，頁一〇八。

36 同前注，頁一一〇。

三、語言的創建

古蒼梧在一九六八年的〈請走出文字的迷宮——評「七十年代詩選」〉一文提出臺、港現代詩的共同點在於語言的鍛鍊，他說：「港臺詩壇自從開始了『現代詩運動』之後，最大的進步，似乎就在語言鍛鍊方面，然而問題卻首先出在這裡。」他批評現代詩人「沉溺於文學的遊戲」，而問題的癥結是「偏安的局面」和「三四十年代文藝傳統的中斷」。[37]古蒼梧的文章針對現代詩的語言問題，實際上觸及冷戰局勢所造成的政治阻隔和文化斷裂，但對該問題未有詳論。

五、六〇年代的臺、港現代詩被評論者批評為過於隱晦或脫離現實，由此而引起不少爭議，除了臺灣的現代詩論戰，一九六八年古蒼梧〈請走出文字的迷宮——評「七十年代詩選」〉一文及一九六九年香港的「密碼詩」論戰，[38]都是典型例子；現代詩的晦澀語言和脫離現實的批評一直是爭論的焦點，對此，洛夫、瘂弦、葉維廉、李英豪等都分別為文作出辯解，瘂弦提出現代詩晦澀是因言論尺度問題而「不能把話說得太明白，才把真正想說的話隱藏在意象的枝葉背後」，[39]指出了語言現象背後的政治因素。今天再將臺、港現代詩一併觀察，相對於臺灣威權政治造成的白色恐怖，香港現代詩較少政治禁忌問題，但同樣有晦澀語言的傾向；若承接本文前此提出的論點，臺、港現代詩的晦澀在「隱藏」的企圖以外，更為了自我建構和超越，如果「晦澀語言」是一種「隱藏」，臺、港現代詩透過這隱藏，沒有被遮蔽，反而述說更多。自我建構的其中一種方式是建立內在的語言信念。詩人首先質疑時代主流聲音，反思詩歌語言和傳統的建構及其創新的可能，如瘂弦的〈深淵〉：

沒有人把我們拔出地球以外去。閉上雙眼去看生活。
耶穌，你可聽見他腦中林莽茁長的喃喃之聲？
有人在甜菜田下面敲打，有人在桃金娘下……
當一些顏面像蜥蜴般變色，激流怎能為
倒影造像？當他們的眼珠粘在
歷史最黑的那幾頁上？[40]

瘂弦反思生命存在的狀態，也質疑既有語言的陳腐、無效。當「激流怎能為／倒影造像？」這出於自然現象真實觀察的句子與緊接下面談及的「歷史」接連，便成為對陳腐語言最有力的質

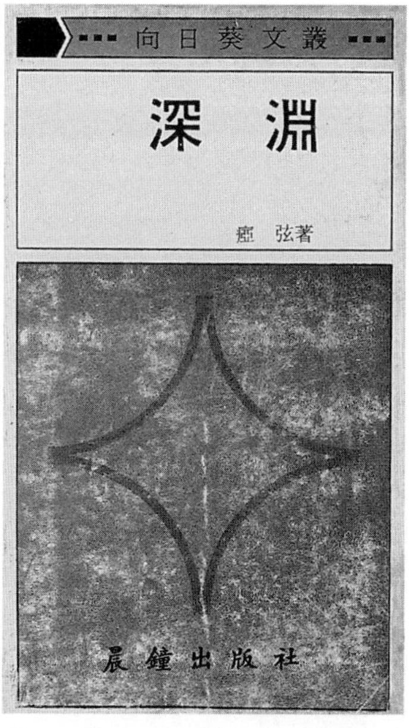

瘂弦，《深淵》（臺北：晨鐘出版社，1970）。

37 古蒼梧，〈請走出文字的迷宮——評「七十年代詩選」〉，《一木一石》，頁八六—八七，及頁九三。

38 一九六九年香港的「密碼詩」論戰在《當代文藝》和《萬人雜誌》兩份刊物展開，參與者包括徐速和萬人傑等。參考本書第十章，〈語言的再造——論蔡炎培〉一文。

39 瘂弦，〈現代詩之省思〉，頁二九。

40 瘂弦，〈深淵〉，《瘂弦詩集》（臺北：洪範書店，一九八八），頁二四四—四五。

疑，直指向人們保守閉塞的態度。

又如白萩的〈流浪者〉：

望著遠方的雲的一株絲杉
　望著雲的一株絲杉
　　一株絲杉
在
地
平
線
上
一株絲杉
在
地
平
線
上

他的影子，細小。他的影子，細小，
他已忘卻了他的名字。忘卻了他的名字。祇
站著。　　祇站著。孤獨
地站著。站著。站著
站著
向東方。
孤單的一株絲杉。[41]

白萩的〈流浪者〉寫地平線上「一株絲杉」的孤絕，以「圖像詩」的方式營造地平線的平面及杉樹向外張望的對比，凸顯對遠景的想像、理念的渴求和對禁錮的反抗，其中更重要是語言的創造，超越既有語言的限制，以語言形式本身尋求超越。

一九五六年，崑南發表於《文藝新潮》的〈布爾喬亞之歌〉同樣以圖像詩的方式，透過對語言在懷疑與信任間的徘徊，表達了有關詩語言的思考，以時空的掙扎，帶動出語言的掙扎：

---

41 白萩，〈流浪者〉，收入張默、瘂弦主編，《六十年代詩選》（高雄：大業書店，一九六一），頁二六。

紅色的，綠色的，黃色的
藍色的，灰色的，白色的
奔來後又立即馳去
動的，靜的，光的，
暗的，凹的，凸的，
奔來後又立即馳去

去愛的，被愛的，相愛的
自殺的，謀殺的，誤殺的
出現後又立即消逝
假裝、狂妄、痴想
匍匐、邪毒、盲目
出現後又立即消逝

風，緊摟我；風，狂吻我
我撞向時間，我撞向空間

呵

希望
是
大
大
大
大
呵

車輪滾上，終極的熱狂
又似無盡頭的絕望
我帶著翅膀
飛去閃白的天堂

呵
生命
是
長
長

長　長
呵[42]

在以上所引的第一、二節詩中，崑南刻意地反覆運用多種形容詞，描寫各種顏色、動靜、光影、物件，以至各種精神和感官的形象，卻沒有一種可以真正有效的再現當下的處境。詩人在各種形容詞之間穿插這樣的句子：「奔來後又立即馳去」、「出現後又立即消逝」，凸顯語言本身的虛弱。語言在這兩節詩中好像失去效用，詩人亦好像對語言失去了信心，但緊接以下幾節詩中，詩人又創造出形象化的語言：「希望／是／大／大／大／大／呵」、「生命／是／長／長／長／長／呵」，將「大」和「長」作時空上的延展，極力將觀念上對時間和空間感到無法把握的無助形象化，一方面對比出前二節詩中各種固有形容詞的失效，另一方面亦表達出詩人對語言的態度。後二節詩中以詩語言帶動出時空的掙扎，同時也帶動出語言的掙扎。

崑南另一詩作〈大哉驊騮也〉在被描寫成凶暴、異化的空間之中，「吾等」「耕非吾土之土」，在難以找到認同的處境中，仍試圖透過種種語言和文化上的努力，超越虛無的處境，從「天地畢羅於眼前／吾等傲倪／獨曲全　獨往來」[43]中，重新肯定自我的位置和文化身份。

現代詩的語言探尋也為了詩人的自我定位，透過詩語言反思本身的存在問題。張漢良認為洛夫〈石室之死亡〉之三十是「談論藝術創作的過程，包括詩人本身的被創造與創作」，[44]在〈石室之死亡〉之三十的開首，「如裸女般被路人雕塑著／我在推想，我的肉體如何在一隻巨掌中成形」，[45]自我的成形如同一件雕塑，其間須經過鍛鍊的成長，猶如〈石室之死亡〉第一首提過：「我的面容展開如一株樹，樹在火中成長」，[46]〈石室之死亡〉提出藝術創造與自我建構乃不可分割，而現代詩藝術創造的關鍵正在於語言。

蔡炎培〈焦點問題〉同樣以獨特的言說方式提出對詩語言的思考：「心象決定了形式」，在詩的第一、二節，探討語言的本質、形式及其假象：「這裡明明並沒有甚麼蠱惑」，華麗或晦澀的文字的背後，可能只是「破落的門楣」，但這詩不是要否定語言，而是思考詩怎樣為破敗而虛飾的語言，重新塑造新的可能性，然而這牽涉言說的問題，在第三節的結句「言之未必有物。有物未必言之」仍只是一個幌子，真正處理這問題的是全詩的末段：

洛夫，《洛夫詩論選集》（臺北：開源出版公司，1977）。

42　崑南，〈布爾喬亞之歌〉，《文藝新潮》七期（一九五六年十一月）。
43　崑南，〈大哉驊騮也〉，《中國學生周報》，一九六四年六月二十六日。
44　張漢良，《現代詩論衡》（臺北：幼獅文化，一九七七），頁一八一。
45　洛夫，〈石室之死亡・三十〉，《洛夫自選集》（臺北：黎明文化，一九七五），頁四七。
46　洛夫，〈石室之死亡・一〉，《洛夫自選集》，頁四〇。

一個獨腳少年留下三個足印
向海都是死水，向山都是囚牆
唯有囚牆近山脈。唯有死水遠波瀾
然而這僅是那人的把戲
一個憂鬱藝術神祇的偶然
偶然把你投入一面鏡子。鏡已裂
鏡中依然有你。你要破鏡重圓[47]

「一個獨腳少年留下三個足印／向海都是死水，向山都是囚牆」，詩中那受限制、殘缺的困境，或可視為六〇年代青年被禁錮的處境，個體受制在諸多客觀環境的規限中，現實是死水和囚牆，但是「唯有囚牆近山脈。唯有死水遠波瀾」，在限制中未嘗不可另找可能。

由蔡炎培〈焦點問題〉再回看洛夫〈石室之死亡〉，該組詩的第五十七首對於「灰燼」的重認，猶如〈焦點問題〉中的「死水」，也指向禁錮的超越：

從灰燼中摸出千種冷中千種白的那隻手
舉起便成為一炸裂的太陽
當散髮的投影扔在地上化為一股煙
遂有軟軟的蠕動，由脊骨向下溜至腳底再向上頂撞

——一條蒼龍隨之飛昇

錯就錯在所有的樹都要雕塑成灰
所有的鐵器都駭然於揮斧人的緘默
欲擰乾河川一樣他擰乾我們的汗腺
一開始就把我們弄成這付等死的樣子
唯灰燼才是開始[48]

洛夫〈石室之死亡〉所言的「唯灰燼才是開始」，如同蔡炎培〈焦點問題〉所言的「唯有囚牆近山脈。唯有死水遠波瀾」，指向語言創建的可能。「雕塑成灰」，「鏡已裂」，現代詩反思內在自我的形成，經過自我否定又透過新的言說方式，檢視存在的新可能。二詩皆提出語言建構的重要性，在受限的困境中重建對語言的信念，最終透過語言建構超越現實上難以超越的禁錮，因而成就現代詩的超越意義。

47 蔡炎培，〈焦點問題〉。
48 洛夫，〈石室之死亡‧五七〉，《洛夫自選集》，頁五三—五四。

結語：語言的更生

本文回顧、比較冷戰局勢下的臺、港現代詩，以臺灣的商禽、洛夫、瘂弦、白萩；香港的戴天、馬覺、崑南、蔡炎培等人的作品為討論例子，主要從其語言策略提出臺、港現代詩的一些類近特質及彼此共同的關注。既有此論述方向，自然未顧及臺、港現代詩的相異之處，事實上本文所提及的例子只是臺、港現代詩發展上的一種面貌，而對於例子以外的作品未及討論到，例如白萩以外其他笠詩社詩人陳千武、杜國清、趙天儀、林亨泰、李魁賢、錦連等人反映「現實詩學」和「本土詩學」的作品；而在五、六〇年代的臺灣、香港的現代詩運動的探討範圍中，也斯亦集中焦點在紀弦和馬朗二人，指出臺、港現代詩的不同模式：

兩人由於積學不同，際遇有異，在港臺倡議的現代主義其實也發展了不同的模式，紀弦高呼「橫的移植」，必要時不諱言「反共」；馬朗在港包容了政治立場不同的葉靈鳳、曹聚仁、介紹馬爾勞、《灰色馬》、東歐甚至稍涉南美非洲，讀書相對無禁區，亦刊李維陵人文立場、史班德過來人身份對高峰現代主義的反省，還可以回顧三、四〇年代中國優秀短篇小說、支援匈牙利人抗議蘇聯入侵、抒發對香港社會不滿的創作，馬朗以鼓吹摘取現代主義禁果為宣言，卻實在鼓勵了一種涉世的香港本土現代主義文學。[49]

也斯強調馬朗及《文藝新潮》的政治包容和現實指涉，特別有助促成日後的「涉世的香港本土現代主義文學」，即一種更直面於現實處境的現代主義文學，與六、七〇年代逐漸成形的本土文學、現實主義文學合流；其間，語言策略仍作為關鍵。本文正嘗試探討其淵源，思考冷戰局勢中的語言策略，將臺、港現代詩放諸兩地共同面對的冷戰時代背景中，探討兩地現代詩人如何以現代主義文藝策略回應時代局勢，如何在受限的困境中重建語言，進而創建出新的詩歌語言和理念。

馬博良，《焚琴的浪子》（香港：麥穗，2011）。

五、六〇年代的臺灣、香港同樣籠罩在冷戰局勢及其所造成的二元對立政治氣氛的低壓之下，面對如此局面，兩地作者都找到現代主義文藝為出路，至少作為一種語言策略，有助他們表達壓抑與禁制下的虛無苦悶，進而提出反抗。正如洛夫〈煙囪〉以虛無回應「禁錮」，盧因〈時間之歌〉以虛無回應舊有文化價值的失落；現代詩在隱晦、虛無的語言形式外面中，更重要是其抗衡時代的意義，現代詩的文藝價值是藉對應於時代而表現出。商禽〈滅火機〉、〈冷藏的火把〉，與香港詩人馬覺的〈小孩〉、戴天的〈擺龍門〉、〈石頭記〉等詩以「小孩」、「滅火」意象標示抵抗、抗衡的意

49　梁秉鈞，〈現代漢詩中的馬博良〉，收入馬博良，《焚琴的浪子》（香港：麥穗出版公司，二〇一一），頁一〇。

義，戴天的〈石頭記〉特別針對香港的殖民地社會環境，對被殖民所導致的身份的迷糊、文化意識的扭曲、家國觀念的淡化，充滿憂患感，透過現代詩的轉喻、暗示、象徵和挖掘內在心理的手法，清晰地提出異化的危機，拒絕被殖民，更警惕自我殖民化。

現代詩一再被評論者批評為過於隱晦或脫離現實，臺灣的現代詩論戰、一九六八年古蒼梧〈請走出文字的迷宮——評「七十年代詩選」〉一文及一九六九年香港的「密碼詩」論戰都可見類似的批評，除了前文引述過瘂弦的辯解外，崑南也在一九六〇年的一篇文章裡回應現代詩被指為難懂的問題：

> 「難懂」的形成，我個人認為是由於詩人的創新，使部份讀者在不習慣中產生出來的。所謂「不習慣」，因為當代詩人已不滿足昔日「詩化」的語言來表達個人的情感思想，遂決心創新的語言——非傳統的、非理性的、非邏輯的語言。這是很自然的。他們的新語言的實質不外乎反映這個時代的面目。[50]

崑南指出現代詩的「難懂」是因為固有的語言已不再適用、無法回應現代的新局面，為現代詩辯護之餘，也見出他對創新語言的決心和自覺。五、六〇年代臺、港現代詩的複雜性，來自內在觀念的曲折和對語言的創新，而破卻舊語言（如浪漫、感傷，或慷慨激昂陳詞），凸顯出舊有語言之無效，也具破卻冷戰思維及其所造成的失語狀態的作用。由此，現代詩的隱晦語言，並不為了隱藏，而是為了述說更多。

臺、港兩地現代詩共同以現代主義作為一種語言文化策略，具獨特的時代性，一如葉維廉論馬朗詩歌時的說法，時代「染織」了現代詩語言，[51]與日後及前此時代的其他作品都很不一樣。現代主義文學在五、六〇年代的香港和臺灣同時掀起浪潮，都不純粹視之為一種藝術技巧的引進，而是為針對或回應現實政治和社會環境的問題。現代主義文學有它的長處，當然也有局限，但對五、六〇年代的作者來說，口號式批判或浪漫的感傷筆調都再無法回應複雜又充滿矛盾的局面，而現代主義文學正提供另一種觀察世界的方法，有助於新語言的建立。

瘂弦的〈深淵〉、白萩的〈流浪者〉、洛夫的〈石室之死亡〉、崑南的〈布爾喬亞之歌〉和蔡炎培〈焦點問題〉都自覺到語言的異化，著力於詩歌語言形式的反思，期待語言的更生，而語言一旦更生便亦即是對冷戰和殖民政治語言的抗衡。臺、港現代詩透過創建語言達致個體與時代的超越，詩語言形式的意義，也就是其抵抗冷戰政治思維的文化意義。

50　崑南，〈端午節談中國新詩三大問題（上）〉，《香港時報‧淺水灣》，一九六〇年五月二十八日。
51　葉維廉，〈經驗的染織——序馬博良詩集「美洲三十絃」〉，收入馬博良，《美洲三十絃》（臺北：創世紀詩社，一九七六），頁五—二〇。

第三部

一九七〇至二〇〇〇年代（之一）

——「我城」的呈現與解體

第十二章
「錯體」的本土思考
——劉以鬯〈過去的日子〉、《對倒》與《島與半島》

引言

七〇年代是香港經濟起飛的年代，也是粵語流行曲興起、青年一輩社會意識提高、大專界學生運動活躍（包括保衛釣魚臺運動、中文必須成為法定語文運動、「反貪污・捉葛柏」運動、金禧事件、艇戶事件等）、普羅市民亦逐漸改變「過客」心態，較著眼於本地社會問題的年代。一九七三年，香港經歷一次大型的股災，影響延至七四年，其時世界性能源危機亦威脅香港工業。一九七三年年底，香港政府舉辦第三屆「香港節」，標示香港的城市發展成就，製造城市認同，但其效果遠不如民間藉諷刺政府管治而建立的集體認同，如電視《七十三》和電影《七十二家房客》等訴諸大眾化的寫實諷刺模式，表現普羅市民僅有的一點力量和不滿，當然其粗糙的表現形式也難免簡化問題、略去思考。對此城市認同及官方意識的抗衡所建立的另一種共同，文學另有不同層面的回應，劉以鬯的《島與半島》、西西的《我城》和也斯的《剪紙》，都不約而同地談及七〇年代由官方主催的花車巡遊活動和能源危機事件，劉以鬯的《島與半島》特別對香港節提出另一種質疑，在官方試圖建立的認同以外，思考本土的意義。

劉以鬯、西西和也斯等作者在七〇年代提出的本土思考，在香港文學思想的發展上具特別意義。殖民地時代的香港曾被形容為「借來的地方，借來的時間」，[1]不少一九四九年後從內地南來的作家都抱持過客心態，視香港為暫居地，作品題材以懷念祖國山川、回憶抗戰生活為主，很少提及香港，著者如徐速《星星・月亮・太陽》、《櫻子姑娘》等，而徐

劉以鬯，《一九九七》（臺北：遠景出版事業公司，1984）。

劉以鬯，《島與半島》（香港；獲益出版有限公司，1993）。

訏、力匡等詩人筆下的香港，也以負面的批評居多，強調今不如昔的二元對立。

隨著兩岸政局變化及香港的城市發展，六〇年代香港文學已較多此時此地的描寫，舒巷城《太陽下山了》、劉以鬯《酒徒》、崑南《地的門》等小說對城市經驗已見較多複雜的反思，而真正以新角度寫香港的城市經驗，則見諸七〇年代，劉以鬯的《對倒》、《島與半島》和西西《我城》、也斯《剪紙》重新思考表現城市經驗的可能，各自嘗試不同方法。它們對城市的觀察角度，異於五、六〇年代一輩否定或略去現實的過客心態。然而它們也不是簡單地以肯定代替否定，正如本書在導論提出，本土不是由一個背面轉向另一個正面，《對倒》、《我城》和《剪紙》等作品對城市有認同、有比較，有基於情感的擔憂亦有尖銳的批評，就在這裡，使當中如果成立的「本土性」顯出意義。

一、南來者的「二次斷裂」：〈過去的日子〉

一九四八年，劉以鬯從上海來港，計劃復辦懷正文化社，繼續上海時期的出版工作，計劃落空後，本擬返回上海，後因進《香港時報》工作而留在香港。一九五二年，他曾離開香港往新加坡報界任職，再於一九五七年返港，重入《香港時報》工作，同時開始在多份報紙發表連載小說，此後

1　參考本書〈導論一：本土及其背面〉，注28。

一直居港。[2]與同時代的南來者，特別是從上海來港的作家如徐訏、曹聚仁、馬朗等一樣，劉以鬯擁有上海與香港的雙重城市經驗，也由於現實生活和政治局勢問題，他們懷戀故鄉卻無從復返，否定香港卻被迫滯留。但劉以鬯與同時代的南來作家有點不同，他較多地嘗試處理香港經驗的意義，特別從上海的對照中，凸顯當中有關文化經驗和身份認同的矛盾。

相對於徐訏、力匡等作家的懷鄉書寫，劉以鬯對南來者文化處境的矛盾特別敏感，特別寫出香港與上海在都市化上的類近而呈現於作者心中的矛盾。一九六三年的〈過去的日子〉以南來者的上海回憶、香港印象以及離港再回港的現實，描劃南來者的「二次斷裂」，對香港徘徊在疏離與懷戀之間。一九七二年的《對倒》由錯體郵票衍生出兩兩相對的小說形式，以香港本地少女阿杏對「他者」的想像和對本土的疏離觀察，對照出南來者淳于白的上海回憶和香港生活感受，在否定、疏離和一種類近上海錯覺的感覺之間，《對倒》實質上提出南來者角度的香港本土思考，提出認同本地的可能及當中的掙扎和困難，藉由錯體郵票衍生出人物、情節兩兩相對、雙線並行的小說形式，寫出南來者獨有的感覺錯置的本土：徘徊在過去和現在、拒絕和認同之間，在復歸無望至難以認同本地，即一種「雙重的不可能」之間，寫出一代人的經驗斷裂又嘗試努力連接，疏離又嘗試接受的矛盾，我稱為一種「錯體」的本土思

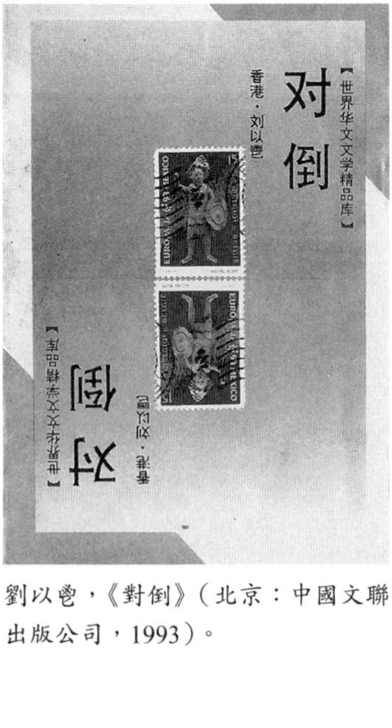

劉以鬯，《對倒》（北京：中國文聯出版公司，1993）。

考。

羅貴祥透過西西的《哀悼乳房》提出一種「他性」的本土，他認為本土意識不一定是一種集體認同的表現，而是可以具有個人、局部、性別的角度，並由此種種不同的個別特性影響以至改變比本土範圍更大的全球性。[3]由此概念引申，劉以鬯六、七〇年代所寫的〈過去的日子〉、《對倒》與《島與半島》等小說，無論對於針對五〇年代的離散論述或針對七〇年代的本土論述，其所探討的「本土」都可說是一種「他性」的本土，劉以鬯從南來者的角度觀察香港，思考本土，破卻五〇年代一輩對本土的否定，但又並非完全認同本土而捨棄疏離感；當中的思考源自南來者的離散經驗，卻又重疊劉以鬯本人一度離港再「回流」香港所引申的個人角度思考，由〈過去的日子〉發展出《對倒》與《島與半島》等小說對香港的對應和錯置的思考，可說是以「錯體」的本土書寫，表現「他性」的本土，而當中轉化的關鍵，可由〈過去的日子〉中的「二次斷裂」說起。

一九六三年，劉以鬯在香港《星島晚報》發表小說〈離亂〉（另題〈過去的日子〉），[4]一九五二年他曾離開香港往新加坡報界任職，再於一九五七年返港工作，小說〈過去的日子〉的故事時空也由

2 劉以鬯曾長期任職於香港報界，先後主編《香港時報・淺水灣》、《快報・快趣》及《星島晚報・大會堂》等副刊。有關劉以鬯的生平資料，參《劉以鬯卷》之〈自序〉及〈劉以鬯自傳〉，見《劉以鬯卷》，頁一—五、三八七—八八。

3 參考羅貴祥，《他地在地：訪尋文學的評論》（香港：天地圖書公司，二〇〇八），頁二六八—七一。

4 〈過去的日子〉原題為〈離亂〉，一九六三年於香港《星島晚報》連載，一九九五年收入《劉以鬯中篇小說選》時由作者改題為〈過去的日子〉，參見該書自序。為便於討論，下文統稱〈過去的日子〉。

一九四一年寫至一九五七年。故事始於一九四一年的上海，然後是一九四五年的重慶、四七、四八年的上海，四九年的香港，然後是五二至五六年在新加坡和吉隆坡，最後以一九五七年的香港結束。正當敘事者重回香港之時，他發現另一種改變，香港已度過了戰後初期的蕭條，經濟開始加速發展，小說特別描寫當時有許多舊樓清拆，使香港看來變得年輕，因而在敘事者眼中出現特殊的時間觀：

> 香港越來越年輕了，對於它，時光是倒流的。到處都是高樓大廈，到處都在拆樓。原已相當擁擠的德輔道，如今更加擁擠了。我記憶中的香港已不見，許多新的建築物使我感到驚奇。[5]

時間對「越來越年輕」的香港來說是倒流，——然而對敘事者來說卻是向前，因此現出落差。敘事者原本記憶中的香港已失去，一種二次記憶亦不能保留，敘事者本對新環境懷有期望，但因與朋友的聚會談及的香港現實而感到失落，不單過去人事如煙，最難接受原是價值觀的斷裂：「在香港，有價值的文章是沒有價格的；有價格的文章多數沒有價值。」[6]昔日的文藝觀已不再適用，朋友的理想亦變了質，景觀和生活經驗的斷裂還其次，敘事者最難接受的還是觀念的轉變，現出斷裂者真正的悲哀。

自朋友的聚會離開後，敘事者獨自回家，「坐在渡輪上，發現香港的燈光比五年前更多了。」敘事者離開香港五年後重回，發現香港燈光更光，然而自己更加空白，那光因此帶有侵略性，不指向美好光明，卻是一種斷裂的象徵。敘事者對自己的空白不感惋惜，是因為要把自己從香港的光之中抽離出，仍要強調自己與本地的不同，他所認同的始終是過去的日子，包括過去的觀念。

末段他又重新陷入回憶當中，懷舊使他暫時從現實中抽離出，但沒有答案。矛盾的是，當敘事者離開內地來到香港，後來離開香港到南洋，然後再重回香港時，一九四九至五〇年代初的香港已和內地的經歷一起成為了他的回憶，一併混和地都成了懷舊的對象，正因他重回香港後又經歷另一次的斷裂，四九年的香港經歷因而與四九年以前的內地回憶混和在一起。這矛盾與記憶的錯置促使敘事者在小說的結束處思索人生，而不得答案。

〈過去的日子〉的敘事者既懷念中國內地，又希望開始認同香港，但最後發現二者皆落空。〈過去的日子〉對「過去」的懷戀並不指向單一的故土或觀念上的希望，卻是一種「雙重的不可能」，使主人公失落在懷戀故土中國與認同香港之間。

二、南來者的本土省思：《對倒》

一九七二年，劉以鬯於香港《星島晚報》連載《對倒》，這時他已在香港居住了近二十年。五、六〇年代，劉以鬯在香港報刊發表大量作品，結集出版的有《酒徒》、《圍牆》、《私戀》、《天堂與地獄》等多種，而《對倒》在諸作品中，就本土意識上的獨特意義，在於它是最集中地處理南

5　劉以鬯，〈過去的日子〉，《劉以鬯中篇小說選》（香港：香港作家出版社，一九九五），頁二二〇。
6　同前注，頁二二一。

來經驗、對比滬港兩地生活，再思考如何在香港生活下去的小說，並由此，引出了五〇年代南來者角度的本土思考。

《對倒》從描寫當時（一九七二）新近通車的海底隧道開始，交代主角對香港都市環境變遷的看法，從而開展故事，最終是要建立新的對城市現在和過去的言說方式，藉不同空間相對並置的方法，呈現現實中本有的複雜面——正是簡單寫實無法處理者。據作者的說明，《對倒》的寫作動機源自「對倒」（Tête-Bêche）的一正一負的錯體雙連郵票，[7]作者以一正一負又相連的錯體觀念，發展雙線並行格局的小說情節，創作南來香港的中年人淳于白與本地少女阿杏的故事。

中年人與少女的故事各自發展，至小說中段，互不相識的二人巧合地在電影院相遇，並排而坐更互相打量。與一般讀者的期待相反，這小說沒有男女情愛的故事，淳于白與阿杏沒有任何情感關係，作者透過二人對於香港事物近乎相反的感受，對應出南來文人與本地青年的「對倒」：南來香港的中年人淳于白經常回憶過去的上海生活，從回憶返回現實時又驚覺他過去所否定的香港，二十年間的發展已超出了昔日的上海，而本地少女阿杏則反覆追慕流行文化中的男性形象，對身邊事物（包括現實生活中追慕她的男子和母親的勸言）不屑一顧。小說就這樣徘徊在香港與上海、回憶與當下、真實與幻想之間，作新舊事物、文化和觀念的對倒，一種既相反又並置的「錯體」，作者以此錯體寄寓五〇年代一輩南來者眼中的時代問題，以及提出時空錯配、人生無常。

當中對七〇年代香港都市發展的奇異感是誘發時空錯配的觸媒和載體。在小說開篇第二段，作者就寫道：「二十幾年前，香港只有八十幾萬人口；現在，香港的人口接近四百萬。」[8]昔日中國以至東亞最先進的都會上海，現已（在當時而言）被香港蓋過，迫使來自上海的淳于白重新思考香港的意義。五〇年代南來者本認為五〇年代香港不如內地，到七〇年代，香港的都市化及其發展已超越內地，南來者這時發覺，他們昔日所居的先進文化都會上海已落後，而本來被他們蔑視的香港已成為超越內地的先進都會，於是一種相對的觀念便隨故事產生：一種「對倒」式的本土思考。

《對倒》的讀者對象其實是五〇年代南來一輩，即該小說發表時已是四十多、五十歲的中年人，小說也是從他們的角度來觀察香港，七〇年代的香港迅速發展，五〇年代南來一輩想不到會發展至此，返回內地的夢想已落空，然而此處（香港）卻也成了可以安居之處，暫居和過客式的態度，已不再適用，海峽兩岸分隔、分治的局面已是塵埃落定，五〇年代南來者須尋求另一種態度和觀念，以求重新安頓生命，他們需要好好重新總結過去的經歷，並將過去拿來與今日對比，看過去經驗有什麼可以總結，又有什麼部份可以轉化應用於今日，而這也是小說主角淳于白的處境，由此讓讀者也代入角色去思考本身的處境。

《對倒》中的男女是在一電影院中相逢，但沒有讀者所預期的任何愛情故事，互不相識的淳于白與阿杏坐在電影院相鄰座位，曾互相打量，淳于白注意到阿杏的胸部時萌生某種性幻想，而阿杏則對淳于白的眼光感到厭惡。散場後二人各自歸家，當晚，淳于白夢見與阿杏同在公園最後同床，阿杏則夢見與一「英俊男子」同床（但不是淳于白），顯示二人想像的差距。淳于白對本地少女有若干想當然式的虛幻想像，敘事者透過阿杏的反應已一再警惕於他，暗示南來文人調整既有預期的

7 劉以鬯，〈序〉，《對倒》（北京：中國文聯出版公司，一九九三），序頁一。

8 同前注，頁一。

必要。阿杏仰慕流行文化中的男性形象（包括柯俊雄、鄧光榮、李小龍、狄龍、亞蘭・德倫（Alain Delon）），憧憬及幻想著愛情、欲望和金錢物質生活，敘事者以此寄寓對香港新一代青年欠缺民族性和欠缺理想的批評，由此那小說中的一男一女更不可能發生什麼情愛故事，因為從敘事者眼中，淳于白和阿杏是從根本觀念上，分別代表較接近敘事者的民族離散經驗和代表香港新一代那欠缺覺醒的殖民性及其依附觀，敘事者有意把二者分別出，表面冷靜客觀的語調背後仍可見敘事者的立場，敘事者立場始終傾向於淳于白，民族離散經驗固有其局限以至對香港有不當的預設，而對阿杏這角色則暗含更多批評和貶抑，即從南來者角度，以上海經驗作為對應的前提下，提出對香港的重新認知，而對殖民主義及其依附者的欠缺覺醒提出貶抑。

在小說結構的安排上，劉以鬯也透過淳于白和阿杏二人對應時間的態度，引出《對倒》一書的時間意義：寫少女阿杏的憧憬未來而否定當下，是為了落實、成就中年人淳于白的回憶；而淳于白的回憶，卻又為了實現其對當下時空的重新面對，以及對此地從否定而嘗試認同的反思。時間成了關鍵，劉以鬯在《對倒》一書提出另一種思考本土問題的角度，正如本書在〈導論一：本土及其背面〉所提出，本土並非簡單的否定和認同與否的表態，亦非本地景觀、語言上的挪用描述，它最終是一種時間觀的實現。

南來者淳于白對「本地」嘗試認同，《對倒》提出這認同本身不輕易獲得，不是簡單地從反面轉為正面的過程，而是經過對斷裂和痛苦的體認；認同必經過追溯本源的過程，透過向回憶溯源，認清過去而逐漸獲得。小說中的南來者反省五〇年代南來香港以後所逐漸獲得的本土經驗，認真思考認同的可能；相對之下，仰慕流行文化、憧憬及幻想著愛情、欲望和金錢物質生活的少女阿杏，對本土並不認同。《對倒》的觀點正與一般想法相反，劉以鬯提出七〇年代的本土意識並非完全來自戰後成長的年輕一代，在《對倒》一書中，來自內地的中年人並不抗拒本土，反而年輕一代阿杏那順應潮流風尚、失卻批判省思的殖民性才是反本土並指向真正的無根，小說由此蘊含著對本土的異議。

三、矛盾年代的紀錄：《島與半島》

《對倒》從一九七二年十一月於《星島晚報》連載至一九七三年，同年的年底，劉以鬯再於《星島晚報》發表《島與半島》，連載至一九七五年。《島與半島》，同樣提出中年南來者的香港觀。故事由一九七三年的香港節開始，主角沙凡經過開始籌備香港節活動的天星碼頭小亭，回憶一九七一年的第二屆香港節，[9]再於碼頭附近遇見散發「反貪污・捉葛柏公開集會」傳單的青年，然後走入碼頭，乘坐渡海小輪、閱讀報導多宗打劫罪案的報紙。小說就這樣隨著主角沙凡的觀察和腳步，引出七〇年代諸種動盪不安的香港社會現象，暗示香港節所要宣揚的歌舞昇平現象的虛妄。

一九七三年，香港經歷一次大型股災，其時世界性能源危機亦威脅香港工業，民生經濟大受打擊，影響延至七四年。七三年年底，香港政府舉辦第三屆「香港節」，宣揚歌舞昇平的氣氛和香港

9　香港政府於一九六九年舉辦第一屆香港節，活動包括花車巡遊、展覽、舞會、選美等，一九七一和七三年再舉辦第二屆和第三屆。

的發展成就，製造城市認同，但其效果遠不如民間藉諷刺政府管治而建立的集體認同，如電視《七十三》和電影《七十二家房客》等訴諸大眾化的寫實諷刺模式，表現普羅市民僅有的一點力量和不滿，當然其粗糙的表現形式也難免簡化問題、略去思考。對此城市認同及官方意識的抗衡所建立的另一種共同，文學另有不同層面的回應，劉以鬯的《島與半島》對香港節提出另一種質疑，在官方試圖建立的認同以外，重思本土的意義，特別其矛盾面。

在《島與半島》的第一章，主角沙凡遇見從泰國回港的朋友韋劍標，沙凡表示由於城市治安不靖帶來的不安，他不喜歡香港，只是沒有其他選擇，而韋劍標則指出比起泰國及東南亞局勢，香港已算很安定；沙凡指出這只是表面，香港有各種嚴重的社會問題，最後，韋劍標嘆了一口氣說道：「香港是個充滿矛盾的地方。儘管這地方有許多令人看不順眼的事情，人們還是不斷地從四面八方湧到這裡來。」[10]

由此矛盾開始，敘事者借沙凡之目描述七〇年代的新聞事件，包括股市暴跌、失業問題、罪案問題、居住問題等。從作者的描述和對事件和人物的關注，他並不否定香港的生活，卻在認同和疏離中感到矛盾，尤其難以接受官方主催的認同。在小說的第三節，沙凡夫婦有這樣的對答：

「為什麼要舉行香港節？」

「不知道。」[11]

至第四節，敘事者有這樣的開頭：

「香港節」。

一個不為慶祝什麼而大事慶祝的節日。[12]

不為什麼的、沒有理由的、沒有支持力的，正以民間的虛無，凸顯官方煞有介事的虛妄，由此亦總結了作者對官方主催認同的感覺，在第四節的結束處，敘事者再以一連串的比喻作總結：

太多的裝飾使香港變成遊樂場，也有點像化了濃粧的女人，佩帶光彩奪目的珠寶，連認識她的人也不認識她了。[13]

敘事者以此指出他對香港官方刻意吸引市民注意和認同的景象的疏離。《島與半島》的敘事者對香港節感到迷茫、疏離，原因之一是在各種動盪不安的生活現實中，「認同」成了難以理解的觀念。正如上文提過，一九七三年，香港經歷一次大型股災，經濟不景，影響延至七四年，《島與半島》亦多次描述沙凡及其友人因股災帶來的生活變化，而在貪污問題嚴重、失業、罪案、通貨膨

10 劉以鬯，《島與半島》（香港：獲益出版公司，一九九三），頁一五。
11 同前注，頁一八。
12 同前注，頁二六。
13 同前注，頁二七。

脹、居住環境擠迫等等社會問題惡化之下，香港節當中由官方單方面主催的節日歡樂便成了一種虛妄，有如香港節中證券交易所的花車以燈飾祝願指數上升，卻使經歷股災的市民更感不安：「花車上的燈飾顯示指數在直線上昇，並不等於實際的指數也在上昇。相反，人們見到這輛花車時，總不免有點悲哀。」[14]顯示指數上升的花車，無異於政府向人民作出嘲諷。

在第八節，當局由於中東石油危機引發的全球性石油短缺而實施燈火管制，沙凡飲宴回家途中，在渡輪上看見香港沿岸一片漆黑，乘客交頭接耳地談論，沙凡也感驚訝：「整個北角區變成黑暗世界了，不但沿海的貨倉漆黑；連廉租屋區也沒有燈火。」甚至「連碼頭也不見了」，[15]後來才見僅一盞可供渡輪泊岸的燈仍亮著。

股災和各種危機迫使沙凡再思香港的本質，香港已被遮蔽，官方製造的認同成為虛妄，《島與半島》的中年人對本土認同感到迷茫，認真而仔細地思考生活的危機。南來者因為經歷戰亂，對香港的危機更敏感，並以上海經驗作對比。在治安問題上，小說一再提出政府的官腔無視現實的虛妄，在第二十三節，敘事者列出社會治安嚴重惡化的大量事例，但每一次警方只是官腔而機械性地複述「本港罪案並不如想像嚴重」，凸顯出荒謬、荒誕，敘事者透過寫實和新聞事件的拼湊，凸顯也強調集體共同的動盪，以個人角度作出一種年代的紀錄。

結語：關於本土的「對倒式」重新思考

《對倒》中「錯體」的本土書寫，實源於一九六三年的〈過去的日子〉中「二次斷裂」帶來的時間觀以及香港經驗的斷裂和矛盾，內地生活的懷戀與五〇年代的香港記憶重疊、混和，「我記憶中的香港已不見」，連南來以後的香港經驗也開始斷裂，矛盾與記憶的錯置衍生《對倒》以錯體和對倒的方式提出本土思考。

在五〇年代南來者的懷鄉書寫與七〇年代青年作家的本土書寫之間，劉以鬯的《對倒》實際上具連接觀念的意義，連接徐訏式的否定，以及西西、也斯一輩的本土思考和認同。《對倒》在否定和認同之間，提出五〇年代一輩經過時間推移後的調整。《對倒》中那南來者的本土認同，過程漫長而痛苦，帶來割裂和消逝的認清，認同是經歷漫長年月才稍稍獲得，亦因這反思而消除了部份斷裂、無根的痛苦，迎向另一創造的可能。

《對倒》提出了南來一代人的思考，也參與本土性的締造，而另一方面，與一般理解相反，小說中的年輕一代並不「本土」，或在南來一代的敘事者眼中，七〇年代香港青年帶有無根的殖民性，順從主流而缺乏抗衡文化宰制的覺醒，這更激使南來一代人重思本土。對本土的思考或本土意識的建立不限於七〇年代年輕一輩，南來者也透過重整思考來建立他們的本土思考，一種仍帶有距離和對倒的，即感覺錯置的本土，徘徊在過去和現在、拒絕和認同之間，《島與半島》正提出當中的矛盾。

《島與半島》透過寫實和新聞事件，敘述也正視七〇年代香港的現實矛盾，認清其有正有負的

14 同前注，頁四一。
15 同前注，頁五五。

現實，不全面批判也無法認同官方意識。五〇年代一輩的南來者在回憶與現實之間，在故鄉與香港之間，重整流離的經驗，不再迴避香港現實，不再以過客式的、不關事的態度，《對倒》和《島與半島》都可說是一種關於本土的「對倒式」重新思考，寫出一代人的經驗斷裂又嘗試努力連接，疏離又嘗試接受的矛盾，一種與矛盾的現實社會現象相連的矛盾、錯體的本土。後者源於社會現實又自現實中獨立出，它不僅是一種現象，而是關乎一代人如何安身立命、重整生活的思考。《對倒》和《島與半島》的小說語言制約情感，卻因這反思而成為一種牽動情志的文學，猶如《對倒》的結尾：

> 淳于白再也不能安睡，翻身下床，走去窗邊。太陽已升起，窗外有晾衫架，一隻小鳥從遠處飛來，站在晾衫架上。
>
> 稍過片刻，另一隻小鳥也飛來了，站在晾衫架上。
>
> 然後兩隻鳥一同飛起，一隻向東，一隻向西。[16]

---

16 劉以鬯，《對倒》，頁一八九。

第十三章

本土的自創與解體

——從《我城》到《白髮阿娥及其他》

引言

香港作家，特別具本土成長經驗者，如舒巷城、侶倫，或戰後在香港成長一代作家，如西西、也斯、鄧阿藍、鍾玲玲、辛其氏、李碧華等作家筆下的香港，往往因其本土認同而有別於南來作家對香港的疏離，該認同不是一種地方主義，香港文學的本土意識並非簡單的認同或身份上的分類，在認同以外，許多作家都意識到本土認同與粉飾現實、自我膨脹的分野。

香港文學的本土意識能具自我反思的關鍵，在於它不是由官方推動，而是一種民間自發的思考，形式上有時採用自創的新形式，有時借用既有的民間傳統，以至改換既有的非本土觀念。在西西寫於七〇年代的小說《我城》，尤其見到這種本土的自發和自創，是如何透過新建的觀念，以至借用、改換既有的殖民地觀念而成為民間自身的認同觀念，在這一點上，《我城》具重要的開創性意義。

二〇〇五年，西西獲得第三屆花蹤世界華文文學獎，然而在許多讀者心中，早已頒予西西更難得到的榮耀，因為她的小說總是以不同形式，為讀者帶來真正的感悟、以至看穿世事的假象。她的文學生命，由五〇年代的香港開始，一直試驗、引進不同的現代小說技巧，六、七〇年代是她在香港報紙以專欄方式逐日發表作品的高峰時期，同時亦參與編輯、創辦文學刊物，六〇年代曾擔任《中國學生周報》「詩之頁」的編輯，一九八〇年參與創辦《素葉文學》。八〇年代，西西以小說〈像我這樣的一個女子〉而廣受臺灣文壇注目，繼而由臺北洪範書店有限公司陸續出版多種小說集，更先後編成《紅高粱》、《閣樓》等四冊小說選集，向臺灣讀者介紹八〇年代中國大陸「新時期」小說家；九〇年代經歷疾病纏繞，仍寫出《哀悼乳房》、《飛氈》等長篇，西西以她的開創性、生命力、文學識見和持續的墾殖，超越了一切獎項和名譽的得失。

二〇〇六年出版的小說集《白髮阿娥及其他》有描述西西本人對疾病的反思，更多篇幅談及回歸以後至二〇〇〇年代，香港社會在「全球化」經濟中的轉變，小說中的香港環境，以及西西的筆

西西，《我城》（香港：素葉出版社，1979）。

調、對香港本土的觀念，與七〇年代的《我城》有很明顯的差異。《我城》一九七五年於《快報》連載，一九七九年出版單行本，九〇年代多次再版，不少論者撰文評論，可說是香港文學的經典名篇，它的重要性在其鮮活創新的語言，也在其本土性，以七〇年代青年的角度，從身份認同的割裂和殖民符號的虛無中，重新轉化出一代人的本土認同，當中的過程值得深思。《我城》以年輕一代的生活反思本土身份和認同的可能，小說中的角色阿果、阿髮和悠悠等人不單經歷共時的現在，也沉思和追溯城市的消逝事物和觀念，以他們對新事物的「零度經驗」，[1]為一個逐漸成形的「有機社群」造象。

二〇〇六年的小說集《白髮阿娥及其他》，包括寫於二〇〇〇至二〇〇一年的〈解體〉、〈鷲或羔羊〉、〈照相館〉、〈巴士〉、〈共時〉等篇，都以中年人的角度，重思本土經驗的變化，當中最重要的表徵，是「有機社群」的解體。王斑以中國內地和臺灣的小說作品如王安憶的《長恨歌》、《紀實與虛構》和朱天文的《世紀末的華麗》、《荒人手記》等小說作為例子，提出文學如何揭示全球化導致「有機社群」解體，將記憶的氛圍去魅，也許正有助於我們思考，從七〇年代的《我城》到二〇〇〇年代的《白髮阿娥及其他》，其間本土性思考轉變和差異的本質。本文嘗試透過對《我城》與《白髮阿娥及其他》二書的分析，探討西西如何在七〇年代透過新建的觀念，以至借用、改換既有的殖民地觀念去建構本土意識，轉化出本土認同，而二〇〇〇年代的《白髮阿娥及其他》又對這認同提出怎樣的質疑，由此思考香港文學中的本土價值的不同層面。

1　參考董啟章，〈城市的現實經驗與文本經驗〉，《過渡》試刊之二（一九九五年五月）。

一、認清了「無」之後，重新建立的「有」

西西早年以藍子、張愛倫等筆名在五〇年代香港的《人人文學》、《星島日報・學生園地》、《詩朵》和《中國學生周報》等刊物上發表詩和小說，一九六六年出版第一部中篇小說集《東城故事》，六〇年代中期主編《中國學生周報》「詩之頁」，七〇年代參與《大拇指周報》的編務，七九年與友人創辦素葉出版社，出版「素葉文學叢書」，翌年再出版《素葉文學》雜誌。八〇年代初，她在香港已出版了詩集《石磬》以及《東城故事》、《我城》、《交河》、《春望》、《哨鹿》等五本小說集，自《像我這樣的一個女子》一書後，作品多由臺灣出版，六〇年代的《東城故事》後來亦由臺北洪範收進《象是笨蛋》一書再版。[2]

六〇年代西西的小說，一方面頗見電影敘述手法的轉化，這時期西西也實際上從事過電影編劇工作，參與拍攝青年實驗電影和撰寫影評。觀乎〈東城故事〉，篇中不時插入電影分鏡劇本的指示，尤見電影敘述手法的影響；另一方面，六〇年代在港臺兩地青年間也是存在主義思潮盛行的年代，〈東城故事〉中虛無和灰暗的調子其實也是當時的時代氣氛，不過西西的處理在語言上仍見指向性，並不完全虛無。小說透過當時年輕一輩受卡繆和卡夫卡影響至幾近氾濫的語言裡，反覆質疑現實世界的真實性；敘事者提出一個一個存在主義式的設問，看似虛無和個人化，實質指向「香港是一個怎樣的世界」這樣的思考，背後是一種不相信或不滿於既定說法的態度，把六〇年代的虛無引向新觀念的探尋和反思。

七〇年代的西西擺脫存在主義時期，其中最重要的作品無疑是《我城》。西西曾說《我城》是要用活潑的語言，寫給七〇年代香港的年輕一代。除此以外，《我城》在書寫城市經驗及回應七〇年代「本土化」問題上，有更重要的意義。

西西的《我城》本以專欄形式，以「阿果」為筆名發表，一九七五年間逐日連載於劉以鬯主編的《快報》副刊，七九年由素葉出版社首次出版單行本。《我城》提及不少七〇年代的時事，如保釣示威、能源危機和夏令時間，寫年輕一代的生活和「他們的城」，但不直接「反映現實」地寫，也不賣弄特定歷史事件和個人經驗，如果說《我城》表現出一種本土精神，它的價值也在於處理本土題材的態度：本土並不等於加入本土地理名詞景觀，而是站在對等的角度，關注社區和民眾過去和今日的各種情況，也透過文學性的具有想像的語言，建立思考和批評的方法和空間，最終要建立的不是排外和自我膨脹，而是人文關懷。

《我城》整部小說寫城市，更寫觀看城市的方法，特別是年輕一代帶著文化醒覺的目光，拋卻既有的經驗、觀點和方法，如第十七節「字紙和尺」的故事中，字紙對讀者說：「請你不要拿那些尺來量我」，嘗試提出自己的獨立角度，為日常事物重新定義：「電梯是一種不必動用兩條腿攀樓梯的機器」，論者指出這是一種「零度經驗」的方式，所謂的「零度」並非指完全抹煞既有經驗，而是以「零度經驗」重新感受城市，在文本的空間內「去除習以為常的經驗障礙」，「以首次看見

2　一九六六年《東城故事》由香港明明出版社出版，一九九一年與〈象是笨蛋〉及〈草圖〉一併收進《象是笨蛋》一書。

一件事物的態度去觀察它的外貌和理解它的特性」，「重新體驗現實世界」。[3]「零度經驗」實際上也是一種重新命名世界、改寫現實既定觀念的方式，可追溯至西西寫於六〇年代的《東城故事》，《我城》用年輕人的角度模擬七〇年代現實中的新事物，近乎陌生化的手法指向對所見事物的重新思考，有如《東城故事》的語言，背後是一種不相信或不滿於既定說法的態度，指向對香港七〇年代種種既定觀念的批評，正有感於舊有的語言和方法，如寫實主義反映現實的方式，無法有效表達複雜的現實，故另行建立新語言和新的觀察城市外在現實的方法。

西西透過這新的命名和改寫，創造新的本土觀念，當中十分重要的是「城籍」。在第十二節提到當時不入英籍而持身份證明書（Certificate of Identity，簡稱ＣＩ）者到外國旅遊的困難，持ＣＩ者被查詢國籍時支吾以對，發現自己原是一個只有城籍的人。在一段長時期裡，殖民地時代的香港人可以選擇申請歸化英籍，部份人為換取旅行或留學的方便而不得不為之，也有人基於更堅固的民族理念而拒絕，如小說中的敘事者說：

> 要是有人問我，你喜歡做誰的子孫呢，阿力山大大帝、彼得大帝、凱撒還是李察獅王，我當然做黃帝的子孫。問的人就說了，在這裡，做黃帝的子孫有甚麼好處，你會沒有護照的呀。[4]

那的確是一個很現實的問題，不入英籍者不會獲發護照，要到外國旅遊的話，可以申請身份證明書，該證明書只會列出持有人來自香港，而不會列出國籍，內頁只含糊地寫上：「It is without prejudice to and in no way affects the national status of the holder」（本證明書對持有人之國籍並無解釋，亦無影響），持有人因此在別國簽證和入境時帶來很多麻煩。小說提到敘事者遇到的麻煩及其覺醒：

> 有人就問了，因為他們覺得很奇怪。你於是說，啊，啊，這個，這個，國籍嗎。你把身份證明書看了又看，你原來是一個只有城籍的人。[5]
>
> ——你的國籍呢

在殖民地時代香港，堅持做「黃帝的子孫」沒有任何「好處」，因為根本不會得到身份上的承認，在現實上也帶來不便。面對此身份的質疑、否定和不便，西西創造性地提出「城籍」這概念，為沒有「國籍」的七〇年代香港人，在否定中重新尋索身份認同的可能：「你把身份證明書看了又看，你原來是一個只有城籍的人」，沒有身份和國籍，在現實上是很悲涼的，卻由於對「沒有」的覺醒，而催生出另一種自創的「有」的可能，七〇年代香港人的本土意識，實建基於對這種「沒有」的發現。

在《我城》的第九節，有一段寫九廣鐵路總站由尖沙咀遷到紅磡之前，紅磡社區的今昔變遷，

3　董啟章，〈城市的現實經驗與文本經驗〉。

4　西西，《我城》（臺北：洪範書店，一九九九），頁一五〇。

5　同前注，頁一五〇。

特別細寫運載先人遺體到新界土葬的車卡，從紅磡車站出發時，車門掛上一個寫著「有」字的牌，表示車卡上有棺木。這是一段「實」的描寫，昔日如有親人逝世，人們就從紅磡區內的殯儀館，再經永別亭把靈柩運往火車站，送上掛著「有」字的車卡；在第九節結束前，還有一段「虛」的描寫：

這時候，有一座古老的郵政局，由一座巨大的機吊起，從高空慢慢降落，沒入火車卡去了。接著，有一輛黑色的，走來轟隆轟隆的、滿身烟煤的火車，也駛進火車卡去了。悠悠還看見火車站、鐘樓、鐵道旁的草，都在火車卡裡面。甚至，在火車卡裡面，也有幾列灰色的火車卡，門上同樣掛著牌，上面寫著：有。6

舊火車頭、古老的郵政局等等城市舊物，逐一被放入掛上寫著「有」字的車卡，這是超現實的，卻也是真實的，聯繫看不見的集體抒情。七〇年代中，城市急速發展，一座位於中環的帶維多利亞建築風格的郵政局被拆去，尖沙咀火車總站遷到紅磡，鐵路及火車總站原址在許多年後先後改建成香港太空館、香港文化中心和香港藝術館，昔日的蒸汽火車改為柴油火車再改為「電氣化」列車。面對消逝的事物，小說沒有使用感傷字眼，但在同時望向過去和目前的歷史視野中，自然流出一種今昔比較和集體抒情的觀念，如電影呈現具象，不說明或造情，卻透過一虛一實的「有」，到最後安排出抒情的聲音，同時為城市較暫的今明和較遠的歷史，帶動文學性的思考。這組故事若與前述「城籍」一組並讀，沒有國籍不完全是悲嘆，反而成為重新追認身份的動力，「國籍」與「城籍」不是二分的對立關係，應是如同寫著「有」字的車卡，同樣有一虛一實的兩面，作為觀念流動的媒介。正如本書導論所指，七〇年代的本土性，可說是在認清了「無」之後，重新建立的「有」。「城籍」觀念的創造，是一種本土意識的實現，而「黃帝的子孫」的身份堅持及其附帶的問題，以及「國籍」之無的發現，則作為本土的背面，二者一正一負，同樣締造了七〇年代的身份認同。

《我城》不是情節主導的小說，全書分為十八節，部份可以獨立為單元。全本小說氣氛雖以達觀為主，卻也有若干抒情、感傷的部份，對城市的負面事物也有尖銳批評。在第十三節，敘事者以民歌的語調鋪演想像與真實交織的旅行情節，敘事者與朋友們到離島旅行，夾雜母親的提問和敘事者的回憶，提及監獄、貧窮、飢餓和城市的罪案，最後敘事者與朋友們來到一座廟：

> 阿傻說不如去求一枝籤吧。……第一次籤落了兩枝。阿傻把籤拾起來，放進筒內，又搖一次，這次，他搖出了一枝籤。
>
> ——你求了些甚麼呀
>
> 大家問。
>
> ——天佑我城
>
> 他說。[7]

---

6 同前注，頁一一九。

7 同前注，頁一七〇。

到廟裡求籤的人，多數求問「自身」、「家宅」、「姻緣」或親友的平安，很少求問城市的，這情節見出對城市的憂慮和認同以外，更關鍵的是「天佑我城」一詞，源自英國國歌〈天佑女皇〉（God Save the Queen，中文另譯「天佑我皇」或「天佑吾皇」）中反覆出現的「天佑女皇」一詞。香港六、七〇年代或以前出生的中年以上居民對這首歌都不會陌生，殖民地時代香港的某段時期，在一些學校的儀式、電影院以至電視臺全日播放節目完畢後，都會播放英國國歌，它很明顯地象徵著殖民統治。英國對香港雖沒有「硬銷」對殖民地宗主國的認同，但殖民地氣氛也遍佈香港人的生活環境中，如警署和賽馬會等機構的「皇家」或「英皇」字樣、警署及其他政府機關內的英女皇畫像、硬幣和紙幣背面的英皇佐治或英女皇頭像和浮水印，以至電視臺全日節目播映完畢後的英女皇畫像畫面和奏英國國歌等等。對此，香港文學也一直與民間角度一致，即從未作出認同，西西的《我城》透過一段到廟裡求籤的情節，將英國國歌中反覆出現的「天佑女皇」一詞，巧妙地改為求籤者口中的「天佑我城」，就這樣把認同主體轉換了：將殖民地官方提出的宗主國認同，轉變為本土城市認同，並透過廟裡求籤的場景，把本土認同的力量來源歸於民間傳統。

西西安排這情節非隨意或偶然，她於一九七四年開始撰寫《我城》，一九七五年一月三十日至六月三十日於《快報》連載，而一九七五年五月初，正值英女皇伊利莎伯二世首次訪問香港，港府安排了大規模的佈置及彌敦道花車巡遊等活動，《我城》的第十三節在《快報》的刊出時間，按字數推算大概正值英女皇訪港期間，[8]當時的香港讀者讀到這段暗藏反殖意識的情節，應會發出會心微笑。該段情節延續《我城》一貫以輕寫重的筆調，以民間理念置換了官方意識，不單是抗衡，也是一種創造，並由此創造達致對於抗衡的延續和深化，西西把「天佑女皇」改為「天佑我城」，可說是針對具體的現實政治，暗含不認同以至顛覆殖民統治之意，更把官方的認同轉換為民間的認同，正道出七〇年代本土意識的民間自發和自創的特質。

二、「有」又還原作「無」

《我城》以「城籍」和「天佑我城」回應七〇年代本土化和身份認同的尋索和反思，以昔日運載先人遺體北上火車卡上的「有」字木牌，撫慰消逝、在否定中肯定目前的所有，以對等觀點處理「國籍」與「城籍」的有和無、城市發展的新與舊，消弭了狹義本土意識的自我膨脹、無根和排他的一面；在新與舊之間，西西沒有簡化地棄舊迎新，經過對歷史記憶的哀悼和肯定、連串社會現象的呈現和批評，以出殯和遷居而開展的故事，終結於電話線的安裝接通，透過這安排，可見西西對七〇年代的期許，寄望於人際的溝通、文化的覺醒和多元開放。

《我城》有一種達觀、向上的氣氛，這倒不是因為七〇年代香港經濟起飛等等官方說法，而是由七〇年代青年對文化藝術和社會改革的信念建築而成。《我城》以民間自發的本土身份認同，填補了「國籍」的虛無和官方認同的虛妄，在全本小說的結束處，電話線駁通，現出另一端的話音，

8　筆者沒有《我城》原始剪報，目前所見大學圖書館所藏的《快報》微縮膠片亦始於一九七六年，之前的年份無法得見，本文所列《我城》在《快報》連載的起訖日期，是據甘玉貞、關秀瓊編，〈西西作品編年表〉，《八方文藝叢刊》一二期（一九九〇年十一月），頁一〇五—五四。

見出七〇年代青年一輩對自我尋索的信心。

在二〇〇六年出版的小說集《白髮阿娥及其他》當中，西西透過寫中老年人的生活和疾病的轉變，回顧也思考人生、世界和宗教。〈照相館〉中的主角阿娥在行將結業的照相館裡獨對舊照，在記憶和現實生活兩方面都面臨消逝，結束處由幽森的黑房接入敲門的女孩和阿娥的應對，懸空了叩問，有如〈巴士〉一篇的結尾，借法國小說家格諾（Raymond Queneau, 1903-1976）〈文體練習〉的一節表達斷代的悲哀，年輕一輩似無法承接上一代的智慧，失去經驗延續意義的青年人，在敘述者眼中只顯出滑稽。〈共時〉是一個從香港望出去的世界，小說中的電視畫面不單是影像，也是一個一個敘述和詮釋世界的框架，敘事者表面上不作褒貶，卻透過不同敘述的組合，表達了對世界的嘲笑、憤怒和失望。

細讀《白髮阿娥及其他》當中寫於二〇〇〇至二〇〇一年的〈解體〉、〈鷲或羔羊〉、〈照相館〉、〈巴士〉、〈共時〉等篇，在平和的語調之間，不難感應潛藏其間的對時代的失望和憤懣。當然《白髮阿娥及其他》的意義也不止於表達失望，特別在〈照相館〉一篇，面臨老舖結業、居處一再遷徙的阿娥，其徘徊於真幻影像之間，瞻前顧後的複雜感情，或者更能代表西西在時代轉折裡的思考。解讀〈照相館〉的關鍵在於阿娥對照片的沉思，而照相館那位處廉租屋邨、橫街街尾的邊陲位置、行將「重建」的舊區，更與全書的城市解體意義呼應。

如果將《白髮阿娥及其他》與七〇年代的《我城》並讀，對在香港長大的讀者來說，特別感到慼然，香港已不再是《我城》裡的香港了。這不是一種對香港城市的懷舊自傷，二〇〇五年，一眾青年創作者，作家潘國靈、謝曉虹和其他畫家、劇作家把《我城》以故事新編形式重新創作為標示

「我城〇五跨界創作」的《i—城志》，包括小說、漫畫和劇場，跨年代的文學者以西西七〇年代對城市發展的達觀，對照出九七回歸後，香港本土價值失落的共見。

在《i—城志》一書當中，西西的《我城》是改編、重寫的對象，也是一種逝去的本土意識觀念的遙遠對照物。潘國靈和謝曉虹等創作者透過改編試圖喚回理念，並放諸二〇〇〇年代的香港城市經驗中，以七〇年代發興的本土意識文學為一種「文化承傳」；其意義一方面指向本土文學經典的重構，也以此重構指向二〇〇〇年代城市問題的反省和批判。閱讀由《我城》演化出的《i—城志》文本，我總想像那就是《我城》裡阿果、悠悠和阿髮等角色活在二〇〇〇年代的延續，但再讀到二〇〇六年出版的《白髮阿娥及其他》，深感小說中的〈照相館〉、〈解體〉等篇的故事發展，才是《我城》中阿果、悠悠和阿髮等角色的真正結局，這不是說《白髮阿娥及其他》延續了《我城》，而是想提出，二〇〇〇年代的《白髮阿娥及其他》敏銳地預見了全球化徵象下的市區重建、經濟轉型所導致的「有機社群解體」。在新一波的經驗斷裂、理念承接的懸空當中，七〇年代的本土認同及一代人理念探求上的「有」，又還原作「無」，〈照相館〉、〈解體〉等篇所嘲笑和憤怒的二〇〇〇年代世界，才是一個真正改寫了《我城》的改編者。

王斑討論中國內地和臺灣當代作家如何透過懷舊，重建消逝的氣韻和記憶的氛圍，抗衡全球化的負面影響，特別是「有機社群」的解體：

> 全球化意識形態來源於現代化經濟發展的理論，但這個理論描繪的前景是把雙刃劍。指向未來的一面，提出有關進步、自由、民主、科技發達和全面經濟繁榮的許諾。指向過去，則掩蓋

> 現代化途中的殘垣斷壁。現代化的推銷，僅僅是一種虛幻的托詞，屢屢被資本集團用來掩蓋跨國公司對傳統生活世界的無情侵略和滲透。……全球現代化欲蓋彌彰的一面是，資本的擴張，使先前由傳統、文化記憶，民俗和世代相傳的親情關係所連綴的「有機社群」解體，將記憶的氛圍去魅。在盲目擁抱資本市場和消費的過程中，許多社群文化面臨喪失原有文化遺產的危機。作為文化表意媒介之一的文學，見證了新舊交替、現代與傳統轉型的焦慮。文學較之社會學更有力地揭示變化中的心理和日常生活情境。[9]

王斑所說的「有機社群解體」是全球化和經濟一體化之後的結果，社會盲目擁抱「趨勢」和發展潮流，而人們亦變得不由自主。他以王安憶的《長恨歌》、《紀實與虛構》和朱天文的《世紀末的華麗》、《荒人手記》等小說為例，提出文學正有力地呈現「有機社群解體」的焦慮，特別以懷舊和呼喚記憶來抗衡全球化的負面影響。

在《白髮阿娥及其他》一書的〈解體〉、〈鷩或羔羊〉、〈照相館〉、〈巴士〉、〈共時〉等篇中，故事背景雖然都是「進步」的新時代，西西卻聚焦於「進步」背後的失落，關注本土原質，在〈照相館〉一篇中，西西同樣以懷舊來呼喚記憶，照片藏著主角阿娥的過去，那是她的本土淵源，然而照相館正位處廉租屋邨、橫街街尾的城市邊陲位置、行將「重建」的舊區，那建築及景觀的位置也象徵邊緣化了的本土觀念和價值，與社區人物關係相連結的情感留在照片中，卻已顯得虛幻，僅餘的本土將在重建中迅速消失。西西以位於城市中心邊陲位置的照相館作為「有機社群解體」象徵，道出社群關係的瓦解，當中的關鍵除了外在力量，也源於新一代無法作出承接。

《白髮阿娥及其他》一書分卷一和卷二，卷二包括〈解體〉、〈巴士〉等篇，卷一完整收入西西的「白髮阿娥」系列小說，由八〇年代的〈春望〉到二〇〇〇年〈照相館〉，彷彿也是個解體的過程。〈照相館〉中的阿娥看顧位於廉租屋邨邊陲的一家照相館，在拂掃飾櫥的過程中，逐一檢視飾櫥裡的舊照，包括陌生人和自己的家庭照，同時串聯起回憶，作者對舊照中的人物及相關回憶場景，有相當仔細的描述，那是小說中最動人一段，西西以阿娥年老而灑脫的視角，像展開手卷一樣略過生命的璀璨和家族的離散，最後讓一切還原作黑房內的底片。

阿娥把黑房底片的顯影過程戲稱「炸油條」，也就是粵語裡的「油炸鬼（檜）」：「一個幽幽的人臉從空洞洞的盆子裡鬼魅似地顯露出來」，[10]西西把回憶和歲月變遷中的人事更迭，化作照片與底片的關係，以至鬼魅的想像，塑造真幻交疊的觀念世界，流露了一點對死亡的恐懼，也對應著現實生活中即將結業的老店。在全篇小說舊人事終止和離散的氣氛當中，西西特意於結束處安排一位女孩叩門洽拍學生照，那叩門聲彷佛一個新的叩問，然而阿娥著女孩另找他店光顧，小說沒有承接這新的叩問，那叩門和婉拒的動作在全篇小說的結束處凝定，小女孩成了一個零符號，教未來的意義懸空於此。

〈解體〉一篇的主角患病前是位畫家，青年時代修讀過藝術，後來從事書刊插畫、電影佈景等美術工作，最終因為社會轉型而失業。在末期癌症中的末期，主角死後的思維以小說敘述者的身份

9　王斑，《歷史與記憶》，頁二二三—二二四。
10　西西，《白髮阿娥及其他》（臺北：洪範書店，二〇〇六），頁一一一。

回顧一生、思考生命、死亡和藝術等問題、質疑藝術創作的意義。

《解體》原刊二〇〇〇年十二月出版的《素葉文學》「懷念蔡浩泉」專號，小說是為紀念畫家蔡浩泉而寫的，蔡浩泉（一九三九—二〇〇〇）是與西西同輩的畫家和作家，筆名方三、雨季、王兌，著有小說《咖啡或茶》、《天邊一朵雲》等，一九六三年畢業於臺灣師範大學美術系，回港後曾任職出版社和報社，為今日世界出版社設計書籍封面，亦為報紙副刊製作插圖，為《素葉文學》和「素葉文學叢書」擔任美術設計工作，早期「素葉文學叢書」的封面大多由他設計，二〇〇〇年不幸病逝。

《解體》的小說敘述者原型來自患病中的蔡浩泉，但小說的意義也指向蔡浩泉同代人及其所共見的香港社會變遷：「社會忽然轉了型，快得令我們這一輩，難以適應。出版的書本，不需要插畫了，報紙也不需要，報紙的版頭，報紙根本，不需要文章，都是圖片，圖片，圖片。」[11]小說的悲劇性本不在於敘述者臥病，作為一個藝術家，敘述者熱衷繪畫，繪畫是他的工作更是他的生命，他存在的意義，而最後卻不得不提出質疑，除了繪畫的實用功能已因社會轉型而殆盡，在藝術層次上他亦不知如何避免「重覆自己早已做過、實驗過的方向」，[12]青年時期的理想和才華，已一一被社會轉型的大潮淹沒，不由自主地在中年歲月裡失業、患病，於生活和理念上兩空，小說裡真正被解體的不是肉體，而是由「有」變「無」的藝術生命，主角的幻滅不獨是其個人或藝術上的問題，也指向七〇年代一輩的文化信念以至一個城市的觀念世界的解體：重實利而輕文化的社會無法承接七〇年代的藝術創造，一整代人建立的人文傳統無以為繼，走向自我解體。

結語：從《我城》到〈解體〉

本土意識——一種共同社群建立的對土地的歸屬和自我身份的認同，是共同社群經驗及文化累積的結果，不是憑空建造，也不是官方透過宣傳或教育可以「灌輸」的。香港作為歷年內地南來者的避難所，五〇年代因應歷史時空的轉折，香港原本作為暫居的避難空間突然凝固了，一整代人無法返回內地的家園，被迫與香港的原居民或較早南來者面對那「華洋雜處」的殖民地社會，最終落地生根，經過漫長的懷鄉、否定、鬥爭和掙扎，他們和他們的下一代，逐漸在六、七〇年代接受以香港為家的現實。在此由否定到接受的過程中，香港的文學者在作品中反映這過程、也透過敘述創造認同的理念，使香港文學成為本土意識的主要載體之一。

本土相對應於「他者」而存在，但由於香港特殊的時空位置，這本土與他者很少處於對立的層面上，一如《我城》以火車卡上的「有」來標示消逝的歷史時空，再以自創的「城籍」觀念回應香港人的「國籍」問題，七〇年代本土意識認同上的「有」，是建立於對「無」的認清之上，而其力量則源自民間自發和自創。

歷經五、六〇年代以來持續的開創墾殖、回應過七〇年代本土化的理念建設，西西在《白髮阿

11 同前注，頁一三三。

12 同前注，頁一三四。

娥及其他》一書以明淨和澹泊洞悉外界的所有，也對應著時代的失望和批評。〈照相館〉中的照片和阿娥的拂掃、帶感情的注視，標誌著一個城市的認同的記憶，西西把照相館安排於廉租屋邨的邊陲位置以及店鋪行將結業，預示了記憶及認同的消逝，對應著九七回歸以後，香港急速的舊區重建引致的社區關係斷裂及居住空間「商場化」的現象。〈解體〉的敘事者面對實利化和工具化的社會轉型，找不到創造的力量，〈照相館〉中的阿娥亦由於店鋪行將結業，婉拒了年輕人的叩問，由此提出了本土觀念斷裂的危機。

《白髮阿娥及其他》角色解體、叩問懸空，在形體老去的「白髮」和觀念的「無」當中，西西仍在敘述方法上力求多變，自覺地避免「重覆自己早已做過、實驗過的方向」，〈共時〉以重組電視影像的方式詮釋更紛異的世界，〈解體〉也在小說敘事手法上有新的實驗，敘事者身份從病者轉為靈魂，西西的文字有如解體後的思維，以抽離了特定主體、超脫了死生的敘述聲音，檢視我城的幻變、為逝者總結一個時代的意義，由此也見出香港文學本土價值的另一層面，在「沒有」和斷裂中另行自創。

第十四章 另一種「翻譯」與「寫實」

——《剪紙》、《重慶森林》與《烈火青春》

引言

偌大的電影院內只零星分佈二十多人（其中三人提早離場），至影片末段，影院職員知道接近終結，便提早打開大門。當外界的光線照進，電影中的故事也加速推演直至結束，唯音樂仍然延續。銀幕上剛顯示製作人員名單，影院職員便急不及待地亮燈，觀眾也在瞬間散去。時間大約是晚上十一時，我走出影院半閉的大閘，回頭望去，場內音樂與名單仍在進行。

那是一九九四年八月最後一場公映的《重慶森林》，電影讓觀眾想起村上春樹的小說，我卻想起也斯（梁秉鈞）的中篇小說《剪紙》。《剪紙》原於一九七七年香港《快報》連載，一九八二年出版單行本，八八年收入在小說集《三魚集》，二○○三年再由牛津大學出版社重新印行，至二○一二年再有新版。本文嘗試比較《重慶森林》與《剪紙》當中所涉及的音樂元素，思考不同藝術媒介之間的另一種「翻譯」，再論《剪紙》對七○年代香港的寫實意義。

一、《重慶森林》與《剪紙》的音樂

王家衛的電影《重慶森林》與村上春樹小說的聯繫，較明顯的是都市男女離合的故事，但我認為更深層的聯繫，在於音樂元素的運用，以至對音樂的敏感。電影與小說都共同直接引用音樂，像《挪威的森林》中直子與渡邊一起時的Bill Evans爵士鋼琴曲、《聽風的歌》中多次提到的The Beach Boys樂隊、貫串整部《世界末日與冷酷異境》的Bob Dylan，還有村上春樹愛憎分明的口味：酷愛六○年代的Beatles而無法忍受

也斯，《三魚集》（香港：田園書屋，1988）。

也斯，《剪紙》（香港：素葉出版社，1982）。

八〇年代的The Police、Genesis等樂隊。有出版商出版了《村上春樹的音樂圖鑑》等書，提供按圖索驥的方法，讓讀者相信找到村上提及的音樂便可解讀小說，然而我很懷疑這做法的功用，因為當中最關鍵的不是小說中提及了哪些樂人、樂隊或樂曲名字，而是在沒有提到音樂的部份，村上也用上了音樂。

我的理解是，村上春樹的小說許多都是捕捉音樂的氣氛和感覺，再「模擬」、「翻譯」成小說。「翻譯」的基本意思是把一種語言轉成另一種語言，要點在於精確和傳意，也有學者指出翻譯除了語言上的功用，還具有「文化翻譯」上的意義，就中國現代文學而言，晚清至五四時期的翻譯活動更參與新觀念的形成。[1]但音樂怎樣「翻譯」成小說呢？如果把音樂予聽者的感覺與訊息也理解為一種「語言」，而「翻譯」在溝通以外也可以有所「創造」的話，村上春樹把音樂轉為小說，或也可理解為一種不同藝術媒介之間的翻譯，這過程的要點不在於語意還原，而在轉換和創造。

《重慶森林》作為電影使用音樂當然不稀奇，但《重慶森林》中的音樂並不當作「電影配樂」來處理，而是有如音樂之於村上小說，前者先決於後者，後者的生成建基於把音樂作為一種具有獨立意涵的文本來閱讀，再「翻譯」作電影。例如在第二段故事中，阿菲（王菲飾）在快餐店中待同

1　參考劉禾（Lydia H. Liu）著，宋偉杰等譯，《跨語際實踐：文學，民族文化與被譯介的現代性（中國，一九〇〇—一九三七）》（*Translingual Practice: Literature, National Culture, and Translated Modernity—China, 1900-1937*）（北京：生活・讀書・新知三聯書店，二〇〇二），頁一四—二七，及王德威，〈翻譯「現代性」〉，《想像中國的方法》（北京：生活・讀書・新知三聯書店，一九九八），頁一〇二—三一。

事離開店後，調高唱機音量，一方面隔絕外界聲音，另一方面將瑣碎的店務完全融入個人的音樂世界中，製造出獨立於外在世界的個人空間，歌曲〈California Dreaming〉已是第二次播放，此時更注入了電影角色阿菲的個性，成為「阿菲式」的音樂；當阿菲闖入警察六三三（梁朝偉飾）的家中，把自己帶來的唱片放入六三三家中的唱機播放，不純為滿足自己，也藉音樂表示佔有和改變，這時觀眾聽見的不是個別單一的歌曲，而是「阿菲式」的音樂。

正如葉月瑜的分析，阿菲在六三三家中所播放〈California Dreaming〉成了具「排外性」的聲音領域，將六三三的家改變成阿菲造白日夢的空間；[2]歌曲〈California Dreaming〉在電影中是表達阿菲的人物性格和內心世界的重要媒介，它的作用重於對白和敘事，這音樂的作用非為背景，實為主線。說《重慶森林》接近於村上春樹小說，要點也在於音樂的轉移方式。導演王家衛在一次訪問中提到《重慶森林》中的音樂時說：「也有的時候，我心裡會先開始有一個音樂，完全不能解釋。就是直覺認為這個戲應該是這個氣氛、這個年代。譬如：《重慶森林》，一開始我就覺得應該像〈California Dreaming〉，單純而天真，七〇年代夏天的感覺。籌備時，我沒給他們故事，杜可風（攝影）問我這戲是怎樣，我就放〈加州夢遊〉給他聽，就是這樣……」[3]這段談話可說是進一步引證了《重慶森林》的音樂並非「電影配樂」這論點：一般的電影配樂是先有電影片段，然後配上音樂，《重慶森林》卻是先有音樂，再據音樂的氣氛、感覺來創作電影，據前文的說法，王家衛這做法就是把音樂「翻譯」成電影。有評論指《重慶森林》的內容其實和一般港產商業電影並無二致，都是講男女的聚散、復合或再次分離，王家衛成功的地方在於把商業片的公式加以轉化。[4]從電影音樂的角度看，《重慶森林》有別於一般港產商業電影的關鍵，更在於對音樂的敏感，相信這也是

《重慶森林》與村上小說更內在的聯繫。

看《重慶森林》而想起《剪紙》，不僅因為二者都有兩組獨立故事，在敘事結構上近似，亦因為在《剪紙》中，音樂也作為表意的關鍵。在《剪紙》第二組故事，小說第四章，有一段動人的粵曲對唱情節：敘事者在瑤的家中，和瑤的大姊討論粵劇，敘事者對粵劇有很多負面印象，他向瑤的大姊解釋他不喜歡粵劇的原因，當話說了一半，在旁的瑤唱出一節粵曲，那是《紫釵記》第二節「花院盟香」中，李益（任劍輝飾）拜會霍府，與霍老夫人、霍小玉（白雪仙飾）對唱的部份。瑤先以男聲扮演李益，然後大姊接唱老夫人的曲詞，對答幾句後，當老夫人喊「小玉呀小玉」，瑤便轉回女聲演霍小玉，接著該答的下一句是男聲，兩姊妹叫坐在一旁的敘事者接唱：「於是你推我，叫我接。我怎懂唱呢？於是你們寫下了歌詞，叫我照唱。」[5]敘事者不會唱，只好照著曲詞讀出，唱詞變成唸白，兩姊妹忍著笑接唱，終完成了該段。

經過這一段，敘事者開始改變對粵劇的負面印象：

---

2 參考葉月瑜，〈自己的生命：王家衛電影的音樂論述〉，《歌聲魅影：歌曲敘事與中文電影》（臺北：遠流出版公司，二〇〇〇），頁一三四—一三五。

3 轉引自葉月瑜，《歌聲魅影》，頁一三六。

4 參考David Bordwell著，何慧玲譯，李焯桃編，《香港電影王國：娛樂的藝術》（香港：香港電影評論學會，二〇〇一），頁二五四。

5 也斯（梁秉鈞），《剪紙》（香港：牛津大學出版社，二〇〇三），頁四五。

> 唱完這一節，大家都笑起來。自然是笑我這個門外漢了。不過我這個門外漢，從這時間始，卻開始有了新的感受。本來是一個舊故事，一種舊的藝術形式，但因為你們把感情放進去，所以也使我感到一點甚麼。就在這一段裡，因為你們，我也感到了一種生活情態的豁達與自然，感情的婉轉與莊嚴；在可以是陳舊的戲文下，看到一些美好的東西。[6]

以上粵曲對唱一節，實是小說第四章的關鍵所在，前面是寫敘事者看瑤剪紙而想起從前一起訪問剪紙師傅「華」，剪紙藝術連帶舊有的生活情態以至民間傳統，本有它活潑的生命和文化內涵，卻在現代的空間中失去原有吸引力，年輕的參觀者有的在剪紙師傅作業期間，開始不耐煩：「發覺剪紙原來不是即時的魔術而是連綿的工作，他們踱開去，老實不客氣地在那邊的沙發上坐下，抽出書櫃裡的書本和雜誌看起來」，[7]另一方面，剪紙和它的文化內涵連帶華說起抗戰時在內地的生活，卻是瑤羨慕又感到無法接近的世界，這裡剪紙所代表的往日激情、美好的傳統價值，就好像第四章所引用的王洛賓創作的中國新疆風格民歌〈在那遙遠的地方〉，美麗卻「迷茫，遙遠而不真實」。

相對於剪紙藝術與目前現實生活的距離，粵劇則溶入了小說角色的生活以至個人的生命和性格當中，當敘事者回憶與瑤與大姊的認識，第一次相見就覺得她們「身上有一種不同其他人的質素，比較認真、比較誠實、比較樸素，說一些沒有人再說的東西」，這「質素」可說是來自粵劇，當敘事者回憶瑤在一個演講會上，反駁講者的批評，「為一個前輩藝術家分辯」，至第四節的結尾說：「我聽著，回想你們唱的，慢慢了解你們喜歡的質素。我覺得你們好像想在現實世界裡演劇中那些剛烈嚴正、有情有義的角色」，[8]這裡所談論的粵劇已不只是一種傳統藝術，更是藝術與個人生命的結合的「質素」。

剪紙相對於粵劇，同樣作為傳統藝術，前者「迷茫，遙遠而不真實」，後者卻特別在瑤與大姊加上敘事者對唱的一節，顯出它的生命力，當中差異的關鍵在於粵劇被溶入了生活情態，以至個人的生命和性格當中，作者藉此似乎想表達，傳統文化一方面在現代世界被邊緣化，另一方面也未嘗不可以在日常生活中重現它的價值。敘事者不喜歡粵劇剛烈而二分的世界觀，卻在與兩姊妹日常的對唱之間，重新發現傳統文化的生命，不單存於紙上或戲文中，而是可以在現實的日常生活中體現。這發現源自作者對粵劇的重新閱讀，《紫釵記》在《剪紙》中不是「背景配樂」，而是具有重新解讀和演繹意義的「翻譯」。

二、《剪紙》、粵劇與「重像」

《剪紙》引用的粵劇作品，除了《紫釵記》，還有《蝶影紅梨記》、《帝女花》和《再世紅梅記》，都是已故著名粵劇家唐滌生的作品。在小說第八章，作者透過敘事者到電影片場找轉任演員

6 同前注，頁四五。

7 同前注，頁三六。

8 同前注，頁四七。

的「華」，安排大量《再世紅梅記》的戲文夾雜在現實故事的敘事之中，並將戲文的意思結合到小說情節的發展，有時小說引申戲文的意思，有時是戲文交代了小說未道盡的故事。作者的用意一方面使小說和戲曲兩種文本互相指涉，在小說的敘事手法上有實驗性的追求，[9]另一方面也作為向前文本的「致敬」，小說在戲文與敘事交替出現之間，有時也夾雜敘事者對戲文的觀感：「當我凝神細聽，歌詞有了生命，彷彿有一張臉孔，在我旁邊呼吸，我可以感覺那轉得急促的歌聲傳達了迷亂的心情：我寄語秀才應自重，似覺月影窺人柳浪空。」[10]這觀感也持續地夾雜在故事敘述的聲音之中，至中段，作者把印象式的觀感發展為一段對《再世紅梅記》作者的評論：「那編曲的人一定是懂得那種種情態，所以編出一個深情的女子，在悲慘的命運中堅持不移，又編出一個開朗坦然的女子，遇到坎坷時機智應付，到了最後，蕉窗魂合，倩女回生，兩個人的質素重疊，所有輾轉變化的情態都匯合在那上面了。」[11]

這裡既是評論唐滌生，又好像透露創作《剪紙》兩名女角的淵源：有如《再世紅梅記》，《剪紙》的作者也「編出」一個深情的女子「瑤」，對傳統藝術矢志不渝，又「編出」一個開朗的女子「喬」，熟悉西方現代藝術卻作風飄忽。瑤和喬的形象無疑是來自《再世紅梅記》，作者沒有在小說情節中安排二人如昭容與慧娘般二合為一，卻在這一段對《再世紅梅記》的評論中，向讀者提示了閱讀《剪紙》的一個關鍵，就是由讀者自行重疊瑤和喬的特質，把她們作為「重像」式的人物來閱讀。

有關「重像」，可以追溯至希臘神話中水仙子納蕤思（Narcissus）臨水自照，迷戀自我形象，最後化成一株水仙，在《剪紙》初版後記中，也斯把這神話理解為一個關於「觀看」的故事。對《剪紙》這故事來說，「重像」的更重要源頭，卻是《再世紅梅記》。也斯曾在一次粵劇研討會中說：「《剪紙》裡面想用比較複雜多樣的文化符號來寫香港……小說第八章是對唐滌生劇作尤其是《再世紅梅記》的致意，小說的兩個重像式的主角，也由《再世紅梅記》啟發而來。」[12]《再世紅梅記》慧娘與昭容的重像關係，又源自三〇年代粵劇表演模式的變化，粵劇演員編制由原有的「十行當」轉為「六柱制」，唐滌生因應「六柱制」演員數量的限制而作一人分飾二角的處理，這手法在《紫釵記》、還有《蝶影紅梨記》、《帝女花》中都可看到，[13]不過《再世紅梅記》在這處理上有所演化，不只是形式上配合演員數量，更有表意上的功用。慧娘與昭容二角由一人所飾，不是因二角身份相近，也不是對比，而是以一虛一實的處理，思考「情」一體兩面的特質。[14]

瑤和喬作為「重像」式人物，是兩名身份相異的女子，也可視作傳統和現代兩種文化形象，

9 參考容世誠，〈「文本互涉」和背景：細讀兩篇現代香港小說〉，收入陳炳良編，《香港文學探賞》，頁二四九—八四。

10 也斯，《剪紙》，頁八八—八九。

11 同前注，頁九二。

12 梁秉鈞，〈粵劇與當代文藝〉，收入劉靖之、冼玉儀主編，《粵劇研討會論文集》（香港：香港大學亞洲研究中心、三聯書店，一九九五），頁一八四。

13 參考楊智深，《唐滌生的文字世界・仙鳳鳴卷》（香港：三聯書店，一九九五），頁五九；陳守仁，《香港粵劇研究（上卷）》（香港：廣角鏡出版社，一九八八），頁一三。

14 唐滌生對慧娘與昭容二角的處理手法，可能啟發自湯顯祖《牡丹亭驚夢》。唐滌生《再世紅梅記》中對情的思考，有論者指發展自湯的「主情說」，參考區文鳳，〈唐滌生後期的粵劇創作與香港粵劇的發展〉，收入劉靖之、冼玉儀主編，《粵劇研討會論文集》，頁四四六—四七。

《剪紙》第八章借用《再世紅梅記》，用以指涉瑤和喬，在敘事者的評論當中，最終表達的是作者對香港文化的期待：「兩個人的質素重疊，所有輾轉變化的情態都匯合在那上面了」，然而這期待在第八章以片場為背景的情節中，與敘事者想向華追查答案的努力一樣落空，作者可說是借戲曲的虛幻，寫現實世界的虛幻。

《剪紙》大量引用唐滌生的戲曲作品，但《剪紙》沒有「改編」它們，也斯在《剪紙》中無意對戲曲作「故事新編」式的處理，而是模擬戲曲的氣氛，在原有的意思上再創造，特別是留意到唐滌生根據粵劇演出中一人分飾二角的需要，發展出重像式人物，在戲曲原有的虛擬手法上營造真幻並存的氣氛，《再世紅梅記》本就對傳統有所轉化，《剪紙》實把這轉化的過程、重像式人物和真幻並存的氣氛「翻譯」為小說場景，《剪紙》之與唐滌生的戲曲作品、與村上春樹小說相對於爵士樂、《重慶森林》相對於音樂和村上小說，幾種作品對於它所要引用的前文本，都不單純是文本內容的引用，而是有更深層的另一種「翻譯」意義。

三、《重慶森林》、《烈火青春》與《剪紙》的政治隱喻

《重慶森林》其實是一齣十分輕盈的電影，相對於同時拍攝的《東邪西毒》，導演為《重慶森林》中的符號加入不少解說性處理，似乎恐怕觀眾看不懂，多次強調罐頭食品的期限，又安排頭戴金色假髮、既穿雨衣又戴墨鏡、說國語、粵語及英語的華裔女子（林青霞飾）為洋人老闆辦事，用美金與印度人進行毒品交易，後來卻被兩者出賣；華裔女子最後把洋人老闆槍殺，隨即拋掉金色假

髮。觀眾不難看出罐頭食品期限暗喻一九九七年香港回歸中國的時間、華裔女子與洋人老闆暗喻香港和殖民地政府，當中近乎一對一的政治隱喻手法，在王家衛眾多作品中是最顯淺的。

《重慶森林》的政治隱喻讓我想起一九八二年由譚家明導演的《烈火青春》，王家衛早年曾在譚家明另一齣電影《最後勝利》中擔任編劇，《烈火青春》的政治隱喻顯然比《重慶森林》複雜，在影片開首一幕，游泳池管理員以官式語言廣播泳池守則，泳客卻愛理不理，失靈的擴音機使官式語言變得滑稽，負責廣播的管理員反被女泳客戲弄，最後泳池只留被脫去泳褲的管理員一人在水上，導演顯然對管理員所代表的官式語言不屑，特意安排他被泳客戲弄，當中的政治想像空間更開放而廣闊。另一段講述一對男女在電車上層纏綿戲耍一番之後，女角（夏文汐飾）走到下層時，與準備下車的一對穿白恤衫藍斜布褲男女在下層短暫相遇，兩對男女對比出兩種生命情調，但當中沒有對立，相對於游泳池一幕導演對官式語言的嘲諷以至批判，電車一幕中，導演安排兩種態度相遇，只有對比而沒有對立，白恤衫藍斜布褲男女可能象徵七〇年代的「國粹派」或思想「革命」、「前進」的人物，導演對他們背後的堅執存有一點敬意，無意作出諷刺，即使導演傾向的始終是前者的自由放任、無政府式的態度。把以上兩組對比結合，可見出《烈火青春》基本的政治訊息，當中的政治隱喻處理明顯比《重慶森林》複雜而豐富得多。

也斯小說很少直接指涉政治，有些間接論及或作諷喻，包括〈破碎〉和〈李大嬸的袋錶〉，[15]

15〈破碎〉和〈李大嬸的袋錶〉收入小說集《養龍人師門》（臺北：民眾日報，一九七九），其中〈破碎〉於二〇〇二年牛津大學出版社新版中，易名為〈毛主席去世的那天〉。

而《剪紙》基本上是一個愛情故事，也斯在初版後記說：「《剪紙》不過是一個愛情故事吧了，說到對事情的看法云云，是不是離題太遠了？」這對於長篇大論分析《剪紙》的筆者來說，似乎是一聲譏笑，不過也斯又在一次粵劇研討會的集體討論中說，寫《剪紙》的原因「是想反映香港的文化」，[16]則筆者的分析還不致離題。當然最重要的是在一個愛情故事的基礎上，小說讓讀者讀出些甚麼。相對於《烈火青春》和《重慶森林》，《剪紙》似無表達政治訊息的野心，但它對香港文化的觀察、批評、焦慮與期望，仍可視為作者對外在世界的回應，更重要的是那回應世界的方法本身，類近於《烈火青春》的處理，是一種富於想像、空間開闊的手法，由此而使作為基礎的愛情故事更可觀。

在《剪紙》第二組故事起首，敘事者到瑤的家找瑤，瑤不在家，敘事者描述瑤家時，提到瑤的書桌上的書籍，除了舊詩詞和畫集，還有一本《青春之歌》：「這些書攤開了，或是翻開覆在桌上。我拿起來，結果只是撣撣上面的灰塵。」敘事者沒有再提及《青春之歌》，他關心的始終是瑤的情形。楊沫《青春之歌》寫於五〇年代，敘述抗戰時一群青年男女在愛情與革命間徘徊的故事，最後女主角林道靜選擇了革命的道路，「從一個小資產階級知識份子變成無產階級戰士」，[17]當中有不少熱烈昂揚的情節。《青春之歌》的主題以至語調和氣氛都與《剪紙》大相逕庭，作者透過敘事者稍稍提及，用意與《烈火青春》中新潮男女和白恤衫藍斜布褲男女相遇一幕有點相近，當然也斯的筆調更輕，似乎對《青春之歌》沒有任何正面或負面的態度，卻埋下《剪紙》第四章剪紙師傅憶述抗戰時在內地生活的伏線，瑤羨慕又感到無法達到，正如前文所論，瑤所羨慕的，是一個「迷茫，遙遠而不真實」的世界，剪紙工藝與《青春之歌》都可視為往日激情、美好傳統價值的符號，美麗卻「迷茫，遙遠而不真實」。

這可作為我們理解《剪紙》對外在世界的態度。在個人與集體，情感與社會之間，一種七〇年代香港流行的文藝觀念是認為寫集體和社會才是「反映現實」，而寫個人和情感則被指為「不寫實」，《剪紙》的態度顯然不同於這觀念，這不是說作者反對「寫實」的文藝觀，在《剪紙》第四章，作者對剪紙師傅「華」的態度是非常敬重的，當華回憶國內舊事、抗戰激情，以至七〇年代初與香港青年討論民族與人生，瑤感到羨慕，又覺得那是「現實生活中無法達到的標準」，瑤的大姊卻說「為甚麼盡在往回看，回憶生活中一些激情的片段？」接著作者對此有很微妙的處理，當華的剪紙接近完成，作者安排原是剪紙圖案的兒童人形有了生命一般，在屋內走動玩耍，當華開始說故事時，那些「孩子」也在一旁放風箏，有時參與聆聽，作出反應，這時「孩子」的反應是象徵著瑤和其他人的反應，當大姊說出對華的回憶不以為然的話之後，作者描述這孩子「攀著我的肩膀，教我分了心，沒有聽下去」。微妙的地方是，孩子這時的反應指向的，是敘事者，也是作者對大姊該段說話的態度，即是說，作者並不同意大姊對華的反駁，簡單地否定回憶，根本就不是一種有效的態度。華的世界「美麗而遙遠」、「遙遠而不真實」，且沒有吸引一般現代青年，但作者的態度沒有否定華的世界，更不同意現代青年對華的否定和不尊重，然而作為另一極端的瑤對其沉溺，也使作者擔心。對於「華」所象徵的國族、傳統、歷史、寫實等理念，作者極力提防簡化（如安排大姊的

16　劉靖之、冼玉儀主編，《粵劇研討會論文集》，頁二四五。

17　楊沫，〈再版後記〉，《青春之歌》（香港：三聯書店，一九七七），頁六二五。

反詰又否定她），提出的是比較複雜的思考，《剪紙》也讓讀者思考，在傳統和現代、寫實和非寫實的否定與沉溺以外，有沒有第三種路向？這觀念上的第三種路向，相信也是《剪紙》最重要的訊息。

在《剪紙》第四章，剪紙與粵劇兩種傳統藝術的對比中，除了表達作者對傳統藝術的看法，還隱藏對外在世界的回應和思考，以至作者的政治態度。剪紙與《青春之歌》可視為往日激情、美好傳統價值的符號，並附帶「華」所象徵的國族、傳統、歷史、寫實等理念，「迷茫，遙遠而不真實」，這在前文都有所分析，那麼粵劇相對於剪紙，其與現實的關係又如何？在第四章，粵劇主要指向傳統藝術與現實生活以至個人生命情調的連合，瑤與大姊的「質素」來自粵劇與生活的溶合，另一方面，這「質素」又與地方文化相關：「後來我常常想，你們就好像你們住的地區，保持了十多年前香港某些樸素的質素，一覺醒來，四周已盡是遷拆的聲音了。」由此或者可以推想，相對於剪紙及「唐」與「華」所指向的「中國」因素，粵劇以及瑤與大姊則與「香港」相關。

瑤對「唐」的傾慕又沉迷於剪紙，與大姊對華的回憶不以為然的態度，可視為兩種從香港望向中國的角度，作者顯然對這兩種角度都不盡同意。從作者將剪紙歸結為美麗、遙遠而不真實，而對粵劇則從否定到重新認識這兩種不同的處理方式看來，即使作者從不強調，卻也難掩當中的政治含意，特別是「唐」與「華」二人。「唐」這人物在整篇小說中始終沒有出現，敘事者最初以為找到他便可解決瑤的問題，後來知道他已在文革中逝世，最後找到在片場工作的「華」，寄望他提供協助，在小說結束一段，作者對華作最後的形容：「華抽著煙，沒有說話。他的樣子看來有點襤褸，而當我走前去，碰到他的手肘，我可以感到他是真實的活生生的人。他有點擔憂，有些事不大清楚；頭是低垂的，也許正在思想。」作者對「唐」與「華」二人作一虛一實的處理，不難理解為傳統中國與現實中國的符號，敘事者先後期望兩者解決瑤的問題，最後仍不知答案，敘事者特別強調華是「真實的活生生的人」，也許華比較接近答案，但敘事者對華的期望始終不熱切，從他對華的形容亦間接在說，華也不肯定自己的作用，敘事者對「唐」與「華」的態度，最終指向《剪紙》對傳統中國與現實中國的態度。

回到《剪紙》與《烈火青春》的比較，兩者對文本中的「中國因素」都保持距離，《烈火青春》對「國粹派」人物尊重而不認同的態度，類近於《剪紙》對剪紙及「唐」與「華」的態度，《剪紙》安排瑤病態地沉迷剪紙，羨慕華過去的激情理想，傾慕素未謀面的唐，以及敘事者對瑤的觀察和擔憂，不難理解為一種對中國態度的重新思考。對於高蹈的政治語言，《烈火青春》一開首就予以嘲諷，《剪紙》則輕輕帶出又抹去。相對於《烈火青春》無政府式的自由放任傾向，《剪紙》透過剪紙與粵劇在兩組小說場景中的不同表現，暗示對中國的疏離和對香港的認同，從這角度看，《剪紙》所承載的政治含意並不少於《烈火青春》。

結語：「寫實」與「再現」香港

《剪紙》是怎樣寫香港的？小說中大量有關七〇年代香港文化的描寫，如花車巡遊、粵語流行曲、電臺點唱節目、報紙貼版工序、在茶餐廳寫作的專欄作者、廟街的命相占卜業、上環的南北行等等，大部份提供細緻描寫，如果不把《剪紙》視為愛情小說，大可視作有如《清明上河圖》一般的七〇年代香港文化圖，但《剪紙》的意圖不在呈現，而是怎樣呈現；不在寫實，而是怎樣寫實。如果把敘事者重新評價粵劇視為作者對香港文化的重新省思，《剪紙》中對香港大量夾雜寫實和想像的描寫，不單純是寫作手法的展示，而是透過怎樣去寫香港的現實，帶出「寫實」及如何「再現」香港的問題。

回到《剪紙》故事的開始，作者首先思考的，是外在世界與個人世界的關係，以及該種關係的本質：「公共汽車停站，外面廣告牌上的一大幅粉藍色填滿所有窗口，喬的臉孔也染上一片粉藍。汽車開行，經過一片淺黃，她的臉又泛上淡黃。」在這裡，主角之一「喬」與外在世界的關係，是一些隨時改變的光影。當敘事者隨著喬回家，在私人的空間裡，外在世界以既幻且真的面貌，透過一扇窗出現：「喬走過去拉起白色的百葉簾，露出一扇紅牆。原來那不是窗子，是牆。不，我弄錯了，那確是窗子，一大幅紅色的是對面大廈上畫的香煙廣告。走近窗前，還可以看到街上的行人和車輛，無聲溜過。」對面大廈亮起的廣告畫以逼真的寫實畫呈現，唯其逼真、寫實，反而擾亂了「真實」，外在世界有時闖入私人空間之中，個人無法逃避，然而那外在世界不一定比個人世界「寫實」，反而可能只是幻象，「汽車開行，經過一片淺黃，她的臉又泛上淡黃。」外在世界加諸個人的，往往是光影般虛幻的觀念。

《剪紙》寫到外在世界的部份，在喬的故事裡，包括慶祝英女皇登基銀禧花車巡遊、銅鑼灣食街，還有報館中各種剪貼的文稿，作者對這些地方大部份採用拉美小說的魔幻寫實手法，描繪出一個詭變的、近乎不真實的世界，這是一種處理，另一種是瑤的故事中的上環街道，作者用傳統寫實的筆調，具體呈現舊區面貌，概略的說法，是寫城市新事物時用虛筆，寫城市舊區沿用傳統寫實。

《剪紙》在故事的開始即思考怎樣寫實，緊接著卻思考為什麼要寫實，在《剪紙》第二組故事起首，作者透過敘事者在上環舊街找他的朋友瑤，數出一個一個舊名字：

> 你到底去了哪裡？我走下舊樓的樓梯，走過上環這些樸實的街道尋找你的影子。那邊一爿中藥店，重重的牌子是重重的陰影：生苡米重疊著胡椒根重疊著桑寄生重疊著北芪頭重疊著雞骨草。賣豆的店鋪裡一包包暹羅紅豆、綠豆、黃豆。沒有一個人影。賣瓜子的分門別類：北瓜、紅瓜、八步瓜，盛在同樣胖墩墩的麻包袋裡。我記得你曾在店鋪前停下，唸著這些古老而陌生的名字，叫我們看這些數十年如一日的店子。[18]

《剪紙》中有關瑤的故事是在敘事者穿梭於城市舊街的尋覓、觀察和記憶開始的，暹羅紅豆、綠豆、黃豆不只是一堆名字，而是包含著生活和情意；古老而陌生的名字，連帶對舊城傳統的認同和尊重，從敘事者的語氣和觀察角度，可以看到一個在香港長大的人，處身於七〇年代由簡樸而逐漸繁榮的新舊交替局面，對孕育他們而現在又逐漸褪色的舊區感到不捨，這是其中一個寫實的原因，更重要的是城市的發展與個人的成長和感情故事本就相關。這段尋找的行程是第二組以瑤為中心故事的起點，作者也在這裡告訴我們，瑤的戀愛和後來的精神狀態變化，與舊城的認同和變異不可分割。

18 也斯，《剪紙》，頁一一。

在第二組故事結尾，亦即全篇小說的最後一章，作者再次安排敘事者走在舊區，呼應前面引用的第二組故事起首，寫「數十年如一日」的舊區，連帶舊有的生活方式與價值觀，無可避免地在現代化的聲響中開始隱退：

> 你住的這一區，好幾幢舊樓都已經扯下了，碎石和廢木，在早晨的太陽下閃閃發光，旁邊一個建築地盤，又開始打樁……那些中藥舖和海味舖、那陰暗神秘的、出售靈符和年畫的紙紮舖，已經不在了。那爿門前掛起大剪刀的雜貨舖兼藥行，裡面已拆空，彷彿黑洞洞的蛀牙，外面仍空掛著大剪，已經陳舊不堪，像是生滿白鏽無法轉動。許多店子搬空，許多人改變了職業和生活，許多事物消失了。牆柱上貼著一張香煙廣告，華美衣服的派對中裊裊噴出白煙，是西式生活的幻夢。但這海報已經撕破，露出底下的黃牆。這幢樓眼看快要拆卸了。在旁邊，建築工人赤膊抬著粗重的鐵枝走進地盤，有人在運泥車車尾「各，各，各」的敲著，它退後時揚起一陣塵土，路旁一叢弱草，在這紛變中微微顫慄。這個到處都是殘破的世界，叫人認不出來，一下子又迷路了。[19]

敘事者沿著舊街道走下去，很快就由數十年如一日的店舖走至到處都是殘破的世界，從西環至中、上環那些保留了民初以至前清風格的建築和生活情態，逐漸在現代化的聲音消退，瑤可說是象徵舊城傳統的人物，但不是說她的遭遇怎樣「反映」了舊城的興衰，而是她的婉約情態和洞察力，與執迷、自沉於幻象，同樣作為舊城歷史文化的具體表徵；更有趣的是，作者安排幾乎相反的喬發展另一段故事，西化的喬無法解讀傳統借詩寄意的文學語碼，婉約的情意落空，喬的飄忽引來另一種執迷和破壞，她自己也在自我製造的旋渦中迷失。將瑤的婉約和自沉於幻象，伸延至城市現代化的部份，瑤與喬，兩個押同韻的名字，就好像城市一體的兩面。

《剪紙》中七〇年代新舊交替的香港，同時也是個虛實並置、真幻共存的社會。外在世界如此詭譎，個人世界又如何？單戀喬的黃無從表達自己、暗戀黃的菊知道了黃的一切亦靜默無聲、喬後來被黃跟蹤、刺傷、敘事者「我」因寫專欄而面臨被解僱；瑤被敘事者以為傾慕「華」，實則傾慕於「唐」，但文革時唐已在內地去世從未到過香港，曾任職中學教師的瑤對學生失望，沉迷於剪紙工藝，精神陷於錯亂。以上《剪紙》中的多位青年人物，絕大多數沒有《青春之歌》式的革命昂揚，亦沒有《烈火青春》式的自由放任，而是鬱結重重，無法好好表達自己。鬱結的個人世界，與虛實並置的社會，共同構成《剪紙》中的「現實」，作者好像是說，鬱結的個人與虛虛實實的社會，是互相滲透的，《剪紙》的作者把個人和社會都對等看待，虛與實、個人和社會，共同構築七〇年代香港的「現實」。

19 同前注，頁一三四—一三五。

第十五章

揭示幻象的本土詩學

——論梁秉鈞的「香港系列」詩作

引言

從一九七三至一九七五年間，梁秉鈞（也斯）有意識地寫成了一系列以「香港」為主題的詩，內容涉及的香港地方包括街巷、市場、工廠區、碼頭、墳場、酒店、製片廠等，而更重要的是敘述者的視角、態度和情感。第一至八首發表於《中國學生周報．詩之頁》，第九和十首發表於《詩風》，篇目及發表次序如下：

〈傍晚時，路經都爹利街——香港．一九七三〉，《中國學生周報．詩之頁》，一九七三年十一

月二十日

〈五月廿八日在柴灣墳場〉，《中國學生周報・詩之頁》，一九七三年十二月二十日

〈北角汽車渡海碼頭〉，《中國學生周報・詩之頁》，一九七四年一月二十日

〈寒夜・電車廠〉，《中國學生周報・詩之頁》，一九七四年二月二十日

〈羅素街〉，《中國學生周報・詩之頁》，一九七四年三月二十日

〈拆建中的摩囉街〉，《中國學生周報・詩之頁》，一九七四年四月二十日

〈中午在鰂魚涌〉，《中國學生周報・詩之頁》，一九七四年七月五日

〈新蒲崗的雨天〉，《中國學生周報・詩之頁》，一九七四年七月二十日

〈華爾登酒店——「香港」之九〉，《詩風》第三九期（一九七五年八月一日）

〈影城——「香港之十」〉，《詩風》第四〇期（一九七五年九月一日）

一九七八年，梁秉鈞出版第一本詩集《雷聲與蟬鳴》，收入六〇年代中至一九七七年間作品，以上「香港系列」詩作完整收入第三輯，其中〈傍晚時，路經都爹利街——香港・一九七三〉、〈華爾登酒店——「香港」之九〉、〈影城——「香港之十」〉也許因為統一體例的考慮，副題都刪去，但也讓我們了解到，梁秉鈞創作這輯作品時，已有意把它們作為一個系列來寫，而《雷聲與蟬鳴》之第三輯「香港」亦並非只為詩集編輯上的需要，「香港系列」詩作十首的意念在一九七五年已成形。

「香港系列」詩作十首實踐他以淡筆、生活化語言書寫香港的詩觀，為梁秉鈞在七〇年代的重

要詩作，八〇年代中，梁秉鈞創作「游詩系列」，以更多「游離」和「越界」的視角反思「中心」與「邊緣」的問題，提出另一種書寫香港的可能，與七〇年代的「香港系列」詩作十首互相呼應。本文嘗試探討梁秉鈞如何結合跨文化視野提出他的本土詩學，並探討他寫作「香港系列」與「游詩系列」詩作的淵源，思考他藉詩歌所回應的問題。

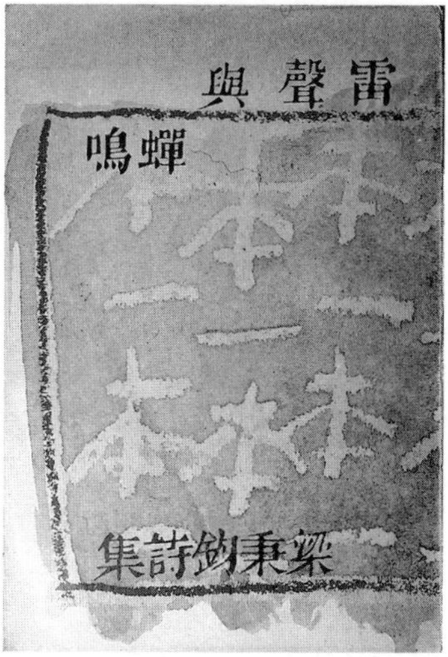

梁秉鈞，《雷聲與蟬鳴》（香港：大拇指半月刊，1978）。

一、《中國學生周報》「香港文學問題討論」專題

「香港系列」的構思和寫作，本源於對香港文學的思考，以及有關「寫實」之辯，也和梁秉鈞主編《中國學生周報．詩之頁》時期的詩歌主張有關。梁秉鈞的寫作始於六〇年代中，當時香港青年自發組織文社，蔚然成風，梁秉鈞亦曾參加「文秀文社」；但其真正投身「香港文學」的討論、傳承，反思並嘗試建立新的語言形式，則始於七〇年代初。

一九七二年，《中國學生周報》刊出一系列「香港文學問題討論」專題，第一篇是洪清田〈看看青年寫作風氣的凋零〉，由文社風氣的沒落開始談起，第二篇是溫健騮〈批判寫實主義是香港文學的出路〉，針對青年學運後的迷惘，思考新出路；其後古蒼梧、黃俊東、梁秉鈞都有撰文參與討論。

《中國學生周報》「香港文學問題討論」專題的背景，基於七〇年代初香港文學發展的一次轉折。從六〇年代中後期至七〇年代初，香港社會經歷過幾次社會運動，包括一九六六年的反天星小輪加價運動、一九六七年的左派暴動（或稱「反英抗暴運動」），一九七〇年的「爭取中文成為法定語文運動」、一九七一年的「保衛釣魚台運動」、「七七維園保釣大示威」等事件，除了對學界有思想上的衝擊，文藝界也思索新的路向，正如溫健騮在〈批判寫實主義是香港文學的出路〉一文中提出：

> 學生運動使一些朋友提起筆來，卻又使更多朋友擱下筆去。主要是在一個群眾運動的衝擊下，部份作者正在調整觀察事物的角度，要獲得新的視野，新的世界觀……目前，尤其在香港這樣的社會，我們真不必要在什麼象徵，什麼超現實種種脫離現實生活的創作方法、脫離大眾的主題上瞎兜圈子。乾脆就舉起批判的寫實主義的大旗。[1]

溫健騮的〈批判寫實主義是香港文學的出路〉針對青年作家在運動後的迷惘，明確提出「批判的寫實主義」，作為思考的出路，代表當時自發式的新左翼青年觀點。洪清田〈看看青年寫作風氣的凋零〉與溫健騮〈批判寫實主義是香港文學的出路〉二文刊出後，梁秉鈞發表〈在公共汽車上〉一文回應，被《中國學生周報》編者列入「香港文學問題討論之七」，梁秉鈞在文中分別回應洪清田有關青年寫作風氣凋零的問題以及溫健騮提出的「批判的寫實主義」，特別針對後者提出有關「寫實主義」的異議：

現實並不僅是局限於一個範圍內，我們不能說寫罷工、寫資本家剝削工人、寫妓女生活的慘痛才是描寫現實；寫學生生活、寫個人感受、寫愛情與婚姻就不是寫實。同樣群眾也是包括了各類不同的人，而不僅是單純只有某幾類型的人才是群眾。……（中略）在這一刻，許許多多輛這樣的公共汽車駛前去，裡面坐著各種各類的人。我們不能說：「這些是小布爾喬亞！」便把他們一筆抹煞，當他們不存在，以為描寫他們就不是寫實，把他們從認可的寫實主義的題材中剔出去。[2]

正如文題所示，梁秉鈞從公共汽車（巴士）上所見出發，提出一個「此時此地」的觀察角度，呼應七〇年代初逐漸浮現的本土意識。梁秉鈞所持的觀點顯然有別於溫健騮的新左翼觀點，〈在公共汽車上〉一文建基於對「此時此地」的關懷而提出不一樣的寫實，但梁秉鈞的說法其實未能觸及溫健騮文章的核心論點，即青年學運的迷惘以及「批判的寫實主義」所提出的世界觀問題，梁秉鈞〈在公共汽車上〉一文的主要論點在於寫實的範圍和對象，但溫健騮所談的本不只是寫實對象的問題。從文學論爭的角度來看，梁秉鈞〈在公共汽車上〉一文未能達致抗衡對方論點的作用，只是換另一角度看，也可見出梁秉鈞有別於溫健騮所代表的青年自發左翼立場，他不認同典型的寫實主義立場，但也視自己的寫作為另一種對「現實」的回應。

1　溫健騮，〈批判寫實主義是香港文學的出路〉，《中國學生周報》，一九七二年九月八日。

2　也斯，〈在公共汽車上〉，《中國學生周報》，一九七二年十月二十日。

梁秉鈞參與《中國學生周報》的「香港文學問題討論」之時，自香港浸會學院（一九九四年改稱香港浸會大學）英文系畢業兩年，擔任過《星報》和《文林》的編輯工作，一九七二年十一月，他與友人創辦了文學雜誌《四季》，後來他回顧時談到：「一九六〇年代後期中國和香港社會的變動，對我們開始學習寫作不久的人也產生很大的衝擊。一方面令我們更深地去反省社會的本質，想更深入地去了解；另一方面卻無法同意當時一些比較褊狹的意見，即認為文學只應做表面的反映和批判」，[3]文中提到社會變動帶來的衝擊和反思，也提到他一九七二年創辦《四季》的動機，包括「看看是否除了狹義的寫實主義以外，也可有各種不同的方法探討現實」，[4]實際上也說出了梁秉鈞一九七二年參與《中國學生周報》「香港文學問題討論」之時的想法，即意識到「狹義的寫實主義」的問題，期望在表面的寫實以外，尋找另一種反省社會本質的方法。透過一九七二年的小型論戰也可以看出，梁秉鈞建基於對「此時此地」的關懷所提出的本土論點，已在七〇年代初成形，並作為他寫於七〇年代中期「香港系列」詩作的基本立場。

二、壓抑與尋求：〈北角汽車渡海碼頭〉、〈五月廿八日在柴灣墳場〉

梁秉鈞發表〈在公共汽車上〉一文後一年，即一九七三年，《中國學生周報》再次改版，重刊停頓數年的「詩之頁」，由梁秉鈞主編。《中國學生周報》自創刊開始就設有「詩之頁」，過去由不同的詩人主持過，各有其風格，如西西重視語言和形式的活潑創新，蔡炎培以按語方式向作者作幽默對話。梁秉鈞接編後，提出開創新的風氣，鼓勵生活化和香港題材，曾組織「香港專題」，標示本土詩歌風格，他在〈詩之頁每期刊出〉一文中說：「詩的作者總是相信，別人用論文、戲劇、散文、信札或其他形式表達的東西，都可以用一首詩表達出來。詩並不是甚麼奇怪的事物，不過是一種交談的方法罷了。」[5]這多少可以反映他主編「詩之頁」的方向，就是提倡以生活化語言描寫本土現實。關於這點，梁秉鈞在〈《四季》、《文林》及其他〉一文亦曾總結《中國學生周報・詩之頁》的特色：「如果說這詩頁有甚麼特色，除了鼓勵不同風格外，那就是為一種不太雕琢的比較生活化的詩留下一個位置，也鼓勵人去寫香港題材的詩。」[6]

事實上直至一九七四年七月二十日《中國學生周報》停刊為止的十期〈詩之頁〉所刊出的詩，其中不少都以香港生活為題材，七四年七月五日更列為「香港專題」，這做法在同時的文藝刊物中很罕見。正如洛楓在一九九三年曾指出該時期的《中國學生周報・詩之頁》「進一步表現香港作家『本地意識』的建立」，[7]這種「本地意識」不單表現在題材和語言上，也包括他們寫香港時沒有喊口號式的激烈批判，而是懷著比較樸實和寬容的態度。

梁秉鈞主編《中國學生周報・詩之頁》直至一九七四年七月二十日《中國學生周報》停刊為

3　也斯，〈《四季》、《文林》及其他〉，《香港文化空間與文學》，頁一七〇。

4　同前注，頁一七〇。

5　也斯，〈詩之頁每期刊出〉，《中國學生周報》，一九七四年六月二日。

6　也斯，〈《四季》、《文林》及其他〉，頁一七七。

7　洛楓，〈香港現代詩的殖民地主義與本土意識——一個未完成的論述〉，收入陳炳良編，《文學與表演藝術》（香港：嶺南學院中文系，一九九四），頁六二。

止，共編了十期。因應他所提出的「香港專題」，他自己也發表了〈新蒲崗的雨天〉、〈中午在鰂魚涌〉、〈拆建中的摩囉街〉、〈羅素街〉、〈寒夜・電車廠〉、〈北角汽車渡海碼頭〉、〈五月廿八日在柴灣墳場〉、〈傍晚時，路經都爹利街〉等八首詩作，連同後來發表的〈華爾登酒店〉和〈影城〉，形成「香港系列」詩作十首，實踐他以淡筆、生活化語言書寫香港的詩觀，為梁秉鈞在七〇年代的重要詩作。一九七八年，梁秉鈞出版第一本詩集《雷聲與蟬鳴》，收入六〇年代中至一九七七年間作品，以上「香港系列」詩作完整收入第三輯「香港」。

在「香港系列」詩作十首中，首先引人注目的是作者的觀察態度：注目於樸實以至襤褸的香港街巷，關注城市人消頹、失落的生活，描述荒地、舊輪胎、泥濘路、從工廠湧出的人潮，正視都市的限制；梁秉鈞筆下的維多利亞港沒有璀璨燈光，因為描述的眼光已從「中心」挪開，如〈北角汽車渡海碼頭〉的兩節：

他的眼睛黑如煤屑
沈默在靜靜吐煙
對岸輪胎廠的火災
冒出漫天裊裊
眾人的煩躁化為黑雲

情感節省電力

我們歌唱的白日將一一熄去
親近海的肌膚
油污上有彩虹
高樓投影在上面
巍峨晃盪不定[8]

在海港眾多風景中，作者選取的是輪胎廠的火災、黑煙、油污上的彩虹和高樓的投影，帶著一點負面情緒，但不是要表達批判。「香港系列」詩作另一個焦點是作者運用的語言，不將景物定性，不強調褒貶立場，不作多餘形容渲染，拒絕歌頌，也拒絕二元對立式的批判，失望當中總帶憂患，詩語言的效果不來自美麗詞藻，而是淡筆傾瀉出景物自身無以名狀的情感。如〈北角汽車渡海碼頭〉盡量去除表面的抒情，在描寫「眾人的煩躁」之後，以「節省電力」暗示情感的壓抑，下一句「我們歌唱的白日將一一熄去」再暗示這壓抑是基於一種對光明事物期待的落空，一如詩中的城市主體：高樓不顯得巍峨，反而只是油污海面的投影。

在壓抑當中，梁秉鈞也透過被遺忘的邊緣事物表達重新尋求認同的願望，如〈五月廿八日在柴灣墳場〉從昔日人事的回顧開始，寫到墓園種種「不規則地生長的植物」，敘述者回顧城市和自身的成長，並尋求新的認同：

8 梁秉鈞，〈北角汽車渡海碼頭〉，《中國學生周報・詩之頁》，一九七四年一月二十日。

一些早上盛開晚上零落的紅色花瓣
你叫它「落地生根」
非洲菊雜生的葉叢裡
忽然有枝梗的手舉起一朵花
在這生亂與死寂間
我們俯首向一叢綠色的長葉
找一朵風雨蘭
那種感應風雨綻開的花朵[9]

墓園中被稱為「落地生根」的零落花瓣，暗示了敘述者對上一代的情感，撇除了多餘的形容詞以外，仍見詩句蘊含了抒情的筆觸，在生死的感懷以外，透過雜生的植物寄託新一代的承接和認同。

三、揭示幻象的〈影城〉

「香港系列」詩作十首的認同，基於對幻象的認清和「沒有」的發現。除了〈北角汽車渡海碼頭〉揭示幻象的筆法，另見〈影城〉中一起參觀電影製片廠的兩人，其中一人不斷向另一人提示所見一切景物不過是製片廠搭建起的道具，不是真的風景：

當你讚嘆
我指給你看缸中的楓樹
並叫你撫摩那些楓葉
膠質的生命
你說那裏的笑聲盈堂
顯示人群的歡樂？
那我就帶你走入拱門
向一條空虛的街道
看剝落的牆灰露出裏面的木板
穿古裝而哼著黃梅調的
穿著民初裝的
都散去了
有人蘸了涎沫，在紙窗上輕輕一戳
只見裏面堆滿殘破的木塊和廢紙
酒鋪放滿空瓶和破甕[10]

9　梁秉鈞，〈五月廿八日在柴灣墳場〉，《中國學生周報・詩之頁》，一九七三年十二月二十日。

10　梁秉鈞，〈影城——「香港之十」〉，《詩風》第四〇期，一九七五年九月一日，頁一。

〈影城〉中的「我」一再向「你」指出所見的像真事物不過是道具，既是提示，也是一種反預期的態度：「當你讚嘆／我指給你看缸中的楓樹／並叫你撫摩那些楓葉／膠質的生命」，詩中的「我」其實頗為殘忍地打破因錯覺而產生的遊覽雅興，更正如「有人蘸了涎沫，在紙窗上輕輕一戳／只見裏面堆滿殘破的木塊和廢紙」當中的喻示，遊覽者模仿武俠電影角色的動作，但戳破紙窗之後，根本沒有什麼驚天大陰謀，梁秉鈞既向武俠電影開了一個玩笑，也從另一層面提出「寫實」的狹義教條以外的本質，另一種揭破幻象式的「寫實」。梁秉鈞把〈影城〉一詩置於「香港系列」詩作十首的最末，具一點透過〈影城〉中的幻象喻指香港的意味，從眾多懷疑、否定和揭露的描寫中，作者仍想找尋可以認同的事物，但由於真幻界線被模糊，讓真的事物也被懷疑是假，〈影城〉一詩如此結束：

我們走過這些屋宇
站在一盆蒙滿灰塵的大紅花旁
讓你開始懷疑：
「這是真的
抑或只是一些道具？」[11]

詩中「蒙滿灰塵的大紅花」，其實是〈影城〉一詩中唯一真實的事物，並不是製片廠刻意製作的道具，但一起參觀的二人遇見太多道具，對真的事物也開始產生懷疑。梁秉鈞由這懷疑結束「香港系列」詩作，另一方面卻由此開啟他的本土詩學。「香港系列」詩作十首對城市真相的執著、對真幻的認清與懷疑，亦有如西西《我城》提出的「城籍」觀念，七〇年代香港文學的本土意識不是以本土描寫的「有」來替代五〇年代的「無」，而是認清了無之後，從「沒有」的既定現實中取材並建立出「有」，對「無」的認清作為反思和認同的關鍵，當中的思考正打破了簡單二分的肯定和否定關係。

結語：不易消化的聲音

梁秉鈞的文學語言，源於對三〇年代中國文學和外國文學特別是拉美文學的涉獵，以至六、七〇年代美國民歌語言的轉化，他雖然不標榜寫實，也不認同簡單的反映現實手法，但其作品總帶一點寫實性。除了詩歌，他的小說，如《剪紙》、《象》、《島和大陸》，散文集《山水人物》、《山光水影》等，都具很多真實香港地方景觀的描寫，其中《剪紙》可說是他寫於七〇年代的代表作，對雜誌社運作、香港中環、上環社區生活和原有的文化風氣，都有很深刻反映，其熔鑄拉美文學的魔幻寫實技巧和改變敘事立場的手法，使一個以雜誌社為背景的愛情故事，承載著香港文化的認同和焦慮。

許多學者論說香港七〇年代的本土意識時，都從電視、電影或粵語流行曲開始，梁秉鈞七〇年

---

11 同前注，頁一。

代的作品，其實也揭示了香港本土意識的多元性和表現上的不同可能。如果將西西和梁秉鈞兩位差不多同時期的作家比較，二人都在七〇年代吸收了拉美文學的魔幻寫實手法，作品內容同具現代感的本土關懷，不同的是，西西每以肥土鎮、浮城喻示香港，《我城》亦以「肥沙咀」、「地上鐵」等借代現實地名，其所締造的寓言效果，與也斯在《剪紙》、《象》等作品透過細密描寫真實社區強調的地方特質，建構情感想像，可說各異其趣，卻仍有若干共同，二人由虛喻實，或由實化虛，標示兩種方向的文學本土性。

九〇年代，梁秉鈞的重要作品是小說集《記憶的城市・虛構的城市》、《布拉格的明信片》和詩集《游離的詩》、《東西》。《記憶的城市・虛構的城市》是梁秉鈞寫了十年，破卻敘事框框的抒情小說，《布拉格的明信片》則熔鑄後現代文學技巧，對八、九〇年代的文化現象有時幽默地嘲弄，有時尖銳地批評。《游離的詩》承接梁秉鈞八〇年代以來「游詩系列」作品及其所提出的「遊是從容的觀看」、「遊是空間的擴闊」[12]的創作理念，再從「游離」的角度反思種種簡化的歷史態度。《游離的詩》所收入的詩作在表面「游離」的語言以外，對文化差異引發的誤解、觀念的簡化和扭曲特別敏銳，如〈香港歷史明信片〉和〈城寨風情〉反思歷史的書寫、建構與扭曲，對應著本土及外在的歷史敘述態度。二〇〇〇年出版的《東西》涉及內容涵蓋了經驗上和觀念上的遷徙、移民與放逐，並用多角度的、正視現實限制的態度來看新與舊、東和西。

小說集《記憶的城市・虛構的城市》、《布拉格的明信片》和詩集《游離的詩》、《東西》這四部作品都或多或少地回應香港九七回歸問題，正如梁秉鈞自己所說，他不是要寫史詩式的戲劇性傳奇，而是「在傾側的時代自己探索標準、在混亂裡凝聚某些特質」，[13]抗衡大敘事，提出結合個人情感經歷與文化批判的、來回細密的思考，總在二元對立中尋求第三種可能，或可稱為一種梁秉鈞式的態度，寫就九〇年代香港文學中不易消化的聲音。

九〇年代中後期，梁秉鈞著力營造他的「食物詩」系列，以跨文化視野與昔日的本土書寫作對話。梁秉鈞的「食物詩」系列從一九九七年的《食事地域誌》開始，經過「亞洲的滋味」和「香港二三事」系列作品的發展，二〇〇六年出版的《蔬菜的政治》一書成為他最集中地收入食物詩的詩集，然而對於食物與跨文化問題的關注，從八〇年代收入《城市筆記》一書的〈蔬菜的言語〉一文已見。梁秉鈞〈蔬菜的言語〉起首提到日本作曲家武滿徹到美國交流，一次晚餐上因語言障礙，以餐桌上的青豆、玉米排列成溝通的符號。梁秉鈞由此再談起符號、口味和溝通的問題，也許他後來的食物詩也由相關的觀念出發，以食物為跨越文化的符號。

梁秉鈞於七〇年代中寫成「香港系列」詩作十首，結合他當時的中篇小說《剪紙》，形成一種以淡筆抗拒高蹈、揭示幻象的本土詩學，致力呈現混雜、邊緣化的都市圖景。七〇年代末，梁秉鈞赴美留學，取得博士學位後返港，先後任教於香港大學及香港嶺南大學，在八、九〇年代以至二〇〇〇年代，詩學上的主要關注點在於跨文化對話，但在一九九七年前後，他也在《游離的詩》中的「歷史明信片」、「離家的詩」等系列延續本土詩學的反思，以更多「游離」和「越界」的視角反思「中心」與「邊緣」的問題，提出另一種書寫香港的可能，可稱為一種「越界的本土詩學」，

12 集思編，《梁秉鈞卷》（香港：三聯書店，一九八九），頁一二七。

13 也斯，《記憶的城市・虛構的城市》（香港：牛津大學出版社，一九九三），頁二六一。

與七〇年代的「香港系列」詩作十首互相呼應。「越界的本土詩學」某程度上擴闊了「香港系列」詩作的思考，但不存在技藝與視野高低的比較，二者本就對應著不同的時代問題，除了詩歌語言的變化，從揭示幻象的「香港系列」詩作到八、九〇年代以後的「越界的本土詩學」，從梁秉鈞的詩歌，也可多少看到香港本土問題在不同時代的對應點。

第十六章
虛實的超越
——再論鄧阿藍

引言

鄧阿藍原名鄧文耀，另有筆名阿藍、卡門、藍阿藍、鄧凡凡，六〇年代已開始創作，曾參加文社活動，七、八〇年代在《中國學生周報》、《秋螢詩雙月刊》、《大拇指》、《詩風》、《素葉文學》等發表更多詩作，但由於生活環境問題，從八〇年代末至九〇年代末有整整十年沉寂下來，很少發表創作，直至一九九八年獲得香港藝術發展局資助寫作計劃，出版了第一本個人詩集《一首低沉的民歌》，詩集出版後，引發不少迴響，包括二〇〇〇年間香港電臺拍攝的電視影片《寫意空間》之《尋找阿藍》。

二〇〇〇年四月，香港電臺電視部拍攝新一輯的《寫意空間》，其中一集名為《尋找阿藍》，負責該集工作的導演伍偉賢拍攝前找過筆者，談了很多有關新詩的問題，他恐怕會曲解鄧阿藍的詩，也恐怕用了非民間的角度來呈現。[1]節目在同年六月播出，後來筆者把節目錄像重看了多次，也更理解導演當時的憂慮。

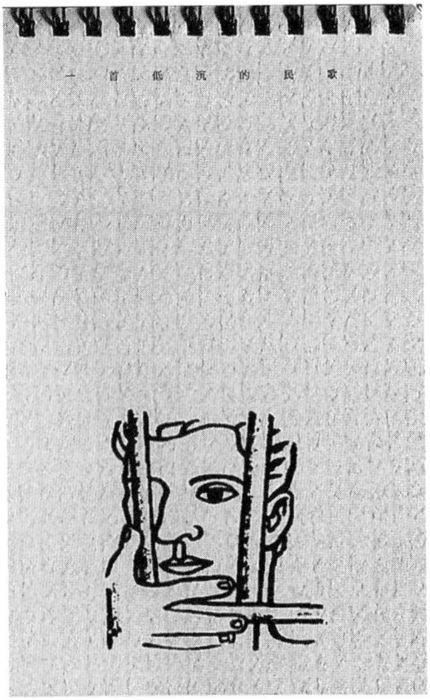

鄧阿藍，《一首低沉的民歌》（香港：呼吸詩社，1998）。

影片《尋找阿藍》透過演員扮演導演閱讀、尋訪阿藍的過程，向觀眾作基本的推介之餘，拍攝者也非常自覺到個人角度在呈現上的限制，片中的導演出於認真和誠懇地探問：「一個非草根階層的導演是否可以呈現阿藍？」節目最終沒有回答這問題，而是安排飾演導演的演員細讀、思考過多首鄧阿藍詩作，走訪其友人、評論者，歷經轉折之後，最後找到鄧阿藍，在阿藍家門前，鏡頭閃現鄧阿藍親切而謙遜地開啟家門的一刻，結束了影片。

「一個非草根階層的導演是否可以呈現阿藍」這問題猶如「一個非草根階層的評論人是否可以評論阿藍」，本文無意回答，導演的自覺卻有如〈舊型公屋〉一詩的結尾，特別驅使筆者也從文學上一些相關的論爭，重新省思當中的問題：到底在圍繞有關鄧阿藍詩作以至香港文學的論述中，寫實對現代、學院對民間、通俗對嚴肅等二分觀念的本質是什麼？閱讀鄧阿藍的詩，可為種種對立的觀念，以至功利社會對人文環境和理念的矮化和扭曲，提供怎樣的反思？

一、有關「寫實」的思考

在〈舊型公屋〉一詩中，鄧阿藍用大部份篇幅，仔細描述舊型公屋的居民，長期在衛生惡劣、治安不靖的環境生活，作者用客觀的筆調，由居民今天的生活開始，轉入居民角度去回憶過去。在回憶當中，讀者看到的不是懷舊，作者沒有美化過去，而是殘忍地細寫過去調子灰暗、沒有私隱、孩童被單獨鎖於家中的生活。〈舊型公屋〉具一定寫實性，然而本詩真正動人的，是它的結尾：

風流去舊型屋村的大門
一部旅遊車駛來
走下一群外籍遊客
興奮地舉起相機
帶著懷舊的遊興
在匆匆的行程中

1　香港電臺製作的《寫意空間》之《尋找阿藍》於二〇〇〇年六月二十一日首播，韋妍編劇，伍偉賢導演。

拍攝徙置大廈的照片[2]

在一九九八年出版的《一首低沉的民歌》，為鄧阿藍編輯全書的編者寫了一篇後記，已特別引用以上一段，提出〈舊型公屋〉一詩，並非簡單地「反映」現實的作品，即使鄧阿藍詩作當中不少以特定階層的生活為題材，它的要點並不在於寫實：

〈舊型公屋〉一詩可說是代表並表達了阿藍既自省本身作為觀看者的身份，亦復拒絕順應建制對「草根」的形象期望或獵奇眼光。阿藍批判這期望和獵奇眼光和廉價而無關痛癢的同情，同時警惕自己的目光不要變成他們一樣。但當人們要「反映」草根階層生活時，卻多少帶著由上而下的、為民請命的（自以為）目光，或不自覺地流於口號說教甚至滿足建制對「草根」的形象期望和獵奇。阿藍在本書正是要撇除這些既定的處理，嘗試並努力以對等視點和互相尊重的態度來「再現」（representation）備受冷落、獵奇、和廉價同情的某一類階層生活。當中如有不幸或不義，阿藍提出的不是呼天搶地的控訴，而是把反省指向做成這些現象背後的制度。[3]

在寫實意義以外，〈舊型公屋〉更是一首關於觀看的詩，它的重點不是寫實的內容，而是寫實的態度。從〈舊型公屋〉一詩看來，鄧阿藍並不以寫實為足，反而懷疑寫實、反省其限制，提防自以為是的偽善。

對於過去有部份評論者視鄧阿藍為寫實詩人，他在一次訪問中回應指出：

> 我是低下階層出身的，見到那些不合理的事，自有切身感受，很自然地想到要寫出來，為弱勢社群說話。
>
> 但我不只是寫這些，只是人們見我寫弱勢社群寫得很好，就用狹義的草根階層來評論而已，實際上我有很多詩，不是寫弱勢社群。舊作中，如發表在《博益月刊》的〈眼睛耳朵〉，就已經不是。為何人們會有誤解？因為我的表現方式，不是狹義的寫實主義所能夠涵蓋，所以應該用心一點看。
>
> ……
>
> 我的詩也是多樣的，人們說我寫平民化的題材很好，就將我狹義化，或定為寫實主義者，但我自己不完全認同。因為我是吸收了各方的藝術，比較具有現代的精神，所以並不只是寫實主義的寫作方式。[4]

鄧阿藍一再強調自己不限於寫實，在該次訪問結束前他再提出：「我喜歡用自然界的事物結合到創作中，一方面可知我不是狹義的寫實主義者，另一方面可見我的口味」，[5]鄧阿藍很介意外界

2　鄧阿藍，〈舊型公屋〉，《一首低沉的民歌》（香港：呼吸詩社，一九九八），無頁碼。

3　陳智德，〈詩與再現——《一首低沉的民歌》出版說明〉，收入鄧阿藍，《一首低沉的民歌》，無頁碼。

4　陳智德，〈鮮活的生長——訪問鄧阿藍〉，原刊《作家》一〇期（二〇〇一年六月），頁四六—四八；後收入陳智德，《愔齋書話：香港文學札記》（香港：麥穗出版公司，二〇〇六），頁二三七—四九。

5　同前注。

對他的「狹義化」解釋，他的憂慮可以理解，然而寫實的問題不在於寫實本身，鄧阿藍對其作品被定為寫實的憂慮，其實出於外界對「寫實」的片面理解。

細讀《一首低沉的民歌》和鄧阿藍二〇〇〇年以後作品，其對外在世界和人性的關懷省察，始終貫徹五四以來寫實主義文學的淑世精神，寫實固然無損鄧阿藍詩藝的多樣性，而最值得討論的，更是鄧阿藍對「寫實」的處理，特別在〈兩眼老花——收看青馬大橋煙花匯演〉和〈舊型公屋〉等詩中，如何在自覺到寫實的限制的同時，凸顯寫實作為一個觀察框架的意義？本文第一部份嘗試重新回到寫實的問題上，探討「寫實」在鄧阿藍的詩當中，真正的指向是什麼。

過去關於寫實向有多種說法，這裡有必要先闡述本文的觀點：寫實要點在於其框架，任何寫實都具有框架，只是讀者以至作者未必察覺，例如攝影，有人以為攝影很寫實，但稍作思考者可知攝影不一定也不必等同真實，鏡頭本身已是一種框，作者選取一定角度，鏡頭以外不被記錄，這是必然，一如新聞報導的立場，不同新聞機構對同一事件各有不同處理。文學的寫實當然也有其框架，客觀的描述中，有內在的態度和立場，要點不在寫實是否客觀，而是那視點、框架、態度和立場。

在中國現代文學傳統中，寫實早就不單是一種技巧，而更強調背後的意識形態意義。五四時期所談的「寫實主義」或「自然主義」，主要針對舊式章回小說的主觀虛構性，強調以純客觀的態度作客觀描寫：

> 自然主義者最大的目標是「真」；在他們看來，不真的就不會美，不算善。他們以為文學的作用，一方面要表現全體人生的真的普遍性，一方面也要表現各個人生的真的特殊性，他們以

為宇宙間森羅萬象都受一個原則的支配，然而宇宙萬物卻又莫有二物絕對相同。世上沒有絕對相同的無匹蠅，所以若求嚴格的「真」，必須事事實地觀察。[6]

五四時期的文人對於「寫實主義」或「自然主義」仍比較純粹地從技巧上理解，及三〇年代源自蘇聯的「社會主義現實主義」由周揚、胡風等引進，[7]強調階級立場和社會批判，即所謂「正確的世界觀」，比技巧上是否客觀真實更重要，實際上是在客觀寫實的技巧上，加諸一個社會主義意識形態的框架。

一九五七年，茅盾在《夜讀偶記》中以大篇幅回顧現代主義文學，被視為了解左翼觀點如何評價西方現代派文學的重要論文，[8]即其結束處亦重申茅盾對寫實主義的理解，仍在於正確的世界觀：「因為社會主義現實主義者是用辯證唯物主義和歷史唯物主義武裝了自己的頭腦的，也就是說，他們的世界觀，和歷來的現實主義者完全不同。」[9]將《夜讀偶記》比對前文所引茅盾寫於一九二二年的文章，或可見「寫實」這觀念如何從較純粹的文學技巧，注入更鮮明的意識形態意義。

---

6 沈雁冰（茅盾），〈自然主義與中國現代小說〉，原刊一九二二年《小說月報》十三卷七號，此處據鄭振鐸編，《中國新文學大系・文學論爭集》（上海：上海文藝出版社，二〇〇三，重印本），頁三八五—八六。

7 較早介紹蘇聯的「社會主義現實主義」的文章有周起應（周揚）的〈關於社會主義的現實主義與革命的浪漫主義〉，見《現代》四卷一期（一九三三年十一月）。

8 參考洪子誠，《問題與方法：中國當代文學史研究講稿》（北京：生活・讀書・新知三聯書店，二〇〇二），頁二六三。

9 茅盾，《夜讀偶記》（天津：百花文藝出版社，一九五八），頁九六。

在左翼文學的立場，寫實不只是一種技巧，徒具寫實的內容不足以受重視，因為左翼文學更著重的是「世界觀」，真正的寫實不只在於內容，而是有沒有反映勞動人民對壓迫者的反抗、無產階級對資產階級的鬥爭等等。

以上簡單回顧，主要提出寫實在中國現代文學中本就具意識形態，非僅作為技巧，若撇除政治上的意識形態，寫實背後也可視為一種框架的工具，即其目的為建構框架，要點在一種觀察的態度。

自三〇年代起，現代文學中的寫實即與意識形態的論爭，特別左翼的文藝觀相涉，這是中國現代文學的發展事實，但不等於寫實必然的本質。若撇除左翼文藝固有的觀點，重新探問文學的寫實為何？寫實的精神在於作者提出被忽略的現象，在主流的取向以外，以關注或批評的角度，提出獨立的觀察，引發思考，指向對制度的反省和討論，對不合理者要求改進。這或是寫實的目標，即使撇除左翼文藝的觀點，當中的前提仍是獨立的視點和主流以外的框架；若那視點、框架是一大路的、主流的角度，即便是一個「社會主義現實主義」的框架，如果是把常見的、眾人、官方顯示的現象重演、記錄、反映一遍，恐非文學寫實的真意。

二、寫實的自省：〈兩眼老花——收看青馬大橋煙花匯演〉、〈舊型公屋〉

鄧阿藍詩歌寫實的意義，正不限於技巧上的寫實，亦非左翼文藝固有觀點的寫實，而是那獨立的視點和主流以外的框架，讓其寫實顯出寫實本有的力量。以《一首低沉的民歌》中的〈兩眼老花——收看青馬大橋煙花匯演〉一詩視之，本詩以九七回歸前夕，慶祝青馬大橋落成的活動為背景，當年政府在充裕的財政和一片慶祝回歸的氣氛下，安排了一次華麗的煙花匯演，由電視臺直播政府高官、社會名流與市民同賀大橋落成等等，然而本詩沒有正寫慶祝活動，鄧阿藍選擇了一個獨居老人看電視的角度來寫，這角度本來可容易地加入老調的社會批判，鄧阿藍當然不會重複官方的角度，但也延遲了批判，他在本詩著力營造的是獨立觀點和框架：

一道大橋最長最長
伸向無盡的海景
彩色辟啪閃爍
辟辟啪啪升得高高
舊舊電視黑黑白白
沙沙音色雜有沙啞
獨居老人頭髮斑白
雪花自熒光屏散落下來
兩眼老花瞇著收看
好像已戴上一副眼鏡

首四句是寫實，再看即見其框架，是一電視機上的畫面，然後鏡頭從電視機的外殼放遠，現出老人，中段再現出飯桌和桌上的藥袋、租單、冷菜等，最後以老人的眼鏡框和電視畫面的溶合結束。全詩不見批評，而是讓框架本身成為批評。〈兩眼老花〉獨立的角度，使之迴異於主流傳媒的既定記述，補充了常見、眾人、官方顯示的現象，以至表示出批評和態度。

回到寫實的問題，若視〈兩眼老花〉為紀錄片，它的特點在於它不是一般填滿解說性旁白以至濫情解畫的處理，其拍攝角度撇除了主流視點，著力營造一個新的框架。從〈兩眼老花〉的框架可見其重視技巧的寫實，詩的力量正由此技巧而得以深入，同時也抗衡粗疏的言說方式，後者的抗衡，其實也是一種尖銳的批判，如鄧阿藍寫於七〇年代的〈賣報紙的老婆婆〉[10]，這首詩可說是一首寫實的詩，但不只寫現實的一面，而是呈現了兩面，一面是報紙報導中的政府言說的世界，另一面是真實的有雨落著的生活世界；作者用「有雨落著」來探視二者之間的差別，再以後者否定前者。這詩是對殖民地政治現實的批評，但同時也是對一種主流語言的批評，政府消息所代表的語言非單無法有效描述現象，反而被現象顯出其粗暴。鄧阿藍七〇年代的詩作頗受到當年Bob Dylan、Joan Baze等美國民歌的影響，以〈賣報紙的老婆婆〉的節奏和視點來說，讀者不妨與Bob Dylan的〈A Hard Rain's a—Gonna Fall〉參照，在Bob Dylan的歌曲中，人間是非已被模糊，大雨即將落下，但大雨不僅是現象，更被歌者賦予了一種批評、憤慨的情志；在鄧阿藍的〈賣報紙的老婆婆〉一詩中，有雨落著也是為跡近麻木的生活現象、一種在七〇年代備受殖民統治壓抑和分化的既普遍卻又無聲的少數語言，重新賦予具能動意向的情志觀念。

從〈兩眼老花〉、〈賣報紙的老婆婆〉等詩可見鄧阿藍的寫實技巧，而《一首低沉的民歌》中的〈舊型公屋〉更見其內省和自覺。〈舊型公屋〉全詩以大篇幅細寫公屋居民的生活面貌，它的角度也不是常見的長大者式懷舊。〈舊型公屋〉從當時居民的角度，看其所面對的種種衛生環境、居住空間的問題，正視那不堪回憶卻十分真實的陰暗面，拒絕美化過去。當後半段寫到孩子的眼淚從閘門流出，與污水混合時，全詩本可結束，但作者最後加入遊客拍照一節作為結束，正是全詩關鍵所在：因覺察到寫實也可以是一種獵奇，鄧阿藍在批判獵奇之餘，也在嚴厲地警惕自己；自覺到寫實的限制，也不認為自己的寫實就等於真相；站在大眾的角度看問題，卻不美化過去或高調地控訴，拒絕順應任何預設——即使是大眾的期望，最後讓本詩的寫實呈現、社會批判和獨立的內省、自覺彼此結合，指向更廣闊的層面。

鄧阿藍在訪問中不想被標籤分類，除了因為標籤分類本身的不合理性，更來自鄧阿藍早就自覺到寫實的限制，也不認為自己的寫實就等於真相。正是由於他的內省和自覺，使種種二分的觀念，如寫實對現代、學院對民間、通俗對嚴肅等等顯出其謬誤。

不知鄧阿藍有否看過方育平拍攝於一九七七年的《元洲仔之歌》？[11]〈舊型公屋〉與該劇的結尾有共同的取向，同樣安排外籍遊客的拍攝活動作結，方育平《元洲仔之歌》和鄧阿藍〈舊型公屋〉二者的內省和自覺，同樣使種種二分的觀念顯出謬誤；只是《元洲仔之歌》在七〇年代的《獅子山下》系列劇集中，以及方育平其他電影如《半邊人》、《父子情》等對寫實的自省，在七、八〇年代香港文化那熱烈的寫實話題中，別具特殊意義，而相對地九〇年代末鄧阿藍〈舊型公屋〉中

10　該詩原刊《中國學生周報》，一九七三年十一月二十日；後收入馬若、鄧阿藍，《兩種習作在交流》（香港：麥穗出版公司，二〇〇六），頁四四—四八。

11　香港電臺製作的《獅子山下》之《元洲仔之歌》，方育平導演，一九七七年六月二十一日首播。

的寫實聲音，卻顯得孤單，其所對應的相信是另一值得再獨立考察的論題。

三、逾越二元對立：〈社工家訪〉

在港臺電視節目《寫意空間‧尋找阿藍》中，由演員扮演的導演（陳國邦飾）誠懇地探問，一個非草根階層的導演是否可以呈現阿藍？一個導演對被拍攝的對象，一開始就不企圖強加自己的解釋，反以自己為他者（「非草根階層」）而提出對呈現的懷疑，省察到自己的位置，該節目導演伍偉賢的態度實與他所要介紹的詩同樣使人觸動。

導演伍偉賢的省察源自一種身份和位置的二元對立，即草根階層對非草根階層，二者的隙縫當然不易逾越；那麼鄧阿藍若於生活上接近或就是草根階層，這身份又是否必然地使他可以逾越二分的隙縫？

細讀鄧阿藍的詩，他雖然非常關注低下層人物，但他自己在寫作上從不以「草根階層」自居，當他以低下層人物的遭遇和經驗為題材寫作，不免塑造一個一個相關的階層形象和符號，但這些形象和符號在作品從來就不是二元對立或二分批判的工具。與傳統左翼文藝的社會主義現實主義強調階級鬥爭的處理不同，即使鄧阿藍站在草根階層的角度提出問題，卻沒有貶抑、排斥不是草根階層的他者。

鄧阿藍的詩具鮮明的立場和獨立的批判精神，卻不具排他性和道德審判，這點非常重要。在鄧阿藍的詩中，同樣面對身份和位置的二元判分，然而「一個非草根階層的導演是否可以呈現阿藍」或「一個非草根階層的評論人是否可以評論阿藍」等等的想法，卻正是鄧阿藍所要逾越的問題。在以下所分析的〈社工家訪〉等詩中，本文嘗試討論鄧阿藍的詩在身份和位置的二元判分問題上，如何提出了更寫實也更複雜的思考。

相關的討論也見於上文所引鄧阿藍在訪問中對外界加諸他的標籤的不滿：「人們說我寫平民化的題材很好，就將我狹義化，或定為寫實主義者，但我自己不完全認同。」[12]這標籤涉及八〇年代以來香港文學相關討論中寫實對現代、學院對民間、通俗對嚴肅等二分對立的觀念。寫實的問題在前文已論述過，以下擬特別就學院對民間的二分開始論述。

過去在香港文學討論中所指的「學院派」和「民間」是什麼？學院派一般是指具高等學歷、以教書為職業的作者，民間則是與前者不同者，這分類本身已很籠統，不過在學院與民間的論爭中，最關鍵的當然是暗藏在「學院派」和「民間」二詞背後的含意，即「學院派」是表示文句雕飾、著重形式、主題抽象，「民間」則指反映現實、接近大眾、文詞顯淺等，一般來說，技巧獨特的作品不一定受批評，但冠以「學院派」則有時帶有貶義。[13]

---

12 陳智德，〈鮮活的生長〉，頁四八。

13 相關論爭可以九〇年代中期一次論戰為代表例子，從鍾偉民主編的《愛＋情故事》（香港：無印良本，一九九三）、《床：日落時期勃起的愛情故事》（香港：人間世製作公司，一九九四）等刊物引發，亦見於一九九四年間的《香港經濟日報》「文化前線」、《信報》「文化」等報紙文化副刊，參與論戰的作者包括鍾偉民、湯嵐（湯禎兆）、董啟章等。董啟章在《今天》「香港十年專號」亦發表〈問世間情是何物：香港愛情書寫生產〉一文回應，指出鍾偉民的「反智、反理性、反學院，甚至是反文學」、「以攻擊文學來達到逢迎大眾的目標」，見《今天》春季號・總二八期（一九九五），頁一〇三—一〇四。

鄧阿藍的詩明顯地不屬於前述所引用的「學院派」範圍，但「民間詩人」或「草根詩人」為何亦不適用？鄧阿藍的詩主題現實，但也著重形式；接近大眾，但並非通俗，他的批判性、尤其即使是批評也拒絕順應主流預期的取向，卻並不「大眾」。他具有知識份子的批判和獨立性，但又面向大眾、敘述大眾時沒有教化、啟蒙、為民請命的意味，另一方面也沒有刻意迎合大眾化或假設大眾不善思考。大眾化其實往往是矮化大眾，鄧阿藍實站在對等的角度來敘述，始終保持獨立性。鄧阿藍的詩當然不為學院對民間的論爭而存在，卻正正向這二分的觀念開了一個玩笑，凸顯當中的謬誤。

發表於樂施會刊物《無窮》的〈社工家訪〉[14]以第二身的敘述手法，把社工（妳）作主要的描述對象來呈現探訪屋村居民的過程。本詩首先值得注意的是那社工的身份，她的出身即使也是低下層，但社工的角色令她要重新走一條通向低下層的路，這路充滿泥濘和陰暗：

在灰牆上
妳好像望到
訴說的手語
劃着陰天無聲
手勢無力的
如暴雨下的破膠衣
妳腳步孤單

泥漿漿滿疲乏
吃勁的一步步
斜梯又有小貓遺棄
咪咪哀鳴暗夜
社工家訪的話語

詩中那幽暗的、崎嶇的路、暗沉的天色，正寫出那「現實」即使是主動和出於關切，仍不是輕易得以顯現。詩中的社工不是救濟者，強調其探訪的路充滿崎嶇，以爛路暗喻「家訪」的波折、社工也不容易從自己的角度走到居民的角度。

前文說過鄧阿藍的詩不具排他性，這點也見諸本詩對社工的處理態度，在本詩當中的社工即是一個外來者、異質的角度，然而鄧阿藍明顯地不是批判，而是提出當中的困難，清醒地認清現實的局限：一種社會福利政策下的行動，卻並非單純地順利施行。

〈社工家訪〉另一獨特的地方在於詩中社工的角度，並非「民間」，社工的角度其實也可說是知識份子的角度，提出通往現實、民間的路不易行。本詩肯定社工溝通、探尋的誠意，同時指出客觀環境的限制，即使具熱誠、平等、主動亦不容易改善嚴峻的真實世界。

鄧阿藍同時寫出政策執行者和接受者的問題，不以對立的方法寫，卻寫他們面對同樣的困境，

14〈社工家訪〉一詩收入馬若、鄧阿藍，《兩種習作在交流》，頁一四六—四九。

看似站在社工一方，又不是純粹讚揚；寫社工的熱誠，也寫她的挫折和徒勞；寫兩個層面之間的接近和溝通，也寫出當中理解的困難。

〈社工家訪〉最後未寫社工有沒有探訪到目標中的家庭，鄧阿藍把結果懸空，也把批判或讚揚，從草根對非草根、政策執行者對接受者的二元對立中懸空，卻更「寫實」——同時也更殘忍地，提出了真正難以逾越的限制以及客觀環境的複雜性。延遲或隱藏批判的寫法，也是一個反大眾預期的寫法，鄧阿藍那種對政策執行者或知識份子的熱誠既肯定又懷疑、同情大眾又反大眾預期的寫法，同樣並非簡化的學院對民間的論調可以理解。

四、〈來到你的靈前〉的文化願景

在出版《一首低沉的民歌》之前，鄧阿藍有接近十年停止了創作，《一首低沉的民歌》出版後，鄧阿藍九八年底在《星島日報》發表〈呆呆望著——史諾比玩具狗換購熱潮〉，九九年再於《明報》發表〈來到你的靈前〉，[15]前者承接《一首低沉的民歌》的風格，後者則異於《一首低沉的民歌》的題材和方法，證實了鄧阿藍創作的多元性，也引證了他後來在訪問中提出的「虛實相生」寫法，也正是其中「虛」的一面，讓這詩流麗動人。

本詩寫探訪友人靈位的經過，特別細寫探訪過程的曲折，在到達靈位之前，敘述者經過花店卻沒有進入，只記起從前栽種的灌木：

我把一顆種子
埋在院前的泥土裡
往昔我們親手種植的灌木
剩下的花朵靜靜地
掛在短小的枝椏上
冬季裡落盡
春天時萌芽多一些嗎？

這處理一方面反高蹈，隱藏了對主流定見的批評，另一方面也寫出了作者所肯定的理念。在這一段中，鄧阿藍以回憶的筆法，以種子象徵過去的工作和某種淳樸的探求，「掛在短小的枝椏上／冬季裡落盡／春天時萌芽多一些嗎？」則暗喻往昔的理念追求和到今天所餘下的痕跡，接著仔細描寫友人往昔的形象：

你曾站在迎風的曠野上
頭髮披散著
衣袖飄飄索索

15〈呆呆望著——史諾比玩具狗換購熱潮〉與〈來到你的靈前〉二詩均收入馬若、鄧阿藍，《兩種習作在交流》。

你沉望著片片刮起的花瓣
花粉色素嫩嫩
風吹下打轉
在灰空中遠去

迎風和頭髮披散似凸顯出一個有所追求，亦有所抗衡的形象，這形象當然正面，但鄧阿藍沒有採用頌歌式的處理，卻在後面安排調子低沉的景象：花瓣刮起，在風中打轉、遠去，彷彿對那追求和抗衡，提出了一點疑問。

在詩的第三節，鄧阿藍再寫探訪墳地的艱辛，細寫那充滿曲折和錯綜的路程：「散失的路人／不時引頸張望／鮮花粉末輕輕／會飄流到哪處呢？」這段也回應先前一節所寫的那往昔的追求和抗衡，哀悼過去的理想，亦正視今日的限制，沒有忽略世界對個人理念的磨損和現實的沉重限制。

在最後一節，敘述者終於來到友人的靈前，他轉過疲累的身軀，忽然看到全新的風景：

我轉著疲累的身子
突然和你的遺照一樣
一同望到對面光禿的土地
蔓生了鮮綠
一個孤寂的墓前

這風景不是作者一人所見，而是與已逝的友人共同面對的。這視角既有現實所指，即墓碑黑白遺照的面向，掃墓者這時轉身，與先人看見同一景色，然而這景色也在現實的風景以外，指向另一心靈和理念上的發現：光禿的土地蔓生了鮮綠，孤寂的墓前長出串串野生的小黃花，彷彿先前的追求和抗衡沒有真正消逝，作者在哀悼和懷疑中，仍肯定那一點痕跡，會在特殊的視角中重現。這詩的結束處，美麗而開闊的風景、複雜的記憶思想感情、悲涼的現實，都一一歸結於〈來到你的靈前〉結束處的內在風景：今和昔、逝者和今人、理想與現實、追求與懷疑，一致交融為虛實並置的「風景」，為本詩最動人之處。

正如鄧阿藍在一次訪問中曾提出的「虛實相生」寫法：「從我作品中的寫作手法中可知，最大的特點是虛實相生寫法，虛實二者互相衝擊、派生。其實我的許多作品，只是在題材上是寫實而已，很多時候，作品中虛的成份更多。」[16]鄧阿藍同時重視現實和想像，其中在寫實的部份，如讀者感覺到其寫實中的力量，正由於他未有放棄那看不見的「虛」和想像，詩本身與所批評的現象有距離，也是由「虛」產生。

那「虛」除了是一種技巧和手法，也是一種視野和選擇。鄧阿藍在〈來到你的靈前〉一詩所創造出的虛實並置的「風景」，很適合用以總結本文對鄧阿藍的論述。鄧阿藍的詩超越由上而下的角

---

16 陳智德，〈鮮活的生長〉，頁四八—四九。

度，與敘述的對象站在同一角度看事物；也破除單向的控訴，引向事物背後的現象，引發反思，更重要的是當中那面向外在世界的批評和憂慮，非針對一二人的問題，而是指向整個文化環境的一種人文關懷。

對社區的關注、期望人文環境的改善、在文化理想的追求、抗衡和認清局限中有所堅持和創造，猶如〈來到你的靈前〉中的敘述者從既定的視角中轉向，與逝者共同發現全新的風景，或許正是鄧阿藍詩中最容易被忽略而又最值得珍視的訊息。

鄧阿藍寫於九〇年代末的〈來到你的靈前〉一詩，實可與西西寫於二〇〇〇年的〈解體〉並讀，同樣描述七〇年代的理念探求者，即西西、鄧阿藍及其友人那一輩的七〇年代青年，在世紀末的理念衝擊。西西〈解體〉把理念探求的失落指向社會轉型導致的理念與生活兩空，批評愈發遠離理念、忽視人文環境的社會發展，語調極為悲觀。鄧阿藍〈來到你的靈前〉同樣針對人文環境的失落，七〇年代一輩的理念探求變得相當遙遠，但鄧阿藍〈來到你的靈前〉稍稍不同的是，以詩語言想像並寄寓先人與作者共同的文化願景，並未真正逝去，但這絕非單純簡化的從悲觀走向樂觀的一廂情願式想像，西西〈解體〉所提出的悲觀必須直面而不能迴避，〈來到你的靈前〉一詩最後的文化願景正由對理想失落的現實的認清而來，卻基於對消逝的認清、對文化理想的懷疑和失望，以其詩語言對於真實現象的虛實相生，達致過去與現在、理想與現實、逝者與今人共存的理念並置，一種新的對生命現實的體認，再由此體認而超越了功利社會對理念的矮化和扭曲，達致一種個體理念自主的自由。

第十七章

文學、政治與藝術倫理

——論《時間繁史・啞瓷之光》

我：我已經不能喜歡我城了。
栩栩：我城只不過是你城吧。

——董啟章《對角藝術》[1]

1 董啟章，《對角藝術》（臺北：高談文化，二〇〇五），頁一〇八。

引言

上下兩冊接近九百頁的《時間繁史・啞瓷之光》，有如波赫士（Jorge Luis Borges）《沙之書》（*El Libro de Arena*）所提及的頁碼數字大至九次冪但每頁頁碼不相連接的奇書，似乎是讀不完的，原因不在於篇幅或書頁，而是《時間繁史・啞瓷之光》環環相扣的情節、真實化了的人物、虛構化了的作者、物質化了的時間、觀念化了的地域、生活化了的文藝，催使無法抽身的讀者深陷其間，反覆徘徊而忘其所以。

《時間繁史・啞瓷之光》真是一部讀不完的書嗎？如果我們再回到董啟章早期的〈快餐店拼湊詩詩思思CC與維真尼亞的故事〉和〈永盛街興衰史〉、九七前後的《地圖集》和《V城繁勝錄》、二〇〇〇年代中的《體育時

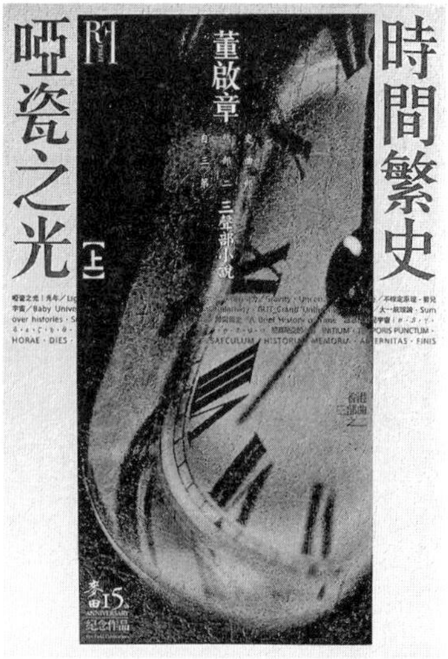

董啟章，《時間繁史・啞瓷之光（上）》（臺北：麥田出版，2007）。

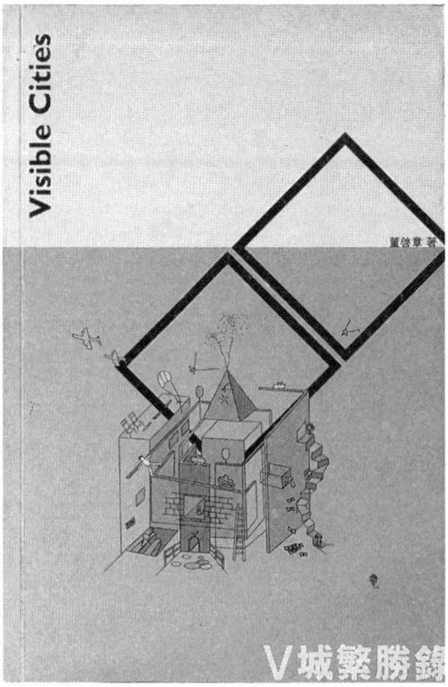

董啟章，《V城繁勝錄》（香港：香港藝術中心，1998）。

期》和《對角藝術》；或更能理解《時間繁史・啞瓷之光》一書各種人物、作者、地域、文藝的種種虛實，特別再加以讀者個人由九七前後以迄於今的殖民城市體驗，《時間繁史・啞瓷之光》這部自然史三部曲之二當中的時間和宇宙，又似一眨而過，還有什麼比閱讀這書所需更濃縮的時間？

《時間繁史・啞瓷之光》令人難以釋卷，因為它所談論的時間也是一種生活觀念的真實。一如其他小說，《時間繁史》創造出一個一個人物：研究「V城的地方文學」的維真尼亞、在粉嶺商場上班的恩恩、藥劑師啞瓷、文藝青年嘍囉和正、聯和行動成員馬仔和阿志、殘障作家「獨裁者」；獨裁者與恩恩通信延續《體育時期》和《對角藝術》以來的思考，探討人物世界的真實性，但似乎更重要或更特殊的部份，在於十七年前文學小宇宙的形成、新文學小宇宙的成立及其與聯和行動的聯合抗爭和後來的分裂、獨裁者與訪談者維真尼亞、文藝青年嘍囉和正的對話、啞瓷的生活體驗和對社會抗爭的遠距觀察、從粉嶺到沙頭角的城市邊緣社區的呈現，反思文學的社會性，實踐文藝的藝術倫理，進而成就文藝的藝術高度。由此而看，在人物世界以外，或者《時間繁史・啞瓷之光》也是一部關於創作的小說，以小說的創造為真正主角。

董啟章，《對角藝術》（臺北：高談文化，2005）。

一、藝術倫理的省思

董啟章的《時間繁史．啞瓷之光》不強調地方背景，但稍留意的話亦可見小說的場景為新界北區，特別是粉嶺聯和墟，一處近於被廢棄的舊市集，等待重建或保育，探尋歷史原質以及由此而衍生的本書的重點內容，關於人物世界的創造和文學理念的價值。

《時間繁史．啞瓷之光》透過不同的敘述，多次談論文學團體「文學小宇宙」與社會運動組織「聯和行動」的結合，圍繞聯和墟的保育及相關地方議題作出聯合的抗爭，小說由此對社區抗爭及文學介入社會等概念的挪用，屢次從小說創作者的角度作出反思，探討文學對社區的呈現、呈現後的文學性及其價值；並對應小說中段「獨裁者」所提出的文學為他人而不是為讀者的觀念，對文學介入社會抱持懷疑的態度。

文學小宇宙欲與社會運動結合的努力最終失敗，他們亦因理念的分歧而解散。在圍繞文學小宇宙、聯和行動和寫作營的片段中，敘事者肯定文學性的邊緣視野之餘，也呈現其內在的散亂無章。敘事者當然理解文學小宇宙參與社會抗爭的邊緣視野，但也從獨立的角度提出主流與獨立各自存在的問題。相對於一般社區文學中的地方化生的人物或地方特質化的人物，董透過文學小宇宙的相關論爭，更處理邊緣社區特質化的文學觀念，以及其可能性，談論文學人的位置、介入社會及呈現的可能和意義。

「獨裁者」的妻子啞瓷對「聯和行動」雖然關注和理解，但也抱持中立及自省的恐懼，敘事者由此也從創作者的角度提出文學的獨立性及其焦慮。在〈Uncertainty Principle／不確定原理〉一章，啞瓷面對聯和墟居民連串反遷拆的行動以及相關文化人的聲援和連署行動等事件，徘徊在同情、投入和保持距離的態度之間：「她雖然對弱勢者感到同情，但也害怕激烈的抗爭行為。在不肯定的情況下，她唯有保持沉默。」[2]啞瓷對抗爭的反應，可說是一種由邊緣視野化生的真誠面對個人內在，並與同一章節中獨裁者在訪問中談及抗爭與文學的社會性的思考互相呼應；敘事者由此提出對文學人的社會介入或文學的社會性感到無力，唯其無力的認清而認清文學的本質以及文學的社會性本身。以文學介入社會，可能是文學人的某種社會責任，以文學「反映現實」或作社會的鏡子，甚至可作為一種文學理念；然而文學性最終仍須獨立於社會性，這一方面也是文學呈現的局限，另一方面卻源於文學性自身及其可能性的思考。

《時間繁史．啞瓷之光》所談論的藝術倫理、文學的社會性以及邊緣社區抗爭之間的關係十分微妙，故事中那邊緣社區的弱勢，沒有助長發生在當地的抗爭，反而因著邊緣社區的距離，反思文學介入社會的可能。「獨裁者」在前述的〈Uncertainty Principle／不確定原理〉一章中，否定文學的社會功能，以至懷疑文學的價值；而在下冊〈Sum over Histories〉一章裡，「獨裁者」在訪談中肯定年輕的新文學小宇宙成員「正」提出「極端行動的必要性」，再以拒絕被收編的城市邊緣意識的價值作回應；飽受作家角色困擾以及文藝的無用和被邊緣化、以文學作為一種「病徵」的獨裁者，由此強調也肯定了文學的獨立意義。《時間繁史．啞瓷之光》對邊緣社區的呈現，最終引向一種文

2 董啟章，《時間繁史．啞瓷之光（上）》（臺北：麥田出版，二〇〇七），頁二九〇。

學獨立性的反思，其間一再對文學介入社會帶著懷疑，但這懷疑不指向犬儒式的虛無，卻重申文學概念或理念的純粹性，而真正肯定了文藝倫理以及文學本身的價值。

除了「獨裁者」及其妻啞瓷的中立、懷疑和思考，小說也透過「獨裁者」所創作出來的小說人物恩恩的生活世界，透過她在城市邊緣社區的工作以及她對生命的思考，提出一些瑣碎生活細節如何構成生活，從側面反思文學呈現的可能性。小說中的邊緣社區，象徵敘述者及人物的抽離視點，另一方面實體上為相對於城市中心的必然性和預期目光，邊緣社區的呈現正意味著各種預期目光的打破。

《時間繁史・啞瓷之光》對文學的社會性，特別各種對於「呈現」的預期目光提出不少懷疑，正觸及社區文學的核心理念，即文學應如何呈現社區特質以及其呈現的價值。《時間繁史・啞瓷之光》提出的思考很值得進一步深思，不是說文學不能介入社會或具社會意義，而是它的社會意義最終仍須在文學的獨立性和距離中達致，它所使用的不是社會運動的方法，始終仍是文學的方法，才能真正達致文學的社會性。

二、介入的無力

文學小宇宙的成立及其與聯和行動的聯合抗爭和後來的分裂，讓筆者想起於一九四三年解散「中國文學研究會」、寫〈「中國文學」的廢刊與我〉一文和《魯迅》一書的日本學者竹內好（一九一〇—一九七七）。他在《魯迅》一書的「政治與文學」一節中，從魯迅寫於一九二七年的〈革命時代的文學〉出發，討論作為啟蒙者、文學者與革命者之間的魯迅的矛盾，特別在文學與革命的關係以及文學如何被革命變換色彩的評論中，提出具反思性的看法：

> 文學是無力的，魯迅這樣看。所謂無力，是對政治的無力。如果反過來說，那麼就是對政治有力的東西不是文學……這不是要說文學與政治無關。因為互不相干便不會產生有力或無力的問題。文學對政治無力，是由於文學自身異化了政治，並通過與政治交鋒才如此的。游離於政治的，不是文學。文學在政治中找見自己的影子，又把這影子破卻在政治裡，換句話說，就是自覺到無力，——文學走完這一過程，才成為文學。[3]

從董啟章的小說談到竹內好，絕非一種學術拼湊，董在《時間繁史・啞瓷之光》所表達的文學理念，一種超越單純的文藝創作或文學研究的藝術倫理，或可在竹內好的文學理念和體驗中找到參照。

竹內好從魯迅的抵抗性文學得到重要體悟，反覆思考文學介入社會的意義。在寫作《魯迅》一書的一九四三年，也是竹內好解散由他與友人創辦的「中國文學研究會」之年，該會出版的《中國文學月報》亦同時停刊，[4]為此他寫了〈「中國文學」的廢刊與我〉一文，表達了他對文藝、學術

3 竹內好《魯迅》的「政治與文學」一節，見竹內好，《近代的超克》，頁一三四。

4《中國文學月報》於一九四〇年改名為《中國文學》。

思想、國家政治和戰爭的看法。[5]一九四三年可說是其人生轉折之年，三十三歲的竹內好亦於該年被徵召入伍，當一九四四年《魯迅》一書出版時他已身在中國戰場。竹內好當時對日本發動侵華戰爭持肯定態度，當然是出於一種歷史的局限以至認知上的錯誤，但他在《魯迅》一書強調文學的抵抗性和獨立意義，亦對魯迅作品的思想以及其革命文學觀提出重要說法，使《魯迅》一書不僅成為日後的魯迅研究者必讀之書，也作為竹內好本人對文學與政治關係的思想載體。事實上竹內好並不以研究魯迅為單純的學術研究工作，而是與他本人的生命相關，他是以魯迅的掙扎作為他個人生命的掙扎。由此，《魯迅》一書也成為竹內好戰後連串介入日本社會與現代性思考，包括對二戰的反思和一九六〇年反日美安保條約運動的參與中，一以貫之的起點。

從竹內好在《魯迅》一書對政治與文學的思考再引申而言，文學的獨立意義不是指它可以脫離革命和公眾，亦不是從屬於它或平衡地二者等同，而是文學工作者必須正視文學對革命或社會運動和公共事件本身的無力，文學也無法改變或改良社會，無法參與社會運動和公共事件，文學始終孤單而無力，但正如竹內好所說：「文學在政治中找見自己的影子，又把這影子破卻在政治裡，換句話說，就是自覺到無力，——文學走完這一過程，才成為文學」，文學人必須走過這痛感無力的過程，才得到力量促成具公共意義的文學。

文學人未必在介入社會之時認清文學的本質，但他或會在介入的過程中，認清文學的局限，從而意識到文學人的位置。文學固然不可能如革命般改變社會，也不會像社會運動或抗爭般引來即時關注；文學的力量在於轉化事物中的情志，特別是人物和環境的關係，以記錄和轉化，延展當中的感悟力量，以至讓它走向帶超越時效性的功能，在日後不同的時空中繼續引發反思。文學透過介入社會所追求的不是革命或改變，而是超越；由此，它對介入社會本身卻是無力的，文學的社會性另有所歸，文學介入社會最終得到的未必是「反映現實」或改善社會的效用，而是文學人在介入的過程中，其實也透過介入、呈現以及更重要的自我省察，達到非介入而無法達致的藝術高度。

三、藝術倫理實踐

《時間繁史・啞瓷之光》一書可說是以邊緣社區的呈現及文學介入的無力，來凸顯文學呈現社會的方式。作者把政治無力化，文學的社會性沒有透過人物的介入社會而達致，卻透過對介入的無力而實踐了文學的社會性。董啟章安排作家獨裁者居於沙頭角村屋，透過連串創作生命的訪談和回溯，以個人生活和創作史補充地方史，以個人和文學觀念的邊緣擴闊、補充地域的邊緣；理念創造和藝術倫理成了理解地方邊緣的關鍵，《時間繁史・啞瓷之光》的社區文學理念在於提出一切地方的基本，仍在於居住和理解其中的個體。

《時間繁史・啞瓷之光》處理的問題相當多，包括人物世界的可能性、本土性的實踐與超越、文藝價值的再思，以至透過小說人物恩恩不時收到創造她的作者，即獨裁者以父親的口吻來信，討論文藝、人生和世界，作者以父親和作家同具創造者角色，再引發思考作家的身份問題，達致一種

5　竹內好，〈「中國文學」的廢刊與我〉一文見竹內好，《近代的超克》，頁一六九—八〇；相關討論另參孫歌，《竹內好的悖論》（北京：北京大學出版社，二〇〇五），第一章〈遭遇魯迅〉。

強調創造、生存和責任的「父性寫作」，以此對應小說另一層面所談論的文藝價值問題。6

在小說場景的安排和選擇上亦見作者的用心，從呈現城市的邊緣事物出發，對呈現深切思考，也呈現出別樣的城市景觀及其內在理念。相對董的其他小說作品來說，有關文藝價值的再思是本書比較獨特的內容，也佔去不少篇幅。本來，香港文藝和香港作者在「香港」的生存空間或閱讀市場等問題本身的荒謬性，已因問題的反覆循環而使相關討論成為重複而不解的濫調；但是董啟章就此問題所提出的不是一種論辯，他在本書透過人物世界的可能、本土性超越與文藝價值的結合，使生活創造與文學的理念創造也結合；《時間繁史・啞瓷之光》一書所演化的時間的真實性，在於一種與生命相連的文藝，並以其為無可迴避更無可計算的藝術倫理實踐。

即使這實踐無可計算，但不指向前述的文藝者生存問題的解決，藝術倫理不為生存問題而實踐，正如竹內好提出魯迅對革命文學的參與和反省，最終成就的不是革命，卻是文學本身；《時間繁史・啞瓷之光》的藝術倫理，由無力介入社會的認清和文學的獨立意義而實現文學的價值，由特定的客體事物即外在的城市邊緣呈現成就了文學的社會性，更由反預期目光的呈現模式，成就了小說核心意義上的藝術高度，作者由是建立了城市邊緣的理念世界，也由此完成了自己。

讀畢《時間繁史・啞瓷之光》的一刻，我很想再重讀《體育時期》的上下學期，情況有如讀畢《天工開物・栩栩如真》之後，很想重讀《對角藝術》一樣。《對角藝術》在「我城」一章，提到轉讀中文系的栩栩，因應課堂要求而讀西西的《我城》，卻無法讀通，敘述者嘗試為栩栩解說，卻逐漸陷入迷思。敘述者對《我城》的評述幾可倒背如流，卻難以評說西西的新作〈我的喬治亞〉，對西西的懷疑也形成作者自我的懷疑。

那是《對角藝術》全書終末的一章，探問文學作為一種技藝的意義，而小說人物的創造又是否只是一種創作者的自我投影？董的創作總不忘自省，這不是慣性，而是一種對真實的介懷。《時間繁史・啞瓷之光》的真實，也許不在乎人物、社會抗爭甚至文藝本身，關鍵在於創造的可能，或者態度、語調，自我和他人世界的總合。相對於《我城》，對《時間繁史・啞瓷之光》或董啟章小說的評述仍有待累積，這可能是另一段「他城」的故事。筆者確然認為《時間繁史・啞瓷之光》是一種由文藝倫理實踐出的藝術高度，只不知評說對象會否有如《對角藝術》所創造出來的人物，對開始懷疑《我城》的敘述者說：「你說了這麼多關於《我城》的，但其實，我城只不過是你城吧。」[7]

6　相關討論另見陳智德，〈父性寫作的文藝價值〉，《信報》，二〇〇七年七月二十一日。
7　董啟章，《對角藝術》，頁一〇八。

第四部

一九七〇至二〇〇〇年代（之二）：解殖與回歸

第十八章

覺醒的肇端

——《七〇年代雙週刊》初探

「希望出版這份地下刊物的朋友，繼續寄給我們，和我們聯絡則更妙，不過免用電話為佳，以防政府耳目！」

——〈解放香港〉，《七〇年代雙週刊》第一七期（一九七一年一月）

一、「民間載體」與《七〇年代雙週刊》

殖民時代的香港文化一直在民間載體之中承傳、發展，所謂「民間載體」主要包括民間辦學

（如五、六〇年代的新亞書院、樹仁學院等）、青年刊物（如《中國學生周報》、《伴侶》、《大學生活》等）和大眾傳媒（包括電影、電視和報刊等）。香港民間載體在塑造文化上的自主、多元及抗衡性，與政府建制在塑造文化上的無力和封閉成了強烈對比。在文字媒體中，青年刊物又比商業媒體更具鮮明的理念和個性，對建制的批判和對社會改革的要求也更激進。

六、七〇年代是香港青年刊物的黃金時代，部份由五〇年代南來文人創辦的刊物承續、發展出，如《中國學生周報》、《伴侶》、《大學生活》等，部份由教會人士或相關機構創辦，如《時代青年》、《突破》，更大部份由青年自主創辦，以同人刊物方式自費刊行，如六〇年代初的《新思潮》、《好望角》和大量文社油印刊物，以及六〇年代中後期的《盤古》、《文社線》等。七〇年代更是青年自主刊物的高峰時期，包括了綜合、文藝、時政及普及文化等各類型，例如《七〇年代雙週刊》、《大拇指週報》、《秋螢》、《詩風》、《四季》、《羅盤》、《年青工人》、《進步學生》、《文化新潮》、《香港文學（雙月刊）》、《文學與美術》、《實驗漫畫》等等多種。[1]

本文擬集中研究的《七〇年代雙週刊》，是七〇年代青年自主刊物當中的一支，多少繼承了六〇年代以來文社青年自發組織及自印刊物的傳統；另一方面，它也是六〇年代中後期青年文化意識及政治覺醒的一種反映。六〇年代中後期，本是世界性

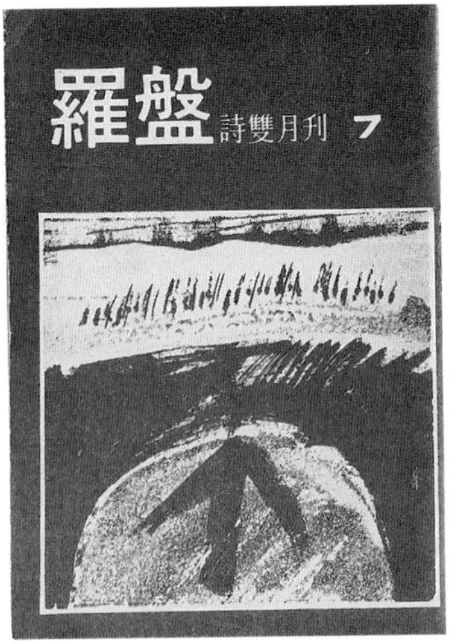

《羅盤》詩月刊7期（1978年9月）。

的青年反建制運動風起雲湧的時代，如法國一九六八年五月學生運動、美國學生一九六七年的反越戰運動、一九六八年蘇聯入侵布拉格引發的捷克反抗運動（或稱「布拉格之春」）、日本一九六八年東京學生佔領東大安田講堂事件，香港也有一九六六年天星小輪加價引發的青年絕食示威、一九六七年的左派群眾引發的「六七暴動」（或稱「反英抗暴」事件）等。

一九六九年珠海書院學生因反對校方操控學生會，發動罷課，其後十二名學生被開除學籍，是為香港學運史上的「珠海事件」。運動的主要組織者之一、珠海書院數學系學生吳仲賢於一九七〇年與莫昭如等創辦了《七〇年代雙週刊》，以報刊名義先後參與一九七〇至七一年間的「爭取中文成為法定語文運動」、「保衛釣魚台運動」等多次社會抗爭運動，組織中文運動「工學聯盟」等，成為七〇年代初香港學運和社運的重要平臺之一；[2]刊物本身則倡導基進政治理論探研、學運和社運的報導和行動綱領的討論、第三世界報導、前衛藝術評論引介、本地文藝創作，特別圍繞青年自主、文化意識覺醒、反建制、反抗殖民統治等理念而使刊物個性獨具，參與建立也影響香港七〇年代的青年文化，刊物的部份內容理念，如反殖和自主的文化意識、社會關懷與獨立批判、現代前衛文藝和反建制文藝的引介和創作，超越時代至今天仍感耐讀。

1　有關六、七〇年代文社及青年刊物的記述及研究可參吳萱人主編，《香港七〇年代青年刊物：回顧專集》（香港：策劃組合，一九九八）；吳萱人，《香港六七〇年代文社運動整理及研究》（香港：臨時市政局公共圖書館，一九九九）。

2　其他參與運動的刊物還有《盤古》、《文社線》、《學苑》和《中大學生報》等。

二、刊史、人員及內容

《七〇年代雙週刊》於一九七〇年一月出版創刊號，七一年十二月出版至第二十五期，七二年一月出版革新號，約七三年停刊，至一九七八年復刊，同年十二月出版至復刊後第五期，其後再由不同的編輯人員衍生多份刊物。在第一至二十四期，因應編輯人員的變化，「七〇年代編委會」具名列出成員名單，各期略有不同，總括有吳仲賢、莫昭如、馮可強、張景熊（小克）、關懷遠（淮遠）、陳翹英、黃國輝、陳清偉、宋恩榮、陳婉瑩、黃仁達、謝家駒、馬覺、潘振國等等，他們大多是大專畢業不久的二十多歲青年，當中不乏青年詩人作家。[3]

《七〇年代雙週刊》英文刊名為 *The 70's biweekly*，與同時期的另一份《七十年代》（*The Seventies*）月刊是完全不同的兩份刊物。《七〇年代雙週刊》以相當於半份大報的大開度多色中英雙語印行，每期十多頁至四十頁不等，內容略如前述，創刊後至一九七一年一月出版的第十七期後改版，增加篇幅，內容再明確分為「中國問題、香港問題、第三世界、文學、藝術、電影、外國學生動態、本港學生動態、工人運動、藝術

《七〇年代雙週刊》13期（1970年9月）。

活動報告、思想與新思潮、漫畫、專欄、流行音樂及讀者來函等」版面。

由於年代久遠，收藏不易，目前僅香港中文大學圖書館及香港大學圖書館有收藏該刊，都不齊全，中大圖書館列入「香港研究資料閉架期刊」，港大圖書館列入「香港特藏」，期數較多，但綜合兩大收藏仍欠第一、三、六—七、十九—二十、二十九及之後、復刊第一期等期數。因應研究條件，本文討論範圍以筆者個人所藏一九七〇至七一年出版的第二至二十四期為主。[4]

三、《七〇年代雙週刊》、學運與「獨立媒體」

一九七〇年七月出版的《七〇年代雙週刊》第十期在封面刊登一幅三名警察拘捕一名示威者的照片，並在照片旁以黑底白字刊登中英對照的〈社論：青年行動綱領〉，提出維護工人權益、支持工人示威等。這社論是為回應一九七〇年五、六月間香港連串工人運動，包括快捷電子廠工潮及大

3 張景熊（小克）著有詩集《几上茶冷》（香港：素葉出版社，一九七九），關懷遠（淮遠）著有散文集《鸚鵡韆鞦》（香港：素葉出版社，一九七九）、《懶鬼出門》（香港：素葉出版社，一九九一），馬覺著有詩集《馬覺詩選》（香港：一九六七）、《義裏渾沌暗雷開：馬覺詩選》（香港：石磬文化公司，二〇一五），潘振國著有詩集《潘振國詩選》（香港：一九七八）。

4 筆者個人所藏之第二至二十四期《七〇年代雙週刊》是於一九九五年底分兩次在旺角花園街波文書店購得，據書店負責人透露，該套《七〇年代雙週刊》從書倉清理出，已堆放店內數月而無人問津。未幾，波文書店亦結束。因未能查閱更多期數，本文所論屬概論性質，更深入之專論還俟來者。

東工潮等事件，該期《七〇年代雙週刊》內文並有由Ma Yee Man撰寫的〈Workers of the world, UNITE!〉，亦為針對大東工潮而寫，另有宋恩榮、謝家駒、陳婉瑩訪問勞工問題專家Joe England對大東工潮的評論。連串報導及文章，揭示該刊對工運的關注。此外，同期亦刊登中大崇基書院時事委員會、《七〇年代雙週刊》等十七個團體共擬的〈中文豈容歧視，行動起來吧！〉海報及〈基本權利的爭取〉一文，作為「爭取中文成為法定語文運動」的宣言。

由這期開始，《七〇年代雙週刊》在批判及理論探索文章以外，亦有更具體抗爭行動的介入，包括籌組「工學聯盟籌備委員會」（爭取中文成為法定語文工人學生聯盟）及連署聲明。一九七一年二月初，《七〇年代雙週刊》響應海外的保衛釣魚台運動，刊登保衛中國領土釣魚台行動委員會紐約分會的〈保衛中國領土釣魚台宣言〉，同時發表該刊的〈行動起來吧！〉聲明，呼籲二月二十日到中環日本文化館示威。隨後連串的行動報導及聲明，包括二十期的〈保衛釣魚台五四示威者的聲明〉、〈胡菊人的聲明〉及香港保衛釣魚台臨時行動委員會的〈四一〇事件報告書〉（當日二十一名和平示威者被警方拘捕，報告書列出二十一名被捕者姓名及身份，包括吳仲賢及鍾玲玲，其他被捕者包括六名中大學生、一名港大生、四名中學生、三名工人等），〈四一〇目擊記〉、〈四一七保衛釣魚台示威經過〉、轉載〈基督精兵誓保釣魚台〉以及二十三期的〈誓死保衛釣魚台絕食宣言〉等。

七〇年代的保釣事件不單是爭取自主、愛國、反殖、反美日霸權主義的抗爭運動，對《七〇年代雙週刊》和當時的青年自主刊物而言，更是一次「獨立媒體」存在必要的自覺。由於主流報刊對保釣運動的歪曲和抹黑，《七〇年代雙週刊》及其他青年刊物更自覺地提供另類的、參與者、運動陣營角度的報導，主動批判當時主流報刊如《華僑日報》和《南華早報》親政府的社論。[5]多次保釣示威及警方拘捕事件，主流傳媒不乏「青年搞事」的批評，由此更凸顯《七〇年代雙週刊》及《盤古》等青年刊物「獨立媒體」式報導的重要性，它們除了維護青年抗爭運動的合理性，也多次提出保釣運動的反殖意義及對警權過大的批評。[6]

《七〇年代雙週刊》19期（1971年3月）。

四、《七〇年代雙週刊》的時政與文藝

《七〇年代雙週刊》第二期封面是美國黑人吉他手Jimi Hendrix（一九四二—一九七〇）的多重鏡像，封底則為切·格瓦拉（Che Guevara, 1928-1967）頭像。作為一份青年刊物，《七〇年代雙週刊》的文藝內容佔不少篇幅，所謂文藝包括了文學、音樂、電影和視藝，而與純粹文藝刊物的分別

5　參〈看《華僑日報》的社論〉、〈看《南華早報》的社論〉二文，《七〇年代雙週刊》二〇期（一九七一年五月）。

6　參考吳仲賢，〈從七七到八一三〉，及雪夫，〈從「保釣」運動看香港青年的意識形態〉，《七〇年代雙週刊》二三期（一九七一年九月）。

是，《七〇年代雙週刊》的文藝也比較著重思想性和批判性，無論是對亨利・摩爾（Henry Moore）的雕塑、柯勒惠支（Käthe Kollwitz）的版畫、搖滾音樂、民歌的評介，也是評介其思想性和批判性為主。

文學方面，最重要的環節可說是新詩。《七〇年代雙週刊》曾於刊物具名的編委當中，小克、淮遠、馬覺、潘振國都是詩人，而據吳萱人《香港六、七〇年代文社運動整理及研究》一書，吳仲賢亦多次以「貝貝」為筆名發表詩作。[7]《七〇年代雙週刊》既甚多「詩人編委」，由第六期刊登卡門（鄧阿藍）、淮遠等人的詩作開始，之後幾乎每期都以一整版刊登詩歌，後來仿效《中國學生周報》的編例，開設獨立的「詩之頁」版面，佔一至三版，作者包括阿藍（卡門）、蔡炎培、淮遠、鍾玲玲、邱剛健、戴天、癌石、貝貝（吳仲賢）、關夢南、藍流、麥繼安、覃權、李家昇、古蒼梧、葉青、李金鳳、秦天南、羅幽夢、綠騎士等等。他們大多是活躍於詩壇的作者，作品另見於同時期的《中國學生周報》、《盤古》和《秋螢》等刊物。

藝術版鮮明的前衛風格也是《七〇年代雙週刊》的特色，前後刊登多篇介紹前衛藝術的文章，包括小克〈超現實主義對廣告設計的影響〉、〈現代攝影藝術介紹〉、〈日本設計家選介〉等，在香港藝術方面亦有第二十期介紹畫家關晃和劉錫鴻，《七〇年代雙週刊》關注本地藝壇，但同時也有無曲〈看看我們的「沙龍」〉一文，以「沙龍」攝影為例批判本地藝壇中的保守作風，董傳藝〈香港青年藝術家展——香港博物館的樣版貨〉一文亦批判香港博物館的策展路向。

《七〇年代雙週刊》基本上是時政刊物，但其文藝篇幅與深度不亞於純文藝刊物，並由其取材、編輯角度見出《七〇年代雙週刊》編者的文藝觸覺，這不單純是口味和喜好使然，《七〇年代雙週刊》在時政、抗爭運動與文藝的結合及相對水準高度的要求，實源於六〇年代以來文社風氣及《中國學生周報》、《盤古》等前驅刊物的引介，使不少學運、社運參與者同時也作為文藝者，他們對政治理論、行動綱領的高度要求，亦與他們對文藝的認知及相對水準高度的視野一貫，他們對政治現實的批判性，與他們對文藝現象的批判性也相關。

六、七〇年代的青年刊物其實普遍具有結合時政與文藝的傾向，只是輕重比率不同。從報刊的編輯角度觀之，一般而言，文藝屬於「副刊」領域，但《七〇年代雙週刊》、《盤古》等青年刊物中的文藝實已超越了「副刊」的從屬位置，而成為了與時政內容一貫的部份，形成青年刊物於時政與文藝二者的高度，互相滲透、互相造就的現象。在行動、報導、資訊和理論以外，文藝性的思考、表達和創造，正作為一種共同的超越，作為導引及步向革命必經的思想洗滌。

五、政治綱領與意識的覺醒

《七〇年代雙週刊》對政治理論的引介、批判具高度自覺及相應水準高度的要求，部份結合於行動綱領當中，如吳仲賢〈從七七到八一三〉一文從維園七七保釣示威及八一三保釣示威事件中標舉反殖的訴求，《七〇年代雙週刊》對「爭取中文成為法定語文運動」亦同樣強調語文運動的反殖意義。

7　參考吳萱人，《香港六七〇年代文社運動整理及研究》，頁三〇二。

配合行動綱領及由連串抗爭經驗引申出的，是《七〇年代雙週刊》同人及作者較具系統的政治理論著述，如浩仁〈新左派的革命〉、胡文敏（吳仲賢）〈學生的革命〉、李木〈殖民狂魔下的福音——法農的革命理論〉、胡為之〈抗法行動的概念〉（介紹Civil Disobedience另譯不合作運動）等文，當中所強調的「革命」，部份指向無政府主義的訴求，在第廿四期的無政府主義專輯中，刊登了安那其的〈無政府主義〉一文作概括介紹，再有斯圖亞特・克利斯蒂（Stuart Christie）的〈中國無政府主義運動的起源〉（The Origins of the Anarchist Movement in China）一文介紹中國無政府主義運動的起源，而該期更重要的文章是毛蘭友（吳仲賢）的〈第三次革命〉一文，吳仲賢在文中明確地提出他的無政府主義理想和革命綱領：「再沒有強權，再沒有黨專政，再沒有殖民地。……再沒有一小撮人把持了一切的廣播媒介，我們自己操縱我們的醒覺，再不是新華社，再不是G.I.S。再沒有政府！」[8]

至於《七〇年代雙週刊》日後被視為或標籤為「托派」（托洛斯基主義者），該刊前二十四期中只在第十七期的無署名〈托洛斯基的理論〉一文對托洛斯基主義有比較具體的引介，大概相關綱領另見《七〇年代雙週刊》後期的共同或相近陣營刊物《七〇戰線》、《每日戰訊》及《中學生快訊》等。吳仲賢在〈堅持世界革命總路線〉一文這樣描述這四份刊物：「《每日戰訊》是唯一和革命馬克思主義的第四國際政治立場一致的組織，其他的《中學生快訊》和『工人教育委員會』，是一般的馬克思主義團體，至於『七〇戰線』，卻是未肯定基本立場的『反殖、反帝、反官僚』的激進青年組織。」[9]而據莫昭如〈關於《七〇》，還可以說的是……〉一文，由《七〇年代雙週刊》衍生出來的刊物還包括《青年先鋒》、《年青工人》和《女權》等等。[10]

除了政治理論，《七〇年代雙週刊》的「行動指向」[11]亦延伸至較後時期，如一九七八年的《七〇年代雙週刊》復刊創刊號，即以維多利亞公園內之維多利亞女皇銅像由頭至身被淋以紅油、頭蓋市政局垃圾箱作新的冠冕、基座寫上「打倒奴化教育」六個大字的照片為封面，作為對港府於一九七八年公佈的《教育政策白皮書》的抗議；筆者曾在另一篇文章指出，「早在七〇年代，這銅像已被更激進、更前衛的香港青年狠狠『修理』過一頓……這不是塗鴉，不是惡作劇甚至不是行為藝術，而是對真實的殖民地統治尤其殖民教育已到極限的無可忍受的憤怒。」[12]

《七〇年代雙週刊》復刊創刊號（1978）。

《七〇年代雙週刊》同人日後在政治理論取向上各有不同的發展，有傾向無政府主義，也有托

8 毛蘭友，〈第三次革命〉，《七〇年代雙週刊》二四期（一九七一年十月）。
9 吳仲賢，〈堅持世界革命總路線〉，《大志未竟：吳仲賢文集》（香港：吳葉麗容，一九九七），頁二二八。
10 參考莫昭如，〈關於《七〇》，還可以說的是……〉，收入吳萱人主編，《香港七〇年代青年刊物》，頁九二。
11 吳仲賢指「《七〇》最出色的地方是在於『行動指向』」，參考吳仲賢，〈香港青年學生運動總檢討〉，《大志未竟》，頁二五九。
12 陳智德，〈維園可以竄改的虛實〉，《字花》一三期（二〇〇八年四至五月），頁一八—二一。

洛斯基主義及其他不同派別；但不論何傾向，正如吳仲賢以《七〇年代雙週刊》為「自發性新左派組織」，[13]文曾提出「過去的《七〇年代》雙週刊，雖然其中有新左派、馬克思主義和無政府主義流派，但從不同的層次上傾向世界革命則一」，[14]各種傾向大概都源於一種政治意識的覺醒，《七〇年代雙週刊》同人日後各有不同取向的發展，於七八〇年代陸續轉戰於其他刊物，而七〇年代初期的《七〇年代雙週刊》，則標誌、也較純粹地集合了諸種覺醒的肇端。

結語

《七〇年代雙週刊》第二十三期有張雪夫〈哲人的微笑——紀念殷海光先生逝世二週年〉一文，記述該文作者張雪夫一九六九年到臺北探訪殷海光先生，張雪夫記下了殷海光對香港的一段「無意的諷刺」：「殷先生喝了一口白開水就對我說，香港是英國的殖民地，而英國所出的大哲學家如羅素，如休謨、洛克等，他們對英國知識份子的影響是那麼的大，在香港，他們也應具有一定的影響力吧！」殷海光此言基於對羅素及自由主義哲學的嚮往，卻無意間成了對香港建制無力塑造文化的諷刺，當年香港的文藝青年，讀到這段當有特別的抽痛感。

香港文化也當然不乏西方哲學的薰陶，但一定不是來自建制，殖民地的工具化教育於西方哲學、西方政治思想、西方現代文藝等領域幾近空白，香港文化無論上承中國傳統至近現代思潮，或外接西方思想文化，皆得力於民間載體的墾殖。《七〇年代雙週刊》承接六〇年代以來香港青年自辦刊物的傳統，肇始於不滿教育建制的封閉保守，引進西方政治、文藝思潮，復抗爭於政治建制的壓迫和扭曲，以時政和文藝的反思針對本土議題，從今日觀之仍見相當高度，其所標示的文化意識覺醒、革命綱領、青年理念及時政與文藝的結合，更值得在當今時代一再沉思。有關《七〇年代雙週刊》及香港青年刊物的研究，是有待開拓的香港民間載體研究，也是一種文化運動的研究。

13 吳仲賢，〈群眾組織的神話〉，《大志未竟》，頁二一四。
14 吳仲賢，〈堅持世界革命總路線〉，頁二二三。

第十九章
解殖之路
——後過渡期的民間載體與香港文化

一、《星期日雜誌》和《博益月刊》的停刊

一九八九年夏至秋天的香港，時值「六四事件」之後，香港整體社會的文化氣氛低沉且帶點迷惘，既有憂時傷國的情緒，也有身份認同和尋求出路的矛盾。這一年，在回歸中國的日程上，被稱為「後過渡期」的開始，[1]包括一連串徵象：前途信心危機、對回歸的恐懼、移民潮、居英權爭議、股市樓市下滑、經濟不景等。針對種種危機，香港政府於後過渡期推出包括興建新機場和西九

1　參考鄭宇碩、盧兆興編，《九七過渡：香港的挑戰》（香港：香港中文大學出版社，一九九七）。

龍填海等基建工程的「玫瑰園計劃」、針對移民潮的「居英權計劃」；[2]民間則有「港人救港」的呼聲等等。這一年，多份文化刊物，包括《博益月刊》、《星期日雜誌》等相繼停刊，至一九九〇年停刊的尚有《八方文藝叢刊》、《次文化》、《九分壹》等。但同時也有《詩雙月刊》、《民主大學通訊》和《越界》等刊物的創辦。《詩雙月刊》一九八九年的〈創刊辭〉從其源於一九七二年《詩風》的刊物歷史談起，再引入一連串帶有憂患意識的時局思考：「自八四至八九，匆匆五年，我們經歷多變的世事……」結語是「在這個風起雲湧的時刻，《詩》雙月刊的誕生，正揭示了我們願意承擔每人所應負的時代責任」。[3]後過渡期香港文化刊物的生滅，有其刊物生產模式和經濟市場等因素，但其主要的刊物理念，也是當時憂時傷國和尋求出路的反映，在大歷史敘述以外，在殖民統治結束前的最後歲月，作為民間載體自行解殖的階段性見證。

《詩雙月刊》創刊的同時，已持續出版了兩年的《博益月刊》宣告停刊。《博益月刊》是一份包括文學創作、書評及文化評論的綜合性文化刊物，八月份出版的第二十三期是最後一期，該期有王朔專輯：「從王朔小說看頹廢文化在中國」，刊登了陳思和及也斯所著的評論，也有王朔的自述〈我的小說〉及小說〈一半是海水‧一半是火燄〉。固定的「文化思考」欄目則刊登了評論《星期日雜誌》及《號外》的文章。《星期日雜誌》是《星島晚報》的增刊，內容包括文化藝術及時事專題評論，一九八八年五月創刊，至一九八九年六月十八日停刊。該刊編輯之一程美珍在八月出版的《博益月刊》第二十三期發表〈星期日雜誌的出生與死亡〉作回顧，談到停刊原因，她說：

> 這些問題我也問《星島晚報》的總編輯，他給我的答案是「經營成本過重」。如果是這個理

由，不是一直存在的嗎？為什麼揀在這個時候？……民主運動的出現，令到香港的經濟一時陷入低潮，地產市道疲弱，緊縮開支亦是迫不得已。[4]

很不巧或諷刺地，刊登這篇談及《星期日雜誌》停刊原因的《博益月刊》，也於當期宣告停刊，同樣頗為突然，七月號沒有停刊預告，至八月號才由編者在〈編思——別〉一文中宣告該期為最後一期。《星期日雜誌》和《博益月刊》都曾在一九八九年間刊登六四專題報導及回顧專輯，但它們的突然停刊並非由於政治壓力，香港當時的經濟重心，包括金融服務業、製造業出口等等的主要市場都在歐美，而文化事業如電影、出版（包括本地約二十份報紙）則主要由內需支持；《星期日雜誌》和《博益月刊》的停刊，真的頗像程美珍所引述的，出於後過渡期開始後的香港經濟不景和人心虛怯，包括由信心及前途危機引發的金融、地產市場下跌、移民潮、居英權和英國護照風波等。

一九八四年是中英兩國發表「中英聯合聲明」之年，標誌著香港進入「過渡期」，一九八九年則普遍視為「後過渡期」的開始。《星期日雜誌》和《博益月刊》的停刊剛巧是「後過渡期」開始

2 「玫瑰園計劃」於一九八九年十月由港督衛奕信（David Clive Wilson, Baron Wilson of Tillyorn）公佈，「居英權計劃」則於一九九〇年推出。

3 〈創刊辭〉，《詩雙月刊》一卷一期（一九八九年八月一日），頁二—三。

4 程美珍，〈星期日雜誌的出生與死亡〉，《博益月刊》二三期（一九八九年八月），頁四〇—四一。

後的首宗文化事件，也由此略見民辦刊物的限制。這兩份刊物的停刊作為民間載體對後過渡期起始的回應，但只是其中一種方式。同年《詩雙月刊》和《民主大學通訊》以及一九九〇年《越界》等刊物的創辦，則作為另一種回應。二者一生一滅，不同的回應方式實源於香港民間載體的不同運作模式及傳統。

二、香港文化的「民間載體」

《博益月刊》創刊於一九八七年，〈發刊辭〉指其「志在文藝」，也「志在文化」，[5]主編包括黃子程及李國威，由博益出版集團有限公司出版。該出版社在八、九〇年代屬大型的商業出版機構，出版多種消閒類型圖書，包括流行一時的「袋裝書」即小開本叢書，當中也有強調城市文化品味的「城市筆記」系列，作者有黃碧雲、陳冠中、丘世文、也斯、李志超等等。

《博益月刊》屬於由商業機構支持下出版的文化刊物，類似例子還有六〇年代至今的《明報月刊》、七〇年代至今的《號外》；已停刊的七〇年代的《文林》和《象牙塔外》、七〇至九〇年代的《電影雙週刊》等。另有報紙的文藝副刊，如三〇至五〇年代的《星島日報·星座》（先後由戴望舒、葉靈鳳等主編）、三、四〇年代的《大公報·文藝》（先後由蕭乾、楊剛等主編）、四、五〇年代的《華僑日報·文藝》（侶倫主編）、六〇年代的《香港時報·淺水灣》（劉以鬯主編）以及五〇年代以後的《大公報·大公園》、《文匯報·文藝》、《新晚報·星海》、《香港時報》的「文與藝」、「文學天地」、「詩潮」、「詩頁」、《星島日報》的「學生園地」、「大學文藝」、「星辰」、「詩之頁」、「文藝氣象」；《星島晚報》的「星橋」、「大會堂」等等。

報紙文藝副刊實為香港文學的重要傳統及載體，發源於晚清的改革派，二〇年代中引進新文學成份，三、四〇年代由於抗戰而蓬勃一時，體制上分別承襲廣州及上海的文藝副刊形式，並一直延及戰後，在不同時代培育、影響一批又一批作者。香港報紙文藝副刊的主編不少都由作家出任，著者如曾主編《星島日報・星座》的戴望舒、葉靈鳳，主編《大公報・文藝》的楊剛，主編《立報・言林》的茅盾，主編《香港時報・淺水灣》、《快報・快趣》和《星島晚報・大會堂》的劉以鬯，主編《華僑日報・文藝》的侶倫，主編《文匯報・文藝》、《大公報・大公園》的羅孚，主編《新晚報・星海》的馮偉才，主編《星島日報・星辰》的何錦玲，主編《香港時報・詩潮》的崑南，主編《星島日報・文藝氣象》的關夢南等等。這種傳統下的文藝副刊，至九〇年代初仍出版的有《星島日報・文藝氣象》、《星島晚報・大會堂》等。

香港文化期刊，實質上是民間文化載體之一，它還包括建制以外的民辦教育（例如新亞書院強調中國文化傳承，教會學校如基督教會、天主教會所辦中學倡導自由開明思潮）、民辦刊物（不同政治立場、青年文化、純文學承接新文學傳統）和民間文藝社團（如六〇年代的香港現代文學美術協會、八〇年代的香港青年作者協會等等）。五〇年代以來，民間載體作不同的文化建設，也同時在體制以外進行抗衡殖民地教育的無根，倡導自由開明以至獨立思考、引進西方現代文化思潮等。相對之下，香港的教育建制崇尚工具性和實用教育，培育大批高效率的公務員和金融、工商業界人

5〈發刊辭〉，《博益月刊》創刊號（一九八七年九月），頁一。

才，卻在塑造文化上顯得蒼白無力，以至近於空白。在漫長的殖民時期裡，文化藝術包括文學的開拓，向來都非順從教育建制者可以勝任。過去香港莫名其妙地長久被冠以「文化沙漠」的惡名，實與民間文化載體無關，而為體制文化建設空洞之表現。弔詭或令人啼笑皆非的是，當民間文化載體不斷透過論述及具體文化產物如出版和創作以駁斥「文化沙漠」一說的落伍和空疏，體制本身卻不斷以「文化沙漠」自居或指稱香港。從官員的文化素養、短視的政策及歷年影視處、淫審處以藝術雕塑作品為「不雅」的錯判，只一再引證真正堪稱「文化沙漠」之名的，只是香港政府而不是香港。[6]

一九八九年停刊的《博益月刊》、《星期日雜誌》，與同年創辦的《詩雙月刊》、《民主大學通訊》，在香港文化刊物的類別和出版模式中，屬於兩種不同的傳統。《博益月刊》和《星期日雜誌》寄生於大型商業性機構，是寄生性的文化刊物，同類刊物包括報紙文藝副刊、雜誌性附刊、流行雜誌、時論刊物或青年刊物中的文藝篇幅等；《詩雙月刊》、《民主大學通訊》則由文人和學者自資自主出版，是自主性的文化刊物，同類刊物包括大量青年自辦刊物、文藝雜誌等，如五〇年代由馬朗創辦的《文藝新潮》，六〇年代由崑南和葉維廉等創辦的《新思潮》，七〇年代由詩風社黃國彬等創辦的《詩風》，由也斯及其友人創辦的《四季》等等。

另有一種由教會或非營利或受資助文化機構所辦，是半自主文化刊物，也以固定篇幅刊登文藝內容，如五〇至七〇年代的《中國學生周報》和《大學生活》、七〇至九〇年代的《突破》、七〇年代的《時代青年》、八〇年代的《文藝雜誌季刊》等。由於資金來源和生產模式的分別，寄生性刊物的存亡受制於出版機構的營運方針，經濟轉變因素對這類刊物影響最大。自主刊物由同人自資，出版模式較自由，背後由強烈的文化理念支撐。

以上分類只是總體概括，其實寄生性文化刊物亦相當編輯自主，主事者進入商業出版機構前，不少都曾參與自主文化刊物，他們往往在寄生性文化刊物中，貫徹他們的文化理念。寄生性文化刊物由於附屬於大型商業刊物，亦不以盈利為最大考慮，在總體經濟條件下，編輯的自主性及其理念，還是得到一定發揮。

《突破》92期（1982年6月）。

長年以來，香港的文化評論、文學創作，就在商業的夾縫、教會或非營利或受資助文化機構及同人自資下，在政治體制以外自發生成，形成香港文化的「民間載體」。香港政府對此民間載體基本上不予過問，造就文化自由發展局面；然而政府本身亦長期缺乏明確而具發展性的文化政策，香港文化無論在教育建制或官方舉措中均十分薄弱，更談不上本身的文化理念。殖民地時期香港文化在官方層次上的薄弱和「沙漠性」，與「民間載體」的蓬勃多元形成強烈對照。

直至一九八九年，政府突然改變過去不聞不問的「文化政策」，聘請英國專家布凌信（Peter

6 具體事例，包括官員之言論、影視處及淫審處以藝術為「不雅」的錯判，在八、九〇年代屢見不鮮，參見陳雲，《香港有文化：香港的文化政策（上卷）》（香港：花千樹出版公司，二〇〇八），頁六四—七〇。

Brinson）來港研究文化發展策略，[7]一九九二年最後一任港督彭定康上任後，進行民主政改之餘，亦開始著手前此未甚著力的文化政策，一九九三年由文康廣播科發表《藝術政策檢討報告諮詢文件》，在「九〇年代的藝術政策」一章提出將「演藝發展局」重組成「藝術局」。[8]一九九四年，「香港藝術發展局」開始運作，一九九五年成為法定機構，作為撥款資助藝術事業的機構，在殖民統治結束前數年，首次將文學出版列入資助範疇，包括出版文學書刊、文學創作及研究，改變長年以來香港文化民間載體自生自滅的局面。

一九八九至九七年間，港府的「玫瑰園」藍圖和基建、加快民主步伐、推行文化政策，都是後過渡期的香港政治特色。把這些舉措整體視之，實為港府「自我解殖」的意圖，[9]但港府強行以英式三年制大學模式增加大學學額的做法，又弔詭地延續殖民統治的作風。[10]九〇年代港府所推行的民主化及所引發的中英政治爭議，成了後過渡期的政治焦點，也許這焦點亦成了一種煙幕，遮蔽了港府另一方向的非殖民地化意圖——透過遲來及略顯粗糙的文化政策及資助，低調地進行自我文化解殖，卻在政策及文化視野上凸顯出官方與民間在藝術文化發展視野、眼界上的差距。

三、民間載體的視野：從《詩雙月刊》到《越界》

《博益月刊》及《星期日雜誌》停刊的同年，《詩雙月刊》、《民主大學通訊》創辦。《詩雙月刊》承接七〇年代的《詩風》，而《詩風》本是六〇年代「文社潮」當中青年自辦刊物一員，[11]自一九七二年創辦，以同人自資出版了十二年，至一九八四年六月出版至第一一六期宣告停刊。《詩雙月刊》承此民辦刊物傳統，刊發本地創作亦與中國內地詩壇聯繫，重要的專號有一九八九年第二期的「九葉詩人專輯」、一九九〇年的「卞之琳特輯」、一九九一年的「馮至專號」等，承接五〇年代以來民辦刊物引介中國現代文學的責任，在香港承傳三、四〇年代中國詩歌傳統，亦填補教育建制的空洞和空白。

這時期另一份重要刊物，是一九九一年復刊的《素葉文學》，該刊源於一九七九年由西西、鍾玲玲、許迪鏘等多人創辦的素葉出版社，一九八〇年創辦《素葉文學》，八〇年代中休刊，至一九九一年復刊，一直自資出版至二〇〇〇年第六十八期。《詩雙月刊》和《素葉文學》是九〇年代初最重要的兩份文學刊物，都屬於前文提及的民間自辦刊物。報紙方面，這時期也有《星島晚報・大會堂》、《星島日報・文藝氣象》及《華僑日報・文廊》等提供固定的文學篇幅。

7　布凌信於一九九〇年向港府提交顧問報告，建議成立全新的「藝術局」（Art Council）。參考陳雲，《香港有文化：香港的文化政策（上卷）》，頁九九—一〇〇。

8　文康廣播科，《藝術政策檢討報告諮詢文件》（香港：布政司署文康廣播科，一九九三），頁二一。

9　類似的做法，對上一次已是戰後初期的「楊慕琦計劃」，提出容許更多華人參政，以使香港達致非殖民地化，但最終由於英國殖民政策改變及中國局勢變化而擱置了計劃。

10　一九八九年強迫一向推行四年制大學教育的香港中文大學改為三年制，中大師生曾發起大規模的「四不改三運動」而不果。

11　有關六〇年代「文社潮」的研究可參考吳萱人編，《香港六七〇年代文社運動整理及研究》、吳萱人編，《香港文社史集：初編一九六一—一九八〇》（香港：採集組合，二〇〇一）。

不同的文學刊物帶一點同人刊物性質，由不同的文化社群組成，但他們都可說是來自同一源流，就是五〇年代以來由南來文人創辦的《中國學生周報》、《人人文學》、《文藝新潮》等一路承傳下來的民間自辦刊物傳統，它們都與官方教育體制全無關係，更在文化視野和理念上與官方教育體制顯示相當大的落差，香港文化實際上主要依賴民間載體自發承傳和創造。

九〇年代也是小型獨立刊物的蓬勃期，所謂小型獨立刊物，是指三兩同人獨立編輯、自資並小規模印行的刊物，有的不定期，並以非賣品形式在書店擺放，包括文化評論刊物《女風・流》（金佩瑋主編，一九九四年創刊）、文學雜誌《病房》（智瘋、孤草等多人合編）、《我們詩刊》（我們詩社出版，初期自資印行）、藝術雜誌《工作室》（黎健強等合編）、音樂及文化評論刊物《黑鳥通訊》（郭達年主編），及前述的時論刊物《民主大學通訊》等。

定期出版並具一定規模的綜合性文化刊物，在九〇年代初最重要的應是《越界》。該刊由城市當代舞蹈團藝術總監曹誠淵自資創辦，張輝主編，內容以藝術評論及報導為主，亦以固定篇幅刊登文學創作，總體取向強調跨界別藝術、前衛和自主，重視少數藝術口味及獨立評論角度。該刊於一九九〇年創辦初期為月刊，以接近正方型大開本彩色印刷，出版十九期後，一九九二年起轉為週刊，半份報紙開本，在書店及表演場地以非賣品形式免費派發，後期曾改為雙週刊，維持至第六十一期，一九九三年十二月停刊。除了主編張輝，其他參與編務的工作人員包括朱瓊愛、俞若玫、小西和Del等等。藝評作者包括劇場、戲曲、音樂、電影、視藝等各領域的評論人：黎鍵、周凡夫、朗天、邁克、莫昭如、張秉權（武耕）、榮念曾、袁智聰、陳炳釗、林奕華、陳耀成、史文鴻、小明雄、洛楓、麥海珊、張偉雄、梁文道、小西等；文學創作方面刊登過黃碧雲、董啟章、也斯、達端的小說，飲江、李金鳳、小西、智瘋、陳滅（游目）的詩。《越界》讓不同媒介的創作人交流對話，更有高水準的評論，當中不乏前瞻和批判性作品，無疑是九〇年代跨越多界的重要刊物。

經過三年非營利形式運作，《越界》於一九九三年中向當時的「演藝發展局」申請資助，作為一九九四年的部份出版經費，但被該局以「政策不支持有獨立編輯言論之刊物」為由拒絕《越界》的申請。[12] 一九九三年實為香港文化界的多事之秋，亦為香港政府在後過渡期推出新訂的文化政策之關鍵一年，一九九三年三月發表的《藝術政策檢討報告諮詢文件》，引起香港文化界強烈反應、討論和批評，《越界》亦就此發表了一些批評和建議；「演藝發展局」以「政策不支持有獨立編輯言論之刊物」為由拒絕資助《越界》，令該刊編輯懷疑拒絕資助是與刊物批評政府有關。[13]

《越界》編輯在一九九三年十月出版的第五十八期發表〈公開聲明——香港政府拒絕支持藝術及獨立言論？〉，以歐美受政府資助同時具獨立編輯的藝術刊物如 *American Theatre*、*Performing Arts Journal*、*Hybrid*、*Articles* 等刊物為例子，質疑演藝發展局拒絕資助的理據，特別在刊物獨立編輯立場和運作模式上提出駁斥；最後，《越界》在一九九三年十二月出版第六十一期後宣告停刊。

一九九三年的《藝術政策檢討報告諮詢文件》及相關爭議和《越界》的停刊，相信是香港文化史上有待進一步研究的「公案」；而從民間載體在後過渡期的文化解殖角度觀之，民間載體透過長

12 無署名，〈公開聲明——香港政府拒絕支持藝術及獨立言論？〉，《越界》五八期（一九九三年十月二十三日—十一月五日），頁六。

13 同前注。

期以來的獨立運作及經驗累積，其對文化刊物的編輯理念和技術認知，以至城市藝術文化藍圖，都超出了官方的相關程度；一九九三年的《藝術政策檢討報告》及《越界》事件，尤其凸顯官方與民間在藝術文化發展視野、眼界上的差距。

四、寬容的「本土」：從《香港文學（雙月刊）》到《香港文學（月刊）》

一九九三至九七年間港府的民主政改和文化政策，作為某程度上殖民體制的非殖民地化，真正的意圖和得失還有待資料公開及更多研究。羅永生在《殖民無間道》一書提出香港華人在殖民統治上的「勾結式」參與，即香港的殖民史並非簡單地作為帝國主義的侵略，而是有華人角色、利益等因素參與其中。[14]同樣，在香港文化建設的層面上，香港不同年代的文藝青年，也許亦以其自發的文化尋索，積累了中英雙方都沒有預見的本土意識，早於殖民時代已透過民族文化承傳及本土文化自創，以近乎「反滲透」的方式作文化解殖。香港的本土意識正於承接與流失之間，參與了殖民主義的消長。

回顧七、八〇年代，香港學界經過「保衛釣魚台運動」、「爭取中文成為法定語文運動」、「金禧事件」、「艇戶事件」等社會運動以及由早期的「關社認祖」至文革後的「重新認識中國」等民族主義的投入和反思，對身份認同和本土意識已有了相當思考。民間文化載體，包括文學、話劇、視藝以至普及文化媒介電視、電影、電臺等等，共同以「本土意識」帶動港人身份認同，戰後成長一代的自發推動文化參與，改變了五〇年代一輩南來人士的政治認同分裂；隨後九七問題浮現、中英聯合聲明及過渡期的種種危機加深了八〇年代的本土意識反思。

七〇年代末至九〇年代末，香港出現多份冠以「香港」之名的純文學或文化雜誌，為七〇年代以前未有之現象，包括《香港文學（雙月刊）》（一九七九年創刊）、《香港文藝》（一九八四年創刊）、《香港文學（月刊）》（一九八五年創刊）、《香港筆薈》（一九九三年創刊）、《香港文化研究》（一九九四年創刊）、《香港書評》（一九九八年創刊）等等，就不是單純或偶然的事；民間文化載體的「香港性」其實並不標榜狹義的本土，反而強調以「中國性」為香港文化的根源或重要聯繫，這點從《香港文學（雙月刊）》和《香港文學（月刊）》的創刊辭都可見出，而在強調根源以外，兩份刊物對香港文學的本土性都各自作出了寬容的闡釋。

《香港文藝》5期（1985年7月）。

一九七九年五月創刊的《香港文學（雙月刊）》，由蔡振興（松木）、鄭佩芸、姜耀明、黃玉堂等創辦，是一本三十二開本刊物，維持至一九八〇年，共出版四期，[15]每期以香港作家為專題，創

14 參考羅永生，《殖民無間道》，頁五—七。

15 一九七九年創刊的《香港文學（雙月刊）》，與一九八五年創刊並一直出版至今的《香港文學（月刊）》，雖然刊名一刊號是「劉以鬯專輯」，第二期是「香港青年作者選介」，第三期是「舒巷城專輯」，第四期是「司馬長風專輯」。《香港文學（雙月刊）》是香港第一份以「香港文學」命名的雜誌，該刊創刊之時，也意識到這命名的意義，其〈創刊辭〉說：

「香港文學」可以有以下兩種解釋：一、香港位於中國南端，太平洋之濱，在這片土地出現的文學作品，稱為「香港文學」。這些作品可以和「紐約文學」、「中國文學」、「臺灣文學」……一樣或有異；二、香港是中國領土卻由英人統治，居民多是華裔卻甘入外籍，工商行業與聲色犬馬同樣繁榮，社會問題和娛樂享受同樣琳瑯，對中國，雖然憂患相關，卻又似隔岸觀火，對政治，雖可言無禁忌，卻又無權干予（預）；學術上，似乎百花齊放，又似沙漠荒原，文化上，似乎中西交流，結果又似非驢非馬……這樣一處地方，這樣地方的文學，必有異於「紐約文學」、「中國文學」、「臺灣文學」……。

我們創辦的「香港文學」包括了以上兩種解釋，不過我們深信，「香港文學」雖是「中國文學」的一部份，但由於香港的特殊環境，自然出現特殊的題材，和現實內容，作家若在文學技巧加以發展，深挖這一代的心態和探索，無論在藝術上，或者在民族利益上，都會有更大的貢獻。這樣的文學作品，也是我們喜見樂聞的。[16]

《香港文學（雙月刊）》同人提出「香港文學」兩種解釋，關鍵是當中強調的香港文化身份的混雜性，該刊同人標舉香港的特殊性，作為刊名，但並非旨在要歌頌香港，卻提出對香港的不同現象，分別從正反兩面觀察，透過〈創刊辭〉一連串的「雖可……卻又」、「似乎……又似」、「似乎……結果」的詞組，凸顯香港文學面對複雜的社會現象，而其文化身份尤其夾處中英之間，也凸顯香港文學本土性之複雜難言，提出在那矛盾處處的政治現實中，根本不存在一個純粹的本土，一方面提出香港文學的本土性之複雜，而從另一角度來看，該〈創刊辭〉其實也提出、解釋了一種寬容的「本土性」，由此可以再引申論述，《香港文學（雙月刊）》正視「香港文學」的複雜性，抗拒簡化、二分的概念，實際上表達了一種高度自覺的本土意識，並為該本土觀念定下了一種寬容的解釋；在這意義上《香港文學（雙月刊）》同人雖未標榜自身位置，但該種寬容的「本土性」意義，可說是劃時代的。

《香港文學（雙月刊）》1期（1979年5月）。

再看一九八五年一月創刊的《香港文學（月刊）》，總編輯劉以鬯一開始就把它定位為香港文學與華文文學並重的刊物，他在創刊號〈發刊詞〉說：「香港文學與各地華文文學屬於同一根源，

樣，但兩本是屬於完全不同、亦無連帶關係的刊物。另有關蔡振興（松木），可參本書第七章〈「巷」與「城」的糾葛——論舒巷城及有關「香港的鄉土作家」之議〉一文。

16〈創刊辭〉，《香港文學（雙月刊）》創刊號（一九七九年五月），頁二。

都是中國文學組成部分，存在著不能擺脫也不會中斷的血緣關係。對於這種情形，最好將每一地區的華文文學喻作一個單環，環環相扣，就是一條拆不開的『文學鏈』」，[17]因此除了本地作家創作，該刊也刊載新加坡、印尼和馬來西亞等海外華文作家的作品。

相對來說，與《香港文學（雙月刊）》比較，《香港文學》月刊並無特別標舉香港的特殊性和混雜性，但強調香港文學「是中國文學組成部分」，即強調香港文學的根源性的同時，也提出以香港文學作為華文文學一部份而組成「一條拆不開的『文學鏈』」，可說是編者的先見，亦可說從另一角度對香港文學的「本土性」意義作出寬容的闡釋。

結語：民間載體的路

一九七九年的《香港文學（雙月刊）》與一九八五年的《香港文學（月刊）》各自提出寬容的「本土」或「香港性」，包含了香港自身的複雜現象、中國與香港的淵源關係以至與不同地區文學和華文文學的關係，認清了香港身份和本土性的限制和可能，這種寬容的「本土」或「香港性」的建立可說完全在官方意料之外，它完全在體制以外，由民間文化載體積累而成。

香港建制內部少數的文化政策，長期停留在「文娛康樂」層面，提供大會堂等表演場地，支持香港話劇團、香港芭蕾舞團、香港管弦樂團等，演出主要非本土或非中國化的表演節目。文學層面上，香港政府透過教育司署及市政局推行校際朗誦節、中文文學創作獎等只設獎狀獎金而沒有理念和意識傾向的比賽，它們的影響力遠不如七、八〇年代沒有獎金但理念清晰（例如提出「提倡寫實」、「文學從生活出發」等）且具「運動」傾向的青年文學獎影響深遠。[18]殖民地體制既無意亦無力推行文化及意識形態建設，另一角度當然也予以民間大量自由空間，既有順應讀者口味、順應消費市場的流行通俗文學，亦有志在改變或挑戰市場慣性的文學及文化雜誌、青年文學獎、文學講座、讀書會等文學推廣活動及承接現代文學傳統的寫實主義或現代派文學創作。

九〇年代，香港在一九九七年將「回歸中國」或當時有稱「被中國收回」作為一條很明顯的時間線，「限期」的意象和說法廣泛見於多種文學及電影作品，[19]在歷史被抹煞的危機下，講自己故事、重建文化身份論述的迫切性也見於多種文學評論。[20]香港文化的「消失」危機和恐懼其實不源於香港的主權移交，而是由於殖民主義教育的遺害，長期以來在幾代香港學子種下歷史文化的空白，包括對中國近現代歷史知識的偏頗貧乏、對香港本土文化的零認知，以至對整體人文學科的忽視。

殖民主義教育旨在訓練高效率的勞工、重實利而輕文化的管理階層與技術官僚，由此更顯民間

17 劉以鬯，〈發刊詞〉，《香港文學》一期（一九八五年一月），頁一。

18 參考陳智德，〈「運動」的藍圖〉，頁一九—二四。

19 電影作品例如王家衛的《重慶森林》、《阿飛正傳》、文學作品有李碧華的《胭脂扣》、劉以鬯的〈一九九七〉、董啟章的〈永盛街興衰史〉、郭麗容的〈城市慢慢的遠去〉等等。

20 包括也斯的〈香港的故事：為什麼這麼難說？〉（收入也斯，《香港文化》，頁四—一二）、王宏志、李小良、陳清僑合著的《否想香港：歷史・文化・未來》（臺北：麥田出版，一九九七）、洛楓的《世紀末城市：香港的流行文化》（香港：牛津大學出版社，一九九五）等。

文化載體的重要性。自五、六〇年代以來，不同的民間載體，包括南來文人的民間自主辦學、青年自發組織文社、自辦文化刊物、學者及商人不顧生計開設小出版社及書店，翻印五四文學圖書、編輯出版本地作者創作、具識見的編輯在商業夾縫壓力之間仍勉力在大眾報刊附設「沒市場」的文學文化篇幅；凡此種種，旨在建制以外，以民間力量抗衡殖民主義，承接中國近現代文明、引介西方現代文化思潮、播植香港的本土文化。

多年以來，無數人物為此文化理想勞心勞力，以至漠視個人經濟、家庭和生計條件，付上一生青春、殫精竭慮，造就殖民地教育預期以外的文化成果，多年來的本地文化出版及刊物俱為物證；可惜民間力量始終分散，文化出版銷售量屈指可數，數百甚至數十之數與可能閱讀人口根本不成比例。刊物出版旋起旋滅，經驗無法累積，談不上一代人，只消數年時光，一整個文化社群及其成果便給忘記，各種努力等同沒有發生。到最後，由於種種申請資金及配合行政手段的需要，籌劃文化者如非從零開始，便只能從中國內地、臺灣或海外移入現成的文化人才，再培育從零開始的文化。

回顧後過渡期至今的香港文化，滿是昂揚的繼承、解殖及自主，無異一段生命的奮進之路；但又同時滿載自貶、自戕與遺忘。回歸二十年以來，香港文化的自我形象低下，已到了強迫性的失控病態程度。民間文化載體轉戰至今，能否重拾繼承、解殖和自主的路，還是只能順應去本土化的大潮？

第二十章

自我迷城

——洛楓筆下的八〇年代和九七都市

一、八〇年代的氣氛

不同論者對二十世紀香港的不同年代各有說法，比較常見是從政治、經濟上著眼，說七〇年代是香港經濟起飛年代，八〇年代是經濟繁榮年代；若從文化上觀之，八〇年代或可說是一個集體追求文化的時代。八〇年代在中國內地出現「文化熱」，眾多知識份子在短時間內翻譯了大量西方學術論著，如「走向未來叢書」、「文化：中國與世界」系列叢書、「二十世紀文庫」等，文藝界出現了一批「先鋒派」小說，臺灣方面，有《文星》的復刊、《當代》、《影響》和《聯合文學》等雜誌的創辦；香港方面，文學雜誌如《新穗》、《香港文藝》，《九分壹》、《文藝雜誌季刊》、《香港文學》、《破土》、《博益月刊》等都在八〇年代創辦，而在文學以外，藝評雜誌有《外邊》，電影雜誌有《電影雙周刊》，綜合性文化雜誌有從七〇年代延續至八〇年代的《號外》、《年青人週報》、《突破》等等，八〇年代創辦的有《文化焦點》、《助聽器》等，這些刊物大部份都具有較開放、鮮活的編輯眼光，鼓勵創發性的評論和創作、引進外國最新思潮。

提起八〇年代還讓人想起當時的電影和流行音樂所具有的文化氣息，如七〇年代的新浪潮導演徐克、譚家明、方育平、許鞍華等經過一段電視時期的探索，在八〇年代拍攝出更完熟的《第一類型危險》、《烈火青春》、《半邊人》、《投奔怒海》諸作。八〇年代的普及文化特別見諸漫畫和流行音樂的蓬勃和多元，更難得的是它的內省性，如《漫畫周刊》對《機動戰士》的「新類型人」及漫畫女角迷戀症等問題深入而具前瞻性的分析、《號外》、《年青人週報》、《突破》作者的普及文化評論等。

洛楓持續創作新詩，時間由八〇年代跨越至二〇〇〇年代，詩集有《距離》（一九八八）、《錯失》（一九九七）和《飛天棺材》（二〇〇六），她後來的詩，如收入在《飛天棺材》的詩當然在語言風格和思維上與早期相去甚遠，在〈詩錄旺角〉、〈詩錄尖沙咀〉、〈詩錄臺北〉等詩中，洛楓所關注的是一座座世紀末城市，但洛楓詩的本源仍在八〇年代，這不是說她的詩限於八〇年代，而是讀洛楓詩作，最先感受也最易回憶、聯想的，是一種八〇年代氣氛。本文所說的「八〇年代氣氛」包括對文化和思想性的追求、對開放和多元路向的堅持、對新穎和前衛思潮的容納、透過自省帶動醒覺，這可說是八〇年代的一輩共同催生的風氣，同樣見諸八〇年代的新詩。

在一九八五年的第十二屆青年文學獎詩組得獎者座談會上，筆者是新詩初級組得獎者，洛楓是高級組得獎者，另一名高級組得獎者還有鍾國強，他們二人以及評判羈魂、吳萱人、胡燕青，都是活躍的作家，經常在八〇年代的《新穗》、《香港文藝》、《大拇指》、《詩風》、《破土》等刊物讀到他們的作品。洛楓也曾參與《新穗》、《香港文藝》的編務，一九八六年再和飲江、吳美筠、林夕、李焯雄幾位創辦了《九分壹》詩刊。

除了以上刊物，八五至八九年間，有《秋螢》、《文藝雜誌季刊》、《香港文學》、《星島日報・詩之頁》、《破土》、《博益月刊》等，在這些刊物上發表詩的作者還有胡燕青、鍾國強、王良和、羅貴祥、陳錦昌、迅清、陳德錦、蕪露、陳昌敏、鍾偉民、周禮賢、李華川、唐大江等等，七〇年代已活躍的作者如梁秉鈞、黃國彬、鄧阿藍、秀實、乞靈等亦常有作品發表，這批文學刊物和詩人在不同風格和取向的詩和詩論背後，實共同構建了一種八〇年代的氣氛。

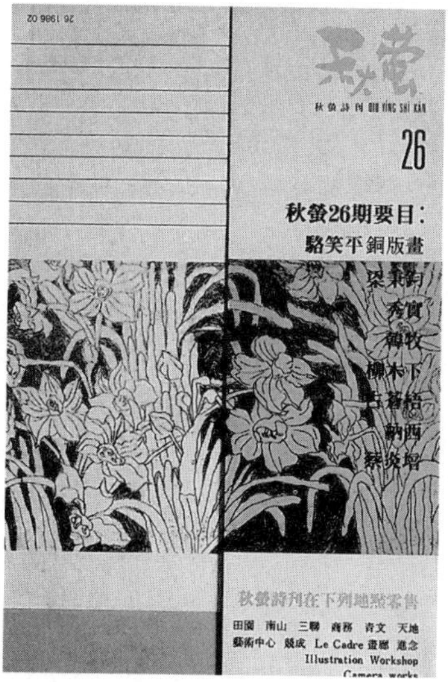

《秋螢》26期（1986年2月）。

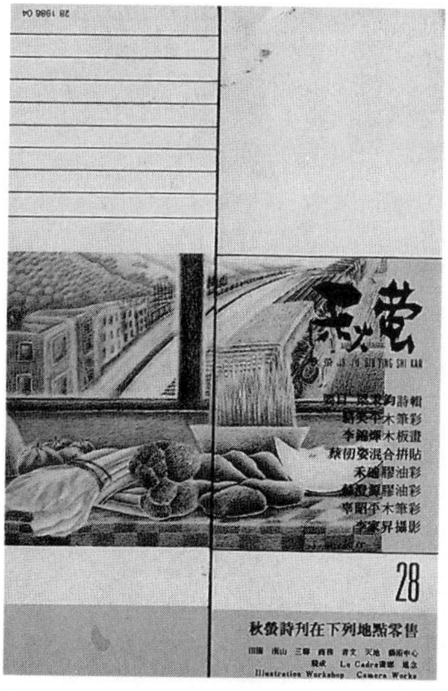

《秋螢》28期（1986年4月）。

二、〈愛情連環圖〉的文化省察

在洛楓一九八八年出版的詩集《距離》中，「愛情」是一個重要題材，這方面亦有不同論者評說過，本文首先想論述的，也是洛楓一首愛情詩〈愛情連環圖〉，[1]不過分析的重點放在愛情背後的文化訊息，由此而再補充一些我對所謂「八〇年代氣氛」的說法。

〈愛情連環圖〉第一節即以現實生活中的戀愛比作連環圖的故事，指出戀愛不單純是二人的事情，而是會受到外界的干擾：「寄生人們伶俐的眼睛和舌頭」，使戀愛中的男女好像成了被觀看的對象。第二節和第四節再以連環圖的製作過程，指出戀愛的偶然性：「和你攜手主演／空間常常無端被剪接／支離破碎的畫面與佈局」，這兩節詩寫戀愛中的男女交往，卻沒有一般愛情文藝作品中的浪漫或感傷，反而以相當冷靜、旁觀的語調，強調戀愛局面中的破碎和不自主：「我們不能控制銷售的數量／正如無法禁止別人的嘴巴消費」，這裡所說的「銷售」和「消費」也和第三節中引入的讀者反應呼應：「必須符合讀者的性格和理解／愛情預設一元二次的方程式」，詩中戀愛男女的不自主，來自外在環境是一個以市場為主導的世界，在「市場」的暴力下，讓最私密的愛情也無法倖免。

〈愛情連環圖〉一詩不是寫作者本人的愛情故事，而是借用連環圖的內容、出版以至讀者購買閱讀的過程，來表達對愛情的看法，以至對市場和愛情商品的批評：

連環圖的策劃者是一群敏銳的觀察家
豐富的意念順應市場的需要
替我們包裝金碧輝煌的悲歡離合
塗塗畫畫又騙去一頁空白
連環圖的王國分工精密
零售的商人和讀者各自負擔不同的任務
巧製美妙的視覺美感
官能快感與生活利潤

站在本詩的角度，「緣份由上天注定」之類的說法，已經過時，〈愛情連環圖〉一詩的觀點是，愛情也離不開市場、讀者和利潤的因素。然而本詩不是要否定愛情，它針對的不是愛情本身，而是「市場」裡對愛情的固定、主流的說法。洛楓把連環圖（漫畫）的元素引入對愛情的思考，固然是一種新穎的寫法，更重要的，是詩中的新穎寫法最終是要引向一種批評。

綜觀全詩的語調，〈愛情連環圖〉一詩實以冷靜的嘲諷態度，批評通俗的愛情商品，包括愛情小說、劇集、電影、漫畫等千篇一律的、表面浪漫而背後卻十分商業化的思維，使大眾不自覺地順

1　洛楓〈愛情連環圖〉一詩原刊《星島晚報‧大會堂》，一九八八年六月六日；後收入洛楓，《錯失》（香港：呼吸詩社，一九九七），頁九一—九三。

從了千篇一律的想法，正如全詩的結尾所指：

某天
我們也許會在報攤相遇
但不會相認
因為你我已被裱成符號
約定俗成
——開始既不輕易
結束更加困難

在「市場」的暴力下，個體一個一個被「裱成符號」，在市場上相遇而無法相認，失去最寶貴的自主和獨立性；因此本詩不是表達對愛情的批評，而是表達對普及文化的批評，指出其壓抑個性的市場模式對少數和私人空間的侵擾性。

〈愛情連環圖〉運用種種普及文化的符號，正視文化潮流卻沒有附和，藉著對愛情商品的批評，帶動文化上的醒覺，是這詩最珍貴處。這首詩讓我想起八〇年代具有省察力的一輩，趨新而不附和，出入於內在建構與外在觀察，有所追求卻不囿於高蹈語言，認清現實和個人的局限，有批判也有醒覺，八〇年代的香港文化彷彿也這樣發展起來。

三、城市與自我觀照

在愛情以外，洛楓詩另一重要題材相信就是城市。在〈自我紙盒藏屍的日子〉一詩，[2]主要觀照對象是自我，作者沒有美化或擴大自我，卻在藏匿和省察當中，重現更清晰的內在：

這是一段自我紙盒藏屍的日子
我用收縮的瞳孔
擴張四面紙壁的闊度
看見自己腐化的心逐漸變硬
而且晶瑩透亮

「紙盒藏屍」象徵一個內化然而受創傷、封閉、沉溺、隔絕的狀況，可以量度的「四面紙壁」再把這抽象的狀況空間化，凸顯內在的隔絕，然而這隔絕沒有引向更大的沉溺，詩中的敘述者最後「看見自己腐化的心」，一個無法真正「看見」的觀念上的自己，因著藏匿和省察所引發的醒覺而得以被看見。

2　該詩收入洛楓，《飛天棺材》（香港：青文書屋，二〇〇六），頁八四—八五。

第一節已是全詩關鍵的一節，正由於這隔絕，使作者得以更透徹地洞見外在世界的虛實。在詩的第二、三、四節中的城市景觀，並非一般的描寫，而是作者經過自我的傾頹和醒覺以後，重新認知的城市。在第三節中，敘述者先「從紙盒爬出」，回到燈影幢幢、人影聲浪重疊的外在世界，現實中更是一個一年將盡、接近連串節日的日子，敘述者對這連串節日感到惶惑，發出一連串提問：「怎麼辦呢這麼連綿無盡的節日氣氛？」、「怎麼辦呢這麼繁盛的喧囂？」、「怎麼辦呢這麼容易被擠跌的空間？」

讀第四節，很容易令人聯想起二〇〇三年四月間發生的一連串新聞大事，包括嚴重傳染病「沙士」（非典性肺炎）和藝人張國榮的墮樓自殺事件，洛楓以這節詩總結本詩中的城市遊歷，最後回到自我的省察和發現。綜觀全詩，自我的「紙盒藏屍」不單指向作者自己，實也包括了作者眼中的城市，即是說，第二、三、四節中的城市，猶如第一節中的自我，也是受創傷、封閉、沉溺、隔絕的主體，作者用一段城市遊歷，把同受創傷的自我和城市串聯，也用自我的「紙盒藏屍」觀照，把外在空間也自我化以至「自我紙盒藏屍」化。

四、「回歸」的時間：〈當城市蒼老的時候〉

在洛楓的城市詩中，自我和城市沒有截然二分，在真正以城市為主體的詩中，仍見作者的自我，如〈當城市蒼老的時候〉。[3]這首寫於一九九七年七月的詩，以抒情、低沉而略帶感傷的筆調，寫九七年六月三十日至七月一日凌晨之間、雨水不絕的回歸之夜。「一九九七」當然是一個極度複雜的符號，本詩一開始所選擇的是一個時間的角度。

在一九九七年之前的日子裡，一九九四年十二月十九日，北京豎立了「回歸倒數鐘」，主流傳媒也在新聞報導中反覆強調「倒數」的動作。九七「倒數」一開始已設立了一組以日期和時分計算的數字，再讓它逐日遞減，直至「零」，就是香港回歸之時，這從一堆大數字到零點的推進過程，實際上塑造出一種取消過去和目前的時間觀：過去的殖民時代由一堆臃腫的數字開始，目前的時間則逐步衰減，這從背後喻示結束香港殖民統治的時間觀，卻不自覺地與香港殖民主義者本身的時間觀一脈相承。呂大樂指出：「『時間』是香港的政治論述的重要元素，香港有其獨特的『政治時鐘』和『政治時間觀念』」，他引用澳洲籍記者理查德・休斯於一九六八年出版的《借來的地方、借來的時間：香港及其多個面孔》一書以「借來的地方，借來的時間」形容香港的說法，呂大樂闡釋「借來的時間」的意思是指「香港是一個只講目前的社會」，「在另一層意思上，『借來的時間』是指香港有一個獨特的『政治時間』系統，當時那種論述背後的政治時間觀念——借來的時間，根本就肯定了香港的政治發展沒有其自主性，同時也沒有長遠計劃的可能性」，[4]回歸倒數鐘把人們的目光引向那未來的「零點」，它真正倒數的不是真正的時間，而是一種心理或政治時間，有預設地指向另一種不受認同或不希望得到認同的時間的消解，於九七回歸而言就是指向殖民地的時間和歷史。回歸倒數鐘最後的零，指向殖民地時間的休止，同時再由另一種時間去取代，背後是一種棄舊

3　該詩原刊《素葉文學》六四期（一九九八年十一月），頁八〇—八一；後收入洛楓詩集，《飛天棺材》，頁六一—六四。

4　呂大樂，《唔該，埋單！》，頁一一五—一一六。

換新的、向前看的時間觀。九七年回歸期間，一些報紙和文學雜誌也刊登過不少「慶回歸」詩詞，[5]無論它是新詩或舊體詩詞，在慶祝回歸的主流語言以外，更內在的類同是那時間觀上的類同：一致地敘述一個時間觀類近的故事。

相對以上由「倒數」衍生的時間觀，洛楓〈當城市蒼老的時候〉一詩述說的是另一種時間。「九七回歸」的意義應是正面的，但民間的時間觀並不如官方意識的簡單；正如詩一開始所指向的「當這個城市開始蒼老／我們還可以年輕多久？」是一個從較年輕走向「開始蒼老」的時間，詩的第二、三節細寫敘述者與朋友走過回歸夜多處慶祝活動，在雨水和人潮之間推進，作者沒有否定這些慶祝活動，反而在酒香、舞動和擁抱之間，寫出當夜的美麗，然而在「我低頭避開簷蓬的雨水／卻看見一張裝飾的布幔」、「輕微的雨花瀟瀟灑灑／視線罩起了一層煙霞」這樣的詩句當中，把回歸夜的美麗歸結於抒情、低沉的筆調而更顯感傷，最後作者發出基於距離感的提問：

> 剎那間我竟無從確認
> 這城市與你
> 真實的輪廓
> 假如這城市已經衰老
> 我們還可以年輕多久？[6]

作者對「真實」的質疑引發出格格不入的距離感，貫串全詩，「城市已經衰老」指向時間的推移，也指向界線的模糊，使自我失去認同的主體。因著這質疑和失去認同的距離感，詩中的敘述者在個人和外在世界之間徘徊。前文說作者沒有否定這些回歸慶祝活動，事實上全詩大部份都以抒情為主，沒有著意於否定與否的立場，但在全詩結束前一節，作者還是表示了對回歸的態度：

我們仰視樓頂女神手持的天秤
侷促地呼吸下一個世紀的夜空
閃電藏於天的右邊
燈火與歌聲盛放於左邊[7]

對敘述者來說，回歸是閃電與燈火、歌聲的共存，而敘述者所處的位置正是「企立在曖昧的中央地帶」，同樣因著質疑和失去認同的距離感，讓作者認清回歸的種種，因而沒有慶祝雀躍，也沒有悼念流淚，詩中的傷感是出於對時間的敏感和洞見，透過詩的結句：「問你能否讓我知道：／當

5 例如梁荔玲，〈喜雨慶回歸〉，《香港文學報》，一九九七年六月；區潔名，〈慶回歸〉，《大公報・文學》，一九九七年五月二十一日。
6 洛楓，〈當城市蒼老的時候〉，《素葉文學》六四期（一九九八年十一月），頁八〇—八一。
7 同前注，頁八〇—八一。

我們開始蒼老／這個城市還可以年輕多久？」可見作者有意使用置換的方法，把「我們」和城市的時間結合，因現實中主體年輕的日子消逝而感到城市蒼老，相反亦然，而城市及當中的「我們」都是這蒼老的命運共同體。這置換的意義放在〈當城市蒼老的時候〉這樣一首寫九七回歸的詩裡，「蒼老」意象凸顯了作者有別於主流的時間觀，抒情、低沉和感傷的語言消滅了論辯式的批判性，卻反而更凸顯了本詩的政治性。

第二十一章
逆向命名
——《我城〇五》的經典重寫

一、文學經典的重構與改編

二〇〇五年，香港藝術中心舉辦連串的「i-city Festival 2005」活動，以西西七〇年代的小說《我城》為藍本，由潘國靈和謝曉虹據原著仿寫／重寫／續寫為〈我城〇五之版本〇一〉和〈我城〇五之版本〇二〉兩篇小說，另有漫畫家和劇場創作人的不同作品，包括黎達達榮、楊學德、劉莉莉、智海、淡水等人的視藝作品，譚孔文的劇場創作等等，作為「對《我城》／我城的致意、回應、再書寫」；[1]以上眾多作品於二〇〇五年三月結集為《i——城志》一書。該活動一方面為紀念

1 潘國靈、謝曉虹等，《i——城志》（香港：香港藝術中心，二〇〇五），頁一。

《我城》面世三十年，另一方面更重要的意義在於以《我城》為一種文化資源，在二〇〇〇年代官方各種「去本土化」的舉措以及政治、社會、經濟、教育等問題的糾葛中，重思香港本土價值及七〇年代文學所表現的本土意識的意義。

在《i—城志》當中，西西的《我城》是改編、重寫的對象，也是一種逝去的本土意識觀念的遙遠對照物。潘國靈和謝曉虹等創作者透過改編試圖喚回理念，並放諸二〇〇〇年代的香港城市經驗中，以七〇年代發興的本土意識文學為一種「文化承傳」。其意義一方面指向本土文學經典的重構，也以此重構指向二〇〇〇年代城市問題的反省和批判。

西西的《我城》以年輕一代的生活反思本土身份和認同的可能，小說中的角色阿果、阿髮和悠悠等人不僅經歷共時的現在，也沉思和追溯城市的消逝事物和觀念，以他們對新事物的「零度經驗」，[2]為一個逐漸成形的「有機社群」造像。《i—城志》對《我城》的改編和重寫，意義不在於阿果、阿髮等人物及其語調的挪用，而是站在二〇〇〇年代的時空，思考城市認同及本土價值的所由及其變化。二〇〇〇年代香港的城市認同及本土價值的變化具多種象徵，其中之一是順從全球化市場趨勢所帶來的侵害，以進步和發展之名掩蓋了跨國企業利益至上的傾斜，以種種手段去除社區特色，驅使「有機社群」解體。除了文化研究和社會理論學者的批評，當代文學亦觀察到當中的侵害，對其變化中的

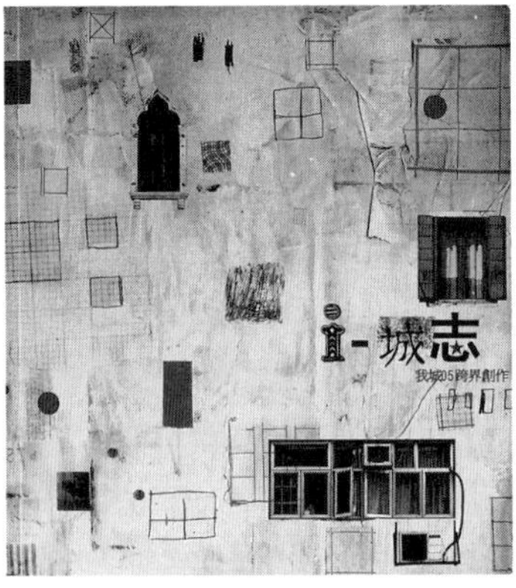

潘國靈、謝曉虹等，《i—城志》（香港：香港藝術中心，2005）。

日常生活、「有機社群」解體的情境和人們的不由自主等等的人文景觀方面，文學更具有力的揭示。王斑討論中國內地和臺灣當代作家如何透過懷舊，重建消逝的氣韻和記憶的氛圍，抗衡全球化的負面影響；而在香港文學方面，亦可從潘國靈和謝曉虹等創作者的《i—城志》、西西寫於二〇〇〇年的〈照相館〉、〈解體〉等作品作出討論。

抗衡「有機社群」解體的方法之一是懷舊，而懷舊也有消費性和觀念層次上的分別，二〇〇〇年代《i—城志》的眾作者重讀三十年前的《我城》，沿用其人物和語調，放諸當代時空、也針對和批判當代現象作重寫改編，可說是一種觀念層次上的懷舊。對《i—城志》來說，區別出懷舊的消費性和觀念層次是相當重要的，因為二〇〇〇年代的讀者對懷舊絕不陌生，在普及文化層面上，懷舊電視劇以懷舊的人物故事服飾，為歷經歷史斷裂的觀眾提供消費性的安撫，新聞特輯的「集體回憶」說法，提出對舊建築、舊店舖等事物的保留和修復，二者其實都共同針對回歸後的歷史斷裂和急速變化，以懷舊喚回殖民時代相對平穩的時代氣氛。《i—城志》與以上懷舊的不同是其對今日有更多反省批判，將懷舊指向普及文化所缺少的歷史批判意識，其對《我城》的改編亦為今天的反省提供一種有所對照的文化資源，由此而反證本土文學作為文化資源和「文學記憶」而存在並傳承的重要性。

2 參考董啟章，〈城市的現實經驗與文本經驗〉。

二、兩種「逆向命名」的方式

潘國靈的〈我城〇五之版本〇一〉，語言上步和原著輕快語調和氣氛，小說情節卻充滿對現實的尖銳批評、對前景的憂慮、對主流意識的對抗，輕快語調背後的實際調子是低沉。小說以輕語調說沉重的現實，如新聞系畢業生面對娛樂化的新聞業，對當中的荒謬束手無策。新聞系畢業的敘事者與大夥同學往卡拉OK，敘事者透過帶有反抗和批判性的陳奕迅主唱的〈謊言〉（梁翹柏作曲、喬靖夫作詞），期待引發同學的反省：「我們都是讀傳播學的，應該留意這首歌的歌詞」，[3]但當然沒有效用，只有阿遊支持他，並回贈一首同樣是控訴傳媒的鄭秀文主唱的〈插曲〉一歌（C. Y Kong作曲、因葵作詞），這具抗爭意義的歌曲，由於放置於一個娛樂消費空間（卡拉OK），眾人鬧哄哄地加入合唱，歌詞有何內容根本毫不重要，敘事者最後覺察到：「像加州橙這樣的盒子，是容不下嚴肅與沉重的。」[4]

消費泯滅了抗爭，卡拉OK泯滅思考，其實在所難免，也是普遍現象，這段情節特別之處在於它的矛盾組合安排：理念受到新聞業娛樂化所威脅的新聞系畢業生，在卡拉OK把控訴傳媒娛樂化的流行歌原已不太顯著的抗爭意味進一步「去魅」和再娛樂化，當中的矛盾遙遠地回應了小說中段所談論的新聞軟性化問題，作者由此其實提出相當沉重的思考。當西西於七〇年代寫作《我城》之時，小說敘事者的輕快語調本作為青年人抗拒保守僵化的象徵和力量；但在潘國靈的〈我城〇五之版本〇一〉中，二〇〇〇年代的輕快語調卻成了青年附和主流的象徵，潘國靈以輕快語調步和《我城》，不是反對沉重，相反地，是抗拒青年理念的軟化趨勢，期望著沉重的出現，由此也對比出兩個時代的輕快語調的不同意義以及二〇〇〇年代青年理念的失落和下墜。

潘國靈的〈我城〇五之版本〇一〉，無意提出「今不如昔」的老套，末段回應《我城》對青年文化樂觀和尋求溝通的結局，以畢業生求職時進入面試場地叩門的一幕，指向創造的可能性，仍期許於新一代青年。但在《我城》及〈我城〇五之版本〇一〉對兩代青年及其對應社會的立足點與批判點的移位，卻多少作為二〇〇〇年代城市現象的表徵：青年對主流文化「趨勢」和「市場」的抗衡或哪怕只是提出抗衡的呼籲，卻已像小說中的新聞系畢業生般，顯得軟弱無力而且徒勞。〈我城〇五之版本〇一〉對此無力提出批判，在其經典重寫的過程中，作者沒有解釋七〇年代的輕，而是反過來以七〇年代的輕，解釋二〇〇〇年代的沉重無力，這或可稱為一種「逆向命名」。

謝曉虹的〈我城〇五之版本〇二〉，提出另一方向的改編和演化，以沉鬱調子和超現實象徵敘述，塑造以一九九七年七月一日作為分裂起點的「分裂人」現象，尖銳地提出香港身份認同和生活歷史質性的割裂。

故事始於《我城》的敘事者角色阿果，但他已從原著中的具連接理念意義的電話公司技術人員，改為〈我城〇五之版本〇二〉中的被診斷為患上分裂症的「分裂人」。阿果住在「被領導者遺忘的區域」，充斥著派傳單的人、殘障賣藝者、未成年少女和老人，整個I城也在九七年七月一日

---

3 潘國靈，〈我城〇五之版本〇一〉，《i——城志》，頁三八。

4 同前注，頁三九。句中的「加州橙」是「加州紅」（一家香港卡拉OK連鎖店）的借代詞。

以後充斥著分裂人，他們最初被官方認定為城市的希望，後來又認為是社會的負累，輿論要求政府強制他們參加「分裂人重生學校」。作者由此想像展開氣氛陰暗而具寓言性質的故事，讓經過九七回歸至二〇〇〇年代中期的讀者想起弱勢的新移民、因經濟「轉型」而失去專業工作後被迫接受「僱員再培訓」的失業者，以至二〇〇三年的「沙士」（非典型肺炎）疫症。

在有關「沙士」疫症的段落中，是整篇小說也是小說所寄寓的回歸以後香港社會環境的最低谷，歌手L對悠悠說：「在四月一日那天，被詛咒的城市會沉睡一百年，這裡到處會長出玫瑰，到時天使會從天上降臨，拯救我們。」而悠悠的回應卻是：「其實，這城市不會長出玫瑰，也不會有人來拯救我們。四月一日那天，城市只會沉睡二十四小時。如果我們不想與整個城市一起沉睡，我們便得自己拯救自己。」[5]

該段落的背景源自現實世界更慘痛的經歷：二〇〇三年四月一日，「沙士」期間的死亡恐慌蔓延全港，大批市民受謠言影響搶購米糧，同一天的下午，著名藝人歌手張國榮於中環文華酒店跳樓自殺身亡，謝曉虹的〈我城〇五之版本〇二〉的沉鬱調子並非強說愁，而是對應著九七回歸後香港人的生存危機，小說中的「分裂人」現象更指向九七回歸後港人自我身份認同上的危機，「沙士」只作為各種危機的具體表徵，對於此，小說提出了一種自救的呼籲：「如果我們不想與整個城市一起沉睡，我們便得自己拯救自己」。小說結束於對分裂的重新理解和二〇〇三年的七一大遊行，把悠悠所說的「自己拯救自己」指向理念重塑和公民社會抗爭力量的覺醒。

相對於潘國靈〈我城〇五之版本〇一〉以輕寫重及批判青年人對主流文化的迎合，謝曉虹〈我城〇五之版本〇二〉則是以陰沉寄寓積極的力量，在小說的第一部份，阿果在「有一朵形狀古怪的金色巨花」的廣場，想起「兩張旗幟升起的那天，也正是他們分裂的時候」[6]，在小說接近結束的一段，阿果在遊行的隊伍中，透過似夢非夢的情境見到七月一日的日曆寫著「分裂紀念日」，小說以七一回歸為分裂的起始，七月一日為「分裂紀念日」，但由於經過〇三年的沙士和七一大遊行，七一回歸和七一大遊行二者的「分裂」意涵已不再一樣，七一大遊行重新被命名為「分裂紀念日」，實際上是以現實上的七一大遊行重新命名小說中所批判的分裂現象：回歸以來對人民的分化和身份認同危機，以七一大遊行帶來的革命，一種民間自發的力量把「分裂」改寫、重新定義了。即是說，小說把七一大遊行命名為「分裂紀念日」，實際上是反過來以七一大遊行改寫了「分裂」原有的負面意涵，如同潘國靈以七〇年代的輕來寫二〇〇〇年代的重，同樣是一種「逆向命名」，而在小說意涵的表意方式上，潘國靈〈我城〇五之版本〇一〉的輕，實際上帶點沉重的虛無，而謝曉虹〈我城〇五之版本〇二〉的重，卻指向與其調子相反的希望，其「逆向命名」的方式亦猶如西西的《我城》以「城籍」的「有」，回應國籍上的「沒有」，一種對否定的重新命名，以否定達致希望，從另一方向承接西西《我城》對青年創建文化的寄望。

5　謝曉虹，〈我城〇五之版本〇二〉，《i—城志》，頁九八。
6　同前注，頁七九。

結語：修補斷裂的文化資源

潘國靈〈我城〇五之版本〇一〉與謝曉虹〈我城〇五之版本〇二〉兩篇小說，作為一種文學經典重寫，二人都對原著的意念取向有某種逆反，例如對青年的態度、輕和重的置換等；另一方面卻也沿用原著的人物角色敘述故事，語言形式某程度上步和原著的語調和氣氛，以七〇年代的經典作品喚回失落的本土價值，這種重寫並不提出對原著的詮釋，卻把原著的氛圍套用於當下社會事物的描述，以至用原著的理念來檢視、詮釋二〇〇〇年代的社會，在這「逆向命名」的過程中，二人透過經典重寫來回應當代問題，分析也嘗試修補二〇〇〇年代的文化斷裂。

二〇〇〇年代中期，香港經歷過金融風暴、科網股泡沫爆破、經濟轉型導致的「結構性失業」、教育改革引發的混亂和不安、人大釋法後的居港權問題爭議、反廿三條運動、二〇〇三年的沙士以及同年七一大遊行引發的公民抗爭的覺醒，《i—城志》對《我城》的經典重寫有著獨特意義，以七〇年代的文學作為一種文化資源，喚回七〇年代創建文化、修補斷裂的樂觀理念。

由於《我城》的本土文學意涵，使這經典重寫也帶有一點懷舊意味，如潘國靈與謝曉虹沿用原著角色，使《我城》中的阿果、悠悠等人好像於二〇〇〇年代復現，更把他們所象徵的七〇年代青年一輩的理想和文化追求復現，以觀念層次的懷舊，抗衡二〇〇〇年代的「有機社群」解體；更進一步的，是二人沿用原著角色後，從不同方向轉化原著語調氣氛，引向當下社會現象的解釋和批評以至理念創造，一再引證了文學記憶的重要性。

第二十二章

「回歸」的文化焦慮

——一九九五年的《今天・香港文化專輯》與二〇〇七年的《今天・香港十年》

引言

一九九五年，《今天》雜誌邀請梁秉鈞（也斯）主編「香港文化專輯」，梁秉鈞在該專輯的〈引言〉解釋編輯理念，亦表達了一種焦慮，他透過編選作品，包括李歐梵談論香港文化的邊緣性，劉以鬯從王韜談論香港文學的起源、周蕾談論「既不是尋根也不是混雜」的「後殖民自創」等，抗衡香港回歸前的文化焦慮。十二年後，二〇〇七年的《今天》夏季號，再有葉輝主編「香港十年專號」，因應香港回歸中國十年，葉輝在〈前言〉提出「回顧香港人這十年來的所見所聞所思所想」，也透過編入游靜的小說〈半透明人〉，謝曉虹的小說〈人魚〉，以及朗天的電影評論、周思中的社運評論，思考回歸十年的身份迷思。本文以一九九五年的《今天・香港文化專輯》和二〇〇七年的《今天・香港十年》為分析對象，討論一九九七年香港回歸中國之前及之後，「本土」議題在文學創作和評論方面的變化，以及兩個專輯中的作品，對香港回歸中國作出怎樣的呈現和論述。

一、回歸與焦慮

在香港統治主權由英國移交中國，亦即香港回歸中國的一九九七年，吳宇森拍攝的好萊塢電影《奪面雙雄》（*Face Off*）也於同一年公映，從警匪互換臉孔的情節開始，帶引觀眾進入一段演繹身份迷思的驚險故事。朗天指出電影《奪面雙雄》與「九七回歸」的關係，正在於當中的身份迷思，[1]其所引申的文化思考，難以套用「變臉」式的思維，即回歸後的

《今天》春季號・28期（1995）。

《今天》夏季號・77期（2007）。

香港，就等同回復中國身份或換上一副中式的臉，正如阿巴斯（Ackbar Abbas）分析梁秉鈞〈花布街〉一詩時提出：「後殖民並不意謂可以把殖民主義的遺產好像更換時裝般輕易穿上又脫下。」[2]

香港回歸中國這事件，在政治上是表示香港脫離英國殖民統治，回到同文同種的母體文化，在歷史發展上看，是一條解殖之路，但殖民主義與被殖民經驗的複雜性，使「回歸」與「解殖」之間存有很大差距，周蕾指出東亞地區的種種後殖民事例，使「『被殖民』／『殖民者』的二元對立想法，變得過於隨便而無效」，她以香港後殖民歷史的複雜性，提出香港是否「後殖民的反常體」的討論，以及香港的「後殖民境況具有雙重不可能性」。[3]

周蕾的文章一九九二年發表後，[4]學界有不少迴響和爭議，包括有關「誰是真正殖民者」的討論，[5]引證「九七回歸」問題的複雜性，成為九〇年代香港文化界及人文學術界的主要議題之一。

---

1 朗天，〈奪面・換位・安蒂岡妮：一種對香港主權移交的神話評論〉，《今天》夏季號・七七期（二〇〇七），頁一六一—一六六。

2 Ackbar Abbas, *Hong Kong*, p. 135.

3 周蕾，〈殖民與殖民者之間〉，《寫在家國以外》（香港：牛津大學出版社，一九九五），頁九一—一一七。

4 周蕾所著的"Between Colonizers: Hong Kong's Postcolonial Self-Writing in the 1990s"一文發表於一九九二年秋季出版的*Diaspora* 2.2 (1992): 151-70。中譯本由羅童（羅貴祥）翻譯，題為〈殖民與殖民者之間〉，收入周蕾，《寫在家國以外》，頁九一—一一七。

5 參見董啟章、明英奇、劉敏儀等主編，《文化評論》輯二（香港：文化評論出版社，一九九四）；以及一九九五年八月出版的《香港文化研究》三期「北進想像：香港後殖民論述再定位」專輯中的孔誥烽，〈初探北進殖民主義——從梁鳳

另一種具影響力的說法，是曾任教於香港大學比較文學系的阿巴斯，以「消失的政治」（politics of disappearance）來解讀香港的城市空間，他以香港建築為例，指出投機逐利以及吸引觀光客思維下的建築，使香港成為一個無時間感（timeless）、無地方感（placeless）的空間——一個消失的空間，[6]又以文學為例子，提出香港作家書寫香港時所依據的經驗，是一種「匱乏或不在，或消失的經驗」。[7]

阿巴斯所提出「消失的政治」的更深層意義，在於所謂「消失」並非城市本身不證自明的固有或表面現象，而是一種誤認，他指出香港人對九七回歸前一直都存在的香港文化視而不見，乃是一種「逆向幻覺」（reverse hallucination），即看不見既存之物，直至九七回歸的時間迫近，才著意呈現香港，卻由此引發「錯失感」（deja disapru），一種新事物未曾出現卻已經消逝的弔詭。

另一種對「回歸」與「解殖」之間的疑慮，來自中國大陸對香港歷史和文學史的關注，首先是九〇年代中期出版的中國大陸學者所著的香港史論著，包括余繩武、劉存寬主編的《十九世紀的香港》，[8]余繩武、劉蜀永主編的《二十世紀的香港》[9]以及多種香港論述叢書，包括新華出版社出版的「香港回歸叢書」，中國人民大學出版社出版的「香港社會經濟叢書」，北京龍門書店出版的「香港百年滄桑叢書」，北京時事出版社出版的「香港紀實叢書」，海天出版社出版的「香港風情叢書」等，王宏志質疑這些論著的出版是政治考慮多於學術興趣：

> 令人最感錯愕的是，到了九七年以後，這種大規模書寫香港歷史的情況似乎突然終止，一些在九七年後出版的香港史著其實都是在九七年以前準備編寫的，只是拖誤了出版日期，以致要

在一九九八年出版。[10]

王宏志指出：「這些史著的觀點是一面倒地傾向於中方的，因而使這些史著具備了濃烈的政治宣傳意義」，中國大陸的香港史論著以「回歸論述」為敘述核心，「幾乎每一本香港史著都以不合乎比例的篇幅來討論香港邁向回歸的歷程」，而且「絕大部

梁秉鈞，《形象香港》（*City at the end of time* [Hong Kong Twilight Books Co., 1992]）。

儀風暴看香港夾縫論〉、葉蔭聰，〈邊緣與混雜的幽靈——談文化評論中的「香港身份」〉等文；孔誥烽等文章後來收入陳清僑編，《文化想像與意識形態：當代香港文化政治論評》（香港：牛津大學出版社，一九九七）。

6 Ackbar Abbas, *Hong Kong*, pp. 73-76.

7 阿巴斯所依據的，主要是一九八八年出版的《譯叢・香港專號》（*Renditions*, special volume on Hong Kong, Spring and Autumn,1988）及梁秉鈞的中英對照詩集：《形象香港》（*City at the end of time* [Hong Kong: Twilight Books Co., 1992]），參見 Ackbar Abbas, *Hong Kong*. pp. 111-40。

8 余繩武、劉存寬主編，《十九世紀的香港》（香港：麒麟書業，一九九四）。

9 余繩武、劉蜀永主編，《二十世紀的香港》（香港：麒麟書業，一九九五）。

10 王宏志，《歷史的沉重：從香港看中國大陸的香港史論述》（香港：牛津大學出版社，二〇〇〇），頁四〇。

份的論述都是意見一致的」，[11]王宏志的結論是：「中國政府對香港的立場，主要在於香港能夠在中國自身的政治或利益面前扮演什麼樣的角色，提供什麼的價值。於是，香港歷史的論述，在國內的史學家來說，便永遠只能是國家大論述的一部份了」。[12]

另一方面，九〇年代開始出版的中國大陸學者所著的香港文學史論著，包括謝常青《香港新文學簡史》（廣州：暨南大學出版社，一九九〇），潘亞暾、汪義生《香港文學概觀》（廈門：鷺江出版社，一九九三），王劍叢《香港文學史》（南昌：百花洲文藝出版社：一九九五），王劍叢《二十世紀香港文學》（濟南：山東教育出版社，一九九六），劉登翰主編《香港文學史》（香港：香港作家出版社，一九九七），古遠清《香港當代文學批評史》（漢口：湖北教育出版社，一九九七），袁良駿《香港小說史》（深圳：海天出版社，一九九九）等等，王宏志同樣質疑這些論著的出版主要出於政治考慮，批評當中的泛政治論述和大中原觀點：

王劍叢，《香港文學史》（南昌：百花洲文藝出版社，1995）。

這是一種大一統的心態，而且往往將不同的意見二元地推到對立面。這種心態或要求的來源，往往同樣是出於政治的考慮。由於他們在過去強調階級鬥爭，於是，他們也對文學提出同樣的要求，所以要反映民間疾苦，要有階級意識；因為大陸有社會主義文學，香港「自然」也應該有現實主義文學。[13]

王宏志指出，中國大陸對香港歷史和文學史的關注出於政治考慮，而在主題先行的動機下，相關著述的學術水平成疑。平情而論，雖然早期的中國大陸學者所作之香港文學史論著多有意識形態先於學術傾向，但九〇年代中期以後，亦有不少具學術水平的研究，如古遠清《香港當代文學批評史》，袁良駿《香港小說史》、艾曉明編《浮城志異：香港小說新選》（北京：中國人民大學出版社，一九九一），趙稀方《小說香港》（北京：生活・讀書・新知三聯書店，二〇〇三）等等，中國大陸學者由於蒐集資料不便，限制了其研究，事實上大部份香港刊物根本不容許在中國內地流通，不論發行、販售以至私人寄遞都困難重重，九〇年代的中國大陸學者進行香港研究自然捉襟見肘，這本是客觀環境使然，而在王宏志所質疑的政治考慮以外，黃繼持也從「文學觀」角度指出其局限：

七、八十年代之交，對五十年代以來的文學史觀念與文學史著作模式，剛剛進行反思與調

11　同前注，頁一八七。
12　同前注，頁二一四。
13　王宏志，〈中國人寫的香港文學史〉，收入王宏志、李小良、陳清僑，《否想香港》，頁一二一。

整，尚未真能開出新的格局之際，部份文學研究者注目於香港文學時，除了認識香港社會尚帶成見並因「政策」拘牽外，用的是五四以來尤其是五十年代以來的文學觀，來裁斷香港文學現象與評價香港文學作品。用這一種特定的文學史程式來編排作家作品，時多扞格不入。[14]

黃繼持提出中國大陸固有的文學觀，本就不適用於香港文學，盧瑋鑾談到香港文學史料的問題時，提出「在第一手資料未能確切建立之前，我不贊成在最近的短期內匆忙寫出《香港文學史》」，[15]許多年後她在一次訪問中提出，這說法是針對當時的中國大陸學者。[16]在文學史觀與資料以外，最關鍵的仍是主題先行的問題，黃子平提出八〇年代在「國家項目」中的香港文學研究，起決定作用的是「基本國策」下的「民族─國家」意識，[17]事實上，中國大陸學者在九七回歸前一年已坦白明言：「『九七回歸』，香港文學列入一國兩制的框架中研究，香港與內地的文學格局也將演變為『大中國文學』。」[18]中國大陸學者的香港史著述和文學史著述，在「大中國」文化想像模式下的香港論述和關切，透過香港史著述和文學史著述建立「大中國」角度為本的話語權和解釋權，更引發香港主體湮滅在「民族─國家」論述中的憂慮。[19]

本來，在「九七回歸」這議題被提出之前，一九五〇至七〇年代，香港在民間層面，已一直透過教育及文化建設（包括民間辦學、出版文化刊物），自發建立對於「文化中國」或「傳統中國」的「民族─國家」意識，[20]七〇年代更有香港青年自發組織的「保衛釣魚台運動」、「爭取中文成為法定語文運動」等等具反建制意味的社會運動，以自發凝聚的民族意識來抗衡香港政府的殖民政策，因此香港民間對「九七回歸」所意味著的香港脫離英國殖民統治，以及背後的「民族─國家」

意識，沒有本質上的抗拒；同時，經過七、八〇年代的經濟起飛和文化建設，以及由香港電影、電視、流行曲等普及文化進一步強化的本土意識，留學海外文化人引進西方文化思潮促成的文化身份反思，並使香港的主體性思考更形複雜，亦更意識到與中國大陸之間的文化差異，九七回歸，本就不是簡單地是否認同「民族—國家」意識的問題。

經過種種有關後殖民與香港身份的反思，認清「九七回歸」問題的複雜性，香港學界包括學者

---

14 黃繼持，〈關於「為香港文學寫史」引起的隨想〉，收入黃繼持、盧瑋鑾、鄭樹森，《追跡香港文學》（香港：牛津大學出版社，一九九八），頁八九。

15 盧瑋鑾，〈香港文學研究的幾個問題〉，收入黃繼持、盧瑋鑾、鄭樹森，《追跡香港文學》，頁七四。

16 關夢南訪問及整理，〈為完整的香港文學史打好基礎——訪問文學資料搜集的健行者盧瑋鑾女士〉，《今天》夏季號・七七期（二〇〇七），頁一五一。

17 黃子平，〈「香港文學」在內地〉，《害怕寫作》（香港：天地圖書公司，二〇〇五），頁一〇—二四。

18 楊匡漢、孟繁華，〈一九九七：「大中國文學」——香港／內陸文化的現狀與差異〉，《廣州文藝》一九九六年四期（一九九六年四月）。

19 「大中國」文化想像模式也見諸中國大陸的臺灣文學史著述，參考計璧瑞，《被殖民者的精神印記：殖民時期臺灣新文學論》（臺北：秀威資訊，二〇一四），頁二八〇—九二，「兩岸臺灣文學史寫作中的想像構成」一節。

20 例如唐君毅、錢穆、牟宗三、徐復觀諸位在香港延續民國學風，強調中國傳統文化的承傳，以及友聯出版社所辦之《祖國月刊》、《中國學生周報》等文化刊物所傳播的文化中國觀念。可參李金強，〈民國史學南移——左舜生生平與香港史學〉，《香港中國近代史學會會刊》三期（一九八九年一月），頁八五—九七；鮑紹霖、黃兆強、區志堅主編，《北學南移：港臺文史哲溯源》（臺北：秀威資訊，二〇一五）。

和作家，一方面對「大中國」式的宏大論述感到疑慮，另一方面對如何書寫、呈現香港感到焦慮，梁秉鈞提出對香港文化的刻板印象，如「文化沙漠」、「燈紅酒綠」等概括描述以及「帆船」符號的重複挪用等等，既有部份來自中國大陸或臺灣，也有來自香港官方對本土文化的簡化輕忽，[21]他提出「香港的故事：為什麼這麼難說？」這議題：

> 到底該怎麼說，香港的故事？每個人都在說，說一個不同的故事。到頭來，我們唯一可以肯定的，是那些不同的故事，不一定告訴我們關於香港的事，而是告訴了我們那個說故事的人，告訴了我們他站在甚麼位置說話。[22]

議題背後，實際上是對香港自身人民的歷史主體聲音、歷史經驗，被消失、被收編、被簡化、被書寫而同時自身難以書寫的焦慮、一種「難言」與「無以言」的焦慮。在文學上，九〇年代的香港作家在書寫香港的同時亦往往感到「無法再認得香港」，許子東歸納為一種「失城文學」，[23]以黃碧雲的〈失城〉為代表，亦包括董啟章〈永盛街興衰史〉、許榮輝〈心情〉、馬國明〈荃灣的童年〉、辛其氏《紅格子酒舖》、也斯《記憶的城市．虛構的城市》等等作品。

一九九五年，《今天》雜誌邀請梁秉鈞主編「香港文化專輯」，梁秉鈞在該專輯的〈引言〉解釋編輯理念，亦表達了一種焦慮，他透過編選作品，包括李歐梵談論香港文化的邊緣性，劉以鬯從王韜談論香港文學的起源、周蕾談論「既不是尋根也不是混雜」的「後殖民自創」等，抗衡香港回歸前的文化焦慮。十二年後，二〇〇七的《今天》夏季號，再有葉輝主編「香港十年」專號，因應香港回歸中國十年，葉輝在〈前言〉提出「回顧香港人這十年來的所見所聞所思所想」，[24] 也透過編入游靜的小說〈半透明人〉，謝曉虹的小說〈人魚〉，以及朗天的電影評論、周思中的社運評論，思考回歸十年的身份迷思。

梁秉鈞與葉輝都是資深的香港作家，並曾在報館、雜誌社工作多年，又曾創辦文學雜誌，具創作及編輯視野。梁秉鈞自一九六〇年代末、葉輝自一九七〇年代初起投入香港文學的創作與文學空間建構，分別參與編輯、創辦不同的文化刊物，梁秉鈞曾主編《中國學生周報》「詩之頁」，擔任過《文林》的編輯，又參與創辦《四季》、《大拇指》等文藝刊物，葉輝參與《羅盤》、《大拇指》、《秋螢》等文學雜誌的編輯，二〇〇〇年再與崑南、陳智德等作家創辦《詩潮月刊》，又主編《明報》的「世紀詩頁」；梁秉鈞與葉輝二人對香港文學的投入，跨越不同年代，成為其文學生命之一部份。

從一九九五至二〇〇七年，香港回歸中國前後，就同一的「回歸」課題，梁秉鈞與葉輝透過一九九五年的《今天．香港文化專輯》和二〇〇七年的《今天．香港十年》，對「回歸」作出同樣糾結難解的反思，將兩者共同並置之時代思考，不只是同一期刊的兩個專輯，更是一種關乎接近整整

21 參考也斯，〈香港的故事：為什麼這麼難說？〉，頁四——二。

22 也斯，《香港文化》，頁四。

23 參考許子東，〈論失城文學〉，《香港短篇小說初探》（香港：天地圖書公司，二〇〇五），頁三——一八。

24 葉輝，〈「香港十年專號」前言〉，《今天》夏季號，七七期（二〇〇七），頁一。

兩三代香港作家的文化反思，值得更深入探詢。本文以一九九五年的《今天・香港文化專輯》和二〇〇七年的《今天・香港十年》為分析對象，討論一九九七年香港回歸中國之前及之後，「本土」議題在文學創作、文學評論及電影評論中的變化，以及兩個專輯中的作品，對香港回歸中國作出怎樣的呈現和論述。

二、消失的焦慮

《今天》被稱為「一九四九年以來的第一家民間文學刊物」，[25]一九七八年十二月二十三日以油印形式創刊，曾在北京西單民主牆、中南海、天安門廣場，文化部、人民文學出版社、《詩刊》、《人民文學》及大學區等處張貼，內容包括詩歌、小說、評論及翻譯，一九八〇年被命令停刊，[26]一九九〇年在海外復刊，曾在挪威、香港、臺灣等地印行，出版至今，編輯人員包括北島、歐陽江河、李陀、查建英、黃子平、阿城、李歐梵、劉再復、劉小楓等等。

《今天》的內容本以文學創作為主，在一九九一年美國芝加哥及愛荷華的編委會議上，該刊編委提出擴充內容，曾任《今天》雜誌社長的萬之說：「正是在愛荷華這個非全體編委會議上，作出了擴大《今天》視野的決定，要把《今天》的內容從純文學擴大到更廣義的文化，把電影、美術、戲劇等都包括進來，而且提出了每期都爭取編一個專輯的設想。」[27]由此，九〇年代以後出版的《今天》辦了多種專輯，包括搖滾音樂、新紀錄片運動、後殖民理論、新媒體研究等，其中，一九九五年、二〇〇七年、二〇一二年分別出版了梁秉鈞主編的「香港文化專輯」、葉輝主編的「香港十年專號」、黃愛玲主編的「回歸十五年：香港電影專輯」三個以香港為主題的專號。

梁秉鈞在一九九五年出版的《今天》「香港文化專輯」〈引言〉中提到，他對專輯的設計，在於多元的展示，「不在孤立地講香港文化」，[28]而除了在技術層面展示多元聲音，他在〈引言〉還流露出一種「理解的焦慮」和「時間的焦慮」：

> 外間對香港文學的不了解，有很大的成份是由於對香港文化的不了解而來。文學是從這個雅俗夾雜、商政交纏的文化空間裏產生出來的，有它的好處與缺點，但也需要不同的模式去理解。若果只是孤立地羅列一些作品，恐怕也會像過去臺灣或大陸上的做法，抽選一些接近自己想法的作為「代表」，遺漏了的正是香港文化的特色。目前更急需的，是對彼此的「不同」的理解與反省，以及尋找多元的、有助於這些理解的模式。[29]

他提到外間對香港文學的誤解源於不了解香港文化，因而「急需」尋找多元的理解模式。梁秉

25 唐曉渡，〈芒克訪談錄〉，收入劉禾編，《持燈的使者》（香港：牛津大學出版社，二〇〇一），頁三三七。

26 鄂復明提供，〈今天編輯部活動大事記〉，收入劉禾編，《持燈的使者》，頁四三五—三七。

27 萬之，〈聚散離合，都已成流水落花——追記《今天》海外復刊初期的幾次編委會議〉，《今天》春季號．一〇〇期（二〇一三），頁一〇。

28 梁秉鈞，〈引言〉，《今天》春季號．二八期（一九九五），頁七一。

29 同前注，頁七二。

鈞的焦慮，部份在於過去的香港文學引介者，編選作品時「抽選一些接近自己想法的作為『代表』，遺漏了的正是香港文化的特色」，因而無助於對香港文學的了解，[30]此外，梁秉鈞所說的「急需」也帶著一點時間的焦慮，他沒有明言，實際上是與一九九七年香港回歸中國的時限有關。他的焦慮並不源於個人的受創或壓抑，而是有感於集體現象：對香港文化的不了解導致香港文學被曲解，香港回歸中國的時間迫近，讓他對香港文學被曲解有更迫切的焦慮感，這焦慮不是個人的焦慮，而應屬於集體的文化焦慮。

在編輯角色的技術操作上，梁秉鈞固然十分努力呈現多元的聲音，他所編成的「香港文化專輯」有李歐梵談論香港文化的邊緣性，也有劉以鬯從王韜談論香港文學的起源，游靜從電影《東方不敗》和《金枝玉葉》談性別政治，潘少梅談後殖民時期香港的女性寫作，丘靜美論香港電影對中國形象的呈現，周蕾談論「既不是尋根也不是混雜」的「後殖民自創」，洛楓從懷舊電影論歷史，羅貴祥論吳煦斌，何滿漣論毛翔青，還有馬國明的散文、高志強等人的攝影在創作上作為一種香港文化的呈現，各方論述點和呈現方式已見盡量廣泛；而在編輯技術操作（呈現多元）以外，梁秉鈞還嘗試透過編選作品，抗衡香港回歸前的文化焦慮。具體而言，例如透過引介劉以鬯〈香港文學的起點〉及何滿漣〈毛翔青：邊緣上的作家〉二文，梁秉鈞提出兩篇文章背後的文化意義，在於一種文化比對，「挑戰了一元獨尊二元對立的想法」，他說：

劉以鬯先生提出一八七四年王韜與友人合辦《循環日報》作為香港文學的起點，是一極有見地的看法，本身代表了一種歷史觀。如果我們強調提一九四九年後的變化、六〇年代末以來對文化身份的追尋，強調的是與中國大陸文學不同的變化；如果強調上一世紀的歷史，強調的則是與中國大陸文學的相同了。王韜的問題可以帶來兩方面的思考。

與王韜相反的是通常大家並不視為香港作家的毛翔青：小時已經離開香港，在英國長大及成名，近年多次回港及在英文報上寫過專欄，儘管跟香港關係好似藕斷絲連，一般還是視他為「外人」，中英文化之間的邊緣人。

我們心目中的王韜好似代表了傳統，跟毛翔青之類的形象是背道而馳的。但即使我們仔細看王韜這個人，我們會發覺，即使我們視他為源頭，這源頭也已經是「不純粹」的了：王韜並不像傳統的文人，他辦報，是政論家，又寫粵謳，還當翻譯。這「中心」的人物似乎向「邊緣」的角度認同：他採取與傳統文化不同的態度、他對民間文化感興趣、他向中國傳播西學，又向西方推介中國古典。邊緣性顯示了邊界觀念的模糊，比較靈活地引入其他思想作為比較，也自然挑戰了一元獨尊二元對立的想法。[31]

梁秉鈞對王韜作為「不純粹」的香港文學源頭，是因應於何漪漣論毛翔青的觀點而來，「中心」的人物似乎向「邊緣」的角度認同，這樣的說法已超出了劉以鬯〈香港文學的起點〉一文本身的論

30 了解梁秉鈞先生的讀者，會大概知道，他在〈引言〉提到「像過去臺灣或大陸上的做法」所針對的，大概是指一九九二年八月臺灣《聯合文學》八卷一〇期的「香港文學專號」，以及中國大陸的《臺港文學選刊》等刊物。

31 梁秉鈞，〈引言〉，頁七二。

述範圍（很可惜梁秉鈞沒有進行王韜的研究）：「從歷史的中心移來的王韜到當代的邊緣的毛翔青，在在提醒了我們過去對香港文學史觀、史識、定義與分類的狹隘，主要是一種單元的主導的文化史觀無法理解邊緣文化、容易『概觀』就定論了」；[32]他所針對的，主要是中國大陸自八〇年代中至九〇年代中所出版的《香港文學史》、《香港文學概觀》等著作背後的「文化史觀」。這角度下的文化焦慮源自〈引言〉開首所提到的「外間」的誤解，但也另有內在層面的焦慮。

〈引言〉再提到普及文化的問題，梁秉鈞其實也藉他所編選的董啟章〈問世間情是何物：香港愛情書寫生產〉、丘世文〈從商業廣告發展看香港社會文化〉等文，回應九〇年代的文化現象：

> 這專輯在這方面的文字，原則上嘗試避免常見的兩種做法：(一)勢利地以為香港文化即等於普及文化，以票房及銷路等作為依歸，以為從中可以見出「大眾」的想法；(二)概略地把普及文化視為「文化工業」，不加分辨一概加以批判。
>
> 董文帶出了香港流行文化的吊詭性：一位特別注重修辭的現代詩人也可以轉眼變成宣稱嚴肅文學是垃圾的出版人，這態度並非來自對雅俗之分的自覺越界，而是在兩個不同位置抱持同樣固定的對文字的「唯美觀念」，這正是提醒了我們雅俗二分的固定觀念猶未得到更多反省，反而在許多不同場合方便地連起了暴力的反智態度與既得的利益立場。[33]

梁秉鈞所針對或回應的，一方面是八、九〇年代的普及文化評論，另一方面是一九九四年間的文化現象，文中所指的「一位特別注重修辭的現代詩人也可以轉眼變成宣稱嚴肅文學是垃圾的出版人」，是指鍾偉民在一九九三至九四年出版的《愛＋情故事》、《床：日落時期勃起的愛情故事》等刊物引發的有關「流行文學」與「嚴肅文學」互相批評的論戰，以及鍾偉民對董啟章的醜化批評以至人身攻擊，連結到「雅俗二分的固定觀念」所衍生的問題以至反智的文化暴力。[34]

由此可見，梁秉鈞嘗試透過編選作品，所抗衡的文化焦慮有部份是來自香港內部。大概可以說，從梁秉鈞在《今天》「香港文化專輯」的編輯，不單是個別作品的多元聲音呈現，更可透視出九七回歸前基於內外因素的文化焦慮，梁秉鈞嘗試透過編選而逐一回應。整個專輯的圖像可以是兩面的，一面是作品本身的聲音，另一面是編者角度所對應的焦慮，共同構建九七回歸前的香港文化反思，後者的聲音和角度，既是個人文化視角下的聲音，也是一種時代視角聲音。

「香港文化專輯」多篇散文以及視藝作品，高志強與王禾璧的攝影，馬國明和鄧達智的散文、何慶基繪畫的〈坊間故事〉，都關乎懷舊、記憶、幻想等內容，高志強在一系列黑白攝影作品〈深

32 同前注，頁七二。

33 同前注，頁七三。

34 相關論戰從鍾偉民主編的《愛＋情故事》、《床：日落時期勃起的愛情故事》等刊物引發，亦見於一九九四年間的《香港經濟日報・文化前線》、《信報・文化》等報紙文化副刊，參與論戰的作者包括鍾偉民、湯胤（湯禎兆）、董啟章等。董啟章在《今天》「香港十年專號」亦發表〈問世間情是何物〉一文回應，指出鍾偉民的「反智、反理性、反學院，甚至是反文學」、「以攻擊文學來達到逢迎大眾的目標」，見《今天》春季號・二八期（一九九五），頁一〇三—一〇四。另參考張美君，〈文化建制與知識政治——反思「嚴肅」與「流行」之別〉，收入張美君、朱耀偉編，《香港文學@文化研究》（香港：牛津大學出版社，二〇〇二），頁四五一—六七。

水埗〉的文字說明中，使用了「鄉愁」一詞，呼應他攝影中的地方人情與暗示的歲月痕跡，更強化這輯攝影作品的抒情效果。王禾璧黑白攝影作品〈老殖民地建築〉、馬國明的散文〈荃灣的童年〉和鄧達智的散文〈祠堂燈籠幽幽掛〉都分別從都市和新界鄉村的角度，紀念種種消逝的事物，梁秉鈞在〈引言〉引介時，也特別提到這些作品的懷舊抒情特質：「鄧達智筆下正在逐漸逝去的圍村祖屋的世界」、「王禾璧記錄了香港老殖民地姹紫嫣紅開遍的豪門大宅，如何都付作斷瓦殘垣」，[35]一幅又一幅消逝的圖景，帶著幽幽的追憶與抒情，在回歸前夕的九〇年代中期，不約而同地描繪香港文化消失的焦慮。

三、對「消失」的抗衡

面對時代的轉折、政權的移交，百年殖民統治結束的歷史時刻，「香港文化專輯」中的文學及視藝作品創作者沒有以昂揚的語調迎接新政府，卻共同地帶著懷舊抒情的筆觸描繪昔日或當下所見的舊事物，以歷史回顧為視野主體，但沒有蓋棺論定式帶出主題先行的總結。馬國明的散文〈荃灣的童年〉以平白、淡澹的文筆把個人成長、家族變化與社區經濟的變遷結合來寫，多次寫及荃灣這地區昔日多家工廠，包括香粉廠、中國染廠、華南鐵工廠、搪瓷廠等早已關閉的舊式工業，作者強調筆下記述是一段被遺忘的、在官方紀錄以外的歷史：「可以肯定的是香粉廠的面貌，博物館裡找不到，眾多的歷史圖片找不到，它是埋在垃圾堆的香港史前史。」[36]作者強調這是博物館裡找不到的，標示出他不同於宏大歷史敘述的態度。

〈荃灣的童年〉是一篇分為十一章的長篇散文，從回望個人成長與地區歷史之間，馬國明在第五章談到當時尚未成為事實的九七回歸時，從「烏托邦」角度質疑九七回歸背後的歷史觀：

> 烏托邦是失去的樂園，還是美麗的新世界？同樣的問題也適用於香港，言論自由、人身自由以至被人掛在口邊的安定繁榮都可能一夜之間失去，就如大西洋中間的大片陸地突然沉沒一樣。回歸母體、港人治港、高度自治的美麗新世界又不停地揮手；只是從未沒有見到美麗新世界，就如從來沒有人見到神一樣。
>
> 烏托邦不是懷舊，因為根本不能肯定是舊有。烏托邦也不是耐心等候，因為時光消逝後不一定帶來進步的未來。[37]

馬國明既質疑官方敘述中回歸即表示邁向光明和進步的歷史觀，同樣也質疑殖民地歷史觀對過去的詮釋：「我們的回憶已愈來愈單調了，香港的過去，如果不是不光榮的殖民地歷史，就是富豪白手興家的發跡史」，[38]〈荃灣的童年〉在談論個人童年的表象以外，更重要是提出一種香港庶民

35 梁秉鈞，〈引言〉，頁七四。
36 馬國明，〈荃灣的童年〉，《今天》春季號．二八期（一九九五），頁二一五。
37 同前注，頁二一八—一九。
38 同前注，頁二一九。

或稱為「人民」的角度，指出宏大歷史敘述的遮蔽性。

〈荃灣的童年〉以散文表述，但馬國明本身專長不是文藝，而是社會學和文化研究，他是香港有名的班雅明研究者，著有稱為「第一本討論班雅明的中文書」《班雅明》，[39]〈荃灣的童年〉對歷史進步論的質疑，可在《班雅明》一書找到源頭，例如他討論班雅明的最後著作〈歷史哲學命題〉（Theses on the Philosophy of History）時，分析班雅明建基於二戰時代現實政治的不滿而提出對歷史進步論的批評之後，也提出自己的觀點：「進步論是一種高度簡單化的歷史觀，同時也是一種無法證明是錯誤的觀點。」[40]事實上〈荃灣的童年〉一文在主要的回憶敘述當中，不時加入具社會學論述角度的、對當時香港官方九七論調的諷刺批評：「如果世界已不再有一套超越矛盾的辯證法，香港會否從此深陷矛盾的深淵？一國無法兩制；聽命中央又豈能自治？或許世上仍有辯證法，只是無人知道那裡可以找到。」[41]

許子東編選《香港短篇小說選一九九四—一九九五》時，收入了馬國明的〈荃灣的童年〉，視作一篇散文體小說，許子東在序文中把〈荃灣的童年〉歸入「此地他鄉」類別：「散文體的感性寫實如馬國明的〈荃灣的童年〉」；[42]然而從馬國明〈荃灣的童年〉一文的寫作立意看，應不屬於小說，作者沒有虛構故事或人物的意圖，他對當下荃灣提出「我在何方」的陌生感，如前文所述，出於真實生活觀察及建基於社會學的文化意識。〈荃灣的童年〉可說是一種文藝形式下的社會論述，在不同的童年回憶之間，穿插作者對香港工業經濟、社區歷史和九七回歸歷史觀的看法，當中有對於「未來」的焦慮：「香港或許享有言論自由，但卻肯定是未經實踐的言論自由。媒界和殖民統治間從來沒有嚴重的抗爭，大家因而對未來的對手感到恐懼和困惑」，[43]也有更深沉的關乎個人如何在時代變遷中安身立命的思考：

> 在工廠南移又北移的日子裡，一代人誕生、成長、受教育，現在正嘗試弄清楚自己的需要是否就只是安定繁榮。
>
> 當然香港的地位也早已塵埃落定了，但如果你不認為香港的歷史就只是由漁港變商港，由殖民地回歸祖國懷抱的單向發展，你仍不禁要問：「我在何方？」當身邊周圍熟悉的景物都改變了，你不得不問：「我在何方？」[44]

在時代大潮造成的種種消失當中，認清宏大歷史論述為虛幻的關鍵，在於對個人生命存在的問

---

39 馬國明，《班雅明》（臺北：東大圖書公司，一九九八），頁九。馬國明所著之《班雅明》，列入葉維廉、廖炳惠主編之「西洋文學、文化意識叢書」。一九七九年馬國明畢業於香港中文大學歷史系，一九九五年獲香港大學比較文學碩士學位，除《班雅明》外，另著有《從自由主義到社會主義》（香港：青文書屋，一九九〇）、《路邊政治經濟學》（香港：曙光圖書公司，一九九八）、《全面都市化的社會》（香港：進一步，二〇〇七）等。

40 馬國明，《班雅明》，頁五七。

41 馬國明，〈荃灣的童年〉，頁二三〇。

42 許子東，〈序〉，收入許子東編，《香港短篇小說選一九九四—一九九五》，頁五。

43 馬國明，〈荃灣的童年〉，頁二二六。

44 同前注，頁二二四。

詢；如果宏大歷史敘述引致阿巴斯所說的「消失」，馬國明透過民間角度、邊陲社區幽暗歷史角度所敘述的，可說是一種對「消失」的抗衡。馬國明的散文〈荃灣的童年〉既是個人角度的成長史，同時也連結著官方紀錄以外的地區史，文中孜孜憶述的荃灣，位處九龍半島西北、地鐵荃灣支線的終站，實在也是香港城市主流視野以外的地區，從一個鄉郊村落及輕工業區，六〇年代逐漸發展成「衛星城市」，始終位於城市中心的邊陲外圍；馬國明結合社區歷史的〈荃灣的童年〉，配合也認清荃灣既有的邊陲特質，由此而提出一種針對回歸論述的邊陲視角，當中有社會學的批判思維，也表達了一種對地方的情感。

四、《今天．香港十年》的「極大的焦慮」

二〇〇七年出版的《今天．香港十年》由葉輝主編，「香港十年」是指一九九七年香港回歸中國大陸，至二〇〇七年的十年間，葉輝在〈「香港十年專號」前言〉提出，專輯名為「香港十年專號」而不是「香港回歸十年專號」的原因：

> 「香港十年專號」沒有「回歸」兩字，當然並不是要回避什麼，倒是凸顯了要選擇什麼——香港報刊邇來有不計其數的「回歸」專題、專輯、專刊，也有不計其數的商業廣告以「回歸」的名義運作——這個專號之所以選擇了一個不那麼膨脹、不那麼喧囂的名稱，是基於一個想法：與其辨一個徒具「回顧」之名，未必有「回歸」之實的「回歸專號」，倒不如老實一點，

將焦點放在「香港十年」，回顧香港這十年來有什麼變化，也回顧香港人這十年來的所見所聞所思所想。[45]

葉輝在〈前言〉不提「回歸」兩字，一方面以有別於一般報刊慣常處理，更凸顯該專輯不從對「回歸」的主流方式處理，即對「回歸」的歌頌和紀念，葉輝不刻意排除，但把焦點放在一種較平實的視點：「回顧香港這十年來有什麼變化，也回顧香港人這十年來的所見所聞所思所想」，他強調比較客觀的「回顧」字眼，凸顯該專輯不以歌頌和紀念為前設目標。

葉輝在〈前言〉自覺到與十二年前梁秉鈞主編的「香港文化專輯」作比較、對應：

> 我對照了兩期的作者名單，只有梁秉鈞、李歐梵、羅貴祥、游靜、洛楓五位是重疊的，也許可以這樣理解兩者的關係——十二年來兩個回合的香港論述，在命題上、作者人選上、文化關懷的取向上有同有異，既有重疊之處，也有不同的對焦，說來就恍如一次有意義的對話，唯其如此，方有可能在對話中見出香港文化歷時的多元化和混雜性。[46]

在命題、作者人選和文化關懷的對照以外，細讀「香港十年專號」的前言及專輯中的作品，還

45 葉輝，〈「香港十年專號」前言〉，頁一。
46 同前注，頁一。

可見焦慮的對應。葉輝〈前言〉提出香港人的忙，影響文化生產，他比較出回歸前後，是兩種不同的忙，之前是生活上、工作上，追求向上流動的忙，回歸後的忙，卻是這樣：

> 這幾年的「忙」卻不是從前那回事。這「忙」，是一種表面上看似歷史塵埃落定、實則上某些既有秩序失卻依憑、新秩序又無所建立、唯有不斷談判、調整、適應、懷疑、沮喪、壓抑、反抗……不知為何而忙的那種「忙」。[47]

而這種忙的具體事例，也許特別體現在教育工作者的處境，從幼兒教育、小學、中學以至大學，莫不受困擾於頻繁的「改革」和瑣碎細分的行政，葉輝在文中也提出：「就以教育工作者為例吧，他們無論在大學或中學教書，都要面對從『教育改革』衍生出來的各種滾存的壓力，比過去任何時期都更忙」，[48]再提出其他行業者的處境亦是忙：「這『忙』，在我看來，隱隱然就是香港近年人文生態的一大禍根」；[49]具體的現實包括金融風暴、管治危機、香港優勢之邊緣化、倒退、衝突，由製造業、飲食業、零售業、旅遊業、電影業的轉型、「產業的單向化、傾斜化和粗糙化」，[50]最後歸結為一種「極大的焦慮」：

> 當中衍生了極大的焦慮，那是一種沒法尋回昔日的自我、也沒法尋回自我的價值標準、茫然不知所措的焦慮，香港人原來已經在如此的焦慮處境中「忙」了若干年，這「忙」，似乎比任何一個時期都更劣質化，百業無所適從，人文生態更面臨空前的大危機。[51]

葉輝作為資深傳媒人，他在〈「香港十年專號」前言〉提出的，實有如盛世危言般，精闢的現實觀察，多次提出「忙」、「焦慮」的形容，描述香港回歸中國十年間，香港從經濟、政治以至人文生態上的危機：香港昔日文化自我的失落、焦慮不安導致人文生態劣質化。如果比較梁秉鈞在《今天》「香港文化專輯」的〈前言〉，葉輝在「香港十年專號」中不再著眼於向外解釋香港文化被誤解的特質，也不再解釋什麼是香港，他提出的焦慮更針對香港本身的內部問題。

五、「逆天」的焦慮

觀乎《今天・香港十年》中的作品，焦慮的文學呈現，首先可見諸游靜的小說〈半透明人〉，故事從精神科病人回望回歸十年經歷開始，精神科醫生一邊聽一邊感到不解，精神科醫生透過診斷至自我反省，思考、分析城市的類似精神分裂的不明徵狀，父性形象的衰敗亦作為一種隱喻或徵兆，最後由精神科醫生作出自我消解式的結論：「香港的腐朽不著痕跡，裡面已崩潰敗壞，外表卻

47 同前注，頁二一。
48 同前注。
49 同前注，頁三。
50 同前注。
51 同前注。

不知幾好。」[52]游靜的〈半透明人〉除了內容提及小說主人公回顧香港回歸中國十年，亦頗能與葉輝的〈前言〉互相闡發，游靜以「半透明」及病者的不明徵狀，正作為「香港十年」的意象，「半透明」喻指著回歸後的身份，而病者的不明徵狀，首先呈現為病者本身的問題，但到小說中段以後，也對應著醫生作為診斷者本身的問題，使〈半透明人〉這小說所描述的「香港十年」焦慮，顯得更複雜而多面。

謝曉虹的小說〈人魚〉，以近乎寓言和超現實的筆法，探討變異的現象與身份危機，以及有關自我和內在的質疑、焦慮，都源自外在現實世界的異化。具體故事從敘述者「我」及其妹妹、父親作為主體，講述一群巨魚游進海港，城市流傳著該群巨魚最終會變成人魚，長出雙腳走上陸地，事件引發城市的躁動。除了超現實的情節，小說亦透過父親的講述，提及具有真實指向的現實事件：小說中的漁民，由於城市擴張、填海等活動，威脅漁民的生存空間，使其傳統消滅，漁業式微，由此而使這小說多了一重現實對應。

面對巨魚群闖進海港以及由此引發的人魚成人的傳說，敘述者的妹妹首先作出質疑，提出「不要隨便相信這些說法」，[53]作為一種覺醒和反抗的聲音，小說之後也提及妹妹自己的身體成長，同樣作為一種變化，但不同於「人魚成人」，在於正常自然成長與不正常異化的分別；由此，小說也思考變異的本質，有多少是自然和主體自願，又有多少是主體不自主、不自覺中發生，正如漁民所代表的城市固有的某部份傳統，因城市擴張而趨向式微以至消失。

游靜的〈半透明人〉與謝曉虹的〈人魚〉，都提出一種變遷、過渡中的狀況，以此作為香港回歸中國十年的表徵，也寫出了一種後殖民處境問題，如阿巴斯評論梁秉鈞的詩作〈花布街〉時提出：「後殖民並不意謂可以把殖民主義的遺產好像更換時裝般輕易穿上又脫下。」[54]〈半透明人〉與〈人魚〉都涉及身份改換的處境，兩篇小說的文學價值，正在於正視香港回歸中國十年的後殖民處境，沒有把「回歸」簡化為如同變臉或更衣的過程。

《今天・香港十年》所收入的電影評論，亦有針對九七回歸的身份改換，朗天〈奪面・換位・安蒂岡妮：一種對香港主權移交的神話評論〉一文有精闢說法，該文透過評述和比較吳宇森電影《奪面雙雄》與劉偉強、麥兆輝導演的《無間道》兩部電影，析述香港回歸十年當中有如變臉和移位的文化處境，正有效地指出九七回歸的政治詭譎，並不如官方敘述或傳媒的角度般簡單。朗天再用中國神話小說《封神演義》中的申公豹這一角色，提出九七後香港身份迷思，不只是逆轉、轉移、變面，更是自主的失效，香港在九七後，接受連串新的命名，當中的關鍵在於權力轉移，朗天的結論是：「在神話評論的角度，主權移交之後，香港人面對的弔詭正好是：迎接新身份看似順天，但到頭來竟也是逆天。」[55]「逆天」就是自主的失效，消解了九七回歸本身應具有的解殖和文化建設，導致葉輝在〈前言〉所說的極大焦慮：香港昔日文化自我的失落、人文生態的劣質化。

---

52 游靜，〈半透明人〉，《今天》夏季號・七七期（二〇〇七），頁一三九。

53 謝曉虹，〈人魚〉，《今天》夏季號・七七期（二〇〇七），頁一四〇。

54 Ackbar Abbas, *Hong Kong*, p. 135.

55 朗天，〈奪面・換位・安蒂岡妮〉，頁一六六。

六、「解殖」的弔詭性

《今天・香港十年》所回顧的一九九七至二○○七年，除了一九九七年七月的回歸事件，還包括二○○三年的「七一大遊行」、二○○五年的「反世貿運動」、二○○六年的「保衛天星碼頭」和二○○七年的「保衛皇后碼頭」等社會運動，葉輝所編的「香港十年專號」邀請周思中和黃守仁（即獨立音樂人黃衍仁）從社會運動的角度作出論評，鄧小樺訪談葉蔭聰，他們都是「保衛天星碼頭」和「保衛皇后碼頭」的參與者，加上內頁十六幀以及該期《今天》封面總共十七幀有關「保衛天星碼頭」和「保衛皇后碼頭」的彩色照片，使兩次運動的議題成為「香港十年專號」的社會參照事件，與專輯中的文學創作、電影評論以及葉輝在〈前言〉提出的種種焦慮，有著微妙的對應。

周思中〈在解殖的街頭〉提出「保衛天星碼頭」和「保衛皇后碼頭」對「殖民性」的反省，在於中環價值至上、社區之商場化的惡果在回歸後更愈益加劇，示威者提出的「保衛天星」和「保衛皇后」不在於保留天星、皇后本身的殖民符號，卻在於抗拒殖民性造成之無根。在二○○六年十二月，一群青年闖入開始拆卸的天星碼頭工地，佔據推土機，阻止工地施工，與警察對峙多天。周思中在文中描述示威者佔據推土機的經過及之後的社會反應，並將佔據推土機與「解殖」的理念聯繫而論：

> 推土機代表的是一種不惜一切的發展觀，不顧歷史不顧文化不顧社區關係地為了多建一兩幢

比天高的商場。這是我城之所以能夠由上世紀一直經濟沖天飛到今天的法寶，這件法寶的雙生兒，就是自殖民地時代開始的一種殖民性。[56]

從登上推土機的一刻開始，保衛碼頭的運動者便從一種不一樣的介入點靠近解殖的彼岸。[57]

周思中自覺到佔據推土機這行動之革命性，某程度上在於「解殖」的弔詭性：示威者所保衛的天星碼頭以及尤其是其後的皇后碼頭，在歷史的表面而言，是一種殖民符號象徵，[58]卻在「保衛皇后碼頭」運動中成了一種民間自發自主「解殖」的象徵，他們提出的「保衛皇后」口號當然不在於保衛殖民符號，但也不在於附和九七後由新的特區政府及主流政治主導的去殖行為（例如拆去政府建築物上以至郵筒上的英國皇室徽號等），而是周思中所說的：「由此思考和實踐擺脫回歸後還殘留或強化了的枷鎖，真正感受作為香港這地方的歷史主體。將『本土』『庶民』等受支配、被動的客體，正式宣佈為具自主性、能左右城市走向的主體。」[59]周思中（以及其他「保衛天星碼頭」和「保衛皇后碼頭」的參與者）提出的「本土」自主性，可與一九九五年「香港文化專輯」中周蕾的

56　周思中，〈在解殖的街頭〉，《今天》夏季號．七七期（二〇〇七），頁九二。

57　同前注，頁九八。

58　在香港殖民地時代，從英國到香港上任的總督例必從皇后碼頭上岸，參加在碼頭後面的愛丁堡廣場舉行的歡迎儀式。一九七五年英女皇伊利沙伯二世首次訪問香港，下飛機後亦隨即乘船到皇后碼頭上岸出席歡迎儀式。

59　周思中，〈在解殖的街頭〉，頁九九。

文章〈殖民者與殖民者之間：九〇年代香港的後殖民自創〉中所提出的本土自主的歷史觀和文化自創相對照。

事實上，二〇〇六至二〇〇七年中的「保衛天星碼頭」和「保衛皇后碼頭」的佔據行動，不自覺地成為日後香港其他佔領運動的濫觴。周思中〈在解殖的街頭〉一文其實也不自覺地描述著一場自發的佔領運動，而當中的「靈感」其實來自二〇〇五年的韓農來港參加「反世貿運動」，對香港示威者在抗爭模式上的啟發。在二〇〇七年一月至七月的「保衛皇后碼頭」事件中，示威者在「佔領碼頭」以外，組織更多文化活動，包括追溯城市發展歷史、有關城市保育的導賞、六、七〇年代學運和社運回顧等，對內扣結其他社會運動者及文藝界，對外有聲援臺灣「樂生院事件」的連串詩歌會、音樂會和圖片展覽。[60]周思中〈在解殖的街頭〉一文對以上活動也一一回顧，全文結束於對本土自主的呼求，在一系列「今天香港十年」文章充滿弔詭、焦慮、迷思和鬱悶的氣氛中，可說是顯得罕有的聲音。

結論

梁秉鈞主編的「香港文化專輯」比葉輝主編的「香港十年專號」更意識到該專輯是《今天》雜誌中的一個專號，在香港回歸中國前的一九九五年，因應《今天》作為中國民間在海外發行的文學刊物身份，梁秉鈞主編的「香港文化專輯」有一種向外喊話，爭取了解和認同的意識。二〇〇七年葉輝主編的「香港十年專號」則希望面對複雜弔詭的回歸處境，想弄清自我情景的真狀，不求外界的了解接納，而求內在之安頓、治療。

一九九五年的「香港文化專輯」提出一種文化焦慮，針對的是外間對香港文化的誤解、香港文化內部的混亂，以及城市文化傳統的流逝，梁秉鈞透過〈前言〉也透過他的編選角度，嘗試解釋、呈現那一直不被了解的香港特質，並由此特質之被確立、承認、堅守，而達致處理、回應外在那即將到臨的「香港回歸中國」事件帶來的衝擊。葉輝在「香港十年專號」中不再著眼於向外解釋香港文化被誤解的特質，他以及眾作者所面對的十年焦慮，似乎是更嚴峻的危機。除了種種現實政治和經濟困境，也在於香港回歸中國十年的後殖民處境，「回歸」本身無法簡化為如同變臉或更衣的過程。無論如何，一九九五年的「香港文化專輯」談論身份的尋根、邊緣或混雜以及創造上的可能，不是拒絕回歸，而是拒絕簡化的「變臉」式結論，這一點可說是與二〇〇七年「香港十年專號」在編輯上的唯一共通。

兩個專輯中的文學作品，鄧達智的散文〈祠堂燈籠幽幽掛〉以懷舊抒情抗衡消失，馬國明的散文〈荃灣的童年〉以個人成長結合社區歷史——一種具社會批判角度的地誌書寫，同樣抗衡文化自我的消失；文章的重點不在於直接寫及「回歸」事件，卻對應著「回歸」想像，指向在地情懷本身的質樸多向，也喻示宏大論述企圖簡化「地方」的虛妄。

游靜的〈半透明人〉與謝曉虹的〈人魚〉，前者是心理虛幻與清醒的交界出入，後者是身體半

60 相關活動的紀錄亦見《今天》「香港十年專號」的十六幀由周思中、葉蔭聰、徐岱靈、黃靜、柏齊、朱凱迪等人拍攝的圖片，見《今天》夏季號．七七期（二〇〇七），頁九二—九三之間無頁碼的圖片插頁。

人半魚的並置，同樣以「半」的意象，正視香港在九七回歸之後，變遷、過渡中的後殖民處境，亦透現香港根深柢固的殖民性與民間自發創建的本土性之本質，作品之創作發表本身作為一種其本質存在不容抹殺的喊話，更與朗天〈奪面・換位・安蒂岡妮〉一文中有關「逆天」的論點有著微妙呼應。

朗天〈奪面・換位・安蒂岡妮〉一文所論述的「新身份」，即回歸後的香港身份，以近乎矛盾和悖論的語言提出「迎接新身份看似順天，但到頭來竟也是逆天」，[61]該論點的微妙之處，在於回歸後的香港，既無法不效忠中央政府，亦感到香港本土特質消亡的危機；既聯繫既有的民族回歸情結和理想，亦困於現實之變化、內在認同和本土位置、文化的消解。種種焦慮當中，未嘗沒有抵抗，卻由此抵抗更確知當中的弔詭：周思中〈在解殖的街頭〉一文所提出的民間自發解殖，比官方強行在政治上去殖的表面手段更為自主和內在，但也正如周思中看穿「推土機代表的是一種不惜一切的發展觀」，[62]該種民間自發的解殖，面對推土機所象徵的「後回歸」政治，無論在二〇〇七年即香港回歸中國十年之時或往後年代，都顯得困難、無力而且弔詭。

61 朗天，〈奪面・換位・安蒂岡妮〉，頁一六六。
62 周思中，〈在解殖的街頭〉，頁九二。

第五部

懷舊與遺忘

第二十三章

香港文學的懷舊史

——一九五〇—二〇〇七

引言

懷舊是一種怎樣的行為？人們又為什麼要懷舊？在普及文化裡，懷舊幾乎已成了一種工業，包括復古潮流服飾、仿古建築、古董手錶以至電影、電視連續劇，大部份提供消費性的懷舊，讓人們很快地回到過去的時空一遊，它的生產無須經過認真的歷史考據、無須思考。然而懷舊不只是消費，懷舊的歷史意識包括對過去的反思、拒絕遺忘、拒絕對歷史的拭抹。懷舊的表面總指向過去，但它的意義不止於過去，亦往往通過懷舊透現當下的缺欠，懷舊真正針對的還是當下。

懷舊（nostalgia）在西方本屬病理學用語，一六八八年由一名瑞士醫生把兩個希臘詞根結合而創出nostalgia這詞，用以表示渴望回家而不得的精神上的痛苦。中國古代的懷舊則見於大量的〈述古〉、〈懷古〉等題材詩詞創作。現代的懷舊已由一種思鄉病演化為一種文化行為、追念昔日情懷的創作，懷舊不要求返回與過去完全一樣的歷史情境，反而更傾向於美化回憶和歷史。

懷舊的載體包括文學，也包括仿古或復古服飾潮流（retro-chic），以及懷舊電影（nostalgia film）。復古潮流製造具懷舊風格的服飾、手錶、家具等消費商品，有選擇性地追溯過去時代的形象，再為今天設計出重新風格化的時尚。懷舊電影指向歷史與集體經驗的美化、仿真的虛構和風格營造，詹明信（Fredric Jameson）透過美國的懷舊電影以至科幻電影，指出懷舊的消費性，電影中的懷舊裝飾（nostalgia-deco）指向風格化的歷史感覺而不是歷史本身，後現代的懷舊著重歷史的消費性和提供幻象，歷史可以製造出而不必真的回到。[1]復古潮與懷舊電影無可避免地帶有消費性，正如懷舊電影不一定把歷史重現，卻透現當下的角度和動機，懷舊電影透過懷舊去捕捉現在，也生產文化幻覺，懷舊的消費行為實際上也是在消費一種文化幻覺。[2]

懷舊與復古的最大區別是，懷舊是一種更複雜的意識行為。旅美俄羅斯學者博恩（Svetlana Boym）指出有兩種類型的懷舊：恢復性與反思性的懷舊（the restorative and the reflective）。前者指向重建失去的家園，後者指向觀念上的反思及拒絕認同，其對舊事的懷戀有時指向人的存在性本身。這兩種懷舊同時也是人與集體歷史、記憶和個人想像的中介物，博恩強調懷舊是個人與集體記憶之間的關係，多於一種單純的心理。[3]根據這說法再引申，恢復性與反思性的懷舊也標示著懷鄉與懷舊的分別，對現實經驗上離鄉背井的人而言，懷鄉指向重回家園的行動，即使那行動無法真正實現，但在理念上有行動的指向；相對而言，懷舊只是一種意念，它更接近於想像。隨著時間推移，昔日的懷鄉者逐漸消弭了返鄉的渴望，更多地趨向純粹意念上的懷舊，因此懷舊的持續性也較強；何況正如博恩所說：「反思性的懷舊者所知的唯一確據，就是家園並非是單一的」，[4]反思性的懷舊者拒絕消費性的懷舊行為，因為懷舊甚至懷鄉根本就沒有固定的歸處，不存在一處實現復返的烏托邦。

懷舊的觀念意義，具體表現為對過去的迷戀、美化，部份由於過去消逝不再，對其不捨，部份由於當下問題，欲返回過去以尋找出路或至少一點安慰；前者意義在於懷戀以至美化已消逝的昔日，後者意義針對目前的缺欠，以懷舊作為一種彌補當下種種不足的替代。由此出發去理解，懷舊不純粹是一種消極情緒，也有它的積極意義：某程度上作為一種針對消逝或針對當下種種局限的抗衡。

即使像魯迅這樣反封建、反守舊的作家，也寫過不少懷舊文章，例如《朝花夕拾》一書「從記憶中抄出來的」短文，懷念兒時食物，以至青少年時代的老師、故友。在〈阿長與山海經〉、〈藤野先生〉、〈范愛農〉這些懷舊文章中，透現其歷史意識及對懷舊的自覺：「這十篇就是從記憶中抄出來的，與實際容或有些不同」，[5]而更重要的指向，魯迅在《朝花夕拾》書前的〈小引〉中說明

1　Fredric Jameson, *Postmodernism, or, The Cultural Logic of Late Capitalism* (London; New York: Verso, 1991), pp. 19-23, 279-96.

2　有關香港懷舊電影討論可參也斯，《香港文化》，頁三八—四六；洛楓，《世紀末城市：香港的流行文化》，頁六〇—七五。

3　Svetlana Boym, *The Future of Nostalgia* (New York: Basic Books, 2001), p. 41.

4　Ibid, p. 117.

5　魯迅，〈小引〉，《魯迅全集》卷二，頁二三六。

這書寫作的背景時，說這些文章「中三篇是在流離中所作，地方是醫院和木匠房；後五篇卻在廈門大學的圖書館的樓上，已經是被學者們擠出集團之後了」；[6]魯迅要指出文章的寫作背景，處於「流離」和「擠出集團之後」的處境，他對過去的回憶不是單純的懷舊，有時是現實生活的轉折引發懷舊，有時是透過懷舊回應當下的危機，他的懷舊真正針對的還是當下。

懷舊可以是一種風格、一種裝飾性的文化商品，也可以是一種觀念，一種歷史批評意識，懷舊的文學最能見出懷舊的觀念意義，包括一種針對當下問題的借古鑑今的政治性。在當代中國文學裡，無論是中國大陸、臺灣或香港的作者，都曾透過懷舊表達這種借古鑑今的政治性，特別是對主流價值或現代化進程的質疑和抗衡。在中國大陸和臺灣方面，王斑已在《歷史與記憶：全球現代性的質疑》一書，以王安憶與朱天文的小說為例子，討論當代作家如何透過懷舊，抗衡全球化的負面影響；全球化使有機社群解體，將記憶的氛圍去魅，懷舊的文學則重建消逝的氣韻和記憶的氛圍。[7]本文嘗試回顧二十世紀下半葉香港文學中的懷舊，特別是其對懷鄉、殖民主義與九七回歸的反思，期望提供另一種研究香港文學的角度。

不同地區、社群的懷舊各有其特定的歷史根源和不同的針對點，二十世紀下半葉的香港，因著不同年代及不同程度的文化斷裂、身份危機和歷史憂患意識，創作出豐富的懷舊文學，然而不同年代作者所企圖重建的過去和針對的當下，出現怎樣的落差？本文嘗試比較香港不同年代的懷舊文學，探討不同作者的懷舊各自針對怎樣的時代現象，他們如何處理各自的本土歷史資源，如何以懷舊建立身份認同，而懷舊文學的歷史意識和借古鑑今，又可為今日加速遺忘的全球化社會提供怎樣的參照？

一、「詩與情感」論戰：林以亮、夏侯無忌

五〇年代的香港作者特別強調懷舊的積極意義和集體價值，而在香港文學史上，對懷舊的討論亦至少可以追溯至五〇年代，原因顯而易見，活在變動、斷裂、二元對立而且生活條件匱乏的時代，懷舊、懷鄉，是一種對受限現實的抗衡。路易士（李雨生）[8]提出由於五〇年代的一代人流落屬於英國殖民地的香港，懷舊成了針對殖民地異質性的集體力量：

> Nostalgia我們大概譯作「懷鄉病」。我以為有點欠妥。此病不同那病。所謂病，應該是指反常的徵候，而「懷鄉」則屬於正常的心理。譬如今天，我們背井離鄉，漂流在「這個不列顛的殖民地」上，誰會不惦記故鄉呢？[9]

6 同前注。

7 有關王斑對王安憶與朱天文小說的討論，可參王斑，《歷史與記憶》，頁二二三—七二。

8 李雨生筆名路易士（不同於臺灣也曾用路易士作筆名的紀弦），著有小說集《火花》、《恩仇之間》，五〇年代在港參與《幽默》、《文藝新地》等刊物的編輯工作，一九六四年創辦《水星》。

9 路易士，〈隨想錄〉，頁一三。

路易士強調「懷鄉」的合理性，基於一個「我們背井離鄉」的集體處境，司馬長風在一篇七〇年代初發表的文章中解釋他心目中的鄉愁，同樣強調「我們」的集體處境：

> 什麼是鄉愁？蘇東坡詞中有「故國神遊」四字，足以形容。我們些〔這〕些黃帝的子孫，都來自海棠葉形的母土。我們的腦海裡、心裡和血裡，都充滿著黃河流域的泥土氣味……[10]

路易士提出懷鄉不是病，而是正常的心理，基於一代人的集體處境，司馬長風亦指出懷鄉的根源在於集體民族認同；他們都肯定懷舊的積極意義，提出懷舊不只是個人的情緒投射，更是一種抗衡的力量：以集體經驗和記憶的追尋，抗衡歷史的斷裂，強調「故國神遊」、「背井離鄉」等說法來針對殖民地的異質性。

懷舊和思念故鄉的作品大量地見於五、六〇年代的《人人文學》、《海瀾》、《祖國》、《人生》、《文壇》、《中國學生周報》等刊物，還有徐訏《時間的去處》、力匡《燕語》、徐速《去國集》、燕歸來《新綠》等詩集，李輝英《鄉土集》、司馬長風《鄉愁集》等散文集，林適存《還鄉吟》、舒巷城〈鯉魚門的霧〉、劉以鬯《酒徒》等小說，皆從不同程度的懷舊，折射出對當

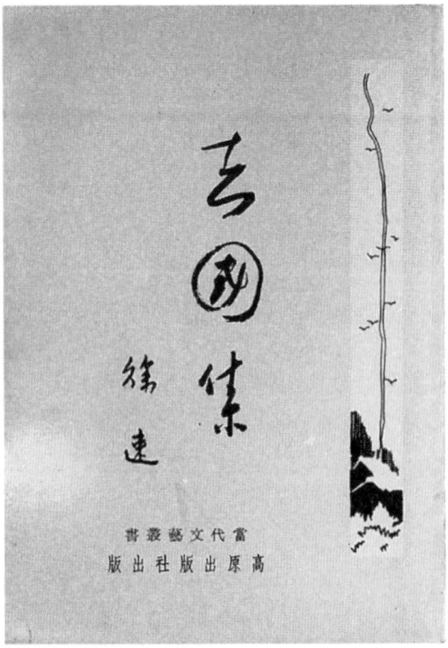

徐速，《去國集》（香港：高原，1957）。

下的不滿，語言風格普遍帶有一點感傷情緒；此等懷舊、懷鄉的主題內容和語言風格，在五〇年代曾引起一次小規模的論戰，參與者包括夏侯無忌（孫述憲）、林以亮（余懷）、長亭，由五〇年代新詩中的懷鄉內容和感傷語言風格的討論引發。

林以亮，《林以亮詩話》（臺北：洪範書店，1976）。

五〇年代初期香港新詩繼承新月派風格，除了形式上的格律化，內容上亦傾向十九世紀西方浪漫主義詩的感傷氣氛，以詩作寄託鄉愁和家國情緒，正切合當時從內地來港作家的處境。司馬長風在《中國新文學史》中指徐訏的詩「與新月派極為接近」，[11]《香港新詩選一九四八—一九六九》的編者鄭樹森指五〇年代初期的香港詩人多為格律派，[12]都由於此；其影響見諸青年學生的作品，在五〇年代初期的《星島日報・學生園地》、《人人文學》、《文壇》、《中國學生周報》等接受青年學生投稿的刊物上，有一些被稱為「力匡

10 司馬長風，〈不求甚解的鄉愁〉，頁一四九。該文原刊《南北極》一卷二期（一九七一年一月八日）。

11 司馬長風，《中國新文學史（下卷）》，頁二一八。

12 鄭樹森，〈五、六〇年代的香港新詩〉，《香港新詩選一九四八—一九六九》（香港：香港中文大學人文學科研究所，一九九八），頁i。

體」、「力匡派」或「力匡式的十四行詩體」的新詩，具有明顯的模仿力匡詩歌懷鄉、感傷的主題風格，以至模仿力匡詩歌的格律化形式，一時成為風氣。[13]

懷鄉的文字風格一般都以抒情為主，不免多番感傷，這風格除了實踐在創作上，也在詩論上加以闡釋。夏侯無忌（一九三〇—二〇一八）[14]在《人人文學》一篇以青年作者為對象的寫作討論裡，即以情感為詩的第一要素，強調情感的重要性，提出情感為寫詩的先決條件：

> 詩的創作，有三個要素，第一，要通過詩的形式；第二，詩人的感情要把握詩的意境；第三，要流露出詩人的感情。……從主觀出發，情感發為意境；從客觀著手，意境歸於感情。這樣寫出來的詩，一定是好詩。所以，在原則上，詩的創作，要先有情感驅促所造成的意境。[15]

同樣從內地來港，也在《人人文學》發表詩創作和文學評論的林以亮（宋淇，一九一九—一九九六），顯然不同意同代人的詩歌主張。他一方面在《人人文學》第八期起連載〈西洋文學漫談〉，分六期介紹了五名十九世紀英國詩人，另一方面分別用筆名「余懷」和「林以亮」，發表〈詩與情感〉、〈同情與寬容〉、〈論新詩之形式〉和〈再論新詩之形式〉等文，針對當時詩壇的現

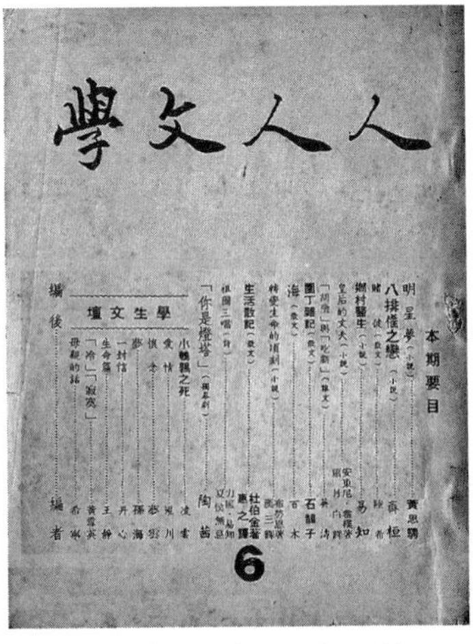

《人人文學》6期（1953年2月）。

象，提出了自己的詩歌主張。

林以亮在〈詩與情感〉一文中反駁夏侯無忌重視情感的主張，試圖對當時普遍瀰漫的五四初期模仿浪漫主義式的感傷筆調作出調整，認為情感為詩的原料而非詩本身：

> 拿情感在詩中發生的作用，估計得這麼高和重要，甚至認為沒有情感就不是詩，還是十九世紀浪漫主義盛行以後的事。……至於現代人的詩更是一種對十九世紀的反動，前代人所注意的，現代人卻故意加以輕視。從大多數現代詩人看來，感情簡直是要不得的，在詩中流露出感情更是俗不可耐。十九世紀詩人誇張都唯恐不及，現代詩

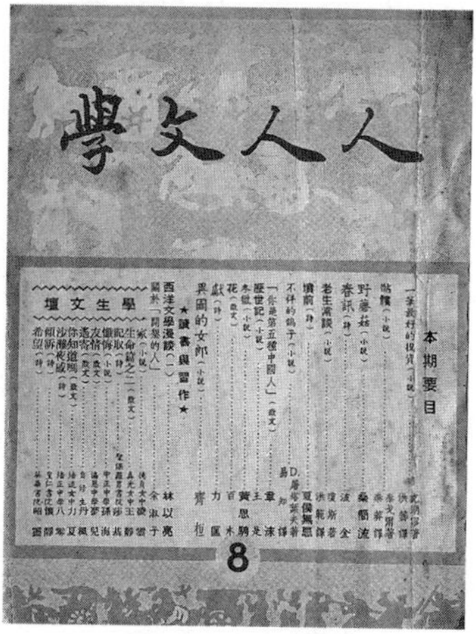

《人人文學》8期（1953年4月）。

13 參考小羊，〈詩境泛談〉，《香港時報・詩圃》，一九五五年一月十七日；方蘆荻，〈談《文藝新潮》對我的影響〉，《星島晚報》，一九八九年三月七日。另可參考張詠梅，《北窗呢喃下的燕語：力匡作品漫談》（香港：張詠梅，一九九六），頁一一四、六〇—六三。

14 夏侯無忌原名孫述憲，另有筆名齊桓、宣子，五〇年代初與力匡一樣常在《人人文學》發表詩和小說，著有小說集《溝渠》、《八排傜之戀》，詩集《夜曲》等等。

15 夏侯無忌，〈詩的欣賞與創作——給青年作者的第一封信〉，《人人文學》七期（一九五三年三月），頁六六—六七。

人卻避之若浼，盡可能用輕描淡寫的手法。[16]

林以亮指出強調情感的主張是受到西方十九世紀浪漫主義的影響，但在「現代詩人」眼中卻是落伍的。林以亮舉引艾略特的〈空洞的人〉作為「現代詩人」制約情感的例子，用意之一是導引讀者走出浪漫主義式感傷情調，但作者用意似乎不止於此，林以亮該文有部份是針對五〇年代初期徐訏、力匡等人近於新月派的浪漫主義詩風，但更主要是針對「在異鄉作客」者的放逐感，在文章的結束部份，他重申並非完全抹殺情感：

感情只不過是詩的原料，要經過詩人精細的提煉才會成詩。這種原料並不是稀有的，而是俯拾即是的。詩人有感情，普通人也有。……在異鄉作客，免不了要懷念故鄉。[17]

林以亮的文章有部份是從藝術考慮出發，期望對五〇年代初期的詩風作出調整，另一部份是針對懷鄉的情緒。林以亮〈詩與情感〉一文以「余懷」為筆名發表於《人人文學》第十二期後，立即引來署名「長亭」的作者撰文回應，發表於《人人文學》第十三期，大意是不認同林以亮的主張：

余懷未必是，夏侯無忌未必非，然而，我決不愛沒有情感的詩。……抑更有言者，「亡國之音哀以思，其民困。」困頓之民，哀其所遇，而追思往昔，能有所追思，則仍有一線的希望心之存在也。[18]

長亭不贊成沒有情感的詩，然而他所贊成的有情感的詩，是怎樣的情感？他肯定「困頓之民」追思往昔的情感，認為能有所追思，就仍有希望。追思指向過去，希望指向未來，根據長亭所論，作家對於現在的危機，回應的方法在於投射情感於過去和未來，背後是一種普遍見於五〇年代香港新詩的放逐者的時間觀。

長亭強調「困頓之民」的哀國之思，由此這場由討論詩的情感出發的討論，已不單純是文學技巧的討論，而是演變成有關懷舊的討論，也涉及意識形態的維護，懷舊在這討論當中也以其對抗現實的意義而被肯定，認為懷舊的感傷並非消極，而是指向希望。

為回應長亭〈詩和對詩的感應〉一文，林以亮在《人人文學》第十四期再發表〈同情與寬容〉，重申詩與情感的討論，最後引出長亭「亡國之音哀以思」一段之後說：

> 長亭顯然是借這個機會來發洩鬱積在他心中的牢騷，這樣一來，他本人固然可以逞一時之快，可是對學問的探討，和文學的欣賞卻沒有一點補益……我們可以同情長亭的「困頓」的感覺，可是我們不能接受他武斷的主張。[19]

---

16 余懷，〈詩與情感〉，《人人文學》一二期（一九五三年六月），頁五三。
17 同前注，頁五八。
18 長亭，〈詩和對詩的感應〉，《人人文學》一三期（一九五三年七月），頁六三。
19 林以亮，〈同情與寬容〉，《人人文學》一四期（一九五三年七月），頁五五。

林以亮注意到長亭引用「亡國之音哀以思」以強調「困頓之民」的哀國之思，背後建基於強烈的懷鄉情緒，希望把討論焦點引回「文學的欣賞」本身。林以亮對長亭的同情和議論，其實可視為是他對同代人的勸告：放逐若只寄託在追思往昔的「亡國之音」的情緒抒洩，不能產生好作品。這勸告亦可從林以亮在《人人文學》第十五期發表的一首寫給同時代友人的〈勵志詩——給無忌、力匡〉中看出：

忘掉那些康乃馨，和那些濃馥的玫瑰，
那些令人低徊的歲月，啊，那些纏綿。
你的任務只是緩步向前進，不是流連，
因為掛在你額上的，只有忠貞的月桂。（節錄）[20]

全詩三節，以上是詩的第二節，首句提及的「康乃馨」、「玫瑰」，都屬於「那些令人低徊的歲月」，意指故鄉的種種、過去的時空，使人無法不留戀，但對作家來說，更重要應是「月桂」所象徵的文學理念的維護和創建。林以亮以此詩勸勉同代人，特別是常見於《人人文學》沉湎於懷鄉題材和感傷情懷的夏侯無忌、力匡等作者，從放逐的陰暗面離開，首先是改變放逐者既線性又循環的

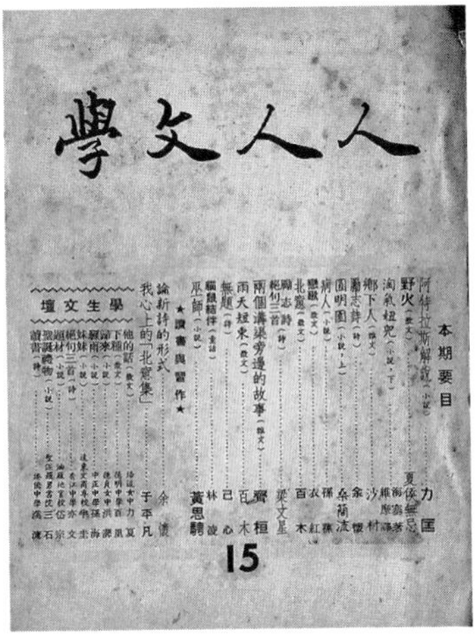

《人人文學》15期（1953年8月）。

時間觀：「你的任務只是緩步向前進，不是流連」。放逐者仍可將希望寄託未來，但未來不再等於過去，而是以新的形式和嘗試，引發新的創造。[21]

有關「詩與情感」的小規模論戰就結束在林以亮〈同情與寬容〉一文。之後林以亮在《人人文學》再發表〈論新詩的形式〉和〈再論新詩的形式〉，重新提出形式的重要性，指出從五四到五〇年代的詩人處於兩難局面：在撇棄傳統的同時未能有取代性的創造。他對當時大多數新詩形式「全盤西化」的做法甚不以為然，指時人忽視了漢字「無文法」、「超文法」的特色，舊詩在格律拘束之內可以存在各種巧妙變化，而寫不講究韻律節奏的「自由詩」「反而要應用最大的節制力」。林以亮傾向在新詩中保留一點中國舊詩的特色，他這傾向不是出於復古（文中一再否認「復古」和「開倒車」的指責），而是出於對當時流行風氣的反抗：「大家誤以為從舊詩中解放出來的結果就是自由詩。大家誤以為自由詩最容易寫，以致有很多不是詩人，不會寫，也沒有資格寫詩的人都來參加寫詩，做成了中國有史以來詩格最卑的現象，而詩也從來沒有受人這樣輕視過。」[22]

在〈論新詩的形式〉和〈再論新詩的形式〉這兩篇文章之中，林以亮一再引介一位長期受忽視的四〇年代詩人吳興華在詩形式上的種種嘗試，提出另一種形式的可能。林以亮將吳興華的多首詩

20　余懷，〈勵志詩—給無忌、力匡〉，《人人文學》一五期（一九五三年八月），頁二五。
21　有關力匡以及「既線性又循環的時間觀」，可參考本書第六章，〈懷鄉與否定的依歸——徐訏和力匡〉一文。
22　余懷（林以亮），〈論新詩的形式〉，《人人文學》一五期（一九五三年八月），頁五六—五七。

作，以「梁文星」為筆名，發表於《人人文學》，再經由葉維廉帶到臺灣的《文學雜誌》發表。[23]其時留在中國內地的吳興華已不可能自由發表詩作，臺灣當局也不容許被稱為「陷共」的作家在臺發表作品，吳興華的詩作以「梁文星」為筆名發表是權宜之計，大批吳興華的詩作因此得保存，並影響了在五〇年代開始寫作的青年詩人。[24]

回顧這次「詩與情感」論戰的過程，爭論的表面是文學觀念的分歧，但在爭論的背後卻暗藏了有關如何處理「亡國之音」和懷鄉情感，亦即有關「放逐」的討論；而論戰發生在《人人文學》更有深遠的意義。《人人文學》每期刊登大量中學生投稿，是一份面向青年讀者的文學刊物，編者力匡和夏侯無忌亦常以導師的身份為投稿人撰寫按語和詩評，以至修改來稿。由此脈絡再綜觀林以亮的〈詩與情感〉、〈同情與寬容〉、〈論新詩之形式〉、〈再論新詩之形式〉，以及〈勵志詩——給無忌、力匡〉，在林以亮所強調的詩學討論以外，其實也針對力匡和夏侯無忌的懷舊、感傷美學觀對青年讀者的影響，試圖提供另一種制約情感的美學觀，也就是林以亮心中所期許的現代主義詩觀，作為五〇年代一片懷舊、感傷氣氛的調整。

梁秉鈞認為林以亮在《人人文學》的譯介和詩論，實為年輕一輩詩人擺脫五〇年代相對保守的詩風而打下基礎，[25]林以亮的種種努力，在當時雖然未得到即時回應，卻可以視為一種「反放逐」的努力，他的主張在稍後得到實質的延續，並因此促進詩壇風氣的轉變。力匡主編的《人人文學》於一九五四年停刊後，雖然力匡再任《海瀾》主編，至一九五七年停刊，然後五八年離開香港，但盧因指「一九五四年後，《人人文學》帶給香港文壇的高潮開始退卻，詩人鄭力匡掀起的風雨熱鬧，也跟著逐漸消散」。[26]《人人文學》停刊後，學生將作品轉投《星島日報》的「學生園地」，該刊在一九五二年首次以週刊形式刊出，崑南指該刊「後來出版頻密，一週面世幾次」，「於是一九五三及五四年間，學生文壇達到百花齊放的境界」。[27]

在《星島日報》的「學生園地」之外，盧因和崑南都未提起的《香港時報・詩圃》版也是一份重要的刊物。一九五五年一月三日，《香港時報》設立了「詩圃」版，針對年輕讀者，刊登年輕作者的詩作和評論。「詩圃」版每期都刊登評論，提倡創新的詩風，對《人人文學》時期詩壇的模仿風氣和有關「詩與情感」的討論，都有所回應。有一篇署名小羊的〈詩境泛談〉，在談論詩的境界和意象之後提到：

> 我記得兩年前，一本「╳語」的詩集出版，於是各大小雜誌和報章上不時地充塞著一些「力╳派」的詩，這些不但創造沒有，而且連甚麼都沒有，只見東一句西一句用過無數次的陳腔濫

23 參考葉維廉，〈我和三、四十年代的血緣關係〉，《飲之太和》（臺北：時報文化公司，一九八〇），頁三五六—五七。

24 例如蔡炎培多次提及梁文星（吳興華）對他的影響，並尊稱為「文星師」，參見本書第十章，〈語言的再造——論蔡炎培〉一文。另有關林以亮與吳興華更深入的討論，可參陳國球，〈從悌芬與興華到梁文星與林以亮——大陸、香港與臺灣的詩學流轉〉，「華文及比較文學協會雙年會」宣讀論文，香港，二〇一七年六月。

25 Ping-Kwan Leung, "Modern Hong Kong Poetry," p. 227.

26 盧因，〈從《詩朵》看《新思潮》〉，《香港文學》一三期（一九八六年一月），頁五八。

27 崑南，〈文之不可絕於天地者〉，《中國學生周報》，一九六五年七月二十三日。

調，此外甚麼「徐×派」、「夏××派」的也相當經常性地出現。[28]

文中針對的相信是那些模仿力匡、徐訏和夏侯無忌的詩作。另有阮凱蒂〈新詩的舊作風〉批評模仿徐訏字句均整的作風，主張形式上的創新和主張「多看點西洋詩，學學西洋詩的風格」，[29]在有關「詩與情感」的問題上，藍水仙〈論詩的創作〉、盧因〈情感、想像和詩〉、王獨醒〈詩的批判問題〉和同時期在「新青年」版刊出的貝娜苔（楊際光）〈怎樣寫詩〉、麥陽（楊際光）〈詩的情感〉等文都共同提出詩的情感不是要抹殺，但宜作出制約，否則無益於創作。他們所論可說是認同了林以亮於一九五二年《人人文學》所提出的主張。

二、針對斷裂的懷舊：徐訏、力匡

五〇年代的懷舊是與當時知識份子的處境，包括冷戰局勢下的意識形態對壘相關。正如唐君毅在〈說中華民族之花果飄零〉一文中所說：「香港乃英人殖民之地，既非吾土，亦非吾民。吾與友生，皆神明華冑，夢魂雖在我神州，而肉軀竟不幸亦不得不求托庇於此」，[30]來港知識份子是在不自願的情況下被逼滯留。又如錢穆在〈青年節敬告流亡海外的中國青年們〉一文以「流亡海外」形容當時香港青年的處境，針對「流亡」所造成的隔絕及殖民地的身份認同上的斷裂，強調中國傳統文化的承傳。[31]因此五〇年代的懷舊也針對斷裂，渴求回到過去，或至少在情感上與過去建立聯繫，以抗衡目前的斷裂。

這種針對斷裂的懷舊，可以徐訏和力匡的詩為例子討論。他們針對斷裂的懷舊是以特定的既線性又循環的時間觀來完成，迎向未來也就是回到過去，一方面用以對抗時空的斷裂和離散，另一方面也指向烏托邦的再造。在徐訏和力匡詩作中所懷的舊，有時不是一個寫實的過去，如徐訏〈記憶裡的過去〉：

埋在我記憶裡的過去，
常受我想像的灌溉，
它有新鮮的色澤與內容
以及那永恆的存在。

那裡老幼的人物，
有不變的年齡；
情侶有永生的愛，

28 小羊，〈詩境泛談〉，《香港時報・詩圃》，一九五五年一月十七日。
29 阮凱蒂，〈新詩的舊作風〉，《香港時報・詩圃》，一九五五年二月七日。
30 唐君毅，〈說中華民族之花果飄零〉，頁二七。
31 參考錢穆，〈青年節敬告流亡海外的中國青年們〉，《中國學生周報》，一九五三年四月。

山水有不移的風景。[32]

以上是詩的首二節，這想像出來的場景，顯示出來的不單是現在的欠缺，也是過去從未存在過的假想。詩中所說的「那裡」，人物有不變的年齡、情侶有永生的愛，顯然不是現實場景，〈記憶裡的過去〉實際上是想像中的過去，是站在當下目前，對過去作想像式的美化和創造，以想像使過去得到「灌溉」。

五〇年代香港新詩經常出現的懷鄉，很多時候也是指向一種想像，多於真實的故土，又如力匡的〈設想〉：

海燕不會在暴風中震慄，
松柏不會在大冰雪中死亡，
溫暖的季節燕子終會再來，
失去了家的孤獨的孩子，
會回到他生長的地方。[33]

詩中的未來有如一個理想的國度，失去的會復歸，現實中的「震慄」、「死亡」和「孤獨」都不再，最重要是「失去了家的」終會回到家鄉。事實上，徐訏、力匡一整代從內地來港的作家，許多終其一生都未再踏足家鄉，然而我們不用深究他們詩作當中的夢想是否實現，因為它真正指向的是烏托邦的追尋，多於具體的故土。徐訏、力匡他們那一代作家的懷舊是對過去的美化，但不是幻象，因為他們所想像和追尋的烏托邦，實際上是針對一代人的文化和歷史斷裂，他們透過懷舊召喚已逝的過去，重建失落的歷史聯繫，也在情感上稍稍紓解了離散的愁苦。

三、對香港的懷舊：舒巷城

徐訏和力匡的懷舊對象是一九四九年以前的中國內地，那麼對香港的懷舊是何時出現呢？有謂始於七〇年代末，亦有以電影為例子指其始於八〇年代。[34]在開始討論前，也許可以再探討懷舊的形成條件。

懷舊的出現是有一定條件，有一定的歷史根源，它通常產生於歷史轉折或面臨經驗斷裂的時代，人們對此斷裂有強裂的危機感，渴欲以懷舊召喚失落的價值。香港五〇年代作家對中國內地的懷舊的歷史背景，在前文已談論過，而五〇年代同樣有對香港的懷舊，這可從舒巷城開始談起。

香港於三〇年代曾出現一批本土作家，如李育中、劉火子、張吻冰、侶倫、平可、張弓等人，他們在香港出生或接受教育，三〇年代曾參與創辦刊物，建立文藝社團，可惜這一階段的文學建設

32 徐訏，〈記憶裡的過去〉，頁二〇—二一。
33 力匡，〈設想〉，頁二九。
34 相關引述見本文第五節。

由於戰火而被中斷，本土作家的成就亦由於內地知名作家南來，整個文壇的氣氛亦以抗戰宣傳為主導的文化需要而被掩蓋。[35]戰後大批左翼作家南來，四九年前後北返，五〇年代初又再有另一批內地作家來港，三〇年代香港文學的本土經驗本就出現多次斷裂。

在社會層面上，香港人口在淪陷期間大減，大量香港居民於一九四二年間逃往內地，直至戰後部份重回香港又使人口急升，特別在一九四九年後再有大量內地人民來港，至一九五〇年初，人口已從四六年底的一百六十萬，增至二百三十萬。[36]五〇年代初期，對香港土生土長的人來說，也是一次歷史轉折，經歷連帶的生活斷裂。

舒巷城本人在香港土生土長，成長於西灣河、筲箕灣一帶，一九三七、三八年間曾以王烙為筆名在香港《立報》發表新詩、小說和評論，淪陷翌年即一九四二年離港前赴桂林，及後在昆明、越南、臺灣、上海等地工作，至四八年重回香港，這時他看見的已是另一個香港。

一九五〇年的小說〈鯉魚門的霧〉描述一種生活經驗的斷裂，故事從一趟懷舊之行開始，主角是一名土生土長的香港漁民子弟，淪陷期間離港戰後數年再回港，小說分別憶述昔日的筲箕灣碼頭和內街風物，強調舊區仍在，但人面全非，海港多了電船，他想追認昔日，最終發現自己本來的土生土長身份，反而讓他成了陌生人。

小說中有三段聯繫過去的媒介，包括內街之行、碼頭上客家人問路和末段的水上姑娘，主角透過這媒介追認昔日，同時發現當中不可能。主角懷著戰前香港的記憶回來，最終發現記憶的失效，末段二次出現的一句「我是剛來的」突出戰後香港社會經驗的斷裂，懷舊沒有為主角化解斷裂，反而更加認清斷裂的事實。

舒巷城對香港的懷舊絕不是一種美化回憶的懷舊，反而處處現出美好記憶的失落、經驗斷裂的創傷，當中不只是人事本身的變化，更是香港本身的遮蔽使然。舒巷城在一九五六年的《霧香港》中，以「霧」作為香港自身的遮蔽的象徵，城市中心主義驅使城市以及當中的居民不斷變化，有如小說中由一個喜愛藝術的姑娘轉變成一個夜總會舞小姐的人物維維所說：「我們大家都是出來撈的囉——不變？不變怎樣生活？」[37]叫小說的主人公無言，主人公自己實也早已向現實妥協，一個霧中的香港同時也是個被新興價值、市場主流價值遮蔽了的香港，舒巷城透過對戰前香港的懷舊，呈現當下的香港城市發展，在進步和發展的主流敘述背後，掩蓋了多少不由自主的異化。

四、帶矛盾性的懷舊：劉以鬯

徐訏與力匡的懷舊關涉中國內地、故國文化，舒巷城〈鯉魚門的霧〉與《霧香港》的懷舊對象是戰前香港，代表了兩種懷舊的指向，也分別對照兩種不同的歷史根源，但都共同帶有懷舊的抗衡

---

35 三〇年代香港新詩的討論參見陳智德，〈都市的理念：三〇年代香港都市詩〉，《現代中文文學學報》六卷二期—七卷一期（二〇〇五），頁一七七—一九四；陳智德，〈李金髮、《現代》雜誌與三〇年代香港新詩〉，收入陳炳良、梁秉鈞、陳智德編，《現代漢詩論集》（香港：嶺南大學人文學科研究中心，二〇〇五），頁七二—九七。

36 冼玉儀，〈社會組織與社會轉變〉，頁一九六。另參John. D. Young, "The Building Years," p. 131。

37 秦西寧（舒巷城），《霧香港》，頁三五。

性。香港懷舊文學的複雜性，就地域而言，懷舊的對象並非固定，在徐訏、力匡關涉的中國與舒巷城關涉的戰前香港的懷舊這兩者之間，還有另一種懷舊：劉以鬯的〈過去的日子〉、《對倒》與《島與半島》等小說當中帶矛盾性的懷舊。

劉以鬯也是一位從內地移居香港的作家，同樣感受故土的斷裂，他從暫居而至定居香港，對香港也逐漸建立一定程度的歸屬，但其歸屬徘徊在疏離與認同之間，一如他在小說《島與半島》借人物之口提出「香港是個充滿矛盾的地方」，其作品中的香港歸屬也是一種矛盾的歸屬，由此矛盾，劉以鬯小說的懷舊也由徐訏與力匡的故國懷舊和舒巷城的香港懷舊之間，分別出第三種帶矛盾性的懷舊。劉以鬯對南來者文化處境的矛盾特別敏感，可能由於他本人一九四八年來港，在《香港時報》工作數年後，至一九五二年往新加坡報界任職，再於一九五七年返港，他把這兩次來港的經歷，部份反映在小說〈過去的日子〉、《對倒》與《島與半島》中。

一九六三年，劉以鬯在香港《星島晚報》發表小說〈離亂〉（另題〈過去的日子〉），小說的故事時空始於一九四一年的上海，然後是一九四五年的重慶、四七、四八年的上海，四九年的香港，然後是五二至五六年在新加坡和吉隆坡，最後以一九五七年的香港結束。正當敘事者重回香港之時，他發現另一種改變，香港已度過了戰後初期的蕭條，經濟開始加速發展，小說特別描寫當時有許多舊樓清拆，使香港看起來變得年輕，因而在敘事者眼中出現特殊的時間觀。敘事者既懷念內地，又希望開始認同香港，但最後發現二者皆落空，尤其是他的朋友指出昔日理念完全不能適用於香港：「在香港，有價值的文章是沒有價格的；有價格的文章多數沒有價值。」[38]價值觀的斷裂使南來者的懷舊失去憑據，成了空想卻不忍捨棄。〈過去的日子〉對「過去」的懷戀並不指向單一的故土或觀念上的希望，卻是一種「雙重的不可能」，使主人公失落在懷戀故土中國與認同香港之間。

我在本書第十二章〈「錯體」的本土思考——劉以鬯〈過去的日子〉、《對倒》與《島與半島》〉一文，提出〈過去的日子〉描劃南來者的「二次斷裂」，是我們理解劉以鬯作品的一種關鍵角度，我名為「『錯體』的本土書寫」。劉以鬯另一篇重要作品，一九七二年的《對倒》由錯體郵票衍生出兩兩相對的小說形式，以香港本地少女阿杏對「他者」的想像和對本土的疏離觀察，對照出南來者淳于白的上海回憶和香港生活感受，在否定、疏離和一種類近上海錯覺的感覺之間，《對倒》實質上提出南來者角度的香港本土思考，提出認同本地的可能及當中的掙扎和困難，藉由錯體郵票衍生出人物、情節兩兩相對、雙線並行的小說形式，寫出南來者獨有的感覺錯置的本土：徘徊在過去和現在、拒絕和認同之間，在復歸無望至難以認同本地，即一種「雙重的不可能」之間，寫出一代人的經驗斷裂又嘗試努力連接，疏離又嘗試接受的矛盾。

五、從一九九七出發的懷舊：李碧華、辛其氏、郭麗容

有論者指世界性的商品懷舊潮始於七〇年代末八〇年代，由於新保守主義時代缺乏創意，懷舊潮得以乘虛而入，[39]有論者以懷舊電影例子指出大規模的懷舊始於一九八七年關錦鵬執導的《胭脂

38 劉以鬯，〈過去的日子〉，頁二二一。

39 參考澄雨，〈懷舊・快樂・商品〉，《博益月刊》一〇期（一九八八年六月），頁一八五—八七。

扣》，[40]亦有論者認為香港的懷舊風氣並非在八〇年代後期突然出現，而是自八〇年代初，已隨世界性的復古潮流而來，「率先表現於日常生活中，如服飾、髮型、流行音樂、明星照片、日用品如手錶、時鐘、擺設等，其中又以美國的復古潮影響最深最廣。」[41]無論它的起點如何，正如前文所論，懷舊是有其歷史根源，不是一種偶發的興致，就香港文學而言，八〇年代懷舊的歷史根源與五〇年代不同，一方面來自都市化加劇新舊交替，另一方面更重要的衝擊相信是一九九七的相關議題，所引發的歷史意識和危機感。

一九九七是一種時間，然而由一九九七引發的懷舊並非在一九九七年以後思念過去，而是在八〇年代已開始。八〇年代的香港電影的懷舊潮，如《傾城之戀》、《等待黎明》、《胭脂扣》等等的出現當然和世界性的復古潮流有關，也許還受到一些美國電影如《歲月流聲》（*Radio Days*）、《回到未來》（*Back to the Future*）的影響，[42]然而李碧華的小說《胭脂扣》把時間設定在一九三二年和一九八二年，更重要的懷舊歷史根源還是一九九七。

《胭脂扣》懷舊的特點在於強調時間，一九三二年女主角如花與十二少雙雙自殺，如花在陰間遍尋情人不獲，於是返回陽間，誰知來到五十年後的當代即一九八二年，發現一切都已改變。如花

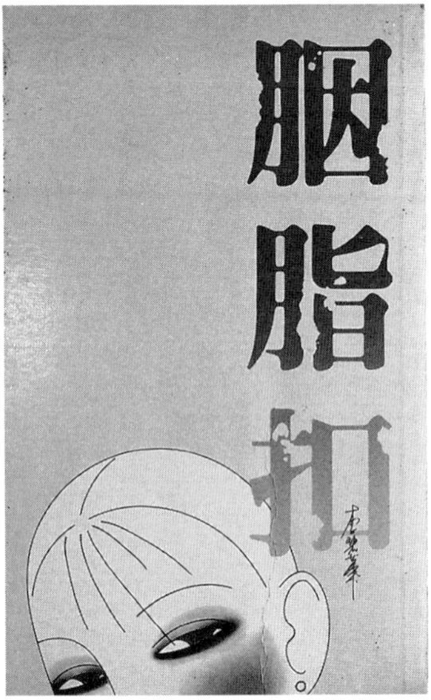

李碧華，《胭脂扣》（香港：天地圖書公司，1984）。

在一九八二年的香港偶然認識了一對男女，開始協助她追尋十二少的下落，最後發現十二少未死，但不單垂垂老矣，更從風度翩翩的公子變成潦倒不堪、偷生人世的老人。作者選擇設計女角如花五十年後回到陽間，正如藤井省三的分析，並非出於偶然，而是暗喻「五十年不變」的不可能和對一九九七的不信任，[43]暗示八〇年代的美好到了一九九七亦將有如十二少轉變成潦倒不堪。

事實上小說中多次提到當時人對一九九七的恐懼，正如另一女角楚娟答覆如花對一九九七的提問：「那是我們的大限。」[44]又如敘事者打賭衣著過時的如花「不知道何謂一九九七，賠率是一賠九十九」，[45]以至一段對一九九七開玩笑的情節：拍賣一九九七號碼車牌。如果如花一如陳麗芬所論，是作為香港歷史的象徵，卻同時是在作者與讀者的共同凝視下被物化了的景觀，[46]那麼十二少便是香港的未來乃至一九九七的象徵，也是小說中眾人苦苦追尋的所在，最後在小說的結尾，暗示如花找到了十二少，他就是那些「乾咳一聲，起來向廁所走去。不忘吐痰」的老茄哩啡（臨時演

40　參考李焯桃，《觀逆集：中外電影篇》（香港：次文化，一九九三），頁三。

41　洛楓，《世紀末城市》，頁六〇─六一。

42　同前注，頁六九。

43　參考藤井省三著，劉桂芳譯，〈小說為何與如何讓人「記憶」香港〉，收入陳國球編，《文學香港與李碧華》（臺北：麥田出版，二〇〇〇），頁八六─八九。

44　李碧華，《胭脂扣》（香港：天地圖書公司，一九八四），頁七五。

45　同前注，頁一九。

46　參考陳麗芬，《現代文學與文化想像：從臺灣到香港》（臺北：書林出版公司，二〇〇〇），頁一八七─八九。

員）中的一個，敘述者以連續三句重複的「竟然是這樣的」[47]來表示那驚詫。《胭脂扣》以三〇年代的華麗對比真實現時的不堪，小說藉此批判一種向前、進步的時間觀，指出未來不一定比目前好，對於一九九七的前景，尤其提出一種悲觀、不信任的態度。另一個由一九九七出發的懷舊例子是辛其氏的《紅格子酒舖》，作者把七〇年代的學運結合愛情，以回憶穿插浪漫和革命的故事，為七〇年代的反殖抗爭注入浪漫色彩：

> 葉萍則用她那一貫溫柔的語氣，向孩子們描述早已停刊多年的《青年周報》，尋且認為，從漆咸道上西望的落日景致，其斑斕之處，永遠無法及得上二十多年前那個美麗的黃昏。[48]

昔日的景致，即使是同一日落也是日後永遠無法及得上，可說是一種美化回憶的懷舊。作者亦有意用小說故事場景重建過去，提供細節描寫，好些事件在歷史上真實發生，如「爭取中文成為法定語文運動」、「保衛釣魚台運動」等等，但在細節描寫以外，小說中的懷舊之更重要目的是重建一個失散的社群，懷念昔日一起的戰友，並以其象徵失落的理想。這重建的目的是有其針對性，就是抗衡一九九七所帶來的轉變。小

辛其氏，《紅格子酒舖》（香港：素葉出版社，1994）。

說有一段寫兩名女角立梅和葉萍在中英聯合聲明的電視廣播中想像一九九七，懷念眾多已四散的、移民的好友：

一九九七，我們會在哪裡呢？新民學會的朋友們，像曾暖、許慶餘，走了也有十年，早已在美加落地生根，當年積極投身到保衛釣魚台運動中去的人，有轉到工商業去謀求發展，有從事教育界去作育英才，有到美加移民入籍，有到了歐洲之後便沒有回來，朋友來來去去，我可一直沒有想到其實我們也會分開，你，但英和醒亞會不會離開此地呢，假若我們分散在世界的四個角落，喪失共同擁有的一角天空，我們還剩下甚麼呢，我們的友情必定隨著歲月而變得支離破碎，最後落得甚麼也沒有，都成了夢。[49]

朋友的離散實也象徵昔日理想的消逝，而一九九七正作為一種誘因，加劇這種消逝。《紅格子酒舖》的懷舊是站在一九九七的對應上，針對「九七回歸」在當時所象徵及憂慮的歷史抹空，因而極力重建以至把個人的記憶浪漫化或至少強調當中美好的一面，同樣是一種有時間對應的懷舊。一九九七，這在《紅格子酒舖》的寫作時是屬於未來的時間，反而成為一個追溯、懷舊的起點，一個

47 李碧華，《胭脂扣》，頁一八八。
48 辛其氏，《紅格子酒舖》（香港：素葉出版社，一九九四），頁三三。
49 同前注，頁一〇〇。

未來的符號，指向對過去的追認。

另一篇較少被談論的懷舊小說例子是郭麗容〈城市慢慢的遠去〉，同樣針對九七的抹煞，故事從回憶六〇年代發生在香港公共屋邨的戀愛故事開始，年輕貌美的麗娥與家輝戀愛，準備結婚前，麗娥因患腦膜炎而嚴重失常，被關進青山精神病院，出院後家輝一家甚至因避她而搬走。麗娥從小說開始時的美麗形象轉變為「比以前胖了五十磅有多，長髮很久沒有修剪過，蓬鬆的蓋著半張臉，身上是過時和不合身的衣服。姊姊說她沒有上班，整天在家吃、喝、睡、看電視」，[50]後來麗娥嫁給一個地盤工人，生了子。作者沒有交代婚後的麗娥是否幸福，卻以其不再美麗的形象暗示那是一種不堪的轉變，六〇年代儘管對未來帶著憧憬，真實的未來卻並不美好，作者於此「殘忍」地表達了一種對「明天會更好」式時間觀的不信任。

在小說前半段還是美好的戀愛故事片段當中，有許多六〇年代的懷舊細節，包括六〇年代的茶餐廳、粵語片和電臺歌曲廣播，當小說結束時回到現代，寫已是中年婦人的麗娥也許會懷念過去，然而：

> 當赤鱲角新機場啟用後，九龍城將會重新發展。那時由香港島望去九龍城區，據說會像紐約曼赫頓。在矗矗的摩天大廈之間，玻璃幕牆與陽光閃爍。「天地良心，我愛你就是因為我愛你。」這些句子將沒處停留。[51]

過去美麗，但難以延續，麗娥象徵昔日的香港，曾經美麗，卻「比以前胖了五十磅有多」，而且嫁給一個地盤工人，雖然在文化意識上未必正確，但在該小說表意的脈絡上仍有效地暗示著一種不理想的轉變及不美滿的婚姻。女角麗娥的變化顯示作者對未來的恐懼、悲觀和不信任，至小說的結尾再透過「當赤鱲角新機場啟用後」的想像，把對未來的不信任實化為對一九九七的不信任。在當時來說，一切對未來或一九九七的承諾，皆如同小說二次引用的粵語長片中的謝賢對白般，表達不出「愛」的所以然，帶點誘惑性卻一點也不可信。[52]〈城市慢慢的遠去〉的懷舊同樣出於對一九九七的恐懼，以戲劇性的變化提出對未來和「不變」的不信任，小說把不再美麗的麗娥嫁給一個地盤工人作為對「九七回歸」的想像，實與《胭脂扣》同樣悲觀而且殘酷。

六、反懷舊：董啟章、鍾玲玲

正如前文所論，懷舊可以是一種風格、一種裝飾性的文化商品，也可以是一種觀念、一種歷史批評意識，懷舊的危機是它有可能跌入消費性的圈套，製造出自覺或不自覺的假象。董啟章〈永盛

50　郭麗容，〈城市慢慢的遠去〉，《某些生活日誌》（香港：普普工作坊，一九九七），頁一四四。

51　同前注，頁一四六。

52　謝賢（一九三六—）是香港跨越不同年代的著名演員，他在六〇年代香港粵語片的經典角色是飾演花花公子，常用花言巧語半哄半騙地向女生表示愛意；只有最清醒的女性能看穿。〈城市慢慢的遠去〉二次引用的「天地良心，我愛你就是因為我愛你」，即來自六〇年代香港粵語片中由謝賢飾演的角色的對白。

街興衰史〉似乎自覺到消費式懷舊的危險，〈永盛街興衰史〉與消費式懷舊的分別正在於董啟章自覺到懷舊的虛妄。

當敘述者在訪尋家族史的過程中，思考本源，同時感嘆、更發現殖民地教育叫整整一代人對香港歷史的認識完全空白：「我們這一輩對香港歷史的認識近乎零……世界上大概沒有比我們對自己長大的地方瞭解得更少的人了」，[53]結尾一段借用廣東南音《客途秋恨》的曲詞，感嘆本土歷史的失落，也對歷史的殘缺和無法修補，表達了極沉痛的哀悼：

> 數天後，這幢房子便要化為瓦礫。那將會是一九九五年十二月初的某一天。永盛街無能苟延至一九九七年了。但這又有甚麼值得惋惜？很快這裡便會高高拔起另一幢更能象徵這個時代轉折的中資商業大廈。爸爸回港辦理賣樓手續的時候，我曾告訴他我要寫一篇永盛街興衰史的文章，但他只是淡淡的說：永盛街根本就不曾存在，它只是你嫲嫲的夢。[54]

這也許正是〈永盛街興衰史〉特別之處：它始於懷舊，卻結束於反懷舊。敘述者苦苦追查的家族歷史，到最後發現都是虛構的。董啟章反懷舊的指向也許不是否定懷舊本身，而是指出歷史敘述以至回憶本身的不確定，尤其凸顯殖民地歷史的消失，一代人的空白，以至對那空白和抹煞的批判。〈永盛街興衰史〉的結局淡然而沉痛地說明，因著殖民主義的遺害——一代人對本土歷史認知的空白，正使懷舊失去真正的指向，變成虛幻。

一九九七年出版的鍾玲玲《玫瑰念珠》談論個人的學習、回憶和寫作，當敘述者回憶過去，先列出五〇年代香港的大事，「當然這些往事總是與人相關的。但人們可以說些什麼。」小說真正要說的還是個人的經歷，當仔細憶述了一段之後，敘述者說：

> 要理順它。要理順它。這兒。那兒。千頭。萬緒。那紊亂的。那斷裂的。要理順它就是尋求歷史的真相。需要全部的熱情。[55]

敘述者很嚴肅地看待懷舊：懷舊是為理清紊亂的、斷裂的過去，以至尋求歷史的真相；然而那敘述語言、敘述的零斷，一再顯露那重現和理清的困難，再由於句子的零散，本來透過正規完整句子交代的事情因果，現在只能猜測、由讀者自行想像、補充。歷史不容易顯露，歷史的真相更不容易顯露。《玫瑰念珠》所憶述的過去，具體來說包括主角的成長地方，六〇年代的調景嶺和九龍城，然而到最後對懷舊本身失去信心，懷疑其作用：「時光中無法摧毀的糊狀物，終於凝固為形狀不一的物質，成為心靈中，易碎的珍愛物。」[56]懷舊不再象徵什麼，只指向消逝本身。

以上李碧華的小說《胭脂扣》、辛其氏的《紅格子酒鋪》、郭麗容〈城市慢慢的遠去〉、董啟章

53 董啟章，〈永盛街興衰史〉，收入許子東編，《香港短篇小說選一九九四—一九九五》，頁九六。
54 同前注，頁一〇六。
55 鍾玲玲，《玫瑰念珠》（香港：三人出版，一九九七），頁五七。
56 同前注，頁一九七。

〈永盛街興衰史〉、鍾玲玲《玫瑰念珠》五篇小說，除了《胭脂扣》，其他都寫於九〇年代中至一九九七年間，它們的懷舊，儘管年代細節不同，卻都共同地以一九九七為起點，皆強調時間，這懷舊的時間性亦正是其政治性。

七、二〇〇〇年代的懷舊：西西、董啟章、陳冠中

接下來是二〇〇〇年代的懷舊，本文試用三個例子再作介紹：西西的〈照相館〉（二〇〇〇）、董啟章的《天工開物・栩栩如真》（二〇〇五）和陳冠中的《事後：本土文化誌》（二〇〇七）。

董啟章二〇〇五年的長篇小說《天工開物・栩栩如真》，創作意念源自閱讀宋應星《天工開物》和其他科學書籍所得，回顧物件、工具的歷史，描寫回憶本身的物質性。故事是以收音機、電報、電話、衣車等日常生活用品為中介，敘述個人成長史、香港的大歷史，以至群眾和同代人的集體記憶。董啟章把小說結構標明為「二聲部小說」，首部份是以十七歲女生「栩栩」為主線的第三身敘述，次部份則是七、八〇年代成長的敘述者「我」寫給栩栩的第一身書信體；兩部份各以不同物件和相應的觀念作標題，交替並置地組

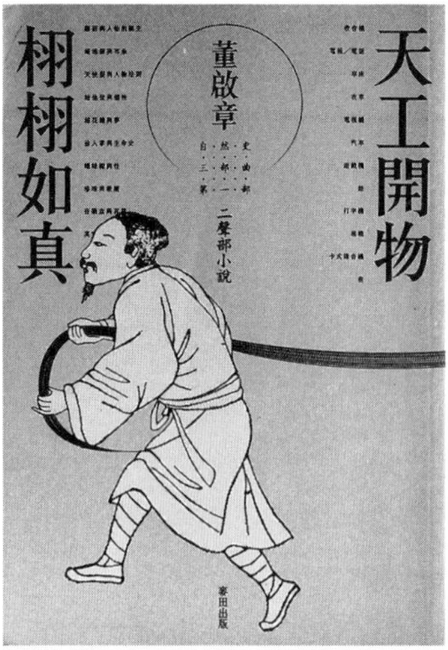

董啟章，《天工開物・栩栩如真》（臺北：麥田出版，2005）。

合成二十四章近三十萬字的長篇。在書信體部份，敘述者借用物件整理個人家族及成長史，重構消逝的時代氣氛，也表達對當代世界的批評，具明顯的評論性，而栩栩的部份則因應相關的書信章節，虛構出一個年輕少女的成長故事。

這兩部份結構看似分割而實質兼容，小說人物栩栩逐漸發展出屬於自己的意志，不僅作為書本中的人物，更要在「人物」的世界中，探索自己的人生和思考世界的真幻；栩栩和敘述者的故事作為小說的二聲道，終於在最後的「真實世界」、「想像世界」和「可能世界」三章重疊，指向真實和想像的並置、現實與虛擬的不二；也把小說的想像推向更遠大的遠景，無論是歷史、家族、記憶或理念，一切意義的高下端看其間有沒有創造上的可能。

小說提及敘述者的成長經驗時，有不少懷舊的片段，同樣強調回憶的物質性，以物質帶

陳冠中，《半唐番城市筆記》（香港：青文書屋，2000）。

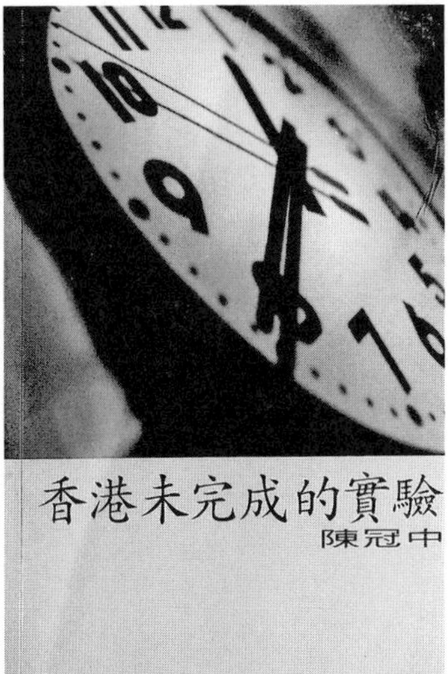

陳冠中，《香港未完成的實驗》（香港：指南針集團有限公司，2001）。

動舊情，然而小說最終拒絕傷感的懷舊，拒絕提供消費性的懷舊。敘述者以物件回顧個人的家族史，重構消逝的時代氣氛，更重要是表達對當代世界的批評。在「電視機」一章裡，當敘述者談論電視機，他談論的不是電視劇集或大眾津津樂道的集體回憶，而是反思現實生活中的想像和虛擬性質。敘述者提出現實的虛擬性才是真實，或者說虛擬就是真實。當敘述者回憶過去修理故障的電視，彷彿也談論到生活的故障，回復了正常的電視，反而變得不那麼真實：「我望著高解象度的電視畫面，卻覺得那超乎真實的清晰近乎虛假」[57]，所謂「高解象」的影像其實掩蓋了昔時現實中的傳遞本真。

作者寫作時可能正值二〇〇二至〇三年間香港經濟的低谷期，當主流敘述把七〇年代的香港電臺電視節目《獅子山下》打造為勵志的符號，二〇〇二年三月六日，香港特區政府財政司司長梁錦松在立法會上公佈任內首份財政預算案，引用〈獅子山下〉歌詞作結語，藉此勉勵飽受經濟低谷打擊的香港市民；《天工開物．栩栩如真》的敘述者卻拒絕接受，代之以連串嘲諷：

> 部長先生在公布財政預算的立法會會議上穿起不僧不道的戲服，扮演成祭司的角色，以有點顫動和走調的歌聲，高唱呼召舊日V城精魂的老歌，把逝去的無私奉獻刻苦奮鬥的先靈喚醒。就只差沒有在議會裡揮動法劍焚燒靈符。那招魂曲是V城冒升年代的一套經典電視單元劇的主題曲。經過部長先生的鼓吹，V城掀起了一股懷舊熱潮。電視臺也立即在黃金時段推出這套經典劇集的重播，實行讓市民學習部長先生每晚在家裡進行招魂儀式。[58]

消費懷舊的後果，是真相的遮蔽：「大家沉迷在昔日幻影的重現裡，對於新聞裡日漸令人厭煩的居權爭取者的報導更加視而不見聽而不聞了」，[59]小說對《獅子山下》的重播和經典化有新的理解，不是否定其歷史意義，而是看穿「後九七」香港金融風暴後數年，政府對塑造遠景的無力感，並質疑當前主流意識那「高解象」的虛假性和解決問題的取巧。

《天工開物．栩栩如真》其實雜有不少敘述者個人的成長回憶，例如在「車床」一章，敘述者回憶父輩經營了近四十年的小型工廠，如何為父親「削磨了人生大半的歲月」，再由此回顧敘述者個人的成長，也夾雜V城工業的興衰發展史，但他始終拒絕為讀者提供典型的集體回憶懷舊，以至對懷舊本身提出批評，尤其拒絕附和被政治家挪用的懷舊，反而真切地探問懷舊與真實過去的關係。《天工開物．栩栩如真》涉及懷舊也反思懷舊，小說透過若干懷舊情節真正通向的不是「舊」的復歸，而是認真思考「物」與「心」的互動、互相指涉的真實性以尋索另一種創造。參考博恩的說法，《天工開物．栩栩如真》涉及的懷舊是反思性的懷舊：「反思性的懷舊並不尋求重建失落家園，而是促進一個創造性的自我」，[60]《天工開物．栩栩如真》透過懷舊真正思考的是創造。

另一篇值得討論的小說是西西寫於二〇〇〇年的〈照相館〉，作為其「白髮阿娥」系列小說的

57 董啟章，《天工開物．栩栩如真》（臺北：麥田出版，二〇〇五），頁一七七。
58 同前注，頁一七八。
59 同前注。
60 Svetlana Boym, *The Future of Nostalgia*, p. 354.

最後一篇，也是最悲觀的一篇。中年婦人阿娥在照相館藉他人的家庭照檢視生命和上一代人離散的歷史，種種回憶存於照相館一角，也象徵城市邊緣舊區保留地方記憶的人文價值，但作為社區老店的照相館卻在此世紀之交面臨結業，在小說的終結部份，西西再安排小女孩到照相館叩門，洽拍照片，但由於店舖行將結束，阿娥著女孩另找他店，婉拒了叩問，那叩門和婉拒的動作在全篇小說的結束處凝定，西西藉此再強化社區重建所引致的人文經驗斷裂，既使城市記憶失去載體，復使下一代失去文化傳承之所由。

〈照相館〉中阿娥的懷舊讓停頓的時間重新流動，照片彷如一幕一幕生活紀錄片，現出了生命，指向消逝而動人的風景，然而在居處搬遷和店舖結束的前夕顯得徒勞，末段阿娥無意接受女孩沖曬照片的要求，小說中段由懷舊所引發的時間意義沒有承接下去，這懷舊既是昔日生命的重現，也是「現在」的真正結束，它不把意義寄存於過去、不美化也不消費、不批判也不重建，卻指向「當下」的結束，西西在世紀之交寫成的〈照相館〉，也許是本文所論眾多懷舊當中最消極悲觀的一種。

二〇〇七年，陳冠中把一系列追憶七〇年代香港文化現象的文章結集為《事後：本土文化誌》，記錄多種已逝的七〇年代文化圖景。[61]相較於二〇〇五年出版的《我這一代香港人》中的觀察、評論角度，《事後：本土文化誌》具更多回憶、話舊的散文筆觸，對香港文化現象的觀察，許多都結合了作者的成長經驗；他在書前的〈前誌〉說：「我是在香港開蒙的。想追憶，到底是哪些人哪些事哪些書」，「一九七一年到一九八一年是我眼界大開，也是香港文化脫胎換骨的時期，我兜兜轉轉老是回頭說這年代，以這段時間為鑑，然後才往前張望，往後追蹤」，[62]一段一段七〇年代香港文化現象觀察，結合作者的成長經驗，更關鍵是一種追憶、以史為鑑的意圖，塑造出《事後：本土文化誌》一書的文化角度懷舊：追懷已逝的文化，並提出對應於今日的反思。

陳冠中在這書以自己七〇年代在香港「搞文化」的經驗為主，其實也可說是一部個人經驗回顧式的文化小史，強調七〇年代由不同青年社群之間自發推行的各種文化建設，如何具多元及承傳的意義。從多篇文章的懷舊語境的呈現方式去理解，陳冠中對已逝圖景的憶述並非一種通俗美化的懷舊，反而具更多的態度和訊息，以舊日的文化多元狀況，強調香港以往已建立了許多不同層面的文化根基。

陳冠中以散文形式追憶自己參與創辦的《號外》和一山書屋，但更多篇幅追溯《號外》之前的文化源頭，包括《中國學生周報》和《七〇年代雙週刊》，再透過〈左翼青年小圈子〉、〈作為名詞的左派〉和〈作為形容詞的左翼〉三篇文章闡述七〇年代由文藝青年自發引進和轉化的左翼思潮，其中分別以「作為名詞」和「作為形容詞」來「形容」左派和左翼，亦可見陳冠中洞見中略帶幽默的文風。〈穿衣記〉、〈香港的電影文化基因〉、〈新浪潮電視〉、〈甚麼是香港流行曲〉等文再談論八〇年代的新浪潮電影、電視、前衛劇場、平面設計、時裝、流行曲和通俗文化，強調殖民時期香港文化的多元共生局面，由此向今天的本土意識喊話。

透過陳冠中略帶幽默和輕鬆的懷舊語調，仍能強調顯出殖民時期香港文化的多元共生，帶一點優雅的都市趣味，追求前衛（前沿）而抗拒教條和老套，前衛本身甚至成為一種吸引和推動力，當

61 該書收入陳冠中二〇〇六至二〇〇七年間發表於香港《明報・世紀》、臺灣《中國時報・人間副刊》的五十三篇文章。

62 陳冠中，《事後：本土文化誌》（香港：牛津大學出版社，二〇〇七），頁xi—xii。

年有眾多追求前衛的青年，他們的文化追求和品位構成了一代人的文化，一代人的香港，從文化理念思維傾向表現其時代性，一代人的文化史由此造就出，後人談論的「香港價值」即由此文化理念共同構成；然而書中所述的文化圖景與二〇〇〇年代的香港已大異其趣，七〇年代的前衛文化趣味與二〇〇〇年代所強調的通俗趨向更大相逕庭，此所以該書題為「事後」。

《事後：本土文化誌》所催生的反思指向二〇〇〇年代的本土文化斷裂和流失，不是本然或必然地必須如此，它還有許多可能性，陳冠中的「事後」回顧不為懷舊，而是為二〇〇〇年代的本土提供不應被斷絕的文化資源，陳冠中針對二〇〇〇年代的文化斷裂和流失，重新關注並維繫本土文化的多元和承接，當是《事後》一書在事後的回顧或懷舊以外，更重要的訊息。

結語：懷舊的觀念意義

歷史或回憶本就存在，但只有當它被回憶、被懷念，它就脫離歷史本身，成為一個集體文化資源和符號，並可以一直累積，繼續參與建立該集體的文化。懷舊對抗著拭抹，對歷史的斷裂充滿危機感。宇文所安曾引用孟郊的〈秋懷〉指出歷史傳遞的重要性，失去歷史傳承，引導人們實現理想的意志就會崩潰：「忍古不失古，失古志易摧。失古劍亦折，失古琴亦哀。」孟郊〈秋懷〉早就警醒世人，集體文化斷裂的後果，不只是失去個別的建築或硬件，而是那連帶所承載的意識理念以至開創文化的力量。[63]消費性的懷舊，無論它是電視劇集、流行服飾或仿古建築，著重提供一種裝飾性的懷舊風格，最終抹去歷史，它不再抵抗對真實的拭抹，反而鼓勵那虛假的「舊」。懷舊的文化商品難以脫離消費性，唯文學指向文化資源和符號的累積，文學的懷舊一再提醒人們歷史不僅存在，它的意義和批判意識也和今日相關。

懷舊的文學也指向香港文學本身的內在建構，使「香港」的文學更形堅固，亦因著其懷舊的內容，使香港的文學有別於其他城市的文學。香港文學藉懷舊累積文化資源，也藉此使個人記憶，化作文化資源，由此見出懷舊的創造性：從「沒有」的「沙漠」裡建立「有」的文化資源。

香港文學的懷舊有不同的歷史根源，具多種懷舊，從不同的起點回望過去，針對當下的缺欠，或把意義留在過去，香港文學本身也透過不同的懷舊，引向不同的時空意義，不只是向前看。以一九五〇年和一九九七年為兩大時間軸，由已逝的過去引發懷舊，或由可見的將來引發懷舊，意義引向中國、香港或同時兩者，指向尋求也指向尋求的徒然。這兩大時間軸向後又移前，香港文學的懷舊是有關昔日的故事，是現在的故事，也是時間的故事。

懷舊題材從五〇年代貫串至二〇〇〇年代，而不同年代的懷舊具有不同的時代指向，針對不同的時代意義。五〇年代的懷舊亦當然有特定的時代針對點，而更獨特的是懷舊本身更凸顯了身份認同的矛盾，見出五〇年代香港文學的複雜性。對五〇年代初期的作者如路易士（李雨生）、司馬長風、徐訏、力匡來說，懷舊即使傷感，卻指向復現過去的希望，指向烏托邦的建造和對目前的抵抗，帶一點積極性而受到認同；然而在舒巷城〈鯉魚門的霧〉和劉以鬯〈過去的日子〉的懷舊當中，懷舊不指向積極，反而是一種迷思，從這角度來看，五〇年代對香港的懷舊比當時無法真實返

63 參宇文所安，《追憶》，頁二二一—二二三。

回的中國故土的懷舊更顯神傷，至少舒巷城和劉以鬯對香港的懷舊都指向身份的迷糊、對喪失的認清，透過懷舊表達香港身份認同的尋求，同時也表達這種尋求的艱困以至近乎不可能實現的徒勞。

一九五〇年代的懷舊指向消逝的故土，理念上的烏托邦，也連帶個人記憶和斷裂的經驗，由一九九七引發的懷舊則指向歷史的迷思、本土的感情，以至對懷舊本身的批判和反思。李碧華的《胭脂扣》、辛其氏的《紅格子酒舖》、郭麗容的〈城市慢慢的遠去〉、董啟章〈永盛街興衰史〉和鍾玲玲《玫瑰念珠》五篇小說尤其透過對時間的執著，表達了一種政治陳述：對未來的恐懼、對一九九七的不信任、對殖民地教育引致的歷史空白之批判。

二〇〇〇年代的懷舊在九七回歸之後，陳冠中的《事後：本土文化誌》針對二〇〇〇年代的文化斷裂和流失，重新關注並維繫本土文化的多元和承接，他以散文形式構築出一部個人經驗回顧式的文化小史，特別強調七〇年代由青年自發推動的前衛文化，與民間各種媒體中的流行文化、通俗文化形成多元共生局面，由此而向二〇〇〇年代的本土意識喊話，《事後：本土文化誌》藉懷舊而針對二〇〇〇年代的問題，嘗試引發反思，可說發揮了懷舊的積極意義；而董啟章《天工開物・栩栩如真》和西西〈照相館〉則對懷舊抱持比較抽離的態度，從過去的投入中抽離出，也懷疑已消逝的舊事物在二〇〇〇年代的作用，以至警惕於懷舊的扭曲，拒絕消費性的懷舊，也拒絕附和被政治家挪用的懷舊。正如懷舊見出當下的缺欠，董啟章和西西對懷舊的抽離，或可以解釋為一種對當下現實的不信任。八、九〇年代至二〇〇〇年代那種因應九七問題而對懷舊的認真、熱衷和投入，由於世代經驗、人文環境和語言的斷層，可能再難以見於二〇一〇年代以後的香港文學，因此它們已成了一種「懷舊史」。

第二十四章
香港文學的遺忘史
——以馬朗為焦點的思考

引言

「遺忘」是香港文學史上的顯著現象，而「反遺忘」則是香港文學史書寫的重要動機。「遺忘」作為香港文學史上的現象，不單因為史料散失、作家的成就被忽略、作品鮮少被記載論述，更重要的是「遺忘」這現象被意識到、被標示出，以至被論述到。「遺忘」之所以作為香港文學史上的現象，最關鍵是作者或論述者意識到「遺忘」，對於作者或作品被遺忘的種種言說，有時是以回憶或記述的形式作為文學史料的一部份，有時以抒情或具情志和想像的語言成為另一種文學作品，有時以意念的形構、解說而作為一種關於作家、作品以至文學史的論述；透過種種「遺忘」書寫，個別作家、作品可能重新被發現，可能繼續被遺忘，也或者，透過書寫「遺忘」而抗衡「遺忘」，成為一種「反遺忘」。本文以馬朗（馬博良）在文壇的「失蹤」與復出、梁秉鈞的「馬朗發現事件」這兩宗文學史事件為主要文本，探討葉維廉、梁秉鈞等人的「反遺忘」之論述，作為文學史論的另一種嘗試。

一、直面「遺忘」

文學史書寫除了傳遞知識、整理文學資料的教育或學術目的，有時也具有抗衡遺忘的作用，以至藉重構記憶而實現文學性。文學史書寫對應著遺忘，尤其當中的遺忘不是隨機或偶然，而是刻意使某種記憶被掩蓋，則抗衡「遺忘」本身便可說另有構建文化思潮上的作用。邱貴芬在一篇討論臺灣鄉土文學論戰的專文中，指出「在戰後臺灣的社會裡，日治記憶被視為國民黨亟欲撲滅的『日本殖民遺毒』，因此一直處在『難言』之狀態」，[1]而當一九七七年，葉石濤發表〈臺灣鄉土文學史導論〉重新勾勒出臺灣日治時期新文學的發展，並聯繫到當時鄉土文學論戰中對於「反西化」、「回歸鄉土」的訴求，邱貴芬指出葉石濤的關鍵角色，在於該著作的面世而使「斷裂、逐漸被遺忘的臺灣文學傳統和歷史記憶，因此得以重回檯面，而一套『以臺灣為中心』的歷史敘述也隱然成形」，[2]邱貴芬的說法凸顯了文學史書寫在構建文化思潮上的作用，以至文學史書寫如何對應著「遺忘」而催生出抗衡遺忘的論述。

另一方面，書寫「遺忘」、抗衡「遺忘」不只是一種論述，重構記憶、抗衡遺忘，亦往往連帶著文學性的實現。陳國球指司馬長風的《中國新文學史》「是香港罕見的有規模的『文學史』著作，但也是一份文化回憶的紀錄」，[3]陳國球指司馬長風透過《中國新文學史》「重構那份鄉土的回憶」，更以對中國現代文學抒情文和「詩情」的探討，以至對三、四〇年代中國文壇的發展使用了「歉收、泥淖、陰霾、貧弱、凋零、飄零、歧途、彷徨、漩渦」等色調灰暗的字眼，形構「唯情的文學史論述」，[4]陳國球指出司馬長風《中國新文學史》的文學意義，在於學術規範以外，使文學史論述達致了文學性，只是其成就被多數學者批評為不嚴謹、具政治見解而被蓋過。

司馬長風的《中國新文學史》著於一九七〇年代中後期，是一位具有中國大陸生活經驗的作家，透過文學史論述而追懷失落了的文化理想的著作，某程度上也針對香港殖民地政治和文化教育中的「無根」、「失根」狀態。一九九〇年代中，香港社會面對「九七回歸」議題，作家、學者開始意識到香港文學史料長期缺乏有系統整理，深具「被遺忘」以至「被論述」的文化焦慮，[5]一九九三至九八年間，黃繼持、盧瑋鑾、鄭樹森三位學者展開一系列整理香港文學史料的工作，初期的

1　邱貴芬，〈在地性論述的發展與全球空間：鄉土文學論戰三十年〉，收入思想編輯委員會，《鄉土、本土、在地（思想6）》（臺北：聯經出版事業公司，二〇〇七），頁八八。

2　同前注，頁九二。

3　陳國球，《文學史書寫形態與文化政治》（北京：北京大學出版社，二〇〇四），頁二〇四。

4　同前注，頁二四七。

5　參考本書第二十二章，〈「回歸」的文化焦慮：一九九五年的《今天・香港文化專輯》與二〇〇七年的《今天・香港十年》〉一文。

相關論述於一九九八年結集為《追跡香港文學》一書，及後三人再相繼編纂《早期香港新文學作品選（一九二七—一九四一年）》、《早期香港新文學資料選（一九二七—一九四一年）》、《國共內戰時期香港本地與南來文人作品選（一九四五—一九四九年）》、《國共內戰時期香港文學資料選（一九四五—一九四九年）》等書，成為日後眾多研究香港文學者的必備讀物。[6]鄭樹森在該書的首篇文章〈遺忘的歷史，歷史的遺忘——五、六〇年代的香港文學〉，縷述種種影響香港文學發展的歷史因素之後，提出文學史整理者面對的困難，在於體制的漠視，「政府圖書館的不聞不問」引致「史料的湮沒」，造成「歷史面貌的日益模糊」。[7]該文寫於一九九六年，文中沒有明言，但從文中「不得不面對」、「不得不去努力」等用語，大略可見出其九七回歸前的文化焦慮，鄭樹森努力重構歷史，以抵抗長期的遺忘，但又擔心、自省到整理過程中造成另一種遺忘，他在文章的結束處，點出「遺忘」作為整理史料遇到的一種矛盾：

> 任何選集、資料冊和文學大事年表的整理工作，都不得不面對歷史被遺忘後的窘厄，但也不得不去努力重構。而在這過程中，過濾篩選，刪芟蕪雜，又在所難免。換言之，重新構築出來的圖表面貌，不論是有意或無意，不免是另一種歷史的遺忘。[8]

鄭樹森文中一再以「不得不面對」、「不得不去努力」來表達整理史料的困難，既點出當中的矛盾，更凸顯當中的自覺：他們努力重構歷史，卻也意識到自己的重構不是絕對無誤的重現，「不得不面對」、「不得不去努力」這樣的敘述凸顯了史料整理者本身的無力感，但正透過此「反遺忘」

的無力感，形塑出香港文學史當中被遺忘的歷史本質，成就了另一形質的重構。

上述引文作為〈遺忘的歷史，歷史的遺忘〉一文的結語，鄭樹森未在文中就「遺忘」與「反遺忘」多加申論，其後他在二〇〇〇年出版的《香港新文學年表（一九五〇—一九六九年）》，透過與黃繼持、盧瑋鑾的〈三人談〉中的「編輯報告」進一步闡釋，除了提出「遺忘的歷史、歷史的遺忘」是黃繼持、盧瑋鑾、鄭樹森三位學者在九〇年代初期展開工作時曾經討論過的理論角度，也提出即使有如法國年鑑學派整理史料的鉅細靡遺，也不免有所限制，由此再次重申他們對整理史料的自覺。黃繼持在〈三人談〉提出有關年表的意義後，鄭樹森提出回應，他分別引述後結構主義和新

6　黃繼持、盧瑋鑾和鄭樹森三位首先編成了《香港文學大事年表一九四八—一九六九》、《香港散文選一九四八—一九六九》、《香港小說選一九四八—一九六九》、《香港新詩選一九四八—一九六九》四書，由香港中文大學人文學科研究所「香港文化研究計劃」於一九九六至一九九八年間出版，繼而向前追溯，一九九八至一九九九年間，編成《早期香港新文學作品選（一九二七—一九四一年）》、《早期香港新文學資料選（一九二七—一九四一年）》、《國共內戰時期香港本地與南來文人作品選（一九四五—一九四九年）》、《國共內戰時期香港文學資料選（一九四五—一九四九年）》四書，二〇〇〇年編成《香港新文學年表（一九五〇—一九六九）》，均由天地圖書公司出版。其後黃繼持先生於二〇〇二年病逝，二〇一三年出版的《淪陷時期香港文學作品選：葉靈鳳、戴望舒合集》和二〇一七年出版的《淪陷時期香港文學資料選（一九四一至一九四五年）》二書是由盧瑋鑾、鄭樹森主編，熊志琴編校。

7　鄭樹森，〈遺忘的歷史，歷史的遺忘——五、六〇年代的香港文學〉，收入黃繼持、盧瑋鑾、鄭樹森，《追跡香港文學》，頁九。

8　同前注，頁九。

歷史主義的理論觀點：

事實上所有的歷史永遠在不斷被遺忘當中。法國年鑑學派費爾南・布勞岱爾所做那種巨細無遺的歷史，雖然相當細緻，連單據數字也不放過，但仍然不能避免史料受到時間的淘汰。我們希望藉著《年表》努力建構尚無價值判斷的歷史面貌，但在建構過程中總有所刪汰，故不免是歷史的遺忘。將來研究者或會參照《年表》及其他材料，撰寫香港文學的發展歷史，但《年表》本身已有不得已或刻意遺忘的部份。從這個角度看，這與近二十多年西方「後結構主義」以來的理論觀點——歷史最後不免是一種建構的行為——恐怕也無可避免有某種脗合之處。但是，我們在展開工作時，並沒有這樣的想法。曾經從事西方「新歷史主義」理論的研究者，都瞭解到歷史不斷在遺忘中，而建構出來的歷史，肯定已經刻意遺忘了某些部份。但是，假如所有的歷史都是建構出來的，最後的面貌也自有其相對性。因此，我們並沒有反映歷史全貌的企圖。[9]

以上一段發言，可說是鄭樹森〈遺忘的歷史，歷史的遺忘〉一文結尾有關「歷史的遺忘」的進一步闡釋，並由此自覺地提出他們整理史料的限制；而更重要的，是這種自覺不單純是對呈現史料的限制有所認知，鄭樹森意識到整理史料的過程中，不免有所過濾篩選，衍生有意或無意的「歷史遺忘」，這就是他說與後結構主義者有某種脗合之處，但又不完全同意「歷史最後不免是一種建構的行為」這近乎犬儒或虛無的觀點，故他再以「新歷史主義」的說法來作補充，指出即使歷史被建構，「最後的面貌也自有其相對性」。

由此自覺而迂迴的思考，鄭樹森既超越了歷史敘述就必然是權威的謬誤，更超越了歷史敘述不免是一種建構或免不了再次遺忘的虛無，他重新意識到、並向讀者傳遞出一種重整香港文學史料的必要性，提醒讀者和日後的研究者注意當中的限制：「《年表》本身已有不得已或刻意遺忘的部份」，當中的意義在於整理史料者對於建構文學史過程是有其局限的自省，鄭樹森和黃繼持、盧瑋鑾三人努力整理、重構散失的史料，抗衡「遺忘」，卻也意識到整理、重構的過程中不免做成另一種遺忘。那麼，歷史是否注定被遺忘，整理史料是否徒勞呢？整理史料的部份動機在於抗拒、防止歷史被遺忘，但在整理的過程中卻坦承，遺忘是不可避免，鄭樹森在〈三人談〉的論述中，比〈遺忘的歷史，歷史的遺忘〉一文的結尾帶著更迂迴的無力感，也更自覺地提防、抗拒歷史建構者的權威或霸權，嘗試釐清歷史與遺忘的本質，透過直面「遺忘」達致了「反遺忘」。

二、馬朗的失蹤與復出

香港文學史上被遺忘的作家不勝枚舉，相比之下，「反遺忘」的論述顯得微弱，卻一再凸顯「遺忘」與「反遺忘」的矛盾或複雜性。當中有一些互相關聯的例子，一九七六年，由馬朗（馬博

9　鄭樹森、黃繼持、盧瑋鑾，〈香港新文學年表（一九五〇—一九六九年）三人談〉，收入黃繼持、盧瑋鑾、鄭樹森編，《香港新文學年表（一九五〇—一九六九年）》，頁七—八。

良）《美洲三十絃》的出版而衍生的回憶、思索，以及馬朗、葉維廉、梁秉鈞（也斯）等人的「反遺忘」論述，由七〇年代中期延伸至八〇年代，以至到二〇〇〇年代引發更多人參與，包括葉維廉著於二〇〇六年的〈現代主義與香港現代詩的興發——一段被遺忘了的中國現代文學史〉，以及梁秉鈞寫於二〇一〇年的〈現代漢詩中的馬博良——「馬博良詩集」新版總序〉。葉維廉早於一九七六年已有〈經驗的染織〉作為馬朗詩集《美洲三十絃》的序，梁秉鈞亦於一九八二年有〈從緬懷的聲音裡逐漸響現了現代的聲音〉一文作為馬朗詩集《焚琴的浪子》的序，一九九三年再有〈臺灣與香港現代詩的關係——從個人的體驗說起〉憶述個人對馬朗的發現，葉維廉與梁秉鈞在以上跨越三十多年的幾篇文章中，念念不忘於馬朗與《文藝新潮》的發現與遺忘，一再凸顯馬朗的失蹤與復出，如何作為香港文學遺忘史上的關鍵事件之一。

馬博良，《美洲三十絃》（臺北：創世紀詩社，1976）。

馬朗早於一九五六年創辦《文藝新潮》，引介歐美、譯介歐美當代文學及文化思潮，促進臺、港兩地的現代派詩歌交流，過去許多論者如葉維廉、梁秉鈞、王建元、洛楓等早已論及馬朗與《文藝新潮》的文學史意義，本書〈超越放逐：論馬朗〉一文亦討論過馬朗的詩作，本文不再重複，擬集中從馬朗的失蹤與復出文壇之事，就「遺忘」與「反遺忘」議題作出討論。

《文藝新潮》一九五九年停刊後，馬朗仍於一九六〇至六一年間在劉以鬯主編的《香港時報・淺水灣》發表創作和外國文學譯介；但在一九六三年，馬朗結束在香港十三年的生活和工作，前赴美國洛杉磯，曾於報社工作，其後進入美國政府，被調派到祕魯、墨西哥等地從事外交工作，[10]其間已絕少在香港發表作品，[11]直至一九七六年由臺北的創世紀詩社出版了詩集《美洲三十絃》，同年在香港《大拇指》第四十一期發表〈舊金山組曲六章〉等詩作，這時期他轉用了本名馬博良，一九八一年在香港《素葉文學》第四期發表〈初訪臺北〉等詩作，以及一九八四年在《創世紀》「創刊卅週年紀念號」發表〈香港的夜空〉等詩，都是使用本名馬博良，標示他在文壇的重新出發，而他本人也自覺到。[12]

《美洲三十絃》由葉維廉撰序，葉維廉在序文起首即指出由「馬朗」到「馬博良」名字的轉變

10　馬朗在一次訪問中頗詳細地交代赴美後的工作，他說：「後來考入美國政府工作。他們給我到學校進修，然後再參與外交工作。我就這樣去了，到了美國兩年就進了政府，之後一直都在政府。」「我到過很多國家，因為我被調派到很多地方」，參見馬朗、鄭政恆，〈上海、香港、天涯〉，頁九二。

11　除了一九六六年五月六日在《中國學生周報．詩之頁》發表了〈相見日〉一詩。該詩是馬朗寫於一九四六年的舊作，可能不是馬朗投寄出，而是該期《中國學生周報．詩之頁》編者蔡炎培保存下來的舊稿。〈相見日〉一詩後來收入一九八二年出版的馬朗詩集《焚琴的浪子》一書中。

12　馬朗於一九四〇年代已有使用本名馬博良出版小說集《第一理想樹》（上海：正風文化社，一九四七）及主編一九四四年在上海創刊的《文潮》，一九五一年來港後，仍有使用「馬博良」之名在《七彩》週報發表文章，唯在主編《文藝新潮》期間未有使用「馬博良」之名，從一九五六至一九六三年間，主要署名「馬朗」發表創作及譯作。

及其意義：「馬博良這個名字很多寫詩的朋友會覺得很陌生，但如果告訴他們，馬博良便是馬朗，大家馬上會記起在一九五八年前後現代詩風起雲湧時他所扮演的角色。」[13]葉維廉以「馬朗」這名字喚回詩壇對《文藝新潮》的記憶，他在序文中說明《文藝新潮》在延續和引介現代派思潮的意義後，以「失蹤」形容馬朗離港後音訊全無，再以法國詩人韓波（Jean Nicolas Arthur Rimbaud, 1854-1891，中譯另有稱「藍波」或「蘭波」）的「洗手不幹，浪跡天涯」比擬馬朗「失蹤」帶來的懸念：

> 但《文藝新潮》十數期後便停刊，馬朗竟做了一個「焚琴的浪子」，在美國「失蹤了」十餘年，毫無消息，他真的像法國詩人韓波（Rimbaud）那樣，從此洗手不幹，浪跡天涯，做一個永久的謎語嗎？[14]

葉維廉將馬朗與韓波比擬，潛在的意思不僅因為二人都是十幾歲就踏入文壇的早熟詩人，又一度從文壇「失蹤」，亦因為馬朗曾在《文藝新潮》第七期「英美現代詩特輯」的前言中，引用韓波提出「一切必須現代化」作為法國現代主義詩歌新趨向的呼聲，[15]由此而再將馬朗與《文藝新潮》提倡現代主義文學的工作聯繫，作為一種不應被磨滅的文學史記憶，同時，亦強化了馬朗從文壇「失蹤」帶來的遺憾。

馬朗的「失蹤」，對葉維廉那一輩作者的衝擊，不下於《文藝新潮》的停刊，因為馬朗是戰後香港現代詩的重要源頭，在《文藝新潮》停刊的一九五九年，葉維廉與王無邪、崑南等幾位創辦了《新思潮》，試圖接續《文藝新潮》的工作，然而馬朗離港後十餘年「毫無消息」，不單引起葉維廉一輩作者的困惑，馬朗「失蹤」於香港文壇所引起的「遺忘」，更標誌著一種文學承傳的斷裂，如梁秉鈞所說，「才不過是六七年的時間，報刊傳媒文藝界已沒有人提這份雜誌」，「好像失憶地忘卻了在這城市住過的人做過的事」。[16]

從一九六三年馬朗離開香港，到一九七六年出版詩集《美洲三十絃》，事隔十三年，是這次「遺忘」事件的轉折，如上文所論，馬朗一九七六年改以本名「馬博良」作為所有作品的署名，可視為一次他本人自覺為之的「復出」。在《美洲三十絃》出版前，馬朗曾把一批詩作總題為〈舊金山組曲〉寄給當年《文藝新潮》的同人之一李維陵，李維陵嘗試把它投到香港一份文藝刊物，但未能發表，李維陵再寄給在南洋任職報界的另一同人楊際光；楊際光認為在星馬發表這批詩作並不理想，再經由劉以鬯通信中的引介，把詩作投給梁秉鈞所辦的《四季》，另附楊際光以「羅謬」為筆名的〈後記〉解釋原委；梁秉鈞原擬把該批詩作發表於《四季》第三期，卻因經濟問題未有出版，梁秉鈞再把該批詩作轉交《大拇指》，這次終於成功把作品發表了，馬朗的〈舊金山組曲〉，包括〈孖結街之晨〉、〈在獨角獸咖啡座〉、〈無上裝的卡露・杜達〉、〈稀德街頭〉、〈十一月九日午十二時半的下埠〉、〈華埠〉這六首，連同羅謬（楊際光）的〈後記〉（說明轉發馬朗這批詩作的緣起）

13 葉維廉，〈經驗的染織〉，收入馬博良，《美洲三十絃》，頁五。
14 同前注，頁五。
15 參考馬朗為「英美現代詩特輯（上）」所撰前言，文章無標題，刊於《文藝新潮》七期（一九五六年十一月）。
16 也斯，〈現代漢詩中的馬博良〉，頁五。

及梁秉鈞的一段附識（解釋由《四季》轉交《大拇指》的經過），刊於一九七六年十月八日出版的《大拇指》第四十一期。[17]

經過一九七六年這趟非常曲折的「〈舊金山組曲〉發表事件」，馬朗終於重現香港詩壇，同年九月《美洲三十絃》由創世紀詩社在臺灣出版，正式標誌馬朗的復出。一九八〇年代，是馬朗另一段活躍於文壇的時期，一九八一年在香港《素葉文學》第四期發表〈初訪臺北〉等詩作，八二年由素葉出版社出版詩集《焚琴的浪子》，八三年在《文藝雜誌季刊》發表〈「文藝新潮」雜誌的回顧〉，八四年在臺灣《創世紀》第六十五期「創刊卅週年紀念號」主編「八〇年代香港現代詩特輯」，發表〈緒言〉，選輯了李維陵、葉維廉、蔡炎培、戴天、西西、梁秉鈞、吳煦斌、何福仁、俞風、康夫等等十五人的詩作，馬朗自己也發表了〈香港的夜空〉等詩，一九八五年四月參加香港大學亞洲研究中心主辦的香港文學研討會，發表〈香港現代詩的過去與未來〉一文，同年八月在香港寓所接受張默的訪談，由張默整理為〈風雨前夕訪馬朗〉在臺灣《文訊月刊》發表。

一九七六至一九八五年這段時期復出的馬朗，可說略帶點《文藝新潮》時期的身影，因為他不僅在香港、臺灣兩地的刊物發表自己的創作，出版了兩本詩集，更延續了《文藝新潮》時期推動臺、港現代詩交流的角色，在《創世紀》第六十五期「創刊卅週年紀念號」主編「八〇年代香港現代詩特輯」，向臺灣詩壇介紹八〇年代的香港詩人，而更重要的是，馬朗在〈「文藝新潮」雜誌的回顧〉、「八〇年代香港現代詩特輯」的〈緒言〉、〈香港現代詩的過去與未來〉以及由張默整理的訪談紀錄〈風雨前夕訪馬朗〉等多篇文章中，均一再提到《文藝新潮》的歷史，尤其在〈「文藝新潮」雜誌的回顧〉和張默整理的〈風雨前夕訪馬朗〉，詳述《文藝新潮》的緣起經過和軼事，甚至比《文藝新潮》的發刊詞更明確地提出創辦《文藝新潮》是為了推動現代主義文學，一九八三年他在〈「文藝新潮」雜誌的回顧〉一文說：「我們出版這本雜誌，從頭就是要在革命的狂流中開始一個新的革命，一個新的潮流——這個新的潮流就是現代主義。我認為，通過現代主義才可以破舊立新，這是文學上追求真善美的道路」，[18]其後在一九八五年接受張默的訪問中重申：「當時，我認為，通過現代主義才可以破舊立新」，[19]反而一九五六年的《文藝新潮》發刊詞未有明確使用「現代主義」一詞。

馬朗的復出和他本人對《文藝新潮》的回憶和多番說明，引發了八〇年代末、九〇年代初香港文壇新一波有關《文藝新潮》的歷史敘述和研究，歷史敘述角度有盧昭靈（盧因）〈五〇年代的現代主義運動——《文藝新潮》的意義和價值〉、方蘆荻〈談《文藝新潮》對我的影響〉，研究角度有湯禎兆〈馬朗和《文藝新潮》的現代詩〉、洛楓〈香港早期現代主義的發端——馬朗與《文藝新潮》〉等，成為日後研究《文藝新潮》的基本材料或論述參考；[20]其中，盧因的文章有獨特意義，

---

17 這次曲折的馬朗〈舊金山組曲〉發表事件，羅謬（楊際光）的〈後記〉及梁秉鈞的一段附識都有所記述，參見一九七六年十月八日出版的《大拇指》第四十一期。此外，梁秉鈞在〈現代漢詩中的馬博良〉一文亦有記述這事件，該文收入馬博良，《焚琴的浪子》（香港：麥穗出版公司，二〇一一）。

18 馬朗，〈「文藝新潮」雜誌的回顧〉，《文藝雜誌季刊》七期（一九八三年九月），頁二五。

19 張默，〈風雨前夕訪馬朗〉，頁八四。

20 盧昭靈（盧因），〈五〇年代的現代主義運動——《文藝新潮》的意義和價值〉，《香港文學》四九期（一九八九年一月），頁八——一五；方蘆荻，〈談《文藝新潮》對我的影響〉，《星島晚報・大會堂》，一九八九年三月七日；湯禎兆，

他是《文藝新潮》的作者之一，一九五七年間在《文藝新潮》發表〈餘溫〉、〈父親〉、〈瘋婆〉等小說，並曾獲「文藝新潮小說獎金短篇第二名」，[21]《文藝新潮》停刊後參與崑南、葉維廉等人成立的「現代文學美術協會」；[22]盧因在一九八九年發表的〈五〇年代的現代主義運動〉一文除了指出《文藝新潮》的歷史地位，也從過來人的角度作出感嘆：「筆者有幸，忝屬《文藝新潮》一員。環顧昔年由馬朗振臂高呼歸到旗下來的舊將，不是撒手人間，就是告老歸田；不是退出文壇，就是遠走他方，仍堅守文學陣營執筆無間的，數來數去只有劉以鬯最具資格」，[23]該段文章主旨是指出今天能有資格評論《文藝新潮》的人已很少，但盧因以「撒手人間」、「告老歸田」、「退出文壇」、「遠走他方」一連串比「失蹤」更具體的形容，除了呼應葉維廉在《美洲三十絃》序文提出馬朗從文壇「失蹤」帶來的遺憾，更指向一種文學社群星散、經驗斷裂的遺憾。

二〇〇〇年代，馬朗再於香港發表詩作，詩作〈世紀末三聯想〉和致崑南的書信刊於二〇〇一年三月出版的《詩潮》第三期，[24]另有〈稀世坡兩章〉刊於二〇〇四年十二月出版的《文學世紀》第四十五期。二〇〇三至二〇一一年間，先後接受杜家祁、王良和、鄭政恒的訪談，馬朗在接受杜家祁的訪問中比較詳細地講述一九六三年離港赴美之後的經歷，並首次對葉維廉等人指他「失蹤」，予以說明：

> 葉維廉說我：「不見了」。我和他們說，這麼多年下來，我沒辦法，因為我看到的那些情形，我預料到香港有一天會轉變，我預料到會有這樣的一天。所以我覺得，我可以有機會回去美國，我就要回去了，我那時候也知道美國准我回去。[25]

馬朗在該段談話中解釋自己離港赴美，是有政治上的考慮，有感於香港政治環境上的不安，而他本就成長於美國華僑家庭，故用「回去美國」形容自己的離港。二〇〇七至二〇一一年間，由麥穗出版了最新詩集《江山夢雨》，以及重排再版了《美洲三十絃》和《焚琴的浪子》兩部舊作，二〇一三年再由香港中華書局出版《半世紀掠影：馬博良小說集》，主要收入四〇年代在上海發表的小說。

二〇〇〇年代的馬朗，在三次訪問中重申現代詩美學立場，又補充前此未見的生平資料，加上《美洲三十絃》和《焚琴的浪子》的重排再版以及最新詩集和小說集的出版，掀起香港文壇以至臺、港學者另一波有關馬朗、《文藝新潮》和五、六〇年代現代主義運動的探討，包括葉維廉〈現代主義與香港現代詩的興發〉、陳國球〈香港五、六〇年代現代主義運動與李英豪的文學批評〉、須文蔚〈馬朗五〇、六〇年代的雙城記：以臺港現代主義文學跨區域傳播為焦點〉、邱偉平〈《文

〈馬朗和《文藝新潮》的現代詩〉，《詩雙月刊》六期（一九九〇年六月），頁三三—四一；洛楓，〈香港早期現代主義的發端——馬朗與《文藝新潮》〉，《詩雙月刊》八期（一九九〇年十月），頁三〇—三五。

21 盧因的得獎作品〈私生子〉刊於《文藝新潮》第一二期（一九五七年八月）。

22 參考金炳興的訪問，見盧瑋鑾、熊志琴編著，《香港文化眾聲道2》（香港：三聯書店，二〇一七），頁三七二。

23 盧昭靈，〈五〇年代的現代主義運動〉，頁八。

24 二〇〇一年一月至十月出版的《詩潮》第一至第八期由崑南、葉輝、陳智德、廖偉棠輪流主編；二〇〇二年一月至二〇〇三年一月出版的《詩潮》第一至第十二期由崑南、葉輝、關夢南、陳智德輪流主編。

25 杜家祁，〈為什麼是「現代主義」？——杜家祁・馬朗對談〉，《香港文學》二二四期（二〇〇三年八月），頁二七。

藝新潮》譯介現代主義詩作的選擇與取向〉、區仲桃〈試論馬朗的現代主義〉、陳智德〈超越放逐：論馬博良〉等等研究，其中，葉維廉的論文原於二〇〇六年七月八日舉行的「第六屆香港文學節研討會」上宣讀，其後加入副題「一段被遺忘了的中國現代文學史」，收入二〇一六年出版的《晶石般的火焰：兩岸三地現代詩論（上冊）》；他在文中先指出馬朗為香港現代主義文學的「主要的試探者、推動者」，但論述焦點不在於馬朗創辦《文藝新潮》的歷史本身，而是馬朗對《文藝新潮》的回顧：「《文藝新潮》的主編詩人馬朗，在回顧時把香港看成可以重建這個理想文化國度的場域」，[26]葉維廉為了進一步闡釋《文藝新潮》創辦所涉的「歷史情結」，在文中第一部份追溯中國現代主義文學的淵源，再以主要篇幅論述五、六〇年代香港現代主義思潮興起的幾種因素，以馬朗創辦《文藝新潮》、崑南、王無邪、葉維廉所創辦的《詩朵》、《新思潮》、《好望角》以及各人的創作和對外國現代詩的翻譯作為回顧焦點，結合葉維廉個人經驗，整理出五、六〇年代香港現代詩的發展脈絡，並如副題所擬，以該段歷史作為「一段被遺忘了的中國現代文學史」。

葉維廉一文可說是由馬朗對《文藝新潮》的回顧所引發，也可說是由馬朗的復出所引發，葉維廉闡釋《文藝新潮》創辦的背景、五、六〇年代香港現代主義思潮興起的幾種因素，並透過副題強調它是「一段被遺忘了的中國現代文學史」，葉維廉藉由馬朗對《文藝新潮》的回顧，意識到也標示出「遺忘」，他沒有明言，但該文對馬朗八〇年代復出後的回顧，是有所呼應的，他分析香港現代主義思潮的興起，補充個人經驗，向讀者傳遞了那是不應被遺忘的喊話。

葉維廉分析香港現代主義思潮興起的原因，其實也是分析馬朗、《文藝新潮》以至香港現代主義思潮被遺忘的原因，包括殖民地統治及其連帶的資本主義文化工業使人物化、異化，造就大量商品文化，卻漠視、不利於精緻和具反思文化的存在：「其結果是短小化娛樂性的輕文學，讀者只作一刻的沉醉，然後隨手一丟，便完全拋入遺忘裡，在文化意識民族意識的表面滑過，激不起一絲漣漪！對歷史文化的流失沒有很大的悲劇感，偶然出現的嚴肅認真的聲音，一下就被完全淹沒」，[27] 由此，葉維廉把馬朗、《文藝新潮》以至香港現代主義思潮的被遺忘，歸結到一個殖民地統治的文化背景中，可說觸及到相當關鍵也十分複雜的香港文學與殖民地文化之間的糾葛；而他沒有直接提出卻一再喻示的訊息，就是「反遺忘」不僅作為文學史的一種補充，更可以是對殖民主義的抗衡。差不多同時，梁秉鈞也在由七〇年代延伸至二〇〇〇年代的四篇文章中，強調個體的自主追尋如何作為「反遺忘」的關鍵。

三、梁秉鈞的「馬朗發現事件」

當馬朗《美洲三十絃》出版及《大拇指》第四十一期刊登〈舊金山組曲〉後，梁秉鈞撰寫〈營營地是誰說著連綿的話呀——一首關於北角的詩和一些聯想〉，發表於一九七七年的《號外》，其後梁秉鈞把該文擴充成長篇論文〈從緬懷的聲音裡逐漸響現了現代的聲音〉，先刊於《素葉文學》

26 葉維廉，〈現代主義與香港現代詩的興發——一段被遺忘了的中國現代文學史〉，收入葉維廉，《晶石般的火焰：兩岸三地現代詩論（上冊）》（臺北：國立臺灣大學出版中心，二〇一六），頁四四一。

27 同前注，頁四四七。

第五期，再作為序文收入一九八二年出版的馬博良《焚琴的浪子》一書中，梁秉鈞在該文的起首，先回憶他「發現」馬朗的過程：

我是六〇年代初期「發現」馬朗（馬博良）的詩作的，「發現」這個字眼也許用得奇怪，但當時沒有人整理香港的文學，中學讀的課本裡也找不到任何與現實時空有關連的文學作品，所以前代的香港作者反而變成陌生的名字了。我最初從臺灣出版的《六十年代詩選》裡看到馬朗的詩作和介紹，後來買到舊的《文藝新潮》和翻閱別的舊雜誌，看到馬朗的創作和翻譯，才逐漸認識這位前輩作者五〇年代所做的事。[28]

梁秉鈞文中提到從《六十年代詩選》「發現」馬朗之後，再買到舊的《文藝新潮》，他在文章的另一段由討論馬朗的〈北角之夜〉談到自己的北角生活經驗，回憶中學時代在街邊舊書攤買到《文藝新潮》的過程：

大概是六三年吧，有一天晚上，我在這附近閒逛，在擺著大光燈的棋檔旁邊，見有人擺賣舊書。在一堆堆《西點》、《藍皮書》和星相測字的舊書之間，發現了一疊名叫《文藝新潮》的舊雜誌，每本只賣兩角，我連忙買下了。在這以前，我一直沒看過這份五〇年代出版的文學刊物，現在有機會讀到，對它的眼光和魄力十分佩服。[29]

梁秉鈞在文中提到最初是經由臺灣出版的《六十年代詩選》「發現」馬朗，他意識到使用「發現」這詞彙的特殊性：他要強調，前此他重未聽聞有馬朗這位作家，也從未看到《文藝新潮》，原因是文學史料缺乏整理，正規教育體制也無視「現實時空」中的文學作品。如果馬朗的「失蹤」是一種作家自身選擇引致的遺忘，那麼梁秉鈞提到他「發現」馬朗之前的文學斷裂，則是基於文化空間和教育體制的無視而引致了遺忘。不過，後來梁秉鈞在〈臺灣與香港現代詩的關係——從個人的體驗說起〉一文對「發現」馬朗的最初緣起另有補充：

> 香港大會堂在一九六二年成立，我從圖書館裡借到英美艾略特、康明斯等人的詩集，也借到一本《六十年代詩選》，從裡面開始認識臺灣詩人，也同時發現，原來香港也有馬朗、葉維廉、崑南這樣的詩人，寫過這樣的詩。[30]

在六〇年代初，除了曾維持一年左右、由劉以鬯主編的《香港時報》副刊「淺水灣」，以及一九六〇年間出版至第六期後停刊的《新思潮》以外，可供發表具前衛現代詩風格作品的刊物不多。一九六二年，年方十四歲的梁秉鈞在香港大會堂圖書館讀到《六十年代詩選》中的臺灣現代詩，以

28 也斯，〈從緬懷的聲音裡逐漸響現了現代的聲音〉，頁一。
29 同前注，頁四。
30 也斯，〈臺灣與香港現代詩的關係——從個人的體驗說起〉，收入《香港文化空間與文學》，頁二一。

及香港的馬朗、葉維廉、崑南等人的現代詩，既是發現，也是啟蒙和震撼；而引致「發現」的媒介之一，香港大會堂圖書館本是殖民地文化體制下的文化建設一環，梁秉鈞在正規教育體制中接觸不到「現實時空」中的文學作品，卻在另一種建制文化建設中接觸到另一個「現實時空」中的文學編選作品集：來自臺灣現代詩壇（主要是創世紀詩社同人）對香港同具現代派風格詩歌的認同、串聯。《六十年代詩選》由張默、瘂弦主編，一九六一年出版，書名中的「六十年代」是沿用當時對年代指稱的舊式算法，指一九五一至一九六〇年。《六十年代詩選》的編者在〈緒言〉簡述西方現代主義藝術的特質及其與現代詩的關係，文章尾段再申述編選原則：

> 本詩選所採納的廿六家，絕大部份是中國現代詩發展過程中後半期的代表作，至少包括由象徵主義躍進到現代主義各階段的創作。所謂「六十年代」，並非完全意味著一種紀年式的時間觀念，而是表示一種新的、革命的、超傳統的現代意義。[31]

文中指的「六十年代」，一方面是年代的標示，另一方面是觀念的標示，尤其強調「新的、革命的、超傳統的」時間觀。該〈緒言〉無署名，據張默編的《臺灣現代詩編目一九四九—一九九五（修訂篇）》一書對《六十年代詩選》的「內容提要」資料，該〈緒言〉由「洛夫代筆」，[32]相信亦代表《六十年代詩選》編者們的整體意見。

《六十年代詩選》挑選的作品大都具有前衛、創新語言的傾向，除了選錄洛夫、瘂弦、張默等《創世紀》同人，也選錄白萩、林亨泰、黃荷生、錦連等後來加入笠詩社的詩人。此外，也選錄了香港詩人馬朗、葉維廉、崑南寫於一九五〇年代中後期的代表作，並透過由編者所撰的作者簡介，強調馬朗、葉維廉、崑南與臺灣詩壇的聯繫，特別是對現代主義文學的共同觀念，使其「新的、革命的、超傳統的」時間觀，達致臺、港結連的作用。

《六十年代詩選》選錄二十六位詩人的作品，次序編排是按筆劃序，在每位詩人的作品前都有一段五百至八百字的作者介紹，除了生平資料，也有一些論述性文字。在馬朗作品的部份，編者介紹馬朗在上海已參與文學刊物的編輯工作，到香港後創辦了《文藝新潮》，「於海外掀起了現代主義文學和美術的巨浪」，[33]如此便將馬朗的詩作與香港現代主義文學及美術的發展聯繫，作為臺、港現代詩的一種共通點。

《六十年代詩選》選錄馬朗、葉維廉、崑南三人詩作的同時，也在作者介紹中標示三人在香港的文學經驗，葉維廉、崑南曾創辦《詩朵》，其後加入馬朗組織的新潮社，成為《文藝新潮》的核心作者，二人在《文藝新潮》停刊後，另行創辦《新思潮》，出版至一九六〇年停刊。在《六十年代詩選》的作者簡介中，一九五六年的《文藝新潮》、一九五五年的《詩朵》和一九五九年的《新思潮》三份刊物成了串聯起馬朗、葉維廉、崑南三人文學經驗的路線。這當然只是五〇年代香港詩壇面貌發展的其中一端，而馬朗、葉維廉、崑南三人在《六十年代詩選》很清楚的被標示出，更重

31 〈緒言〉，收入張默、瘂弦編，《六十年代詩選》（高雄：大業書店，一九六一），頁vi。
32 張默編，《臺灣現代詩編目一九四九—一九九五（修訂篇）》，頁九七。
33 張默、瘂弦編，《六十年代詩選》（高雄：大業書店，一九六一），頁八六。

要的意義是編者認為三人的詩藝和風格可與臺灣的現代詩壇匯合，共同構建如編者在〈緒言〉所說的，「中國現代詩」的「新的、革命的、超傳統的現代意義」。

《六十年代詩選》所選錄的馬朗、葉維廉、崑南等人作品，正主要來自《文藝新潮》和《新思潮》，《六十年代詩選》選錄了馬朗〈焚琴的浪子〉，原刊《文藝新潮》一九五六年出版的創刊號，選錄了葉維廉〈賦格〉，原刊一九六〇年出版的《新思潮》第三期，加以編者在馬朗、葉維廉、崑南三人的簡介中強調他們創辦《文藝新潮》和《新思潮》的工作，正讓由於市場和閱讀口味而無法延續的香港現代主義文學，透過《六十年代詩選》以及「創世紀的詩典律」，進入初步典律化的文學史觀念中，其在當時及往後的影響，其實已超乎編者對「新的、革命的、超傳統的」現代詩想像。

《六十年代詩選》對梁秉鈞來說，一方面是臺灣現代詩的發現，另一方面更是對一種斷裂不彰的香港現代詩風格的發現：「原來香港也有馬朗、葉維廉、崑南這樣的詩人，寫過這樣的詩」，梁秉鈞使用「原來香港也有」、「寫過這樣的詩」這樣的句式、語言，凸顯那「發現」當中的震撼和啟蒙意義：香港的新詩，原來可與英美艾略特（T. S. Eliot, 1888-1965）、康明斯（E. E.Cummings, 1894-1962）的詩歌，以及《六十年代詩選》中的臺灣現代詩，形成一條可以串聯的線。由此，《六十年代詩選》固然是梁秉鈞的「馬朗發現事件」的重要源頭，具反遺忘的作用，而梁秉鈞對自我經驗上的「馬朗發現事件」的敘述，也成就了一種反遺忘。

二〇〇七至二〇一一年間，麥穗出版公司出版馬朗最新詩集《江山夢雨》以及重排再版了《美洲三十絃》和《焚琴的浪子》兩部舊作，《焚琴的浪子》在原有的序文前面，新增了梁秉鈞寫於二〇一〇年的〈現代漢詩中的馬博良——「馬博良詩集」新版總序〉一文，他在該文重申自己當年

「發現」《文藝新潮》以及對歷史被遺忘的感慨：

我六〇年代在街頭購到《文藝新潮》的舊刊，除了驚訝之前香港有這麼高水準的文藝雜誌，還驚覺才不過是六七年的時間，報刊傳媒文藝界已沒有人提這份雜誌。香港不斷熱鬧地向前發展，另一方面卻好像失憶地忘卻了在這城市住過的人做過的事，還心虛又自貶地接受了「文化沙漠」的稱呼。基於對前輩的敬仰，我多方打聽博良先生的去向，只知道他在美國。[34]

梁秉鈞在文中以報刊、傳媒、文藝界的「失憶」、「忘卻」，對應於自己在〈從緬懷的聲音裡逐漸響現了現代的聲音〉一文中提出的「發現」，凸顯在文化環境的匱乏中，個體的自主追尋、抗衡遺忘的重要。該文也再次憶述一九七五年馬朗〈舊金山組曲〉由梁秉鈞所辦的《四季》轉交《大拇指》發表的經過，此外在二〇〇七至二〇一一年間，馬朗新作《江山夢雨》以及《美洲三十絃》和《焚琴的浪子》兩部舊作的重排再版，其實是由梁秉鈞與樊善標共同促成，而在二〇一三年，梁秉鈞亦透過他主持的嶺南大學人文學科研究中心，促成了《半世紀掠影：馬博良小說集》的出版，[35]

34　也斯，〈現代漢詩中的馬博良〉，頁五。

35　《半世紀掠影：馬博良小說集》一書列入由嶺南大學人文學科研究中心策劃、梁秉鈞與黃淑嫻主編的「一九五〇年代香港文學與文化叢書」，惜梁秉鈞教授於二〇一三年一月五日病逝，該書實際編輯工作由鄭政恆執行，二〇一三年九月由香港中華書局出版。

凡此都可說是一種「反遺忘」的實際行動。

從一九七七年的〈營營地是誰說著連綿的話呀〉，一九八二年的〈從緬懷的聲音裡逐漸響現了現代的聲音〉，一九九三年的〈臺灣與香港現代詩的關係——從個人的體驗說起〉，到二〇一〇年的〈現代漢詩中的馬博良〉，梁秉鈞在這跨越三十多年的四篇文章中，念念不忘於馬朗與《文藝新潮》的發現與遺忘，他孜孜論述出的「反遺忘」，在針對史料散佚的遺憾和文化環境的漠視以外，更強調個體的自主追尋，如何作為抗衡遺忘的最終關鍵。

結語：遺忘與抒情

遺忘可以是無感的，意識到「遺忘」卻往往附帶無力感、哀懷、嘆喟。抗衡遺忘以至「反遺忘」，則關乎理念的重整和掙扎。「遺忘」與「反遺忘」由不同的文學事件、人物、作品建構出，呼應文學史的發展，其本身卻由於抒情的形質而回頭參與了文學性的塑造，或者說，「遺忘」與「反遺忘」既是文學史發展過程中的事件或意識，也可以形成另一形質的文學。

葉維廉和盧因對馬朗「失蹤」的感喟，不只關乎馬朗一人的去留或一種刊物的停辦，更關乎記憶的消隱和文學社群的星散，引致文學傳統的斷裂。葉維廉〈現代主義與香港現代詩的興發〉一文試圖超越斷裂的感喟，分析「遺忘」的緣由，將馬朗、《文藝新潮》以至香港現代主義思潮的被遺忘，歸結到一個殖民地統治的文化背景中，由此也呼應了鄭樹森在〈遺忘的歷史，歷史的遺忘〉一文中，提出文學史整理者面對的困難在於體制的漠視，在這層面，這種對「遺忘」的論述，可說共同地以殖民地體制漠視文藝建設，作為「遺忘」的重要源頭。

在另一層面，馬朗於八〇年代的復出，以至二〇〇〇年代透過訪談補充生平資料，又出版新作《江山夢雨》、再版《美洲三十絃》和《焚琴的浪子》兩部舊作，可說消解了葉維廉一輩作者對「遺忘」的懸念，修補文學史上的斷裂，事實上葉維廉〈現代主義與香港現代詩的興發〉一文的寫作即建基於馬朗八〇年代對《文藝新潮》的歷史回顧，而黃繼持、盧瑋鑾、鄭樹森三位學者在九〇年代中至二〇〇〇年代間連串整理香港文學史料的工作，也是一種修補斷裂，抗衡遺忘的工作，在這層面，鄭樹森對不同形式的「遺忘」，有更敏銳而迂迴的反思，當他指出：「重新構築出來的圖表面貌，不論是有意或無意，不免是另一種歷史的遺忘」，[36]他所說的「另一種歷史的遺忘」，是相對於該文前面提到的體制之漠視、「政府圖書館的不聞不問」引致「史料的湮沒」，造成「歷史面貌的日益模糊」，[37]這種遺忘也就是葉維廉在〈現代主義與香港現代詩的興發〉一文所針對的遺忘，而鄭樹森所說的「另一種歷史的遺忘」，其實是針對文學史料整理作為抗衡遺忘的行動。鄭樹森在〈三人談〉發言中提出「《年表》本身已有不得已或刻意遺忘的部份」，當中的意義在於整理史料者對於建構文學史過程是有其局限的自省，整理史料的部份動機在於抗拒、防止歷史被遺忘，但在整理的過程中卻坦承，遺忘是不可避免。透過鄭樹森嘗試釐清歷史與遺忘的本質，透過他直面「遺忘」的反思，我們大概可以再思考馬朗復出的意義，馬朗在八〇年代至二〇〇〇年代的連串修補斷

36 鄭樹森，〈遺忘的歷史，歷史的遺忘〉，頁九。

37 同前注。

裂的行動，消解了葉維廉一輩作者對「遺忘」的懸念，也彷彿接續、修補了香港現代主義文學的歷史；然而，馬朗對《文藝新潮》歷史的回憶以至重構，及其後引發的諸種研究，會否如同鄭樹森所指，「建構過程中總有所刪汰，故不免是歷史的遺忘」，尤其《文藝新潮》與現代主義文學的關係，不一定如馬朗本人在八〇年代回顧時所斷言的那麼明確：創辦《文藝新潮》是為了推動現代主義文學，而「通過現代主義才可以破舊立新」，馬朗的「反遺忘」當中，是否也包括了「遺忘」，仍是文學史整理者、論述者必須留心省察。

在梁秉鈞的「馬朗發現事件」中，標示出前代作者的發現而帶來的啟蒙和震撼，他在大會堂圖書館中閱讀《六十年代詩選》而發現了馬朗，前此他因文學空間的斷裂和教育體制的無視而從未得知馬朗其人，他在為馬朗詩集《焚琴的浪子》撰寫的長篇序文〈從緬懷的聲音裡逐漸響現了現代的聲音〉中，詳述他發現馬朗和《文藝新潮》的經過，有感於文學傳統的斷裂，也從側面批評正規教育體制無視「現實時空」中的文學作品。在討論馬朗〈北角之夜〉的論述中，穿插梁秉鈞的北角生活回憶，一種自發的城市遊蕩體驗：

> 今天回顧馬朗的舊作，我彷彿又回到多年前的那個晚上，在街頭剛買到一疊《文藝新潮》舊書，高興地走回家去，一邊忍不住翻閱起裡面的創作和翻譯來。十多年過去了，好像兜了一個圈，又回到原來的地方。但又已經不是原來的地方了。許多事情轉變了，北角的街頭何嘗不也一直在改變呢。我從一處搬到一處，但踢球的空地已建成大廈，舊的樓宇拆去。重遊賽西湖，發覺湖已填平，建起高高的大廈，走下來，竟然處處都是鎖起的鐵欄，找不到出路。英皇道繁

華而擠迫，失卻往日的美麗，代之以一種殘破的感覺。路上開始有了輕浮暴戾的風氣，五〇年代寧靜的空氣只留在七姊妹道、堡壘街等少數街道上，不曉得會不會逐漸消失。我又暫時離開了北角，聽說它更擠更亂，交通更沒有秩序了。每次想起，除了懷念，還有更多憂慮。北角就像整個香港，有好有醜，有樸實亦有輕浮，有堅厚的亦有脆薄的，我一遍又一遍在它的路上閑蕩，有種種不同的感想。今天晚上，會不會有另一個中學生，又再走過北大菜館附近的報攤（溫莎已拆去，附近又新開了別的餐室），看著種種或好或壞的報刊，或者走過附近的舊書攤，想從那裡翻出一點甚麼來？他會不會在一份舊刊物裡，看到一個叫做馬朗的名字。[38]

少年時代的梁秉鈞，在香港大會堂圖書館讀到《六十年代詩選》，又在北角街頭舊書攤購得《文藝新潮》，自發的閱讀發現，結合他在城市的遊蕩體驗，當他寫〈從緬懷的聲音裡逐漸響現了現代的聲音〉，從當時回望過去的發現，又加入當下的角度，指出地方今昔對比，引申出一種淡泊的抒情，對馬朗和《文藝新潮》的發現，結合了梁秉鈞個人的城市生活記憶，更由他個人對馬朗和《文藝新潮》所代表的文學傳統的承接開始，再想像許多年後，即他撰寫〈從緬懷的聲音裡逐漸響現了現代的聲音〉一文的時空中，會不會有另一個中學生，在另一份舊刊物裡發現馬朗，梁秉鈞在此實際上期待著另一種承接，他對遺忘有所抒情也有所嘆喟，最終以個人對文學傳統的承接，以及對這種承接的想像和期待，呼應了香港文學史上的「遺忘」與「反遺忘」。

38 也斯，〈從緬懷的聲音裡逐漸響現了現代的聲音〉，頁一八—一九。

主要徵引／參考文獻

一、原始文獻

力匡，〈我不喜歡這個地方〉，《星島晚報》，一九五二年二月二十九日。

——，《高原的牧鈴》（香港：高原出版社，一九五五）。

——，《燕語》（香港：人人出版社，一九五二）。

也斯，〈在公共汽車上〉，《中國學生周報》，一九七二年十月二十日。

——，《記憶的城市・虛構的城市》（香港：牛津大學出版社，一九九三）。

——，《剪紙》（香港：牛津大學出版社，二〇〇三）。

——，《游離的詩》（香港：牛津大學出版社，一九九五）。

——，《越界書簡》（香港：青文書屋，一九九六）。

小仲馬（Alexandre Dumas, Fils）著，王力譯，《半上流社會》（*Le Demi-Monde*）（上海：商務印書館，一九三一）。

小羊，〈詩境泛談〉，《香港時報・詩圃》，一九五五年一月十七日。

中華中學・宗家源，〈建設新社會與青年的任務〉，《華僑日報・學生週刊》，一九四九年五月二十日。

毛澤東，〈在延安文藝座談會上的講話〉（一九四二年五月），收入中共中央毛澤東選集出版委員會編，《毛澤東選集》卷三（北京：人民出版社，一九六八），頁八〇四—三五。

——，〈論人民民主專政〉（一九四九年六月三十日），收入中共中央毛澤東選集出版委員會編，《毛澤東選集》卷四（北京：人民出版社，一九六八），頁一三五七—三七一。

——，〈關於領導方法的若干問題〉（一九四三年六月一日）收入中共中央毛澤東選集出版委員會編，《毛澤東選集》卷三（北京：人民出版社，一九六八），頁八五二—五七。

王復，〈準備回國學習——給同學們的一封公開信〉，《華僑日報・學生週刊》，一九四九年一月十八日。

史復（羅孚），〈寫在前面〉，收入洛風，《人渣》（香港：求實出版社，一九五一），頁一—四。

史篤，〈文藝運動的現狀和趨勢〉，《大眾文藝叢刊》輯六（一九四九年三月）。

司馬長風，〈不求甚解的鄉愁〉，《唯情論者的獨語》（香港：小草出版，一九七二），頁一四七—五〇。

——，〈公園裡的世界〉，《中國學生周報》，一九六八年一月二十六日。

——，《鄉愁集》（香港：文藝書屋，一九七一）。

平可，〈誤闖文壇憶述〉（六）〉，《香港文學》六期（一九八五年六月），頁九八—九九。

——，〈誤闖文壇憶述（七）〉，《香港文學》七期（一九八五年七月），頁九四—九九。

白萩，〈流浪者〉，張默、瘂弦主編，《六十年代詩選》（高雄：大業書店，一九六一），頁二六。

旭華，〈致同學的一封信——關於參加祖國革命工作的問題〉，《華僑日報・學生週刊》，一九五〇年二月二十四日。

西西，《手卷》（臺北：洪範書店，一九八八）。

——，《白髮阿娥及其他》（臺北：洪範書店，二〇〇六）。

——，《我城》（臺北：洪範書店，一九九九）。

何達，〈我的感情激動了〉，《文匯報・文藝周刊》，一九四九年三月十日。
何達，〈學詩四十五年〉，收入尹肇池編，《何達詩選》（香港：文學與美術出版社，一九七六），頁一四一—六九。
余懷（林以亮），〈論新詩的形式〉，《人人文學》一五期（一九五三年八月），頁五五—六一。
——，〈詩與情感〉，《人人文學》一二期（一九五三年六月），頁五二—五八。
——，〈勵志詩—給無忌、力匡〉，《人人文學》一五期（一九五三年八月），頁二五。
吳仲賢，《大志未竟：吳仲賢文集》（香港：吳葉麗容，一九九七）。
吳其敏，〈導演過剩〉，《吳其敏文集・電影戲劇編》（香港：文壇出版社，二〇〇一），頁三三二—三三。
宋逸民，〈「密碼派」詩文今昔觀〉，《萬人雜誌》八四期（一九六九）。
李門，〈祥林嫂〉，《方言文學》輯一（香港：新民主出版社，一九四九），頁九八—一〇五。
李碧華，《胭脂扣》（香港：天地圖書公司，一九八四）。
李輝英，《鄉土集》（香港：純文學月刊社，一九六七）。
沙鷗，〈菜場〉，《文藝生活》海外版六期（一九四八年九月十五日）。
貝娜苔（楊際光），〈水邊〉，《文藝新潮》二期（一九五六年四月）。
——，〈匈牙利革命詩人會見記〉，《文藝新潮》一三期（一九五七年十月）。
——，〈鏡子〉，《海瀾》一期（一九五五年十一月），頁三〇。
——，〈橫巷〉，《文藝新潮》六期（一九五六年十月）。
辛其氏，《紅格子酒舖》（香港：素葉出版社，一九九四）。
阮凱蒂，〈新詩的舊作風〉，《香港時報・詩圃》，一九五五年二月七日。
周思中，〈在解殖的街頭〉，《今天》夏季號・七七期（二〇〇七），頁九一—一〇〇。

宗玨（盧豫冬），〈文藝之民族形式問題的展開〉，《大公報・文藝》，一九三九年十二月十三—十四日。
林以亮，〈同情與寬容〉，《人人文學》一四期（一九五三年七月），頁五〇—五五。
林煥平，〈拋棄包袱，穩步前進〉，《文藝生活》新一號，五四期（一九五〇年二月一日）。
邵荃麟，〈對於當前文藝運動的意見——檢討・批判・和今後的方向〉，《大眾文藝叢刊》輯一（一九四八年三月）。
長亭，〈詩和對詩的感應〉，《人人文學》一三期（一九五三年七月），頁六三。
南方學院・陽照，〈我們班是怎樣攪好的〉，《華僑日報・學生週刊》，一九五〇年二月四日。
洛夫，〈石室之死亡・三十〉，《洛夫自選集》（臺北：黎明文化，一九七五），頁四七。
——，〈煙囪〉，收入奚密編，《二十世紀臺灣詩選》（北京：中國社會科學出版社，二〇〇三），頁七二—七三。
洛風（阮朗），《人渣》（香港：求實出版社，一九五一）。
洛楓，〈當城市蒼老的時候〉，《素葉文學》六四期（一九九八年十一月），頁八〇—八一。
——，《飛天棺材》（香港：青文書屋，二〇〇六）。
——，《錯失》（香港：呼吸詩社，一九九七）。
珊珊，〈朋友，你去吧！〉，《華僑日報・學生週刊》，一九四九年十月二十八日。
茅盾，〈在反動派壓迫下鬥爭和發展的革命文藝——十年來國統區革命文藝運動報告提綱〉，收入李何林等著，《中國新文學史研究》（北京：新建設雜誌社，一九五一），頁一三一—五一。
唐人（阮朗），《金陵春夢》（香港：楊鏞，一九七〇）。
唐君毅，〈自序〉，《中華人文與當今世界（上）》（臺北：臺灣學生書局，一九七五），頁一—五。
——，〈花果飄零及靈根自植〉，《中華人文與當今世界（上）》（臺北：臺灣學生書局，一九七五），頁一—二七。

——，〈說中華民族之花果飄零〉，《中華人文與當今世界（上）》（臺北：臺灣學生書局，一九七五），頁二八—五八。
夏侯無忌，〈詩的欣賞與創作——給青年作者的第一封信〉，《人人文學》七期（一九五三年三月），頁六五—六八。
夏草，〈我打算這樣給自己改造〉，《華僑日報．學生週刊》，一九四九年七月二十二日。
——，〈迫害〉，《華僑日報．學生週刊》，一九五〇年一月二十日。
夏濟安，〈香港——一九五〇（附後記）〉，《文學雜誌》四卷六期（一九五八年八月）。
徐訏，〈無題〉，《星島晚報》，一九五一年八月一日。
——，《時間的去處》（香港：亞洲出版社，一九五八）。
——，《鳥語》（香港：亞洲出版社，一九五八）
——，《癡心井》（臺北：長風出版社，一九五五）。
——，《爐火》（香港：亞洲出版社，一九五七）。
——，〈過客〉，《徐訏全集（十五）》（臺北：正中書局，一九七〇），頁三一三—七五。
朗天，〈奪面．換位．安蒂岡妮：一種對香港主權移交的神話評論〉，《今天》夏季號．七七期（二〇〇七），頁一六一—六六。
海衛、少萍、望群、陽照、辛雄，〈我們的意見——讀『在轉動中的香港青年學生』後〉，《華僑日報．學生週刊》，一九五〇年二月四日。
秦西寧（舒巷城），《霧香港》（香港：中南出版社，一九五六）。
馬若、鄧阿藍，《兩種習作在交流》（香港：麥穗出版公司，二〇〇六）。
馬國明，〈荃灣的童年〉，《今天》春季號．二八期（一九九五）。

馬博良，《江山夢雨》（香港：麥穗出版公司，二〇〇七）。

——，《焚琴的浪子》（香港：素葉出版社，一九八二）。

馬覺，〈小孩〉，《中國學生周報》，一九六八年九月二十七日。

區潔名，〈慶回歸〉，《大公報・文學》，一九九七年五月二十一日。

商禽，《商禽詩全集》（臺北縣中和市：ＩＮＫ印刻文學生活雜誌出版有限公司，二〇〇九）。

崑南，〈大哉驊騮也〉，《中國學生周報》，一九六四年六月二十六日。

——，〈文之不可絕於天地者〉，《中國學生周報》，一九六五年七月二十三日。

——，〈布爾喬亞之歌〉，《文藝新潮》七期（一九五六年十一月）。

——，〈端午節談中國新詩三大問題（上）〉，《香港時報・淺水灣》，一九六〇年五月二十八日。

張一帆，《春到調景嶺》（香港：亞洲出版社，一九五四）。

張吻冰，〈我的氣壯山河〉，《華字晚報・新藝壇》，一九三八年一月八日。

張家偉，《六七暴動：香港戰後歷史的分水嶺》（香港：香港大學出版社，二〇一二）。

張愛倫（西西），〈港島・我愛〉，《中國學生周報》，一九六八年二月二日。

張默、瘂弦編，《六十年代詩選》（高雄：大業書店，一九六一）。

曹聚仁，《酒店》（香港：現代書店，一九五二）。

——，《採訪新記》（香港：創墾出版社，一九五六）。

望雲，《人海淚痕》（香港：祥記書局，無出版日期）。

梁秉鈞，〈五月廿八日在柴灣墳場〉，《中國學生周報・詩之頁》，一九七三年十二月二十日。

——，〈北角汽車渡海碼頭〉，《中國學生周報・詩之頁》，一九七四年一月二十日。

——，〈影城——「香港之十」〉，《詩風》四〇期（一九七五年九月一日），頁一。

梁荔玲，〈喜雨慶回歸〉，《香港文學報》，一九九七年六月。
符公望，〈勝保初到香港〉，《方言文學》輯一（香港：新民主出版社，一九四九），頁一一九—三〇。
紹美（何達），〈難道我的血裡有非洲的血統〉，《文匯報・文藝》，一九五八年十二月二十七日。
郭沫若，〈斥反動文藝〉，《大眾文藝叢刊》一期（一九四八年三月）。
郭彥汪，〈閉門讀書的時代過去了——謹此獻給『咪』家們〉，《華僑日報・學生週刊》，一九四九年一月十一日。
郭麗容，《某些生活日誌》（香港：普普工作坊，一九九七）。
陳之藩，〈失根的蘭花〉，《旅美小簡》（臺北：遠東圖書公司，一九七五）。
陳冠中，《事後：本土文化誌》（香港：牛津大學出版社，二〇〇七）。
陳殘雲，〈推進方言詩運動〉，《新詩歌・今年新年大不同》（一九四九年一月）。
——，〈喺我地鄉下〉，《中國詩壇》輯三「生產四季花」（一九四九年五月）。
陳瑩，〈去了！去得更久更遠〉，《華僑日報・學生週刊》，一九五〇年一月十三日。
喬木，〈文藝創作與主觀〉，《大眾文藝叢刊》輯二（一九四八年五月）。
游靜，〈半透明人〉，《今天》夏季號・七七期（二〇〇七），頁一三四—三九。
舒巷城，《太陽下山了（紀念版）》（香港：花千樹出版公司）。
——，《都市詩鈔》（香港：七十年代月刊社，一九七三）。
雄國，〈在轉動中的香港青年學生——讀「香港青年學生再睡下去嗎？」後〉，《華僑日報・學生週刊》，一九五〇年一月二十日。
集思編，《梁秉鈞卷》（香港：三聯書店，一九八九）。
黃河流，〈榕樹上〉，《華商報》，一九四七年十二月十五日。
黃雨，〈蕭頓球場的黃昏〉，《文匯報》，一九四八年十月七日。

黃繩，〈方言文藝運動幾個論點的回顧〉，收入中華全國文藝協會香港分會方言文學研究會編，《方言文學》輯一（香港：新民主出版社，一九四九），頁一二一—一三一。

黃藥眠，〈文藝工作者當前的幾個課題〉，《華商報・熱風》，一九四六年一月四日。

——等，〈詩人節宣言〉，《華商報・熱風》，一九四七年六月二十三日。

新潮社，〈發刊詞：人類靈魂的工程師，到我們的旗下來！〉，《文藝新潮》一卷一期（一九五六年二月）。

楊彥岐，〈香港半年〉，收入盧瑋鑾編，《香港的憂鬱：文人筆下的香港（一九二五—一九四一）》（香港：華風出版社，一九八三），頁二〇七—一二。

楊際光，〈前記〉，《雨天集》（香港：華英出版社，無出版日期），頁一—三。

——，〈香港憶舊：靈魂的工程師〉，《香港文學》一六七期（一九九八年十一月），頁五〇—五二。

——，〈尋根何處——一個四代家庭的聚散〉，《香港文學》一八四期（二〇〇〇年四月），頁七四—七八。

——，〈歸依〉，《香港文學》一四一期（一九九六年九月），頁五二。

——，《純境可求：楊際光晚年文集》（吉隆坡：燧人氏事業公司，二〇〇三）。

溫健騮，〈還是批判的寫實主義的大旗〉，《中國學生周報》，一九七二年十月二十七日。

瘂弦，《瘂弦詩集》（臺北：洪範書店，一九八八）。

葉林豐（葉靈鳳），《香港方物志》（香港：中華書局，一九五八）。

葉維廉，《愁渡》（臺北：晨鐘出版社，一九七六）。

董啟章，〈永盛街興衰史〉，收入許子東編，《香港短篇小說選一九九四—一九九五》（香港：三聯書店，二〇〇〇）。

——，《V城繁勝錄》（香港：香港藝術中心，一九九八）。

——，《天工開物・栩栩如真》（臺北：麥田出版，二〇〇五）。

——，《時間繁史・啞瓷之光（上）》（臺北：麥田出版，二〇〇七）。

——，《對角藝術》（臺北：高談文化，二〇〇五）。

路易士（李雨生），〈隨想錄〉，《人人文學》二期（一九五二年七月），頁一二—一三。

趙滋蕃，《半下流社會》（香港：亞洲出版社，一九五三）。

劉以鬯，〈發刊詞〉，《香港文學》一期（一九八五年一月），頁一。

——，〈過去的日子〉，《劉以鬯中篇小說選》（香港：香港作家出版社，一九九五），頁一三三—二二一。

——，《島與半島》（香港：獲益出版，一九九三）。

——，《對倒》（北京：中國文聯出版公司，一九九三）。

潘國靈、謝曉虹等，《i—城志》（香港：香港藝術中心，二〇〇五）。

蔡炎培，〈焦點問題〉，《中國學生周報》，一九六五年二月五日。

鄧阿藍，《一首低沉的民歌》（香港：呼吸詩社，一九九八）。

鄧棪華，〈香港青年學生再睡下去嗎？〉，《華僑日報・學生週刊》，一九四九年十二月二十三日。

魯迅，〈小引〉，《魯迅全集》卷二（北京：人民文學出版社，二〇〇五），頁二三五—三七。

——，〈略談香港〉，《魯迅全集》卷三（北京：人民文學出版社，二〇〇五），頁四四六—五六。

盧因，〈時間之歌〉，《香港時報》，一九六一年六月二十六日。

嶺英中學・野驢，〈送一個受騙回國的同學〉，《中國學生周報》，一九五二年九月十二日。

戴天，〈擺龍門〉，《骨的呻吟：戴天詩集》（香港：風雅出版社，二〇〇九），頁四二—四四。

薛汕，〈方言詩的新起點〉，《新詩歌・今年新年大不同》（一九四九年一月）。

謝曉虹，〈人魚〉，《今天》夏季號・七七期（二〇〇七），頁一四〇—四六。

鍾廷明，〈新的開始，新的躍進！——給一羣同學〉，《華僑日報・學生週刊》，一九四九年二月二十五日。

鍾玲玲，《玫瑰念珠》（香港：三人出版，一九九七）。
藍橋，〈改造思想與改造生活〉，《華僑日報·學生週刊》，一九四九年五月二十七日。
顏純鈎，〈紅綠燈〉，《紅綠燈》（香港：博益出版集團，一九八四），頁五─一六。
———，〈回國升學有前途嗎？〉，《中國學生周報》，一九五二年八月八日。
———，〈建立文化的真正力量〉，《新思潮》一期（一九五九年五月）。
———，〈香港風情引──代編後〉，《中國學生周報》，一九六八年一月二十六日。
———，〈香港將往何處去？〉，《中國學生周報》「學壇」，一九六七年六月二十二日。
———，〈創刊辭〉，《香港文學（雙月刊）》創刊號（一九七九年五月），頁二。
———，〈創刊辭〉，《詩雙月刊》一卷一期（一九八九年八月一日），頁二─三。
———，〈發刊辭〉，《博益月刊》創刊號（一九八七年九月），頁一。
———，〈華南文學藝術工作者第一屆代表會議日誌〉，《華南文藝》一卷二期（一九五〇年十一月）。
———，〈號角〉，《新思潮》一期（一九五九年五月）。
———，〈編輯後記〉，《文藝新潮》一二期（一九五七年八月）。
———，《現代文學美術協會宣言》（香港：現代文學美術協會，一九五九）。

二、參考文獻

I．專書

Abbas, Ackbar, *Hong Kong: Culture and the Politics of Disappearance* (Hong Kong: Hong Kong University Press, 1997).
Barber, Noël, *The Fall of Shanghai* (New York: Coward, McCann & Geoghegan, 1979).

Bordwell, David著，何慧玲譯，李焯桃編，《香港電影王國：娛樂的藝術》（香港：香港電影評論學會，二〇〇一）。

Boym, Svetlana, *The Future of Nostalgia* (New York: Basic Books, 2001).

Jameson, Fredric, *Postmodernism, or, The Cultural Logic of Late Capitalism* (London; New York: Verso, 1991).

Relph, Edward, *Place and Placelessness* (London: Pion, 1976).

Tim Cresswell著，王志弘譯，《地方：記憶、想像與認同》（*Place: A Short Introduction*）（臺北：群學出版公司，二〇〇六）。

Tuan, Yi-fu, *Topophilia: A Study of Environmental Perception, Attitudes, and Values* (New York: Columbia University Press, 1990).

也斯，《香港文化》（香港：香港藝術中心，一九九五）。

——，《香港文化空間與文學》（香港：青文書屋，一九九六）。

中國人民政治協商會議上海市委員會文史資料工作委員會編，《上海解放三十五周年：文史資料紀念專輯》（上海：上海人民出版社，一九八四）。

孔定芳，《清初遺民社會：滿漢異質文化整合視野下的歷史考察》（武漢：湖北人民出版社，二〇〇九）。

文康廣播科，《藝術政策檢討報告諮詢文件》（香港：布政司署文康廣播科，一九九三）。

文通學社編，《歷史的軌跡》（廣州：廣東人民出版社，一九八七）。

王文英編，《上海現代文學史》（上海：上海人民出版社，一九九九）。

王宏志，《歷史的沉重：從香港看中國大陸的香港史論述》（香港：牛津大學出版社，二〇〇〇）。

王宏志、李小良、陳清僑，《否想香港：歷史・文化・未來》（臺北：麥田出版，一九九七）。

王斑，《歷史與記憶：全球現代性的質疑》（香港：牛津大學出版社，二〇〇四）。

王瑤，《中國新文學史稿‧下冊》（上海：新文藝出版社，一九五四）。

王德威，《後遺民寫作》（臺北：麥田出版，二〇〇七）。

北京圖書館編，《民國時期總書目一九一一—一九四九》（北京：書目文獻出版社，一九八六）。

古蒼梧，《一木一石》（香港：三聯書店，一九八八）。

司馬長風，《中國新文學史（下卷）》（香港：昭明出版社，一九七八）。

宇文所安（Stephen Owen）著，鄭學勤譯，《追憶：中國文學中的往事再現》（*Remembrances*）（北京：生活‧讀書‧新知三聯書店，二〇〇四）。

竹內好著，李冬木、趙京華、孫歌譯，《近代的超克》（北京：生活‧讀書‧新知三聯書店，二〇〇五）。

余慕雲，《香港電影史話》卷三（香港：次文化堂，二〇〇〇）。

——，《香港電影史話》卷四（香港：次文化堂，二〇〇〇）。

余繩武、劉存寬主編，《十九世紀的香港》（香港：麒麟書業，一九九四）。

——、劉蜀永主編，《二十世紀的香港》（香港：麒麟書業，一九九五）。

吳萱人，《香港六、七〇年代文社運動整理及研究》（香港：臨時市政局公共圖書館，一九九九）。

——主編，《香港七〇年代青年刊物：回顧專集》（香港：策劃組合，一九九八）。

呂大樂，《唔該，埋單！——一個社會學家的香港筆記》（香港：閒人行公司，一九九七）。

呂劍，《詩與鬥爭》（香港：新民主出版社，一九四七）。

李焯桃，《觀逆集：中外電影篇》（香港：次文化，一九九三）。

汪暉，《現代中國思想的興起‧下卷第二部‧科學話語共同體》（北京：生活‧讀書‧新知三聯書店，二〇〇四）。

沈衛威，《東北流亡文學史論》（鄭州：河南人民出版社，一九九二）。

林年同，《中國電影美學》（臺北：允晨文化，一九九一）。
南方學院第三屆學生自治會編，《香港南方學院師生紀念手冊》（香港：南方學院第三屆學生自治會，一九四九）。
洛楓，《世紀末城市：香港的流行文化》（香港：牛津大學出版社，一九九五）。
洪子誠，《問題與方法：中國當代文學史研究講稿》（北京：生活・讀書・新知三聯書店，二〇〇二）。
紀弦，《紀弦回憶錄（第二部）》（臺北：聯合文學出版社，二〇〇一）。
胡春惠等，《香港調景嶺營的誕生與消失：張寒松等先生訪談錄》（臺北：國史館，一九九七）。
茅盾，《夜讀偶記》（天津：百花文藝出版社，一九五八）。
計璧瑞，《被殖民者的精神印記：殖民時期臺灣新文學論》（臺北：秀威資訊，二〇一四）。
夏衍，《劫後影談》（北京：中國電影出版社，一九八〇）。
——，《懶尋舊夢錄》（北京：生活・讀書・新知三聯書店，一九八五）。
奚密，《現當代詩文錄》（臺北：聯合文學出版社，一九九八）。
徐訏，《現代中國文學過眼錄》（臺北：時報文化，一九九一）。
袁小倫，《粵港抗戰文化史論稿》（廣州：廣東人民出版社，二〇〇五）。
袁良駿，《香港小說史》（深圳：海天出版社，一九九九）。
馬國明，《班雅明》（臺北：東大圖書，一九九八）。
馬輝洪編，《回憶舒巷城》（香港：花千樹出版公司，二〇一二）。
張詠梅，《北窗呢喃下的燕語：力匡作品漫談》（香港：張詠梅，一九九六）。
——，《邊緣與中心：論香港左翼小說中的「香港」（一九五〇—一九六七）》（香港：天地圖書公司，二〇〇三）。

張漢良，《現代詩論衡》（臺北：幼獅文化，一九七七）。

張默編，《臺灣現代詩編目一九四九—一九九五（修訂篇）》（臺北：爾雅出版社，一九九六）。

許霆、魯德俊，《十四行體在中國》（蘇州：蘇州大學出版社，一九九五）。

許翼心，《香港文學觀察》（廣州：花城出版社，一九九三）。

陳守仁，《香港粵劇研究》卷上（香港：廣角鏡出版社，一九八八）。

陳芳明，《臺灣新文學史．上冊》（臺北：聯經出版事業公司，二〇一一）。

陳建華，《「革命」的現代性：中國革命話語考論》（上海：上海古籍出版社，二〇〇〇）。

陳思和，《中國當代文學史教程》（上海：復旦大學出版社，一九九九）。

陳炳良編，《文學與表演藝術》（香港：嶺南學院中文系，一九九四）。

陳國球，《文學史書寫形態與文化政治》（北京：北京大學出版社，二〇〇四）。

陳智德，《板蕩時代的抒情：抗戰時期的香港與文學》（香港：中華書局，二〇一八）。

陳雲，《香港有文化：香港的文化政策（上卷）》（香港：花千樹出版公司，二〇〇八）。

陳麗芬，《現代文學與文化想像：從臺灣到香港》（臺北：書林出版公司，二〇〇〇）。

賀桂梅，《轉折的時代：四〇—五〇年代作家研究》（濟南：山東教育出版社，二〇〇三）。

黃繩，《文藝與工農》（香港：求實出版社，一九五一）。

楊智深，《唐滌生的文字世界．仙鳳鳴卷》（香港：三聯書店，一九九五）。

葉月瑜，《歌聲魅影：歌曲敘事與中文電影》（臺北：遠流出版公司，二〇〇〇）。

葉石濤，《臺灣文學史綱》（高雄：文學界雜誌社，一九八七）。

葉維廉，《晶石般的火焰：兩岸三地現代詩論（下冊）》（臺北：國立臺灣大學出版中心，二〇一六）。

賈植芳、俞元桂主編，《中國現代文學總書目》（福州：福建教育出版社，一九九三）。

劉以鬯，《香港文學作家傳略》（香港：市政局公共圖書館，一九九六）。

——編，《劉以鬯卷》（香港：三聯書店，一九九一）。

劉禾（Lydia H. Liu）著，宋偉杰等譯，《跨語際實踐：文學，民族文化與被譯介的現代性（中國，一九〇〇—一九三七）》（*Translingual Practice: Literature, National Culture, and Translated Modernity—China, 1900-1937*）（北京：生活・讀書・新知三聯書店，二〇〇二）。

劉智鵬，《香港達德學院：中國知識份子的追求與命運》（香港：中華書局，二〇一一）。

鄭宇碩、盧兆興編，《九七過渡：香港的挑戰》（香港：香港中文大學出版社，一九九七）。

鄭樹森，《從諾貝爾到張愛玲》（臺北縣中和市：ＩＮＫ印刻文學生活雜誌出版有限公司，二〇〇七）。

鄭樹森、黃繼持、盧瑋鑾編，《國共內戰時期香港文學資料選（一九四五—一九四九年）》（香港：天地圖書公司，一九九九）。

盧敦，《瘋子生涯半世紀》（香港：香江出版有限公司，一九九二）。

盧瑋鑾，《香港故事：個人回憶與文學思考》（香港：牛津大學出版社，一九九六）。

——、熊志琴編著，《香港文化眾聲道2》（香港：三聯書店，二〇一七）。

鮑紹霖、黃兆強、區志堅主編，《北學南移：港臺文史哲溯源》（臺北：秀威資訊，二〇一五）。

謝榮滾主編，《陳君葆日記全集・卷二：一九四一—一九四九》（香港：商務印書館，二〇〇四）。

羅永生，《殖民無間道》（香港：牛津大學出版社，二〇〇七）。

羅貴祥，《他地在地：訪尋文學的評論》（香港：天地圖書公司，二〇〇八）。

顧也魯，《藝海滄桑五十年》（上海：學林出版社，一九八九）。

II・單篇文章

Leung, Ping-Kwan, "Modern Hong Kong Poetry: Negotiation of Cultures and the Search for Identity," *Modern Chinese Literature* 9 (1996): 221-45。

Young, John. D. "The Building Years: Maintaining a China-Hong Kong-Britain Equilibrium, 1950-71," *Precarious Balance: Hong Kong Between China and Britain, 1842-1992* (Hong Kong: Hong Kong University Press, 1994), pp. 131-48.

也斯，〈「我是剛來的……」——記舒巷城〉，收入思然編，《舒巷城紀念集》（香港：花千樹出版公司，二〇〇九），頁二〇八—一〇。

——，〈一九五〇年代香港新詩的傳承與轉化——論宋淇與吳興華、馬博良與何其芳的關係〉，收入黃淑嫻等編，《也斯的五〇年代：香港文學與文化論集》（香港：中華書局，二〇一三），頁五七—七九。

——，〈六〇年代的香港文化與香港小說〉，收入也斯編，《香港短篇小說選（六〇年代）》（香港：天地圖書公司，一九九八），頁一—一六。

——，〈從緬懷的聲音裡逐漸響現了現代的聲音〉，收入馬博良，《焚琴的浪子》（香港：素葉出版社，一九八二），頁一—二五。

——，〈現代漢詩中的馬博良——「馬博良詩集」新版總序〉，收入馬博良，《焚琴的浪子》（香港：麥穗出版公司，二〇一一），頁三—一二。

——，〈詩之頁每期刊出〉，《中國學生周報》，一九七四年六月二日。

〈公開聲明——香港政府拒絕支持藝術及獨立言論？〉，《越界》五八期（一九九三年十月二十三日—十一月五日），頁六。

方蘆荻，〈談《文藝新潮》對我的影響〉，《星島晚報・大會堂》，一九八九年三月七日。

毛蘭友，〈第三次革命〉，《七〇年代雙週刊》二四期（一九七一年十月）。

王宏志，〈中國人寫的香港文學史〉，收入王宏志、李小良、陳清僑，《否想香港：歷史・文化・未來》（臺北：麥田出版，一九九七）。

——，〈心造的幻影——談徐訏的《現代中國文學的課題》〉，《歷史的偶然：從香港看中國現代文學史》（香港：牛津大學出版社，一九九七）。

王志弘，〈流動—根著的辯證〉，收入黃秀如主編，《移動在瘟疫蔓延時》，《網絡與書》六期（二〇〇三），頁三〇—三六。

王益肇，〈論香港的文化〉，《星島日報・元旦增刊》，一九六〇年一月一日。

王德威，〈五〇年代反共小說新論〉，收入齊邦媛編，《四十年來中國文學》（臺北：聯合文學出版社，一九九五）。

——，〈翻譯「現代性」〉，《想像中國的方法》（北京：生活・讀書・新知三聯書店，一九九八）。

布海歌，〈我所認識的徐訏〉，收入徐訏紀念文集籌委會編，《徐訏紀念文集》（香港：香港浸會學院中國語文學會，一九八一），頁一〇九—一二八。

甘玉貞、關秀瓊編，〈西西作品編年表〉，《八方文藝叢刊》一二期（一九九〇年十一月），頁一〇五—五四。

田邁修，〈六〇年代／九〇年代：將人民逐漸分解〉，收入田邁修等編，《香港六十年代：身份、文化認同與設計》（香港：香港藝術中心，一九九五），頁二一—二二。

艾曉明，〈非鄉村的「鄉土」小說：關於舒巷城小說的「鄉土」含義〉，《香港作家》一一五期（一九九八年五月），頁一〇—一一。

何杏楓、張詠梅，〈訪問《青年生活》編輯何天樵先生〉，收入《華僑日報副刊研究計劃資料冊》（香港：香港中文大學中國語言及文學系「華僑日報副刊研究計劃」，二〇〇六），頁八六—九四。

吳仲賢，〈從七七到八一三〉，《七〇年代雙週刊》二三期（一九七一年九月）。
吳昊，〈愛恨中國：論香港的流亡文藝與電影〉，收入《香港電影的中國脈絡》（香港：市政局，一九九〇）。
吳俊雄，〈尋找香港本土意識〉，收入吳俊雄、張志偉編，《閱讀香港普及文化，一九七〇—二〇〇〇》（香港：牛津大學出版社，二〇〇二），頁八六—九五。
呂大樂，〈香港故事——「香港意識」的歷史發展〉，收入高承恕、陳介玄主編，《香港：文明的延續與斷裂？》（臺北：聯經出版事業公司，一九九七），頁一—一六。
呂辰，〈唐人＋阮朗＋顏開＋……＝嚴慶澍〉，《開卷月刊》一三期（一九八〇年一月），頁一八—二一。
李金強，〈民國史學南移——左舜生生平與香港史學〉，《香港中國近代史學會會刊》三期（一九八九年一月），頁八五—九七。
杜家祁，〈為什麼是「現代主義」？——杜家祁．馬朗對談〉，《香港文學》二二四期（二〇〇三年八月），頁二一—三二。
沈寂，〈百年人生風雨路——記徐訏〉，收入《徐訏先生誕辰一〇〇週年紀念文選》（上海：上海社會科學院出版社，二〇〇八），頁一—五。
沈雁冰（茅盾），〈自然主義與中國現代小說〉，收入鄭振鐸編，《中國新文學大系．文學論爭集》（上海：上海文藝出版社，二〇〇三，重印本），頁三八五—八六。
冼玉儀，〈社會組織與社會轉變〉，收入王賡武編，《香港史新編（上冊）》（香港：三聯書店，一九九七）。
周芬伶，〈顫慄之歌——趙滋蕃小說《半下流社會》與《重生島》的流放主題與離散書寫〉，《東海中文學報》一八期（二〇〇六年七月），頁一九七—二一六。
周蕾，〈殖民與殖民者之間〉，《寫在家國以外》（香港：牛津大學出版社，一九九五），頁一—三八。
東橙，〈那人在燈火闌珊處：舒巷城和他的文學創作〉，《香江文壇》七期（二〇〇二年七月），頁四五—五四。

松木（蔡振興），〈香港的鄉土作家——舒巷城〉，《香港文學（雙月刊）》三期（一九七九年十一月），頁八—一〇。

邱貴芬，〈「在地性」的生產：從臺灣現代派小說談「根」與「路徑」的辯證〉，收入張錦忠、黃錦樹編，《重寫臺灣文學史》（臺北：麥田出版，二〇〇七），頁三二五—六六。

——，〈在地性論述的發展與全球空間：鄉土文學論戰三十年〉，收入思想編輯委員會，《鄉土、本土、在地（思想6）》（臺北：聯經出版事業公司，二〇〇七），頁八七—一〇三。

南郭（林適存），〈香港的難民文學〉，《文訊月刊》二〇期（一九八五年十月），頁三二—三七。

柳蘇，〈唐人和他的夢〉，《博益月刊》九期（一九八八年五月），頁八二—八八。

洛楓，〈香港現代詩的殖民地主義與本土意識〉，收入張美君、朱耀偉編，《香港文學@文化研究》（香港：牛津大學出版社，二〇〇二），頁二二六—四〇。

洪子誠，〈關於五十至七十年代的中國文學〉，收入王曉明編，《二十世紀中國文學史論》（上海：東方出版中心，一九九七），頁一二三—四六。

唐曉渡，〈芒克訪談錄〉，收入劉禾編，《持燈的使者》（香港：牛津大學出版社，二〇〇一），頁三三七—五〇。

容世誠，〈「文本互涉」和背景：細讀兩篇現代香港小說〉，收入陳炳良編，《香港文學探賞》（香港：三聯書店，一九九一），頁二四九—八四。

徐訏，〈自由主義與文藝的自由〉，《個人的覺醒與民主自由》（臺北：傳記文學出版社，一九七九）。

馬朗、鄭政恆，〈上海、香港、天涯——馬朗、鄭政恆對談〉，《香港文學》三二一期（二〇一一年十月），頁八四—九三。

馬博良，〈「文藝新潮」雜誌的回顧〉，《文藝雜誌季刊》七期（一九八三年九月），頁二五—二六。

區文鳳，〈唐滌生後期的粵劇創作與香港粵劇的發展〉，收入劉靖之、冼玉儀主編，《粵劇研討會論文集》，頁四四六—四七。
康夫整理，〈西西訪問記〉，《羅盤》詩刊一期（一九七六年十二月），頁三—八。
張美君，〈文化建制與知識政治——反思「嚴肅」與「流行」之別〉，收入張美君、朱耀偉編，《香港文學@文化研究》（香港：牛津大學出版社，二〇〇二），頁四五—六七。
——，〈流徙與家國想像〉，收入張美君、朱耀偉編，《香港文學@文化研究》（香港：牛津大學出版社，二〇〇二），頁三〇—三九。
張詠梅，〈《華僑日報》副刊研究計劃——訪問《華僑日報》社長岑才生先生及編輯甘豐穗先生〉，《香港文學》二六〇期（二〇〇六年八月），頁八〇—八三。
——，〈訪問江河先生〉，《香港文學》二九三期（二〇〇九年五月），頁八八—九一。
張默，〈中國現代詩壇卅年大事記〉，《中外文學》一一卷三期（一九八二年五月），頁二〇六—六一。
——，〈風雨前夕訪馬朗〉，《文訊月刊》二〇期（一九八五年十月），頁七七—八八。
梁秉鈞，〈引言〉，《今天》春季號・二八期（一九九五），頁七一—七四。
——，〈香港小說與西方現代文學的關係〉，收入陳炳良編，《香港文學探賞》（香港：三聯書店，一九九一），頁六八—八八。
——，〈粵劇與當代文藝〉，收入劉靖之、冼玉儀主編，《粵劇研討會論文集》（香港：香港大學亞洲研究中心，三聯書店，一九九五）。
梅家玲，〈五〇年代國家論述／文藝創作中的「家國想像」：以陳紀瀅反共小說為例的探討〉，收入彭小妍編，《文藝理論與通俗文化（上）》（臺北：中央研究院中國文哲研究所籌備處，一九九九）。
犁青，〈四〇年代後期的香港詩歌（一九四六—一九四九）〉，《香江文壇》一三期（二〇〇三年一月）。
莫昭如，〈關於《七〇》，還可以說的是……〉，收入吳萱人主編，《香港七〇年代青年刊物：回顧專集》（香港：

策劃組合，一九九八）。

許子東，〈序〉，收入許子東編，《香港短篇小說選一九九四—一九九五》（香港：三聯書店，二〇〇〇）。

——，〈論失城文學〉，收入許子東，《香港短篇小說初探》（香港：天地圖書公司，二〇〇五）。

許翼心，〈香港「鄉土文學」芻論〉，《香港文學》五六期（一九八九年八月），頁四—八。

郭靜寧，〈盧敦：我那時代的影戲〉，《南來香港》（香港：香港電影資料館，二〇〇〇）。

陳芳明，〈快樂貧乏症患者——《商禽詩全集》序〉，收入《商禽詩全集》（臺北縣中和市：ＩＮＫ印刻文學生活雜誌出版有限公司，二〇〇九），頁二八—四五。

陳冠中，〈雜種城市與世界主義〉，《我這一代香港人》（香港：牛津大學出版社，二〇〇五）。

陳建忠，〈冷戰迷霧中的鄉土：論舒巷城一九五〇、六〇年代的地誌書寫與本土意識〉，《政大中文學報》二二期（二〇一四年十二月），頁一五九—八〇。

——，〈流亡者的歷史見證與自我救贖：由「歷史文學」與「流亡文學」的角度重讀臺灣反共小說〉，《文史臺灣學報》二期（二〇一〇年十二月），頁九—四四。

陳啟祥，〈香港本土文化的建立和電視的角色〉，收入冼玉儀編，《香港文化與社會》（香港：香港大學亞洲研究中心，一九九八）。

陳國球，〈從悌芬與興華到梁文星與林以亮——大陸、香港與臺灣的詩學流轉〉，「華文及比較文學協會雙年會」宣讀論文，香港，二〇一七年六月。

——，〈感傷的教育——香港、現代文學，和我〉，《感傷的旅程：在香港讀文學》（臺北：臺灣學生書局，二〇〇三）。

陳智德，〈「運動」的藍圖：早期青年文學獎的發展〉，《呼吸詩刊》二期（一九九六年九月），頁一九—二四。

——，〈左翼共名與倫理覺醒〉，收入黃愛玲編，《故園春夢：朱石麟的電影人生》（香港：香港電影資料館，二〇〇八）。

——，〈詩與再現——《一首低沉的民歌》出版說明〉，收入鄧阿藍，《一首低沉的民歌》（香港：呼吸詩社，一九九八），無頁碼。

——，〈維園可以竄改的虛實〉，《字花》一三期（二〇〇八年四至五月），頁一八—二一。

——，〈認同與超越的覺醒〉，《信報》「文化版」，二〇〇七年十月十九日。

——，〈鮮活的生長——訪問鄧阿藍〉，《作家》一〇期（二〇〇一年六月），頁四四—五三。

陳樹貞、羅卡，〈陳雲暢談六〇年代粵語片界〉，《躁動的一代：六〇年代粵片新星》（第二十屆香港國際電影節特刊）（香港：市政局，一九九六）。

雪夫，〈從「保釣」運動看香港青年的意識形態〉，《七〇年代雙週刊》二三期（一九七一年九月）。

程美珍，〈星期日雜誌的出生與死亡〉，《博益月刊》二三期（一九八九年八月），頁四〇—四一。

鄂復明提供，〈今天編輯部活動大事記〉，收入劉禾編，《持燈的使者》（香港：牛津大學出版社，二〇〇一），頁四三五—三三七。

黃子平，〈「香港文學」在內地〉，《害怕寫作》（香港：天地圖書公司，二〇〇五）。

黃繼持，〈關於「為香港文學寫史」引起的隨想〉，收入黃繼持、盧瑋鑾、鄭樹森，《追跡香港文學》（香港：牛津大學出版社，一九九八），頁七七—九〇。

楊匡漢、孟繁華，〈一九九七：「大中國文學」——香港／內陸文化的現狀與差異〉，《廣州文藝》一九九六年四期（一九九六年四月）。

楊沫，〈再版後記〉，《青春之歌》（香港：三聯書店，一九七七），頁六二五—三〇。

溫健騮，〈批判寫實主義是香港文學的出路〉，《中國學生周報》，一九七二年九月八日。

瘂弦，〈現代詩三十年的回顧〉，《中外文學》一〇卷一期（一九八一年六月）。

——，〈現代詩之省思〉，《中國新詩研究》（臺北：洪範書店，一九八七）。

萬之，〈聚散離合，都已成流水落花——追記《今天》海外復刊初期的幾次編委會議〉，《今天》春季號・一〇〇期（二〇一三）。

葉維廉，〈我和三、四十年代的血緣關係〉，《飲之太和》（臺北：時報文化，一九八〇），頁三五一—八二。

——，〈經驗的染織——序馬博良詩集「美洲三十絃」〉，收入馬博良，《美洲三十絃》（臺北：創世紀詩社，一九七六），頁五—二〇。

葉輝，〈「香港十年專號」前言〉，《今天》夏季號・七七期（二〇〇七），頁一—七。

董啟章，〈城市的現實經驗與文本經驗〉，《過渡》試刊之二（一九九五年五月）。

——，〈問世間情是何物：香港愛情書寫生產〉，《今天》春季號・二八期（一九九五），頁九八—一〇八。

〈緒言〉，收入張默、瘂弦編，《六十年代詩選》（高雄：大業書店，一九六一），頁I—VI。

趙稀方，〈五〇年代的與香港難民小說〉，收入游勝冠、熊秉真主編，《流離與歸屬：二戰後港臺文學與其他》（臺北：國立臺灣大學出版中心，二〇一五），頁七三—九二。

齊邦媛，〈千年之淚——反共懷鄉文學是傷痕文學的序曲〉，《千年之淚》（臺北：爾雅出版社，一九九〇）。

劉以鬯，〈三十年來香港與臺灣在文學上的相互聯繫〉，《劉以鬯卷》（香港：三聯書店，一九九一），頁三四七—五九。

——，〈五十年代初期的香港文學〉，《劉以鬯卷》（香港：三聯書店，一九九一），頁三六一—七一。

——，〈憶徐訏〉，收入《徐訏紀念文集》（香港：香港浸會學院中國語文學會，一九八一），頁二七—三四。

樊善標，〈學生的園地還是園地的學生——香港：《星島日報・學生園地》初探〉，《現代中國》輯一一（二〇〇八年九月）。

澄雨，〈懷舊・快樂・商品〉，《博益月刊》一〇期（一九八八年六月），頁一八五—八七。

蔡振興，〈回憶《時代青年》〉，《香港文學》一三期（一九八六年一月），頁九二—九五。

鄭樹森，〈五、六〇年代的香港新詩〉，《香港新詩選一九四八—一九六九》（香港：香港中文大學人文學科研究所，一九九八），頁i—xiii。

——，〈遺忘的歷史，歷史的遺忘——五、六〇年代的香港文學〉，收入黃繼持、盧瑋鑾、鄭樹森，《追跡香港文學》（香港：牛津大學出版社，一九九八），頁一—一〇。

——，〈讀西西小說隨想〉，《八方文藝叢刊》輯一二（一九九〇年一月），頁九五—九七。

——、黃繼持、盧瑋鑾，〈香港新文學年表（一九五〇—一九六九年）三人談〉，收入黃繼持、盧瑋鑾、鄭樹森編，《香港新文學年表（一九五〇—一九六九年）》（香港：天地圖書公司，二〇〇〇），頁三一—三五。

盧因，〈從《詩朵》看《新思潮》——五、六〇年代香港文學的一鱗半爪〉，《香港文學》一三期（一九八六年一月），頁五八—六一。

盧昭靈（盧因），〈五〇年代的現代主義運動——《文藝新潮》的意義和價值〉，《香港文學》四九期（一九八九年一月），頁八—一五。

盧瑋鑾，〈香港文學研究的幾個問題〉，收入黃繼持、盧瑋鑾、鄭樹森，《追跡香港文學》（香港：牛津大學出版社，一九九八），頁五七—七六。

錢理群，〈流亡者文學的心理指歸〉，《文學史》輯三（北京：北京大學出版社，一九九四），頁八五—一一一。

錢穆，〈青年節敬告流亡海外的中國青年們〉，《中國學生周報》，一九五三年四月。

霍玉英，〈知識的搖籃：香港兒童週刊讀者會〉，《中國文學學報》二期（二〇一一年十二月），頁二九五—三〇九。

羅永生，〈香港本土意識的前世今生〉，收入思想編輯委員會，《香港：本土與左右（思想26）》（臺北：聯經出版事業公司，二〇一四），頁一一三—五二。

——，〈香港的殖民主義（去）政治與文化冷戰〉，《殖民無間道》（香港：牛津大學出版社，二〇〇七）。

羅孚，〈曹聚仁在香港的日子〉，收入絲韋編，《絲韋卷》（香港：三聯書店，一九九二），頁二二〇—三一。

羅貴祥，〈後現代主義與梁秉鈞《游詩》〉，《他地在地：訪尋文學的評論》（香港：天地圖書公司，二〇〇八）。

——，〈經驗與概念的矛盾——七〇年代香港詩的生活化與本土性問題〉，收入張美君、朱耀偉編，《香港文學@文化研究》（香港：牛津大學出版社，二〇〇二），頁二四一—五二。

羅謬（楊際光），〈後記〉，《大拇指》四一期（一九七六年十月八日）。

藤井省三著，劉桂芳譯，〈小說為何與如何讓人「記憶」香港〉，收入陳國球編，《文學香港與李碧華》（臺北：麥田出版，二〇〇〇），頁八一—九八。

譚春發，〈上海影人入港與香港電影〉，《香港上海：電影雙城》（香港：市政局，一九九四），頁六五—七三。

關夢南訪問及整理，〈為完整的香港文學史打好基礎——訪問文學資料搜集的健行者盧瑋鑾女士〉，《今天》夏季號．七七期（二〇〇七），頁一四七—六〇。

蘇偉貞，〈在路上：趙滋蕃《半下流社會》與電影改編的取徑之道〉，《成大中文學報》四五期（二〇一四年六月），頁三七三—四〇四。

當代名家・陳智德作品集2

根著我城：戰後至2000年代的香港文學

2019年7月初版　　定價：新臺幣620元

著者	陳智德
叢書編輯	黃榮慶
校對	吳美滿
封面設計	兒日
編輯主任	陳逸華

出版者	聯經出版事業股份有限公司
地址	新北市汐止區大同路一段369號1樓
編輯部地址	新北市汐止區大同路一段369號1樓
叢書編輯電話	(02)86925588轉5307
台北聯經書房	台北市新生南路三段94號
電話	(02)23620308
台中分公司	台中市北區崇德路一段198號
暨門市電話	(04)22312023
台中電子信箱	e-mail：linking2@ms42.hinet.net
郵政劃撥帳戶	第0100559-3號
郵撥電話	(02)23620308
印刷者	世和印製企業有限公司
總經銷	聯合發行股份有限公司
發行所	新北市新店區寶橋路235巷6弄6號2樓
電話	(02)29178022

總編輯	胡金倫
總經理	陳芝宇
社長	羅國俊
發行人	林載爵

行政院新聞局出版事業登記證局版臺業字第0130號

本書如有缺頁，破損，倒裝請寄回台北聯經書房更換。　ISBN 978-957-08-5281-3 (平裝)
電子信箱：linking@udngroup.com

國家圖書館出版品預行編目資料

根著我城：戰後至2000年代的香港文學/陳智德著．初版．新北市．聯經．2019年7月（民108年）．632面．14.8×21公分（當代名家・陳智德作品集2）
ISBN 978-957-08-5281-3（平裝）

1.香港文學　2.文學評論

850.382　　108002270